Crímenes exquisitos 2

Crimen y Misterio

Vicente Garrido y Nieves Abarca

Crímenes exquisitos 2

Martyrium

Planeta

Obra editada en colaboración con Editorial Planeta – España

Diseño de la portada: Booket / Área Editorial Grupo Planeta
Fotografía de la portada: © Magdalena Russocka / Trevillion Images
Composición: Realización Planeta

Bajo el sello editorial PAIDÓS M.R.
Avenida Presidente Masarik núm. 111,
Piso 2, Polanco V Sección, Miguel Hidalgo
C.P. 11560, Ciudad de México
www.planetadelibros.com.mx
www.paidos.com.mx

Primera edición impresa en España en Booket: febrero de 2025
ISBN: 978-84-08-29873-1

Primera edición impresa en México en Booket: agosto de 2025
ISBN: 978-607-639-044-3

Impreso en los talleres de Impregráfica Digital, S.A. de C.V.
Av. Coyoacán 100-D, Valle Norte, Benito Juárez
Ciudad de México, C.P. 03103
Impreso en México - *Printed in Mexico*

Vicente Garrido es catedrático de la Universidad de Valencia. Fue el primer criminólogo español que colaboró en la captura de un asesino en serie a través de la realización del perfil criminológico del sospechoso. Ha impartido numerosos seminarios especializados dirigidos a los cuerpos y fuerzas de seguridad en España y América, así como a jueces y fiscales. El Ministerio de Justicia le concedió la Cruz de San Raimundo de Peñafort. Ha publicado, junto con Nieves Abarca, las novelas *Crímenes exquisitos*, *Martyrium*, *El hombre de la máscara de espejos*, *Los muertos viajan deprisa* y *El beso de Tosca*, que han tenido excelentes críticas y gran éxito entre los lectores.

Nieves Abarca nació en La Coruña, donde reside actualmente. Es licenciada en Geografía e Historia por la Universidad de Santiago de Compostela y Máster en Periodismo por la UOC. Ha realizado estudios de anatomía patológica y medicina legal, y es especialista en Perfilación Criminal. Ha escrito cinco novelas negras (junto con Vicente Garrido). En solitario, la novela gótica Voraces, bajo el sello Espasa, y el poemario *Anoche soñé con Glenn Gould*.

Vicente Garrido:
A mi hija Lorena, gran lectora

Nieves Abarca:
A mi madre

Y de ambos autores:
A los héroes del Orzán: Javier López,
Rodrigo Maseda y José Antonio Villamor,
los miembros del CNP fallecidos
en la mar atlántica en acto de servicio
en la fría noche del 27 de enero de 2012,
días antes de que empiece esta novela

Prólogo

Lirios negros

> Misa negra. Tú Dios. Sádico tema:
> mujer esbelta y blanca en el suplicio
> Obsceno crucifijo, cruz blasfema.
>
> *Sacrificio blasfemo*, JOSÉ ALCALÁ-ZAMORA

Roma, via Giulia, iglesia de Santa María de la Oración y de la Muerte, 1 de noviembre de 2011

Angélica Marforio paró un momento delante de la fuente cubierta de hiedra y sumergió su mano dentro del agua helada que manaba de la boca abierta del *mascherone*. Le fascinaba contemplar los ojos de pórfido de aquel ser medieval que la miraba sin verla, eternamente congelado en su destino de aguador en la fuente de via Giulia. Angélica notó el frío del agua en la muñeca y sintió un escalofrío. Luego se la pasó por la frente. Estaba sin aire de andar tan rápido. Desde el convento de las Oblatas de Santa Francesca Romana hasta la iglesia eran veinte minutos andando a buen paso, y el calor había conseguido sofocarla. El calor y los pesados hábitos blancos de novicia a los que no era capaz de acostumbrarse.

Un largo velo blanco tapaba sus largos cabellos rubios que aún no había cortado la tijera. Lo haría cuando entrase en clausura, tres meses después.

Era día de Todos los Santos. La tarde había refrescado y amenazaba tormenta. El sol había lucido espléndido durante casi toda la jornada, pero el cambiante otoño romano llenó el cielo de nubes oscuras y espesas que lanzaban sus sombrías bendiciones sobre Angélica. Nada más salir del convento lamentó no haber cogido un paraguas. Pero ya era tarde para lamentaciones, propias de su vida anterior. Ahora cualquier contratiempo vano sería dedicado a fortalecer su alma, no a alimentar su ego. Angélica no pudo evitar pensar un fugaz instante en su hermano, el todopoderoso Alessandro. Hacía dos días que se había plantado delante del convento para exigir su «liberación». ¿Qué sabía él de vocaciones o del amor a Jesús? Alessandro solo pensaba en sus negocios y en amasar más y más dinero... Desde la muerte de su padre, él manejaba la fortuna familiar con mano de hierro, y nunca había aprobado que su hermana pequeña tuviese una férrea vocación de tomar los hábitos. Ella ya tenía veintidós años y había vivido lo suficiente como para saber al fin que Dios la había llamado. Había dudado mucho los últimos meses. Para ella reconocer su vocación fue una especie de calvario, agravado por sentimientos que la confundían en una lucha sorda en el interior de su alma. Aquellos sentimientos que tendrían que acabar el día de Todos los Santos, sepultados en la cripta más honda, y cementados con la argamasa más dura.

Caminó unos metros embebida en sus cavilaciones. Cuando se dio cuenta, estaba ya delante de la puerta de la iglesia. Las calaveras aladas que guardaban la puerta la saludaron desde lo alto con sus vacíos ojos y sus cráneos laureados, amedrentándola, como hacían siempre que entraba en aquel lugar sombrío.

Abrió la puerta, que chirrió levemente. Hasta que se acostumbró a la oscuridad, Angélica no pudo ver el recargado interior de la iglesia, envuelto en la penumbra. Solamente unas lámparas doradas y las velas encendidas iluminaban la crucifixión tras el altar. Entró con cautela, sus pasos apenas sonaron en el suelo de mármol.

El templo estaba vacío. Caminó hasta el centro, mirando a su alrededor. Había quedado con alguien, pero no parecía haber llegado. Avanzó un poco más, acercándose al altar mayor. Aquel lugar era muy hermoso, pero a la vez transmitía una sensación dramática, macabra. Bajo la nave, se hallaba una cripta que guardaba los huesos de los muertos anónimos encontrados en el río Tíber, que discurría justo al lado. Angélica había leído que en sus tiempos llegó a albergar más de ocho mil cadáveres, aunque la reforma hizo que la mayoría fuesen trasladados. Ella nunca había querido bajar allí. Los esqueletos, las criptas y los *memento mori* que tanto abundaban en Roma le producían un miedo cerval.

Aspiró el aroma a incienso con placer. Un rubicundo arcángel san Miguel la llamó desde su marco, dispuesto a encadenar al diablo entre llamas. Pudo reconocerlo como copia del Guido Reni de la iglesia de los Capuchinos. Sonrió levemente: sin duda san Miguel era todavía más bello y terrible que el joven rubio de aquella pintura en la que el ser alado vencía al Maligno y lo sometía con cadenas, arrojándolo fuera del Cielo y de la gracia divina.

Los repentinos acordes del órgano atronaron la nave, la llenaron de notas poderosas y sobresaltaron a Angélica, que se llevó la mano a la boca. Reconoció la *Aparición de la iglesia eterna* de Messiaen casi al momento y se calmó al recordar que el padre Bruno había sido también organista de su iglesia en Génova, antes de que lo destinasen al Vaticano. Era él, entonces. Sintió todo el peso de la culpa sobre sus frágiles hombros mientras la imponente música ascendía hacia los cielos en un *crescendo* infinito. Las notas cesaron de repente, sus ecos resonaron en las elegantes curvas de la iglesia con un deje monacal. Pronto escuchó unos pasos en la sacristía.

Se sentó en el banco delantero, con el corazón encogido por la angustia y extrajo delicadamente el rosario del amplio bolsillo. No sabía cómo iba a tomarse Bruno su inminente entrada en el convento. Durante la semana anterior había conseguido evitarlo, pero había llegado la hora de la verdad. La hora de decirle que había tomado una decisión inquebrantable, y que nada ni nadie en el mundo iba a poder convencerla de lo contrario. Bruno había confiado en que Angélica se daría cuenta de que la vida monacal era demasiado dura para la hija de un magnate de la industria de la moda y el cuero italianos, pero a ella entrar en el convento le abrió los ojos de manera definitiva. Eso y la confesión a fondo que tuvo con un anciano cura lleno de sabiduría que la había aconsejado en sus momentos de duda. Él la había ayudado a encontrar el camino, así como a liberarse de sus terribles pecados, pecados mortales que ella había considerado imperdonables y que ponía siempre como disculpa para llegar a la clausura. Pero ¿cómo Jesús, en su infinita bondad, podía considerar el amor que le profesaba como un pecado mortal?

El padre Bruno Barberini salió de la sacristía y la vio, allí sentada, vestida de blanco. Su piel nívea, veneciana, sus ojos azules como cuentas de lapislázuli. Era como ser testigo de una aparición, una santa iluminada por la gracia divina. El hábito de novicia la convertía en una humilde santa Inés, de belleza inexpugnable, y al presentir el futuro, notó como si un hierro al rojo calcinase su pecho. Se apoyó en la puerta unos instantes, para sobreponerse. Ella dejó el rosario sobre el regazo. Sonrió con pena, o eso le pareció a Bruno, y se levantó para ir a su encuentro.

Miró el hábito blanco con expresión de culpa.

—Bruno... yo...

El padre Bruno negó con la cabeza con una expresión indefinida. Luego le hizo un gesto y después apuró hacia la salida, sacó unas gruesas llaves de la sotana y cerró la puerta de la iglesia. El sonido de la llave retumbó en el eco de la bóveda.

Volvió rápidamente al banco en que ella estaba y la agarró con ambas manos.

—Angélica, aún estás a tiempo de rectificar. Escúchame. Si entras en el convento no vamos a vernos más. Nunca más. ¿No te das cuenta? ¿No has escuchado todo lo que te he dicho durante estos meses? No hace falta que profeses para estar cerca de Dios. Tu naturaleza no va a permitirte estar mucho tiempo en clausura. Encerrada. Rodeada de mujeres amargadas, viejas, que no conocen nada del mundo, como tú... —Apretó con sus dedos, convertidos en tentáculos de hierro, la blanda carne de los brazos de Angélica, que intentó desasirse en vano—. No sabes cómo es la vida en un convento de monjas, Angélica, te ciega la devoción estúpida y desmesurada. Languidecerás allí dentro como un gorrión abandonado...

La fuerza de las manos del padre Bruno clavadas en ella la asustaron. Pero más la asustó el brillo extraño e insondable de sus ojos negros. Lo miró con determinación y empezó a musitar:

—«Se elevaron entonces sobre mi cabeza las zarzas de mis pasiones, sin que hubiera mano que me las arrancara...».

—No vengas ahora con san Agustín, Angélica. —Bruno emitió un sonido de fastidio—. Sabes que te amo, no puedo vivir sin ti.

Angélica empezó a llorar en silencio. Luego volvió a repasar las cuentas de su rosario. Lo miró con las pestañas humedecidas por las lágrimas.

—He estado pensando mucho en lo nuestro, Bruno. No va a ninguna parte. Hemos renegado de nuestro Dios, Bruno. Hemos... Tú has renegado de tus votos, y yo de mi verdadero destino. No... No sé cómo puedes atreverte a dar misa después de lo que hemos hecho. Hemos sucumbido a una pasión carnal, y esto se ha de terminar, ¿no te das cuenta? El padre Clemente dice que...

Él la soltó. La taladró con los ojos inyectados en ira.

—El padre Clemente. ¿Quién es el padre Clemente? Te dije, te exigí que no dijeras nada a nadie... ¡Quedamos una y mil veces en que no dirías nada a nadie!

—¡No podía entrar en el convento sin confesión, Bruno! ¡Tuve que decirlo todo! ¿No te das cuenta? ¡Ya no estás en disposición de exigirme nada! ¡Estaba en pecado mortal! Tú estás en pecado mortal... ¡Lo peor es que no parece importarte! ¡Nada parece importarte, salvo tu lujuria!

—¡Tú me importas! ¡Eres lo más importante del mundo! ¡Te amo con todo mi corazón, Angélica! ¿Dónde ha quedado todo lo que nos prometimos? ¿No recuerdas aquel día en el ponte Milvio? —El tono desesperado de Bruno era cada vez más patente—. ¡Te juré amor eterno, tan eterno como el mismo cielo!

Ella lo miró con reprobación.

—¿Estás loco? Mírate. Eres despreciable, padre Bruno. Proclamando tu amor con la sotana puesta. ¿Por qué no renuncias a tu vocación, a tus votos, por mí? ¿Pretendes vivir todo el tiempo una mentira absurda? Claro... como ahora estás residiendo en el Vaticano y estás muy bien considerado... ¿verdad? Solo piensas en trepar como una hiedra, Bruno. En trepar y en satisfacer ese deseo carnal que te puede...

Angélica se detuvo. Sabía que había ido demasiado lejos. Estaba siendo muy dura con él, cuyo único pecado al fin y al cabo era amarla, un error al que ella contribuyó cuando dejó que la poseyera una noche cálida del pasado verano. Pero sabía que no podía ceder, que su vida ya estaba trazada en el libro del Señor, y cuanto antes lo comprendiera Bruno, más fácil sería todo. Intentó suavizar la conversación, siguiendo también un instinto que la avisaba de que tuviera cuidado.

—Escúchame, Bruno. Perdóname. Esto no lo he dicho de corazón. Yo no soy mejor que tú, solo que he decidido ser fiel a mis sentimientos y a mi destino. Debes comprenderlo y aceptarlo: nuestra relación se ha terminado. De lo contrario, ¿estarías dispuesto a vivir una doble vida, mancillando la comunión, mintiendo a tus superiores y a los feligreses, y al mismísimo Jesucrist...?

Pero ese intento de apaciguamiento de la muchacha había sido en vano. El primer golpe llegó por sorpresa. Angélica se llevó la mano a la cara: su boca estaba sangrando profusamente y gruesas gotas cayeron sobre su hábito, tiñéndolo de rojo. Y entonces, el espíritu de lucha de Angélica, su condición de miembro de la familia Marforio que durante incontables generaciones había regido villas y comercios, cargos públicos y voluntades, estalló en su pecho:

—Eres un despreciable maltratador, Bruno. Nunca pensé... —Angélica se levantó, la ira la estaba ahogando hasta el punto de hacerla tartamudear—. Abre la puerta, Bruno. No quiero estar junto a ti ni un segundo más de mi vida. Abre la puerta ahora mismo, o cuando salga iré directamente a ver a tus amigos del Vaticano a contarle a todo el mundo que eres un cobarde que pega a las mujeres. Y tú sabes que a una Marforio la escucharán muy bien. Hundiré tu carrera. Te mandarán a una oscura parroquia en algún pueblo perdido lejos de Roma.

El padre Bruno se sintió invadido por algo brutal e inexplicable que subía por su pecho. Era como si todo su amor se estuviese convirtiendo primero en impotencia ante lo injusto, luego en cólera, ante aquella encarnación angelical que lo acusaba con su espada en llamas. Intentó calmarse, clavándose las uñas en las palmas de las manos. Serenó su voz.

—Te abriré la puerta si me dices quién te confesó, Angélica. ¿Quién? ¿A quién le contaste lo nuestro? ¿Quién es ese padre Clemente? Quiero saberlo. ¡Exijo saberlo!

—No te voy a decir nada que no te incumba. Pero no te preocupes por tu futuro brillante. El padre Clemente respeta el secreto de confesión. ¡No como tú, que no sabes ni siquiera respetarte a ti mismo!

Bruno no pudo más. Agarró su velo blanco y se lo quitó, dejando el rubio y largo cabello al descubierto. La sujetó con saña mientras tiraba del pelo y la cogía en volandas. Angélica gritó, pero él le tapó la boca con la mano, ahogándola. Pronto acabó la desigual lucha, Angélica no era enemigo para el sacerdote.

Su voz sonó a los oídos de la novicia como había imaginado de niña la voz del demonio.

—Ahora te voy a enseñar algo, Angélica. Algo que no vas a olvidar nunca.

La condujo a la cripta en brazos, atravesando un largo pasillo pobremente iluminado, lleno de tumbas antiguas, de calaveras y fémures, de húmeros, de vértebras cubiertas de polvo y cera. Ella se quejaba, medio desmayada. Notaba su cuerpo lánguido, cálido, entre sus brazos. Aspiró el aroma limpio de su largo cabello sedoso y rubio, que se enredaba en todas partes, como los tentáculos de un pulpo que intentara impedir su avance hacia las profundidades. Bajó las escaleras empinadas con cuidado.

Dos esqueletos de mármol incrustados en la cal custodiaban la puerta, riéndose de su martirio, ofreciendo el agua bendita y mostrándole la clepsidra con un gesto que al padre Bruno se le antojó burlón. Otro esqueleto alado, grabado en la pared, le enseñó al pasar una leyenda: «*Hodie mihi, cras tibi*». Hoy yo, mañana tú.

Bruno dejó en el suelo ajedrezado de la cripta a su cautiva. Encendió las lámparas formadas de huesos humanos calcificados, blanquecinos. Luego, los enormes cirios que acompañaban la imponente cruz de calaveras sujeta al muro, que parecían reírse de él en la penumbra.

Arrancó el hábito de Angélica con la fuerza que le otorgaba un deseo irrefrenable. Luego la desnudó por completo dejando el espléndido cuerpo aristocrático a su vista. Era la primera vez que la veía desnuda en su plenitud. La vez que la poseyó fue casi a hurtadillas, ella un poco embriagada y en el interior de un coche. Se sintió enloquecer. La arrastró por los cabellos hasta el altar. En la pared, una cruz llameante de luces presidía la escena, flanqueada por esqueletos y guadañas oxidadas. Ató sus cabellos al comulgatorio de piedra que separaba el altar del resto del osario. Luego empezó a recorrer el cuerpo inerte con sus labios y sus manos, apretando los senos con dulzura, lamiendo el vientre y el suave vello que se escondía entre sus piernas. Le besó los ojos cerrados, la boca con fuerza, abriéndola para hacerse paso con la lengua. Luego, poseído por una pasión devastadora, la penetró, gritando y jadeando como un animal.

Los ojos azules de Angélica se abrieron por fin. Se dio cuenta de que estaba desnuda al notar el helado pavimento bajo su cuerpo. Notó un dolor insoportable en el vientre y entre las nalgas. Vio al padre Bruno arrodillado en el suelo, delante del altar, la cabeza gacha. Parecía rezar. Intentó levantar la cabeza, pero su cabello estaba sujeto con fuerza a la piedra. Llevó las manos hacia atrás y trató de liberarse, pero la voz amenazadora de su captor detuvo el gesto.

—No te muevas, Angélica.

Bruno se levantó y se colocó de pie delante de ella. Sus ojos brillaban, furibundos. Su rostro de estatua, que había sido hermoso, transformado en una mueca, parecía a punto de descomponerse en una de las calaveras del osario. Angélica se orinó encima del pavor al ver que su mano agarraba una de las guadañas herrumbrosas, instalada junto a uno de los esqueletos, que pareció hacerle un guiño premonitorio del horror que le esperaba.

—Te dije que ibas a ser mía para siempre, Angélica. Mía. ¿Lo recuerdas? Te lo dije aquel día que colocamos en secreto el candado en el ponte Milvio... Hoy lo has vuelto a ser. Te poseí mientras dormías. Tú no sentiste nada... Y hoy he de cumplirlo hasta el final. Vas a ser mía para siempre, porque no te compartiré con nadie. ¡Ni siquiera con Jesucristo crucificado...!

El padre Bruno levantó su mano y dijo, casi para sí mismo:

—«*Ego te absolvo a peccatis tuis in nomine Patris et Filii et Spiritus Sancti*».

Angélica mostró en sus ojos el profundo terror al contemplar cómo la guadaña subía y se mantenía en el aire durante unos segundos. Luego, la hoja descendió vertiginosa, y atravesó el corazón de la novicia, que dejó de latir en apenas un instante.

—Ahora ya eres santa, Angélica. Lirios negros acompañarán tu tumba.

El padre Bruno dejó caer la guadaña al suelo, la frente perlada de sudor, su cuerpo como si no le perteneciera. Cuando la sangre empezó a formar un charco bajo el cuerpo cada vez más lívido, se tiró de rodillas a su lado. Se hizo un ovillo y de sus ojos enrojecidos surgió un llanto sin fin.

Sus sollozos desgarrados no consiguieron traspasar las gruesas paredes de piedra de la cripta de la iglesia de Santa María de la Oración y de la Muerte.

PRIMERA PARTE

MARTYRIUM

Capítulo 1

Patrick Doyle

Londres, hotel Dorchester,
noviembre de 2011

El japonés delgado y ceremonioso de nombre Takumi Noara le dio la mano al enorme sudafricano después de recibir un pequeño estuche negro. Lo metió en su maletín de Louis Vuitton y a paso rápido y sin mediar palabra se dirigió a la recepción del lujoso hotel, donde dio varias instrucciones a uno de los hombres uniformados. Luego salió con prisa reprimida por una de las puertas giratorias y alcanzó la acera con rapidez. La lluvia caía con fuerza pero a él no pareció importarle demasiado que se empapase el carísimo traje hecho a medida en Savile Row. Avanzó unos metros, miró a su alrededor procurando que no hubiese nadie cerca y sacó su iPhone. Se puso los auriculares para hablar.

—Ya está. Todo solucionado. Tengo la mercancía a buen recaudo.

No prestó atención a un hombre que, vestido con un perfecto traje oscuro de rayas, culminado en un sombrero negro, el típico del «gentleman inglés», se acercaba a él. Sorprendentemente, a pesar de la lluvia, llevaba el paraguas cerrado. Caminaba con paso lento mirando hacia la acera mojada, con aire distraído, como si fuese presa de un tremendo pesar que le encogía el alma. El hombre continuó caminando, sin ver a Takumi Noara, hasta tropezar con él de una forma inesperada.

Al japonés se le cayó el iPhone a la acera gris. Soltó una imprecación. El hombre se abalanzó sobre el móvil con agilidad para cogerlo y se lo entregó, entre una retahíla de disculpas en varios idiomas. Takumi lo miró con ira contenida, pero al ver que el teléfono estaba intacto, aunque algo mojado, se tranquilizó un poco. Cuando levantó la vista tras comprobar que la pantalla seguía en su sitio sin un rasguño, el hombre había desaparecido.

Fue un rato después cuando empezó a notar un extraño ardor en la pierna derecha. Le dolía la cabeza. Volvió al hotel y pidió paracetamol, un té y un taxi al servicio de habitaciones. La pierna le escocía cada vez más, pero no tenía tiempo para ir al médico. Su avión saldría de Heathrow en menos de dos horas.

Ya en el avión, Takumi sintió que el ardor de la pierna subía por sus venas hasta la cintura primero, y luego hasta su pecho. Se le ocurrió por primera vez levantar la pernera del pantalón y ver qué era lo que le estaba pasando.

Su pierna estaba hinchándose por momentos y presentaba un extraño color morado. La fiebre empezaba a perlar su frente y Takumi llamó a una de las azafatas para pedir otro par de paracetamoles y, discretamente, un médico. Un hombre que estaba sentado a su lado, de abundante pelo rojo y barba de dos días y una ofensiva camisa hawaiana, se ofreció a atenderlo. Él era médico, afirmó.

Media hora después Takumi perdía el conocimiento. El avión tuvo que hacer un aterrizaje de urgencia en París.

Mientras Takumi Noara fallecía en un hospital de París por causas indeterminadas, Patrick Doyle se quitó la peluca y la barba roja en el baño de un hotelito en el barrio de Montmartre. Miró a la mesilla de madera lacada y sonrió al ver el estuche negro que había estado en manos del japonés. Se quitó los tacos de algodón que habían engordado sus mejillas, y se miró en el espejo. Sus ojos azules le devolvieron la mirada complacida de su rostro delgado de frente amplia. Cogió toallitas desmaquillantes para hacer desaparecer el moreno.

Ya llamaría más tarde a la mujer que le había contratado, Dolores Wells, para comentarle que su encargo ya estaba hecho. Quería hacerla sufrir un poco... Primero se pasaría por Fauchon a comer algo, y después, un agradable paseo por el cementerio de Perè-Lachaise antes de volver a Londres. La contemplación de las tumbas de muertos tan ilustres siempre le resultaba reconfortante, porque le recordaban la máxima que había aprendido años atrás, cuando formaba parte de las fuerzas especiales de Australia: «Engúllete a la vida, antes de que ella acabe contigo».

Capítulo 2

El león enjaulado

La Coruña, cárcel de Teixeiro,
enero de 2012

—No aguanto más aquí dentro. —Mendiluce miró con fijeza a Sara Rancaño, su nueva abogada, a través del cristal—. Sácame de aquí. Hay brotes de varicela en mi módulo. En mi celda hay un tipo que no para de toser, está jodido, ¿entiendes, Sara? No puedo seguir así ni una semana más... —Se frotó las manos en un gesto maníaco.

Sara se colocó la melena castaña con mechas claras por detrás de las orejas y entrecerró los ojos de avellana haciéndose la interesante.

—Ya tenemos fecha para el juicio: empezará dentro de un mes. No te estreses. Te voy a sacar de ahí, lo sabes. No hay pruebas concluyentes que te incriminen. Podemos culpar de todo a Sebastián Delgado. De todo. De verdad, tranquilízate. —Sara puso la mano en el cristal, en un vano intento de calmar a su jefe—. Ya sabes que he hablado con el director para que te cambien de celda otra vez.

Mendiluce movía su cabeza, negando, como si su voluntad sola bastara para que aquella pesadilla acabara.

—Sara, es algo más que las celdas, es todo este sitio de

mierda. Quiero salir de aquí y fumarme un puto Cohiba en mi biblioteca, mirando el mar, Sara. No me importa el dinero. Tienes el camino libre. No me importa ni el dinero ni lo que haga Dolores Wells para sacarme, ya me entiendes... —Mendiluce miró hacia los lados y bajó la voz para hacerle la pregunta cuya respuesta era el epicentro de su vida en los últimos días—. ¿Te ha contestado ya Dolores Wells?

Sara hizo una mueca indefinida.

—Sí, aunque cuando le formulé tu petición no puso muy buena cara al comentarle tu idea de implicarla si a ti te condenan.

—¡Que se joda! Está hasta el cuello conmigo, los cuadros y el tráfico de fulanas. Si me hundo yo, se hunde ella.

—No te apures, ella lo entendió claramente. Va a hacer todo lo posible. Me ha dicho que iba a activar de inmediato un protocolo de ayuda, ya me comprendes, que complemente aquí mi trabajo.

Mendiluce suspiró con alivio: él, un hombre acostumbrado a lo mejor, no podría soportar una condena en ese antro. Necesitaba vivir a su modo, porque de lo contrario la vida no valía la pena ser vivida.

—Dile que no repare en gastos, que cuando salga ya se lo compensaré. Déjala hacer a ella y a su equipo, ¿comprendes? Recuerda. Tú solo serás la intermediaria, nada más. No te metas en líos y obedece en todo lo que te diga. Sigue adelante con tu defensa en el juicio, y no te preocupes más...

—Descuida, Pedro. Sé muy bien lo que tengo que hacer, tu caso lo voy a pelear en el tribunal con uñas y dientes. De todas formas te gustará oír que Dolores ha sido rápida: mañana recojo en el aeropuerto al compañero que me ha asignado para ayudarme en el caso. —Y al decir esto irguió su busto sin darse cuenta, como si quisiera mostrar a su poderoso cliente que ella era efectiva y fiable al cien por cien.

—¡Espléndido, Sara, espléndido! —Mendiluce, por vez primera en un año, empezaba a atisbar el final de su agonía—. No te olvides de darle las instrucciones que te dicté el otro día.

Satisfecha de que Mendiluce aprobara su determinación con una sonrisa de gratitud no exenta de deseo, Sara se levantó y colocó su falda de tubo y su camisa azul con parsimonia, dejando que Mendiluce admirara su esbelto cuerpo rotundo. Una alegría siempre le venía bien después de todo. Mendiluce la devoró con la mirada, pero su voz no traslucía ninguna emoción cuando se despidió.

—No admitiré ni un solo fallo, Sara. Ni uno solo. O no verás ni un duro... o algo peor. —Al decir esto, su lengua recorrió instintivamente su labio superior, como si la piel de su abogada estuviera al alcance de sus manos.

La codicia de Sara Rancaño se enfrió un momento al ver la sonrisa de hiena. Recuperó la compostura en segundos.

—No te preocupes, Pedro. No te voy a fallar.

Capítulo 3
El encargo

La Coruña, aeropuerto de Alvedro,
enero de 2012

Con los auriculares del teléfono incrustados en las orejas y la *Suite para violonchelo n.º 1 en sol mayor* de Johann Sebastian Bach, Patrick Doyle recogió su maleta en la terminal de Alvedro y se dirigió con paso rápido hacia la salida del aeropuerto. Allí le esperaba Sara Rancaño envuelta en un abrigo color camel, con sus altos tacones y sus medias negras de cristal, fumando un cigarrillo largo como si se tratase de la nostálgica protagonista de la sesión de tarde de un cine neoyorkino. Tenía que reconocer que Dolores Wells, la socia británica de Mendiluce en todos sus manejos turbios en Galicia, sabía moverse rápido. Sonrió al ver a Doyle y lo saludó. Había visto una fotografía suya para ir a recogerlo, y ella sabía reconocer a un hombre atractivo al momento.

—Soy Patrick Doyle. —Los ojos azules, expresivos, la media sonrisa y la barba rubia de dos días confirmaron la idea de Sara de que el tal Doyle era un ejemplar digno de ser cabalgado en el mismo baño del aeropuerto. Lo devoró con la mirada: fibroso, delgado, alto pero no un poste, en torno a un metro ochenta; aunque pensó que en alguien con su profesión su placidez era tan engañosa como su sonrisa—. Encantado de conocerte. Eres Sara Rancaño, ¿verdad?

Ella admiró el perfecto español, casi sin acento, del australiano.

—La misma que viste y calza. Vamos. Tenemos mucho trabajo por hacer.

Permanecieron en silencio en el ascensor que iba al aparcamiento. Los tacones de Sara resonaron en el suelo de cemento. Hacía frío, y en el aparcamiento la humedad era muy intensa.

—Me he ido poniendo al día durante el vuelo. Dolores me llamó urgentemente, yo estaba en París, descansando. Solo tengo una idea general del asunto. Me dijo que tú me darías los detalles. Es un favor personal, por lo que parece. No fumes... Acorta la vida, y tienes una piel muy fina...

Sara lo fulminó con la mirada mientras abría la puerta del BMW Serie 5 con el mando. Apagó el cigarrillo con la punta del fino zapato negro e invitó a subir a Patrick al coche.

Había empezado a llover. La ciudad a lo lejos estaba envuelta en una suave neblina, y el mar azul profundo parecía tranquilo tras días de temporal. Aquello complació a Doyle, que durante los años en los servicios especiales australianos se había hartado de sol, desierto y calor insoportable.

Cuando llegaron a la avenida de La Habana, Sara señaló una casa antigua, blanca, desconchada, con un torreón modernista y el jardín ordenado con aparente descuido, situada justo enfrente del estadio de Riazor.

—Esa será tu residencia. —Vio la expresión de extrañeza de Patrick y sonrió—. Desde fuera parece un poco triste, pero te aseguro que estarás bien. —Salió del coche y abrió el maletero—. Aquí está todo lo que necesitas. —Le entregó dos grandes bolsas de piel—. Las instrucciones de Pedro Mendiluce están en el iPad. Toma: las llaves de la casa y las del coche. Está en el garaje.

Patrick cogió las bolsas e hizo un gesto con la cabeza. Miró a Sara con su media sonrisa en los labios finos.

—¿Cenamos juntos y me pones al día?

Ella lo observó durante unos segundos, sopesando la oferta. Luego asintió.

—Te recojo a las diez.

«Así que eres gay. Y del Opus. Muy bien, juez Márquez, muy bien. Dos cosas que no cuadran demasiado. Y encima casado con una beata y cuatro hijos, otro en camino. Aclárate o lo vas a pasar muy mal cuando llegue el juicio divino.» Patrick sonrió mientras veía imágenes del orondo y calvo juez entrando en la iglesia de San Jorge en la pantalla del iPad. Luego buscó en internet información sobre Rebeca de Palacios. No dejaba de sorprenderle aquella belleza intrigante y adusta, casi monjil, de la jueza. Una hija... y todavía más guapa que su madre. Bravísimo. Soltera, sin marido a la vista y famosa por su absoluta mano dura a la hora de castigar a los corruptos. Imposible de sobornar. Sin duda, un hueso duro de roer. Pero con un punto flaco muy evidente.

Patrick se estiró en la silla. Luego fue a la cocina y se hizo un café. Empezó a sacar de las bolsas todo el material: armas de fuego, armas blancas, micrófonos, cámaras, teléfonos, tarjetas, documentación falsa... Pedro Mendiluce estaba en todo, había que reconocerlo. Aquel encargo le estaba gustando cada vez más.

Sara se perfumó con Chanel n.º 5 y se miró en el espejo del recibidor de su casa. Se había puesto un vestido negro de cuello blanco y unas perlas blancas adornaban su pecho. No quería parecer demasiado interesada en el sicario de Mendiluce. Pedro le había prohibido terminantemente que intimase con él. «Sea quien sea el que venga será un tipo peligroso, Sara. Muy peligroso. Ojo con él. Que nos conocemos.» Recordó las palabras de Mendiluce y sonrió para sí. Tenía que confesar que aquel tipo la ponía muy cachonda.

Patrick Doyle adoraba las ostras. Mientras las comía vivas, en su lecho de hielo, sorbiéndolas con delectación, al lado de una botella de Dom Pérignon, taladraba a Sara con la mirada, con la total seguridad de que la pobre corderilla estaba ya con las bragas mojadas. «Menudo repertorio de niña cursi. Ojos caídos, mejillas arreboladas, vestido hasta el cuello... no vas a tardar mucho en chuparme la polla como estás chupando la cola de la langosta, pequeña zorra... Hace mucho que no me follo por detrás a una española...»

Una hora después, Patrick abrió la puerta del mueble bar *art déco* que estaba instalado en el salón de la casona de Ciudad Jardín, su guarida en La Coruña. Le gustaba aquella vivienda, por fuera, con aspecto de abandono y cubierta de hiedra; por dentro, dotada de todo tipo de comodidades y decorada con un gusto exquisito.

—El bar está bien provisto. Me gusta. —Doyle asintió complacido al ver las botellas de champán francés y de vino Somontano—. ¿Qué quieres tomar?

—Un poco de Moët, por favor —dijo ella.

Patrick abrió la botella recogiendo el tapón con una larga servilleta blanca. Sirvió dos copas de flauta y las acercó envueltas en ella. Sin mediar más palabra, se sentó a su lado en el sofá y la taladró con la mirada. Sara entreabrió los labios de forma provocativa, y le devolvió la mirada con descaro. Nunca la había arredrado un hombre, y el australiano no iba a ser menos. Él la besó en la boca con delicadeza. Luego, siguió acariciando el cuello con sus labios, pasó a la nuca, mientras una mano recorría de forma muy suave la tela del vestido a la altura de los senos y buscaba los botones negros para desabrocharlos con sensualidad contenida. Sara devolvió el beso, mordiéndole los labios y su mano intentó desabrochar el cinturón del pantalón.

De repente, él la apartó con un ademán brusco, la volteó,

y Sara notó que algo se enroscaba en torno a su cuello. Patrick había fabricado un garrote con la servilleta y, con gran rapidez, empezó a apretar con furia. La cara de ella empezó a ponerse del color de la grana, y el aire se escapó de sus pulmones en cuestión de segundos. Intentó golpearle en la cara, pero la postura del hombre le hacía inaccesible a sus manos o a sus uñas.

La voz de Doyle se convirtió en un cuchillo afilado en su oído.

—Sara, querida. Ni una palabra a nadie, escúchame, a nadie, de que estoy yo en esta ciudad. O te mataré. Y no será agradable, ¿entendido? Si quieres que nos llevemos bien... —Dio otra vuelta al garrote, estrangulando sin piedad el fino cuello—. Y estoy seguro de que es lo que quieres... Mantendrás el pico cerrado durante todo el tiempo. ¿Estamos de acuerdo, amiga mía? No escucho respuesta, querida... —Otra vuelta del garrote convirtió el cuerpo de la joven abogada en un pozo de oscuridad.

Sara estaba en agonía, pero la desesperación última logró que los estertores de la asfixia le permitieran hacer un gesto de asentimiento con la cabeza. Él aflojó poco a poco, disfrutando del poder que le daba aquel enérgico momento. Ver cómo las piernas de Sara temblaban y ella caía al suelo intentando inhalar un poco de aire excitó su mente y su cuerpo como un caballo de carreras al abrirse el portón. Se agachó y esperó a que cogiese aire y se calmase, aspirando su sudor, el miedo y la adrenalina que supuraba su cuerpo.

La mano de Patrick acarició el cuello de Sara con suavidad, como queriendo curar el daño causado. La voz era ahora mucho más calmada y suave, incluso cariñosa. Él estaba reclinado en la alfombra, junto a ella, y esperó unos segundos a que se recompusiera.

—Veo que te ha quedado claro. Cuando te llame, vendrás. Si necesito algo, lo harás sin preguntas. No te preocupes, espero no molestarte demasiado. Y ahora, levántate, desabróchate el vestido y quítatelo. De forma sensual, no te precipites. Sé buena...

Sara lo miró con los ojos muy abiertos, como si no pudiera creer que al mismo tiempo pudieran coexistir un hombre elegante y un asesino en el mismo cuerpo. Se levantó con torpeza, se quitó el vestido y, aún temblorosa, movió su cuerpo delante del australiano con un ademán lento mientras se desabrochaba el sujetador. Él, ya a su vez de pie, la acercó hacia sí y la besó profundamente en la boca, mientras su mano apretaba el culo redondo y trabajado de gimnasio. Todo aquello primero la confundió pero luego despertó en un instante las ansias salvajes de Sara, que empezó a desnudar al hombre con la urgencia de una gata en celo, dispuesta a borrar la cercanía de la muerte. Patrick le dio la vuelta, la arrodilló sobre la alfombra y le clavó el pene por detrás con brutalidad, sin esperar a que ella estuviese preparada.

Sara gritó, pero él le tapó los labios con la mano al principio, luego introdujo sus dedos en la boca para que se los chupara.

—Despacito, puta... despacito... Poco a poco. Me encanta cómo los chupas, luego me chuparás la polla así, ¿verdad?

Ella gimió ruidosamente mientras clavaba las nalgas en la pelvis del australiano, totalmente fuera de sí. Cuando él la dejó libre, Sara tomó el control con el descaro de la desesperación. Se montó sobre su pene y le sujetó las muñecas, mientras susurraba todo tipo de insultos, gimiendo y mordiendo el pecho del hombre. A Patrick le complació la ferocidad de la española y la dejó hacer, mientras observaba con lujuria los pechos de la abogada bambolearse encima de él. Se incorporó y los mordió y lamió con fruición, mientras ella aumentaba el ritmo de las sacudidas y de los gemidos al mismo tiempo, hasta que el orgasmo la hizo gritar, mientras crispaba las uñas en la espalda y las clavaba, estremecida.

—Me voy a correr en tus tetas, Sara.

Patrick colocó su pene entre los pechos de la abogada.
—Apriétalas, querida, quiero sentir tus tetas en mi polla. A continuación, frenético, cogió las manos de Sara y se las co-

locó en las tetas con fuerza, indicándole el grado de presión que deseaba.

Ella oprimió la piel delicada de sus senos con fuerza hasta hacer desaparecer su miembro y lamió la punta del glande con destreza durante todo el tiempo. Al poco tiempo, Patrick se corrió en silencio, jadeando, y se derrumbó sobre ella.

—Háblame de Rebeca de Palacios.

Sara, ya mucho más relajada, bebió otro trago de Moët y se echó para atrás en el cómodo sillón. Se tocó instintivamente el cuello al mirar hacia Doyle.

—Es la jueza estrella en Galicia. Se hizo famosa hace unos dos años, en aquel juicio por narcotráfico en el que sacó a la luz toda la corrupción que había en los pequeños ayuntamientos de las Rías Bajas. No le tiembla la mano ante nada, es una dama de hierro. Es muy guapa, además, como habrás visto en las fotos. Tiene una legión de fans, pero ella es inaccesible, aparentemente, claro. Se rumorea que tiene algo con el fiscal jefe, Manuel Griñán.

—Precisamente, el fiscal del juicio, quieres decir.

Sara asintió y bebió otro sorbo.

—Efectivamente. Pero Rebeca no se casa con nadie. Vive para su carrera y para su hija. Pasa de los hombres. Solo los quiere para follárselos y luego, si te he visto no me acuerdo...

—Me parece una postura admirable e inteligente. —Patrick cogió un cigarro de Sara y lo encendió. Expulsó el humo con expresión de placer—. Y del padre, ¿qué sabes?

—Inseminación. Sin padre que moleste. Independencia total.

—Y ahora háblame de Márquez.

La boca de Sara esbozó una mueca burlona.

—Es un hombre superdotado. Una mente privilegiada. El número uno de su oposición. Buenos contactos en el Opus Dei. Profundamente religioso. Solo tiene un defecto... es gay.

—Eso no es un defecto —dijo Doyle, que sabía perfectamente a donde quería llegar Sara.

—Por supuesto que no, pero todo cambia si estás casado... Para el Opus y para su vida supuestamente pura y casta de supernumerario sí lo es. Pero me consta que pasa algunas tardes en saunas privadas con..., ya me entiendes, cuarto oscuro, glory hole, todo eso...

—Entiendo. Doble vida. Pero La Coruña es un sitio pequeño. Lo debe de saber todo el mundo... no creo que sea un secreto para el Opus. Le dejarán hacer. ¿Qué problema hay? Tiene la coartada de la mujer para parecer un buen cristiano.

Sara asintió.

—Quizá sea cierto, pero por si acaso no se deja ver por aquí. La mujer no tiene ni idea, eso te lo puedo asegurar. Tengo amigos que lo han visto rondando por Vigo, zonas muy determinadas. Ya me entiendes.

Patrick se mordió levemente el labio, pensativo. Aquello parecía prometedor. Un gay casado en el armario y una jueza con una tierna hija en la flor de la edad. Podría controlar a dos de los tres magistrados que iban a juzgar a Mendiluce. El tercero era otra mujer, Luisa Bolaños, pero no le atrajo tanto; por otra parte, era correr un riesgo innecesario coaccionar a tres jueces en vez de a dos. No, tenía que asegurar la obediencia de Márquez y de Rebeca de Palacios, y todo iría bien. Sí, esos dos objetivos tenían que bastar. Se sentía en su elemento: mucho más que ejecutar a un objetivo le complacía manipular su psicología, llevarlos a una situación extrema, donde el sufrimiento se contara cada hora. Y él sabía ser paciente.

Miró su reloj y se dio cuenta de que ya era bastante tarde. Luego miró a Sara, que bebía el champán a pequeños sorbos. Aún podía darle tiempo a que le hiciese una buena mamada, así que la asió del brazo y la trajo hacia sí.

Capítulo 4
Tumba abierta

Roma, parque del Pineto,
mañana del viernes, 6 de enero de 2012

Esposito Ranucci mordisqueó el cigarrillo de plástico con fuerza. En ocasiones como aquella era cuando las ganas de fumar volvían a superar su fuerza de voluntad y la nicotina gritaba su ausencia sin disimulo. El labrador movía el rabo a su lado, mostrándole su sonrisa feliz. Tras mirarlo con ojos de cordero degollado, intentó lamer su mano, y el comisario la metió en el bolsillo de la gabardina con disimulo. Aquel perro de nombre Byron había dejado al descubierto hacía unas horas un cuerpo durante su paseo en el parque del Pineto, y Ranucci, que adoraba los perros, no pudo evitar un estremecimiento al imaginarse la escena.

Un par de horas antes, el comisario estaba desayunando con su mujer, Mirella, en una cafetería. Era el día de Reyes, festivo en Roma, que allí se llamaba Epifanía, y habían decidido dar un paseo por la ciudad antes de ir a casa de unos familiares. Fue en ese momento cuando recibió la llamada de la comisaría anunciándole la aparición de un cuerpo enterrado en el parque del Pineto, cerca del Vaticano. Y allí estaba, congelándose, con ropa de domingo y sin botas de agua, en medio del bosque. Ada Casali, la inspectora, hablaba con el dueño del perro y tomaba notas, mientras el viejo forense Ricco examinaba los restos con sumo cuidado, liberándolos de su prisión de tierra con destreza, acompañado por la Policía Judicial y por un entomólogo, que esperaba su turno golpeando el suelo con las piernas para combatir el frío. Los de la científica habían protegido la escena del crimen con cintas hacía rato, intentaban localizar pruebas y sacaban fotografías de la zona sin parar, a la vez que buscaban otras posibles víctimas. Nunca se sabía.

Se acercó a la tumba abierta y sacó un pañuelo para protegerse de aquel olor repugnante al que jamás se acostumbraría. El cadáver descompuesto apareció ante sus ojos en decúbito supino, con los brazos flexionados sobre el pecho, unidos por los tendones que aún no habían sido pasto de insectos o de pequeños escarabajos. Una maraña de rubio, larguísimo cabello enmohecido, lleno de tierra y restos de crisálidas, se había descolgado parcialmente del cráneo. A Ranucci le pareció el pelo de una muñeca rota. Sintió náuseas, pero consiguió evitar el vómito con esfuerzo.

Emanuele Ricco llevaba muchos años de carrera en su cuerpo y su mente. Aunque su jubilación era cuestión de semanas, mantuvo su habitual semblante circunspecto mientras las manos, que empezaban a curvarse por la artrosis, manejaban con habilidad el instrumental forense. Observó con atención la ropa ennegrecida, sucia de fluidos que cubría el cuerpo y acercó su cara y sus gafas de pasta negra para analizarla mejor.

—Yo diría que es un hábito de novicia... blanco en sus tiempos, claro. Mi prima profesó hace unos años, lo recuerdo perfectamente... Está rasgado de arriba abajo. Una joven rubia, vestida de novicia. Lleva un rosario entre las manos, comisario. —Apartó unos centímetros un trozo de tela podrida con habilidad y señaló con el dedo enguantado un lugar a la altura del corazón, con restos de sangre, insectos muertos y crisálidas—. Habrá que esperar a la autopsia, pero parece que fue apuñalada en el pecho...

—Ya... entiendo lo que quieres decir.

Ranucci compartía con el forense el pálpito de que aquel cuerpo era el de Angélica Marforio, la joven que había desaparecido el noviembre pasado en Roma, tras salir supuestamente a dar un paseo desde la casa de noviciado, pero no las tenía todas consigo. Aún. Se preguntó cómo se lo iba a decir a su hermano Alessandro, el gran magnate de la moda de Italia.

La inspectora Ada Casali se acercó con su libreta de notas llena de garabatos. Era una mujer delgada, no muy alta, de media melena castaña y nariz aguileña, típicamente italiana. Sus ojos verdosos reflejaban su agudeza mental: era viva como un ave rapaz, siempre alerta.

—Comisario, por lo que dice el dueño del perro, estaban paseando los dos a primera hora de la mañana cuando Byron olisqueó algo. Se puso nervioso y empezó a gemir. Luego lo perdió de vista durante un rato, hasta que lo encontró escarbando entre los árboles como un poseído. Al cabo de poco tiempo, había profundizado lo suficiente como para ver una manta cubierta de una leve capa de tierra. El olor era nauseabundo, ya que el cadáver no estaba enterrado en una fosa profunda. Es extraño que nadie lo haya detectado antes, claro que la zona tampoco es un lugar transitado...

Ricco lanzó un bufido desde su posición y paró de escarbar.

—Comisario... mire esto.

Ranucci se acercó de nuevo al cuerpo lleno de aprensión. El forense señaló una superficie negra deteriorada por la humedad y agujereada por los gusanos. Aun así, se podía ver perfectamente que se trataba de los restos de un grueso libro. Al lado, las cuentas de un rosario que amarilleaba comenzaban a aparecer de entre la tierra gracias a las finas pinceladas de Ricco.

El comisario recordó el misal que llevaba su madre los domingos a la iglesia. Era muy parecido a aquel libro. Sus sospechas de que esa infeliz muchacha era Angélica eran cada vez más fuertes, pero hasta que no hubiese una prueba más contundente, no podían estar seguros.

Cuando el forense levantó una fina esclava dorada con las pinzas, y la limpió con el pincel, pudieron leer una inscripción en la placa:

«De Alessandro a su hermana muy amada».

Ahora ya no cabía duda.

Ranucci suspiró profundamente y miró a Ada, que permanecía de pie, con los brazos cruzados y el ceño fruncido, sin perder detalle alguno del forense, quien limpiaba la tierra del rosario cuenta por cuenta. Había llegado la hora que tanto había temido. La hora de llamar a la familia Marforio. A partir de aquel instante, el asunto iba a tomar un cariz muy feo. El comisario sabía por experiencia que Alessandro Marforio no se iba a quedar de brazos cruzados esperando a que ellos encontraran al asesino. Durante este tiempo un escuadrón de detectives privados había estado buscando a Angélica, y sin los modos elegantes de la policía. Ahora que su hermana había aparecido muerta, su cólera y afán de venganza no se detendrían ante nada ni nadie.

Capítulo 5
La magistrada

La Coruña, La Zapateira, complejo deportivo del Sporting Club Casino,
lunes, 6 de febrero de 2012, 8.00 h

Rebeca de Palacios le dio la mano a su oponente a través de la red. La había pulverizado en menos de dos horas. Se sentó en su silla, agotada, dejó la raqueta a un lado y bebió un largo trago de agua. Miró al cielo. Había nubes, pero quizá la lluvia no apareciese hasta la tarde. Por lo menos, las había respetado durante el partido. Se levantó y consultó su reloj: tenía algo de tiempo para hacer estiramientos en el gimnasio antes de ducharse.

Rebeca se dirigió hacia las instalaciones, consciente de la atención que suscitaba entre los hombres que estaban ya practicando deporte a aquella hora. Sus largas piernas morenas, el cuerpo esbelto, el largo cabello color caoba recogido en una coleta alta, sus ojos negros, altivos, provocaban siempre un revuelo que a ella le resultaba halagador a la par que incómodo. Se había acostumbrado a la atención pública, pero se recordó que vestida con el ajustado top y la falda corta y blanca de tenis sería complicado pasar desapercibida en el Casino.

Después de los estiramientos y la ducha reconfortante, se tomó un zumo de naranja natural y un café en las instalaciones antes de ir a trabajar. Miró su móvil: tenía seis llamadas perdidas. Y aún no eran las nueve de la mañana. Suspiró. Ser uno de los tres magistrados de la Audiencia Provincial de La Coruña que iban a llevar el juicio del empresario Pedro Mendiluce la hacía una persona muy solicitada por la prensa. Sin embargo, para ella la más importante era la llamada de su hija Marta. Marta se encontraba en Roma, estudiando en la Universidad de La Sapienza un grado de Teatro, Música y Arte. Si bien llevaba ya cinco meses en la ciudad bien integrada y sin ningún problema, Rebeca no podía dejar de preocuparse por ella continuamente. Temía agobiar a la cría con sus constantes miedos pero no podía evitarlo. Marta era una joven superdotada pero ingenua, capaz de las mayores gestas estudiantiles, pero a veces muy torpe en su vida social. Cuando dejó las clases de Derecho en La Coruña y se empeñó en estudiar Arte Dramático fuera de la ciudad, el disgusto de su madre fue mayúsculo. La quería cuanto más cerca posible, y desde luego, no estudiando una carrera de futuro incierto a casi dos mil kilómetros de casa. Pero la tozudez de su hija soportó cualquier tipo de oposición y al final se salió con la suya. La verdad era que Marta tenía un talento innato para la interpretación. Desde niña hacía teatro, ballet y asistía al conservatorio, así que no fue una sorpresa para Rebeca que pasase sin dificultad las pruebas de acceso en La Sapienza.

La llamó antes de entrar en su flamante Audi TT Coupé blanco.

—¿Cómo estás? ¿Ha pasado algo? —Miró el reloj—. ¿No tendrías que estar ya en clase?

La voz de Marta sonó jovial, cristalina, lo que reconfortó a su madre.

—Falta una hora para la clase de danza. Y, por supuesto, me estoy saltando la clase de idioma español —rio con una carcajada feliz—. Te llamo para decirte que he conocido a un chico muy simpático, mamá...

El ceño de Rebeca se acentuó. Su hija no solía hablar de

los novios que siempre aparecían y desaparecían de su vida de una forma fugaz y misteriosa. No contestó.

—Es guapísimo, tiene ojos verdes, es de Florencia y es estudiante de Periodismo. ¿Qué te parece? ¡Me ha prometido que vamos a ir en Semana Santa a pasar unos días esquiando en los Dolomitas!

—Marta... calma. Ya sabes lo que te digo siempre. —Rebeca adoptó un tono admonitorio pero conciliador—. No estás ahí para ligar con *latin lovers* de pacotilla, estás ahí para estudiar. Tu carrera me cuesta un montón de dinero para que pierdas el tiempo con chicos que no van a servir para nada serio. Se supone que en Semana Santa tienes que venir a ver a tu madre, criatura...

—Enzo no es así, mamá. Enzo es especial. Ya veremos, a lo mejor lo convenzo para ir a La Coruña. Te dejo, por ahí viene mi amiga Candela, ¡nos vamos a tomar un *caffè latte*! ¡Besitos!

Rebeca miró el teléfono como si viese una piedra de basalto arcano y sacudió la cabeza. Ya pensaría después en el tal Enzo y en cómo quitárselo de la cabeza a su hija. Se le estaba echando el tiempo encima.

Mientras conducía por la carretera de La Zapateira, su teléfono volvió a sonar. Contestó la llamada de Gabriel Márquez, otro de los tres magistrados del *juicio del siglo*, como llamaba la prensa al asunto Mendiluce. Un hombre muy conservador que a Rebeca no le gustaba especialmente como persona (alguna vez había censurado voladamente su situación familiar de madre soltera inseminada), pero una máquina en cuestiones legales, y de una honestidad a prueba de bomba. Ambos quedaron en la cafetería que estaba al lado de la Audiencia en menos de quince minutos. Tenían que discutir varios cabos sueltos para que no se les escapase el escurridizo empresario de entre los dedos. En la Audiencia estaban dispuestos, por una vez, a darle a Mendiluce una buena lección.

Capítulo 6
El magistrado

La Coruña, Audiencia Provincial,
lunes, 6 de febrero de 2012, 9.30 h

El juez Gabriel Márquez miró su reloj, mientras tomaba un café solo en el bar. Los juzgados de la calle Monforte ya estaban en plena actividad, y la cafetería Nadir, llena de letrados, policías locales y funcionarios, era un hervidero de gente que parloteaba o leía el periódico para desperezarse. Pronto llegaría Rebeca de Palacios y tenía que espabilar su mente: aquella mujer era dura como el acero y parecía que ni siquiera necesitase dormir algo más de un par de horas para estar siempre al cien por cien. Apuró el café y reprimió las ganas de fumarse un cigarro, que lo hostigaban siempre en el momento del desayuno. Metió la mano en el bolsillo y apretó el rosario para resistir la acuciante tentación de fumar.

Notó una extraña sensación. Cuando se dio la vuelta, vio a Daniel en la puerta de la cafetería. Sintió un golpe en el pecho, mezcla de miedo y de deseo. ¿Qué demonios hacía allí, tan temprano? No quería que lo relacionasen con él, pero Daniel le hacía señas inequívocas para que saliese fuera.

Esperaba apoyado en la puerta de una tienda, aún cerrada, el cabello rubio ensortijado y los ojos negros, entornados, brillando al sol de la mañana. Se fijó en el pantalón vaquero caído y los *boxers* asomando por la cinturilla y sintió la típica oleada de excitación, que supo controlar al momento a pesar del conocido perfume de Dolce & Gabbana que golpeó su nariz como un mazo.

—¿Qué coño haces aquí? —Gabriel quiso desaparecer, temiendo la repentina aparición de la *Dama de hierro*, como llamaban a Rebeca de Palacios entre los compañeros del juzgado.

—He venido a verte. ¿No puedo? No me digas que te avergüenzas de mí. No te avergüenzas en el cuarto oscuro de la sauna... —Daniel ronroneó, sin esconder la pluma evidente.

—Tengo que entrar ahora mismo, tengo una reunión importante. Dime qué quieres y date el piro. Sabes perfectamente lo que hay. No quiero que nos vean juntos aquí.

Daniel lo miró con cierto desprecio un instante. Luego añadió:

—Necesito dinero.

—Te di mil euros hace tres días, Daniel. No jodas.

—Me ha surgido un negocio. Necesito otros mil. Te los devolveré en dos o tres días, lo prometo.

—No voy a darte más dinero para drogas. Ni de broma. Me prometiste...

Daniel lo interrumpió al momento.

—No son drogas. Lo juro. Es otro tema. Venga. Te los devolveré, lo prometo. Sabes que nunca te he fallado, tío...

Gabriel Márquez se secó el sudor de la frente con el pañuelo que su esposa doblaba con la plancha y volvió a mirar a su alrededor con cara de apuro.

—Está bien. Pero no sé a qué hora terminaré hoy. Llámame luego al teléfono B. —Suspiró con resignación—. Pero los quiero de vuelta esta semana. Ni un día más...

Daniel asintió.

—Sabes lo bien que me porto cuando tú te portas bien conmigo... —Hizo un leve ademán con los hombros, una mueca que quiso ser una sonrisa y se metió las manos en los bolsillos antes de desaparecer.

Cuando instantes después vio el Audi Coupé de Rebeca de Palacios, Gabriel dio un profundo suspiro de alivio y se dirigió a la puerta de la Audiencia.

Capítulo 7
Allanamiento de morada

La Coruña, La Zapateira, chalet de
Rebeca de Palacios,
martes, 7 de febrero de 2012, 9.00 h

Después de varios días de vigilar la casa y controlar los movimientos de la magistrada y del servicio, Patrick Doyle salió de su coche a las nueve en punto de la mañana y actuó con la velocidad de una sombra.

Desconectar la alarma y entrar por la puerta de cristal de la piscina en el chalet de La Zapateira de la jueza De Palacios no fue difícil. Patrick admiró la limpieza y pulcritud de todos los muebles y objetos, dispuestos con orden cartesiano. Cogió un marco de madera con una foto de la madre y la hija en la playa, las dos exultantes y muy morenas. El lugar parecía Túnez. Marta de Palacios levantaba los dedos en forma de victoria y miraba a la cámara con expresión de insultante felicidad. Doyle sonrió con un rictus de ironía y dejó la foto de nuevo en su lugar.

Sacó el pequeño taladro y empezó a colocar los micrófonos por toda la casa: el teléfono, baños, dormitorios, gimnasio y vestidor. Luego hizo lo mismo con las cámaras: una en cada habitación. Si en esa casa se discutían asuntos importantes él quería saberlo. A continuación entró en el despacho e hizo lo mismo. Había libros de leyes, novelas, facsímiles de códices medievales, una buena colección de CD. A la jueza le gustaba el jazz. A él también. Miró la correspondencia. Postales desde Roma. Recibos desde Roma. La hija estaba estudiando allí... Interesante. Luego encendió el ordenador y confió que no tuviese contraseña. No la tenía. Entró en los documentos, fotos. Luego en el correo. Las contraseñas del correo estaban guardadas en el navegador, así que no tuvo problema alguno para husmear la intimidad de la jueza.

«Muy, muy interesante», musitó. Cliqueó con el ratón para agrandar la foto de una terraza de lo que parecía ser un piso en Roma. Marta estaba delante, abrazada a una joven muy rubia y más alta que ella, de más o menos su misma edad. Reenvió el correo a su cuenta y borró inmediatamente después el rastro. Continuó abriendo correos de Marta de Palacios y reenviándolos a su correo. Cuando consideró que tenía suficientes, movió el ratón para investigar más aspectos de la vida de Rebeca. De pronto, soltó una exclamación contenida al ver un determinado correo: «¡Manuel Griñán, el fiscal de la Audiencia! Qué interesante. Tenía razón Sara... El fiscal quiere verte, princesa. Tiene ganas de follar y no me extraña. Estás muy buena...». Observó la intensidad del correo de Griñán y la falta de afecto de la contestación de la jueza y esbozó otra sonrisa: «Menuda frígida. A esta envarada le hace falta recibir una buena lección».

Un rato después, tras borrar cualquier rastro de su presencia, salió por la puerta acristalada del jardín y sonrió al imaginarse a Rebeca y su hija tomando el sol desnudas al borde de la piscina con forma de ocho. Luego configuró el navegador del móvil y se dirigió hacia los juzgados para buscar el Audi de la jueza y el Volvo de Gabriel Márquez y colocarles un dispositivo de seguimiento. Márquez pasaba las mañanas trabajando en la Audiencia y muchas veces comía fuera. Su mujer era profesora de primaria en un colegio religioso. Le habían dejado el camino libre durante un buen rato. Cuando terminara con la casa de Márquez buscaría unos grandes almacenes para hacer alguna compra. Luego, configuraría las pantallas para sintonizar toda la información. Le quedaba un trabajo muy pesado por delante. Horas de vigilancia de los dos jueces. Pero era su trabajo, y sabía esperar.

A las siete de la tarde Doyle se sentó en el sillón cómodamente, dispuesto a analizar la rutina de los jueces. Dos pantallas planas divididas en recuadros mostraban la actividad de toda la casa en tiempo real. Vio llegar a Rebeca de Palacios en blanco y negro, con una bolsa de la compra y saludar a la señora que estaba planchando la ropa. A su vez, Márquez besó a su mujer en la frente con cariño, y tras acariciarle la barriga, se encerró pronto en su despacho mientras ella se quedaba en el salón leyendo un libro.

Esperaba concluir pronto con las actividades de vigilancia y empezar pronto con la acción verdadera. Aquella parte era lo más aburrido de sus «encargos». Había abandonado el ejército para tener una vida más interesante y sin órdenes ni disciplinas absurdas que coartasen su existencia, no para estar sentado en un sofá viendo pasar la vida de los otros. Su entrenamiento en los servicios especiales australianos le había servido de mucho, pero cuando dejó el servicio perfeccionó en varios países de Centroamérica y más tarde en Canadá muchas de las habilidades con las que se ganaba la vida. Nunca paraba demasiado tiempo en ningún sitio. De vez en cuando llamaba a sus padres en Australia o les mandaba una postal, según estuviese de humor. Patrick viajaba continuamente con identidades falsas y sus «misiones» eran variables, según el encargo que requiriese la agencia fantasma para la que trabajaba: desde secuestros, asesinatos, torturas, hasta tráfico de diamantes o robos de obras de arte. Era versátil, y pronto llegó a un punto en el que podía elegir el trabajo que le produjese más placer.

Cuando Dolores Wells contactó con él para enviarlo a España, al principio no pareció muy convencido, pero al sopesar pros y contras, decidió hacerlo. Había mucho dinero en juego, su misión parecía sencilla y después de su último trabajo en Londres, era una buena disculpa para desaparecer de Inglaterra durante una temporada. Scotland Yard aún no lo tenía localizado, el asesinato del japonés tardaría tiempo en descubrirse, al haber fallecido en París... Todo eran ventajas y casi ningún inconveniente, así que pasar algún tiempo en aquella plácida región tampoco estaría tan mal.

Mientras se tomaba una Coca-Cola, observó con atención una de las pantallas: Márquez sacaba un móvil del cajón de su despacho y contestaba una llamada. Prestó atención a lo que estaba diciendo. El juez colgó y se dirigió al fondo de la estancia. Apartó un cuadro de la pared y abrió una caja fuerte. Sacó un sobre blanco.

Patrick se estiró como un gato y fue a la habitación a cambiarse de ropa. Aquella noche iba a tener algo que hacer al fin.

Gabriel Márquez salió de su despacho con aire desenvuelto. Su mujer, Marisa, estaba en la cocina, consultando en un libro una receta de la Thermomix.

—Cariño, me tengo que ir. Es urgente. Me llama Rebeca de Palacios para consultar un problema que ha surgido con el juicio. Llegaré tarde. No te preocupes. Te llamaré luego. —Marisa puso cara de fastidio—. No pongas esa cara y dame un beso. Sabes que ese juicio es muy importante para mi carrera...

Patrick Doyle escuchó la mentira con cierta conmiseración. En realidad, Márquez había quedado con un tal Daniel en un lugar llamado Betanzos, que, según el mapa, parecía no estar demasiado lejos de la ciudad. Daba igual, el dispositivo que permanecía oculto en los bajos del coche lo llevaría al destino del juez sin mayor problema.

Gabriel bajó al garaje y cogió su Volvo V70 ranchera. Minutos después enfiló a velocidad de crucero la autopista AP-9 sin sospechar que, a poca distancia, lo seguía con cautela un silencioso Mercedes negro.

Capítulo 8
Vicios ocultos

La Coruña, Bergondo,
martes, 7 de febrero de 2012, 20.30 h

Patrick Doyle aparcó el Mercedes a una distancia prudencial del aparcamiento donde había dejado el juez Márquez su vehículo. El navegador le indicaba que estaban en una zona llamada Bergondo. Habían recorrido unos veinte kilómetros para llegar hasta aquel lugar frío y apartado, al lado de un bosque de hayas.

Márquez miró a los lados y llamó al timbre del moderno edificio. No tardaron en abrirle. Doyle se acercó con cautela al lugar y contó ocho vehículos aparcados. De repente, se abrió de nuevo la puerta y salió una pareja de hombres abrazándose y besándose aparatosamente, borrachos como cubas. Empezaron a enrollarse allí mismo, trastabillando por las escaleras como dos adolescentes.

«Una sauna gay. El beato, perdiéndose en los antros de las afueras...»

Doyle se acercó a los dos borrachos e interrumpió su efusivo abrazo. Puso su mejor sonrisa para preguntarles si aquel lugar era de acceso restringido. Ellos lo miraron al principio con irritación, luego con mirada de interés. Aquel tipo fibroso de barba de tres días era carne fresca de buena calidad.

—¿Eres nuevo por aquí? —El más alto y musculoso lo devoró con los ojos. Doyle asintió—. Ya veo que sí. La sauna es libre, no tendrás ningún problema, guapo. Si quieres mi teléfono...

El más joven rio y le dio un codazo a su acompañante, mientras lo arrastraba hacia el coche. Doyle llamó al timbre y esperó a que le abrieran. Pronto estuvo dentro, preguntándose un tanto apurado si Márquez habría entrado en el cuarto oscuro.

El bar estaba iluminado por luces de colores fosforescentes. En la barra, Márquez charlaba animadamente con un joven rubio de pelo rizo. Los dos bebían gin tonics y tomaban frutos secos de un cuenco de metal. Patrick se situó al lado y pidió una Coca-Cola Zero. La música estaba muy alta: Morrissey atronaba con su *Panic* y a Doyle le resultaba difícil escuchar la conversación. De manera sigilosa Márquez le pasó un sobre blanco que el otro hizo desaparecer en un segundo. Luego, el rubio cogió de la mano al magistrado y se lo llevó hacia la oscuridad por unas escaleras. Patrick los siguió con disimulo. Encendió la cámara infrarroja que había colocado imperceptiblemente en su chaqueta y se sumergió en las tripas de aquella ballena de laberintos inquietantes.

Media hora después, Patrick Doyle emergió al exterior, con un buen whisky doble de malta en el cuerpo que había tomado para animarse en su tarea. Al entrar en el coche sonrió: sabía que tenía material suficiente para que el magistrado declarase inocente al mismísimo Charles Manson.

Capítulo 9
Marta de Palacios

Roma, Universidad de La Sapienza,
jueves, 9 de febrero de 2012, 18.50 h

Marta respiró profundamente mientras mantenía los ojos cerrados y el cerebro en blanco. Hacía rato que no notaba ya ninguna sensación en su cuerpo entumecido; ni siquiera el hormigueo de las piernas enfundadas en las mallas negras, ni de los hombros, ni de las manos retorcidas en una postura imposible. La música relajante tibetana era el único sonido que se podía escuchar en la clase mientras los alumnos formaban estatuas vivientes durante tres cuartos de hora para practicar la concentración y la inmovilidad corporal.

La profesora empezó poco a poco a sacar a los alumnos del profundo pozo de concentración en el que se habían sumido y Marta tomó conciencia de su cuerpo progresivamente, moviendo con suavidad primero los brazos, luego el tronco flexible y, por fin, las piernas en un movimiento elegante de todo su cuerpo. Giró el cuello hacia los lados para desentumecerse.

Cuando abrió los ojos, observó a toda la clase desperezándose con lentitud. Miró el reloj que estaba colgado de la pared: aún faltaban cinco minutos para terminar la clase. Había quedado con Enzo a las nueve para ir a Campo dei Fiori a tomar pizza y tenía una hora para ducharse y arreglarse antes de que él fuese a buscarla en la Vespa al pequeño apartamento que compartía con su amiga Candela, en un viejo edificio cerca de la universidad. Empezó a recoger sus cosas con disimulo: le hacía falta el tiempo y aquella mujer siempre intentaba alargar la última hora de clase con sufrimientos innecesarios. Llevaba allí desde las diez de la mañana y estaba al límite. Necesitaba desconectar con urgencia.

Sin que nadie se percatase, Marta aprovechó un corro que se había formado en una de las esquinas de la enorme clase para escabullirse y salir corriendo por el pasillo de la facultad. Quería ponerse guapa para Enzo. A sus diecinueve años, era la primera vez que le gustaba un chico de verdad, o eso creía ella. Y si no se daba prisa no le iba a dar tiempo a tener una imagen presentable después de una agotadora jornada de ejercicios.

Cuando salió, ya era de noche. Se puso los auriculares antes de bajar las escaleras. En la puerta se arremolinaban los alumnos, carpetas en mano, fumando y charlando. Marta se enrolló la bufanda al cuello y se arrebujó en el abrigo de lana. Aquella temporada el frío se estaba cebando con Roma y probablemente estuviese a punto de nevar de un momento a otro. Corrió de nuevo, para coger el bus. En sus oídos resonaba la potente voz de Adele. *Someone like you* siempre la emocionaba, y su espíritu romántico aspiraba a poder cantar algún día de forma tan desgarrada como lo hacía la cantante inglesa. Pero por ahora tenía que conformarse solo con soñar.

El río supuraba humedad. Enzo Ferreti se asomó al ponte Testaccio durante unos segundos para ver el agua negra y reluciente como el lomo de una orea. Luego siguió caminando con parsimonia, mirando a izquierda y a derecha con disimulo. Hacía un rato que notaba la extraña sensación, clavada en la nuca, de que algo no iba bien. Se detuvo en el medio del puente y miró hacia atrás. No vio a nadie, así que continuó su camino hacia el barrio del Trastévere procurando no llamar la atención. Tenía que resolver un negocio en la via Ettore Rolli que le iba a hacer ganar mucho dinero. Solo con entregar un paquete que llevaba cuidadosamente guardado dentro del plumífero y se sacaría fácilmente treinta mil euros. Si no fuera por aquel tipo de negocios, Enzo no tendría donde caerse muerto. Estudiaba cuarto de Periodismo y sus padres le proporcionaban una asignación escasa que apenas le daba para pagar su alojamiento y la comida. No le apetecía trabajar y estudiar a la vez, así que cuando descubrió que pasando droga podía tener un nivel de vida desahogado, una Vespa de diseño, ropa de marca, y todo con muy poco esfuerzo, no dudó demasiado en involucrarse en ese tipo de actividad. Él no probaba la droga salvo en ocasiones especiales: sabía que eso podía traerle muchos más problemas que el simple transporte y la venta ocasional. Casi siempre era coca, la recogía en la costa y la traía en coche. Una vez procesada y cortada en el laboratorio, Enzo solía venderla a un precio ajustado, y su cartera de clientes era cada vez más numerosa.

Dentro de su plumífero, aquella noche, un kilo de cocaína de excelente calidad esperaba la oportunidad de ser cortada en el laboratorio clandestino de Grecco Fontana. En cuanto la entregase, se iría a recoger a su flamante novia española, una preciosa morena de cuerpo de bailarina y ojos verdes que estaba estudiando Arte Dramático en la misma universidad en la que él hacía Periodismo. Marta de Palacios, joven, linda e ingenua, no tenía ni tendría idea de sus actividades. Era un poco ñoña y jamás aprobaría aquel tipo de cosas. Ella no necesitaba dinero, su madre iba sobrada, al parecer era jueza en España, seguro que estaba podrida de pasta.

Enzo volvió a mirar a su espalda, su espíritu débil lleno de presentimientos desagradables.

Marta estaba maquillándose en el baño del antiguo apartamento de la avenida Castelfidardo cuando entró Candela y dejó los gruesos libros ruidosamente sobre la mesa. Candela era una de las razones por las que Rebeca de Palacios había dejado a su hija vivir en un apartamento en Roma, y no en un colegio mayor, como había pensado desde el principio. Candela tenía veintitrés años, era seria, formal, totalmente centrada en los estudios, muy parecida a Rebeca cuando era joven, lo cual complació a la magistrada desde el primer momento. Hija de un italiano y una española, había conocido a Marta mientras cursaba un Erasmus en La Coruña. Se hicieron amigas y de ahí salió la semilla que llevó a Marta a estudiar en La Sapienza. Estudiaba el doctorado de Química Orgánica con dedicación, e intentaba encauzar infructuosamente la cabeza loca de Marta con sermones de hermana que su amiga se tomaba con mucho humor.

Se quitó el abrigo y los guantes. Su voz cantarina y su español deficiente siempre le alegraban el día a Marta, que la saludó desde el baño mientras se pintaba los ojos con un lápiz negro.

—¿Vas a salir? —Candela miró el escueto modelito negro de Marta y las medias a juego y se estremeció. Movió la cabeza con desaprobación—. Abrígate, por Dios. Va a nevar. Hace un frío que pela.

—He comprado pasta fresca. Está en la nevera. Aún queda salsa de ayer —dijo Marta mientras se pintaba los labios de rojo furioso a juego con las uñas—. Enzo va a venir en un rato a buscarme, nos vamos a cenar pizza a Campo dei Fiori.

—¡Enzo, Enzo, Enzo! —protestó Candela, con aire satírico—. Le vas a gastar el nombre. Enzo, te amo. Enzo, el de los ojos negros, los abdominales y el pelo engominado. Enzo y su Vespa azul. Te vas a congelar con ese vestido en moto... Ponte algo por encima. ¿Quieres mi abrigo?

Marta juntó los labios para fijar el color y levantó una ceja con ironía.

—Ya sé que no te gusta Enzo, Candela, pero di la verdad: te mueres de envidia. Es *muy* guapo —replicó abriendo mucho los ojos—. Y está terminando Periodismo.

Candela se tiró en el sofá y encendió la televisión con el mando mientras se encogía de hombros. Ella sabía calar bien a la gente, y Marta no iba a librarse de escuchar su opinión sobre Enzo, una vez más.

—Sabes lo que pienso: ese tipo no te llega ni a la suela de los zapatos. Es el típico romano que presume más de lo que puede, guapo y esencialmente poco espabilado. Por decir algo. Si estudia se nota poco. No sé, poco espabilado es quedarme corta. Y tú, una ingenua. ¿Estás segura de que está matriculado en Periodismo?

Marta salió del baño y la golpeó cariñosamente de camino a su habitación.

—No seas rencorosa. Algún día encontrarás a tu príncipe azul, un dechado de conocimientos de física, química y matemáticas dispuesto a trabajar en el bosón de Higgs por un módico sueldo...

La superintendente Graziella Mori comió un trozo de pizza y bebió en silencio un sorbo de café hirviendo del vaso térmico. Era una mujer joven, en plena forma, con el pelo oscuro cortado a lo *garçon*. Llevaban ya seis horas de vigilancia cerca de la casa del «supuesto» traficante Grecco Fontana. Alguien les había dado un chivatazo. Ella y el agente Barichiotto, destinados en la Brigada Antidroga de la Policía del Estado, estaban apostados en un destartalado Ford aparcado cerca del río, en el Trastévere, paralizados por el intenso frío que hacía aquella noche. Ya habían logrado capturar días atrás a uno de los camellos habituales de Grecco, pero con muy poca cantidad de marihuana. El chivatazo hablaba de algo más importante, un cargamento recién llegado desde España de cocaína de gran pureza. Le entraron ganas de fumar un cigarrillo, pero se tocó el pendiente de la oreja y aguantó como una campeona. Miró a su compañero, que intentaba acomodar su gran volumen en el pequeño asiento del coche.

—No puedo más. Quiero fumar. Me muero por un cigarrillo.

—Yo desde que lo dejé he engordado diez kilos. No recuerdo la última vez que me vi la polla al mear...

Graziella lo fulminó con la mirada. Barichiotto era un compañero excelente, pero tenía una lengua demasiado suelta.

—No hace falta que seas tan explícito, colega. Ahora tendré esa imagen grabada a fuego durante días. Joder, mira ese tipo. —Señaló con el vaso blanco a un joven moreno, bien vestido, de mediana estatura que caminaba con aspecto de sospechoso de teleserie, mirando hacia los lados mientras cruzaba el puente.

Barichiotto se incorporó e intentó ver al hombre con más claridad. Luego devolvió el café a la bolsa y asintió.

—¿Por qué no? Vamos a hacer algo. A ver hacia dónde va ese pringado. Estoy un poco harto de estar metido en este puto coche.

Enzo tenía sus sentidos agudizados al máximo. Eso hizo que el sonido de su teléfono le hiciera pegar un respingo. Miró la pantalla y suspiró aliviado. Era Marta. Ya la llamaría después, cuando terminase de hacer el «recado». Paró un momento para guardar el móvil y se fijó en dos figuras que estaban al otro lado del puente adoquinado, un hombre voluminoso y una mujer más baja y delgada, que se apresuraron a salir de debajo de la luz de una farola. Avanzó unos metros, intentando con todas sus fuerzas no apresurarse. Solo tenía que torcer a la izquierda y caminar menos de un kilómetro para llegar a la casa de Grecco.

Graziella apuró el paso y palpó la pistola de forma inconsciente. Había visto que el chico permanecía alerta y los controlaba desde lejos. Su instinto policial la estaba llamando a gritos, así que urgió a su compañero agarrándolo del brazo.

—Se dirige hacia la casa de Grecco Fontana, estoy segura. Venga, vamos.

Enzo aceleró el paso de forma inconsciente al ver que las dos sombras no se separaban de él en la distancia. Las dos figuras también apuraron. Enzo empezó a correr, y la pareja hizo lo mismo. ¡Joder, lo estaban persiguiendo! O eran de antidroga, o eran dos ladrones, ambas cosas muy peligrosas para él. Así que corrió con todas sus fuerzas aferrando el paquete como si en ello le fuera la vida.

Barichiotto maldijo su sobrepeso mientras corría detrás de su ágil compañera, procurando no romperse la crisma en los adoquines húmedos y resbaladizos. Ambos estaban al límite de su velocidad, pero aquel joven parecía mucho más rápido que ellos. Jadeando, cogió la radio y pidió refuerzos con urgencia, dejando que Graziella se distanciara en su carrera frenética.

Enzo vio que la mujer lo seguía a gran velocidad, y que incluso le estaba ganando terreno. Trastabilló, pero con enorme suerte logró recuperar el equilibrio y seguir corriendo. De forma poco consciente, siguió por la orilla del Tíber hasta encontrar una obra abandonada y protegida por una endeble verja que parecía a punto de caer. La saltó y corrió hacia el edificio, sorteando en su loca carrera ladrillos polvorientos y una carretilla oxidada.

Graziella Mori pronto estuvo dentro de la obra. Estaba vacía, salvo algunos sacos y herramientas apilados en la penumbra. Sacó su pistola y subió con cuidado por una escalera de cemento. Caminó en la oscuridad. El silencio, solo roto por el ruido de alguna moto y la sirena de un coche de la policía a lo lejos, le dio a entender que el fugitivo estaba bien escondido e inmóvil. Susurró por la radio a su compañero.

—Vigila fuera. No veo más salidas, pero eso no quiere decir que no las haya. Estoy en el primer piso. Esto está totalmente desierto. Hay uno más. Voy a subir.

—Ten cuidado. Ya vienen refuerzos —le contestó su compañero.

Enzo levantó la cabeza por detrás de una pila de ladrillos rotos y vio a la superintendente Mori entrar en el piso por un hueco con la pistola en posición. Sintió miedo y se agachó procurando no hacer ningún ruido. Luego, reptó por el suelo, maldiciendo su mala suerte. Aquel plumífero le había costado trescientos euros. Con agilidad logró alcanzar el hueco del ascensor de obra sin que lo viera y descolgarse por el grueso alambre que en su día había sujetado el elevador. Los guantes protegieron sus manos al deslizarse con una rapidez de la que no se creía capaz. Ya abajo, logró abrir la puerta de madera, pero esta cayó con estrépito, alertando a Barichiotto, que entró corriendo hacia donde provenía el ruido, preparando su pistola.

—¡Alto, policía! —Una figura alcanzó la salida con la agilidad de un zorro.

—¡Alto, policía! ¡Graziella, está aquí bajo!

Enzo alcanzó la valla y la saltó de nuevo. Corrió hacia el río hasta que vio que dos vehículos de los *carabinieri* se acercaban uno por cada lado, de manera que lo iban a cercar de un momento a otro entre dos edificios, sin escapatoria. Jadeando con fuerza, tomó una decisión desesperada, al ver como la mujer policía y el poli gordo se acercaban de nuevo: agarró el paquete de droga y lo lanzó al río antes de que estuviesen demasiado cerca.

Se asomó un momento y lo vio desaparecer.

Una hora después, Graziella Mori lo interrogaba en la comisaría. Estaba limpio. Mandó a varios policías para que buscasen en la obra por si la hubiese escondido allí, pero sin resultado. Lo dejarían libre esta vez, pero Graziella estaba segura de que volverían a encontrarse, más pronto que tarde.

Enzo Ferreti se instaló en el calabozo para pasar la noche. Solo pensaba en cómo iba a salir de aquel tremendo lío. Treinta mil euros de cocaína hundidos en el Tíber. Mucho más dinero para los que se dedicaban a cortarla y distribuirla. Era su puta sentencia de muerte. Pensó en suplicarles que le dejaran dentro por una buena temporada.

Marta lloraba en la cama sin consuelo. Enzo la había dejado colgada justo la noche en que ella le iba a decir que quería acostarse con él, que aquella iba a ser su velada especial. Pensamientos horribles acudieron a su mente. ¡Ni siquiera la había llamado! La imagen de Enzo en el hospital o algo peor sacudía su imaginación todo el tiempo. El rímel corrió por sus mejillas y manchó la almohada hasta que Candela acudió en su ayuda con un chocolate caliente. Cuando consiguió dormirse, acunada por su amiga, tenues rayos de sol se filtraron por la contraventana de madera.

Capítulo 10

El fiscal y la magistrada

La Coruña, La Zapateira, chalet de
Rebeca de Palacios,
jueves, 9 de febrero de 2012, 22.30 h

Rebeca de Palacios abrió la puerta. Allí fuera, con el cabello castaño mojado por la lluvia y cubierto por un grueso abrigo azul marino, esperaba el fiscal Manuel Griñán, que había aparcado su coche negro a pocos metros de la puerta del chalet en La Zapateira. Rebeca sonrió al verlo, sus ojos francos y oscuros la miraban con cariño, y le hizo pasar.

—Dame el abrigo. Estás empapado.

Él intentó besarla al pasar a su lado, pero Rebeca lo esquivó con elegancia y puso la mejilla con intención. Intuía que Griñán estaba enamorado, pero no quería dar alas a unos sentimientos que no le iban a llevar a ninguna parte. Así que cogió el abrigo y lo colgó del perchero de madera, mientras lo invitaba a sentarse en el sofá, cerca de la chimenea, encendida para paliar el frío del invierno.

—Voy a preparar dos copas de Rioja, Manuel. ¿Has cenado?

Él negó con la cabeza.

—No, pero no tengo hambre. No te preocupes...

Rebeca fue a la cocina y apareció al poco con una bandeja con quesos y una botella de Rioja recién abierta. La dejó sobre la mesa de madera rústica y se sentó al lado de Griñán, que encendió un cigarrillo para relajarse. Luego cogió la copa y bebió un sorbo, saboreándolo. Se recostó en el sillón, girado hacia Rebeca, que comía un trozo de queso sin demasiada gana, y cruzaba sus magníficas piernas bajo su traje chaqueta masculino en beige, con una cierta coquetería, lo que no le pasó desapercibido a Griñán.

—¿Cómo llevas lo de Pedro Mendiluce? —preguntó el fiscal. Rebeca suspiró antes de contestar.

—Deseando que empiece el juicio y acabe de una vez. Todo el día recibiendo llamadas. Yo no digo nada, como comprenderás, pero hay una gran presión sobre mis colaboradores. Y luego está la fauna amarilla, o rosa, o como se diga toda esa mierda. Que si salgo en la revista nosequé. Qué si llevo el bolso nosecuantos. Es como si mi trabajo se hubiese convertido en una pasarela de moda. No aguanto tanta frivolidad. Ese empresario es uno de los tipos más corruptos que ha visto esta ciudad en muchos años, con cargos que van desde la trata de blancas hasta el fraude urbanístico y solo saben hablar de mis bolsos... —Rebeca bebió un sorbo de vino y movió la cabeza con pesadumbre—. ¿Qué tal tú?

—Te puedes imaginar. Hablando de presiones acabo de recibir unas cuantas desde «arriba» para que no sea demasiado duro. Todo el mundo ha entrado en pánico. Me temo que ese Mendiluce tiene contactos en todas partes, debe de saber vida y obra de todos los políticos de España. Por no decir que los tiene a todos agarrados por los huevos. Es desesperante, Rebeca. De todos modos no tiene mucho que hacer. Las pruebas en su contra son apabullantes. Varias de las chicas van a declarar en su contra, a pesar de que estoy seguro de que las ha intentado sobornar o chantajear. Es su estilo habitual, de vicioso y depravado...

Rebeca lo interrumpió con un gesto de la mano que sostenía la copa de vino.

—Me encanta tu optimismo, pero debemos esperarnos

cualquier cosa. Te aseguro que la palabra *perder* no está en el diccionario de Pedro Mendiluce.

—Es posible —reconoció Griñán—, pero en el registro de su mansión encontramos la contabilidad doble de sus negocios ocultos. Créeme, se lo voy a poner muy crudo. ¿Y has visto a su nueva abogada?... Menuda pájara de cuidado.

—Sí, Sara Rancaño. La conozco. Vendería a su madre para ganar este caso. Es su oportunidad de demostrar a Mendiluce y a todos los de su calaña que es capaz de encontrar los suficientes agujeros en la ley como para que se escape un pez gordo. Pero ella es muy dura, créeme, no te lo va a poner fácil. Deja a la pobre Raquel Conde como una simple aficionada... —Pero al decir esto guardó un silencio profundo y se sintió un poco cruel, pues recordó el modo tan brutal en que Raquel había hallado la muerte a manos del Artista, algo que nadie merecía por pocas que fueran sus virtudes cuando vivía.

Patrick Doyle sonrió al escuchar la mención a Sara. Estaba satisfecho: ya había neutralizado a Márquez, y no tardaría en encauzar a la magistrada por el buen camino. Doyle disfrutaba en grado sumo cuando se trataba de preparar el plan que dejaría a alguien altivo y con poder en sus manos. Comparado con ese poder de dominación, el sexo era algo banal. De hecho, ya tenía casi decidido cómo iba a proceder para que esa tigresa se humillara ante él, pero tenía curiosidad por la relación de la jueza con el fiscal y la información que podía sacar de aquella conversación tan interesante. La gran pantalla plana mostraba la sala del chalet y a los dos en animada conversación mientras comían y bebían frugalmente. Los micrófonos transmitían las palabras de forma diáfana y Doyle no perdía detalle de lo que allí se estaba diciendo. Agudizó su escucha cuando Rebeca de Palacios comenzó a hablar de su hija.

—... pero estoy muy preocupada por la relación que tiene con su nuevo novio, un tal Enzo. En cuanto termine el juicio me voy a Roma a poner un poco de orden. Marta es una niña muy noble y buena, pero siempre se comporta de forma alocada. Y gracias a Dios que vive con su amiga Candela, que cuida de ella y la hace entrar en razón. Estoy aterrorizada, Manuel. Y aún le quedan dos años más en Roma. ¿Y si se enamora allí y no vuelve? Es lo único que tengo en la vida. No lo soportaría... —Rebeca se dio cuenta de que mostraba ante su acompañante un área de su vida en la que resultaba muy frágil y vulnerable, pero no le importó, porque en ocasiones necesitaba huir de su férrea coraza de mujer con la que aparentaba que nada podía perturbarla.

—Dale tiempo, Rebeca. No le des importancia. A esas edades todos nos enamoramos como críos y luego vienen los dramas y los nuevos novios... Déjala que disfrute de la vida. ¿O acaso tú no tenías novios a su edad?

Rebeca negó con la cabeza. A la edad de su hija, ella solo pensaba en estudiar y estudiar. La experiencia de un padre ausente, frío, y una madre enferma que siempre estaba sola y era desgraciada, le había enseñado que debía siempre depender de ella misma, no de un hombre que podía desaparecer en cualquier momento. Cambió de tema, abrumada por sus pensamientos.

—Te voy a sorprender —dijo, levantándose, y cambiando a un registro más frívolo—. Me han regalado un whisky buenísimo.

—No habrán intentado sobornarte, Rebeca... No quiero ser cómplice de un delito... —Manuel bromeó mientras admiraba el cuerpo esbelto de la jueza al levantarse. Sintió una oleada de deseo, que reprimió a duras penas.

—Por tu culpa me voy a echar a perder. ¡Eh! Solo dos dedos, mañana hay que madrugar...

Doyle observó complacido a la magistrada sirviendo los vasos de whisky mientras el fiscal le miraba el culo y luego el escote sin cortarse demasiado. Aquello se estaba poniendo interesante. Cuando empezaron a enrollarse, se acomodó, dispuesto a no perderse el show. ¡Aquella jueza de hielo se había convertido en una verdadera fulana en cuestión de segundos! Arrodillada delante del fiscal, le bajó los pantalones, le sacó la polla y se la introdujo en la boca, llevando todo el ritmo de la felación. Griñán intentó ponerle la mano en la cabeza, pero Rebeca se la apartó al momento, dejando claro que era ella la que mandaba.

«Menuda hembra», pensó Doyle, y empezó a respirar profundamente. Tenía que reconocer que estaba excitado de verdad. Le gustaban las mujeres de rompe y rasga, y aquella era un ejemplar de primera clase. Cuando Rebeca se quitó la ropa, empezó a desnudar al fiscal de forma apasionada, y Doyle se llevó la mano a los botones del vaquero, incapaz de resistir ni un segundo más.

Rebeca gemía, cabalgando sobre Griñán, que agarraba la cintura de la jueza y disfrutaba de la exquisita visión de su cuerpo delgado y moreno, iluminado por el fuego de la chimenea, follándoselo sin contemplaciones. Ella lo besó con lujuria mientras alcanzaba el orgasmo, y luego bajó el ritmo, moviendo lentamente sus muslos de acero para torturarlo de una forma deliciosa. Él intentó tomar la iniciativa, pero de nuevo Rebeca impuso su voluntad, llevándolo al clímax de un modo cadencioso pero implacable.

Cuando sus respiraciones se relajaron, Griñán intentó atraerla hacia sí y acariciarla, pero Rebeca se levantó de la alfombra del salón y dio por terminado el encuentro.

Su voz sonó fría pero cortés.

—Si no te importa, me voy a dar una ducha. Mañana hay mucho trabajo por hacer, Manuel, y tú aún tienes que regresar a tu casa. Mejor lo dejamos aquí.

Doyle movió la cabeza, admirado. Aquella jueza era una mantis religiosa. Pero cada vez tenía más claro cómo iba a humillar aquella frente altiva.

«Querida Rebeca, disfruta de tus últimos días de felicidad. Pronto serás una marioneta en mis manos», pensó.

Capítulo 11
Mal día para Enzo

Roma, via Castelfidardo,
mañana del viernes, 10 de febrero de 2012

Enzo miró cabizbajo su móvil. No quiso ni contar las llamadas perdidas de Marta. Aún no había juntado el valor suficiente para llamarla. Lo único que quería era llegar a su piso en via Merulana y darse una ducha. Pensar en el paquete de coca sumergido en el fondo del Tíber era lo más cercano a la desesperación. Toda la noche dando vueltas y vueltas para buscar una solución, en la soledad del calabozo de la policía. No se iban a creer que lo había tirado al río cuando se vio atrapado. Sospecharían que lo había revendido a mejor precio. Y si le creían, les daría igual, porque seguirían queriendo su dinero: «Son las reglas del juego. ¿Te iba a trincar la pasma? Pues es tu problema, colega».

Cuando cruzaba delante de la plazuela enfrente de la basílica de Santa María la Mayor, muy cerca ya del portal de casa, una limusina color crema se detuvo a su altura. Enzo no prestó demasiada atención hasta que el vehículo se paró por completo. La ventanilla oscura se bajó lentamente, y el hueco dio paso a una voz delicada que dijo su nombre.

—¡Enzo, amigo! Sube a dar un paseo conmigo.

Enzo miró hacia el interior de la limusina y vio a una mujer con rasgos hindúes, vestida totalmente de negro. También vio el cañón de un pequeño revólver apuntando hacia su persona. Le temblaron las piernas y no fue capaz de reaccionar.

La mujer de los brillantes ojos oscuros se asomó a la ventanilla con una sonrisa cínica en los labios.

—Enzo, sube. Seguro que sabes que tenemos que hablar. Cuanto antes solucionemos nuestro problema, mejor para ti.

Lo habían dejado solo en aquella habitación lujosa, desnudo, mojado y atado a una silla con grilletes en manos y pies. Enzo temblaba como una hoja mientras intentaba reprimir las lágrimas. El dolor había sido insoportable, brutal. Mientras aquella mujer extraña parecía disfrutar de la tortura, uno de sus sicarios, tras tirarle un cubo de agua helada por encima, había aplicado corrientes eléctricas en su escroto hasta casi hacerle partir los dientes. Cuando les contó lo mismo una y otra vez, consideraron que decía la verdad, especialmente después de llamar a contactos policiales que les confirmaron la noche que pasó en el calabozo.

La mujer entró de nuevo en la habitación de alfombras persas y cortinones del color rojo de la sangre, seguida de su secuaz calvo y enjuto. Era alta, morena, vestida con un largo abrigo de piel de zorro blanco y unos zapatos de tachuelas de Fendi. Las cejas se le arqueaban en un gesto despectivo cada vez que miraba el cuerpo deslavazado de un Enzo que ni siquiera se atrevía a mirarla, destrozado por el dolor y el miedo.

—Enzo, querido. Tenías razón. Al final, nos hemos tenido que creer que la policía te iba a quitar la droga. Nos hemos creído lo del río también, pobrecito mío. —Se acercó a su cara y lo agarró por el cabello—. Pero eso no es disculpa y lo sabes. Ahora... nos debes mucho dinero. doscientos mil euros, ni más ni menos, que era nuestro beneficio esperado... y te hago una rebaja —sonrió cínicamente.

Enzo intentó asentir, pero la mujer lo tenía agarrado con fuerza por el cabello.

—Nos vas a pagar, ¿verdad, Enzo? —Le quitó la mordaza de la boca y volvió a insistir—. ¿Cómo nos vas a pagar, eh, Enzo?

El prisionero intentó balbucear una respuesta coherente. No tenía ese dinero en ese momento. Tendría que esperar a hacer otro negocio para tenerlo... no tenía piso en propiedad para venderlo, no... Pero seguro que en un mes les podría pagar, se lo juraba.

La mujer se quitó el abrigo de piel con languidez, y mostró su espléndido cuerpo casi desnudo, solo cubierto con un sujetador negro, bragas y liguero negro y medias. Hizo un gesto imperioso a su secuaz, que se acercó a ella con un bolso de terciopelo negro. Sacó el pequeño revólver blanco del bolso.

Se puso delante de un Enzo que miraba todo aquello incrédulo, como si el terror que sentía formara una especie de pantalla onírica que pudiera protegerle.

—Eres un chico joven y muy guapo, Enzo. Me gustas. Así que te voy a dar una oportunidad. Vamos a jugar a un juego muy interesante. En Rusia son muy aficionados a este tipo de cosas... y esta tarde tengo ganas de pasarlo muy bien.

La mujer cogió una bala y la metió en el tambor del revólver. Luego hizo rodar el tambor con rapidez. Se sentó sobre Enzo con una sonrisa encantadora en los labios rojos, rozando con el sujetador el pecho desnudo del joven. Colocó el arma en la sien de Enzo y antes de que pudiera protestar, disparó.

El clic del gatillo al percutir hizo gritar a Enzo y pareció excitar sobremanera a la mujer, que rio a carcajadas.

—¿Cómo nos vas a pagar, Enzo querido? Dímelo, por favor. —Acercó sus labios a los de Enzo y su lengua los acarició con lujuria—. No siempre vas a tener tanta suerte como hace un momento...

El tambor del revólver volvió a girar. La mujer lo colocó en la boca de Enzo y apretó el gatillo. De nuevo otro clic estalló en su cerebro como si fuera a arrancárselo de cuajo.

Ella disfrutaba abiertamente del cuerpo sudoroso y los

temblores incontrolables de Enzo. De repente, se levantó y pareció perder la paciencia en un instante. Su voz adquirió la dureza del acero.

—¡Gilipollas de mierda! Tienes diez segundos para decirme cómo nos vas a pagar, Enzo. Diez segundos. Nueve... ocho... ¡Y esta vez te aseguro que no vas a tener tanta suerte! Siete... seis...

El dedo empezó a presionar el gatillo.

Enzo pensó rápido, a la desesperada. Luego gritó con desgarro.

—¡Os voy a pagar! ¡Os lo juro! ¡Tengo algo que vale más dinero! ¡Por favor, no me mates!

La mujer detuvo la presión sobre el gatillo, y luego bajó ligeramente el arma, interesada. Parecía sincero de nuevo.

—¿Qué tienes tan valioso que nos sirva para saldar la deuda?

—En mi cartera. —Enzo lloraba por el miedo y por la vileza de lo que estaba a punto de hacer—. Hay un par de fotos de ella...

Capítulo 12
Reconciliación

Roma, via Castelfidardo, apartamento de
Marta de Palacios,
mañana del sábado, 11 de febrero de 2012

Marta no cogió la llamada de Enzo. Estaba enfadada. Muy enfadaba. De hecho, no quería saber nunca nada más de él. Le había dado plantón y sin ninguna explicación, algo que ella no soportaba, y menos en un chico.

Se acercó a la ventana para ver el tiempo. Limpió el vaho con la manga del jersey de lana. Durante la noche había amenazado con nevar, pero parecía que las nubes habían dado una tregua a una ciudad que se despertaba dispuesta a disfrutar con el carnaval romano. Marta dio el último sorbo al café antes de irse a la facultad. Bajó por las escaleras con rapidez. Ya llegaba tarde, su amiga Candela hacía media hora que había salido a la biblioteca. Cuando abrió la puerta del portal, dio un respingo.

Allí estaba Enzo, esperándola fuera, muerto de frío, con un gran ramo de flores.

—Estaba esperando que bajaras. Toma, son para ti. Lo siento, Marta, de verdad. Me tuve que marchar corriendo por culpa de mi madre, se puso muy enfer...

Marta lo miró con ojos de reproche infinito y siguió caminando.

—Marta, por favor. No me ignores. Por favor... dame una oportunidad. Toma las flores por lo menos...

—¿Qué quieres, que te abrace? Llevas dos días desaparecido. Pensé que te había pasado algo. Tiene razón Candela, eres un capullo. ¿Tienes idea de lo mal que lo he pasado? ¿Tienes idea?

—Escúchame. Tuve que salir corriendo, mi madre se puso muy enferma, te lo juro, Marta. Créeme. No pude llamarte. Encima tuve que salir tan rápido que olvidé mi móvil en casa. Acabo de volver de Bolonia esta misma noche. —Enzo le volvió a acercar el ramo de flores. Marta resopló, pero lo cogió al fin—. Te resarciré. Esta noche te llevaré a cenar a un sitio caro.

—¿Piensas que me puedes comprar con una cena con velitas? Estás muy equivocado conmigo.

Marta miró las flores. Era un ramo precioso, elegido con mucho gusto. Los ojos de Enzo la miraban con desesperación. Parecía totalmente sincero y aquella mirada enterneció a una Marta cada vez más blanda.

—Por favor, Marta. Por favor. Te lo suplico. Queda esta noche conmigo y te explicaré todo. He reservado en el Antica Pesa. ¿Lo conoces? Tendrás que ponerte muy guapa...

El rostro de Marta se iluminó. Siempre había querido ir al restaurante Antica Pesa, en el Trastévere, con aquellos frescos maravillosos, y todos los famosos cenando allí. Asintió a su pesar. La oferta era demasiado tentadora, y Enzo parecía tan arrepentido...

Él la cogió de la mano y se la besó.

—Te recojo a las nueve. Recuérdalo. Tienes que ponerte muy guapa, Marta... eres preciosa. ¿Te lo he dicho alguna vez? Ven conmigo, te llevaré a la facultad. Hoy traje el coche...

Ninguno de los dos se fijó en un Mercedes negro aparcado a pocos metros del portal de Marta. Doyle tiró el vaso de café al suelo y puso en marcha el vehículo en cuanto los dos jóvenes doblaron la esquina, cogidos de la mano.

Capítulo 13

La traición

> Las traiciones en tiempo de guerra son infantiles comparadas con las traiciones en tiempo de paz.
>
> *El paciente inglés*, MICHAEL ONDAATJE

Roma, via Castelfidardo,
sábado, 11 de febrero de 2012, 21.00 h

A las nueve de la noche, Patrick Doyle vio salir a Marta del portal de su casa y soltó un silbido en sordina. La hija de la magistrada De Palacios lucía espléndida con su abrigo y vestido negros, sus perlas y sus zapatos de tacón, como una delicada Audrey Hepburn en la película *Vacaciones en Roma*. Enzo se había vestido también elegantemente con un abrigo que parecía un Armani auténtico y una bufanda de vistoso color amarillo, y ambos se acercaron a la enorme limusina color crema cogidos del brazo. Marta se llevó las manos a la boca para disimular la emoción. Luego, él abrió la puerta con gesto caballeroso.

Doyle sentía curiosidad por aquel romano con engañoso aspecto de joven rico. Se había tomado la molestia de seguirlo hasta su apartamento en via Merulana y le había sorprendido todo aquel trajín de gente extraña que entraba y salía del portal. Varias veces un gorila calvo salió de la misma limusina y subió al piso de Enzo, que desde su visita matinal a Marta no había salido más a la calle. Aquello no tenía muy buena pinta. ¿Qué hacía una niña delicada, fina, saliendo con aquel presuntuoso disfrazado de niño bien? ¿De dónde salía el dinero para contratar una limusina? Quizá tenía razón su madre al sospechar que el novio de su hija era una persona un tanto inconveniente.

Los siguió sin tomar demasiadas precauciones. El tráfico era denso, Roma comenzaba las fiestas de carnaval y en muchos sitios el paso estaba cortado por las actuaciones callejeras. Su coche era uno más entre la barahúnda de vehículos que pitaban y se saltaban los semáforos sin miramiento alguno. Sonó su teléfono: era Dolores Wells. Contestó con el manos libres. Asintió al escuchar las noticias de su jefa. Era necesario que hiciese pronto su trabajo, el tiempo apremiaba y Pedro Mendiluce se estaba poniendo muy nervioso a medida que la fecha del juicio se acercaba. En realidad, Doyle ya había preparado todo el dispositivo. Solo faltaba que apareciese la oportunidad. Había que tener paciencia, nada más. Era cuestión de días. O incluso de horas.

Pronto el vehículo con los novios cruzó el río por el ponte Garibaldi y llegó al barrio del Trastévere. Doyle conocía la zona a la perfección por haber realizado una operación algunos años antes justo por allí. Cuando enfilaba la via Garibaldi sonrió: ya sabía dónde iban a cenar aquella noche.

«Vaya, vaya. El Antica Pesa. No es tonto el tal Enzo...» Doyle aparcó su Mercedes a distancia prudencial y esperó a que entraran en el restaurante. Sacó los prismáticos para no perder detalle. Una vez dentro, la limusina desapareció.

Se preparó para un largo rato de espera. Salió fuera del coche para estirar las piernas y desentumecerse un poco. El frío golpeó su cuerpo, pero le sirvió para espabilarse. Llevaba casi todo el día en tareas de vigilancia y necesitaba un poco de acción. Decidió entrar en el restaurante. Había estado más veces, y además de una pasta de impresión, tenía los mejores postres de toda Roma.

Enzo miraba comer a Marta con embeleso. Quería olvidar lo que había hecho. Quería olvidar su acuerdo. Quería congelar aquel momento y ver disfrutar a aquella joven maravillosa que cogía con delicadeza de bailarina trozos de langosta y se los llevaba a la boca con inconsciente sensualidad. Enzo se sintió terriblemente mal. La culpabilidad hacía que removiera la pasta con el tenedor sin ser capaz de tragar ni un bocado. Bebió otro largo trago de vino para intentar ahogar aquella sensación de profundo agobio. Lo que estaba a punto de hacer era indigno de un hombre, pero se trataba de su vida. Aquella había sido la única forma de sobrevivir que se le había ocurrido, y él era un superviviente nato. Así intentaba acallar su conciencia, que le remordía cada vez más al ver los ojos de cervatillo agradecido de su novia, que parecía disfrutar de cada instante de la cena bajo la luz de las velas.

Sonó el teléfono. Era aquella mujer diabólica. Enzo se disculpó y fue al baño a contestar.

—Ya está todo listo, querido Enzo. En media hora estaremos ahí para recogerla.

Decidió ganar tiempo. No podía ser, aún no. Era demasiado pronto.

—¡Eso es imposible! Tenemos para una hora más. —Enzo ahora susurró, apurado, el corazón encogido por el sonido metálico de aquella voz implacable.

—¿Una hora? Imposible, querido. Media hora. Apura con los postres. Emborráchala bien. Caminad un poco hasta donde esté la limusina y procura que ella se siente detrás. Luego tú tendrás que desaparecer. Si te preguntan, di que la dejaste en el portal de su casa y que a partir de ahí no sabes nada.

Enzo se tocó el cabello, desesperado.

—Por favor, no le hagáis daño. No la hagáis sufrir...

La mujer rio a carcajadas al otro lado del teléfono.

—No temas. Se lo va a pasar muy bien. Tanto que querrá repetir...

Enzo había hecho esa súplica sin esperanza alguna, consciente de que había vendido a Marta, así que no podía aspirar a nada más que a despreciarse el resto de su vida por su cobardía.

Volvió a la mesa con el semblante totalmente pálido. Marta se preocupó al verle la cara del color de la servilleta.

—Enzo... —Lo cogió de la mano—. ¿Estás bien? ¿Te pasa algo? Estás raro esta noche. ¿Es por lo de tu madre?

—No, no es nada. —Enzo controló su angustia con un esfuerzo sobrehumano—. No te preocupes. Voy a pedir los postres y un vino espumoso y luego nos vamos. Afuera hay más ambiente, necesito un poco de aire fresco, es todo.

Marta ladeó la cabeza y le apretó la mano con cariño.

—Estoy muy agradecida por esta noche. Perdona por haber dudado de ti, pero me puse muy mal cuando me dejaste tirada, compréndelo. —Marta dudó unos segundos y luego bajó la voz, luciendo un mohín seductor junto a sus ojos descomunales—. Tengo que decirte una cosa.

Enzo esbozó una mueca parecida a la sonrisa a duras penas. Aquello era un infierno, y él era consciente de que se había ganado a pulso cada uno de los tormentos que estaba padeciendo; sentía asco de sí mismo y solo su infinita cobardía le impedía salir corriendo de allí y quién sabe si arrojarse a las frías aguas del Tíber. Y la sonrisa inocente de Marta era su peor castigo.

—Esta noche quiero hacer el amor contigo —le susurró Marta, con una expresión en sus ojos que hubiera conmovido a todo aquel que remotamente fuera un hombre.

El joven, sin querer, tiró la copa de vino sobre la mesa.

Doyle pagó la cuenta y salió a la calle adoquinada. Había escuchado parte de la conversación de Enzo en el baño y estaba cada vez más convencido de que allí estaba pasando algo muy extraño. Al poco tiempo, vio llegar silenciosamente la limusina y detenerse un poco más arriba, en la curva, cerca de la puerta de un hotel.

Doyle se subió al coche y lo arrancó. Su instinto lanzaba señales cada vez más evidentes de que allí estaba ocurriendo algo que no estaba en sus planes iniciales. Se puso cerca de la puerta del restaurante, a pocos metros del largo vehículo, y esperó.

Enzo y Marta salieron abrazados. Enzo la dirigió hacia la limusina y le abrió la puerta trasera. Marta entró. La limusina se puso en marcha a toda velocidad, dejando a Enzo en tierra, que empezó a correr en dirección contraria como un poseído.

Patrick Doyle, después de unos segundos de estupefacción, arrancó el coche antes de que el largo vehículo blanco se perdiera en la oscuridad helada de la noche romana.

Capítulo 14
Giovanni Nero

Roma, via Baccina, casa de Giovanni Nero,
sábado, 11 de febrero de 2012, 21.00 h

Giovanni Nero se quitó las lentillas de color oscuro. Las colocó en su sitio con cuidado y se restregó delicadamente los ojos para aliviar el escozor. Cogió un pequeño recipiente de plástico y volcó unas pocas gotas de suero en cada ojo. Parpadeó y falsas lágrimas saladas corrieron por sus mejillas.

Se miró las manos, las sumergió en agua hirviendo y volvió a restregarlas con la pastilla de jabón, como una lady Macbeth incapaz de hacer desaparecer las manchas de sangre del rey Duncan que delataban su infamia. Aún no se había acostumbrado a su nueva cara, ni a su pelo oscuro y largo, así que cada vez que se enfrentaba a un espejo, recibía la mirada de un extraño de ojos febriles que parecía acecharle desde el otro lado del reflejo.

Llenó un vaso de agua y se tomó dos pastillas para aplacar la intensa migraña que golpeaba sus sienes, inmisericorde como un martillo. Luego volvió a colocarse las lentillas que ocultaban sus ojos azules para completar su personalidad y, por último, levantó el cabello y recorrió con un dedo largo y pálido la cicatriz que ocultaba, una cicatriz que cruzaba su frente, y que la cirugía había disimulado, aunque no había conseguido hacer desaparecer del todo. La cicatriz que le recordaba todos los días cuál era su destino, su principio y su final.

Tomó aire y se calmó con gran esfuerzo. Luego, salió a la penumbra del estudio, ya vacío. Eran las nueve de la noche, y había terminado con su último alumno del día, Maurizio, un niño de prometedoras cualidades artísticas. Recogió los útiles de pintura, lavó los pinceles de forma escrupulosa y la paleta. Era la última vez que daba clases de pintura, se prometió. Luego se sentó delante del ordenador y volvió a mirar la foto que había descubierto días atrás en internet, en *La Gaceta de Galicia*. Un grupo de policías con uniforme de gala homenajeaban a tres compañeros que habían muerto ahogados en La Coruña, tratando de salvar a un bañista temerario en la playa del Orzán. En la primera fila destacaba una joven inspectora de cabello oscuro y tez pálida. Con la gorra en la mano enguantada, su aspecto serio, solemne, la hacía destacar entre todos los demás.

Nero escrutó de nuevo la fotografía. Vio dos medallas en su pecho. Vio sus ojos grises, sus pómulos finos. Recordó a aquella mujer desnuda, durmiendo a su lado, en su cama. La blancura de sus senos y su vientre, la luz que iluminaba su sonrisa franca. Su voz cantando ópera de forma cómica cuando quería burlarse de él.

Hacía más de un año ya.

Se levantó de la silla con semblante demudado. Luego subió al viejo caserón en via Baccina por una puerta que comunicaba el estudio con el interior del edificio color creta. Subió las escaleras de madera, que emitieron un quejido antiguo, y llegó a su habitación. Tocó el timbre, que resonó en el piso de abajo con estrépito metálico. Al poco apareció la asistenta que le habían asignado, una mujer joven, escuálida y silenciosa que a veces parecía materializarse a su lado incluso antes de que él la requiriese.

Nero siempre se sentía algo incómodo ante la mirada escrutadora de aquella mujer. Trató de sonreír pero le salió una mueca amarga.

—Regina, tráeme la ropa que te encargué ayer.

La mujer asintió y desapareció por el pasillo. Al poco volvió con lo que se le había pedido y se esfumó por las escaleras. Giovanni Nero sacó del plástico el frac, la capa y la máscara blanca y lo depositó todo sobre la cama.

Una hora después un hombre enmascarado recorría la estrecha callejuela de la Salita del Grillo, camino de los Foros Imperiales. La oscuridad se cernía sobre la Ciudad Eterna, y la protegía de miradas indiscretas. Había empezado a nevar. Nero solo se movía en la oscuridad, como las aves nocturnas, las polillas y los roedores. La llegada del carnaval le daba la oportunidad de manejarse por Roma con mucha más libertad. Necesitaba un poco de vida social...

Cogió su pequeña furgoneta, aparcada lejos de su casa, y decidió recorrer la helada noche romana para buscar un poco de diversión que alimentara su espíritu atormentado.

Capítulo 15

Fiesta de carnaval

Roma, zona del Lungotevere Prati, junto al castillo de Sant'Angelo. Principio del carnaval romano, noche del sábado, 11 de febrero de 2012

Eleonora se estaba congelando con su disfraz de romana. Una túnica blanca fruncida en el pecho por una cinta dorada apenas cubría su piel que, en aquel momento, estaba totalmente de gallina. Sus sandalias doradas tampoco ayudaban demasiado en aquella noche gélida, a pesar de que en la suntuosa fiesta de disfraces habían habilitado grandes estufas que mitigaban un poco la congelación de los dedos de sus pies, totalmente al descubierto. Se abrigó con la capa de piel sintética que había cogido para completar su atuendo, y golpeó el suelo con las sandalias para entrar en calor. Miró su copa de Lambrusco. Estaba vacía. ¿Dónde se había metido su acompañante? Levantó la cabeza, aprovechando para lucir el tocado de trenzas y moño que tanto trabajo le había costado elaborar en su fino cabello oscuro. El antifaz se bajó y le impidió ver. Estaba harta del antifaz. Se le había caído ya dos veces. La goma se desprendía del pequeño agujero y ella estaba demasiado borracha para hacerle un nudo decente. Así que se lo quitó un momento para buscar a su amigo Luigi, perdido entre tanta gente que bailaba y gritaba con serpentinas y confeti colgando de los diferentes disfraces. Empezó a moverse trabajosamente entre máscaras venecianas, leones de cobre que la saludaban con gestos mudos, payasos diabólicos que reían y le intentaban descolocar el peinado, figuras estáticas de caballeros empolvados que bebían Campari. La música tecno atronaba la plaza y el sonido rebotaba en el castillo de Sant'Angelo, que parecía sumido en su eterna calma de siglos.

—Seguro que hay más de un cura disfrazado por aquí —dijo susurrando, al tiempo que sonrió divertida. La cercanía de las carpas al Vaticano hacía que la música llegase a las mismísimas estancias papales al otro lado del río. Se preguntó cuánto tardarían las altas instancias eclesiásticas en criticar las fiestas del carnaval romano.

Cuando encontró a Luigi, Eleonora dejó de sonreír y cruzó los brazos sobre el pecho. El muy cerdo, vestido de caballero medieval, estaba coqueteando abiertamente en la barra de la fiesta con una pizpireta arlequín, con traje de cuadros, completamente ceñido al cuerpo como una malla ajustada.

Eleonora fue a la barra y pidió otra copa de Lambrusco. No iba a montar otra escena con aquel idiota. No era la primera vez que hacía una cosa así. Luigi era un hombre encantador, pero cada vez que bebía le salía una faceta que a ella le desagradaba profundamente. Le gustaba ponerla celosa hasta sacarla de quicio. Y aquella noche no le daba la gana. No se había puesto aquel disfraz tan maravilloso para malgastarlo con las bromas pesadas de Luigi.

Se tomó la copa de un trago cuando vio a la mujer arlequín besarlo en la boca sin ningún reparo. Pidió otra más. Se perdió entre la gente de nuevo, agobiada por las risotadas y chillidos de las mascaritas que le lanzaban puñados de confeti. Al fondo de las carpas vio ligeros copos de nieve que se arremolinaban brillando como pequeños diamantes y, de pronto, sintió mucho frío. Se quería ir a casa. Abrigarse. Tomar algo caliente y dormir.

Eleonora caminó unos metros y se apoyó en un portal de la plaza lejos del bullicio de la fiesta. Notó que las lágrimas corrían por sus mejillas. Tiró la máscara al suelo y bebió otro sorbo de vino. No quería que la vieran llorar, pero no podía evitarlo.

—¿Estás bien?

La voz profunda tenía acento extranjero. Eleonora miró al enmascarado que se había acercado a ella y sonrió con tristeza. Se enjugó las lágrimas.

—Sí. Solo un poco mareada. No te preocupes. —Eleonora miró el disfraz del hombre, sintiendo un *déjà vu* extraño. Su voz sonó algo pastosa—. ¿De qué vas vestido? Estás muy elegante...

La voz adoptó un tono solemne, todavía más engolada.

—Soy el Fantasma.

Ella asintió y sonrió. Era verdad. *El fantasma de la Ópera.* Había visto la película hacía poco. El disfraz era muy bueno.

El Fantasma la miró de arriba abajo con admiración.

—Eres una emperatriz romana muy hermosa. ¿Valeria Mesalina?

Eleonora soltó una carcajada y miró al enmascarado, que continuaba observándola con gran seriedad a través de la máscara blanca.

—Mejor llámame Eleonora. Es mi verdadero nombre. —Notó otro pequeño mareo y náuseas. A lo mejor era el momento de irse a casa.

—Eleonora... Me recuerdas mucho a una gran amiga que vive lejos de aquí... —dijo el Fantasma ya en un tono mucho más bajo, mientras se acercaba a la joven solitaria.

De repente, el enmascarado abrió su capa, caminó el paso que todavía le separaba de Eleonora y la abrazó con una fuerza inusitada, envolviéndola con la gruesa tela. Ella intentó gritar, pero él cerró su boca con un beso brutal, ahogándola, mordiendo los labios, sintiendo el vapor del alcohol de su víctima evaporarse en su lengua. Eleonora luchó, debatiéndose, pero su boca era presa de su captor, y sus brazos, envueltos en la capa, daban golpes absurdos que no encontraban destino. Vio, desesperada, por el rabillo del ojo, como un grupo de máscaras los saludaba y jaleaba el beso como si fuesen unos enamorados llevados por la urgencia de la pasión. Intentó gritar, pero los labios del hombre se clavaron en los suyos como los dientes de una lamprea, enmudeciéndola por completo.

El Fantasma la arrastró hacia dentro del portal. Eleonora empezó a patalear y bracear con fuerza para escapar de aquella fuerza ominosa. Pero la ira desmesurada del hombre la llevaba en volandas hacia el terror, sin que ella pudiese hacer nada para evitarlo. La tiró contra la pared pintada de cal. Volvió a besarla mientras el filo del cuchillo entraba y salía de su costado con fuerza implacable. El homicida estaba disfrutando de los estremecimientos de agonía de Eleonora como si fuesen espasmos de amor.

La sangre se escurría, pegajosa, por su vientre y por sus piernas, mojando las sandalias doradas. Eleonora, en sus últimos instantes de agonía, notó incrédula como el hombre acariciaba sus pechos y la besaba con dulzura de amante, y se preguntó si todo aquello tenía algún sentido, como si el cuerpo que se estaba muriendo fuera el de otra persona.

Nadie sospechó cuando el enmascarado cogió en brazos a la joven ebria y la llevó a su coche, donde la acomodó cuidadosamente en el asiento delantero. La fiesta romana estaba en todo su apogeo.

Doyle había seguido a la limusina durante unos treinta kilómetros en dirección oeste hasta que al fin llegaron a aquella magnífica fortaleza al lado del mar, convertida en un hotel de lujo al alcance de unos pocos, que el sicario reconoció al momento como propiedad de un millonario norteamericano. La limusina desapareció tras un inaccesible gran portalón de metal situado en la parte trasera de la fortaleza.

Decidió dejar el coche escondido y luego alojarse en el hotel, como un cliente más. Aprovechando la entrada de un grupo de canadienses algo bebidos, se introdujo en el *hall* sin llamar la atención. Doyle agradeció la calidez del lugar después del helado ambiente marino de la zona, y cuando los recepcionistas hubieron terminado con los canadienses, pidió una habitación lo más discreta posible.

Capítulo 16

Laura Cortés y Ribera

Roma, gueto romano, galería de Laura Cortés, mañana del domingo, 12 de febrero de 2012

—¿Qué le parecen?

Laura Cortés y Ribera mostró dos de los lienzos que guardaba celosamente en su galería al joven obispo. Él los admiró con codicia. Reconocía la calidad al momento, y aquella obra era sobresaliente.

—No están mal. —Disimuló su entusiasmo con un rictus de insatisfacción—. Son originales, hay que reconocerlo. Especialmente este. —Señaló el cuadro que mostraba a santa Ágata totalmente desnuda y atada a una columna, una sombra oscura y diabólica cortándole los senos—. Ella es preciosa. Una maravilla. —El obispo se relamía recorriendo con la mirada la piel blanca y el oscuro cabello de aquella hermosa mujer torturada.

—El otro tampoco desmerece, señor obispo. El martirio de santa Inés. Fíjese en la pincelada. Y en los detalles simbólicos —dijo Laura, que entendía perfectamente los gustos del señor obispo.

—Es la misma modelo en los dos cuadros, ¿verdad? ¿Quién es? Una mujer remarcablemente bella... —Su índice delgado siguió a pocos milímetros del óleo el contorno del cuerpo marmóreo que surgía de entre las llamas.

—Dudo que exista en realidad. Giovanni es muy especial, no utiliza modelos, todo sale de su mente.

Laura lo observó con una sonrisa de vendedora profesional pintada en su bien conservada cara de porcelana.

—¿Entonces, se los lleva?

—Me parecen muy buenos. Me los llevo, si me haces precio por los dos. Y otra cosa... ¿Giovanni pinta al fresco? —Ella asintió—. Me gustaría que hiciese un trabajo en San Bonaventura al Palatino. Están reformando el convento y necesitamos un fresco que sustituya al que había antes, un desastre sin ningún valor artístico. Por poco dinero, claro está. Hay mucha crisis, Laura.

—Giovanni puede hacerlo gratis, señor obispo. Es un hombre muy devoto... no me costará nada convencerle.

Capítulo 17

Malos presagios

Roma, via Apia, catacumbas de San Sebastián,
domingo, 12 de febrero de 2012, 9.10 h

Sor Aurelia lloraba con un lamento en sordina, un gemido largo que al comisario Esposito Ranucci le pareció que surgía de lo más profundo de su alma. Le alcanzó un pañuelo de papel y esperó con paciencia a que se calmase. La monja se sorbió los mocos y miró al inspector con los ojos convertidos en dos ranuras enrojecidas. La nieve había cubierto parte de la entrada de la basílica de San Sebastián Extramuros, y conseguir que el enorme patio no se convirtiese en un lodazal pisoteado y resbaladizo le había llevado un buen rato y no menos esfuerzo.

—Ha sido horrible. Bajé a abrir la puerta del templo, a las ocho menos cinco de la mañana. Y ella estaba ahí fuera, tirada en el suelo de piedra.

La monja empezó otra vez a gemir, esta vez con menos intensidad. Esposito cogió con respeto su mano y la apretó para animarla a seguir hablando, mientras veía a los de la Policía Judicial recoger pruebas vestidos con sus trajes blancos de papel. El cuerpo degollado de la joven seguía allí, delante de ellos, con su túnica blanca empapada en sangre, que había formado un charco enorme alrededor del cuello. Estaba dispuesta en decúbito lateral, los dos brazos hacia delante, las piernas descubiertas, ligeramente flexionadas, el cabello dispuesto por delante del rostro, emplastado también por la sangre derramada. La túnica, rasgada por varios lugares, dejaba ver los senos de la víctima, veteados de ojales color carmesí. Dos velas petitorias, ya casi consumidas, habían ofrecido su luz a la siniestra figura durante su reposo nocturno. Había dos angelotes de yeso a ambos lados del cuerpo.

La monja se santiguó y empezó a hablar de nuevo.

—Estaba ahí fuera, como si durmiera... Era como una estatua, iluminada por las velas, pero estaba muerta, inspector. Olía a incienso y a cera. ¿Quién puede hacer algo así? Esta es la casa del Señor, es un lugar de paz... ¡Dios la tenga en su seno!

El comisario Ranucci, un hombre cerca de la cincuentena, bajo pero fornido, con el pelo bastante largo y gris y más de veinte años de experiencia en la brigada judicial, volvió a mirar la silenciosa quietud del cadáver. Aún no sabían quién era aquella desdichada joven. Mientras esperaban la llegada del forense, Ranucci elevó una plegaria silenciosa por su alma y se estremeció involuntariamente. Comprendió que ese crimen no era uno más de los que ocurrían a diario en Roma, y que su autor caminaba libre entre sus conciudadanos, muy probablemente poseído por una extraña determinación.

Capítulo 18

Regina

Roma, via Baccina, casa de Giovanni Nero,
mediodía del domingo, 12 de febrero de 2012

La mano huesuda aferraba su muñeca derecha, que sostenía un pincel, a través de la vidriera gótica de colores. Él intentaba liberarse, pero los dedos escuálidos se clavaban en la carne hasta hacer sangre. No quería mirar. Tiraba con fuerza, su otra mano intentó desprenderlo de la garra, pero era como mover un gancho de hierro fundido sobre su piel. La garra lo acercaba a los cristales rotos a pesar de que él se resistía con todas sus fuerzas. Fuera, el viento y la lluvia aullaban como poseídos por la ira de Dios. Los afilados cristales se acercaban a sus ojos como teas ardientes.

Un esqueleto de ojos vacíos y larga melena roja surgió del viento. Los cabellos se enroscaban en su cuello con elasticidad de medusas. Detrás, una virgen negra reía con la boca muy abierta, y el silencio de aquella carcajada penetró en sus oídos como una daga florentina. No podía respirar. Los cabellos se introdujeron en su boca, decididos a penetrar hasta lo más hondo de su cerebro.

Al fin otras manos lo zarandearon, y un grito lo sacó de aquella pesadilla interminable.

—Giovanni. *Signore* Giovanni. ¡Por favor, despierte!

Nero se incorporó, cubierto de sudor. Regina estaba sentada en el borde de la cama, intentado despertarlo. Lo miró con fijeza con sus pequeños ojos castaños, duros como canicas.

—Está aquí la *signora* Laura. Quiere hablar con usted de inmediato. Lo llamé desde la puerta, pero no contestaba.

Nero volvió a tirarse sobre la sábana. De repente, todos los acontecimientos de la noche anterior sacudieron su mente, cortándole la respiración. Se llevó las dos manos a la cara y las dejó allí, mientras inspiraba con fuerza para calmarse. Hizo un esfuerzo para serenarse.

—Dile que ahora mismo estaré listo. ¿Qué hora es?

—Son las doce de la mañana, *signore*. Ayer volvió muy tarde...

Nero la fulminó con la mirada y ella se levantó de la cama con cautela y retrocedió, la mirada clavada en los zapatos.

—Prepárame café. Dile a Laura que voy de inmediato. Puedes irte.

Nero buscó las pastillas contra el dolor de cabeza en el cajón de la anticuada mesilla y se tomó dos con un trago de agua. Cuando volvió a mirar, la criada ya había desaparecido, tan sigilosa como un fantasma.

La vieja cocina de azulejos resquebrajados tenía su encanto. O eso pensaba Regina siempre que miraba las gruesas vigas del techo, las alacenas con cortinas de vichí, los cazos de cobre y la grifería goteante que la señora Laura se había negado a cambiar. Ella, en todo caso, no era mujer de quejarse. Laura Cortés le había dado cobijo cuando se vio obligada a huir de un esposo brutal que la casi la mata a palos en Sicilia, de donde procedía. Con treinta y tantos aún estaba en lo mejor de su vida, pero el miedo a ser encontraba por su esposo o su familia y su natural tendencia a la discreción la hacían ser muy cauta, apenas salía, y sentía devoción por esa mujer que le había salvado la vida. Y esa lealtad se extendía también al protegido de su señora. Regina suspiró, por lo menos los electrodomésticos eran modernos y eso le facilitaba mucho la labor. Salió a la terraza sin hacer caso del frío. Su uniforme no abrigaba demasiado, pero tampoco iba a estar mucho tiempo fuera. Llevaba un montón de ropa para lavar, así que se espabiló.

Cuando cogió la camisa blanca que había usado Giovanni Nero por la noche, se la acercó a la cara para aspirar el olor masculino. Inhaló con fuerza, embriagándose del aroma a sudor y a Chanel. Todo su cuerpo sintió un espasmo. Cuando la retiró de su rostro, observó unas extrañas gotas rojas en la pechera.

Después de mirarla con detenimiento la metió en la lavadora.

Laura se llevó la taza de café a los labios con sensualidad. Era una mujer de belleza regia, antigua, descendiente de muchos siglos de austeridad castellana. A sus cincuenta años, algunas canas perlaban ya su cabello oscuro, pero ella no se preocupaba por esconderlas. Sabía que el cabello encanecido le otorgaba un halo de elegancia señorial, y a la hora de salir adelante en su trabajo como marchante era fundamental dar aquella imagen de mujer triunfadora y serena.

Cuando entró Nero en el salón, con su cabello aún mojado de la ducha y su aire de oscura melancolía, se levantó, tocándose la media melena con coquetería. Era el hijo de su íntima amiga Ana Salazar, era cierto, y mucho más joven que ella, pero no importaba demasiado. Era atractivo, especialmente cuando se quitaba aquellas lentillas horribles que apagaban sus llamativos ojos azules. Y tenía un gran talento como pintor. A Laura le parecía inexplicable que nunca hubiese triunfado cuando estaba en España. También le parecía inexplicable la historia que le había contado su amiga sobre su búsqueda y captura por intento de asesinato. Ana Salazar estaba convencida de que todo lo que había ocurrido había sido una encerrona de la novia arribista y policía que tenía en aquella época. Una zorra de cuidado, por lo que había podido saber, que lo había destrozado hasta el punto de tener que huir del país y esconderse en su casa bajo una identidad falsa por culpa de sus manejos. Ella compartía del todo esa opinión. ¿Giovanni intentando matar a un antiguo pretendiente de su novia? Completamente ridículo. ¡A saber qué oscuros intereses habrían provocado esas falsas acusaciones! Giovanni era un hombre encantador, silencioso y siempre triste, pero de gusto exquisito, conversación inteligente e infinita paciencia cuando daba clases de pintura a sus pocos alumnos. Nunca violento ni agresivo, siempre comprensivo, como correspondía a quien había sido un excelente profesor de arte en la Universidad de A Coruña. Jamás le había visto perder los nervios.

Le debía muchos favores a la madre de Giovanni, que la había apoyado siempre, especialmente durante su sonado divorcio en Madrid, cuando su exmarido había querido meterla en un manicomio falsificando informes psiquiátricos para quedarse con todo el dinero. Pero aquellos tiempos terribles quedaban muy atrás. Y ella estaba encantada de acoger a Giovanni no solo por lealtad a su amiga, sino también porque su compañía le era grata en muchos sentidos. Le iba a dar una buena noticia. Había vendido dos de sus cuadros por una cantidad muy interesante y, además, tenía un encargo en la iglesia de Bonaventura para pintar un fresco mientras los monjes estaban fuera del convento por el tiempo que duraran las obras. Así que le sirvió un café de la cafetera de plata y le acarició el cabello con ternura antes de darle las buenas nuevas.

Capítulo 19

La cautiva

Hotel Fortaleza Condotiero, a 30 km al oeste de Roma, tarde del domingo, 12 de febrero de 2012

Marta despertó de repente, sintiendo el corazón retumbando en el pecho. Notó un calor intenso, sofocante bajo la sábana que la cubría. Se intentó incorporar, pero sus manos y sus pies estaban sujetos a la cama por unos grilletes que tintinearon con el esfuerzo repentino. Se debatió unos segundos, pero pronto su cabeza cayó en la almohada. Respiró profundamente y se rindió. Su corazón seguía latiendo con velocidad angustiosa: tenía grabado a fuego lo que le había ocurrido al entrar en la limusina, el perfume intenso de aquella extraña mujer del abrigo de piel que le apuntó con un revólver plateado, el pinchazo en el cuello que la mareó primero y la sumió en un profundo sueño. No entendía nada de lo que le estaba pasando. Estaba muy confusa, pero de pronto el nombre de Enzo martilleaba sus sienes con violencia. ¿Tenía él algo que ver con lo que le había pasado? Y lo que era más importante... ¿Dónde estaba? ¿Y en manos de quién?

Marta intentó tranquilizarse y analizar la situación. La estancia en donde se encontraba era muy amplia, tenuemente iluminada por unas cariátides negras, brillantes, que sujetaban candelabros de bronce. Un delicado aroma a rosas se esparcía por la estancia, y al fondo, los ojos de un unicornio la taladraban desde la foresta de un viejo tapiz. La calefacción estaba puesta al máximo, porque el calor era casi asfixiante. En las esquinas había dos armaduras que a Marta le recordaron una ilustración que había visto hacía poco en un libro de grabados. Su prisión parecía pertenecer a un palacio o un castillo del Renacimiento italiano.

Estaba tendida en una cama con dosel, con los cortinajes de seda azul recogidos en un extremo. A los lados de la cama, los armarios de madera tallada tenían las puertas cubiertas de espejos. También había un espejo en la parte superior de la cama, en donde podía verse reflejada, los brazos sujetos en cruz al cabecero. Las sábanas eran de seda azul petróleo, de tacto suave, pero a Marta se le antojaron resbaladizas y siniestras como el mar de los Sargazos.

Sintió sed. En una mesilla al lado de la cama, había una botella de agua y un vaso, pero ella no se podía mover. Pensó en gritar, pero no se atrevió. Estaba paralizada por el miedo.

Patrick Doyle seguía con sus labores de vigilancia, agazapado detrás de una gruesa columna de mármol en el jardín del hotel hasta que vio llegar una comitiva de vehículos de alta gama que iban desgranando a sus ocupantes, todos enmascarados y vestidos con disfraces lujosos, dignos del carnaval más exclusivo. Sin duda se preparaba una gran fiesta. Pero el papel que Marta de Palacios iba a jugar en aquel lugar le seguía resultando desconocido, y eso lo incomodaba. Todo aquello era un escollo imprevisto y muy grave a la hora de seguir adelante con su misión, y no tenía mucho tiempo para solucionarlo. Se introdujo de nuevo en el hotel y una vez dentro del *hall*, observó con atención a los invitados, a los que recibía un nutrido grupo de camareros con sus caras cubiertas con máscaras venecianas, las bandejas llenas de botellas de champán, vino, aguas de diseño y montoncitos de canapés y dulces. Una pequeña orquesta de cámara tocaba valses de Strauss y tarantelas. Doyle pudo escuchar los gritos de los comensales de una boda que se celebraba en los salones de la planta baja, acompañados de viejas canciones italianas y el alboroto típico de la celebración. El suntuoso *hall* del castillo estaba lleno de gente disfrazada y de hombres y mujeres de elegancia extrema.

Se fijó en una mujer morena, de rasgos hindúes, cubierta por un abrigo de piel blanco. Era la misma que había visto salir del apartamento de Enzo durante sus labores de vigilancia. Llevaba en la mano un antifaz de puntilla negra, y daba órdenes a diestro y siniestro a través de un pequeño micrófono. Cogió su móvil y empezó a hablar en alto. Iba acompañada por dos enormes gorilas vestidos de negro y enmascarados, que miraban hacia todas partes sin disimulo, con expresión amenazadora. Se acercó, fingiendo ser uno de los invitados borrachos de la boda, y conectó el pequeño dispositivo de escucha a distancia, rezando porque funcionara. Esperó unos segundos hasta que la voz de la mujer, entrecortada al principio, luego más nítida, resonó en su oído.

—Ya tenemos la mercancía. Se encuentra en perfecto estado, en la suite. —La voz aterciopelada de la mujer escondía el peligro de una cobra. Doyle sonrió para sí sin poder evitarlo. Reconocía el tono de forma instintiva. Aquella hembra era una hermana de sangre, sin duda. Prestó mucha atención a sus palabras.

—Tengo preparado el cóctel de sedantes —continuó la mujer—. En un par de horas estará lista. Sí, por supuesto. Es virgen. Te lo puedo asegurar, Guido; lo he comprobado durante el trayecto...

Doyle no necesitó mucho más para entender el papel que iba a jugar Marta de Palacios en aquella fiesta de enmascarados. Su mente empezó a procesar el comportamiento de Enzo y en décimas de segundo todo encajó. Había oído hablar de las pujas de vírgenes, pero no se esperaba algo tan sórdido a pocos kilómetros de Roma, y menos con su objetivo como protagonista principal. Sus músculos se pusieron en tensión, la adrenalina empezó a fluir muy lentamente. Relajó su cuerpo y sopesó todas las posibilidades que se abrían ante él con la mente abierta.

La mujer colgó el teléfono y se puso el antifaz. Saludó desde la distancia a un hombre obeso con barba que jadeaba mientras subía las escaleras del *hall*, acompañado de dos rubias teñidas, altas, de pechos operados y vestidas provocativamente de animadoras de fútbol americano. Pronto se juntaron con otros invitados y desaparecieron por un amplio pasillo iluminado. Doyle se perdió por los pasillos, sigiloso, siguiendo a los enmascarados, hasta verlos acercarse a una gruesa puerta de madera tachonada al estilo medieval. La puerta tenía un aldabón en forma de pulpo, dos de los tentáculos entrelazados sobre la cabeza del octópodo, los otros seis en forma de mano que golpeaba una bola de metal. La mujer golpeó tres veces y una voz preguntó algo a través de un interfono invisible. Luego, la puerta se abrió y el grupo cruzó el umbral, desapareciendo tras el portalón.

Pensó rápido. El dispositivo le permitía escuchar conversaciones a distancia, pero le preocupaban las gruesas paredes de piedra de la fortaleza. Necesitaba acercarse mucho más para comprobar lo que iba a ocurrir allí dentro. Si estaba Marta de Palacios, tendría que hacerse con ella cuanto antes.

Se parapetó detrás de una gruesa columna de mármol de Carrara que sostenía el busto de un enorme césar. Detrás, una pequeña puerta escondía un cuarto en el que se almacenaban útiles de limpieza, una aspiradora y toallas. Doyle decidió ocultarse en el cubículo, dejando la puerta ligeramente entreabierta para observar lo que ocurría fuera. No pasó mucho tiempo hasta que dos hombres enmascarados y con trajes de época se acercaron a la puerta. Llamaron tres veces. Doyle tenía el dispositivo de escucha preparado, y todos sus sentidos alerta. Pronto el susurro de uno de ellos retumbó en sus oídos: «Mesalina».

Doyle movió la cabeza dentro de su escondrijo, resoplando.

«Banda de fantasmas», masculló.

Al cabo de unos minutos, una figura siniestra caminó por el pasillo. Patrick Doyle prestó atención. Llevaba una gran túnica negra, una capucha y en la cara una máscara grisácea, con ojos negros en forma de círculo y un gran pico ganchudo que sobresalía como el de una gigantesca ave rapaz.

La figura se acercó a la puerta. Se oyó un golpe seco. Doyle actuó con eficacia profesional. Arrastró el cuerpo hasta el cuartito y le quitó la máscara y la ropa. Apareció un hombre rubicundo, trajeado, de pelo ralo y bigote. Le quitó la ropa, cogió su camisa y la hizo jirones. Lo ató y amordazó con fuerza. Buscó su cartera y la identificación.

«Mr. Yves Duckling. Irlandés. Bien. Ahora veremos quién eres...» Doyle cogió su teléfono e hizo varias consultas. Segundos después la foto del hombre que yacía a sus pies profundamente dormido aparecía en la pantalla. Era un millonario dedicado a las prospecciones petrolíferas en el mar del Norte.

«Lamento aguarte la fiesta, amigo. Otro día será.» Doyle procedió a cubrirse con la capa y la máscara, incómodo por lo pequeño del lugar.

Segundos después, el intruso enmascarado llamaba tres veces al aldabón de hierro.

Capítulo 20

La mercancía

La puerta de la habitación se abrió. La mujer avanzó hasta los pies de la cama y observó complacida la figura de Marta, que la miraba con los ojos color miel enormes y aterrados, intentando incorporarse para observar lo que estaba pasando. Reconoció a la hermosa mujer hindú que le había sonreído dentro de la limusina antes de que alguien le clavase una aguja en el cuello para dormirla. Detrás de ella, dos hombres negros parecían silentes estatuas de ébano.

—Marta de Palacios...

La mujer tiró de la sábana de seda azul petróleo para retirarla. El cuerpo de Marta quedó expuesto, escuetamente vestido con un corsé de color crema, adornado con delicadas puntillas, que dejaba casi a la vista sus pechos. Un pequeño tanga rosa con bordados color crema hacía juego con el conjunto, completado por unas medias de rejilla de color rosa sujetas por un liguero. Marta se vio en el espejo de la parte superior de la cama, convertida en una tarta de chantillí muy apetecible. Rajiva se sentó a un lado y acarició la melena castaña de Marta, que se revolvió al instante como si hubiese recibido una descarga eléctrica. La mujer se rio a carcajadas, pero no dejó de acariciar su cabello sedoso, suelto, aún ondulado por el moño que había llevado durante horas.

—Eres una joven muy bella, pero un poco rebelde, Marta. Enzo nos ha contado muchas cosas de ti. —La voz hizo hincapié en el nombre de su novio de una forma casi cómica—. Que eres muy flexible. Que haces ballet y arte dramático. Tienes muy buena voz, y puedes ser muy dulce y complaciente cuando quieres... Un cúmulo de virtudes que te convierten en una pieza muy codiciada, querida mía.

Marta la miró con odio contenido mezclado con un extraño pavor. Tenía la boca pastosa y una sed horrible, pero no dijo nada. Miró la botella de agua sin poder evitarlo, y su captora se dio cuenta al momento de lo que ocurría. Le acercó un vaso de agua e incorporó levemente la cabeza de la joven, que cerró los labios con fuerza.

Rajiva insistió, adoptando un tono amable.

—Pórtate bien, Marta. Sabes que estás en mis manos y te conviene ser humilde. Haz el favor de beber. Te estás muriendo de sed...

Marta bebió al fin con avidez. Aquella mujer tenía razón, le convenía mantener la calma y no provocar ninguna reacción violenta. Por encima de todo, pensó, no debía confiar en esa voz que parecía dulce pero que a su instinto le provocaba un miedo atroz. Al fin consiguió vencer sus emociones y articular una frase coherente.

—¿Qué hago aquí? ¿Qué queréis de mí?

Rajiva se quitó el abrigo de piel y lo dejó sobre la cama. Llevaba un traje de látex negro, brillante, muy ajustado, con altas botas de tacón. Se volvió a sentar cómodamente, jugueteando con los cordones color salmón del corsé de Marta.

—Enzo no ha sido un chico muy bueno, Marta. Ha contraído con nosotros una deuda muy grande. Y no tiene dinero para pagarla... pero nos ha ofrecido un trato. —Y antes de decir lo siguiente hizo una pausa, mientras las aletas de su nariz se hinchaban en una expectativa de placer insano—. Una noche contigo... ya me entiendes. Una sola noche, y lo dejaremos en paz. Os dejaremos en paz a los dos. Depende de ti, y de lo complaciente que te muestres dentro de un poco.

Marta negó con la cabeza, sin querer entender la cruda realidad que se abría paso en su cerebro embotado. Durante un minuto o dos, parecía que las palabras no tenían significado alguno, porque sencillamente no lo podía comprender. Su mirada estaba perdida, fuera de este mundo. Pero al fin Marta decidió aceptar la realidad, por absurda que pareciese: Enzo la había vendido. La había vendido a aquella extraña mujer para pagar una deuda... como si fuese una vulgar prostituta. ¡Hijo de puta! Y de pronto, la ira la inundó, sustituyendo por unos instantes al miedo y a la vergüenza.

La mujer continuó su discurso.

—Sabemos que eres virgen, Marta. Las vírgenes son un producto muy codiciado, porque suplen con su ingenuidad y ternura la falta de práctica en la cama. Pero no te preocupes. Te voy a ayudar a que seas muy muy complaciente, y te prometo que no te van a hacer daño —dijo esto como si tal hecho fuera capaz de anular el horror de todo lo que había acompañado a esa última frase.

Marta respondió con fiereza.

—Mi madre es jueza. Es una persona importante en España. Os perseguirá. No podéis hacer esto. ¿No os dais cuenta? ¡Yo no tengo nada que ver con Enzo! —Sacudió sus cadenas con violencia—. ¡Soltadme ya!

Rajiva, por toda respuesta a esa amenaza que juzgó infantil, sonrió. Se levantó y abrió el maletín que estaba encima de una cómoda. Sacó una jeringuilla y la llenó de un líquido amarillento.

Hizo una señal a los dos matones, que sujetaron a Marta con fuerza descomunal.

—No te preocupes, Marta de Palacios. Tu madre no va a saber nada de lo que va a pasar aquí esta noche. Más que nada, porque no querrá verte disfrutar como una perra en celo en los brazos de los hombres que te compren en la puja... —La jeringuilla penetró en el brazo de Marta pese a sus protestas—. Es un sedante muy fuerte, querida niña. En un rato, te quedarás muy tranquila y relajada. No te preocupes. Ya le dije a Enzo que te trataríamos bien. Te vamos a hacer disfrutar como nunca en tu vida, aunque por desgracia no te vas a dar cuenta, estarás dormida. ¡Qué importa! Luego te pondremos la grabación para que goces de tus proezas. —Sus ojos brillaron de perversidad mientras se levantaba y recogía el maletín.

La mujer y los dos matones salieron de la habitación, dejando a Marta sola y temblando de ira. Al poco su cerebro se adormecía, y un extraño hormigueo se apoderaba de su cuerpo. Intentó librarse de aquella sensación agobiante, como si la hubiesen sumergido en una bañera llena de agua caliente. A su pesar, empezó a quedarse dormida. Intentó moverse para no caer en el pozo de la oscuridad. Se daba cuenta de que estaba perdiendo el sentido, y de que no podía hacer nada para evitarlo.

Capítulo 21
San Bonaventura

> El amor que no puede sufrir no es digno de ese nombre.
>
> SANTA CLARA DE ASÍS

Roma, monte Palatino,
noche del domingo, 12 de febrero de 2012

Nero condujo con lentitud a través del vía crucis que llevaba a la puerta del convento franciscano de San Bonaventura, en el monte Palatino. Aparcó al lado del único vehículo que se encontraba allí, un furgón, que sin duda pertenecía a los monjes. Una ráfaga de viento helado le azotó el cabello y dejó su cicatriz al descubierto. Incómodo, intentó tapársela de nuevo.

Caminó hasta la puerta, que estaba entreabierta. La iglesia parecía desierta, los bancos cubiertos de lonas de plástico. Un par de andamios aquí y allá indicaban que el templo estaba en plena restauración. El olor de polvo de cemento y pintura se superponía al eterno aroma a incienso y cera incrustado en el alma de San Bonaventura. Al avanzar hacia el altar mayor, esquivando palas y montones de ladrillos y baldosas de mármol, escuchó música de órgano que provenía seguramente del convento, que se encontraba en el edificio anexo a la iglesia. Miró a su alrededor. Laura Cortés había quedado con el padre guardián para que lo recibiese a partir de las ocho de la noche. No había nadie.

Siguió caminando hasta una de las pequeñas capillas del fondo, detrás del altar. La pared mostraba un fresco inacabado con una figura femenina de protagonista, vestida con un hábito franciscano, rodeada de lirios, que levantaba un cáliz del que emanaban rayos dorados. A la figura le faltaba la mitad superior del cuerpo por ser pintada, aunque un delicado carboncillo trazado en la cal daba una idea muy precisa de lo que el autor había querido representar: la pureza de santa Clara de Asís. Un andamio de madera con pequeñas escaleras llevaba hasta el fresco, y en la parte de arriba de la estructura, Giovanni pudo ver pinceles, frascos, espátulas, garrafas con agua y demás útiles de pintura. Había subido un par de escalones cuando escuchó una puerta abrirse con un chirrido y una voz suave lo llamó desde un lado de la iglesia.

—*Il signore Giovanni?* Soy fray Eusebio, el padre guardián del convento. —Un fraile tonsurado, bastante joven, de semblante cálido y ojos oscuros cerró una puerta de madera, se acercó y le tendió la mano. Llevaba un hábito franciscano y sandalias, a pesar del intenso frío, y una carpeta en la otra mano—. ¿Cómo está? Laura me ha hablado mucho de usted, y me ha enseñado alguno de sus dibujos de temática religiosa... son fantásticos. Píos. Rebosantes de paz.

—Gracias, padre. Es un honor para mí que le hayan gustado mis dibujos... —Nero agachó la cabeza y apretó la mano del fraile con entusiasmo. Señaló el fresco inacabado—. Es muy hermoso. Santa Clara, sin duda.

El fraile movió la cabeza con pesadumbre.

—El pintor que habíamos contratado falleció hace una semana. Un infarto cerebral. Tenía solo cuarenta años... Una desgracia. Era uno de los favoritos del papa.

—Una desgracia, es cierto. En lo mejor de la vida...

Nero decidió buscar la expresión más compungida posible

para convencer al fraile de su pena infinita por el fallecimiento de aquel pintor. Luego lo miró directamente a los ojos.

—Entonces... ¿me han contratado para terminarlo?

El fraile asintió, mientras le mostraba el contenido de la carpeta. Era el proyecto del fallecido para el fresco del ábside.

—En efecto, siempre y cuando se comprometa a seguir el estilo de la obra, ya me entiende. Laura es entendida en arte y nos ha dicho que usted es muy versátil... En cuanto a los honorarios...

—Estaré encantado, padre, los honorarios tampoco me importan demasiado si puedo hacer una buena obra para la Iglesia... —Miró los lienzos que le había dado el fraile y analizó el fresco, ahora con más interés—. El pintor era muy bueno, será un desafío para mí... En cuanto al estilo, no es muy diferente del mío, si ha visto mis dibujos verá que no tendré excesivos problemas. No pienso alejarme de lo que ustedes quieren para esta capilla. La única condición que pongo es que me permitan pintar de noche... tengo una enfermedad en los ojos que no me deja pasar demasiado rato a la luz del sol. —Nero mentía con el aspecto sincero de un ser noble apenado por las desgracias.

El fraile lo miró con pena y admiración. Un pintor que no podía ver el sol... Movió la cabeza, y señaló unos focos que había apilados en un extremo, al lado de los bancos.

—Desde luego. Hay un grupo electrógeno que utilizan los obreros que están restaurando el templo. Puede usted usarlo cuanto le plazca. —Miró hacia el altar y señaló el templo con un gesto de la mano—. La verdad es que nos hemos propuesto modernizar un poco este lugar sacro. Muchas parejas vendrán aquí a casarse a partir de la primavera y eso nos proporciona un buen dinero. Ya sabe, somos franciscanos, pero nos debemos a la obra de Cristo... «*Opera Christi non deficiunt, sed proficiunt*», como decía nuestro venerable Bonaventura. —A pesar de que la expresión de Nero le reveló que había comprendido, se explicó—: «Las obras de Cristo no desaparecen, sino que avanzan». El convento es muy antiguo, y siempre viene bien acomodarlo a los tiempos actuales. En fin, si necesita algo, llámeme por teléfono, Laura tiene mi número. La congregación no está aquí durante las obras, nos alojamos en otro convento, a las afueras de Roma.

Nero asintió.

—Tengo útiles de pintura suficientes en mi furgoneta. ¿Cuándo empiezo?

—Si quiere, ahora mismo puede empezar. —El sacerdote sonrió, complacido de la diligencia del nuevo pintor—. Le dejo las llaves del templo. Ahí tiene todo lo necesario, pero si necesita más pintura o lo que sea, avíseme. Hay una tienda que nos hace precio en via del Corso.

Cuando miró el reloj, eran las cuatro de la madrugada. Giovanni sintió que su hombro protestaba y su mano empezaba a temblar por culpa del trabajo intenso al que la había sometido durante horas. Los focos alumbraban su progreso, pero ahora tocaba dejar secar la pintura hasta la noche siguiente. Había avanzado poco. La técnica le resultaba bastante compleja y no quería hacer una chapuza. Hacía pocos años, de vacaciones en el lago Génova había acudido a un taller de pintura al fresco en una capilla que resultó ser muy práctico para el caso, pero en aquel momento, y después del «accidente», no tenía la mano acostumbrada a tanta precisión. Le llevaría unos días coger la forma. Bajó del pequeño andamio con cuidado. La mirada burlona de un san Sebastián semidesnudo, tenso, traspasado, lo siguió mientras se acercaba a la puerta que comunicaba la iglesia con el convento. Tenía curiosidad por saber cómo era aquel lugar por dentro.

Recorrió las celdas de los monjes como una sombra vagando en la noche. El coro, el órgano, el refectorio, la cocina de baldosas agrietadas. En la lavandería descubrió un viejo hábito franciscano que parecía abandonado por su dueño. Se lo pondría para pintar la noche siguiente.

Cerró con cuidado la puerta de la iglesia con su enorme llave de hierro. Luego cogió la furgoneta y abandonó el lugar.

Capítulo 22

La subasta (Primera parte)

Hotel Fortaleza Condotiero, a 30 km al oeste de Roma, noche del domingo, 12 de febrero de 2012

Los nueve enmascarados estaban de pie, en silencio, esperando la llegada del último invitado, que saludó con una inclinación de cabeza. La mujer los observaba sentada en una butaca de color azul turquesa, totalmente vestida de negro, la pierna cruzada, fumando con una boquilla. Detrás de ella, un gorila con gafas de sol y brazos a la espalda parecía una esfinge egipcia. Toda la pose de la mujer rezumaba teatralidad. Doyle se fijó en el antifaz de puntillas, que dejaba ver sus labios pintados de rojo, y en los altísimos tacones de las botas, atadas en infinitos nudos.

Se levantó, exhalando una larga bocanada de humo, y miró a los presentes uno a uno, saludándolos.

—Me llamo Rajiva. Algunos de ustedes ya me conocen. Otros son nuevos... bien. Encantada de que estén aquí para nuestra fiesta privada de carnaval. Sé que les hemos llamado de forma algo precipitada: el material es muy muy bueno y queríamos que lo disfrutasen cuanto antes. —Los asistentes hicieron gestos de asentimiento de nuevo, en silencio. Ella continuó—. Muy bien, seré breve. El procedimiento es el de siempre, pero lo voy a repetir para los que están aquí por vez primera. Pasaremos a otra habitación, en donde podrán ver el material. Uno a uno, podrán entrar en la estancia en la que está ella para comprobar que lo que digo es cierto.

Uno de los hombres se quitó la careta, asfixiado de calor. Era un árabe grueso, de perilla, con labios húmedos y sensuales. Miró a Rajiva con curiosidad:

—¿Es virgen? —Se frotó las manos de dedos gordezuelos, uno de los cuales lucía un grueso sello de oro.

Rajiva se demoró unos segundos en contestar, y luego sonrió.

—Es virgen, efectivamente. Muy hermosa. Ojos color miel, cuerpo de bailarina, piel de porcelana... dulce como una nube de azúcar y elástica como una pantera. Pero eso lo comprobarán dentro de poco... Ahora pasemos a la otra habitación. Allí hay bebidas, tabaco, hachís... lo que gusten. El precio de salida es de sesenta mil euros. La puja comenzará una vez la hayan degustado... hasta cierto punto, por supuesto.

La mujer sonrió con ironía y luego abrió una puerta blindada. Invitó a pasar a los concurrentes a una habitación espaciosa, cubierta de tapices, con el techo cruzado por grandes vigas de madera. Había dos armaduras, una a cada lado. Los cortinones de terciopelo azul estaban cerrados. Varios candelabros iluminaban la estancia, dándole un aspecto que a Doyle se le antojó algo siniestro. Contó diez sillones con sus respectivas mesas auxiliares y se acercó a la de la esquina. Se sentaron, y alguno se quitó la máscara para estar más cómodo. Doyle permaneció con ella puesta a pesar del intenso calor, en silencio, observando a todos los presentes. El hombre que se sentó a su lado iba disfrazado de cardenal. Enjuto y alto, tampoco se quitó la máscara. Sin perder tiempo, el cardenal se sirvió una copa de Tokay y suspiró bajo su careta. Se la subió hasta la altura de la boca y bebió, paladeando el vino dulce.

Doyle procedió a fijarse en los invitados. Todos empezaban a fumar y a beber, incluso el árabe, que no tuvo demasiado reparo en apurar un vaso de whisky de un trago corto. La excitación se empezaba a palpar entre los hombres, que se miraban unos a otros de reojo, nerviosos ante la expectativa de lo que se avecinaba.

Rajiva se dirigió hacia una mesa que había al fondo. Cogió un mando y apretó un botón. En el frente de la habitación se abrió un panel enorme, que dejó ver una estancia a través de un cristal. Doyle resopló de disgusto cuando vio a Marta de Palacios vestida como una cortesana dieciochesca, con un corsé de color rosa que empujaba sus pechos hacía arriba, medias de liga y sentada en una especie de trono de madera, al que estaba sujeta por el cuello, las muñecas y los tobillos, de manera que sus piernas aparecían totalmente abiertas, el sexo apenas velado por un pequeño tanga. Marta movía la cabeza de un lado a otro y sus labios se movían, como si estuviese susurrando.

Al lado, una enorme cama con dosel ejercía de invitación poco sutil. Doyle se fijó en que en una mesilla había, cuidadosamente colocados, consoladores y juguetes sexuales de diferentes tamaños y colores. Notó algo revolverse en su interior. No era moralista, en absoluto, y la profesión que había elegido le obligaba a matar fríamente, a secuestrar, a extorsionar... Pero había cosas que le provocaban un asco instintivo, y aquella era una de ellas.

Rajiva abrió la puerta que los separaba de la joven e invitó al hombre que estaba sentado en el centro, cubierto con una máscara en forma de cerdo, a probar la mercancía. El hombre, bajo y delgado, se levantó y cruzó el umbral. Todos pudieron ver a través del cristal cómo se acercaba a Marta con cautela.

Marta abrió los ojos y entrecerró la boca al ver que se acercaba. Emitió un gemido sordo e intentó soltarse sin demasiada convicción. Su pecho empezó a subir y bajar, hasta casi escaparse de la opresión del corsé. El hombre la rodeó con lentitud. Una vez detrás, sus manos acariciaron el cabello suelto y bajaron hasta los senos. Ella volvió a gemir, de manera mucho más intensa. Los dedos del hombre penetraron por dentro del corsé y empezaron a masajear y apretar los pezones debajo de la gruesa tela. Ella respiró con fuerza e intentó levantar el cuerpo, buscando que las manos de aquel enmascarado bajasen hacia su sexo.

Los hombres de la sala empezaron a revolverse en sus asientos. El árabe se incorporó hasta casi quedar al borde del sillón, intentando no perderse ni un detalle. Parecía el más interesado, y a Doyle no le pasó desapercibida la mirada de Rajiva. Pensó que aquel hombre era un fijo de aquel tipo de pujas, y no le importaba en absoluto que lo viesen allí.

Rajiva decidió que ya había visto lo suficiente, y mandó al segundo a la habitación de Marta. Doyle apartó con disgusto la mirada cuando el enmascarado, vestido con un elegante traje gris marengo, introducía sus dedos en los labios vaginales de la joven y ella los recibió con la respiración entrecortada, intentando abrir más los muslos y moviéndose como una gata en celo.

Rajiva calculaba el momento de mandar al príncipe Nayef a catar las bondades de Marta de Palacios. Sabía que el saudí era el más acaudalado de todos los presentes, y si le complacía la joven, se iba a llevar de calle la puja. Por eso quería que estuviese muy caliente cuando llegase el momento. Lo conocía, y no iba a tener ningún problema a la hora de gastar una fortuna en disfrutar de aquella virgen. Y si le gustaba mucho, a lo mejor se la llevaba para su país. Rajiva no pensaba dejar libre a Marta. Era una chica de belleza deslumbrante, con la que podía ganar mucho dinero. Y el imbécil de su novio mantendría la boca cerrada si quería seguir vivo y haciendo negocios con la droga.

Doyle se dio cuenta de que la mujer mantenía al árabe, al cardenal y a él mismo para el final. Llegó a la conclusión de que estaba suplantando a un multimillonario vicioso y violador. Cuando Rajiva le hizo un gesto al árabe indicándole que era su turno, saltó como impulsado por un muelle.

El príncipe Nayef se acercó a aquella joven, ansioso como

una alimaña hambrienta, ágil a pesar de su gordura. Primero aspiró su olor. Transpiración, perfume y excitación sexual. Su pene, ya erecto, recibió una nueva oleada de deseo a través de la pituitaria. Marta lo miró con ojos de desesperación: después de las sevicias de todos aquellos hombres, el deseo del príncipe se había hecho insoportable. El árabe se pasó la lengua por los labios, incapaz siquiera de tocarla al principio. Luego, se inclinó y la besó, con un beso profundo y lascivo, mientras sus dedos acariciaban el clítoris de la joven, que recibía la estimulación del hombre sin tener conciencia. Los dedos se introdujeron levemente en la vagina. Nayef chupó el néctar con avaricia. Dejó de besarla. Marta permanecía con los ojos cerrados, aunque a veces intentaba susurrar alguna palabra ininteligible. El árabe cogió un consolador negro de la mesilla y se lo acercó a la boca.

—Chupa, querida niña. Chupa el caramelo.

Marta intentó obedecer, pero su cabeza cayó hacia un lado, inmersa en el sopor. El príncipe paseó el consolador por los labios de la chica, mientras se abandonaba a la urgencia de follarla allí mismo. Rajiva decidió que ya bastaba y lo llamó. El príncipe estaba suficientemente excitado. Había que cortar en ese momento para desquiciarlo por completo. Ver a otros dos hombres después lo incendiaría todavía más.

Capítulo 23
El deseo de Laura Cortés

Roma, via Baccina,
medianoche del domingo, 12 de febrero de 2012

El caserón de vía Baccina se le antojaba a Laura Cortés como el único lugar de tranquilidad en el mundo, un oasis en donde poder esconder todos sus demonios. Un edificio de tres pisos del siglo XVIII parcialmente restaurado, al lado del Foro de Nerva, del típico color ocre de muchos edificios romanos. Pertenecía desde hacía muchos años a su familia, y había sido uno de los objetivos principales de su exmarido durante el divorcio. Laura era una mujer con gran visión de negocio, y decidió, tras la separación traumática, recuperar su empuje para ganar dinero y mantener el alto nivel de vida al que estaba acostumbrada. Con el dinero del divorcio lo arregló y convirtió algunas habitaciones en apartamentos para turistas fuera de la ruta de hoteles. Pero aquello no tenía demasiado *glamour* para una mujer como ella, y daba demasiados quebraderos de cabeza. Con la llegada de Giovanni Nero a Roma había decidido que podía ser un buen lugar para que viviese y desarrollase su actividad como profesor de pintura y también como pintor. Laura sabía que allí Nero podía lograr el éxito que una ciudad de provincias tan injustamente le había negado. Roma era un crisol de culturas, y mucha gente, harta ya de las modas impuestas por los críticos, parecía ávida por comprar buen arte figurativo, especialmente miembros de la Iglesia. Giovanni era un pintor raro y excepcional, y aunque en España no había cuajado su estilo, y se había ganado muy bien la vida como profesor de universidad, estaba convencida de que aquel talento resurgiría tardíamente en una ciudad tan inspiradora. Además, necesitaba ayudarle, necesitaba liberarlo de aquel tormento que parecía aprisionarlo día y noche. Laura notaba que el mismo vacío que atenazaba su corazón atenazaba también el de Giovanni, destinado a vagar de noche por las callejuelas de la ciudad, incapaz de mostrarse a la luz del sol a pesar de su insistencia.

Acondicionó un bajo del mismo edificio y se lo cedió para sus actividades. Laura sabía que con sus contactos su éxito estaría asegurado en cuanto se corriera la voz. Y después de menos de un año, ya se estaba expandiendo entre la alta sociedad romana la moda de comprar un «Giovanni Nero»; incluso un prestigioso coleccionista de Suiza había mostrado mucho interés.

Miró a través de los ventanales del salón la vista privilegiada de las ruinas del foro iluminadas por la luna creciente. Luego se sirvió una copa de Oporto y se sentó en un sillón a esperar la llegada del pintor. Quería saber cómo había sido su jornada en el convento. Fray Eusebio era íntimo amigo y guía espiritual de Laura, que sin ser demasiado creyente, disfrutaba de la filosofía sencilla y franciscana del fraile con gran entusiasmo. Y ella había recomendado a Giovanni con gran insistencia. Aquella pintura al fresco sería un empujón definitivo a su carrera en Roma...

Giovanni cerró la puerta muy despacio, y subió las escaleras con cuidado procurando no hacer crujir la madera vetusta. No quería despertar a aquella criada que siempre parecía levitar en cualquier lugar como un fantasma. Alguna que otra vez la había oído husmear a altas horas de la madrugada por detrás de su puerta. Había insistido mucho en que quería vivir solo, sin ningún tipo de servicio, pero Laura no había accedido a pesar de sus súplicas. Y él no podía hacer nada al respecto, a pesar de que intuyese que aquella mujer estaba allí para algo más que para atenderlo: también estaba para controlar sus movimientos por orden de su mecenas.

Cuando llegó al pasillo, se dio cuenta de que la luz del salón estaba encendida. Se acercó muy despacio. Laura Cortés estaba recostada en un sillón. Parecía dormida. Giovanni la miró desde la puerta con extrañeza. ¿Qué hacía allí a aquellas horas?

No la quiso despertar. Cuando iniciaba la retirada hacia sus aposentos en el más absoluto silencio, escuchó, sin embargo, la voz de la mujer, llamándolo. Dio la vuelta y se la encontró de pie, justo frente a él.

—¿Has estado pintando hasta ahora, Giovanni? Es muy tarde...

Nero se sintió, durante unos segundos, culpable como un niño pequeño delante de su madre. La miró intentando adivinar qué era lo que quería en realidad.

—¿Qué haces a estas horas aquí, Laura? ¿Ha pasado algo grave?

—Quería saber cómo te fue con fray Eusebio. Date cuenta de que ese encargo será muy importante para darte a conocer definitivamente en Roma... por eso te estaba esperan do. —Se atusó la media melena con coquetería y se acercó a Giovanni unos centímetros, sonriendo—. Creo que me dormí en el sillón, perdona...

—No pasa nada. Me preocupabas, eso es todo. Todo ha ido muy bien. —El rostro se iluminó de repente al recordar la pintura—. Que hayas conseguido que pueda pintar al fresco en esa iglesia ha sido un triunfo, Laura. No te puedo agradecer lo suficiente lo que haces por mí.

Laura sonrió de nuevo, y lo cogió de la mano, acompañándolo al sillón donde ella había esperado en la noche. Nero se dejó hacer: estaba demasiado cansado como para resistirse. No tenía ganas de hablar. Consideraba que todo aquel paripé podía esperar al día siguiente sin mayor problema. La mujer sirvió otras dos copas de Oporto, y alcanzó una a su acompañante. Bebió un sorbo y sostuvo la mirada fija en el vino.

—Giovanni. Yo... le debo a tu madre la vida, se podría decir. Todo aquello que pasó con mi exmarido... cuando intentaron internarme en el hospital psiquiátrico, aquel médico que falsificó los informes para que él se quedase con todo... Ana fue la única que me apoyó en aquel suplicio. Nada de lo que haga por ti me molesta, Giovanni. Todo es poco para ti. Además, sé que lo estás pasando mal... —Apretó su mano con fuerza—. Yo tardé mucho en salir del pozo... El tiempo lo cura todo... —La mano lo acarició con cariño, y se quedó sobre su brazo.

Nero asintió, un tanto incómodo por las confesiones nocturnas de su mecenas. Ella estaba muy próxima, y él no estaba acostumbrado a ese tipo de acercamiento íntimo con una mujer.

Empezó a hablar, sin saber muy bien qué decir.

—Laura, ya sabes que haré por ti lo que desees. Me has acogido a pesar de... mi pasado. —Movió la cabeza con pesadumbre—. Me has dado la oportunidad de volver a pintar. Y de ganarme la vida con la pintura, mi gran sueño. No puedo decir mucho más...

Laura Cortés lo miró con ojos de ternura infinita. De repente, se acercó todavía más, y sus labios buscaron los de Giovanni, que se quedó paralizado por la sorpresa. Laura continuó con el beso. Sus manos bajaron por el jersey de pico y buscaron el pecho bajo la camisa.

Hacía mucho tiempo que Nero no sentía a un ser humano derramando algún sentimiento sobre él. Solo las putas con las que se consolaba alguna noche habían querido fingir algún tipo de amor que él cortaba de raíz. Pronto notó cómo, a su pesar, su cuerpo respondía al beso, su boca se abría y sus manos acariciaban primero la espalda, luego el pecho de Laura, que se arqueó, ofreciéndole su cuerpo. Cuando él empezó a desnudarla, ella susurró con urgencia:

—Aquí no. Vamos a tu dormitorio.

Regina dio otra vuelta en la cama. No podía dormir. Recogió su largo y crespo cabello castaño en una trenza y bebió un poco de agua. ¿Qué hacía allí doña Laura a aquellas horas, esperando al *signore*? Había insistido en que se acostara, no necesitaba nada más que una de las botellas de Oporto de importación que guardaba para las ocasiones especiales... Aquello no era normal.

Escuchó con atención. Juraría haber oído algo extraño. Un quejido.

Se levantó con su camisón blanco y entreabrió la puerta de su dormitorio.

Nero empujó a Laura sobre la cama sin demasiada consideración. Se había excitado al constatar que el cuerpo de su mecenas seguía prometiendo muchos goces a pesar de su edad. Luego se subió sobre ella, sujetándola con su cuerpo. Agarró sus manos y las llevó hacia la almohada, presionando de tal forma que Laura no podía hacer absolutamente ningún movimiento. Ella lo observaba con los ojos muy abiertos, sintiendo una rara mezcla de miedo y deseo ante la mirada de Giovanni, que había transmutado de ternura a pasión oscura en unos segundos.

Él la besó con furia, introduciendo su lengua casi con brutalidad. Luego soltó una mano, la agarró del cabello y mordió el cuello aristocrático hasta dejar una marca bien visible. Laura se retorció bajo su amante, presa de una sensación nueva, una mezcla de dolor y placer que para ella resultaba absolutamente embriagadora.

Nero volvió a sujetarla con fuerza y luego, liberándola de la ropa, bajó con sus manos ansiosas hacia sus pechos blancos, pequeños, perfectos. A continuación los recorrió con su lengua y bajó hasta el ombligo, haciéndola gemir de anticipación. Pero él paró.

La agarró de la cabeza y la miró fijamente.

—Ahora, hazme una mamada, Laura. Ponte de rodillas y hazme una mamada.

Ella obedeció de inmediato. Se arrodilló ante él y agarró su pene totalmente erecto con una mano, dispuesta a introducírselo en la boca. En realidad lo estaba deseando desde hacía rato.

Él la detuvo, con voz imperiosa.

—Quiero que pongas las manos a la espalda. No quiero verlas durante la mamada, o te castigaré.

Laura hizo lo que Giovanni le mandaba, mirándolo a los ojos mientras, temerosa, recogía su pene en la boca y lo acariciaba con sensualidad. Él agarró su pelo y clavó la polla en la garganta de Laura con total determinación.

La voz de Nero se convirtió en un susurro perverso.

—Así, Laura. La quiero así. Quiero notar tu garganta, como te ahogas mientras te follo... quiero notar como te lo tragas todo...

Regina vio todo aquello desde la puerta de la habitación del *signore*. Luego corrió hacia su cuarto, se tapó la cabeza con la almohada y regó con sus lágrimas las sábanas hasta el amanecer.

Capítulo 24

La subasta
(Segunda parte)

Hotel Fortaleza Condotiero, a 30 km al oeste de Roma, medianoche del domingo, 12 de febrero de 2012

Doyle entró en la habitación después de que el hombre disfrazado de cardenal hubo terminado de vejar a la joven indefensa y miró alrededor. Maldijo la máscara: no podía quitársela, y le impedía analizar todos los detalles importantes que rodeaban la situación. Se acercó a Marta, cuyos ojos lo miraban con expresión lunática. Se dio cuenta de que su máscara picuda y siniestra y la túnica negra la estaban asustando.

Se colocó de forma que los otros no pudiesen ver todo lo que estaba haciendo y se agachó para mirarle las pupilas con disimulo. Estaban totalmente dilatadas. Varias flores rosadas empezaban a aparecer en su cuello y escote. Fingió acariciar sus pechos y tirar de los cordones del corsé. Las punciones que adornaban sus brazos le dieron a Doyle la respuesta: Marta estaba totalmente drogada. A saber qué le habrían metido... Los ojos grandes de Marta lo seguían mirando con el pavor reflejado en las pupilas. A él solo se le ocurrió agarrar su mano y apretarla. Salió de aquella habitación con paso apresurado, incómodo. Notó el tacto de la pistola que llevaba oculta en el tobillo y se calmó.

—Están todos preparados, ¿no? Muy bien. Empecemos la subasta.

Rajiva permanecía de pie detrás de un pequeño atril, como si se tratara de una puja de arte.

—La cifra inicial parte de sesenta mil euros. Pero todos hemos visto que esa chica vale mucho más que eso...

—Yo ofrezco sesenta y cinco mil. —El hombre de la máscara de cerdo levantó la mano sin dudar.

Otro de los asistentes levantó su brazo enguantado.

—Setenta mil.

Doyle permanecía en silencio. Se dedicaba a observar. Muchos de aquellos hombres estaban particularmente excitados, por no hablar del alcohol y demás estupefacientes que habían ingerido. Serían capaces de llegar a cantidades obscenas con un poco de presión, aunque solo fuera para demostrar que estaban podridos de dinero. Miró con particular interés al árabe, que movía la pierna, preso de ansiedad. El de la máscara de cerdo insistió:

—Ochenta mil.

—Cien mil. —El príncipe Nayef casi lo interrumpió, levantando la mano, mientras miraba a los demás hombres con cierta suficiencia. El brillo de sus labios gordos desagradó a Doyle, que levantó a su vez su brazo. Con voz profunda e impostada decidió tomar el control de la situación. Se iba a divertir un poco.

—Ciento diez mil. —La voz impostada tardó varios segundos en desgranar su oferta. Todos miraron, sorprendidos. Doyle permaneció en silencio de nuevo, estatuario en su sillón de piel. Nadie podía ver su mueca de ironía bajo la máscara.

El *cardenal* lo miró con sorpresa y decidió también tomar parte.

—Ciento veinte mil euros.

El árabe empezó a sudar. Saco un pañuelo de papel y se

secó las gruesas gotas que perlaban su frente. Murmuró algo para sí, y luego levantó de nuevo la mano.

—Ciento cincuenta mil.

Doyle se dio cuenta de que el deseo del árabe ya estaba dando paso a la compulsión por ganar la puja. Decidió arriesgar un poco más. Aquel tipo le sacaba de quicio. Su voz impostada volvió a surgir de las profundidades de la máscara veneciana.

—Ciento ochenta mil.

El hombre de la máscara de cerdo movió la cabeza y apretó los dientes. Levantó el brazo, con voz rabiosa.

—Doscientos mil.

Todos murmuraron. El príncipe saudí se removió en su asiento y golpeó la mesa.

—Doscientos cincuenta mil.

Rajiva sonreía, llena de satisfacción. Aquella subasta estaba siendo un éxito. La virgen española sin duda tenía algo que los volvía locos. Levantó su martillo, al ver que todos se habían quedado en silencio.

—Doscientos cincuenta mil euros a la una..., doscientos cincuenta mil euros a las dos...

Doyle miró la cara de satisfacción del árabe y respiró con fuerza. Sopesó sus posibilidades: el deseo del árabe, su ego inflamado, sus ansias de vencer. Luego levantó la mano con tranquilidad.

—Trescientos mil.

El príncipe Nayef lo miró con expresión asesina. Cogió la botella de Talisker de treinta años y se sirvió un buen trago. Se lo bebió de un golpe. Se levantó. Doyle temió por un momento que fuese a abandonar la habitación. Transcurrieron unos segundos.

Rajiva volvió a levantar el martillo. Doyle apretó los puños, clavando las manos en los reposabrazos del sillón.

—Trescientos mil euros a la una..., trescientos mil euros a las dos...

Doyle empezó a pensar si no habría estirado demasiado la situación. Decidió terminar con el juego. Se levantó y volvió su máscara hacia el príncipe árabe, que notó la expresión victoriosa del enmascarado lúgubre a través del disfraz. Era un movimiento calculado para provocarle.

—Trescientos mil euros...

La voz del príncipe Nayef cortó la puja.

—Quinientos mil.

Doyle suspiró con alivio. Hizo un gesto de decepción, se sentó y negó con la cabeza, retirándose de la puja.

Rajiva no podía esconder su deje triunfal.

—Adjudicada al príncipe Nayef de Arabia Saudí. —Se dirigió a los presentes—. No se apenen, señores. En otra parte de esta magnífica fortaleza, hay unas chicas estupendas que se alegrarán igualmente por su presencia. Dejemos al príncipe con su amada... —Sus gestos dieron por terminada la subasta de manera inequívoca.

El príncipe Nayef se frotó las manos, anticipando ya los momentos de lujuria. Rajiva se acercó con discreción y lo llevó a un lugar apartado.

—Esta es la llave de los grilletes. Tiene todo un abanico de posibilidades para atarla, desatarla, colocarla a su antojo... Aunque supongo que no necesita instrucciones a estas alturas. Por cierto, ya sabe cómo funcionamos. —Le acercó un teléfono móvil enseñando su hilera de blancos dientes en un rictus codicioso—. El pago es por anticipado, príncipe.

—Por supuesto. No hay problema. —El hombre tecleó una larga cifra en el dispositivo y esperó unos segundos, hasta que se produjo la transferencia. Luego le cedió de nuevo el móvil a Rajiva, que asintió. El príncipe traspasó la puerta de la estancia de Marta y la hindú la cerró.

Se dirigió a los hombres que esperaban aún sentados en las butacas.

—Bien, señores. Hora de gozar de nuestras comodidades en otra parte de la fortaleza. Tenemos sauna, piscina climatizada, un jardín secreto... con compañía selecta y discreta. No les decepcionará.

Mientras Rajiva enumeraba las virtudes del lugar y abría la puerta, los asistentes se levantaron en silencio y empezaron a caminar, saliendo de uno en uno.

Todos, salvo Doyle, que permaneció sentado durante unos segundos más. Remoloneó hasta que el último de los invitados cruzó el umbral. Rajiva lo esperaba fuera, impaciente, acompañada de uno de los gorilas.

Doyle salió, saludando con una inclinación de cabeza. Todos los demás ya avanzaban por el largo pasillo, algunos quitándose las máscaras, sofocados de la tensión y el calor. Un joven se acercó a acompañarlos.

Doyle ganó todavía unos segundos haciendo todo tipo de aspavientos. Luego se quitó la máscara y la tiró al suelo. Rajiva vio a un hombre apuesto de ojos azules, barba rubia de tres días y cara desencajada

—Rajiva, tenemos que hablar. —Se acercó a la cara de la mujer con los ojos inyectados de temor—. Ese hombre es... detestable. Esa pobre chica no puede estar con él. Ya me entiende. Lo que quiero decir es... Bien. Deme unos segundos y le explico lo que vamos a hacer.

Rajiva lo miró con expresión de asombro y enfado. No le sonaba de nada aquel hombre. Miró a su gorila y le hizo una seña para que se acercara a Doyle.

—Vamos, sea razonable. Ha perdido la subasta. Tiene que irse de aquí. El príncipe Nayef ya ha abonado el dinero, todo ha terminado y usted... usted va a acompañar a este hombre a la salida; no me cause problemas.

Miró al gorila, que le sacaba la cabeza. Era un armario. Doyle se encogió de hombros cuando el esbirro le puso la mano en la nuca con fuerza desmesurada. Entonces, sus ojos se abrieron de asombro y emitió un quejido sordo al notar que una pistola Taser aparecía de la nada y se clavaba en su pecho.

El gorila cayó al suelo, moviendo sus extremidades como si sufriera un ataque de epilepsia.

Rajiva abrió la boca, estupefacta, cuando se apercibió de que una Magnum le apuntaba en la sien.

—Chist. Ni una palabra. Nos vamos a dar un paseo —le susurró al oído Doyle mientras mostraba una sonrisa burlona que la sacó de quicio y puso todo su cuerpo en tensión.

Capítulo 25

Sexo amargo

El príncipe Nayef aflojó los cordones del corsé y dejó los pechos al descubierto con un gesto seco. Luego sus manos rozaron los pezones, pellizcándolos al fin con suma delicadeza. Marta gemía ante cada caricia, arqueando el cuerpo. Tenía las manos atadas a la espalda, pero el árabe la había soltado de la enorme silla de madera y la había depositado en la cama para poder manejarla mejor. Nayef empezó a mordisquear y a lamer los pezones ya erectos, mientras le arrancaba con una mano el escueto tanga, totalmente presa de excitación. Consiguió también quitarle el corsé, dejándola casi desnuda, solo el liguero y las medias color crema. Marta se retorcía sobre las sábanas negras, intentando escapar de aquel abrazo agobiante y sudoroso.

El árabe se despojó de toda su ropa y la tiró al lado de la cama. La urgencia de poseerla era ya imposible de dominar. Su lengua empezó a recorrer los muslos de la cautiva, subiendo con lentitud hacia el sexo depilado y húmedo, que abrió como si se tratase de una ostra deliciosa. Marta se estremeció de nuevo, totalmente ida. Luego, el hombre la volteó y colocó una almohada bajo el vientre, para alzar las suaves nalgas. No pudo evitar azotarlas con lujuria con la palma de la mano.

Se detuvo unos instantes para priorizar sus deseos. Primero la sodomizaría. Luego disfrutaría de su virginidad. Y terminaría al fin en su boca. Aquella puta le iba a hacer una mamada de profesional. Más tarde, cuando se recuperara, seguirían con los juguetes que le habían dispuesto sobre la mesilla...

Cuando colocó la punta del pene en el culo de Marta, esta se revolvió unos segundos. El príncipe la agarró de las manos atadas y azotó de nuevo sus nalgas para que se estuviera quieta. Luego, se acomodó para penetrarla sin más miramientos, a pesar de las protestas de la joven, que lo único que conseguían era excitarlo hasta el delirio.

Oyó ruido a su espalda.

—Suéltala y date la vuelta, hijo de puta —mascculló una voz masculina.

Cundo vio entrar a Rajiva, sujeta por un hombre que apuntaba alternativamente con una pistola a su cabeza y a la sien de la mujer, la erección desapareció como por encanto entre los pliegues de su barriga.

Capítulo 26

La huida

—¿Dónde está la llave de los grilletes? Búscala y quítaselos. ¡AHORA, JODER! —La Magnum se clavó en la sien de nuevo. Rajiva le hizo un gesto de súplica, con los ojos llenos de lágrimas de impotencia.

El príncipe no estaba acostumbrado a recibir órdenes de nadie, pero la expresión de Rajiva y los ojos acerados de aquel hombre le hicieron reaccionar con prontitud. Buscó con torpeza la llave encima de la mesilla y soltó a Marta, que seguía bajo los efectos de la droga, estirándose, retorciéndose y gimiendo cada pocos segundos.

—Muy bien. Ahora camina hacia el centro de la habitación y date la vuelta. Las manos sobre la cabeza.

Doyle golpeó con la culata de la pistola la cabeza del príncipe, sin soltar a Rajiva. El efecto fue fulminante. Sentó a la mujer en el trono de madera y la sujetó con los grilletes. Ella los sacudió, furiosa.

—Sabes que te mataré, hijo de puta. Te encontraré y te mataré. No sabes lo que estás haciendo, ni a lo que te enfrentas, cabrón.

Doyle se quitó la enorme capa y envolvió a Marta con ella. Luego miró a Rajiva con una sonrisa franca, casi infantil.

—No lo sé ni me importa, querida. Además, hablas demasiado.

Se acercó a los juguetes de la mesilla y sopesó las posibilidades. Luego cogió una mordaza en forma de pene y se acercó a la mujer, la sonrisa todavía más pronunciada. Le quitó la máscara.

—Así estás más guapa. Ahora, abre esa sensual boca... —La pistola apuntó al centro de la frente. Ella la abrió. La mordaza se introdujo hasta su garganta, provocando unas arcadas horribles.

—Está muy feo violar niñas indefensas, Rajiva. Muy feo. Espero que esta lección te sirva de algo.

Doyle salió un momento y metió a rastras al gorila dentro de la habitación. Luego cogió en brazos a Marta de Palacios, que emitió un suave quejido, y miro para Rajiva, que permanecía inmóvil, intentando no vomitar. El odio se reflejaba en los ojos de obsidiana.

—*Addio!*, querida. Espero no volver a verte nunca más. Eres patética.

Doyle avanzó por el pasillo con Marta en los brazos. Todo estaba desierto. La miró. Ella lo observaba con los ojos entrecerrados, a ratos lúcida, a ratos la mente ensombrecida por las drogas. No podía salir con ella en brazos por el *hall*, llamarían mucho la atención. Tenía un rato breve hasta que alguien notase lo que estaba pasando.

—¿Puedes andar? —Ella musitó algo ininteligible. Él abrió sus párpados: las pupilas seguían dilatadas hasta casi esconder el iris color miel. Marta volteó la cabeza y se sumió en un sueño profundo. Le tapó la cabeza con la capucha de la capa.

Doyle pensó rápido. Aquel lugar era un hotel de lujo. Debía de tener, por fuerza, salidas de emergencia. Mientras no diesen la voz de alarma, tenía una posibilidad. Corrió por el pasillo lleno de tapices y armaduras hasta encontrar unas escaleras de piedra que bajaban en forma de caracol.

Bajó despacio, todos sus sentidos alerta. A lo lejos se escuchaba la algarabía de la boda. Continuó el descenso hasta llegar a una puerta de cristal. La cruzó con sumo cuidado, procurando no hacer ruido. Enfiló un pasillo. Un grupo de mujeres disfrazadas salió de un baño, entre gritos y risas. Al fondo, algunos de invitados bailaban y bebían, bajo el éxtasis de la música caribeña que atronaba el salón. Siguió caminando, hasta encontrar unas escaleras mucho más modernas. Doyle dejó a Marta en el suelo y se puso la capa. Luego la escondió entre sus brazos, sintiendo su respiración contra su pecho. Se metió en las cocinas del hotel y las cruzó a toda prisa, haciendo caer a un cocinero que llevaba una bandeja llena de viandas.

—¡Eh! ¿Adónde va usted? ¡Aquí no se puede estar! Avisaré a seguridad, ¿me oye?

Doyle ya había alcanzado la salida de la cocina al exterior. Se lanzó por un pasillo para evitar al cocinero furioso, que había cogido un teléfono y hablaba a gritos mientras lo intentaba seguir. Al fin encontró una salida al exterior, perdida entre los sótanos de la bien provista bodega. El frío intenso sacudió su rostro. Se encontraba en una terraza enorme, iluminada por farolas redondas de hierro. El mar Tirreno estaba en calma, negro en su inmensidad. Corrió hacia un jardín que estaba pobremente iluminado y se perdió en un laberinto de setos. Ni un ruido a lo lejos. Aún no habían dado la voz de alarma. Marta permanecía abrazada a él, musitando frases sin sentido. Tenía los brazos entumecidos de cargar con ella, así que la dejó un momento sobre un banco de piedra, envuelta en la capa. Doyle respiró para coger aire y sacó su móvil para orientarse. Luego volvió a coger a Marta y reanudó su escapada, evitando las zonas más iluminadas de los amplios y silenciosos jardines hasta dar la vuelta completa al edificio por detrás.

«¿Qué cojones hace ese tipo?» Alberto Lupica miró a través de sus prismáticos desde uno de los torreones de la muralla que cercaba el hotel. Era uno de los vigilantes de seguridad más antiguos del establecimiento. Estaba allí desde que sus antiguos dueños, los americanos, habían remodelado la vieja fortaleza para convertirla en un resort. Tenía la suficiente experiencia como para saber que el intruso que salía de las cocinas llevaba algo debajo de la capa. «Un cabrón que ha robado aprovechando las fiestas de carnaval, seguro.»

Su radio atronó con los gritos del cocinero.

Alberto cogió su pistola y corrió hacia los jardines. Aquel pollo no se le iba a escapar.

No tardó demasiado en detectar la figura con capa que se movía entre las sombras. Se acercó con lentitud. Le iba a dar una buena sorpresa a aquel cabrón.

Doyle miró hacia las ventanas de arco ojival que lucían sobre su cabeza. Se podían escuchar de forma muy tenue las notas de un violín desgarrado. Apretó a Marta contra su cuerpo para darle calor, asegurándose de que la gruesa capa la cubría toda. Estaba helada. No podía permitirse tener una rehén enferma de ninguna manera. Siguió caminando de forma más cautelosa al escuchar voces que provenían de una escalinata próxima, y se escondió detrás de una vasija gigante de la que salía una palmera.

Surgió de la nada. Un brazo de hierro atenazó su cuello, estrangulándolo con una fuerza inusitada. Doyle notó el cañón de una pistola clavado en el costado a través de la capa.

—Quieto. O te mato.

Doyle obedeció. El brazo lo estrangulaba más y más fuerte. ¿Sería uno de los gorilas de Rajiva?

La voz del hombre no mostró vacilación alguna.

—¿Qué hacías dentro de la cocina? ¿Robar? ¡Aquí no nos gustan los ladrones, rata de alcantarilla! Pon las manos sobre la cabeza. Quiero verlas. Y suelta eso que llevas. Quiero ver lo que es... —Apretó todavía más el cuello de Doyle, que no era capaz de ver un resquicio en aquel brazo de hierro.

Al fin, Doyle cedió y dejó caer con suavidad a Marta, que resbaló hacia el suelo de piedra. La joven emitió un grito sordo al notar el suelo y el hombre, que mantenía el cuello de Doyle aprisionado, aflojó un segundo su presa.

—¿Qué demonios...?

Ese momento de vacilación le sirvió a Doyle para golpear con el codo la cara de aquel vigilante. El ruido de la nariz al romperse quebró la noche. El hombre reculó, llevándose incrédulo las manos a la cara. Otro segundo le bastó para sacar la pistola Taser con un movimiento de bailarín, dejando al vigilante agitándose en el suelo.

Doyle recogió a Marta con celeridad al escuchar por la radio de seguridad que había problemas en la planta noble. Alguien le instaba a contestar, pero el guardia tenía suficientes problemas como para poder hacerlo. Se deslizó con su carga a lo largo de un camino empedrado hasta llegar a la entrada principal del palacio.

Minutos después estaba agazapado en el amplio aparcamiento del hotel. Cuando uno de los porteros abrió un Ferrari, dispuesto a llevárselo a su dueño, Doyle lo golpeó con la culata de la Magnum. Cogió la llave del coche y metió a Marta dentro, debajo de la capa. Se puso la gorra del portero para pasar desapercibido, y arrancó el potente vehículo, justo a tiempo de ver como dos hombres hablaban por radiotransmisores mientras corrían armados con pistolas.

Doyle mantuvo la calma: no apretó el acelerador hasta llegar a la entrada del aparcamiento.

El encargado de la puerta vio con asombro cómo un Ferrari Testarossa de vivo color rojo arrancaba de cuajo la valla roja y blanca y salía a toda velocidad, perdiéndose en la negrura de la noche.

Media hora después, los gorilas encontraban el Ferrari abandonado en una curva cercana al hotel, sin rastro de los ocupantes.

Unos enfermeros auxiliaban al príncipe Nayef. Lo colocaron con sumo cuidado en una camilla, bajo la atenta mirada de parte de su séquito, cuatro hombres vestidos con chilabas y turbantes que mostraban gran preocupación.

Rajiva caminaba por la habitación a grandes zancadas, furiosa, mientras hablaba por teléfono.

—Sí, Guido. Un desastre. Se nos ha ido toda la venta a la mierda. No sé quién cojones era ese tipo, pero es muy peligroso. Primero golpeó a uno de los invitados y se hizo pasar por él. Sí, iban disfrazados. ¡YA SÉ QUE NO ERA BUENA IDEA, PERO QUIÉN IBA A PENSAR, JODER! OK, ya... ya me calmo. —Rajiva suspiró—. Sí. Las medidas de seguridad eran las de siempre. Luego ese tipo pujó hasta el límite, así que nadie sospechó. Y cuando el príncipe estaba ya dentro, el hijo de puta entró y se la llevó. Sí. Efectivamente, robó un Ferrari del aparcamiento, y todo Dios lo está buscando, pero se ha desvanecido, Guido. Te prometo que voy a encontrar a ese cabrón, y a esa niña también. Si no se la llevaba el príncipe para su tierra, la tenía ya bien apalabrada para un burdel en los países árabes. Ahora tendré que devolverle todo el dinero al príncipe y a ver si soy capaz de calmarlo...

Guido Barone colgó el teléfono con semblante serio. Miró el iPad que hacía las veces de despertador: eran las siete de la mañana. Pronto sería hora de ir a su despacho. Luego vería qué podía hacer para arreglar todo aquel desaguisado. Hija de una jueza en España... Rajiva había sido muy imprudente al aceptar una mercancía sin saber cuáles eran los pros y los contras. Imbécil... Aunque tenía algo de razón. ¿Quién iba a pensar...? Pero no, concluyó, Rajiva se estaba volviendo cada vez más temeraria e independiente, y eso no le gustaba nada.

Se levantó y fue hacia la ducha. Antes de empezar su jornada como *vicecapo* de la policía, tendría que hacer varias gestiones, tocar algunos puntos estratégicos. Aquel desconocido les había hecho perder muchísimo dinero. Y lo iba a tener que pagar.

Capítulo 27

Lúa Castro

La Coruña, sede local de La Gaceta de Galicia,
mañana del lunes, 13 de febrero de 2012

Maca Arrojo se acercó a Manuel Carrasco, jefe de la sección local de *La Gaceta de Galicia*. Se agachó delante de la mesa hasta que el evidente escote apareció ante sus ojos en alta definición. Carrasco bizqueó de forma inconsciente y una sonrisa bobalicona apareció en la comisura.

—El artículo de «Moda», «El resurgir del *animal print*», jefe. Para el especial del sábado.

Lúa apuró su café casi de forma inconsciente. Miraba la escena con sus ojos verdes abiertos como platos. Desde que la Maca aquella había sido trasladada a su sección, Carrasco, su jefe, se había convertido en una especie de perrillo faldero con síndrome de Estocolmo. Por una parte aquello no le parecía desagradable: la tal Maca lo mantenía ocupado y la dejaba a ella con la libertad suficiente para ir y venir sin el control tan absurdo que había venido ejerciendo. Pero por otra parte le resultaba algo patético verle hacer el ridículo de una manera tan clara delante de un par de tetas y unas mechas más falsas que un Rolex de cincuenta euros.

Maca pasó por delante de Lúa Castro y la miró con conmiseración mientras se dirigía hacia su mesa. En realidad, estaba muerta de envidia: Lúa había aprovechado su implicación en el caso y había escrito un bestseller, *El Artista*, que estaba arrasando en todo el país. Aunque se había permitido muchas licencias, y muchas otras cosas no habían podido salir a la luz, la periodista había captado el interés del público por el asesino en serie que recreaba obras de arte y, aprovechando su buen quehacer periodístico, había escrito un libro trepidante y lleno de acción que estaba muy arriba en las listas de ventas. Aunque su relación con el caso había sido indirecta, trabó amistad con el criminólogo Javier Sanjuán, que fue testigo directo de toda la investigación policial, y con su colaboración desinteresada dio forma a una obra de no ficción que había apasionado a los lectores.

Maca había comprado el libro de tapadillo y lo había devorado en dos noches. A partir de ese momento le declaró la guerra silenciosa a su compañera.

Ajena a odios o envidias, Lúa pensó en la cercanía del juicio contra Pedro Mendiluce. Al final consiguió cubrirlo ella: Carrasco se lo quería dar a Maca, pero las altas instancias del periódico detuvieron su decisión, considerando que el éxito del libro podía darle mucho más interés al juicio narrado por una de las protagonistas. Lúa había sido secuestrada y casi asesinada por el secretario de Mendiluce en medio de una investigación sobre un yacimiento arqueológico sepultado en As Xubias, otro de los cargos que pesaban sobre la cabeza del empresario. Y ella era una de las testigos principales. Así que Maca se quedó sin juicio, relegada por unos días al suplemento de moda.

«Tengo que organizarme. Intentaré hablar con Rebeca de Palacios y los otros dos jueces primero... a ver si pillo a Márquez al salir de misa. Luego, con mi contacto en la cárcel para ver la rutina de Mendiluce. Repasar las acusaciones del fiscal... Ojalá Jordi se acuerde de comprar mozzarella cuando salga de cubrir al Deportivo en Abegondo...» Lúa suspiró mientras apuntaba todo en su Moleskine. Vivir con Jordi estaba resultando mucho mejor de lo que había pensado en un primer momento, pero entre sus horarios interminables y el despiste perpetuo del periodista, ella siempre tenía que organizarlo todo. Lo había conocido cuando era un simple becario en *La Gaceta*, y desde el primer día los infructuosos intentos de ligársela le habían provocado hilaridad, con sus gafas de *nerd* y sus camisetas con mensaje. Pero poco a poco, Jordi había acabado por conquistarla, casi sin que ella se diera cuenta, con su honestidad y devoción a prueba de bomba. Y con aquel encanto extravagante y su insistencia, consiguió primero salir con ella, luego enamorarla de forma sutil, y al fin, tras conseguir un trabajo medianamente estable en el periódico, convencerla para que probasen una convivencia que a Lúa le pareció al principio poco plausible, como mínimo. Sin embargo, la ayuda de Jordi a la hora de escribir *El Artista* fue definitiva. Y como era un joven agradable y menesteroso, aquella convivencia que en un principio le resultaba una cárcel, acabó convirtiéndose en indispensable para una Lúa «domesticada» como solía decir Carrasco, para picarla.

Cuando cazó a Maca mirándola desde su mesa con una ligera expresión de mezquindad, Lúa le devolvió una sonrisa tan rutilante que mostró al mundo su diastema, y luego se levantó, cogió el bolso y el plumífero, y salió de la redacción con paso firme, dando un portazo.

Capítulo 28

Marta y Doyle

La Coruña, Audiencia Provincial,
tarde del lunes, 13 de febrero de 2012

Rebeca de Palacios miró el móvil con nerviosismo por enésima vez. Ya eran las dos y media de la tarde y su hija no había dado señales de vida. La había llamado varias veces, pero en el teléfono de casa no contestaba nadie y el móvil daba «apagado o fucra dc cobcrtura» todo cl ticmpo.

No quería parecer demasiado protectora, así que intentó someter a duras penas el impulso de llamar a Candela al móvil a ver qué ocurría. No era normal en su hija que no se hubiese puesto ya en contacto con ella. Le había prometido quc, pasasc lo quc pasasc, todas las mañanas la iba a llamar o le mandaría un SMS como mínimo. «Probablemente esté con su nuevo novio... pero hoy es día lectivo, así que tiene que estar en clase...» Volvió a mirar el reloj. Tenía una comida a las tres. Si después de la comida no había dado señales de vida, llamaría a Candela, sin importarle quedar como una histérica ante los ojos de Marta y de su amiga.

Casa a orillas del lago Bracciano, a 40 km de Roma

Marta intentó abrir los párpados, pesadamente cerrados. Su mente estaba envuelta en una nebulosa vaga, lejana, y su cuerpo parecía no pertenecerle. Una mano sacudía su hombro y le hablaba; la voz resonaba en su cerebro primero en un susurro, luego amplificada sin solución de continuidad.

Súbitamente un olor penetrante sacudió su pituitaria como una explosión. Abrió los ojos, despejada por el amoníaco. Parpadeó por la intensa luz y los volvió a cerrar. La mano sacudió su hombro de nuevo, y una voz masculina dijo su nombre de forma alta y clara. Notó cómo le acercaban un vaso de agua a los labios.

—Marta. Despierta. Marta. Tienes que despertar.

Al volver a abrir los ojos vio a su lado a un hombre rubio, de mediana edad, intensos ojos azules y barba de dos días que le hacía un gesto con la mano para que no gritase.

Miró a su alrededor. Estaba en una habitación abuhardillada bastante amplia, de madera. A su lado había un catre, pero ella estaba sentada en un sofá raído, atada de pies y manos con unas cadenas que le dejaban bastante margen de maniobra, vestida con una sudadera y unos pantalones de chándal que no eran suyos. Cuando se dio cuenta de la situación, Marta gritó, gritó con fuerza hasta desgañitarse.

Paró de gritar en el mismo instante en el que el hombre le enseñó una pistola y la puso en su frente. Doyle suspiró y le habló con calma heladora.

—Grita lo que quieras. Nadie te va a oír. Hagas lo que hagas, estarás aquí retenida por unos días. Si intentas huir, te mataré... —Marta abrió de nuevo la boca para protestar. Doyle la interrumpió al momento—: No te quejes, Marta de Palacios. Te he librado de esa gente que estaba dispuesta a violarte y a enviarte después como esclava sexual a un país de Oriente Próximo. ¿Recuerdas algo de lo ocurrido anoche? —Marta no contestó, todavía presa del pánico—. Bien... Yo, por el momento, no te voy a hacer nada. Por el momento... Si cumples las normas y tu madre se comporta, todo esto será un mero trámite que pasaremos los dos lo mejor que podamos.

Doyle hablaba con determinación, pero con un tono que intentaba llevar algo de consuelo a la chica. Sabía que en las últimas horas había pasado un infierno y, aunque era un sentimiento que tampoco podía permitirse, no podía evitar algo parecido a la compasión.

Marta recordó de repente a Enzo, la limusina, aquella extraña mujer y parte de todo lo que había ocurrido después. Parte, ya que su mente aún permanecía envuelta en sombras. Enrojeció vivamente.

—¿Quién eres tú, entonces? ¿Qué hago aquí? ¿Qué ocurre con mi madre?

Doyle le acercó el ejemplar del periódico, que ella agarró con torpeza.

—Por lo pronto, agarra este periódico y enséñame la portada. Así. Muy bien. Cuanto menos hables, mejor nos llevaremos tú y yo.

A continuación cogió su móvil y sacó varias fotos de Marta mostrando el periódico *La Repubblica* entre sus manos encadenadas.

Candela llegó a casa y recorrió las habitaciones. Estaba vacía. Eran ya las seis de la tarde. La sensación de incomodidad que llevaba sintiendo desde el mediodía se acentuó. Marta no había dado señales de vida. La había llamado un par de veces, pero no había podido contactar con ella. La curiosidad de saber cómo lo había pasado con Enzo durante la cena se había transformado en una intensa inquietud.

Fue a la cocina a hacerse un descafeinado y puso la televisión para distraerse. Se le ocurrió mirar el teléfono fijo: había varias llamadas de España. Candela tragó saliva: la madre de Marta. ¿Qué podía decirle? ¿Que se había ido a pasar la noche con su novio y no sabía nada de ella aún? No quería preocuparla. A lo mejor Marta se había quedado sin batería. O dormida. Era demasiado pronto...

Cuando sonó su móvil y vio el número de Rebeca de Palacios notó que su estómago se convertía en una bola de papel arrugado.

—¿No está? ¿Y sabes dónde puede estar? No me coge el teléfono. Está apagado o fuera de cobertura. Estoy muy preocupada, Candela.

La voz de Rebeca transmitía la ansiedad de forma inequívoca a través del auricular. Candela respiró hondo antes de contestar.

—Está con su novio, Rebeca. Se quedó a dormir en casa de Enzo...

Rebeca de Palacios se quedó unos segundos en silencio. Luego suspiró con fuerza, y adoptó un tono más duro, sin duda avivado por el miedo a que algo hubiera sucedido a su hija.

—No es normal que no haya llamado, Candela, aunque esté con su novio. No es propio de ella. ¿Tienes el teléfono de ese tal Enzo?

—No, pero creo que lo puedo conseguir.

—Consíguelo, Candela, te lo ruego. Llámalo. Haz lo que sea, por favor. Estoy muy preocupada. He leído que apareció una chica muerta el otro día en unas catacumbas.

—Lo haré, no te preocupes. —Candela también había leído la noticia de ese crimen, pero decidió que era mejor no hacer ningún comentario al respecto—. Ahora me pongo a ello. En cuanto sepa algo te llamaré, pero seguro que Marta está bien, sabes que es muy formal. A lo mejor se ha quedado sin batería. Tranquilízate. Todo tiene una explicación...

Cuando colgó, Candela sintió que la intranquilidad recorría de nuevo todo su cuerpo. Buscó en la agenda de su móvil a alguien que pudiese localizar al imbécil de Enzo, cruzando los dedos para lograr algo positivo cuanto antes.

Doyle bajó a la sala de la casa, dejando arriba encerrada a Marta. Se sentó delante del ordenador. Había intentado durante la mañana conectar con las cámaras de casa de la jueza, pero el mal tiempo que hacía fuera lo impedía por momentos. Lo intentó de nuevo. Los sicarios de Dolores Wells en Roma lo habían hecho todo muy bien, teniendo en cuenta que la casa estaba a la orilla del lago Bracciano y la cobertura no era demasiado buena. Así que cuando vio las imágenes en blanco y negro, sonrió satisfecho.

Aunque la señal era muy deficiente, la vio hablar por teléfono en el salón, moviéndose de un lado a otro con nerviosismo. Había llegado el momento. Envió la foto de Marta al correo de la jueza.

Cuando Rebeca colgó el teléfono, Doyle cogió el suyo y la llamó, sintiendo una deliciosa expectación ante lo que se avecinaba.

La voz de la magistrada sonó extrañada.

—¿Sí? Dígame.

—¿Rebeca de Palacios?

—Sí. ¿Quién es?

—Haga el favor de ir a su despacho a consultar su correo. Tiene un mensaje. Le va a interesar. ¡Hágalo!

Rebeca obedeció casi por instinto al escuchar aquella voz imperativa; fue hacia el despacho con rapidez. Se sentó y activó la pantalla. Abrió el correo.

Cuando vio la fotografía de Marta encadenada y con un periódico en las manos, se sintió morir. Sus piernas flaquearon. Con las manos temblorosas levantó el móvil que había dejado sobre la mesa. Hizo un esfuerzo extremo de control; no quería que la cólera le impidiera escuchar con atención; quería poner los cinco sentidos en esa conversación.

—¿Qué quiere? ¿No sabe quién soy? —A su pesar, la voz temblaba de puro miedo por la niña—. ¡Cómo le haga algo lo lamentará!

Doyle rio para sí. Rebeca de Palacios tenía carácter, cosa que ya sabía y que realmente le gustaba.

Su voz adoptó un tono frío, casi profesional.

—Cállese y escuche. Nada de policía o no volverá a ver a su hija viva. Y créame que lo sabré. Esperará las instrucciones que le daré en su momento. Haga lo que le digo, y su hija sobrevivirá sin un rasguño. Desobedezca, y su hija morirá. Así de sencillo. ¿Lo ha comprendido? —Rebeca emitió un «sí» y Doyle continuó—. Ahora, llame a la chica que vive con ella y dele una disculpa, la que quiera. Que Marta se ha ido con su novio a viajar unos días, y que él no ha querido que ella pasara siquiera para recoger sus cosas; ya sabe, una escapada de enamorados. Tranquilícela... —El silencio sepulcral de Rebeca le hizo ver que sus palabras estaban haciendo efecto—. Le iré dando instrucciones sobre lo que debe hacer para liberar a Marta.

Rebeca lo interrumpió con voz atropellada por la angustia.

—No tengo dinero, soy una simple funcionaría, mi familia no es rica...

—Lo sé. No quiero dinero, Rebeca. Lo que le voy a pedir es que sea razonable.

—¿Razonable? ¿Qué quiere decir?

Doyle saboreó la frase, sabiendo el efecto que iba a producir.

—Razonable en lo que respecta al juicio de Pedro Mendiluce. Cuando termine la vista, tendrá seis días para redactar la sentencia. Seis días. Ni uno más. A las nueve de la mañana del sexto día quiero saber el veredicto. Lo dará al gabinete de prensa de la Audiencia para que lo entregue a los periodistas, y yo me enteraré en ese momento. Por supuesto no hace falta que le diga que el veredicto ha de ser «inocente de todos los cargos». Es la única vía para que Marta esté pronto con usted, sana y salva...

Rebeca quiso decir algo, protestar porque ella solo era un miembro de los tres que iban a juzgar a Mendiluce, pero Doyle colgó, dejando a Rebeca intentando asimilar todo lo que había escuchado.

Patrick Doyle miró con atención el comportamiento de Rebeca a través de las cámaras. Por lo menos tenía un entretenimiento mientras durase el juicio y su estancia en aquella casa solitaria. Vio que se levantaba de la silla de su despacho y lloraba sin consuelo. Y luego, cómo se volvía a sentar y consultaba el ordenador.

Se acomodó en su silla y se dedicó a observar. Más adelante le diría que el juez Márquez también se iba a mostrar colaborador, pero no ahora, porque quería que se preocupara de veras de manipular el juicio para impedir que las pruebas se acumularan en contra del acusado. Si ella estaba realmente asustada haría lo imposible porque muchas de esas pruebas no fueran admitidas o, al menos, valoradas como armas letales contra Mendiluce. Sonrió, estiró los brazos. Luego, si mejoraba el tiempo, iría al pueblo de Bracciano a buscar víveres.

Rebeca se levantó y dio unos pasos sin rumbo por el despacho. Dejó caer los brazos a los lados del cuerpo, totalmente vencida. Las lágrimas corrieron por sus mejillas, mojando la carísima blusa de seda color crema. De repente, se dio cuenta de que todo su mundo se había desmoronado en cuestión de minutos y sollozó sin poder contenerse como jamás lo había hecho en toda su vida. Tenía que haber pensado que Pedro Mendiluce no era un acusado como los demás. Nunca en su vida había aceptado otras reglas que las suyas. Había esperado un soborno a algún testigo, amenazas para que se retractaran de sus declaraciones, juego sucio sin duda. Pero atreverse a secuestrar a su propia hija en Roma... eso era más de lo que ella hubiese podido imaginar.

Se dominó a duras penas. Secó sus lágrimas y se sentó de nuevo frente a la pantalla. Volvió a mirar la foto con el corazón encogido, pero esta vez con más detenimiento. La aumentó. Marta estaba muy pálida, pero no parecía haber sufrido daño alguno. Buscó en internet el ejemplar de *La Repubblica*. Efectivamente, era un periódico del día. Rebeca se aferró a la foto de su hija como a un clavo ardiendo. Su hija estaba viva, y eso era lo único que iba a mantenerla entera a partir de ese instante.

Capítulo 29

Valentina Negro

La Coruña, Club de Tiro Olímpico Arteixo,
noche del lunes, 13 de febrero de 2012

Valentina Negro sopló para apartar un mechón de pelo oscuro que invadía su campo de visión. Tensó los músculos durante un segundo, olvidó el dolor intenso de su mano, fijó sus ojos grises en la diana y vació de nuevo el cargador de forma inexorable. Se oyeron quince detonaciones sin solución de continuidad. Guardó la Glock 19 en su funda con un movimiento automático. Después se quitó los cascos, relajada, y se dirigió a la zona de las taquillas, dispuesta a limpiar el arma.

Saludó a Borja Fernández, el joven dueño de la galería, que se acercó a ella mirándola con admiración después de observarla durante el largo rato que había estado practicando. Era una de las mejores tiradoras, si no la mejor, que había visto pasar por el club de tiro.

—¿Cuándo me vas a hacer caso y vas a competir con nosotros, Valentina? Podrías llegar a ser olímpica... —Borja le acercó un café con leche bien caliente en un vaso de plástico. Ella lo cogió e hizo un gesto de agradecimiento.

—Ahora no puedo, Borja. No tengo tiempo. Más adelante, quizá. No estaría mal ir a los Juegos Olímpicos... —sonrió—, pero no exageres. Tampoco soy tan buena.

—Joder si eres buena, Valentina. Has nacido para esto —protestó Borja, que hablaba completamente en serio.

Valentina le golpeó el brazo, riendo.

—He nacido para tantas cosas... Anda, no me líes que he de ocuparme de terminar la mudanza. Y coger unos días libres, que me hacen mucha falta. —Se sacudió la mano, y luego la abrió y la cerró varias veces—. Uf, cómo me duele.

—Lógico. Llevas aquí una hora larga y la pistola es nueva... Entonces ¿no te quedas a cenar? La cantina está abierta, y el cocinero es nuevo, una joya...

Valentina negó con la cabeza.

—Gracias, pero no. Con el café me basta. Me hacía falta. —Consultó su reloj y apuró el café de un trago—. Además, ya quedé para cenar con un amigo dentro de hora y media. Aún tengo que llegar a casa y cambiarme, y si sigo remoloneando, voy a llegar tarde.

—¿Cuándo vuelves?

Se encogió de hombros.

—Te llamo para reservar, ¿vale? A ver si puedo la semana que viene... A lo mejor me voy unos días a una casa rural. Tengo una semana para mí sola. Te aseguro que hace mucho tiempo que no cojo unas vacaciones como Dios manda...

Valentina cogió su bolso y su cazadora de piel. Fuera llovía y había una humedad de mil demonios, que apenas mitigaban las gruesas botas de piel y los vaqueros ajustados. El club de tiro estaba muy cerca del mar, y en pleno febrero y a las ocho de la tarde era necesario abrigarse, así que envolvió su cuello con una bufanda de lana. Antes de coger los guantes, se le ocurrió mirar el móvil, que había dejado sin sonido durante el tiempo que había estado en la galería. Tenía una llamada perdida de un número que desconocía. Pensó en devolverla, pero miró de nuevo el reloj y se dio cuenta de que iba ya escasa de tiempo. Si querían algo, ya llamarían más tarde.

Valentina se puso el casco y se montó en su Triumph Bonneville, que arrancó con gran estrépito. Tomó rumbo a la rotonda de Sabón, cruzando la noche helada, haciendo caso omiso de la fina lluvia que empezaba a empaparla.

Valentina saludó con la mano a Joaquín Vergara, que la esperaba en la puerta de la Domus, fumando un cigarrillo. Joaquín era un hombre alto, de cabello castaño y buena planta, un arquitecto que había decidido montar una empresa de decoración tras quedarse en paro por culpa de la crisis del ladrillo.

Valentina intentó apurar a pesar de los altos tacones y el vestido azul marino, ajustado, ligeramente por encima de la rodilla, que no le permitían un margen de movimiento demasiado amplio. Cuando llegó a su lado, adoptó una expresión de disculpa: se había retrasado diez minutos.

—Perdona. Llego tarde. Había un atasco tremendo a la entrada de La Coruña por culpa de la lluvia. Tuve que ir a casa, dejar la moto, cambiarme...

Joaquín hizo un gesto impreciso, tiró el cigarro al suelo y le dio dos besos. La miró con admiración: Valentina Negro estaba radiante, con un abrigo azul, un vestido escotado de tipo marinero y su largo cabello negro suelto y recién alisado. Sin ser demasiado alta para ser una inspectora de policía, era esbelta y proporcionada, con la piel muy pálida, que contrastaba con su pelo, y unos brillantes ojos grises con pequeñas vetas entreveradas y largas pestañas, que aquella noche apenas llevaba maquilladas con un poco de rímel. Valentina era objetivamente una mujer muy hermosa, pero ella no parecía dar demasiada importancia a los dones que la genética le había otorgado.

—Valentina, da igual. Estás guapísima con ese vestido azul, y eso es lo que importa. Además, no pasa nada. Tenemos mesa reservada. Al lado del ventanal... Por cierto, te he traído varios proyectos para tu salón. A ver cuál te gusta. Los veremos durante la cena... —Joaquín apoyó su mano en la espalda de Valentina para guiarla hacia la mesa que había reservado.

—Genial. Lo estoy deseando. Tengo un montón de cajas apiladas, la casa aún huele un poco a pintura, pero necesito cuanto antes un poco de orden y de buen gusto... Y te aviso: cuando termine el salón también te pediré algo de ayuda para la cocina. Los muebles de obra son horrorosos.

Rebeca de Palacios se bebió un vaso de agua de un trago. Tenía el estómago cerrado y la boca seca. Miraba su teléfono una y otra vez, esperando que aquel hombre la volviese a llamar en cualquier momento.

Con rapidez, frenética, se puso un abrigo y bajó a la calle. Cogió el coche y se dirigió hacia una cabina telefónica que había a las afueras de la urbanización. Hacía treinta minutos había hecho exactamente lo mismo, pero nadie contestó. Rezó esta vez para que su llamada fuera atendida.

Valentina bebió un sorbo de Godello y sonrió. Estaba contenta. Le gustaba la compañía de Joaquín. Era un hombre ocurrente, atractivo, de conversación fluida. Se había ofrecido a hacer gratis varios proyectos para decorar su salón, aunque ella intuía que Joaquín quería algo más. Las señales de cortejo no eran demasiado evidentes, pero allí estaban.

—El vino está delicioso. Y las croquetas de marisco, impresionantes —dijo la inspectora con una mueca de felicidad. Ese era su primer día de vacaciones, estaba ilusionada con su nuevo piso y le esperaban unos días de descanso que de verdad anhelaba. Joaquín era muy bueno en su trabajo, y quería agradecerle con su simpatía su esfuerzo por ayudarla. Valentina había sopesado alguna vez si podría tener algo más con él. Era guapo, inteligente... «Quién sabe», pensó. Por ahora disfrutaba de la amistad entre ambos. Tampoco quería forzar las cosas.

Él asintió.

—Me alegro de que te guste, Valentina. Tienes que comer. Has adelgazado mucho esta temporada. Y no es que te quede mal, pero...

—Lo sé. No me lo repitas. Todo el mundo me lo dice. —Levantó las manos en señal de rendición y empuñó el tenedor hacia el plato—. Así que no tendré problema en robarte una zamburiña... creo que esta te tocaba a ti... —Y al decir esto le dirigió una sonrisa que Joaquín adoró.

El teléfono de Valentina sonó dentro de su bolso. Pensó en no cogerlo: no era de buena educación romper aquel momento, pero al final se decidió. Podía ser su padre, en silla de ruedas después de un terrible accidente de tráfico en el que también había fallecido su madre hacía unos años, o su hermano Freddy, experto en meterse en líos a la primera de cambio. Se disculpó con Joaquín y se levantó de la mesa para contestar.

Le sorprendió escuchar aquella voz conocida, la voz de su amiga Rebeca de Palacios. Hacía casi siete años que habían perdido el contacto. Sabía de su vida por la prensa. Alguna vez había querido contactar con ella, pero con todo lo que le había ocurrido en los últimos años, no había tenido demasiado tiempo. Pero no cabía duda: su mejor amiga de la infancia, convertida ahora en una magistrada notable, estaba al otro lado.

—¿Valentina? Soy Rebeca. Rebeca de Palacios. Disculpa. Me han dado tu número nuevo unos amigos...

—Rebeca... ¡Qué sorpresa! ¡Qué alegría escucharte!

Rebeca permaneció unos segundos en silencio. Luego su voz sonó ansiosa y muy agobiada.

—Valentina. Necesito verte. Ahora mismo. Ha ocurrido algo horrible. Algo de lo que no puedo hablar por teléfono. Por favor... es muy urgente. Te lo suplico.

Valentina notó al momento la angustia de su amiga.

—Dame una hora. Estoy cenando con un amigo, y no quisiera dejarlo como un idiota solo en el restaurante. ¿Dónde quieres que nos veamos?

—En mi casa no, por favor. ¿Qué te parece en Matogrande? Hay un pub muy discreto allí que puede servir... el Lost, no sé si lo conoces... —Rebeca suspiró, aliviada, y le dio las gracias casi llorando.

—Sí, lo conozco. No te preocupes, Rebeca, sea lo que sea tendrá solución. Ahí estaré.

Valentina colgó. Nunca había escuchado a la siempre fría y templada Rebeca con una voz tan desesperada. Una hora después, cuando se despidió de un decepcionado Joaquín y se subía a su Citroën azul, su mente llegó al fin a una conexión. Recordó un reportaje de *La Opinión* en el que se presentaba a los miembros de la Sección Segunda de la Audiencia Provincial que iban a ocuparse del juicio de Pedro Mendiluce, y destacaba a Rebeca como presidenta del tribunal, y, de pronto, todos sus sentidos se pusieron alerta.

Capítulo 30
Medida desesperada

La Coruña, Matogrande, pub Lost,
noche del lunes, 13 de febrero de 2012

Cuando Valentina entró en la oscuridad del Lost, le costó encontrar a su amiga, aunque el local estaba medio vacío. Rebeca se encontraba al fondo, en la penumbra, escondida de cualquier mirada. Valentina se acercó, y su amiga se levantó al verla aparecer. Parecía una muñeca rota, la cara descompuesta, las manos vacilantes. Sin embargo, procuró controlar su voz al dirigirse a la inspectora.

—Hola, Valentina. Perdona que te haya llamado así, después de tanto tiempo... Qué guapa estás. —Hizo una mueca que se parecía a una sonrisa—. Seguro que te he interrumpido... —Los ojos azules de la jueza se clavaron en los de Valentina con una mirada en la que se podía leer la pura imagen de la angustia.

Valentina se acercó y la abrazó con fuerza. La hizo sentar de nuevo, la fragilidad que rezumaba el cuerpo de su amiga era tan evidente que la asustó. Tenía los ojos anegados. En toda su vida Valentina jamás había visto derramar ni una lágrima a la dura y tozuda Rebeca de Palacios. Decidió saltarse los preliminares.

—Dime qué ocurre, Rebeca. Sea lo que sea, aquí estoy. Te ayudaré en lo que pueda.

El camarero las interrumpió con su presencia.

—Tráiganos dos whiskies Jack Daniel's con hielo, por favor. —Valentina hizo caso omiso de los gestos de su amiga. Beber algo fuerte le sentaría bien y la ayudaría a relajarse. Luego cogió la mano de Rebeca. Estaba fría y pegajosa. La apretó.

—Valentina. Tienes que prometerme... —suspiró. No sabía cómo empezar a contarle todo. Tenía miedo de la reacción de una policía, pero era su única esperanza. Era su amiga de la infancia. Vio la expresión cálida y anhelante de Valentina y cogió valor. Le agarró la mano con fuerza y soltó de sopetón—: Valentina, han secuestrado a Marta.

Valentina la miró con asombro, sin dar crédito a lo que oía.

—¿Qué? ¿Estás segura? Tiene que ser un error. No es posible...

Rebeca sacó su móvil y le enseñó la foto de Marta encadenada. Bebió un sorbo de bourbon y se centró con esfuerzo. Cada vez que veía aquella foto lo único que quería era morirse.

—Sí, Valentina. Es así. Es horrible, pero es así. Mira la foto con atención. Marta está estudiando en Roma... A saber dónde está ahora en realidad. —Su voz se quebró un instante—. He comprobado que el periódico es la edición romana de hoy de *La Repubblica*.

La inspectora miró con atención la fotografía. Hacía mucho tiempo que no veía a Marta, pero reconoció sus ojos color miel, su pelo castaño y su expresión avispada al momento, a pesar de las ojeras y de la tristeza que emanaba aquella foto que le pareció irreal. Su corazón se aceleró. Una mezcla de miedo e indignación empezó a invadirla sin remedio. Recordó los primeros años de vida de la cría, cuando ella y su madre se veían mucho, antes de que su trabajo la llevara a vivir en diferentes ciudades. Todo el peso de la verdad cayó sobre ella en unos segundos. Su presentimiento resultaba cierto. No tuvo necesidad de preguntar a su amiga.

—Ha sido Mendiluce —afirmó—. Ese cabrón la ha secuestrado para chantajearte, ¿verdad?

Rebeca no dijo nada, pero asintió. Se limitó a mirar la foto de su hija, consternada. Después de unos segundos, habló al fin.

—El hombre que la tiene me ha dicho que si aviso a la policía Marta morirá. Esto no puede salir de aquí, Valentina. Te lo estoy contando a ti porque eres la única persona en la que puedo confiar en un momento así. Sé por lo que has pasado... lo he leído en los periódicos. Te iba a llamar, pero nunca encontré un momento... soy una egoísta. Hace años que no me pongo en contacto contigo, pero no sé qué otra cosa puedo hacer.

Valentina negó con la cabeza. Permaneció callada un tiempo. Mendiluce había sido un objetivo prioritario en la comisaría de Lonzas durante muchos años. Recordó cómo su hermano había estado a punto de morir por causa de su lacayo Sebastián Delgado. Recordó a tantas chicas jóvenes a las que había obligado a prostituirse; recordó de qué forma había corrompido a muchos peces gordos para mantener su poder y sus privilegios. Y recordó también que sus acciones miserables habían tenido mucho que ver en que hubiera existido un asesino sádico como el Artista. De pronto, pareció haber tomado una resolución.

—Rebeca, no te preocupes. —Su voz sonaba calmada pero decidida—. No pienso decir nada a nadie. Y menos en comisaría. Y ahora me vas a contar todo lo que sepas sobre este tema. Cuéntame los detalles de lo que te dijo ese hombre. Dónde estaba exactamente tu hija, cuándo hablaste con ella, lo último que has sabido... todo. —Valentina sacó una pequeña libreta de su bolso y un bolígrafo—. Tranquilízate y empieza a contarme. Da igual que *a priori* te parezca una tontería.

Valentina escuchó con atención la historia de Marta: cómo había ido a estudiar a Roma, donde estaba, con quién vivía, su último novio, lo que el hombre le dijo. Luego su mente empezó a atar cabos.

—Pero tú solo eres un miembro del tribunal. Aunque lo presidas y puedas influir, hay otros dos jueces. ¿Quiénes son? ¿Sabes si alguno ha recibido alguna clase de coacción?

—Gabriel Márquez y Luisa Bolaños. —Rebeca abrió los ojos—. ¿Quieres decir que ellos también habrán sido coaccionados?

—No lo sé, probablemente, aunque con amenazar a dos ya controla el veredicto, ¿no es así? —Rebeca asintió—. ¿Y el fiscal?

—¿Griñán? Qué yo sepa, no. No me dijo nada el otro día... precisamente estuvimos hablando de las ganas que le tenemos a Pedro Mendiluce, y de que a él ya le han llegado toques desde muy arriba para que seamos condescendientes y poco severos con él... —Rebeca suspiró y permaneció en silencio. Todo aquello la estaba superando. Miró a Valentina como una náufraga mira a un barco humeante a lo lejos. Luego prosiguió—. Ese hombre... el secuestrador, me ha dicho que tengo seis días para redactar la sentencia una vez que concluya el juicio oral. Ni uno más. Si no obedezco, Marta... —Su voz se entrecortó. Valentina la abrazó de nuevo, mientras su cabeza daba vueltas y más vueltas. Luego la cogió suavemente de los hombros y la obligó a serenarse.

—¿Cuándo empieza el juicio?

—Pasado mañana. Y tengo que entregar la sentencia el jueves de la semana que viene a las nueve de la mañana.

—Vale, eso nos da nueve días —dijo casi para sí Valentina, y a continuación elevó un poco la voz—. Llorando no vamos a arreglar nada. Céntrate. Mírame a los ojos. Así, muy bien. Es muy probable que la organización que trabaje para Mendiluce haya mandado poner micrófonos o dispositivos para controlarte en casa. Incluso que intercepten tus correos...

Rebeca asintió.

—Ya me lo imaginaba. Por eso te llamé desde una cabina. ¿Qué hago?

—Sobre eso no podemos hacer nada, tienes que seguir como hasta ahora. Disimula. Sigue las instrucciones del secuestrador al pie de la letra, no tienen que darse cuenta de que sospechas. Ahora, escucha con atención: cómprate otro teléfono para hablar conmigo. Nunca desde casa o desde el tuyo. ¿Entiendes? Cuando lo tengas me haces llegar el número. Y no lo utilices nunca en tu casa, no quiero que vean que llamas por un teléfono que ellos no controlan, ¿está claro?

—De acuerdo, pero ¿qué vas a hacer?

—Bueno, no tenemos muchas opciones, Rebeca. Precisamente hoy comienzo quince días de vacaciones. No es esto lo que había esperado, desde luego, pero no se me ocurre otra cosa mejor. —Valentina le sonrió—. Me has pedido ayuda, ¿no? No pretenderás que espere a que termine el juicio... ¿Y si no la liberan a pesar de todo? No, no lo puedo permitir. Me iré a Roma a buscar a Marta.

Rebeca sintió de nuevo que las lágrimas acudían a sus ojos. Iba a decirle que no lo hiciera, que no estaba obligada a ello, pero sabía que era mentira. Necesitaba desesperadamente que alguien fuera a rescatar a su niña. Conocía a Valentina Negro. Si había una persona capaz de ayudarla, esa era ella. Una pequeña luz de esperanza se abrió en la oscuridad de su mente.

—Te pagaré todos los gastos. No, no insistas. Si vas a ir, tendrás que aceptar que sea yo la que financie tu viaje. Roma es una ciudad muy cara.

Valentina aceptó. Era justo.

—Ahora vamos a ir a mi casa y me vas a volver a contar todo lo que sepas con detalle, y yo te haré algunas preguntas más. Mañana irás a un cíber para abrir una cuenta de correo nueva. No quiero que desde tu casa te pongas en ningún momento en contacto conmigo. Y ahora vámonos. Hay mucho que hacer.

Horas después, Valentina tomaba un café cargado mientras veía los primeros rayos del sol filtrarse entre las espesas nubes. Había dejado de llover. Mientras imprimía las tarjetas de embarque para su viaje, llamó a su amigo el subinspector Fernández Bodelón. Lo pondría al tanto mientras la llevaba al aeropuerto, horas después. Necesitaba a alguien de confianza en la comisaría que le sirviese de apoyo por si le hacía falta alguna información, y él era lo suficientemente discreto y eficiente como para entender lo que ella podría necesitar durante su estancia en Italia. Habían confraternizado durante la investigación de los crímenes del Artista y en un par de casos posteriores.

Luego llamaría a su padre para decirle que se iba unos días de viaje a Roma. Algo bastante normal y que no debería preocuparlo. Miró con tristeza su recién estrenado apartamento: tendría que esperar para deshacer todas las cajas de la mudanza. De pronto sintió miedo: ¿qué iba a poder hacer ella sola en una ciudad enorme como Roma? No acudiría a la policía italiana, porque no podía confiar en que los secuestradores no tuvieran un confidente allá. Mendiluce había tenido que mover a gente con recursos para organizar todo ese tinglado, gente profesional acostumbrada a no dejar cabos sueltos. No podía correr el riesgo de que mataran a Marta. Y no iba a permitir que el cabrón de Mendiluce riera el último.

Pensó en su pistola. Antes de coger el avión tenía que hacer los trámites pertinentes para llevársela consigo. Estaba segura de que la iba a necesitar.

Capítulo 31

Roma, piazza di Sant'Andrea della Valle,
mañana del martes, 14 de febrero de 2012

—¡Stefano, mira! Me encanta. ¡Está nevando!

Paola palmoteó, encantada. Agarró del brazo a Stefano y lo sacó de la tienda. Los copos caían sobre los adoquines de la piazza di Sant'Andrea della Valle, sobre la fuente, ralentizando el tráfico en la via del Corso. Mucha gente miraba al cielo, fascinada con el espectáculo de blanco algodón que poco a poco iba llenando el suelo, convertido en una trampa resbaladiza. Stefano miró a su novia con expresión de amor incondicional: lo que más le gustaba de Paola era su capacidad de asombrarse con la belleza de las cosas más sencillas. Eran novios desde la adolescencia, y habían decidido casarse al poco de terminar la universidad. Ella trabajaba en la floristería de la familia diseñando ramos y él había conseguido un buen puesto en la tienda de Apple. Nada se interponía entre la pareja y la felicidad, y cuando anunciaron la boda, familias y amigos aplaudieron la decisión. Habían decidido que la unión se celebraría en primavera. La madre de Paola consiguió, tras mucho insistir, un hueco un domingo en una de las iglesias más solicitadas de la ciudad: San Bonaventura, una preciosa capilla perdida en el medio del monte Palatino. Aún faltaban seis meses para la boda, pero disfrutaban de los preparativos aquel sábado por la mañana, encargando ya las invitaciones y pequeños regalos en una tienda especializada del centro.

Paola cogió los copos con las manos desnudas y los lanzó al aire, embelesada. Era la primera vez que veía tanta nieve. Stefano sacó su móvil y la fotografió. Era una joven normal, de media melena lacia, castaña, y ojos también castaños, expresivos, pero para él era la mujer más hermosa del mundo, con su dulce cuerpo curvilíneo, su pecho rotundo, su sensualidad y su carácter firme y honesto. Miró la foto: estaba preciosa. La colgaría en el blog que habían creado entre los dos para ir informando al mundo de la evolución de su amor. Algunos de sus amigos se reían de ellos llamándolos *empalagosos*, pero a él no le importaba. Estaba enamorado y no sentía vergüenza alguna por demostrarlo.

La encargada de la tienda de artículos de boda, una mujer mayor y ya curtida en aquellas lides, esperó con paciencia y una sonrisa la vuelta de los novios. Estaban eligiendo las invitaciones, y cuando Stefano parecía dispuesto a elegir una de las más caras, la novia corrió hacia fuera presa de un arrebato. Cuando volvieron allí seguía, con los tarjetones envueltos en papel de estraza. Paola le volvió a pedir que los dispusiera sobre el mostrador de cristal para acabar de decidirse.

—Me gusta mucho la invitación de estilo artesano. ¿A tino?

Stefano asintió, examinado la cartulina de color marfil con trozos de heno bordados. Se dirigió a la encargada:

—Esta nos encanta. Así, tal y como está, pero con un color algo más oscuro. Por cierto, queremos poner una frase en la parte superior: «*Omnia Vincit Amor et Nos Cedamus Amori*»...* ¿Sería posible? ¿Quedaría bien?

La mujer adoptó una expresión de éxtasis. Aquella pareja estaba realmente enamorada. Daba gusto atenderlos, no como otros que acudían allí con semblante avinagrado y sin tener demasiado interés en los detalles que hacían una boda

* El amor todo lo vence, cedamos nosotros al amor.

realmente hermosa. Solo había que ver cómo se miraban el uno al otro, y, además, tan educados. Y él, tan agradable, con aquel pelo trigueño, los ojos grandes y francos, y, además, bien vestido, pero sin alardes... no era extraño que la chica pareciese totalmente embelesada.

—Quedará realmente perfecto. En realidad... es una frase ideal para las invitaciones. No se me habría ocurrido... ¿Dónde se celebrará la ceremonia?

—En San Bonaventura. El próximo agosto.

—Es una iglesia encantadora, mi hija también se casó allí hace tres años. Vais a pasar mucho calor, pero vale la pena. ¿Y la luna de miel? ¿Ya la tenéis programada?

Stefano negó con la cabeza y abrazó a Paola.

—Aún no nos hemos decidido. Yo quiero ir a Tailandia, pero Paola prefiere Nueva York y Boston.

—Tengo muchas ganas de ir a Nueva Inglaterra, ya lo sabes. Para ir a la playa nos vamos al Lido, cariño.

—Al Lido iremos cuando tengamos dos o tres enanos, luego te arrepentirás de no haber ido a Tailandia —replicó Stefano, vencido de antemano—. Esas aguas son el paraíso... —Acarició el cabello suave de Paola y le quitó un par de copos de nieve que aún insistían en acompañarla sin acabar de fundirse. Era una chica maravillosa. Todos los días agradecía al cielo que formase parte de su vida. Sin ella, su existencia no tendría ningún sentido. La besó de manera breve pero muy dulcemente en sus labios. Luego irían a comer a Alle Frate, en el Trastévere. Era el día de San Valentín, había que celebrarlo a lo grande.

Capítulo 32

Buenas noticias

La Coruña, cárcel de Teixeiro,
martes por la mañana, 14 de febrero de 2012,
un día antes del juicio

Pedro Mendiluce esperaba nervioso en el locutorio a que entrara Sara Rancaño. Le habían cambiado de celda gracias a sus gestiones; ahora su compañero era un ladrón de bancos que no paraba de hablar, para su fastidio, y que entre otras cosas le decía que le admiraba mucho, que él «sí que sabía montárselo bien». ¡Valiente chusma! Para Mendiluce estar entre rejas era lo más parecido al infierno en vida porque él había vivido siempre para el lujo, y —lo que todavía era más importante— jamás había aceptado que nadie desoyera su voluntad. En otras palabras: estaba acostumbrado a mandar, no a ser alguien cuya libertad se limitaba a decidir por dónde quería empezar a hacer su paseo en el patio, o si se quedaba en su celda o se juntaba con los otros a ver un apestoso programa de televisión en la sala de ocio.

Sara, su abogada, entró en el locutorio como siempre impecable: traje chaqueta gris marengo con una blusa blanca y zapatos de tacón medio a juego. Su mirada revelaba confianza, y de inmediato Mendiluce escrutó su rostro para adivinar la respuesta a lo que le iba a preguntar.

—Hola, Sara. ¿Qué sabemos?

Sara respiró con fuerza y se demoró unos segundos en contestar; se acercó al cristal que los separaba y contestó con aire triunfante:

—Todo está listo, jefe; el paquete está a buen recaudo.

Mendiluce apretó los puños y sintió un temblor en todo su cuerpo. ¡Por fin! Ahora se iba a enterar la zorra de la De Palacios cómo se las gastaba él... La muy hija de puta había rechazado la solicitud de petición de la libertad provisional porque, según ponía en el auto en el que resolvía su petición, «Mendiluce constituye un claro peligro para la sociedad y dispone de los recursos necesarios para sustraerse a la acción de la justicia». Total, nada de fianza, al trullo. «Bien, donde las dan las toman», pensó. Mendiluce casi se puso a llorar de gozo, como un niño.

—Entonces, Sara —bajó su voz un grado y habló lentamente—, tenemos que pensar que el propietario del paquete se ha puesto en contacto con nuestra amiga, ¿cierto?

—Cierto, Pedro —respondió Sara.

—Bien... —Sonrió de oreja a oreja—. Entonces estará un poco nerviosa y jodida... ¿no crees?

—Sí, desde luego, muy jodida. —Sara le devolvió la sonrisa.

—¿Tiene claro la zorra lo que ha de hacer, entonces?

—Muy claro, Pedro...

—Bien... espléndido...

Pedro se levantó de la silla. En una visita anterior Sara ya le había puesto al corriente de cómo el juez Márquez se había doblegado ante el chantaje de Doyle. El magistrado, por consiguiente, ya estaba controlado. Ahora, con Rebeca de Palacios temiendo por la vida de su hija, disponía ya de dos de los tres votos del tribunal. Iba a ser juzgado por tráfico de personas, por trata de blancas. Algunas de las testigos prefirieron coger el dinero y negarse a testificar en su contra, pero desgraciadamente otras no aceptaron ser compradas y pidieron protección policial, entre ellas Trina, la novia del hermano de la inspectora Valentina Negro, que había trabajado para él varias veces... No, ese asunto no se podía arreglar sobornando o amenazando, y ni siquiera sus contactos con gerifaltes de la política podían sacarle de ese atolladero, por eso había sido necesario tomar medidas más contundentes: estaba claro que él no iba a estar en la cárcel un minuto más de lo necesario.

Se volvió a sentar, y cuando lo hizo era un hombre henchido de nuevo de vida. Comprendió que recobraba el poder. Y para él el poder lo era todo.

—Sara, no solo eres una mujer hermosa, sino también muy eficiente... Te lo recompensaré cuando salga, y muy bien...

Sara hizo un gesto coqueto, muy complacida, porque ella lo que más quería en la vida era dejar atrás el olor a viejo y a pobreza de su aldea natal y los alientos fétidos de alcohol barato y tabaco de los chicos que buscaban meterle mano en cuanto empezó a ser una mujer. No, ella quería sentir el tacto suave de la seda acariciando su piel y la comodidad de los muebles de importación. Y follar con hombres que olían a perfume caro después de una cena deliciosa.

—El juicio empieza mañana, Sara. ¿Lo tienes todo dispuesto?

—Sí, Pedro. Estoy a punto. Voy a pelear tu caso, para que el veredicto tenga su base legal, como ya hemos hablado, y ese es mi trabajo. Confía en mí.

—Excelente, Sara.

Y dicho esto, Mendiluce se levantó, colgó el teléfono y desapareció de la vista de su abogada, comprendiendo que cada minuto a partir de ese momento iba a sentir la felicidad de saber que Rebeca de Palacios, la magistrada implacable, estaba muriendo de pura agonía.

Capítulo 33

Roma, aeropuerto de Fiumicino,
tarde del martes, 14 de febrero de 2012

Valentina odia volar, pero se arma de valor y mira por la ventanilla del avión, fascinada por la belleza del paisaje. Está anocheciendo. Tenues, anaranjados rayos de sol se filtran entre las gruesas nubes. Ya falta poco para llegar a Roma, un hueco en el cielo encapotado le ha permitido ver la familiar silueta de la isla de Córcega. Es el día de su santo, San Valentín. Tendría que estar en casa de su padre, celebrándolo con él y con su hermano Freddy.

Para tranquilizarse, bebe un sorbo de la botella de agua que le ha dado un ayudante de cabina. Después de las emociones intensas, ha empezado a procesar todo lo que significa su intervención en el secuestro de Marta. La inseguridad recorre su cerebro, intenta dominar sus pensamientos, controlar su miedo. De forma lenta e insidiosa, la incertidumbre ha empezado a corroerla. Sabe que Pedro Mendiluce es un hombre muy rico y desprovisto de cualquier tipo de escrúpulos. No habrá escatimado en medios para salir libre y limpio de toda culpa. Quienquiera que sea el hombre que ha secuestrado a Marta, ha de ser muy peligroso. Mendiluce no puede arriesgarse a que un principiante o un chapucero se encargue de los trabajos delicados. Ante eso... ¿qué puede hacer ella, sola, en una ciudad casi desconocida, sin ayuda de nadie? ¿Y si le ocurre algo? Su padre moriría de pena... Si bien ya había pasado el duelo de la muerte de su madre en el accidente de tráfico que truncó su vida, en el que él había quedado parapléjico, ella sabía que su profesión le infundía temor. No le había contado los detalles del viaje para no preocuparlo. Se sentía responsable de su padre, y también de su hermano, más calmado desde que salía con Trina, su novia rusa, mucho más en serio. Trina había trabajado como prostituta de lujo para Mendiluce bajo coacción, y era una de las que se habían ofrecido a testificar contra el empresario para meterlo entre rejas una buena temporada.

Valentina sabe que ella es la única esperanza que tiene Rebeca de Palacios, pero el mar de dudas que la atenaza es más grande que el inmenso Mediterráneo que refleja tonos dorados y oscuros ante su vista.

La inspectora medita si pedirle ayuda a Javier Sanjuán. El criminólogo la ayudó a capturar al Artista, el asesino en serie que había aterrorizado La Coruña hacía más de un año ya. Pero... ¿para qué? ¿Qué socorro le podría prestar un criminólogo en un asunto como aquel? Además, no habla con Sanjuán desde hace tres semanas. No tendría ningún sentido molestarlo. Javier siempre estaba muy ocupado con sus conferencias, sus libros y sus clases como para tener un minuto para dedicárselo a ella... Su relación había sido hasta la fecha un tiovivo, con encuentros llenos de pasión y luego silencios prolongados. Entre ellos había una gran complicidad, es cierto, pero a Valentina le creaba un profundo desasosiego la incapacidad de Sanjuán para aceptar un compromiso auténtico.

Valentina se encoge de hombros y prefiere no seguir pensando en Sanjuán. No quiere reconocer que le duele, pero allí está, clavado en su corazón. Intenta mantener a raya sus sentimientos sepultados con el cemento de su férrea fuerza de voluntad. Pero el recuerdo del criminólogo permanece siempre en sordina, como el dolor fantasma de un miembro amputado.

El comandante avisa por megafonía e interrumpe sus reflexiones: falta un cuarto de hora para el aterrizaje. El tiempo en Roma es muy malo. Está nevando y hace mucho frío. Se abrocha el cinturón, mientras se alegra de haber traído las botas técnicas y el plumífero. Pensaba alquilar un coche en el aeropuerto, pero con tanta nieve quizá no valga la pena. Al aterrizar, llamará a la compañera de piso de Marta para que la espere en la estación de Termini. Mejor ir en tren que arriesgarse con un coche por carreteras heladas.

Candela observó a una mujer de cabello negro y tez pálida, vestida con un largo plumífero negro, vaqueros ajustados y botas de montaña. Caminaba con paso decidido por el andén de la estación de Termini, una gruesa mochila a la espalda. La mujer sacó un móvil del bolsillo y llamó. Al momento sonó el móvil de Candela, que la saludó con la mano de forma llamativa para lograr su atención.

Después de las presentaciones, caminaron con cuidado a través del suelo cubierto de nieve hasta una cafetería cercana a Santa María la Mayor. Valentina necesitaba un café bien cargado para entonarse. Se puso los guantes cuando empezó a notar que se le helaban los dedos. Por la calle, los coches transitaban con cuidado por las calles heladas. Algunos niños jugaban y hacían muñecos, ilusionados al ver la nieve por primera vez.

Pidieron dos *caffè latte*. Una vez el camarero les llevó las bebidas, Valentina decidió informar a la joven de lo que estaba ocurriendo. Cuanto antes lo supiera, mejor.

—Candela, escucha con atención. Me temo que no tengo buenas noticias. —Buscó las palabras adecuadas, pero no encontró ninguna que resultase menos traumática, así que lo soltó sin más—: Han secuestrado a Marta para coaccionar a su madre. Es uno de los jueces de un juicio muy importante en La Coruña. Creemos que el autor del secuestro ha actuado para que el principal acusado sea declarado inocente. Si sale culpable... —Valentina hizo una pausa y respiró hondo—. Han amenazado con matarla.

La tez de Candela se puso blanca como la tiza; sin embargo, la reacción serena y sin aspavientos le confirmó a Valentina que aquella chica no era ninguna tonta.

—Sabía que pasaba algo extraño. Marta jamás se hubiera ido a ningún sitio sin decírmelo. Y siempre me avisaba si llegaba tarde o si tenía algún contratiempo... —Candela miró su café sin atreverse siquiera a tomarlo—. Estaba segura de que ocurría algo... pero en realidad... pensé que era cosa de Enzo.

Valentina prestó atención.

—Enzo. Sí. Rebeca me habló algo de él. Salía con Marta, ¿no? ¿Qué sabes de ese Enzo?

—En realidad nada, Valentina. Lo vi varias veces: el típico chico guapo, que va de potentado pero que no pega golpe, y dudo que su familia mantenga sus caprichos... Un gilipollas de marca mayor, en suma. No entiendo qué podía ver Marta en él... ni de dónde sacaba tanto dinero. Ella siempre hablaba de restaurantes caros. Le hacía regalos... todo eso.

—Entiendo. —Valentina esbozó una media sonrisa—. Bueno, los flechazos no atienden al sentido común. Especialmente si eres joven y aparece un hombre que te deslumbre... ¿Tienes idea de cuánto tiempo llevaba con él?

—Mes y medio, que yo sepa. A lo mejor un poco más. El asunto es que el día en que Marta desapareció fueron juntos a cenar. Si la hubieras visto... estaba preciosa. —Su voz casi se entrecortó.

Valentina asintió.

—¿Sabes dónde vive?

—Ni idea.

—¿Y el teléfono?

Candela negó con la cabeza.

—Tampoco. Lo siento, Valentina. Marta no me contaba nada de su novio. Para eso es muy reservada.

—¿Y el apellido por lo menos?

—Ferreti. Enzo Ferreti, creo. Bueno, creo no: estoy segura.

—Bien. Algo es algo. Otra cosa importante: ¿has notado algo raro estos últimos días en la casa? ¿Algo cambiado de sitio? ¿Alguna sensación extraña?

Candela hizo memoria y negó con la cabeza.

—Que yo sepa, no. No he notado absolutamente nada.

—Lo digo por si han entrado y colocado micrófonos. —La expresión alarmada de Candela la hizo sonreír—. Echaré un vistazo, no te preocupes. Termínate el café y nos vamos. Hay mucho trabajo por hacer.

En casa de Candela, Valentina respiró hondo y abrió la agenda de Marta de Palacios. Buscó en vano. Salvo algunas fechas marcadas en rojo y anotaciones sobre exámenes, no había nada interesante. Luego rebuscó en las estanterías, llenas de libros sobre interpretación, canto y expresión corporal, y decidió explorar el armario.

En el fondo de uno de los cajones, debajo de un montón de camisetas y mallas, encontró un diario negro, cerrado por un pequeño candado. La llave no estaba en ningún sitio, así que decidió abrirlo sin más.

Candela le trajo un café humeante. Miró con atención a una Valentina enfrascada en introducir un clip en la minúscula cerradura del candado, que cedió en un instante. Valentina le guiñó un ojo mientras cogía el café y lo dejaba sobre el escritorio.

—Son trucos que me enseña mi hermano pequeño...

Se enfrascó en la lectura del diario, que parecía reflejar la vida cotidiana de Marta desde el día que llegó a Roma, su entusiasmo y sus emociones, no muy diferentes de las de una chica de diecinueve años que descubre la independencia por vez primera. Buscó las páginas en las que tendría que estar Enzo, calculando más o menos por las fechas que le había indicado Candela. Se remontó a diciembre. ¡Bingo! Allí estaban, descansando entre dos hojas: una foto de Marta abrazada a un joven de pelo ensortijado que sonreía a la cámara con afectación, y una elegante tarjeta:

ENZO FERRETI
COMERCIAL
VIA MERULANA, 210, 5B. ROMA

Detrás figuraba un teléfono. Valentina apuró el café y se levantó con la tarjeta en la mano. Miró el reloj. Eran las diez y media de la noche. Una buena hora para hablar con Enzo Ferreti...

Enzo metió en la bolsa los pantalones a presión y la cerró. Buscó los billetes de avión por enésima vez con agobio. Estaban sobre la cama. Los cogió y los guardó en el bolsillo del abrigo. Alguien le había dado el soplo de que Rajiva estaba muy enfadada con él. ¿Enfadada? Aquella zorra no tenía aspecto de haber sido feliz un solo día de su vida. Además, no entendía por qué. Él ya había cumplido su parte del trato. Había entregado a Marta a las fauces de aquella fiera y cada vez se sentía peor por ello. Pero se consolaba a su manera pensando que era su vida o la de ella, y Enzo siempre prefería sacrificar piezas prescindibles a sacrificarse él mismo.

Su confidente le había dicho que lo más recomendable era que desapareciese durante una temporada del país. Y él siempre hacía caso de los consejos de sus amigos, así que se había comprado un billete para Barcelona, en donde tenía una ex, María, que estaría encantada de alojarlo por un tiempo.

Cuando sonó el teléfono, pensó en no contestar. Se le echaba el tiempo encima. Miró el número. Un número español. No lo conocía, pero podía ser María...

—¿Enzo Ferreti?

Enzo frunció las cejas. No conocía aquella voz.

—Me llamo Valentina Negro. Soy amiga de Marta de Palacios. Tenemos que hablar. Es muy urgente.

—Mira. No sé quién eres, pero no puedo hablar. Salgo ahora mismo para Barcelona, tengo que coger un avión. Ya hablaremos en otro momento.

—Me temo que no vamos a hablar en otro momento. Vamos a hablar ahora mismo. Estoy a diez minutos de tu casa en via Merulana. Así que busca un sitio en donde podamos tener algo de privacidad...

—Lo siento. Te repito que...

Valentina lo interrumpió.

—Enzo, escúchame bien. Soy de la policía española. Creo que me entiendes perfectamente. Marta ha desaparecido y tú en este momento solo tienes una opción: hablar conmigo. O llamaré ahora mismo a la policía italiana para que te esperen en el portal de tu casa acusado de secuestro o incluso de asesinato...

Enzo apretó los dientes. Aquella zorra tenía razón, si llamaba a la policía iba a caerle un buen marrón... Suspiró, resignado. Adiós vuelo. Como el billete era abierto, confiaba en que pudiera cambiarlo por otro que saliera por la mañana.

—Está bien. Hablaré contigo, pero no tengo nada que ver con la desaparición de Marta. Estuve cenando con ella el otro día y se encontraba perfectamente...

La voz de Valentina sonó seca y cortante.

—Dime dónde quedamos.

—Hay un pub irlandés en San Martino ai Monti. Se llama El Druida. Te espero allí. En quince minutos.

El corazón de Enzo se puso a latir apresuradamente. Cogió su móvil y llamó a su amigo Gaetano para avisarle de que iba hacia allí. A lo mejor necesitaba algo de ayuda...

Valentina movía nerviosa la pierna mientras el taxi avanzaba muy lentamente por los helados adoquines. No había excesivo tráfico, pero los coches procuraban controlar la velocidad, lo que impacientaba a los conductores romanos, que no paraban de pitar, acostumbrados a conducir de forma mucho más caótica. Al rodear la piazza de la República, Valentina recordó que el Teatro dell'Opera estaba allí mismo. Uno de sus sueños desde hacía años era precisamente asistir a una ópera en aquel lugar... Cuando el taxista enfiló la via Nazionale, a lo lejos vio la familiar silueta iluminada del monumento a Víctor Manuel II. En su fuero interno, hubiese dado algo por conducir ella. Aquella lentitud le estaba resultando exasperante y no podía por menos que pensar que el taxista, un hombre mayor de pelo canoso y largo, estaba intentando arañar unos euros a costa de su cliente.

No nevaba en aquel momento, pero las nubes blancas espesaban el cielo oscuro en una amenaza perenne. La imponente figura de la basílica de Santa María la Mayor cubierta de nieve resultaba una vista nueva a sus ojos. Había estado en Roma más veces, pero nunca en invierno, y menos bajo el espeso manto blanco que durante aquellos días se empeñaba en hacer la ciudad mucho más bella y mucho menos transitable. Miró su iPhone. No estaban lejos ya. Esperaba con ansiedad que Enzo hubiese hecho caso de sus amenazas... Si huía, perdería una pista importante, la única que tenía en aquel momento.

Enzo se tomó un trago de *grappa* de un golpe. Agradeció la sensación del licor bajando por su garganta y le acercó el vaso a su amigo y propietario del pub, Gaetano.

—Ponme otro antes de que llegue esa tipa. Estate atento. Si hace falta, intervienes. Ojo. Dice que es de la policía. A saber quién cojones es de verdad...

Gaetano le llenó el vaso de nuevo mientras escuchaba con atención. Rapado, un metro noventa de estatura, tatuajes y horas de gimnasio y esteroides lo convertían en un camarero capaz de ahuyentar cualquier tipo de jalco. En su pub muchos británicos borrachos a veces intentaban enzarzarse en trifulcas que terminaban al momento con la intervención de Gaetano Bargerri. Enzo y él se conocían desde hacía tiempo y además de amigos, habían sido muchas veces socios de trapicheo. Estaba al corriente del problema que había sufrido su colega, y estaba dispuesto a ayudarlo en lo que hiciese falta.

Cuando Valentina entró en el local, titubeó un momento. Era el típico pub irlandés, de madera, con cervezas de barril importadas, viejas láminas de castillos, postales de Irlanda y banderines de Guinness colgados del techo. Sonaba de fondo la inconfundible música tradicional irlandesa. Valentina miró con atención los pocos clientes que tomaban algo a aquella hora y fue hacia la barra. Había reconocido a Enzo por la foto que había en el diario de Marta.

—Hola, Enzo. Valentina Negro, inspectora de la policía española. —Sacó la placa del bolsillo y se la enseñó con disimulo—. Acabamos de hablar por teléfono.

Enzo miró primero la placa y luego a aquella mujer de ojos penetrantes y expresión severa. Era una mujer muy bella, en cualquier otra ocasión la hubiese cortejado, pero su mirada adusta contrastaba con la sonrisa forzada que había anclado en su rostro. Una profunda sensación de incomodidad se apoderó de Enzo, que cogió su vaso de *grappa* y lo vació de nuevo. Miró hacia su amigo, señalando el vaso. Valentina le hizo un gesto a Gaetano para que le pusiera otro a ella.

La inspectora no se anduvo con rodeos.

—Enzo, estoy buscando a Marta de Palacios. Tu novia. O eso tengo entendido. ¿Sabes dónde está?

Enzo puso su mejor cara de no haber roto un plato en su vida. Se le daba bien manipular a las mujeres, y aunque leía en el lenguaje corporal de la inspectora que no iba a ser fácil, tenía que intentarlo.

—¿Marta? ¿Desaparecer? ¿Estás bromeando, guapa? Hace dos noches que fui a cenar con ella al Trastévere. No la he visto porque he estado trabajando...

Valentina suspiró, mientras lo miraba con conmiseración. Alzó su vaso y bebió el fuerte licor de un trago. Eso, o tumbar de un puñetazo a aquel imbécil, pensó. ¿Cómo podía Marta salir con un tipo así?

—Enzo, no tengo tiempo para tus historias. Marta ha sido secuestrada. No he viajado dos mil kilómetros para que me des largas. Necesito que me des toda la información que puedas. Marta corre grave peligro, por eso estoy aquí.

Enzo la miró con ojos que pretendían ser un lago de honestidad, pero no pudo evitar que el sentimiento de culpa y de sorpresa ahogaran sus palabras.

—Yo... inspectora. Yo lo único que sé de Marta es que estuve con ella hace dos noches. Estuvimos cenando, luego la llevé a su casa. No sé más. No nos llamamos todos los días... Yo trabajo mucho, y ella tiene que estudiar.

Valentina no necesitó mucho más para comprender que aquel joven escondía algo importante.

—Ya. Hace dos noches. Justo cuando desapareció. No estás siendo de gran ayuda, Enzo.

Él protestó.

—He cancelado mi viaje a Barcelona por hablar con usted, inspectora. Hago lo que puedo. Quiero a Marta. ¡Es mi novia, joder! No entiendo nada de lo que me está diciendo, ni me creo nada en absoluto. ¿Secuestrada? ¿Por qué alguien tendría que secuestrarla?

Valentina comprendió que por las buenas no iba a conseguir nada. Acercó su rostro al de Enzo, y apretando su brazo le musitó:

—Escucha, así no me ayudas. Si no te importa, nos vamos a tu casa en la via Merulana. Está aquí al lado y podemos hablar de forma más cómoda.

Valentina lo levantó asiéndole del brazo con fuerza, pero Enzo reaccionó. Hizo un gesto imperceptible a su amigo mientras miraba a Valentina con cara de reproche y caminaba hacia afuera, atenazado por la mujer.

—Eso que está haciendo no es muy femenino, ¿no le parece?

Gaetano salió de la barra con disimulo. ¿Aquella furcia estaba poniendo en apuros a Enzo? No le iban a durar mucho las ganas de tocar los huevos. Fuera ya del local los alcanzó, inflando los bíceps como una cobra a punto de atacar, y se puso en el medio de los dos.

—Señora, es mejor que vuelva por donde ha venido.

Valentina miró a Gaetano de arriba abajo. Era un tipo imponente. Todo su cuerpo se puso en tensión. Hizo un esfuerzo por dominarse y parecer calmada. Podía sacar su pistola pero no quería correr el riesgo de que sonara un disparo que comprometiera su anonimato. Comprendió que no le quedaba más remedio que prepararse para pelear. Aun así, hizo un último intento.

—Enzo, cuéntale a tu camarada que aquí no hay ningún problema. Solo nos vamos los dos a hablar a otro sitio tranquilamente.

Con gran agilidad, Gaetano saltó y puso su manaza sobre el hombro de Valentina, bajó unos centímetros y apretó, metiendo los dedos de hierro entre el bíceps y el tríceps. Ella aguantó el dolor apretando los dientes, clavándole la mirada al forzudo, desafiante. Luego, el hombre la agarró por la nuca con la otra mano, arrancándola de Enzo y lanzándola sobre el suelo nevado.

—¡He dicho que fuera de aquí, puta!

Valentina relajó sus músculos y se levantó lentamente. Estaba realmente furiosa. No tenía tiempo para perderlo con ese matón de taberna.

—Eres patético. No sabía que los maricones de mierda como tú tuviesen novios en el armario. Enzo no te conviene, gilipollas. ¿Qué te crees? ¿Que no sé lo que significan tus tatuajes?

Gaetano se quedó parado, sin dar crédito a esas palabras, mirando a aquella zorra morena. Ninguna tía se había atrevido a responderle en su vida, y menos a llamarle maricón a la cara. Policía o no, iba a recibir una lección que no olvidaría jamás. Apretó los dientes y se abalanzó sobre ella sin más, como un tráiler a toda velocidad.

Valentina se encogió primero, preparada para recibir el golpe. Luego, de forma sorpresiva y con agilidad, esquivó en el último segundo a la mole que se abalanzaba sobre ella. Gaetano se revolvió, furioso, y con rapidez la agarró del pelo. La acercó hacia sí, mirándola con odio. Nadie le llamaba maricón y salía indemne del insulto. La iba a reventar a golpes.

La mujer policía, en vez de sujetarse el cabello para mitigar el dolor que taladraba su cerebro, se aprovechó de que él había aproximado su iracundo rostro al de ella, armó el puño derecho y golpeó con fuerza seca el cuello del hombre, mientras con la rodilla derecha le propinaba un tremendo golpe a la altura de sus genitales, una secuencia eléctrica que cogió a su contrincante totalmente desprevenido.

Gaetano gruñó y cayó al suelo como un fardo.

Valentina se acercó a Enzo, que miraba atónito toda la escena. Hundido, supo en ese momento que mañana tampoco cogería ese vuelo a Barcelona.

—Nos vamos a tu casa. No te preocupes por tu amigo. En unos minutos estará bien.

Capítulo 34

Autopsia de Eleonora

Roma, comisaría, via San Vitale,
noche del martes, 14 de febrero de 2012

Esposito Ranucci miró el enorme, amarillento y viejo reloj de pared que necesitaba una urgente limpieza. Atrasaba cinco minutos desde tiempos inmemoriales, pero estaba demasiado alto como para quitarlo sin escalera y ponerlo en hora. Habían prometido pintarle el despacho en enero, y muebles nuevos, pero el comisario seguía esperando con paciencia la remodelación de aquella parte de la comisaría. Miró con resignación el acumulador, puesto al máximo de temperatura debido al frío que parecía endémico en aquellas vetustas paredes de piedra.

Eran ya las diez y media de la noche. Sobre su mesa, las fotografías de la autopsia de Eleonora della Rocca lo llamaban una y otra vez, a pesar de su agotamiento. Habían pasado toda la tarde interrogando al principal sospechoso, su novio, Luigi Cedroni, sin resultado. A Ranucci, aquel joven le parecía totalmente sincero. Por no hablar de que su coartada era indiscutible aunque algo embarazosa. Eleonora había asistido con Luigi a una fiesta de disfraces cerca del Vaticano. Se emborracharon. Luigi estaba algo picado con ella y empezó a coquetear con una belleza vestida de arlequín. Se fueron juntos. Pasaron la noche juntos. La chica de la fiesta había ratificado su versión; efectivamente pasaron la noche en su apartamento, los vieron sus compañeras de piso y estuvieron bromeando. Tomaron un café por la mañana y él volvió a casa a dormir la mona. Luigi no vio a Eleonora a partir de la separación en la fiesta, ni la llamó posteriormente, ya que se sentía muy culpable. Todo tenía sentido... Esperaba con ansia el procesamiento de las grabaciones de las cámaras que había cerca de casa de la chica para descartar definitivamente a Luigi.

Volvió a repasar las fotos: Eleonora había muerto apuñalada. Salvajemente apuñalada. Su pecho mostraba un ramillete de ojales característicos. «Piquerismo»,* dijo el perfilador de la policía de Roma al ver las imágenes. Pero fue una cuchillada en el costado la que acabó con su vida. El forense había apuntado que el corte en el cuello y la violación vaginal fue *post mortem*, lo que extrañó todavía más al comisario. El único agresor necrófilo que recordaba en toda su carrera había muerto en la cárcel hacía ya seis años. Los de la científica habían descubierto sangre de Eleonora en un portal cercano al lugar de la fiesta, lo que indicaba que probablemente había empezado a apuñalarla allí. Ranucci suspiró resignado. Si el asesino estaba en la fiesta no iba a ser fácil lograr una identificación, con todo el mundo enmascarado y disfrazado... Luego la habría transportado a algún lugar para consumar la agresión, y al fin la había llevado a las catacumbas, disponiéndola de aquella forma tan extraordinaria. El comisario estaba confuso, porque el asesino había corrido riesgos innecesarios, aun cuando llevara máscara: Roma en carnavales está lleno de gente que puede verte o incluso abordarte si ha bebido lo suficiente. Pero aquel hombre, fue-

* Parafilia asociada al placer sexual mediante la incisión de profusos cortes utilizando un objeto punzante que clavan, reiteradamente, en los órganos genitales o en las zonas erógenas de sus víctimas.

ra quien fuera, había matado casi en público y luego había desplazado varios kilómetros el cadáver... ¿Para qué? Para lograr un objetivo al que Ranucci no le veía ningún sentido. ¿Por qué llevarla allá? ¿Significaba algo en concreto el modo en que fue dispuesto el cadáver? ¿Qué querían decir los angelotes de escayola que parecían cobijar el cuerpo? Bien, reflexionó el comisario, significasen lo que significasen, daba igual, porque por ahora la jugada le había salido bien: nadie parecía haberlo visto actuar. Ni un testigo.

Repasó las fotografías de la escena del crimen. Sin duda había algo que se le escapaba, algo sutil pero que martilleaba su olfato policial y no le dejaba un segundo de paz. Ranucci cerró la carpeta y resopló. Necesitaba aclarar su mente. Aquel grado de agresividad, de atrevimiento, no podía desarrollarlo un delincuente sin experiencia. Aquel hombre había matado antes, estaba totalmente seguro... Solo faltaba saber dónde y cuándo.

Capítulo 35
Enzo colabora

Roma, via Merulana, apartamento de Enzo Ferreti, noche del martes, 14 de febrero de 2012

—Ahora quiero toda la verdad, Enzo.

Valentina se quitó el plumífero y echó un vistazo. Soltó al italiano del brazo. Si uno se fijaba lo bastante se notaba la pistolera que llevaba debajo de su jersey de lana.

—No me hagas perder la paciencia, capullo. El tiempo corre en mi contra.

Enzo hizo un gesto de fastidio evidente y se desplomó en un sofá de cuero de diseño. Todo el piso destilaba buen gusto y, sin duda, mucho dinero. Valentina se fijó en el enorme plasma Panasonic que ocupaba media pared. A su lado, unos altavoces de cono, y en la fina estantería de diseño, una colección de viejos vinilos que por lo menos tendrían cuarenta años. La inspectora se fijó en la colección de trenes eléctricos y la gran maqueta con vías, estaciones y puentes con la que debía pasar los tiempos muertos. Dos maletas esperaban en la puerta la marcha de Enzo. El muy rata iba a emprender la huida, por supuesto...

Enzo resopló. Estaba harto de que lo interrogaran una y otra vez.

—Ya se lo dije. La dejé en casa y no sé nada más. ¡He perdido mi avión! ¿Quién coño se cree que es para venir a presionarme y joderme la vida?

Enzo estaba enojado, pero más porque las cosas se le complicaban por momentos que con la propia Valentina, a la que veía como un signo de que el destino se le ponía en contra, implacable con él desde que tuvo que deshacerse de la droga.

Valentina se quedó mirándole. Se sentó en una silla, a horcajadas, frente a él. Atisbo en su rostro señales de angustia, una fina grieta, quizá de culpabilidad, que podría ahondar para obligarlo a decir al fin la verdad. Un joven como aquel no podía formar parte de la trama del secuestro, se veía a la legua que era un infeliz. Pero tenía claro que había hecho algo que lamentaba, y eso era un comienzo. En realidad, su única opción.

—Escucha, Enzo. Sé que no eres mal tipo; procuras sobrevivir, estoy segura, como todos. Sé que no querías mal a Marta, pero creo que hiciste algo que sabes que no estuvo bien, y eso ahora te corroe... No, tú no la has secuestrado, pero quizá involuntariamente lo propiciaste. Habla, te aseguro que te sentirás mejor. Y no iré a la policía. Te dejaré marchar en un segundo... Cuéntame qué pasó. Seguro que no fue tu culpa. ¿Te engañaron?

Enzo la miró, sorprendido por ese acercamiento amistoso, y tocado también en el pequeño rescoldo de su conciencia que desde esa noche no le había dejado descansar de verdad ni un minuto. Pero aun así su miedo era más fuerte que su moral.

—Inspectora, de verdad, no sé nada más. Márchese, por favor.

Valentina se levantó súbitamente. Entendió que era el momento de acelerar el proceso. Se abalanzó sobre él poniendo una rodilla en el sofá y cogiéndolo del cuello con su mano izquierda. La mano derecha esgrimió en un segundo su pistola y se acomodó fríamente en la frente de Enzo, presionando de forma dolorosa.

La cara de Enzo se convirtió en una máscara de pavor. «Otra vez no», pensó, acordándose de la crueldad de Rajiva.

—Escucha, imbécil. —La voz de Valentina revelaba cansancio y furia—. Por tu culpa Marta está muriéndose de miedo en un agujero, quizá sufriendo cosas que no quiero pensar. Tú me importas una mierda, y si te dejo aquí con una bala en el cráneo estoy segura de que la policía pensará que ha sido cualquiera de tus amigos, alguien de la chusma con la que te relacionas. Así que empieza a hablar antes de que cuente cinco. —Valentina le dio la vuelta y le sujetó las manos a la espalda con un grillete de lazo—. Escúchame bien: en el momento el que llegue a cinco, empezaré por cargarme tu televisión de plasma. Luego los trenecitos. Seguro que son de colección, y muy valiosos. Después, tus vinilos. Luego, lo que vaya encontrando por la casa que tenga algo de valor. Y por fin, te volaré la cabeza. O los huevos. —Hizo una pausa breve para que sus palabras entraran bien en la mente de ese miserable. Luego se acercó a uno de los vinilos y lo miró: parecía un original del *God save the Queen* de los Sex Pistols. Vio la alarma en los ojos de Enzo.

—¿Cuánto puede costar este vinilo, Enzo? ¿Es un original?

Valentina lo sacó de la funda y lo miró. Luego, lo partió por la mitad con un golpe seco.

Vio que Enzo empezaba a sudar. A aquel cabrón le interesaban más sus estupideces de colección que los seres humanos. Miró a su alrededor, dispuesta a seguir con el juego. Agarró un cojín del sofá y apoyó en él el cañón de la Dock.

Miró a Enzo con furia y apuntó a la Panasonic.

—Primero esa hermosa pantalla. Luego, seguiré con tus vinilos. Cuando haya acabado con todos tus caprichos, empezaré por partes de tu cuerpo bastante valiosas... para ti, claro. Ya me entiendes.

Empezó a contar, apuntando hacia la pantalla de plasma:

—Uno... dos... tres... —La voz de la inspectora sonaba cada vez más grave y lenta. Tensó su brazo para disparar.

Enzo escuchaba cada número como una amenaza muy creíble. Entró en pánico al escuchar «cinco».

—Espere, ¡espere! ¡Joder, pare ya! ¡Vale! Está bien... Se lo contaré —recuperó el resuello al ver a Valentina bajar la pistola—, pero le advierto que no le va a gustar.

Valentina no dijo nada; solo lo miró con una expresión inescrutable. Se sentó de nuevo y dejó el arma visible en su mano. Después de soltarle las manos, permitió que Enzo se explayara: su marrón por perder la droga, el miedo ante la amenaza de Rajiva de darle pasaporte, cómo pensó que Marta podría ser su moneda de cambio para seguir respirando, las horas previas a su entrega a la hindú y cómo esa acción vil no le dejaba vivir porque a pesar de todo él la quería...

Valentina se levantó y guardó el arma en la pistolera, bajo el jersey. Su indignación era tan profunda que se obligó a respirar hondo, pero ahora no tenía tiempo de ser emocional. Tenía que actuar. Levantó a Enzo con sus manos, su cara muy cerca de la suya, sus palabras saliendo marcadas a fuego en cada entonación.

—Escúchame, eres un hijo de puta, pero tú eso ya lo sabes. Vas a llamar a esa Rajiva, y vas a concertar una cita con ella. Si me causas problemas haré algo que deseo hacer, ¿comprendes? Y ten por seguro que ahora tengo muchas más ganas de hacerlo. No me lo pongas difícil, Enzo, créeme, no te conviene.

Enzo asintió, derrotado. Sea lo que fuere que el destino tuviera reservado para él, decidió en ese momento que lo asumiría, al carajo todo, si tenía que seguir huyendo o viviendo esa agonía toda su vida entonces no valía la pena; más valía hacer algo que no fuera proteger su culo, para variar.

—Está bien, inspectora. —Suspiró profundamente. Nada en el mundo le apetecía menos que escuchar la voz de aquella psicópata—. ¿Qué quiere que diga?

Capítulo 36
Martyrium

Roma, monte Palatino, camino de la iglesia de San Bonaventura, noche del martes, 14 de febrero de 2012

El aire frío arremolinaba los copos, que con lentitud intentaban posarse en las ramas desnudas de los árboles. A lo lejos, las ruinas cubiertas del frío manto blanco se mantenían en silencio de siglos, silencio que solo rompió el tañido profundo de una campana, cuyo canto se acercaba o alejaba según la dirección del viento. Un gato negro cruzó el camino helado de tierra con sigilo y sus ojos verdes relucieron con la luz lunar y se clavaron un momento en los ojos de Paola, que pegó un leve respingo. Apretó el brazo de Stefano a través del grueso plumífero con fuerza, intentando dominar la sorpresa y el susto. Los finos copos de nieve eran cada vez más gruesos.

—¿Volvemos a casa? Hace mucho frío. —Se estremeció durante un segundo, luego respiró con fuerza y la noche se tiñó de vaho—. Y creo que se me está subiendo el vino de la cena.

Stefano la cogió de la barbilla y la miró a los ojos, los suyos vidriosos del alcohol. Luego la besó con suavidad primero, después con más fuerza.

—¿No quieres ver nuestra iglesia de noche? Venga, sacamos unas fotos para el blog y nos vamos... Paola, nos casaremos aquí dentro de seis meses. La vista desde la colina es preciosa, está todo nevado... no vamos a encontrar otra oportunidad como esta. —Señaló hacia el cielo estrellado, perlado de gruesas nubes blancas—. Y la luna está espectacular. Solo un poco más y volvemos a casa. Además, la verja está abierta. —La abrió con un golpe seco, el guante de lana manchado de herrumbre. Un largo pasillo de piedra, adornado con las catorce estaciones del vía crucis apareció bajo la luz de la luna. Luego, un jardín con cipreses milenarios. Al fondo, la gruesa puerta de madera de la iglesia de San Bonaventura, entreabierta, filtraba un tenue rayo de luz—. Venga, está abierta. Vamos a entrar. Aquí parados nos moriremos de frío.

Entraron en silencio. Sus pasos apenas resonaron en el brillante suelo. La iglesia estaba sumida en la penumbra, de la que se salvaba un pequeño ábside iluminado al lado derecho del altar. Stefano se quitó el guante y metió la mano dentro del pantalón de su novia, acariciando la goma de las bragas primero, luego más abajo. Ella protestó un momento, con una media sonrisa en la comisura de sus gruesos labios rojos.

—¡En la iglesia no, tonto! ¿Estás loco? ¡Nos pueden ver los frailes!

El fino pincel de pelo de caballo se detuvo un momento al escuchar un crujido en el exterior del convento franciscano de San Bonaventura. Los ojos febriles miraron la puerta. Respiró el cargado aroma de incienso, cera y trementina. Luego continuó con su trabajo, dibujando con cuidado exquisito el iris de color gris azulado y la pupila oscura, la pupila que podía contener dentro de sí todo un universo de tortura y sangre derramada.

Se alejó de la pared para coger perspectiva. Al reconocer lo que sus manos habían pintado, notó como una cortina roja velaba sus ojos. Su mente luchó con fuerza para mantener el control. Un eco doloroso del pasado se intentaba abrir paso a través de la grieta creada por la imagen que lo miraba con fijeza desde el viejo caballete, resquebrajando su recién estrenada cordura. Apretó los puños hasta que las uñas traspasaron la fina piel de sus manos de pianista. El pincel cayó al suelo, manchando de negro el suelo de mármol.

Solo entonces se dio cuenta de los gemidos apagados que provenían del fondo de la iglesia. Prestó atención durante un momento, agudizando los sentidos. Luego se deslizó en silencio en la oscuridad.

Stefano acarició la mejilla de su novia con delicadeza y la besó con pasión renovada, acallando sus protestas. Ella se dejó ir y empezó a quitarle la camisa de dentro del pantalón con dificultad. Se apartó un segundo y le susurró al oído:

—Solo besos, Stefano, que te conozco. No vamos a hacerlo aquí. Me muero de vergüenza, es un lugar sagrado...

Él asintió sin escuchar, y accedió a sus pechos cálidos a través de la blusa, acariciando los pezones, que se pusieron erectos al momento. Sus labios recorrieron el cuello blanco y los dientes rozaron la piel hasta que una mancha de color escarlata brotó de repente, y arrancó un gemido de los labios entreabiertos de Paola, que desabrochó a tientas los inexpugnables botones de los vaqueros y palpó la erección gloriosa que había adivinado a través de la tela.

—Chúpamela, Paola. Por favor.

—Estás loco. De verdad. ¿Aquí? ¿Estás de broma?

Stefano la cogió de los hombros suavemente y la arrodilló.

—Claro que estoy loco. Loco por ti. Mira cómo me has puesto... Por favor, un poco. Solo un poco...

La retorcida imagen de San Sebastián lo miró desde su urna con ojos burlones, recordándole su tormento. En la penumbra, detrás de una columna, vio cómo los dos novios se besaban y empezaban a desnudarse, llenos de ternura. Sintió que su respiración se hacía más agitada, convulsa. La mano se aferró al pesado crucifijo bizantino de metal que había cogido del altar. Una ira indomable se estaba apoderando de su mente negándole el control sobre sus actos. La visión de una joven morena, semidesnuda, arrodillada y ofrecida como una vulgar prostituta en una esquina de «su» capilla lo estaba trastornando de una forma tan extrema que no era capaz de dominarse ni un segundo más. Cuando vio al joven arquearse de placer ante las caricias de su novia, avanzó hacia la pareja como un autómata.

La cruz cayó sobre la cabeza de Stefano, que se derrumbó al instante. Paola empezó a gritar muerta de miedo, pero una mano sofocó sus gritos y otra la izó con violencia.

—¡Cómo te muevas o grites mato a tu novio, puta!

Paola se quedó totalmente quieta, aterrorizada por aquel susurro brutal, mientras la mano bajaba de la boca a su cuello y apretaba. Notó como le bajaban el pantalón desabrochado y las bragas hasta el suelo.

—Ahora coge tus bragas y dámelas.

La voz siseó un italiano con un fuerte acento que no fue capaz de reconocer.

Paola obedeció. El hombre que permanecía detrás de ella rasgó la tela y sujetó sus manos a la espalda. Luego la obligó a tumbarse sobre el suelo, boca abajo. Ella pegó su cara al frío mármol, temblando de miedo.

Stefano abrió los ojos. Notó como un líquido espeso y caliente goteaba por su rostro. El dolor golpeaba sus sienes como un martillo. ¿Qué había pasado?

De pronto vio a un desconocido vestido con un hábito raído, arrodillado al lado de Paola. Ella estaba totalmente desnuda, boca abajo, y el hombre le estaba sujetando los pies. En un segundo, su cerebro procesó la escena y las señales de alarma y horror sacudieron todos los nervios de su cuerpo. Intentó levantarse. Sintió, impotente, que sus piernas flojeaban y no respondían a sus ruegos. Un mareo lo volvió a tumbar, pero escuchó a Paola gemir su nombre una y otra vez. El hombre estaba ahora sentado a horcajadas sobre ella, apretando las ligaduras de sus muñecas.

Stefano se levantó a duras penas y se abalanzó sobre el desconocido, agarrándolo por el cuello con todas sus fuerzas. Consiguió tirarlo al suelo, y los dos rodaron abrazados hasta que un banco los detuvo. Con la fuerza de la desesperación, Stefano levantó el puño para golpear en la cara al hombre que estaba debajo de él, pero el extraño parecía poseído por una ira casi sobrehumana. Detuvo el golpe con el antebrazo y a su vez lanzó un puñetazo a la barbilla del joven, que cayó a un lado del banco, noqueado. Luego, cogió la cabeza de Stefano y la golpeó brutalmente contra el banco de madera, hasta que perdió de nuevo el sentido.

Paola lloraba en silencio, desesperada. Cuando se atrevió a mirar, vio que el extraño desnudaba a su novio y rompía su ropa en pedazos. Luego le abrió la boca y le metió un gran trozo de tela dentro. Lo incorporó y lo ató con maestría a la pila de agua bendita con trozos de la ropa hecha jirones.

—Ahora esperaremos un rato a que despierte. Tu novio es muy insistente, amiga mía. —La voz adoptó un tono melifluo, extrañamente jovial—. No te preocupes, querida. Los frailes no van a venir a ayudarte. La congregación estará fuera hasta que terminen de hacer las reformas... Así que estaremos solos en la iglesia. He cerrado la puerta. Y así podremos terminar tú y yo lo que habíais empezado con tanta torpeza... ¿Has visto el vía crucis de la entrada? Será una buena inspiración para después.

Paola empezó a gritar sin freno cuando recibió los dientes del desconocido clavados en su nuca de forma salvaje, al tiempo que sus manos buscaban ansiosas sus pechos generosos para aferrarlos en un éxtasis de lascivia.

Stefano, sofocado y medio inconsciente, intentó expulsar el trapo que sellaba su boca pero le resultó imposible. Sintió náuseas, que tuvo que dominar a duras penas para no ahogarse. El dolor de cabeza y la sangre que le goteaba por la frente no le impidieron ver la escena que se desarrollaba ante sus ojos. En ese momento, se intentó liberar con todas sus fuerzas, pero las ataduras se le clavaron en las muñecas, produciéndole un terrible dolor. De su boca surgió un gemido infinito. «¡Suéltala, hijo de perra, suelta a mi novia!», gritó todo su cerebro, pero no pudo articular ni una sola palabra. Las lágrimas empezaron a correr sin control por sus mejillas ensangrentadas.

Paola estaba arrodillada frente a un hombre alto, vestido con un hábito de franciscano, la capucha sobre la cabeza. Estaba totalmente desnuda, las manos atadas a la espalda. Temblaba. El hombre la obligaba a hacer una felación salvaje, sujetándola por el largo cabello negro para que no pudiese resistirse. Al darse cuenta de que Stefano estaba consciente, el franciscano giró la cabeza hacia él y se rio con una carcajada amarga que sacudió la vieja túnica de color pardo.

—Me ha dicho Paola que os vais a casar aquí dentro de poco. Enternecedor. Y os atrevéis a venir a follar aquí dentro para profanar la iglesia... —El monje apretó el cuello de Paola y la acercó todavía más hacia su cuerpo, ahogándola—. Un mes antes de recibir el santo sacramento del matrimonio... —La voz grave del hombre tomó un cariz todavía más amargo y teatral. Señaló a Stefano con un dedo acusador—. Este sacrilegio no puede quedar sin castigo. ¡Tú y la puta de tu novia! Mírala. Es una verdadera puta barata. Fíjate lo bien que la chupa. Es deliciosa... Pero eso ya lo sabías, ¿verdad, Stefano? Por eso la trajiste aquí esta noche... ¡PARA INSULTAR A DIOS EN SU PROPIA CASA! ¡AL MISMÍSIMO DIOS! —Hizo una pausa, respirando pesadamente, y volvió a coger a Paola por el cabello con brutalidad, separándola de sí y arrojándola al suelo—. Pero Dios no está hoy con nosotros, Stefano... —La voz pasó de una gravedad profunda a ironía macabra—. No, Dios hace tiempo que no vigila mi camino...

Hoy con nosotros está la verdad más terrible. Hoy con nosotros está el vacío. El miedo. La más absoluta abyección.

El hombre, poseído por su propia omnipotencia, miró con fijeza al san Sebastián, atravesado por las flechas del martirio. Observó con la misma expresión que se mira a un gusano a una gimiente Paola que se retorcía de dolor y miedo en el helado suelo de mármol. Volvió a sonreír y le pegó una patada en el estómago sin acusar la más mínima piedad.

—Levántate, puta. Nos vamos a dar un paseo los tres...

Un fuerte aroma a incienso y a cera se elevó pesadamente a través de la capilla del convento. Los cirios, las rojas velas petitorias arrojaban una luz temblequeante en el altar, en donde Paola permanecía atada, desnuda, perlada de sudor, rodeada de los pétalos de flores que había desperdigado el monje sobre su cuerpo. Stefano, impotente ante el espectáculo que se desarrollaba ante él, intentaba infructuosamente liberarse de las cuerdas que lo oprimían contra una de las columnas del altar mayor, atrapado y agitándose con desesperación febril, como un san Sebastián antes del suplicio.

El monje se quitó la capucha y miró a Stefano con los ojos transmutados en un frío glacial.

—No protestes. Desde tu posición privilegiada podrás ver todo el auto de fe.

Stefano ahogó en la mordaza un grito de terror cuando el hombre se quitó el hábito, desatándose el fino cordón franciscano de la cintura. Apareció ante él totalmente desnudo, su cuerpo moreno y delgado finamente labrado.

—¿No querías desafiar a tu Dios? Lo haré yo por ti. Así podrás morir libre de pecado.

Abrió la puerta del sagrario y sacó la custodia de oro y piedras preciosas, guardada por dos ángeles silentes. Cogió la hostia con la mano y la acercó con burla a la boca sellada de Stefano, que lo miraba con los ojos fuera de las órbitas sin entender nada de todo aquel horror.

—¿Quieres comulgar? Una lástima. No te has confesado.

Pero seguro que Paola sí quiere recibir la sagrada forma... ¿Verdad, Paola? —El franciscano se acercó a Paola, que yacía en el altar—. Abre la boca y saca la lengua, Paola. Espera. Antes tienes que vivir la verdadera santificación para el perdón de tus pecados de furcia... Fíjate bien, Stefano. No pierdas detalle. —Dijo esto con ojos de fuego, arrojando el sagrado cáliz al suelo, como un visionario que estuviera recibiendo el secreto de la salvación eterna.

La penetró sobre el altar, de espaldas, con fuerza, mientras rodeaba su blanco cuello con el cordón de cinco nudos. Mientras la violaba, apretó la cuerda hasta cortar por completo la respiración de la joven, que estuvo a punto de perder el conocimiento, la cara congestionada, púrpura. Él aflojó la atadura, y en un gesto de placer absoluto, apartó el cabello de la nuca y la besó como si fuese su amante. Le habló al oído en un susurro.

—Paola, eres la verdadera puta de Sodoma. Oprimes mi polla como una zorra, pero tu piel es suave como la de una cierva virgen... Ya no te vas a casar con Stefano. Ahora soy yo tu amante, tu dueño y tu marido en la eternidad. Ámame como te amo yo a ti. Dame tu esencia. Tu dolor será mi placer. —Su lengua acarició la oreja con lascivia, volvió a apretar la cuerda en torno al cuello, y ella se estremeció en agonía—. ¡Y mi placer será tu redención, y el perdón de tus pecados!

Su voz se volvió entrecortada por el culmen casi místico que envolvía todo su ser. Su mano buscó el pecho níveo para acariciarlo con deseo, luego clavó sus uñas en la piel delicada y redobló la violación con ferocidad salvaje. Aún insatisfecho, levantó la cabeza y miró para Stefano, que había cerrado los ojos para no ver la escena infame.

—¡NO TE ATREVAS A CERRAR LOS OJOS, SER INSIGNIFICANTE! Si te veo cerrar los ojos otra vez créeme que lo lamentarás —siseó poseído por la ira.

Levantó a Paola del altar y la puso de rodillas. Y una vez más la obligó a lamer y chupar su polla en un instante interminable, hasta que su lujuria se hubo satisfecho dentro de su boca. Ella bebió su elixir hasta el final, como una mártir del placer más abyecto.

Los dos novios estaban atados, amordazados, desnudos en las sillas doradas que había al lado del altar. El monje subió a la urna sin apartar su mirada de la de san Sebastián, que lo llamaba desde el primer momento en el que entró en la iglesia, hacía ya algunos meses. Con gran delicadeza, extrajo una de las catorce afiladas flechas que traspasaban el cuerpo del centurión romano. Con ella en la mano, se acercó al incensario y lo balanceó alrededor de los dos jóvenes torturados. Luego, lo dejó en el suelo.

Se acercó a Stefano con la fina vara punzante y la paseó delante de los ojos aterrados.

—Las flechas del santo. Él no las va a necesitar... —Su voz había adquirido un punto sin retorno de insania maníaca—. ¿Recordáis el vía crucis de la entrada? Ahora es cuando verdaderamente va a cobrar sentido para vosotros... No os preocupéis. Estaréis juntos por toda la eternidad. *«Omnia Vincit Amor et Nos Cedamus Amori.»* Porque ese es el sentido final de toda existencia... el amor.

De pronto, hundió la flecha en uno de los pechos de Paola, que se desvaneció de dolor.

Rompió de un codazo el hielo de la fuente del huerto de los monjes y se lavó la cara y el pecho ensangrentados. Respiró con ansia, se apartó el cabello negro y largo del rostro y se apoyó con las dos manos en el borde helado de piedra, anonado por todo lo que le había embriagado.

Ni siquiera sintió los copos caer sobre sus hombros desnudos. Respiró profundamente para coger aire y recuperar aliento. Poco a poco, su ser empezó a ser consciente de la realidad. Volvió a mirar el agua cristalizada de la fuente de piedra, un espejo que reflejó la roja cicatriz de Caín que adornaba su cara. Un tritón sujeto por un angelote intentaba escupir agua helada de su boca de pez. Se refrescó de nuevo para despejarse por completo. Tenía mucho trabajo por hacer y necesitaba absoluta concentración.

A lo lejos, Roma permanecía silente, cubierta de nieve. El Coliseo parecía un gigante de piedra que vigilaba la ciudad desde su eterna cárcel de piedra. El viento trajo el sonido de las campanas de una iglesia dando la hora. Giovanni Nero notó la brisa helada en su pelo y sintió un estremecimiento. Había llegado la hora de la consagración.

Capítulo 37

Preguntas indiscretas

Lago Bracciano y La Coruña,
noche del martes, 14 de febrero de 2012

Doyle se sirvió un whisky de malta. Eran ya las doce de la noche, y Marta dormía. Bebió un sorbo, paladeando el sabor a madera antigua. Era como él sentía a Rebeca de Palacios: fuerte, amaderada, pero deliciosa.

Había estado dando vueltas a aquello. Una y otra vez se decía que debía centrarse solo en su misión, como había hecho siempre. «Los placeres personales son el peor enemigo de la eficiencia», se repitió, pero asumió que por vez primera desde hacía años realmente necesitaba algo más. La exacta naturaleza de ese deseo no la conocía aún, pero sí sabía quién era su objeto.

Conectó las cámaras de la casa de Rebeca. La señal iba y venía al albur del satélite, así que a veces resultaba desesperante vigilarla con cierta regularidad. Con expectación recorrió las estancias de la casa, hasta dar con su objetivo. La magistrada estaba en el salón, medio recostada, con una bata cubriendo descuidadamente su camisón. Fumaba un cigarrillo, la mirada perdida hacia las puertas acristaladas que llevaban a la noche. Doyle marcó su número.

Rebeca dio un respingo, pero al instante buscó el teléfono en la oscuridad, con las manos temblorosas, y contestó con la ansiedad pintada en la voz. ¿Cómo estaba su hija? ¿Le había hecho algo malo? ¿Sabía él que ella estaba cumpliendo con su parte del trato? Su pecho desbocado buscaba certezas, la seguridad de que su niña no estaba sufriendo una violencia añadida a la de su cautiverio. Patrick Doyle sabía que esa parte era necesaria, que él tenía que tranquilizarla primero, de algún modo enseñarle que su voluntad era tratarla muy bien, y que, en cierto sentido, él era *casi* un amigo, alguien en quien confiar si eran capaces de lograr un buen entendimiento. El viejo sistema de amenazar y luego, en medio de la desesperación de la víctima, darle respiro a su angustia mediante su colaboración, solía dar buenos resultados. A él siempre se los había dado...

El australiano se maravilló al ver el rostro de Rebeca. Había desesperación, sí, pero también los rasgos de una mujer valiente, que ni siquiera el dolor había degradado. Entendió de forma instintiva que ella era como él, alguien que no se doblegaba ante nadie, a pesar de que ahora tuviera las manos atadas. Solo como madre era vulnerable, y se felicitó por haber sabido disfrutar de esa ventaja. Después de darle las respuestas que la magistrada quería oír, empezó con lo que realmente ansiaba: atisbar su interior y luego doblegarlo.

—Rebeca, escúchame con atención. Hay algo importante que debes saber. No tengo nada en contra tuya; al revés, te admiro. Eres una luchadora en un cuerpo cincelado, y me interesas, créeme. —Buscó una disculpa creíble para empezar a romper el cerco—. Si puedo conocerte mejor entenderé mejor a Marta, ¿me comprendes? No tenemos por qué limitarnos a una conversación monótona; mientras hagas bien tu trabajo esa parte la podemos olvidar, tu hija estará bien, y tú y yo... podremos establecer una relación más cordial.

Rebeca de Palacios se sintió perdida en la oscuridad. ¿Qué quería decir todo esto? ¿Qué otra cosa podía ser el tema de conversación con el secuestrador de su hija más que lo que ya estaba haciendo y el bienestar de Marta?

—No entiendo muy bien lo que me está pidiendo... —musitó.

—Rebeca, vamos a empezar por tutearnos, ¿de acuerdo? Bueno, no te preocupes, es muy fácil. Solo tienes que ser sincera conmigo, y dejarte llevar un poco. Llámame Patrick, seré tu amigo, si me dejas serlo. Te pido que alejes por unos momentos toda esta situación... embarazosa, y que te concentres únicamente en lo que te digo, en las cosas que quiero saber... Será algo sencillo. Mañana empieza el juicio, ¿verdad?, y estarás algo tensa. Te ayudaré a distraerte... Verás.

Rebeca seguía sin comprender. Su vida ahora estaba al servicio exclusivo de asegurar la supervivencia de su hija, y no podía ir más allá de esa idea fija. Pero inteligente como era, intuyó que Doyle buscaba algo más que pasar el rato; bien, hablar no iba a empeorar las cosas. Suspiró de forma velada y encendió otro cigarrillo. Intentó hablar de la forma más controlada posible.

—Bueno, Patrick, tú dirás... —Su voz sonó forzada, como la de una telefonista—. Hablaremos de lo que quieras.

—Oh, gracias, Rebeca. Verás que no es nada complicado, insisto... Si quieres, sírvete una copa para relajarte. Yo estoy tomándome un whisky de malta.

Rebeca fue al mueble bar y sacó una copa a la que le puso dos cubitos de hielo. Luego le añadió un buen chorro de vodka ruso. Volvió al teléfono. La voz de Patrick Doyle sonó amigable, con un cierto deje imperativo:

—Dime, Rebeca... ¿Amas a alguien? ¿Tienes algún un amante? Eres una mujer muy hermosa y pareces ardiente, los hombres deben de devorarte con los ojos...

Patrick sabía la respuesta, desde luego, porque la había visto con Griñán, pero quería empezar mostrando a la magistrada que no iba a tolerar mentiras ni evasivas.

Rebeca pensó un instante. ¿Qué sabía ese hijo de puta de su vida privada? ¿La había estado espiando hasta ese punto? Pero con aquel hombre era preferible no correr riesgos. Contestó intentando fingir una total indiferencia.

—Bueno... bien. Sí... Me veo de vez en cuando con Manuel Griñán, el fiscal. No... no es nada serio, pero nos llevamos bien.

—Ya veo... —dijo Doyle, que empezaba a sentirse excitado—. ¿Y qué esperas de él cuando te hace el amor?

—¿El amor? ¿Qué quieres decir?

—Sí... —Doyle se embaló. Quería saber más—. ¿Qué deseas que te haga...? ¿Quieres que te demuestre que puedes ser una mujer caliente, que también eres una zorra si es necesario... o prefieres ser también la que manda? —Doyle se dio cuenta de que estaba levantando la voz, como si exigiera saber, en vez de preguntar, y se recordó que al principio tendría que ser cortés—. Dime, Rebeca... ¿Qué significa para ti entregarte a un hombre?

Rebeca bebió un trago de vodka para templarse. Aquello no podía estar pasando. Expulsó el humo del cigarro y trató de ganar tiempo. Pero en realidad no sabía qué decir. Nunca en la vida se había preguntado semejante cosa.

—Yo... Patrick... no lo sé con exactitud —se estremeció. Aquel hombre tenía en sus manos a su hija, tenía que forzarse a hablar para complacerlo—. En realidad no busco nada. Solo pasar un buen rato, poco más. Disfrutar.

—Un buen rato... mmm, me gusta. Eso está muy bien. Yo también busco un buen rato, pero cada uno de nosotros tenemos gustos diferentes... no sé. A mí me gustan las mujeres fuertes, atrevidas. No soporto a las mosquitas muertas. Prefiero a las que saben lo que quieren... Como tú, Rebeca. ¿Y... a ti? ¿Cómo te gustan los hombres? ¿Fuertes? ¿Sumisos? ¿Obedientes?

La magistrada escuchaba la perorata de Doyle con la boca abierta. ¿A aquel tipo qué le podía importar su gusto...? Movió la cabeza. No le estaba gustando demasiado el cariz de la conversación. Empezaba a intuir cosas extrañas. Se obligó a contestar de nuevo, algo estereotipado, para salir del paso.

—Fuertes. Me gustan los hombres fuertes, decididos. Guapos, bien vestidos, todo eso. Muy independientes. No me interesan los pusilánimes, por supuesto. Prefiero una relación esporádica, además. Tengo mucho trabajo para encima tener que meter a un señor en mi casa...

Patrick sonrió. Sabía que poco a poco Rebeca tendría que abrirse, pero había que darle algo de tiempo. Mientras durase el juicio, ella iba a estar a su disposición. Aquello había sido el principio. Luego volvería a insistir... cuando estuviera más receptiva.

—Lo siento. Tengo que dejarte, Rebeca. Me ha encantado esta conversación, pero para la próxima vez... necesito que estés un poco más abierta, no sé si me entiendes. Volveré muy pronto a contactar contigo, no te preocupes. Eres una mujer muy interesante. Recuerda: la próxima vez, quiero más de ti. Te dejaré un tiempo para que pienses como vas a enfocar esta situación.

Doyle colgó y observó las cámaras. Quería observar a la magistrada después del primer contacto.

Rebeca miró el teléfono con perplejidad. Luego se terminó el vodka que quedaba de un solo trago y emitió un sollozo prolongado mientras escondía la cara en uno de los cojines del sillón.

Patrick Doyle estaba descubriendo que uno de los mayores placeres del mundo era ver cómo aquella amazona empezaba a desmoronarse delante de sus ojos.

Capítulo 38

El templo de Esculapio

> ... así como decimos cuerpos sensitivos y cuerpos vivientes, procediendo del alma el sentido y vida del cuerpo, así también decimos que los cuerpos de los condenados se duelen, aunque el dolor del cuerpo no puede ser sino procedente del alma...
>
> *La Ciudad de Dios*, SAN AGUSTÍN

Roma, parque de Villa Borghese,
miércoles, 15 de febrero de 2012, 7.15 h

Riccardo apuró el paso mientras intentaba encender un cigarrillo.

—Qué horror. Qué frío hace. Menos mal que ha parado de nevar y habrá sol a partir de mañana. Esto no hay quien lo aguante.

Lanzó una mirada casi asesina a los frondosos árboles del parque, cuyas ramas, vencidas por el peso, se empeñaban en lanzarle montones de copos de cuando en cuando sobre el grueso chubasquero.

—Pues a mí me encanta. Ojalá nevase más veces. —Giulia sacó la réflex de su enorme bolso—. ¿Qué hora es? Nos da tiempo a rodear el templo para sacar unas fotos, ¿verdad? Además, no protestes. Pasear por el parque oxigenará tus pulmones renegridos de tanto darle al pitillo. —Y le puso al decir eso una sonrisa que suavizó del todo su crítica.

Riccardo asintió, algo contrito. Eran las siete y cuarto y tenían que entrar a trabajar en la Galería Nacional de Arte Moderno a las ocho. Pero Giulia se había empeñado en fotografiar el parque de Villa Borghese para un concurso sobre «Roma nevada» que se celebraba en el colegio de su hijo pequeño. Como al día siguiente ya iba a cambiar la temperatura, y la nieve empezaría a desaparecer del panorama, aquel era el mejor momento para hacer fotos con nieve y las primeras luces del alba.

Dio una calada al cigarro e inspiró el humo con avaricia.

—Apura. O moriré helado aquí mismo si no nos damos algo de prisa. O a lo peor me tendrán que cortar los dedos de los pies... y no te lo perdonarás nunca.

Giulia rio la broma y avanzó, cámara en mano, entre los gruesos troncos de abetos y cipreses. Quería llegar hasta el lago para fotografiar el templo de Esculapio bajo la nieve, captar los sutiles reflejos de los rayos anaranjados en el agua verdosa. Los dos llegaron a un amplio corredor con bancos de madera, que llegaba hasta la portada del templo jónico. La joven fotografió la perspectiva y siguió avanzando hacia las columnas, sacando instantáneas sin pararse demasiado a mirar la calidad. Ya eliminaría las que no le gustaran más adelante. Miró hacia atrás. Riccardo la seguía con lentitud, apurando el cigarro. Le gritó:

—¡Voy a sacar un par de fotos de la parte delantera del templo y vuelvo, quédate ahí si quieres!

Cuando llegó al templo, entró con lentitud, disfrutando de la belleza del lugar. De pronto, notó algo distinto a lo habitual. La parte trasera estaba iluminada, pero la parte delantera del templo permanecía sumida en la oscuridad. La maciza estatua del dios Esculapio le daba la espalda, así que decidió rodear la estructura para llegar hasta el lago.

«A ver si sale el sol y puedo sacar un contrapicado. Tenía

que haber traído el trípode, sin luces se me va a fastidiar el asunto.» Subió con cuidado las escaleras y evitó pisar la hiedra que trepaba sobre un lateral.

Al llegar a la portada del templo, Giulia bajó los escalones de piedra y avanzó en la oscuridad para coger perspectiva. El lago permanecía silente y tranquilo. Ni un simple chapoteo rompía la quietud del agua, hasta los patos y las ocas parecían guardar un silencio de sepulcro. Sintió un escalofrío. Aquella sensación de falsa paz que la incomodaba se aferró a su garganta. Avanzó otro poco y se dio cuenta de que los focos que daban luz a la portada delantera estaban rotos, reventados.

Extrañada, caminó con pasos cuidadosos hacia el lago, y se volvió hacia las gruesas columnas y la escalinata. Al instante se quedó quieta, totalmente paralizada. Trascurrieron unos segundos hasta que su mente logró procesar el significado ominoso de lo que se ofrecía ante sus ojos asombrados.

En una de las columnas centrales, sujeto con gruesas cuerdas, había un hombre desnudo, cuya cabeza caía sobre el pecho. A pesar de la oscuridad, se podía ver que de su cuerpo blanco e inmóvil como una estatua del Museo Capitolino surgían una especie de saetas de fina madera.

Giulia empezó a correr en silencio hacia Riccardo, a trompicones, con el corazón en la boca, mientras en un gesto inconsciente aferraba la cámara con todas sus fuerzas, corriendo como nunca en su vida, como si el mismo diablo en forma de quimera estuviese a punto de devorarla si osaba permanecer un segundo más en aquel lugar.

El comisario Ranucci doblaba ya la esquina de San Vitale con su viejo Volskwagen Passat cuando recibió una llamada. Sin perder un minuto, puso la marcha atrás y casi patinando en los resbaladizos adoquines, enfiló Quattro Fontane a toda velocidad, hacia el parque de Villa Borghese. No tardó más de diez minutos en llegar al parque. Se dirigió hacia la Galería Nacional de Arte Moderno y dejó el coche al lado de uno de los patrulla de los *carabinieri*. Avanzó con rapidez hacia el lago. Pudo ver una ambulancia con las luces encendidas y a dos parejas de *carabinieri*, y más adelante a la inspectora de la comisaría Ada Casali, con el semblante demudado, que lo saludaba con un gesto mientras apuraba el paso hacia él.

—¿Un homicidio?

Ranucci conocía bien a Ada. Trabajaba con él desde hacía ocho años, era una agente curtida y fuerte, difícil de amilanar. La expresión de dolor de su rostro moreno y de sus ojos verdosos se lo dijo todo al comisario. Era ella la que lo había llamado hacía un momento.

—Sí, comisario. Es algo... no tengo palabras para definirlo. Es grotesco, horrible. Un chico muy joven. Lo encontró una funcionaria de la galería mientras sacaba fotos. Es una escena curiosa, por decir algo. Mejor lo ves por ti mismo...

—¿Cuándo vienen los de la científica? ¿Y el forense?

—Los de la científica están de camino. El forense... ya sabes. Depende de quién esté. Creo que va a venir la nueva, a ver cómo nos va con ella. Dicen que es un poco cursi, pero un cerebrito.

Esposito avanzó hacia el lago para ver el cadáver, que permanecía atado a la columna, con un brazo sujeto a lo alto, el cuerpo en torsión, las rodillas ligeramente flexionadas. Finas saetas salpicaban su anatomía, y de las heridas manaba sangre de color exageradamente bermellón.

Ranucci le clavó la mirada a su subordinada, que miraba el cadáver con una fascinación casi hipnótica.

—¿Qué te parece, Ada?

—Una venganza. Un castigo. —Encogió los hombros con perplejidad—. En realidad, un castigo ejemplar. Eso es lo que me parece.

El comisario asintió y se acarició la barbilla, pensativo.

—¿Eres católica?

Ada le devolvió la mirada llena de extrañeza.

—Sí, claro. Como todo el mundo aquí en Roma. Creo en algo, no voy a misa desde niña... pero se puede decir que sí... ¿Qué quieres decir con eso?

Ranucci no contestó. Se acercó con cuidado al cuerpo para observarlo mejor. Vio hematomas y laceraciones por todo el cuerpo. La voz de Ranucci sonó entre los dientes, grave, llena de dureza.

—Diles a los de la científica que los quiero aquí ya. Ahora mismo. Si empieza a nevar nos quedaremos sin pruebas. No podemos perder ni un segundo más. ¿Esa gente no ha leído nunca la máxima de Locard? Joder, el tiempo que pasa es la verdad que huye, Ada. Avisa a la mujer que lo encontró, por favor. Tengo que hablar con ella antes de que se olvide de los detalles. Cualquier cosa puede ser importante.

Capítulo 39
San Sebastián

Roma, sede del periódico Roma 24 Ore,
via del Tritone,
mediodía del miércoles, 15 de febrero de 2012

—¡Mario! ¿Quieres un café?

Mario Conti vio que en el otro extremo de la redacción su amiga Margarita le hacía señales mientras señalaba un vaso de plástico. Asintió con voz aguardentosa. Aún estaba algo adormilado. El día anterior había quedado con unos amigos para ver un partido de fútbol. Una cerveza llevó a otra, y luego las copas. Así que no había dormido lo suficiente, y otro café le vendría de maravillas. Se tocó el cabello negro, recién cortado al uno y se frotó los ojos para intentar espabilarse.

Tenía un día cargado de trabajo por delante. Su jefa le había ordenado que investigara el crimen de Eleonora della Rocca, prioridad especial por orden del propietario del periódico, Alessandro Marforio. Mario sabía que Marforio estaba obsesionado con el asesinato de su hermana Angélica, ocurrido el año anterior. Había desaparecido misteriosamente una tarde cuando se escabulló de la casa de noviciado y la encontraron semienterrada meses después en el parque del Pineto.

Marforio no era un hombre ordinario, eso estaba claro. Su determinación y fuerza de carácter eran de dominio público. Cuando desapareció Angélica, su hermano sintió una profunda agonía que lo mataba por dentro, pero al minuto siguiente empezó a actuar: contrató detectives privados, consultó a videntes y no dudó en presionar a altos cargos policiales de una forma casi intolerable para que hiciesen todo lo posible y lo imposible. Mario conocía a Alessandro Marforio porque su padre había trabajado con el suyo cuando empezaba a sobresalir en la industria del cuero y los zapatos, y podía haber jurado sobre la Biblia que era noble, cabal y honesto, un rara avis entre los empresarios con éxito de Italia. Sin duda la muerte de su hermana lo había convertido en un hombre atormentado; sabía que él la adoraba. Una cosa tenía clara Mario: si Marforio ponía las manos encima del asesino de su hermana, el *Inferno* de Dante iba a ser un viaje por Disneyland comparado con lo que iba a hacerle a ese tipo.

Además, Mario tenía una deuda de gratitud con el empresario: este lo había rescatado de la corresponsalía de un periódico milanés en Madrid, ciudad con la que no llegó a congeniar del todo, y lo había empleado como redactor en su flamante periódico, *Roma 24 Ore*, otro de los negocios en boga de la familia Marforio, con la condición de que se metiese a fondo en el asunto de la muerte de Angélica. Llevaba varios meses empleándose con todas sus fuerzas sin resultado alguno, hasta que el asesinato de Eleonora despertó todas las alarmas. La aparición de la joven en la puerta de las catacumbas de San Sebastián no podía ser algo casual, y el rumor de que el asesino de la menor de los Marforio había vuelto a actuar corría por las calles de Roma con la rapidez de la pólvora.

Margarita le acercó el café con una sonrisa. Le gustaba aquel milanés maduro y siempre acicalado, con su perilla y sus ojos vivaces y oscuros. Era un gran periodista, y se le notaba a leguas las ganas de hacer un buen trabajo en *Roma 24 Ore.* Les había alegrado la redacción con sus bromas y su ingenio. Mario agarró el café con cuidado y le giñó un ojo.

—Muchas gracias. No sabes lo bien que me viene. Ayer salí...

—Ya. La mítica cervecita del domingo por la noche. Me conozco el tema... Te prometes a ti mismo que va a ser solo una, y al final... —La joven le dedicó una sonrisa de complicidad.

La pantalla del Sony de Mario se iluminó y empezó a vibrar sobre la mesa. Mario le hizo un gesto de disculpa a Margarita y lo cogió. Era Ada Casali, la inspectora de la Policía Judicial, desde un teléfono que solo conocía él. Al ver el número, salió a toda prisa al pasillo para tener más intimidad.

El susurro de Ada era apenas audible.

—Mario. ¿Ya ha trascendido a los medios?

—¿Qué dices? No te oigo bien... ¿Qué es lo que ha tenido que trascender? ¿Hay alguna novedad?

—Hay un chico muerto... Está la forense aquí... esto es rarísimo. Parece una estatua.

—¿Dónde estás?

—En el templo de Esculapio. El lago de las barcas de Villa Borghese, ¿te sitúas? Ranucci está que se sube por las paredes, él, que sabes que es un hombre muy controlado... Las nubes amenazan nieve, o lluvia, que es peor... Los de la científica acaban de llegar, te dejo.

—Voy para allá.

—Por favor, que no te vea. No quiero que Ranucci sospeche...

—No te preocupes. No sospechará nada. Me hago cargo, por la cuenta que nos tiene...

Ranucci miraba al cielo mientras hablaba por teléfono. Parecía que las nubes se habían calmado un poco, pero eso ahora había pasado a segundo plano. La madre de un joven, Stefano Carasone, había ido a denunciar su desaparición a la comisaría. Su desaparición y también la de su novia. No se sabía nada de ambos desde la tarde noche del día anterior. Stefano y Paola habían tomado unas cervezas con unos amigos durante un par de horas. Luego se fueron, presuntamente, a casa. Esta mañana no habían acudido a trabajar ninguno de los dos y no contestaban al teléfono; ambos estaban apagados. La opresión en el pecho del comisario era cada vez más agobiante. Si sus sospechas se confirmaban, aquello no había terminado. Esperaba con temor que le enviasen la foto de Stefano al móvil.

Buscó a Ada. Estaba al lado del cuerpo, que ya había sido descolgado, vestida con un traje protector. La forense analizaba con detenimiento las heridas de la cabeza y el cuerpo. Ranucci sacó del bolsillo del abrigo el cigarrillo de plástico y lo mordió preso de los nervios. Se acercó, a una distancia prudencial, para no contaminar la escena.

—¿Qué me puedes contar?

La nueva forense, Maria Magdalena Fiori, lo miró con semblante demudado. Era su primer caso en Roma, y aún no parecía lo suficientemente curtida como para afrontar una muerte tan extraordinaria. Además, el comisario, con aquellos ojos severos, la voz tonante y las cejas pobladas le imponía a su pesar hasta ponerla nerviosa. Inclinada delante del cadáver rígido, que estaba colocado en una camilla, parecía a punto de vomitar de un momento a otro. Pero se sobrepuso. La voz sonó entrecortada hasta que fue ganando seguridad.

—Yo diría que lleva muerto unas diez horas... el *rigor mortis* está ya instaurado... ¿Causa de la muerte? Un golpe en la cabeza con un objeto contundente y afilado... No sé, una pala. Ya sacaremos un molde durante la autopsia; fíjese, tiene el parietal roto. Pero hasta la autopsia no seré capaz de asegurarlo, insisto... De todos modos, presenta heridas y golpes por todo el cuerpo.

—¿No murió por culpa de las flechas? —preguntó Ranucci.

—No. Las flechas fueron clavadas *post mortem*. —Señaló con el dedo enguantado a la saeta del pecho—. Fíjese en la falta de actividad vital de la herida. Los bordes no están engrosados, no hay infiltración de los tejidos... —Miró al comisario y se adelantó a su pregunta—: ¿La sangre coagulada que parece manar de las heridas? Es pintura roja.

—¿Pintura roja? —El comisario soltó una exclamación de sorpresa.

—A primera vista parece óleo. Eso lo tendrán que decir los técnicos, pero el que hizo esto tenía ganas de crear un espectáculo sanguinario. Un hombre atado a una columna atravesado por flechas. Una especie de san Sebastián.

—Efectivamente. Pienso lo mismo.

Ranucci asintió. Desde el primer momento aquella escena le había recordado a una de los miles de imágenes de san Sebastián que adornaban las iglesias de Roma.

Su teléfono volvió a sonar. Cuando en la pantalla apareció la fotografía de Stefano Carasone, respiró profundamente. Sus sospechas de que el asunto se iba a agravar de un momento a otro se habían confirmado con creces.

Capítulo 40

Mendiluce en el banquillo

La Coruña, Audiencia Provincial,
mañana del miércoles, 15 de febrero de 2012,
primer día del juicio

Rebeca de Palacios mira intensamente a sus dos compañeros de tribunal, Gabriel Márquez y Luisa Bolaños, momentos antes de salir hacia la sala donde se va a iniciar el juicio a Mendiluce. Cree que Doyle ha chantajeado también a uno de ellos. Ella sola, aunque sea la presidenta del tribunal, no es garantía suficiente para asegurar la liberación del empresario. Se necesitan al menos dos votos. Un tipo como Doyle no puede correr ese riesgo. Bolaños sonríe, nada parece que la altere. En cambio, Márquez evita mirar a Rebeca; y Rebeca tiene la poderosa intuición de que este jurista brillante, pero esclavo a un tiempo de la más estricta ortodoxia religiosa y de la pasión de una sexualidad insatisfecha, está en la misma situación que ella. En todo caso, confía en que no haya necesidad de hablarlo. Es mejor dejar que los hechos se sucedan, y aunque se siente morir por lo que tiene que hacer en esas próximas tres jornadas, no tiene escapatoria alguna, y se llena de entereza ante lo inevitable.

Las partes ya han hablado; ahora viene el turno de declarar del acusado. Se le va a juzgar por trata de seres humanos, prostitución y corrupción de menores. Un buen montón de años en la cárcel, si resulta condenado. Rebeca ve a Sara Rancaño, hermosa, confiada, decidida. Sus palabras han estado bien escogidas, pero en el fondo son puro humo. Ella sabe que Manuel Griñán ha trabajado de firme, sus pruebas son muy sólidas, por eso su trabajo es particularmente duro y arriesgado.

Pedro Mendiluce se levanta y se acerca al micrófono. Mira con desdén e ironía a Rebeca, quien hace un esfuerzo por mantener la mirada, pero al final la desvía. No soporta ver a ese miserable y su aire taimado de triunfo. Él sabe que su hija ha sido secuestrada; lo ha orquestado todo. Sabe que cada hora que pasa es una agonía, que ha de esforzarse durante el juicio por hacer lo contrario a lo que le dictan sus convicciones. Está viviendo una tortura doble: la suerte de su hija y su traición a la ley y la justicia que siempre ha defendido con arrojo y tesón.

Rebeca de Palacios se recompone, y da comienzo al interrogatorio de Pedro Mendiluce mientras en su interior envía una plegaria sorda al cielo para que Valentina Negro pueda liberar a su hija y, de paso, devolverle a ella la vida.

Capítulo 41
La sombra del Artista

Roma, via Baccina, casa de Giovanni Nero, tarde del miércoles, 15 de febrero de 2012

Giovanni encendió la televisión y se acomodó en el sofá. Aunque se encontraba sin fuerzas después de lo ocurrido durante la noche, estaba demasiado excitado como para irse a dormir. Esperó con expectación. Cuando la RAI comenzó a dar la noticia sesgada de la aparición del cuerpo en el templo de Esculapio, se inclinó hacia delante para no perder detalle. Los periodistas intentaban captar alguna imagen, mientras las cintas policiales, los vehículos de la policía científica y las ambulancias con las luces estroboscópicas encendidas tapaban estratégicamente cualquier intento de acercamiento de los curiosos, que se agolpaban en las cercanías del parque a pesar del frío.

Nero intentó dominar su ansiedad. Esperaba que el tiempo siguiese tan frío para que el cuerpo de Paola, envuelto en plásticos y oculto bajo la nieve en el hueco de una de las tumbas de los frailes, se conservase hasta la noche en buen estado. Aún tenía que preparar su obra: había ideado una instalación muy acorde con el espíritu místico y el estremecimiento de la noche anterior. Roma era una ciudad muy inspiradora.

Hizo recuento de lo que iba a necesitar. Sábanas blancas, almohadones, cola. Y cabezas de angelotes de yeso, de las que vendían en las tiendas de manualidades. Se levantó de repente, llevado por un impulso, y llamó al timbre. Le encargaría a Regina otra vez la compra de todo, así no tendría que salir. Ella no iba a sospechar nada, era una mujer demasiado simple. Además, las fotos de la escena nunca saldrían a la luz pública... por desgracia para él.

Ranucci, teléfono en mano, capeaba el temporal con la sabiduría de años de servicio. Pero en toda su vida nunca se había encontrado con algo parecido a aquello. La alarma ya había cundido entre las familias de los dos novios, que se repartían entre la comisaría y el hospital, absolutamente desesperados, sin comprender nada de lo que estaba ocurriendo.

La ciudad empezaba a estar atemorizada, y la opinión pública no tardaría en poner en solfa la actuación policial y la seguridad romana en plenos carnavales. Dos asesinatos en tres días. Y Paola... faltaba la chica por aparecer. ¿La tendría secuestrada? Si era así, aún podrían hacer algo por ella. Pero... ¿por dónde empezar? El comisario ordenó al policía que lo llevaba en el coche a la comisaría que se diera más prisa.

Ya había enviado a Ada a registrar el apartamento de los dos chicos. Toda la brigada judicial estaba en movimiento desde la aparición del cuerpo, esperando que la científica les pudiese dar alguna pista, o que las cámaras que controlaban el tráfico hubiesen detectado algo anormal. La compañía telefónica les había confirmado que las últimas señales de los móviles provenían del centro de Roma, cerca del Coliseo, justo donde habían estado los chicos de cena con sus amigos. A partir de ahí, sobre las once de la noche, se apagaron. ¿Los habrían metido en un vehículo? Stefano era un chico fuerte. No se hubiese dejado reducir así como así. Ranucci le daba vueltas y más vueltas al caso, pero no veía un camino nítido que seguir. Asesinos en serie. Recordó el horror y la conmoción que había causado el Monstruo en Florencia y no pudo evitar un estremecimiento al recordar también que nunca lo habían podido coger. Por lo que él sabía, los asesinos en serie no solían actuar de una manera tan poco espaciada. Tenían una etapa de «descanso» que a veces podía durar años. Sin embargo, aquel asunto se había puesto muy feo. Dos crímenes en tres días. Tenía el presentimiento de que el asesino de Eleonora era el autor de la muerte de Stefano y de la desaparición de Paola. Y quizá también del asesinato de Angélica Marforio...

Mario miraba totalmente concentrado las fotos de Stefano atado a la columna, y las pasaba con el dedo una a una, mientras Ada lo observaba manejar su tableta sentada encima de la mesa de la cocina de su apartamento. La gata siamesa de Mario la olisqueó unos segundos y saltó de la mesa con un maullido antes de que ella llegase a acariciarla.

—¿Qué te parece?

Ada se bajó de la mesa y se puso de pie a su lado. Era una mujer nerviosa, menuda y delgada, con el cabello castaño a media melena y los ojos verdosos, expresivos y llenos de inteligencia. A Mario le pareció atractiva desde el primer momento que la vio en una rueda de prensa de la investigación del crimen de Angélica. Y ella no le hizo ascos en ningún momento, a pesar de ser un periodista y, por tanto, proclive a meterse demasiado en asuntos que no le incumbían. Pero Ada sabía que alguien con un poder otorgado por el mismísimo Alessandro Marforio podría servir de ayuda en la investigación, y tampoco le costaba demasiado ser generosa con él. Ranucci era un policía a la antigua usanza, muy bueno, pero demasiado dado a los procedimientos tradicionales y a mantener a toda la prensa a una distancia prudencial. Ella no. Los *juntaletras* podían meterse en lugares a los que a ellos no les era dado acceder, y al fin y al cabo de lo que se trataba era de coger a los malos, no de ser más o menos estricto, mientras se cumplieran, o así lo pareciese, los protocolos legales.

Mario movió la cabeza, estupefacto. Empezó a hablar sin apartar la vista de las fotos de la escena del crimen del templo de Esculapio.

—Ada, fíjate. Verás... Las fotos que me enseñaste de Eleonora en las catacumbas y estas de hoy... No me tomes por loco. Lo que te voy a decir se sale un poco de lo normal.

Ella sonrió y lo agarró de la mano para darle ánimos.

—Confío en tu instinto, lo sabes. Adelante. —Sonrió y apretó la mano—. No te ofendas, pero ya estás bastante loco como para que yo te tome por algo peor.

—Sabes que estuve trabajando en España. Conocí a una periodista muy guerrera. Una chica fantástica, Lúa Castro, en resumen: ella fue la encargada de cubrir en una ciudad del norte los asesinatos de unas jóvenes... ¿cómo decirlo? En cierto modo, similares a estos dos crímenes. No iguales, no. Pero se podría decir que son similares en cierto modo...

Ada arqueó una ceja.

—¿No querrás decir que el asesino ya ha actuado en otro sitio fuera de Roma?

—No quiero decir nada. El problema es que el asesino fue capturado... o mejor dicho, murió en un tiroteo. Espera un momento. Lúa escribió un libro sobre el caso, hace poco me lo mandó por correo. Es fantástico. Ha tenido mucho éxito.

Mario fue hasta el salón y trajo un libro en formato bestseller, que le alcanzó a la joven policía. Ada pudo ver la portada un tanto sensacionalista: *El Artista. Crónica de un asesino en serie*. Lo abrió y suspiró, contrariada.

—Está en español...

—En el medio hay fotografías. Fíjate en ellas.

Ada buscó las páginas del medio. Repasó varias fotos de los crímenes bastante borrosas y miró a Mario, pensativa. Luego asintió lentamente.

—Las fotos son bastante malas, pero me hago una idea. ¿Dices que el asesino murió en un tiroteo?

Sí. Le apodaban el Artista porque imitaba obras de arte con los cuerpos. Fue abatido por la policía cuando se disponía a matar a su propio padre. No digo que sea el mismo, puede ser un imitador. ¿Qué te parece?

Ada asintió, y puso toda su atención en intentar comprender aquello.

—¿Obras de arte? ¿Tú crees que la escena de Stefano está recreando una obra de arte? Ranucci piensa que los crímenes tienen un trasfondo religioso. Pero... ahora que lo dices, puede ser... san Sebastián, desde luego. No solo es un santo en una iglesia. Hay cientos de cuadros y estatuas con su imagen... ¿Y Eleonora?

—Habrá que buscar alguna similitud entre el cuerpo y algún cuadro... no sé, es una idea.

Ada se encogió de hombros y luego miró su reloj.

—Puede ser una buena pista, tienes razón... Ya nada me extraña de este caso, Mario. Me voy. Tengo que ir al hospital, a interrogar a los familiares de Stefano, y luego a buscar lo que quiera que sea al apartamento de los dos chicos.

El periodista la acompañó a la puerta.

—¿Tú crees que tiene a Paola? ¿Qué aún estará viva?

Ada lo miró con expresión de profunda pena y negó con la cabeza, casi sin atreverse a decir nada. Prefería no pensarlo demasiado.

—Estaremos en contacto. —Lo besó en los labios con ligereza antes de llamar al ascensor—. Y no descuides ese tema del Artista. No quiero ni pensar en la cara de Ranucci si se destapa algo así.

Capítulo 42

El cementerio

> Pensar que uno puede ser enterrado en un lugar tan dulce hace que uno se enamore de la muerte.
>
> PERCY B. SHELLEY

Roma, via de los Foros Imperiales,
miércoles, 15 de febrero de 2012, 22.00 h

Nero caminó con cuidado para no resbalar, cargado con las bolsas por la vía de los Foros Imperiales. Ya era de noche. No había nevado en todo el día, pero el frío seguía siendo muy intenso, y el manto blanco continuaba cubriendo parte del helado pavimento adoquinado. Un par de jóvenes enmascarados lo saludó mientras le tiraban algo de confeti. Estaban borrachos.

Había dejado la furgoneta aparcada en el convento. Se alegró de haberla dejado allí al ver un control policial cerca del Coliseo y varios coches de los *carabinieri* rondando la zona. No durarían mucho allí, o eso pensaba. La noche romana requería de muchos efectivos policiales en zonas más problemáticas que el centro histórico, donde casi siempre reinaba la tranquilidad.

Comenzó a subir la colina con paso rápido. Confiaba en que todo siguiese tal como lo había dejado el día anterior. Paola lo esperaba en el jardín, como una amante espera a su novio, ansiosa en la penumbra.

Cuando llegó a la puerta del convento, sacó el manojo de llaves de una de las bolsas y abrió la puerta de la verja. Allí seguía el viejo furgón. Se acercó hasta él y lo abrió para dejar las bolsas dentro. Tenía que darse prisa. El fresco estaba casi acabado, como había convenido con el fraile, y al día siguiente aparecerían los encargados de la restauración del convento. Así que ultimaría la pintura y luego empezaría con el arte real, el verdadero. Caminó con grandes zancadas hacia la iglesia. La puerta se abrió con el chirrido de los goznes.

Encendió las luces. Todo seguía igual que la madrugada anterior. Lo había limpiado todo, pero no vendría mal una segunda pasada a fondo de lejía y desinfectante. Lo haría después de rematar el fresco. Caminó a través de la nave, los pasos resonando en el mármol. Tenía que sustituir cuanto antes la flecha que le había robado al san Sebastián, que pareció mirarlo con expresión de oprobio desde sus ojos de cristal. Nero sonrió al santo, preso en su hornacina, y se dirigió hacia el pequeño ábside desde donde la pintura de santa Clara de Asís esperaba su remate. Preparó la pintura con calma, y subió al armazón de madera por última vez.

Horas después salió de la iglesia y la rodeó. Detrás, al lado de la fuente, estaba, entre cipreses, el cementerio de los frailes. Giovanni contó las campanadas de una iglesia cercana. Eran las tres. Apartó una de las viejas lápidas y dejó a la vista un montón de nieve compacta. Con la mano enguantada, movió la nieve hasta tocar los gruesos plásticos. Suspiró con alivio. Todo estaba igual que la madrugada anterior. Paola continuaba inmóvil en la tumba, sobre la caja de madera de algún santo pretérito.

Fue a por la furgoneta y la acercó al pequeño cementerio. Había llegado la hora de llevar a Paola a su tumba definitiva.

Roma, Cementerio Protestante,
jueves, 16 de febrero, 9.00 h

Simone, el guarda del cementerio, frunció el ceño al ver la verja abierta. En sus tres años de servicio, era la primera vez que pasaba algo así. A lo mejor el nuevo, el del turno de tarde, no había tenido el celo suficiente a la hora de cerrar la puerta. O algún gamberro había decidido entrar a hacer espiritismo, como había pasado una vez, que unos locos ingleses saltaron el muro de noche para invocar el alma de Keats.

Entró en su pequeña oficina a la entrada y encendió la calefacción. Desde que se había puesto de moda, las subvenciones de millonarios excéntricos de todo el mundo habían dotado al lugar de un aire mucho más moderno. Aunque aún le hacían falta más medios, el cambio que había dado era impresionante. Y Simone estaba cada vez más orgulloso de trabajar allí.

El cementerio estaba precioso cubierto por la nieve, que poco a poco empezaba a derretirse con los primeros rayos de sol. Cerró la puerta de la oficina con precaución y decidió hacer una ronda por todo el lugar. Por alguna razón, no se fiaba demasiado de la verja abierta a aquella hora tan temprana. Los pájaros empezaron a piar tímidamente al escuchar sus pasos por el suelo de gravilla.

Todo estaba tranquilo. Las tumbas sobresalían entre el manto blanco, aquí una cruz, allá la pequeña estatua de un niño que lo siguió con la mirada vacía. Un ángel pensativo, la mano apoyada en la barbilla, sujetaba una cruz de mármol resquebrajada. Cipreses centenarios. Palmeras. Nada distinto de un día normal. Lo extraño era que los gatos no saltasen por detrás de las lápidas, como hacían siempre que llegaba él, pidiendo comida con maullidos lastimeros. Había algo diferente. Quizá el frío los había ahuyentado aquella mañana...

Siguió caminando. El vaho salía de su boca en cada respiración. Comprobó con alivio que la tumba de Keats seguía igual que siempre, con su nombre escrito en el agua para la eternidad. Se fijó en que había muerto un 24 de febrero, faltaban muy pocos días para el aniversario. Ni rastro de velas ni de ninguna actividad humana sospechosa, como aquella otra vez. Sintió como su pecho se libraba de un peso: no tenía ganas de aguantar a un montón de periodistas ávidos de historias raras sobre la tumba del poeta. Siguió investigando: Shelley tampoco parecía haber sufrido daño alguno en la lápida recién limpiada por sus propias manos. Los dos requerían de sus cuidados diarios más extensos, no en vano eran las tumbas más visitadas de todo el lugar.

Paseó sin rumbo fijo por la parte más antigua, mirando aquí y allá, sin descubrir nada más que las silentes lápidas y los árboles centenarios. Continuó caminando hasta la zona vieja, dándose más prisa: pronto tendría que abrir al público. Aunque no era época de turistas, los carnavales atraían a muchos visitantes que pasaban por Roma camino a Venecia.

El silencio que reinaba en aquella parte del cementerio volvió a estremecerle. Ni siquiera los pájaros, que parecían haber seguido el mismo camino que los felinos, se movían entre las ramas. Deambuló entre las tumbas, con un fuerte sentimiento de agobio que martilleaba sin cesar su instinto. Cuando al fin vio un extraño bulto blanco debajo de su estatua favorita, se sobrecogió. *El ángel de los lamentos* seguía llorando la muerte de su escultor, William Wetmore, y su esposa Emelyn, con la cabeza inclinada en señal de duelo sobre el brazo, ocultando la pena al estilo clásico, y la mano señalando a la rama de olivo recién caída. Pero a los pies de la tumba, una figura nívea tan inmóvil como las figuras de mármol lo hizo detenerse, paralizado por el miedo.

Caminó despacio, hasta distinguir lo que era.

Una mujer, envuelta en sábanas blancas, sobre blancos almohadones. Estaba incorporada levemente, las dos manos sobre el pecho, los ojos secos, semiabiertos en expresión fúnebre. Simone se fijó sin querer en los labios rojos y en el rubor de las mejillas antes de darse cuenta de que aquella mujer estaba muerta.

Luego corrió sobre la gravilla. Tropezó y se cayó al suelo, pero a pesar de que sus manos se despellejaron con los guijarros, volvió a incorporarse y a correr como un loco hasta la oficina sin importarle el dolor de las palmas de las manos.

Capítulo 43

Rajiva y Valentina se encuentran

Alpes Dolomitas, Cortina d'Ampezzo, pistas de esquí, jueves, 16 de febrero de 2012, 12.00 h

La mañana lucía fría y despejada, ideal para la práctica del esquí. Alessandro Marforio acarició la mejilla de su rubicunda hija pequeña, que sonreía y se movía por la nieve con movimientos torpes, abrigada por un mono rosa y las botitas de esquiar, y saludó desde la puerta del hotel al monitor de los niños que esperaba pacientemente rodeado de otros pequeños. Su mujer, Martina, lo seguía a pocos pasos, tirando del hijo mayor, mientras bebía agua de una botella de plástico. Martina tenía veinte años menos que Marforio, y su belleza de *top-model* nórdica, a pesar de su origen argentino, seguía sorprendiendo a su marido cada día, un oasis de paz en la vorágine de su existencia. Ella sonrió al monitor, su rubio cabello enmarcado por un alegre gorro de lana de rayas, y apuró el paso para que su hijo remolón alcanzase a los otros niños.

El teléfono del empresario sonó dentro del bolsillo. Al ver el número se apartó unos metros del grupo. Pronto su semblante adquirió una gravedad extrema. Cuando colgó se dirigió a Martina y le habló de forma privada.

Horas después, su avión privado despegaba del aeropuerto de Treviso con destino a Roma.

Ada comenzó a colocar las fotos del cuerpo de Paola en el enorme corcho que habían dispuesto en una sala situada al lado del despacho de Ranucci. Al alejarse no pudo contener un estremecimiento de algo parecido al miedo: sin duda aquellas fotografías destilaban maldad en estado puro. Las fotos del cuerpo de Paola se unieron a las de su novio, a las de Eleonora della Rocca y a las del cuerpo descompuesto y cubierto por el hábito de Angélica Marforio. Tenían una reunión urgente en menos de media hora. Ranucci había organizado un operativo con diez efectivos y pedido la colaboración urgente de un psiquiatra especializado en asesinos en serie para ver si podía darles alguna pista sobre aquellos crímenes sin sentido que estaban aterrorizando la ciudad. Ada miró de reojo el libro de Lúa Castro, que había dejado sobre la mesa mientras preparaba todo, y recordó las palabras de su amigo Mario Conti sobre el Artista. Luego negó con la cabeza, llena de incredulidad. Pero en sordina, su olfato policial le decía que, aunque pareciese imposible, aquel libro de tapa blanda tenía algo que ver con el horror que se había desatado en la tierra romana.

Marta de Palacios miró con desgana la pizza, ya templada, que aquel hombre le había dejado sobre una banqueta, al lado de un vaso de plástico con Coca-Cola. El roce de los grilletes le estaba produciendo una fea ampolla en las muñecas y los tobillos, y aunque su captor había accedido a aflojarlos y a liberar un poco la cadena que la sujetaba a la pared, de forma que pudiese comer más cómoda y dormir mejor, pronto necesitaría vendas y hacerse una cura.

Se llevó un trozo a la boca y lo intentó masticar. Tenía que comer y estar fuerte, a pesar de lo mal que se sentía. Una y otra vez pensaba en Enzo y en su traición, y en su madre, sola en La Coruña, y rompía a llorar sin descanso. El cabrón que la mantenía secuestrada no la había tocado, por lo menos, y parecía educado y cortés, a pesar de las circunstancias. A ratos, surgían en su mente flashes de lo ocurrido en aquella habitación con la enorme cama, y las máscaras que se acercaban y respiraban fuerte en su oído, los susurros y algo mucho más turbador la desasosegaban.

Se tomó dos trozos más de pizza y bebió algo de Coca-Cola. Pronto empezó a sentir un profundo sopor. Marta se tiró de nuevo en la cama e intento encontrar una postura cómoda. Antes de hacerlo ya se había dormido profundamente.

La Coruña, Audiencia Provincial,
segundo día del juicio

Rebeca de Palacios ocupó su lugar de presidenta en el estrado del tribunal y, como de costumbre, apenas miró a sus dos compañeros que compartían con ella la tarea de juzgar a Pedro Mendiluce. ¿Por qué no la llamaba Valentina? Es verdad que solo llevaba un día en Roma, pero ¿acaso no tenía ninguna noticia que darle? Intentó en vano serenarse y volvió a evitar en la medida de lo posible la visión nítida y detenida del empresario; le ponía enferma la expresión de burla y de poder que emanaban continuamente sus ojos de aguilucho, como si fuera el propio Mendiluce el que la mancillaba cada noche hasta la absoluta degeneración.

Sus pensamientos eran confusos, apenas podía centrarse en el juicio que, casi sin que fuera consciente de ello, actuando solo con la parte más superficial de su cerebro, ya había avanzado hasta contar con la presencia de Trina en el lugar de los testigos. Trina era la novia del hermano de Valentina, Freddy; antes era una prostituta al servicio de Mendiluce, pero su fondo noble y el amor incondicional hacia su novio hicieron que finalmente accediera a colaborar con la policía para desmantelar el negocio de la trata de blancas que Mendiluce y su secretario, Sebastián Delgado, llevaban con mano firme y ante la connivencia de más de un político local.

El fiscal Griñán estaba haciendo una buena labor: Trina estaba contestando con aplomo, y era quizá la testigo más importante de la acusación. Ante la pregunta de aquel de si «estaba segura de que ella había recibido instrucciones directas de Mendiluce para que formara parte de fiestas donde se practicaba la prostitución», Trina contestó que «al menos que yo recuerde, en dos ocasiones». De pronto, Rebeca se dio cuenta de que Trina era realmente una amenaza para la vida de Marta. ¡Dios santo, pendiente del móvil, aterradoramente en silencio que llevaba bajo la toga, estaba dejando a Griñán campar a sus anchas!

—¿Recuerda en qué circunstancias se produjeron esas instrucciones? —siguió Griñán.

—La primera fue cuando Delgado me presentó a Mendiluce, hace dos años, en su casa.

—¿Qué fue lo que le dijo exactamente?

—Me dijo que esperaba que colaborara en todo y que confiaban en que supiera ser una chica agradecida...

—¿A qué se refería con eso, a que iba a prestarse a prostituirse para él? —inquirió el fiscal.

—Estaba claro —dijo la testigo, mirando desafiante a Mendiluce, cuyo rictus mostraba ira contenida— que era eso lo que quería, ¿qué si no?

—Un momento —intervino la magistrada—, ¿el acusado no le dijo a usted que tenía que prostituirse? ¿Nos está diciendo que fue usted la que entendió eso?

Griñán cerró los puños, crispado, al tiempo que miró a Rebeca con odio, ya sin disimulo. Desde que empezó el juicio había intentado hablar con ella, sin éxito. Simplemente, Rebeca de Palacios estaba echando a perder la causa contra el empresario, y que le matasen si sabía por qué.

—Señoría... —intervino—, si me permite podremos avanzar en las preguntas y dejar claro ese aspecto un poco más adelante.

—No, señor fiscal... —dijo con voz de hielo—; en mi tribunal no voy a dejar que se entiendan cosas que no se corresponden con el relato de los hechos.

Griñán suspiró. No entendía nada. Miró unos segundos a Trina antes de plantear la siguiente pregunta, pero se encontró con el pensamiento de que su trabajo no estaba sirviendo para nada por causas que, sencillamente, no podía comprender.

Rajiva analizó por enésima vez en el ordenador de su despacho en la embajada de la India en Roma el vídeo en el que se veía al desconocido: había logrado varias fotos bastante nítidas de la cara del hombre. No pudo evitar considerarlo atractivo, como cuando lo vio por primera vez tras la subasta. Recordó su voz: tenía un leve acento australiano. La hindú fantaseó un momento con cómo matarlo mientras follaba con él de forma salvaje. Luego llamó por teléfono a uno de sus socios en Sídney y le envió los vídeos y las fotos. Estaba segura de que aquel tipo era un profesional, no podía haber salido de la nada para llevarse a la niña. Había algo detrás, algo más poderoso que un simple secuestro. Y ella quería saber qué era. Y recuperar a aquella belleza española para el príncipe Nayef... mientras pisoteaba a aquel cabrón de los ojos azules.

A Rajiva, hija de embajadores y esposa de embajador, con el destino fijado desde el día en que nació, el aburrimiento la había convertido en una mujer casi marchita a sus treinta años. Había estudiado Tecnología en Delhi, y tras casarse agradeció que su viejo marido fuese designado embajador en Roma. Por lo menos allí su vida no se vería confinada al tedio absoluto. Más adelante, ya integrada en la vida de la capital, buscó su destino lejos de la alcoba de su decrépito esposo, al que detestaba profundamente en silencio. Pero casarse era la única vía que había encontrado para escapar. Y su familia tampoco le había dejado mucho margen.

Conocer a Guido Barone fue una revelación para ella: había descubierto la vida en Roma, más allá de fiestas y recepciones, papeleos y comidas de beneficencia. Aquel nuevo mundo le dio la oportunidad de sacar su lado salvaje, tanto tiempo reprimido. Barone había detectado todo un universo de posibilidades en aquella hindú perversa e inteligente hasta el límite, y la había puesto a la cabeza de sus negocios turbios. La embajada era una tapadera perfecta, y la capacidad de Rajiva de mantener una doble vida y sacar adelante los negocios ocultos con discreción la habían convertido en la mano derecha del delegado para la Seguridad de Roma.

Pero la última subasta la había conseguido enfurecer hasta rechinar los dientes de rabia. Era la primera vez que algo le salía mal. Lo peor era el cabreo monumental del príncipe árabe. Lo había tenido siempre contento, hasta ahora. Y de sobra sabía que aquel hombre podía ser muy mezquino y vengativo...

El juicio avanzaba, Trina no pudo decir que había escuchado por boca de Mendiluce que ella tenía que prostituirse, a pesar de que sí había escuchado muchas veces decir a Delgado que «el jefe» ordenaba esto y lo otro. Pero estaba claro que Delgado estaba muerto, y eso era un problema: solo tenían la palabra de Trina de lo que un muerto había dicho.

—Señoría —dijo el fiscal, todavía porfiando por no perder a su testigo más fiable—, quiero proponer que se realice un careo entre mi testigo y el mayordomo de Mendiluce, quien niega ahora que sirviera con ocasión de las fiestas privadas donde se corrompía a menores y se prostituía a mujeres. La testigo afirma que lo vio en las dos fiestas donde ella participó. Lo que ha declarado hace unos minutos el mayordomo no se corresponde con sus declaraciones ante la policía, por eso es importante el careo; el testigo de la defensa ha cambiado su declaración y me preguntó por qué.

En efecto, antes Sara Rancaño había mostrado su satisfacción al preguntar al mayordomo si «conocía algo de esas fiestas, y si él había servido en ellas», y recibir como respuesta un «no, nunca, letrada». Y cuando Griñán le intentó acosar en su turno acerca de por qué había dicho lo contrario en sus primeras declaraciones ante la policía, tuvo que conformarse con un «me confundí... estaba alterado, pensaba que me preguntaban otra cosa...». La magistrada no le había permitido más: «Ya le ha contestado, señor fiscal, pase a otra pregunta».

Rebeca cerró los puños de modo imperceptible y dijo:

—No, señor fiscal, no es momento ahora para solicitar nuevas diligencias, se rechaza la petición.

—¡Señoría! —casi gritó indignado Griñán—. ¡El testigo ha cambiado su declaración, es necesario ese careo!

—Señor fiscal —contestó la magistrada, arrastrando cada palabra entre los dientes—, usted ha tenido oportunidad para interrogarlo, y lo ha hecho. Esa prueba ahora no procede... —Se dirigió con la mirada perdida a los presentes—. Se decreta un descanso de treinta minutos.

Roma, hotel Rome Cavalieri Waldorf Astoria,
18.00 h

El príncipe Nayef se recostó en la enorme cama de su suite imperial en el hotel Rome Cavalieri mientras inspiraba con ansiedad el tabaco de un narguile de oro y cristal veneciano. Ordenó a una de sus mujeres que le trajese un vaso de carcadé mientras cogía un dátil de la bandeja situada encima de la cómoda. El aroma a tabaco y a incienso perfumado le conseguía calmar un tanto los nervios que estaban a flor de piel después de lo que había ocurrido en la subasta. El humo del narguile tapó su rostro por un momento, ocultando la mirada sombría que se apoderaba de su expresión normalmente bonachona y relajada.

Con un gesto, avisó a Abbas, su secretario, que se acercó con la cabeza gacha en actitud sumisa. Conocía las costumbres del sátrapa: en aquel momento era mucho mejor pasar desapercibido o recibiría una bronca o algo peor solo para desahogarse. Pero eso no le impedía albergar un rictus que delataba una profunda satisfacción, ya que su amo había pasado por una experiencia horrible que no quería contar, pero que todos los componentes del séquito, que ocupaba toda la planta del hotel, comentaban con la boca pequeña.

Nayef siseó entre dientes:

—Llama a la zorra esa de Rajiva.

Las cejas gruesas culebrearon sobre los ojos negros. Abbas cogió el teléfono y llamó. Luego, con gran ceremonia, se lo acercó a su señor.

Rajiva hablaba por el móvil dentro de la limusina haciendo grandes aspavientos con su mano libre.

—¿Cómo qué no puedes devolver hoy el dinero de la puja? No me jodas, por favor. No me jodas, Emanuele. —El rostro de Rajiva se estaba congestionando por momentos—. El príncipe mandó sin ningún problema el dinero por el procedimiento normal. No me digas ahora que no puedes reingresarlo en la cuenta... ¿Qué? ¿Hasta dentro de quince días no dispondremos de esa suma? ¿Qué quieres, que me corte el cuello? Tú no sabes cómo se ha puesto, el muy cabrón. Me pide mucho más dinero y otra virgen, como si conseguir vírgenes fuese coser y cantar. Te digo que esa gente vive en otro mundo, ¿no te das cuenta? Durante toda su vida sus deseos han sido órdenes, piensa que tengo una granja llena de niñas esperando por él a las afueras de la ciudad como si fueran ovejas. Yo no tengo la culpa de que el cabrón aquel se llevara a Marta... —Escuchó la señal de llamada entrante y apartó el móvil. Era Nayef—. Mira, ya me está llamando otra vez. Tienes que hacer algo. Voy ahora a una recepción y me encontraré allí con quien tú ya sabes. A ver si él puede hacer algo. Tampoco podemos mover demasiado sin despertar sospechas... Ya sabes cómo están presionando. Bien. Llámame luego. Haz lo que puedas, pero ¡hazlo ya!

Rajiva colgó y suspiró ruidosamente, el ceño plegado como el de una diva contrita. Golpeó el cristal que la separaba del chófer con furia.

—Apura, Hiresh. O llegaremos tarde al castillo de Sant'-Angelo.

Guido Barone estrechó con fuerza la mano del alcalde, que le devolvió un apretón débil y sudoroso. Algo inseguro por haber mandado organizar la recepción de las policías de Roma en el castillo de Sant'Angelo por vez primera, Barone sonrió al comprobar la cara de contento del alcalde de la ciudad, Andrea Bernardini, que agarró a su mujer por el hombro de su abrigo de piel de zorro blanco y avanzó orgulloso por la pasarela, cubierta por una alfombra roja. Barone era el *vicecapo* de la policía, y necesitaba olvidar por unas horas la presión que todas las instituciones gubernamentales estaban ejerciendo sobre él por causa de los tres asesinatos de los últimos días. Pero cómo hacerlo, si en la recepción iban a estar los gerifaltes policiales más importantes del país dando sus opiniones, a cuál más disparatada...

Antes de entrar miró al cielo. El sol se estaba ocultando, sus rayos anaranjados iluminaban las sucias aguas del Tíber y los ángeles del puente en un carrusel de colores marchitos. Movió la cabeza con pesar. Aquel asesino lunático podía acabar con su flamante carrera política y era necesario cogerlo cuanto antes. Confiaba en que Esposito Ranucci fuese consciente de toda la responsabilidad que recaía sobre él. Era el comisario con más experiencia de la comisaría y el más habilidoso, pero aquel caso era espeluznante, y encima todos aquellos cuerpos aparecidos como por encanto en lugares públicos... Ya no solo estaban las mujeres aterradas, los hombres también tenían miedo. Además, aquella lacra espantaría a los turistas. El recuerdo del Monstruo de Florencia, un asesino de parejas que mató durante años en La Toscana y que nunca fue apresado, le estremeció de pies a cabeza. Acabar con aquel escorpión envenenado era prioritario. Barone suspiró para aliviar su mente agobiada. Además, Alessandro Marforio iba a reunirse con él en la recepción. Estaba convencido de que el asesino de su hermana era el mismo que el de estas últimas muertes, y quizá no le faltara razón. Y encima había que solucionar lo de Rajiva y el príncipe árabe... Rajiva era una mujer fascinante, una fiera hindú con la que mantenía una relación, pero era cierto que a veces perdía el control. Su puesto en la embajada india la protegía de ciertas investigaciones, y su mente calculadora resultaba imprescindible, pero era necesario darle un toque, templarla un poco. No podía pasearse por Roma en limusina llamando la atención de todo el mundo mientras... Aquella misma noche, sin falta, la llamaría al orden.

Rajiva se removió, nerviosa, y clavó sus largas uñas en el elegante sari semitransparente de seda negra e hilos de oro que se había puesto para la recepción.

—¿Cómo que tienes otro cargamento de droga? ¿No lo habías tirado al río? Sí, pues claro que lo quiero... ¿Qué cuento es este? Sí... Ya. Ya veo. Pero no esperes ni un euro, Enzo. No lo esperes después de todo lo que ha... ¿Ahora mismo? —Rajiva necesitaba urgentemente dinero, así que no pudo rechazar ese ofrecimiento que le venía de improviso, aunque fuera de ese capullo de Enzo—. Voy camino de una recepción en el castillo de Sant'Angelo, podemos reunimos en una de las salas lejos del barullo. Hablaremos largo y tendido de todo esto. Para entrar di que vas de parte de Guido Barone, el *vicecapo* de la policía. Te dejaré un pase en la puerta... Cuando estés dentro, llámame otra vez. La recepción durará hasta la madrugada. Ojo con engañarme, querido. O esta vez tendré más balas en el tambor con tu nombre grabado...

Valentina Negro pensó rápido. Tenía que encontrarse con aquella mujer a solas.

—¿A qué hora cierra el castillo para los turistas?

Enzo la miró, envuelto en dudas. Luego buscó los horarios en el móvil.

—El museo abre hasta las ocho. La cafetería de la plataforma superior está abierta hasta las once de la noche. No sé si habrán variado algo los horarios por la recepción.

La inspectora asintió lentamente. Cabía esa posibilidad, pero si eso ocurría ya pensarían algo sobre la marcha.

—Bien. Tú entra en la recepción y saca fuera a Rajiva. Pon la excusa de que has escondido la droga en alguna parte del castillo. —Antes de que Enzo protestara, hizo un gesto y lo interrumpió—: Da igual, te creerá. Ya te encargarás de que lo haga. Recuerda que la vida de Marta está en juego, Enzo. Y has sido tú el que la ha metido en todo esto. ¿Entiendes lo que digo, verdad? Quiero estar totalmente segura...

Enzo asintió. El italiano de la policía era bastante bueno, pero la hubiese entendido igual en perfecto español. Era una mujer muy «expresiva». Cogió dos cascos para la moto y le acercó uno a Valentina. Era hora de ponerse en marcha. Le flojeaban las piernas solo de pensar en enfrentarse a Rajiva de nuevo, pero la perspectiva que le ofrecía la inspectora española y la culpa y los remordimientos, que cada vez eran más intensos, lo impulsaron escaleras abajo sin más vacilación.

Alessandro Marforio buscó con la mirada a Guido Barone, que conversaba animadamente con el alcalde de Roma, y lo saludó con un gesto cuando cruzaron miradas. La suntuosa sala Paolina del castillo en la zona palaciega del quinto piso estaba atestada de gente uniformada que parloteaba y bebía champán, vino espumoso y Campari con naranja mientras esperaban el discurso del alcalde Bernardini, muy ocupado en discutir con dos de sus concejales y la directora del museo la polémica reforma de los frescos de Pellegrino Tibaldi. Marforio se sentó en una silla de la primera fila, al lado de un escuálido mando de los *carabinieri* que permanecía en completo silencio, mirándose las uñas de forma inconsciente.

Por una de las puertas entró una mujer alta, morena, de

tez color canela, vestida con un sari negro espectacular. El ojo entrenado de Marforio para la moda admiró el gusto exquisito de la hindú, que se detuvo unos segundos en la puerta hasta detectar a Guido Barone. Caminó sin disimulo hacia el *vicecapo* de la policía y le dio la mano con un gesto lleno de coquetería. Luego lo rodeó y le obligó a inclinar la cabeza hasta ponerla a su nivel, y Barone ensombreció el semblante a medida que ella desgranaba palabras en su oído. Al fin el alcalde se decidió a comenzar su discurso, subió al atril y golpeó con su dedo el micrófono para llamar la atención de los asistentes, así que Marforio dejó de observar a la pareja y volvió la vista hacia delante. Todos se sentaron o permanecieron de pie, atentos a Bernardini, que carraspeó para aclarar la garganta y bebió un sorbo de agua de la botella de plástico.

Sonrió al hombre de la taquilla y pagó los siete euros de la entrada religiosamente. Hacía mucho frío dentro del castillo, así que no se quitó el plumífero negro que cubría sus vaqueros y su grueso jersey de lana de cuello vuelto. Vio por el rabillo del ojo a Enzo dirigirse con prisa hacia unos *carabinieri* para preguntar por la recepción del alcalde mientras ella se mezclaba con un numeroso grupo de turistas españoles que esperaban para entrar a que una de las jóvenes metiera los guantes y el gorro dentro de la mochila para dejarla luego en la consigna. Cuando el grupo se puso en marcha, comentando que solo tenían una hora para ver el castillo antes de que cerrase al público, y que la parte del palacio tenía algunas estancias cerradas ese día, Valentina caminó detrás con disimulo. Avanzó con pasos lentos hasta distanciarse de ellos en el atrio. No pudo reprimir un escalofrío al recorrer la rampa helicoidal, suavemente iluminada. Imaginó a los prisioneros del castillo recorriendo la fría bóveda, conscientes de su destino incierto. Ella tampoco sabía qué podría conseguir en aquel lugar, ni cómo iba a hacerlo. Enzo le había contado que Rajiva era una mujer muy peligrosa, armada y, según sus propias palabras, «una zorra psicópata». No las tenía todas consigo, y palpó la pistola con disimulo. Respiró hondo mientras subía la plataforma de metal. Tenía que concentrarse para encontrar un sitio en el que poder hablar con aquella mujer a solas, sin que la detectaran los empleados del museo y la largaran de allí.

En el tercer piso, la oscuridad de los estrechos corredores la complació. Las celdas de piedra estaban iluminadas de forma tenue, para acentuar el dramatismo de modo que los visitantes pudiesen sentir el agobio claustrofóbico de los condenados en la época de los Borgia. Caminó despacio hacia la almazara y los viejos silos. Abrió la puerta de madera maciza: al fondo de la estancia abovedada, totalmente en penumbra, descubrió en el suelo una especie de vasijas enormes en las que se había guardado el aceite siglos atrás. Valentina miró a su alrededor. En aquel momento no había nadie visitando aquella zona. El frío y la prisa habían llevado al grupo de españoles hacia las plantas superiores, más interesantes y menos expuestas a la inclemencia de aquellos días. Miró hacia dentro de uno de los agujeros para comprobar la profundidad y se introdujo dentro de la vasija con sumo cuidado. Una vez dentro, se agazapó en el fondo. Quitó el sonido del iPhone y le envió un mensaje a Enzo comunicándole dónde estaba escondida. Luego cruzó los dedos para que nadie la encontrase allí.

Tras comprobar dónde estaba Valentina escondida, Enzo Ferreti subió a la recepción y esperó fuera, confundido entre algunos asistentes que comían canapés de bandejas dispuestas en mesas fuera de la sala Paolina. Cuando se cercioró de que el castillo estaba cerrado al público, entró en la habitación llena de gente muy animada, la mayoría cortesanos aduladores que buscaban ascensos o reconocimiento, pensó sin equivocarse. Tardó en encontrar a la hindú. Le hizo un gesto desde la puerta de la sala Paolina. La hindú conversaba con la mujer del alcalde y bebía champán de una copa dorada, que hacía juego con la profusión de finas cadenas, pulseras y anillos que llevaba sin ostentación. Al fin ella detectó su presencia y le lanzó una mirada entre burlona y cruel, o eso le pareció a Enzo, que notó cómo sus piernas temblaban ante el recuerdo de aquella tarada sobre él con el pequeño revólver apuntando dentro de su boca.

Las voces de los turistas habían desaparecido. Valentina cambió de postura al notar un hormigueo en la pierna derecha. De pronto, escuchó el eco de unos pasos. Se apretó todavía más contra la superficie lisa y curva al ver a través de la abertura el círculo de luz de una linterna que recorría las paredes de la estancia abovedada. La luz barrió el fondo de la vasija, rozando sus botas por milímetros. Valentina permaneció totalmente inmóvil y aguantó la respiración durante unos segundos interminables. Los pasos y la luz siguieron su camino, perdiéndose en la oscuridad. Pronto escuchó el chirrido de los goznes de la puerta al entornarse.

Respiró con alivio y se desentumeció. Luego, tras esperar un par de minutos, se decidió a salir de su escondrijo: alcanzó la abertura de un salto y se aupó a pulso con esfuerzo. Todo estaba oscuro y en silencio. Los empleados habían apagado casi todas las luces de la planta, y la actividad había cesado por completo en aquella zona del castillo. Valentina Negro se asomó al pasillo con cautela. Miró su móvil. Nada. Sigilosa y armada de paciencia, volvió a su escondite.

Rajiva se disculpó con sus acompañantes y avanzó hacia Enzo. Aquella jugada no pasó desapercibida para los ojos sagaces de Guido Barone, que observó en silencio cómo su bella aliada salía a encontrarse con el joven que la esperaba. Luego los dos desaparecieron, dejando a Barone ensimismado en sus pensamientos, la mirada perdida en la puerta por donde había salido la hermosa mujer.

Barone se acarició la barba canosa de dos días y sacó su

móvil. Rajiva llevaba siempre conectado un dispositivo que la tenía localizada para él. Sabía que uno de sus camellos había contactado con ella para entregarle un pedido, y que la recepción de ese pedido era urgente para poder aplacar el enfado del príncipe Nayef. No las tenía todas consigo. La había intentado convencer al principio de la recepción de que desistiera de hacer las cosas tan rápido. Pero la india era tozuda y, por lo visto, el dictador árabe la había intimidado lo suficiente como para que se moviera muy rápido. Barone la conocía lo suficientemente bien como para saber que aquel asunto necesitaba de su tutela estrecha.

El punto rojo no se movía muy lejos de donde él estaba. Barone escudriñaba la situación de Rajiva olvidando todo lo que le rodeaba, cuando una mano lo agarró por un brazo. Era Alessandro Marforio. Sus ojos graves, oscuros, lo taladraron con ansia febril.

—¿Qué sabes del asesinato de los dos chicos? Ya me he enterado de que ella apareció hoy por la mañana en el Cementerio Protestante. ¿La violaron? ¿Cómo murió? —Barone reconoció en su mirada el ansia perpetua de un cazador que no iba a desistir hasta que culminara su venganza.

El *vicecapo* de la policía negó con la cabeza. Sabía que Marforio había regresado de sus cortas vacaciones al conocer la noticia, tal era su inquietud por cualquier asesinato fuera de lo común de alguna joven que se produjese en la ciudad.

—Aún es pronto, Alessandro. No sabemos nada. Ranucci está inmerso en la investigación. Ni siquiera se han realizado las autopsias... En cuanto sepa algo, te lo comunicaré.

Marforio no disimuló un gesto de decepción.

—Ranucci lleva meses investigando el asesinato de mi hermana sin ningún resultado, Guido. Y ahora estos crímenes. Estoy convencido de que son obra del mismo hijo de puta, y quiero encontrarlo. Haré todo lo necesario. Cuento contigo, oficial y extraoficialmente, y pondré todo el dinero que haga falta. Así que aplícate el cuento. Sabes que desde el primer momento tengo hombres por mi cuenta para encontrar al asesino de mi hermana... y que no voy a esperar ninguna orden judicial.

—Tampoco han tenido demasiado éxito...

Barone conocía los procedimientos del empresario, y también su desesperación al haber gastado ingentes cantidades de dinero para no obtener ningún resultado. La muerte de Angélica Marforio seguía envuelta en las sombras desde el momento en el que salió del convento.

Marforio asintió.

—Por eso quiero cambiar de estrategia. Trabajemos juntos, Guido. A ti te viene bien una ayuda extra si no quieres que toda la opinión pública se te eche encima si ese hombre sigue actuando. A mí me viene bien una ayuda para atrapar al cabrón que mató a Angélica... Así que creo que nos vendría bien colaborar de una forma más estrecha.

—Bien —dijo Barone, después de unos segundos—, pero sin que Ranucci se entere. —Esbozó una sonrisa cómplice—. Ya lo conoces. Es un policía a la antigua usanza, muy celoso de los procedimientos reglamentarios... Podría montar una escandalera. Y eso no nos viene nada bien.

Valentina se movió para desentumecerse. El frío y la humedad estaban penetrando en sus huesos a pesar del plumífero que la cubría hasta la rodilla. Luego se asomó al corredor. Unas voces sonaban cada vez más cerca. Reconoció la cantarina y aguda voz de Enzo. La otra era una voz de mujer, que hablaba de forma rápida. Sacó la pistola, accionó la corredera y esperó pegada a la pared, conteniendo la respiración.

Rajiva observó a Enzo empujar la puerta sin disimular su desconfianza. Luego miró desde la puerta el interior de la sala en penumbra. Los ojos negros escrutaron a Enzo de una forma directa, helada, despacio, de arriba abajo, buscando algún gesto sospechoso.

Enzo logró dominar con gran esfuerzo su terror hacia la mujer. Con un ademán lánguido le quitó importancia a la expresión recelosa.

—Es el único sitio en donde se me ocurrió que el paquete podría estar a salvo. Con tanta policía rondando no me atreví a pasearlo por todo el castillo. No estoy tan loco, Rajiva... —Respiró hondo y señaló hacia el interior—. Está dentro de uno de los silos, perfectamente oculto.

Rajiva asintió y le hizo un gesto con la cabeza para que entrase primero. Luego atravesó la gruesa entrada de piedra.

Valentina permanecía entre las sombras, pegada contra la húmeda pared rugosa. Cuando vio entrar a Enzo se apretó más y empuñó la pistola con fuerza. El joven caminó hacia el centro de la estancia, dirigiéndose hacia los agujeros del suelo. Rajiva lo siguió, rebuscando en el bolso de mano.

De una patada entornó la puerta y levantó su pistola apuntando directamente a la cabeza de Rajiva. Esta leyó en la cara de Enzo un temor extraño y se dio la vuelta con rapidez, encarando el cañón del arma ante sus ojos. Valentina respiró hondo y dio un paso hacia delante, sujetando el arma con las dos manos.

—Contra la pared. Venga. Enzo, cierra la puerta. Rajiva, sube las manos, quiero verlas en todo momento.

Rajiva retrocedió, caminando de espaldas hacia el viejo muro de cemento. Su rostro reflejaba una mezcla de sorpresa e indignación. Lanzó una mirada de odio hacia Enzo, que procuraba apartarse de la línea de fuego con disimulo. Sin apartar la mirada de la pistola, comenzó a sisear entre dientes:

—Enzo, hijo de puta. Esta jugada me la vas a pagar. Lo sabes, ¿no?...

Valentina acercó la pistola a la mujer y la mandó callar con un gesto. Luego la observó con expresión severa durante unos segundos interminables.

—Deja en paz a Enzo. Ahora mismo él es tu menor problema. Vamos a tener una conversación «pacífica» tú y yo sobre Marta de Palacios. Quiero saber dónde está y qué habéis hecho con ella.

Rajiva permaneció en silencio, sin inmutarse, el semblante demudado. Valentina volvió a preguntar, la voz heladora y grave.

—Me vas a decir dónde está Marta, Rajiva. O te mataré. No tengo ningún inconveniente en volarte los sesos. Al revés... no soporto a la gente como tú.

La hindú pareció asustarse al ver que la trayectoria del cañón de la pistola recorría su cabeza y su pecho. Movió las manos en ademán contemporizador.

—Está bien, está bien. Quienquiera que seas... te voy a decir lo que sé. Yo no la tengo. Te lo juro. Se la llevaron.

—Ya. No la tienes. ¿La has vendido? ¿Qué has hecho con ella? —La pistola se acercó a la sien de Rajiva—. ¡Contesta!

—Absolutamente nada. Simplemente me la llevé para asustar a Enzo, pensaba liberarla al día siguiente, pero alguien la secuestró. Un tipo surgió de la nada y se la llevó por la fuerza.

Valentina evaluó la sinceridad de la mujer. ¿Marta dos veces secuestrada? Algo le decía que aquella historia que parecía absurda tenía al menos una parte de verdad. Se acercó y la agarró de un brazo con fuerza, mientras clavaba en su espalda la boca de la pistola.

—Está bien. Me vas a decir dónde fue y cómo. Me llevarás al sitio donde la tenías y me explicarás cómo fue el secuestro y cómo era el secuestrador. Así puede que me crea algo de lo que estás diciendo.

Rajiva asintió y dio unos pasos hacia la puerta. De repente, con la agilidad de un felino, se dio la vuelta y agarró a Valentina de la muñeca mientras la golpeaba con fuerza en la cara. Sorprendida, Valentina encajó la agresión pero no retrocedió, y rápidamente le devolvió el golpe con la culata de la pistola, pero la hindú esquivó el movimiento y, llena de ira, se lanzó a por el arma que sostenía la inspectora. Las dos forcejearon hasta caer al suelo, Valentina intentando sujetar la pistola, Rajiva doblando su mano con una fuerza sorprendente para que el cañón apuntara hacia el cuerpo de la policía. Al fin, con un esfuerzo tremendo, Valentina logró situarse sobre ella y lanzar un directo hacia la mandíbula de su oponente, que le dio un segundo de respiro. Aún sobre ella, logró asir la pistola de nuevo y empuñarla, mientras intentaba coger fuelle.

Buscó con la mirada a Enzo. Había desaparecido. El muy cabrón.

Rajiva emitió un quejido y abrió los ojos. Se llevó la mano a la mejilla. Valentina se incorporó con rapidez y apuntó a la mujer que permanecía en el suelo.

—Está bien. No más tonterías, Rajiva. Ahora quiero que te levantes despacio y te quedes completamente quieta.

Rajiva obedeció en silencio, tomándose su tiempo. Valentina intentó urgirla. No quería que nadie las descubriera allí dentro.

—Date la vuelta y pon las manos atrás.

Rajiva se giró. Valentina se acercó hacia ella dispuesta a sujetarle las manos con una brida. No vio cómo la hindú movía el pulgar de la mano izquierda hacia uno de sus anillos, accionando un minúsculo dispositivo. Un segundo de distracción, y la mano de Rajiva clavó con fuerza una fina aguja en el cuerpo de Valentina, que atravesó la ropa hasta alcanzar la piel. Notó al instante un dolor extraño y punzante en el abdomen. Sus ojos se nublaron. Intentó disparar, pero sus extremidades no respondían a pesar de que estaba poniendo toda su voluntad en dominarlas. La cara de Rajiva se desdibujaba ante ella, pero la sonrisa triunfante de su enemiga destacaba sobre todas las sensaciones agobiantes que la estaban sumiendo en un profundo estupor.

Se desplomó. Rajiva se abalanzó sobre la pistola, aferrándola con nerviosismo, y apuntó al cuerpo inerte de Valentina. No se movía. Bajó el arma y salió fuera, a cerciorarse de que no hubiese nadie cerca. Entró de nuevo, la cabeza todavía confundida por la adrenalina. Se acercó, cautelosa. Le dio la vuelta al cuerpo de Valentina hasta que estuvo boca arriba y bajó la cremallera del plumífero. Apartó la ropa de la policía para cerciorarse de lo que había sospechado. Tocó la piel blanca y suave con cuidado. Los pechos llenos, el vientre plano, terso. No necesitó mucho más.

Cogió su móvil y efectuó una llamada.

—Hiresh. Necesito que subas ahora mismo. Localízame en el tercer piso. Procura ser discreto.

Hiresh enseñó su acreditación en la puerta del castillo y subió a buscar a su jefa. Llevaba un buen rato aburrido dentro de la limusina, y ya estaba echando de menos algo de movimiento. Rajiva lo esperaba al lado de las celdas, con cara de severidad.

—Has tardado mucho... —Caminó hacia la estancia con paso rápido—. Ven. Ayúdame. Tenemos que sacarla del castillo. Si alguien nos pregunta diremos que está enferma y que la llevamos al hospital.

Hiresh entró en el silo y levantó sin problemas a una durmiente Valentina Negro. Luego bajaron hasta la puerta con parsimonia. Una pareja de vigilantes les preguntó qué ocurría, pero Rajiva no vaciló a la hora de explicar que una de las invitadas se había encontrado mal de repente y necesitaba ayuda médica.

Pronto estuvieron en la limusina. Mientras Hiresh conducía, la hindú ató y amordazó a Valentina en prevención de que pudiera despertar. Luego le hizo una foto con su móvil y la mandó. A los pocos segundos, sonó el teléfono.

Rajiva sonrió con perversidad.

—¿Qué te parece? Es una belleza española. En la foto no la ves en su mejor momento, pero tiene un cuerpo perfecto... Sí. Toda tuya por el doble de lo habitual... No protestes, sabes que lo vale. Perfecto... eso está mejor. Te la llevo ahora mismo. Haz lo que quieras con ella, pero hazla desaparecer de aquí cuanto antes.

Guido Barone vio que el punto rojo se alejaba del castillo de Sant'Angelo. Sin dudar un momento, se despidió de los asistentes a la recepción. Bajó de forma atropellada. Se le ocurrió preguntar a los policías de la entrada si habían visto salir a una mujer vestida con un sari. Lo que escuchó lo dejó petrificado. Barone no recordaba que nadie se hubiese indispuesto durante la ceremonia, ni tampoco durante los canapés... Volvió a pensar que Rajiva estaba cada vez más desatada, como si no le importase que pudiesen cogerla, amparada en la inmunidad diplomática. Poco a poco iba teniendo ideas propias y tomando iniciativas sin consultarle, y a Barone esa libertad le estaba empezando a asustar. No podía permitir ningún error. Su negocio estaba organizado con mano de hierro, con la ventaja de tener información privilegiada desde su puesto oficial. Y los desvaríos de su amante empezaban a resultar muy molestos.

Mientras se dirigía hacia su BMW llamó a Rajiva, que no contestó al teléfono. Cuando alcanzó el vehículo, jadeando, vio a un joven moreno, de pelo ensortijado, que lo seguía a grandes pasos. Apuró hasta ponerse al lado de la puerta del conductor. El chico lo llamó a gritos. Barone se detuvo, sin saber qué hacer. A lo peor aquel tipo no tenía buenas intenciones.

Enzo se acercó y le hizo un gesto tranquilizador desde una distancia prudencial. Sabía, más o menos de oídas, que en su puesto de *vicecapo* de la policía era el personaje llamado «Il Padrone», y también que en cierto modo era el jefe directo de Rajiva. Aquel hombre era el único nexo que se le ocurría para detener a la hindú. Así que decidió jugarse el todo por el todo y contarle atropelladamente lo que había ocurrido.

Barone escuchó parte de la historia dispuesto a negarlo todo, pero la constatación de que Valentina era policía disparó todas las alarmas de su cerebro. Empezaba a darse cuenta de los planes de Rajiva. Tenía que detenerla antes de que toda la pasma española estuviese metiendo las narices en sus negocios y sacándolos a la luz sin venir a cuento. Guido Barone, sin pensar más, hizo un gesto a Enzo y ambos subieron al coche. Colocó el móvil en el dispositivo del parabrisas para no perder el rastro y se sumergió en el caótico tráfico de la Roma nocturna.

Capítulo 44

Lúa se mueve

La Coruña, Audiencia Provincial,
jueves, 16 de febrero de 2012, 17.30 h,
segundo día del juicio

Sara Rancaño se irguió en su asiento tras la mesa y echó el cuerpo hacia delante, lamentando que su ajustado traje de chaqueta de raya diplomática de una *boutique* exclusiva quedara oculto por la toga. Miró al fiscal con indignación. Una de las chicas que se prostituía acababa de declarar que estaba segura de que Mendiluce controlaba y organizaba las fiestas en las que había comercio sexual con chicas menores de edad. «La mayoría se celebraban en su mansión, ¿cómo no iba a saberlo?», dijo.

El fiscal Griñán siguió apretando a la testigo de cargo:

—Así pues, Mendiluce estaba al tanto de todo, ¿no es así? —Y sin esperar respuesta continuó—: ¿Y usted y sus compañeras fueron forzadas a tener comercio sexual con los..., digamos, invitados?

—Desde luego —contestó la joven con ansiedad—. Sabíamos que si desobedecíamos corríamos el riesgo de aparecer una mañana con la cara cortada, o quizá muertas. Delgado lo dejó muy claro muchas veces.

La abogada de Mendiluce al fin estalló:

—¡Señoría! No hay ninguna prueba de que mi cliente tuviese conocimiento de que en su casa se celebrasen fiestas con menores, ¡y mucho menos de que estas estuvieran amenazadas de muerte o de algún otro modo coaccionadas! El fiscal está dirigiendo a la testigo, señoría. La testigo habla de oídas, ¿qué evidencia hay que apoye sus palabras? Ha quedado probado en el interrogatorio del acusado que él se ausentaba muchas veces de su casa de Mera, y dado que confiaba plenamente en su secretario, el señor Delgado, por desgracia ya fallecido, el acusado no tenía por qué saber todo lo que sucedía allí durante su ausencia.

Griñán, aunque sorprendido por el proceder de Rebeca hasta ese momento, esperaba que en este caso reprendiera duramente a la abogada. ¿No estaba interrogando él? Si no le gustaban sus preguntas era su problema. ¿Se creía Rancaño que estaba en una película de juicios americana?

Pero para su consternación, lo que escuchó no era lo que quería oír.

—Estoy de acuerdo; señor fiscal, no dirija a la testigo; limítese a preguntarle. Continúe.

Rebeca de Palacios miró a Griñán por encima de las gafas con expresión severa y luego bajó la vista para clavarla en unos papeles que tenía encima de la mesa. Lúa Castro se revolvió en su asiento, asombrada, mientras cerraba con fuerza su libreta de notas. La magistrada De Palacios había mostrado desde el primer segundo un comportamiento extraño, pero aquello pasaba ya de castaño oscuro. A su juicio, el fiscal Manuel Griñán también intentaba disimular su sorpresa, o eso podría inferirse de su lenguaje corporal, pero a duras penas podía reaccionar. Lúa se incorporó en la silla para mirar a Mendiluce, que había adoptado una expresión santurrona y abiertamente cínica, mientras parecía disfrutar de la actuación de la magistrada como un invitado que asiste a un espectáculo dado en su honor. De Palacios parecía dispuesta a boicotear todas las iniciativas del fiscal para acorralar al empresario con una insistencia inquebrantable. La periodista miró a su alrededor para cerciorarse de que no era ella sola la que estaba boquiabierta. La fama de la magistrada era la de ser una verdadera maza contra la corrupción. Desde que comenzara ayer, el juicio era una balsa de aceite para la abogada de Mendiluce, igual de dispuesta a lucir su cuerpo y su traje de teleserie americana que a demostrar a su cliente que el caso lo llevaba bien preparado y que lo iba a defender con uñas y dientes.

Lúa notó la vibración dentro de su bolso y rebuscó para ver cuál de sus dos teléfonos era el que estaba sonando. Era el personal. Cuando vio la llamada de su amigo Mario Conti abandonó la sala furtivamente.

Un rato después salió del edificio de los juzgados a toda prisa. Quería ver cuanto antes en el ordenador de la redacción las fotos que le había mandado Conti. Antes de salir había mirado por última vez al estrado. El fiscal todavía estaba mudo, como si ese día se hubiera conjurado para convertirse en una pesadilla.

La Coruña, sede local de La Gaceta de Galicia

—¿Qué te parecen, jefe?

Lúa escrutó la cara de su jefe con ansiedad.

El hombre se acarició la barbilla, los ojos brillando de puro interés. Se los frotó, y volvió a mirar la pantalla del ordenador.

—Joder. ¿Son los asesinatos de Roma? ¿Cómo has conseguido las fotos?

—Mario, un colega. Estaba de corresponsal en Madrid, en *Il Giornale*, ¿recuerdas?

—¿El milanés moreno que estuvo unos días por aquí? Sí, me acuerdo. —Señaló la marca en la pantalla—. Estas fotos son policiales... debe de tener muy buenas fuentes tu amigo, desde luego. Las voy a imprimir.

Lúa cogió las fotos impresas y los dos las analizaron en silencio. Luego la miró. Ella retorcía con nerviosismo la manga de su blusa de seda.

—Jefe, quiero unos días libres. Sé que no hay mucha gente, pero el juicio de Mendiluce lo quería llevar Maca y podría asignarla... Este caso puede darnos mucho juego, después del enorme interés que suscitó el caso del Artista en toda Galicia y España, ¿no cree?

Él levantó las manos para calmar la urgencia.

—Lúa, entiendo que tu investigación sobre el Artista ha sido muy importante para tu carrera. Pero te recuerdo que Del Valle ya está muerto, así que si vas a seguir este caso tienes que darle un nuevo enfoque, no quiero volver sobre los viejos clichés.

—Jefe, ya sé que el Artista está muerto, ¡gracias a Dios! Pero aquí hay una historia muy potente. El público se morirá por leer una nueva historia de un asesino que también hace este tipo de «cosas» —dijo subrayando esta última palabra—. No se apure, buscaré un enfoque original. Tengo días de compensación. No libro desde hace un mes... El martes de carnaval es festivo, además...

Los ojos verdes y acuosos de la periodista adoptaron una mirada suplicante e irresistible que llegó al corazón de su jefe. Sabía que tenía razón. Aquellas fotos eran una bomba. La enviaría a cubrir la noticia de los crímenes en Roma. La había contratado porque siempre iba más allá que los demás en todas las facetas de la vida, y nunca le había defraudado. Su libro, además, era un éxito de ventas, lo que le venía de perlas a *La Gaceta*. La firma de Lúa Castro estaba ahora muy cotizada. Una investigación sobre un nuevo «monstruo» asesino que mataba de modo «especial» —como había hecho el Artista— capturaría enseguida el interés de miles de lectores. No perdía nada por mandarla a Italia, en una época en la que solo el juicio de Pedro Mendiluce ofrecía alguna noticia interesante a los lectores.

—Está bien. Cógete unos días. A cuenta del periódico. Olvida el juicio, tienes razón. Se lo daré a Maca... No te pases con el hotel, guapa —dijo, iniciando una mueca que pretendía ser severa—. No estamos para mucho dispendio.

Lúa preparó la maleta con rapidez. Mucha ropa de abrigo, el invierno romano estaba siendo inusualmente frío. Mientras recopilaba jerséis, abrigos y botas altas, una idea empezó a rondarle la cabeza una y otra vez. Aquellas fotos...

Volvió a mirarlas una por una. Las escenas del crimen no eran exactamente iguales a las que había dejado el Artista, pero la sensación de *déjà vu* era cada vez más poderosa. Sabía que no podía volver a emplear el mismo estilo y enfoque que había utilizado para sus artículos y su libro sobre el asesino, pero sintió un escalofrío igual al que vivió con los crímenes de aquel. Mientras escribía *El Artista* había estado en contacto con Javier Sanjuán, el criminólogo que investigó el caso y ayudó a la policía a descubrir al asesino. Sanjuán la ayudó a regañadientes a escribir el libro. Se caían bien, se hicieron amigos, así que hizo de tripas corazón por ella de manera desinteresada. Por alguna razón, recordar el caso no era de su agrado, a pesar de haber sido una pieza crucial a la hora de su resolución. Sin embargo, era necesario que Sanjuán viese aquellas fotografías... Tendría que vencer su reticencia de nuevo. ¿Lo llamaría por teléfono? No. Había llegado a conocerlo bien. Con Sanjuán era mejor la política de hechos consumados. Su olfato criminológico no podría evitar la curiosidad ante aquel criminal tan especial... Ahora solo quedaba encontrarlo. Lúa cogió el teléfono e hizo un par de llamadas.

Manuel Griñán llamó de nuevo a Rebeca de Palacios. Seguía sin cogerle el teléfono. Todo aquello le estaba desquiciando. No la reconocía. El juicio había terminado su segundo día, y aquello se estaba convirtiendo en un paseo para la presuntuosa abogada de Mendiluce. La voz de Rebeca resonaba en su cerebro una y otra vez, como los ladridos profundos de un pit bull: «¡No procede!». «¡Improcedente!» Cada pregunta suya destinada a hacer que el empresario se pudriera en la cárcel era boicoteada sistemáticamente por Rebeca con una especie de ansia feroz.

Miró la pantalla de su móvil con desesperación. Desde luego, allí estaba ocurriendo algo extraño. Su trabajo de meses se estaba escurriendo entre los dedos y no podía permitirlo. Pero contactar con Rebeca parecía totalmente imposible.

Alicante, bahía de Jávea, pub Montgo di Bongo, 23.30 h

Marisa se acercó, bailoteando, divertida ante la expresión adusta de Sanjuán.

—Javier, ven a bailar. Deja esa cara de acelga y dale alegría al cuerpo, hombre. ¡Vamos a bajar la cena, venga!

Sanjuán arqueó una ceja y negó con la cabeza. Aquella música tecno lo ponía de los nervios. Tras finalizar las clases había ido a Jávea a pasar el fin de semana y concentrarse para terminar su último libro y escribir varios temas para un máster de la Universidad a Distancia, pero, como siempre, sus amigos lo habían liado para salir a cenar y a tomar una copa. Bebió un sorbo de un cóctel que el dueño del Montgo le había recomendado y lo encontró demasiado dulzón. Desde luego, no era su noche. Hacía frío, a pesar de que el invierno en Jávea estaba siendo seco y agradable. Y tenía mucho trabajo pendiente para beber de más y arriesgarse a una buena resaca que le impediría concentrarse bien.

—Paso de bailar. Ya sabes que no es lo mío... Me voy a fumar un cigarro fuera, Marisa. Necesito un poco de aire fresco. A ver si cambian la música. Parece que estemos en el medio de la ruta del bacalao.

Sanjuán encendió un Benson y expulsó el humo con placer, relajándose. Decidió dar un pequeño paseo. La bahía estaba en calma, iluminada por el pequeño gajo de la luna menguante. Las olas acariciaban la playa de piedras, invitando al paseo a pesar de la humedad. Suspiró. Sin duda, aquello era el paraíso, aun en invierno.

Unos tacones repiquetearon cerca de la puerta del pub y

pararon detrás, rompiendo la calma. Sanjuán se dio la vuelta, lleno de curiosidad.

Los ojos verdes de Lúa Castro reflejaron la quietud del mar, pero Sanjuán, una vez que procesó su presencia, después de unos segundos larguísimos, pudo intuir en ellos la promesa de un gran desasosiego.

Capítulo 45

El Íncubo

Pelo azul, pabellón de extendidas tinieblas,
me volvéis el azul de un cielo inmenso y vasto;
en los rebordes tenues de delicadas hebras,
me embriago ardientemente de sentidos confusos,
del aceite de coco, del almizcle y la brea.

Le Chevelure, CHARLES BAUDELAIRE

Provincia de Roma, puerto de Civitavecchia,
viernes, 16 de febrero de 2012, 00.10 h

El capitán Vasily Kruk se asomó a cubierta del Íncubo. Aspiró con fuerza el olor a mar y a salitre, a algas, a podredumbre y contaminación. Lio un cigarro con parsimonia con los dedos amarillentos de años de nicotina, y lo dejó humedecerse entre los labios durante un rato. Lo encendió al fin y caminó por cubierta. Hacía un frío endiablado, y la congelada brisa marina no ayudaba. Se encasquetó el gorro de lana gruesa hasta las cejas pelirrojas, ya adornadas por alguna cana, y se subió el cuello del abrigo para que le cubriese algo la cara. Kruk era un hombre curtido en vodka y hielo, toda su vida acostumbrado a las inclemencias de un mar siempre impredecible y amenazador, pero el tiempo no pasaba en balde, y aquellos días habían sido singularmente malos.

Había niebla. Las bocinas de los transatlánticos sonaban en lontananza, el sonido se acercaba o alejaba según la dirección del viento. Kruk tiró la colilla al mar y se asomó para otear la carretera. Esperaba la llegada de una limusina al escondrijo en donde se habían resguardado, un viejo pantalán abandonado al lado de una fábrica de celulosa. A lo lejos vio unos faros acercándose con rapidez.

Abrió la puerta metálica y descendió a hablar con el oficial para ver si ya estaba todo preparado con objeto de salir hacia Libia.

Lúa y Sanjuán se sentaron frente al mar en el bar de copas La Esquina, célebre por sus gin tonics y el inimitable cóctel Cosmopolitan. Era el comienzo del puerto, Duanes de la Mar, y la terraza que durante el verano estaba llena de gente, ahora parecía desmadejada y solitaria, esperando mejores tiempos. Javier Sanjuán se sintió abrumado. Ver a Lúa le había traído recuerdos que había preferido esconder en algún lugar remoto de su cerebro.

—No, Lúa, no quiero verlas, no insistas. En este momento estoy muy liado, tengo mucho trabajo. He venido a Jávea a concentrarme y a despejar la mente.

Sanjuán miró hacia sus vaqueros y se quitó inconscientemente un poco de ceniza de cigarrillo. Lúa se dio cuenta de que estaba más delgado que la última vez que lo había visto, hacía varios meses ya. Incluso algo demacrado, pensó. Seguía conservando su encanto y su elegancia casi gatuna, pero parecía distinto, más cínico, e incluso la voz... parecía tener un toque más vulnerable. Lúa ya contaba con la negativa de Sanjuán, así que no se amilanó. Abrió su pequeño maletín y sacó el iPad sin hacer caso de la aprensión del criminólogo.

—Tengo un presentimiento, Sanjuán. Solo quiero que las mires durante un instante y me digas lo que piensas sobre la escena del crimen. Luego, me iré a Roma y te dejaré tranquilo. Lo prometo.

Sanjuán la miró con sus grandes ojos castaños durante un momento, pero la voz cándida de Lúa no le engañó ni por un momento: sabía que la periodista podía seguir una noticia hasta el infierno, y él no tenía ninguna esperanza de que un «no» suyo la desalentara. Luego sacó las gafas de pasta y un cigarrillo. En fin, Lúa había recorrido más de mil kilómetros para verle. No podía decepcionarla.

—No te importa que fume, ¿verdad?

Lúa se encogió de hombros y encendió la pantalla del iPad. Luego buscó las fotografías. Se las mostró.

Sanjuán sintió cómo un nudo espeso y duro se instauraba en su pecho al ver el cuerpo de Paola. Era una muñeca pálida y blanquecina, envuelta en telas níveas, retorcidas, las manos sujetándose el pecho, la cabeza contorsionada en lo que parecía un espasmo de dolor sin fin. Dos angelotes de yeso, de los que se usaban para manualidades, colgaban de una tumba, sonriendo a la muerte. Era una estatua de Bernini, no recordaba el nombre. Estaba en una iglesia de Roma... Siguió pasando fotos. No le costó reconocer a san Sebastián en el cuerpo asaeteado de Stefano. El cuerpo sin vida de Eleonora también era la representación de una estatua religiosa, pero tampoco recordaba el nombre.

Arte. Muerte. Su cabeza empezó a moverse, negando. Levantó la vista, harto de tanto horror. Su cigarrillo se había consumido, así que buscó otro. El Artista estaba muerto, o eso pensaban todos. Solo unas cuantas personas sabían la verdad. Y Lúa Castro no estaba entre ellas, a pesar de haber escrito un libro sobre el caso.

Lúa lo escrutó con la mirada. Sanjuán era poco demostrativo, pero los ojos parecían traslucir un dolor contenido, algo harto extraño para alguien que estaba acostumbrado a diseccionar escenarios macabros.

Al fin se decidió a hablar.

—Déjame pensarlo. Si voy tengo que arreglar algunas cosas... ¿Cuándo sale tu avión?

—Mañana por la tarde, desde el aeropuerto de Manises. Hay dos billetes... —Lúa no pudo evitar una ligera sonrisa.

—Bien —suspiró mientras sonreía, casi vencido—. Dos billetes, muy previsora. Voy a consultarlo con la almohada. Mañana por la mañana a primera hora te llamaré. Mándame las fotos al correo. —La cara de Lúa se iluminó durante un segundo—. No esperes nada, Lúa. Hay cosas que es mejor olvidar.

Pero cuando se despidieron, Sanjuán ya había asimilado que, por una razón que no llegaba a comprender, esos crímenes le llamaban a él, como si el pasado exigiera un nuevo sacrificio en horror y misterio.

Rajiva vio al fin el puerto de Civitavecchia, sus transatlánticos, los barcos pesqueros, los mercantes. Observó con atención durante unos segundos el cuerpo de Valentina, que continuaba inerte en un lado de la limusina, y no pudo evitar sonreír, satisfecha. Hizo un par de llamadas y luego marcó el número del príncipe Nayef para buscar una pronta reconciliación. Sí, le ingresaría parte del dinero esa misma noche. Haría lo posible para resarcirlo cuanto antes. Sí, muy pronto le conseguiría otra jovencita, no habría problema...

La sangre de la hindú corría por sus venas como fuego. Aquella zorra española iba a pagar caro su atrevimiento. Miró hacia atrás, para cerciorarse de que todo iba bien. Nadie los seguía. La carretera estaba desierta. A los lados aún se podían ver montículos de nieve detrás de las verjas que cercaban naves industriales y enormes grúas. Cuando llegaron al viejo pantalán y comprobaron que estaba todo desierto, Hiresh detuvo la limusina a una distancia prudencial e hizo señales luminosas con los faros. Al momento, una luz en el mercante les respondió, parpadeando dos veces.

El chófer acercó el vehículo con lentitud hasta el Íncubo y se detuvo a la altura de la pasarela.

Rajiva salió, cubriéndose con un abrigo hasta los pies.

Caminó hasta el borde. A los pocos segundos, Vasily Kruk bajó por la pasarela con grandes zancadas de sus botas, alumbrando sus pasos con una linterna. Se detuvo a pocos pasos de la india y la miró con satisfacción. Luego la agarró por los hombros y, al final, la apretó con un abrazo de oso.

—Tenía ganas de verte. —Su acento eslavo rascó el frío con rudeza—. ¿Qué tienes hoy para mí? ¿La mercancía es tan buena como para tanta precipitación?

—La mercancía está dentro del coche. Puedes comprobar el género por ti mismo...

Kruk se asomó dentro de la limusina y lanzó un largo silbido. Lástima que el trayecto hasta Túnez no fuese muy largo para poder disfrutarla más. Pronto vio que la rehén no era de las típicas que solía traerle Rajiva. Salió del coche y se acercó a ella, con una expresión de perplejidad que no le pasó desapercibida a la mujer.

—No preguntes —dijo secamente—. Procura que llegue en buenas condiciones a Trípoli. —Le guiñó un ojo—. De todos modos, ya sabes, puedes catar el material. Es de primera clase, te lo puedo asegurar. Una piel blanca y perfecta. Un cuerpo magnífico. Han pagado mucho dinero por ella. Mientras no dejes marcas... —Imaginarse aquella escena provocó en la mujer un espasmo de placer que recorrió por entero su cuerpo.

El agente de la Polizia Stradale los saludó con cortesía.

—El radar dice que usted conducía a una velocidad de doscientos kilómetros por hora. El límite de velocidad en autopista es ciento cincuenta...

Guido Barone apretó con fuerza el volante y consiguió esbozar una sonrisa a duras penas. Luego rebuscó la documentación en la guantera mientras Enzo permanecía en silencio en el asiento del acompañante, pálido como un muerto. El *vicecapo* le enseñó el interior de su billetera y esperó unos segundos. La cara del agente mutó de seriedad a estupefacción.

Minutos después, el BMW continuó su marcha hacia las luces de Civitavecchia a toda velocidad.

La manta que cubría la cabeza de Valentina apestaba. Aquel olor nauseabundo la estaba ahogando. Eso pensaba mientras la llevaban en volandas hacia las profundidades del mercante. Ya hacía un buen rato que estaba despierta, y había escuchado las conversaciones de aquella trastornada con atención. Por lo visto, la iba a vender por una considerable suma de dinero. El corazón de Valentina latía a toda velocidad. No podía dejar de preguntarse cómo había sido tan ingenua. Enzo la había prevenido contra la india una y mil veces, pero ella la había subestimado. Y ahora estaba metida en un barco en manos de traficantes. Tenía que salir de allí antes de que el barco zarpara o estaba perdida. Desaparecería y nunca más sabrían de ella. Su padre, su hermano... y Marta de Palacios. Marta. ¿Habría corrido la misma suerte que ella?

Procuró permanecer inmóvil mientras la arrojaban sin miramientos sobre un catre todavía más maloliente que la manta. Luego escuchó una puerta cerrarse y pasos que se alejaban sobre el suelo metálico. Cuando se hizo el silencio, Valentina se sacudió hasta lograr quitarse la manta de encima y poder analizar su situación de una manera fría.

El camarote estaba en penumbra. Solo una luz de emergencia sobre la puerta lo iluminaba. Era pequeño, desvencijado. Las pareces parecían supurar óxido. Se incorporó en el catre. Vio que sobre su cabeza colgaban unos grilletes de la pared: no le costó demasiado pensar que era allí donde mantenían a la gente prisionera. Se dio cuenta con asco de que el colchón estaba sucio y pegajoso, pero no tenía tiempo que perder. Intentó quitarse las ataduras. Estaban muy apretadas. Sus dedos tantearon los nudos marineros con delicadeza hasta encontrar un punto débil. Apretó hasta hacerse daño y consiguió aflojarlos. No lo suficiente.

Escuchó ruidos arriba, en el puente. Tenía que darse prisa o no lo iba a contar.

Valentina recordó que llevaba una navaja escondida a la altura de los tobillos. Nadie hasta ahora se había molestado en registrarla una vez le hubieron quitado su pistola. Al lado de la litera había un viejo lavabo que se caía a trozos. Se tiró al suelo, apretó los dientes para obviar el dolor de las rodillas al caer y se arrastró hasta un trozo de hierro podrido de herrumbre. Empezó a frotar las ligaduras con desesperación hasta que el sudor empapó todo su cuerpo.

Rajiva se pasó la lengua por los dientes, pequeños y brillantes. Siempre había sentido una atracción salvaje por aquel ruso de semblante de piedra. Pero decidió que esa noche iba a liberar sus emociones más básicas. Ya no era capaz de controlarse, ni tampoco quería. Lo agarró de la nuca y lanzó su boca contra la del capitán, en un gesto brusco y salvaje. La sorpresa de Kruk duró solamente unos segundos. Él había notado desde el principio los gestos sensuales de aquella mujer que se insinuaba como una perra, pero no se había atrevido a hacer ningún avance. Pero aquello lo cambiaba todo. La agarró del largo cabello negro y empezó a devolverle el beso con la misma fiereza, sin dejarla respirar.

La tiró sobre el capó de la limusina y le subió el largo sari con violencia. Los gemidos de Rajiva subieron de intensidad al notar el miembro del capitán abriéndose paso dentro de su cuerpo como un cuchillo.

Hiresh, el chófer, aunque muy acostumbrado a los arrebatos inexplicables de su jefa, no quiso ver más y pasó, avergonzado, a la parte de atrás de la limusina.

El oficial del Íncubo, Dario Bertolli, vio desde el puente cómo el capitán empezaba a follarse a aquella fulana sobre el capó de la lujosa limusina. Se asomó para ver mejor: Bertolli llevaba dos meses sin echar un polvo. Ni con una miserable prostituta. Notó como su erección se hacía evidente al momento, dolorosa y urgente dentro de sus calzoncillos. Sacó la petaca del bolsillo del abrigo y bebió un largo trago de vodka barato.

Hacía un rato había bajado a aquella mujer atada al camarote, la había sentido entre sus manos, el cabello negro y sedoso, el aroma que despedía su cuerpo. Cuando vio a Rajiva arrodillarse para chupársela al lado del coche, Bertolli perdió el control. El capitán iba a estar ocupado un buen rato, así que a nadie le importaría que fuese él quien estrenara a la nueva inquilina... Total, durante el viaje iban a poder disfrutarla todos, como en otras ocasiones...

Bajó con disimulo por las escaleras metálicas, sin hacer ruido. El resto de la tripulación estaba en sus puestos esperando la orden de zarpar. Nadie notaría su ausencia durante un rato.

Valentina tiró con fuerza de sus ataduras en vano. Seguían clavadas en sus muñecas a pesar de la fricción. La mordaza la estaba ahogando y tuvo que parar durante unos segundos.

Escuchó pasos fuera del camarote. Intentó subirse al catre, pero no fue lo suficientemente rápida. La puerta se abrió y un hombre alto, grueso, completamente rapado al cero, apareció ante sus ojos. Cerró la puerta y se apoyó en ella, mirándola con expresión de burla.

—¿Qué querías, amiguita? ¿Escapar?

Se acercó a ella con lentitud, acechándola. Valentina ahogó una exclamación de asco. Podía leer perfectamente lo que aquel hombre quería de ella en sus gestos y su mirada. Se echó hacia atrás todo lo que pudo, intentando poner distancia. Inútil.

Bertolli la agarró por el plumífero e intentó incorporarla. Una vaharada de olor a alcohol inundó las fosas nasales de Valentina al acercar su cara. Ella se resistió como pudo, con rabia, pero él era muy fuerte. Sin esfuerzo aparente, la tiró sobre el catre y sacó una navaja. La puso en la mejilla de Valentina, quien permaneció inmóvil a duras penas, mientras el hombre le subía el jersey y la camiseta, dejando el sujetador al descubierto. Lo cortó por el medio. Su mano izquierda, grande y áspera, recorrió los pechos de Valentina con lentitud, acompañando el goce de cada centímetro con una respiración cada vez más jadeante y pesada. Ella se estremeció de asco, pero la navaja clavada en el cuello la disuadió de hacer ningún movimiento.

—Te voy a explicar cómo funciona esto. Tú te portas bien conmigo, yo me porto bien contigo... No quiero hacerte daño. Solo quiero que disfrutemos juntos.

Los ojos de Valentina se abrieron. Asintió, respirando fuerte a través de la mordaza.

—Así me gusta. Muy bien, veo que me entiendes perfectamente. Déjame hacer. Quiero que te excites. Ahora te voy a quitar la mordaza, quiero ver esa boquita...

Valentina respiró con ansia cuando la navaja cortó la tela que la amordazaba. El hombre la miró con admiración y deseo incontenible. Luego acercó sus labios y la besó profundamente, gimiendo, mientras sus manos recorrían todo el cuerpo, apretando con fuerza las nalgas. Bertolli no pudo más y se subió al catre, sobre ella, que se retorció intentando evitar el abrazo. Volvió a tirar de sus ligaduras con absoluta desesperación, hasta que se le clavaron en la piel. Esta vez notó como empezaban a ceder.

Barone sacó la pistola del bolsillo y bajó del coche. Cuando vio a Rajiva arrodillada y al capitán agarrándole la cabeza, entró en cólera. Pensó en acabar con aquella loca allí mismo, pero se contuvo a duras penas.

Levantó la pistola y apuntó entre los ojos de Kruk. El capitán lo vio y su erección desapareció al instante. Rajiva notó que algo pasaba y se dio la vuelta. Se levantó con rapidez, con la boca abierta por la sorpresa.

—¿Dónde está la chica? La quiero ahora mismo —dijo Barone.

Rajiva le clavó una mirada asesina.

—La he vendido para pagarle al príncipe Nayef. Ya que

tú no me has ayudado, me he buscado la vida de alguna forma...

—¿Dónde está?

El grito hosco hizo que Kruk levantara más los brazos. Conocía a Barone, sabía que era capaz de matarlos allí mismo. Hizo un gesto hacia el barco.

—Está en el camarote de siempre, Barone. Atada y amordazada, pero por ahora, intacta.

Barone hizo un gesto a Enzo, que permanecía al lado del BMW, agazapado.

—Enzo. Hay una pistola en la guantera. Cógela y vigílalos mientras yo entro en el barco. Si me pasa algo, les pegas un tiro. A los dos.

Rajiva lo miraba, estupefacta. Había vendido a muchas chicas. ¿Qué pasaba con aquella zorra española? No pudo evitar hacer la pregunta, tenía que saberlo.

—¿Qué cojones te pasa con esa mujer? ¡Hemos hecho esto muchas veces, Guido!

—¡Es una inspectora de la policía española, joder! ¿Te das cuenta de lo que estás haciendo? ¡Estás metiendo a toda la pasma de España en nuestros puñeteros negocios! ¿Por qué no me preguntas antes de hacer nada?

Barone la fulminó con odio cerval. Aquella puta le había puesto los cuernos con un cabrón desgraciado, no se lo iba a perdonar nunca. No es que la amara, pero no le gustaba compartir a sus mujeres, y menos con un tipo como aquel.

Luego dio la vuelta y se dirigió hacia el barco con la pistola en la mano.

Valentina sintió que las cuerdas cedían. El marino al final se apartó. Sacó la petaca y le dio un largo sorbo al vodka.

—Quiero follarte. Venga. Antes de que venga el capitán... —La navaja cortó las ligaduras de las piernas de Valentina. El hombre intentó bajarle los pantalones con precipitación.

Uno de los puños de Valentina Negro impactó con brutalidad en la nariz de Bertolli. Pudo escuchar el crujir de los huesos. El marino se llevó las manos a la cara, muerto de dolor. A continuación la bota de la inspectora se clavó en los testículos y él cayó al suelo, gritando.

Valentina corrió hasta la puerta e intentó abrirla, pero Bertolli se estiró para agarrarla por las piernas hasta hacerla caer. Los dos rodaron en un abrazo brutal. Al fin, el marino consiguió subirse sobre ella, que estaba de espaldas, y rodearle el cuello con su brazo izquierdo, apretando la presa con sus músculos de hierro. Valentina intentó clavarle las uñas en el brazo, pero el hombre cada vez apretaba más y más. En medio de su asfixia percibió que la mano libre del marino luchaba por bajarle los pantalones de nuevo.

—¡Ahora te voy a follar por el culo, zorra! Mientras te ahogas, te voy a joder viva, por haberme roto la nariz... ¡Lo vas a pagar muy caro!

La cara de Valentina estaba ya de color púrpura, a punto de perder el conocimiento, sus músculos dejaron de luchar. No podía respirar. No podía más.

Un disparo retumbó en la pared del camarote y, un segundo después, Valentina notó sorprendida que podía volver a respirar, al tiempo que su agresor se derrumbaba sobre ella, inerte. Luego, un hombre muy bien vestido, moreno, la agarró con suavidad y la ayudó a tenderse en el suelo.

Cuando consiguió recuperar la respiración, su rescatador la hizo incorporarse, mientras admiraba ese cuerpo dolorido pero extraordinariamente hermoso.

—Ahora está a salvo, créame.

Capítulo 46
Revelación

Jávea, apartamento de Javier Sanjuán,
viernes, 17 de febrero de 2012, 6.30 h

Javier Sanjuán abrió la puerta de la terraza de su apartamento. El olor a cigarrillo apestaba su despacho, así que obvió la brisa helada y salió a despejarse al frío del amanecer. Venus y Júpiter brillaban aún en el cielo, antes de que los primeros rayos inundaran la bahía sumida en el silencio invernal.

Unos minutos después, ya con la mente más clara, respiró hondo y volvió a entrar. Fue a la cocina y se hizo un café solo. Se encaminó hacia el despacho, con el ánimo renovado y dispuesto a terminar la tarea que se había propuesto durante la noche.

Sopló para enfriar el café y le dio un sorbo. Sus ojos leyeron de nuevo el título de uno de los artículos de prensa que le había dejado Lúa. «Il Mostro di Roma.» Movió la cabeza con pesadumbre. Al principio se había mostrado algo escéptico, pero poco a poco, mientras analizaba los datos que habían llegado hasta sus manos, la impresión de que aquellos casos podían ser perfectamente obra del Artista se hizo más y más poderosa en su mente. Se pasó la mano por la cara y se frotó los ojos. Tres víctimas en una semana, dos mujeres y un hombre, dispuestos en lugares públicos. Se decía que la hermana de un importante empresario podía haber sido la víctima del mismo asesino, aunque no había datos suficientes en la prensa sobre el crimen de Angélica Marforio para que él pudiese cotejar de alguna manera aquel otro suceso.

Sanjuán creía haber encontrado las fuentes de inspiración para Il Mostro di Roma. Las dos mujeres imitaban sendas estatuas barrocas bastante conocidas. El chico recreaba la figura de san Sebastián, el centurión romano asaeteado. Si en efecto era el Artista (y Sanjuán tenía ciertas dudas, especialmente por las heridas que Morgado había sufrido durante aquel día infausto), había experimentado una especie de evolución iconográfica hacia la religión católica. El porqué, no lo sabía aún.

También cabía la posibilidad de que el asesino fuese un imitador: a veces las hazañas de los psicópatas trascendían sus propios países y, además, el libro de Lúa Castro había contribuido a popularizar la figura de aquel asesino fuera de las fronteras españolas.

Repasó de nuevo las fotografías y los apuntes que tomó durante la noche. Las había enumerado y clasificado.

La primera víctima, Eleonora, representaba a *El martirio de santa Cecilia*, una escultura de Stefano Maderno, que estaba en la iglesia de Santa Cecilia en Trastévere, Roma. El cadáver de Eleonora era una imitación bastante acertada de aquella estatua de mármol. Postrada en el suelo con el cuello ligeramente cortado, el traje de romana, el velo blanco en la cabeza, el cabello dispuesto por delante del rostro, las manos en un gesto característico... no era exacta, pero sí muy parecida.

Sanjuán cogió aire y prosiguió el repaso.

La segunda víctima encontrada, Stefano Carasone. No le cabía duda de que era una representación de san Sebastián, pero... ¿cuál? No había podido encontrar ninguna estatua famosa en concreto a la que quisiera aludir el cadáver. Había cientos de representaciones de san Sebastián en las iglesias de Roma. Sin embargo, el parecido con varias pinturas era evidente... Podía ser obra de Mantegna. O el *San Sebastián* de Perugino. El cuadro de Perugino estaba en la Galería Borghese, a muy poca distancia del lugar en donde había aparecido el chico.

La tercera víctima, la última en aparecer, Paola, era una posible imitación del *Éxtasis de la beata Ludovica Albertoni*, una escultura de Bernini no tan famosa como la de santa Teresa, pero que también representaba el éxtasis y la unión mística con Dios de una forma muy explícita. La estatua estaba concretamente en la iglesia de San Francesco a Ripa, también en Roma. La disposición del cuerpo no era una copia exacta; la joven más bien parecía objeto de una burla macabra. Sanjuán miró los ángeles de escayola colocados de cualquier manera sobre la tumba del cementerio y el rostro de la joven, maquillado, congelado en una mueca de dolor eterno, y no pudo evitar que un estremecimiento lo recorriese hasta erizarle el vello de los brazos. Sintió temblar sus manos, pero se domeñó al momento. Tres jóvenes, en lo mejor de la vida, sacrificados para satisfacer los instintos repugnantes de aquel sádico. A pesar de ser su trabajo, Sanjuán siempre se estremecía cuando examinaba las fotos de los cadáveres, no podía evitarlo, su cerebro le desplegaba ante él todo el horror que debieron sentir los pobres infelices al saber que, por razones incomprensibles, les aguardaba ese destino imposible de prever solo unos minutos antes, cuando sus vidas eran como las de cualquiera.

Lúa Castro tenía razón. Era necesario ir a Roma, pero no por las razones que ella creía. Miró su reloj. Eran las seis y media de la mañana. Fue a la cocina y cogió un botellín de agua de la nevera. A lo mejor le daba tiempo a dormir una hora antes de volver a Valencia a hacer maletas y dejarlo todo dispuesto.

Roma, aeropuerto de Fiumicino, 14.45 h

Mario abrazó a Lúa Castro con fuerza, estrujándola. Luego saludó a Sanjuán de manera efusiva.

—He leído el libro de Lúa y estoy entusiasmado con su presencia aquí. Bueno, ya conocía su trabajo de cuando estuve viviendo en España...

Sanjuán asintió mientras cogía su maleta. Mario lo detuvo y la colocó en un carrito, al lado de la de Lúa.

—En realidad, no tengo mucha idea de qué hago aquí exactamente —dijo Sanjuán—, Lúa me ha contado lo de Alessandro Marforio y su hermana pequeña... Pero los crímenes de estos días... ¿Se sabe si están vinculados con el de Angélica?

—Marforio está convencido de que pueden ser obra del mismo asesino, Il Mostro di Roma, como le llamamos en el periódico. Y la policía, por lo que yo sé, también lo piensa. De todos modos, como Marforio tiene mucho interés en conocerle, he concertado una comida hoy mismo. Así podrá hablar con él e intercambiar impresiones.

Sanjuán hizo un gesto de disculpa.

—Mi italiano no es demasiado bueno, la verdad.

—No importa. No creo que haya mucho problema a la hora de comunicarse; Alessandro habla inglés a la perfección, y se defiende también en español. Sus negocios de zapatos lo llevan continuamente a la Comunidad Valenciana... Además, españoles e italianos siempre nos hacemos entender muy bien.

Lúa interrumpió la conversación mientras empujaba a Mario hacia la salida del aeropuerto colgándose de su brazo con familiaridad.

—Estoy agotada, Mario. Llevo dos mil kilómetros en veinticuatro horas. Tengo hambre. Salgamos de aquí a comer algo. Tengo que ir al hotel, acomodarme, escribir una crónica para *La Gaceta* y mandarla cuanto antes, así que me tienes que poner al día. Y con el estómago vacío no soy persona.

El periodista asintió. Lúa tenía razón, tenían que espabilarse.

—Vamos a llevar a Sanjuán al Aroma, donde ha quedado, y después tú te instalas en el hotel y comemos...

Alessandro Marforio esperaba sentado en una mesa al lado del enorme ventanal, exquisitamente decorada con un *bouquet* de camelias que variaban del rosa pálido al blanco más intenso. Su pelo rubio oscuro, peinado hacia atrás, sus rizos en la nuca, el perfil romano agresivo y su altura lo hacían destacar sobre los demás comensales del restaurante, además del traje de corte impecable confeccionado en Saville Row para desesperación del sastre de la familia. Sanjuán lo reconoció desde la entrada, antes de que el maître se empeñara en acompañarlo. Era una figura que muchas veces salía en la prensa española, pero lo que le sorprendió al criminólogo fue la elegancia melancólica que emanaba de aquel hombre, una presencia que llamaba la atención desde lejos.

Cuando se acercaron, Marforio se levantó y su altura se hizo más evidente. Era obvio que emanaba estilo, y no solo eso era sorprendente, lo llamativo era la expresión bondadosa de aquel hombre que parecía inmune a todo el dinero que era capaz de amasar con cada una de sus ideas geniales sobre moda. Tras las presentaciones y decidir que la conversación se mantendría en español, Marforio habló con el maître y decidió él solo el menú, comentando todo en un italiano rápido y cerrado que su invitado no pudo entender.

La sonrisa triste pero implacable de sus ojos de un azul oscuro profundo no pasó desapercibida a Sanjuán.

—Espero sorprenderle. Este restaurante es uno de mis lugares favoritos de Roma, sobre todo por las vistas que podremos disfrutar. —Señaló al Coliseo, justo enfrente, y al fondo, los tejados y las numerosas cúpulas de las iglesias romanas—. Y porque tiene una cocina excepcional. Vengo aquí muchas veces con mi esposa, a mi mujer le encanta...

Sanjuán asintió. Había visto alguna que otra vez las fotos de Marforio con su mujer, la bella modelo argentina. Un camarero de aspecto rocoso apareció con una botella de vino tinto que abrió con afectación, mientras otro depositaba dos pequeñas bandejas de *carpaccio* y trufa blanca.

—Es un Brunello di Montalcino de mis propias bodegas. Le gusta el vino, ¿verdad? Este en particular es excepcional. Pruébelo, hágame el honor —dijo Marforio.

Javier Sanjuán se dio cuenta de que aquel hombre era un gran seductor, y no solo con las mujeres. Cuando quería algo, sabía cómo conseguirlo, estaba seguro. Se sintió cómodo en su presencia desde el primer momento, su voz amable y cantarina resultaba agradable, sus ademanes, cadenciosos y envolventes. Probó el vino y asintió.

—Es delicioso, es cierto.

Marforio lo escrutó durante unos segundos. Luego comenzó su discurso.

—Le agradezco mucho que esté hoy aquí, Sanjuán. Confieso que no conocía su trabajo hasta que Conti me habló de usted el otro día. Hasta el asesinato de mi hermana, el mundo del crimen y todo lo que lo rodea me era completamente desconocido. —Marforio mezclaba el italiano con el castellano continuamente en la conversación, pero Sanjuán no tenía problema para entenderle—. Voy mucho por su tierra, Alicante. Mi negocio de zapatos me hace estar en contacto con mucha gente de por allí... un lugar muy hermoso, y no lo digo por halagarle.

Patrick Doyle sacó las bolsas del maletero del coche. Había viajado hasta un pequeño pueblo turístico en el otro extremo del lago, un lugar casi abandonado en invierno, lejos de la casa de campo para no repetirse en los mismos lugares. No quería hacerse ver demasiado por la zona.

Subió las empinadas escaleras que iban desde el garaje al piso superior y fue a la cocina a dejar las bolsas con comida y ropa cómoda para la joven. Luego abrió con llave la puerta de la habitación en la que había instalado las pantallas y el ordenador para ver cómo seguía su cautiva. Marta de Palacios estaba sentada en la cama, apoyada en el cabecero, vestida con una sudadera y unas mallas grises, el pie sujeto con un grillete y una cadena larga que le dejaba suficiente libertad como para ir al baño. Leía con parsimonia una revista que él le había dejado.

Todo estaba tranquilo.

Volvió a la cocina y conectó el horno. Había comprado unas pizzas en una tienda pequeña del pueblo. Era lo único que comía su cautiva, siempre muy a desgana y a duras penas. Lo demás lo dejaba en el plato. Se encogió levemente de hombros mientras miraba los trozos de *prosciutto* y champiñones. Tampoco iba a insistir demasiado, no era su problema si la cría quería morirse de hambre. Mientras el horno se calentaba volvió a la habitación a intentar sintonizar de nuevo la pantalla que ofrecía las imágenes de la casa de Rebeca de Palacios. Nada. Pensó en llamar a Sara Rancaño, pero prefirió no hacer nada que pudiese dejar evidencias telefónicas desde Italia.

Como había acordado con la madre de Marta, después de comer dejaría que su hija se diera un baño. Doyle recordó la última conversación con la magistrada y lo que ella había hecho, y una oleada de deseo volvió a inundar su garganta. Aquella mujer le fascinaba y le producía sensaciones encontradas que no era capaz de dominar. Además, allí confinado, en aquella casa fuera del mundo, necesitaba algún aliciente que no fuesen los programas de televisión italianos, que tampoco le resultaban precisamente entretenidos. La sensualidad de la magistrada aún no había explotado, pero confiaba en que pronto se plegara a todos sus deseos sin tanta reticencia como al principio.

Doyle sabía que, en el fondo, aquellos actos eran muy poco profesionales. Desde que desertó del ejército y desapareció de Australia había decidido que su vida se dedicaría a ser un sicario distinto a todos, un verdadero profesional limpio y discreto. Luego fue puliendo sus técnicas, imaginando, creando nuevas formas de lograr sus objetivos. Pero nunca se había encontrado con una mujer como Rebeca de Palacios. Había tenido víctimas a su merced, pero ninguna tan fuerte, tan dura. Le excitaba ver la lucha interior de una mujer así, femenina pero implacable, la debilidad que sentía por su hija frente a su dignidad de hierro.

Cuando se dio cuenta, el horno ya estaba tan caliente que humeaba. Doyle metió las pizzas en su interior con cuidado y se sentó a esperar, sumido en sus pensamientos.

Sanjuán empujó las peras glaseadas con el tenedor, sin demasiado entusiasmo. El *foie* le había parecido exquisito, pero el plato resultaba algo empalagoso. Bebió otro sorbo de vino, de sabor intenso. No cabía duda de que provenía de las bodegas de Alessandro Marforio: intenso y fuerte, con demasiado cuerpo, capaz de eclipsar todo lo que había a su alrededor.

—¿No le gusta? —Marforio enarcó las cejas con aspecto de sorpresa.

—Está perfecto, gracias. El *foie*, soberbio... pero no tomaré nada más —contestó Sanjuán en un gesto de disculpa cortés.

A un gesto de Marforio, el camarero de rostro circunspecto apareció con una bandeja con una explosión de pequeños postres y una botella de Livio Felluga Picolit.

—Por favor, pruebe la crema de castañas. Está deliciosa... —insistió Marforio.

Sanjuán suspiró. Tantos detalles le resultaban muy halagadores, pero empezaba a impacientarse ligeramente. Ladeó la cabeza en un gesto muy característico y escrutó al empresario en silencio con sus grandes ojos castaños.

—Le estoy agobiando, ¿verdad? Lo siento. A veces soy demasiado empalagoso, me lo dice siempre mi mujer... —Marforio hizo un ademán de disculpa y se inclinó debajo de la mesa. Un maletín de cuero de elegante diseño apareció de la nada—. Voy a pedir dos cafés, entonces. Hablemos de negocios.

El criminólogo asintió.

—Un café estará bien.

Marforio ordenó dos expresos y abrió el maletín, que desplegó un suave aroma a cuero nuevo. Sacó un portafolio y lo colocó ante Javier Sanjuán.

—Aquí está todo lo que se refiere a la desaparición y muerte de mi hermana, Sanjuán. Todo lo que la policía ha podido descubrir, que es bien poco. La autopsia. Todo lo que mis detectives han conseguido, que es igualmente exiguo. Lo único que tenemos es que mi hermana... —vaciló durante medio segundo—, mi hermana Angélica salió del convento la tarde del día de difuntos y nadie volvió a verla nunca más. Hasta que su cuerpo apareció semienterrado en un parque. —Su gesto endurecido no ocultó un subterráneo de emociones intensas, de furia contenida, que no pasó desapercibido a Sanjuán.

El criminólogo asintió lentamente. El camarero llegó con dos cafés y unas pequeñas galletas cubiertas de azúcar. Cuando el hombre se retiró, pasó las hojas una por una hasta llegar a la autopsia. Volvió a cerrar el portafolio.

—¿Se sabe la causa de la muerte?

Marforio le clavó la mirada vidriosa, un rastro de odio contenido y de dolor.

—Apuñalada en el corazón con un objeto indeterminado. Cuando la encontraron... el cuerpo estaba bastante descompuesto, sí, pero la ropa y una manta que la cubría la habían preservado.

¿Una manta?

—Tiene todos los detalles ahí. —Señaló con su dedo índice—. Cuando me hablaron de usted pensé que sería un criminólogo más, un perfilador como tantos otros que he consultado. Luego me informé mejor. No es un simple teórico de despacho universitario. Usted ayudó a capturar a un asesino de mujeres en España e Inglaterra. Mi amigo Conti me ha dicho que es muy bueno... que estudió en Quantico, con el FBI.

Sanjuán lo interrumpió, esbozando una media sonrisa.

—Lo del FBI es una leyenda urbana que me persigue, pero no es cierto...

—Es lo mismo. Usted colaboró con la policía para atrapar a un asesino similar al que está actuando en Roma. Y yo estoy seguro de que es el mismo hombre, el que mató a mi hermana y el que ha matado a esas chicas. No es fácil encontrar a alguien que sepa cómo manejar esta situación. Por eso le he llamado: quiero coger a ese hombre cueste lo que cueste. He jurado dedicar el resto de mi vida a vengar a mi hermana, Sanjuán. Y si hace falta, dedicaré mi entera fortuna para cazar a ese hijo de puta.

Doyle se estiró como un gato y se levantó. Miró por la ventana. El lago aparecía tranquilo y gris a través de los árboles deshojados. Tenía ganas de salir a correr, aunque fuera aún estaba el campo cubierto de nieve.

El olor a pizza recién hecha inundó la cocina y sus fosas nasales. Abrió el horno y las sacó. Luego fue al baño y cogió toallas, gel y champú.

Subió todo a la buhardilla, en donde permanecía Marta encerrada.

Ella lo miró con su habitual cara de odio soterrado, que cambió en el momento en el que se dio cuenta de que además de comida y bebida, Doyle le había dejado ropa limpia y útiles de baño. La expresión se suavizó a su pesar hasta iluminarse. Se moría por una buena ducha y por cambiarse de ropa, pero ni se atrevía ni tenía ganas de suplicarle nada a aquel cabrón.

Doyle no pudo evitar una ligera sonrisa.

—Puedes bañarte si quieres. Me vas a prometer que no harás ninguna tontería. A tu madre no le gustaría...

—No te atrevas a nombrar a mi madre. —La fiereza de Marta saltó como un muelle aprisionado—. Ella te odia. Y yo también te odio.

Patrick se encogió de hombros y sacó una navaja de tamaño mediano de su bolsillo. Su tono de voz sonó inexpresivo pero frío. Tan frío que la joven detectó al momento que con aquel hombre no podía permitirse ciertos arrebatos.

—Compórtate como es debido o le mandaré a tu querida madre un trozo de tu cuerpo. Le podemos preguntar a ella cuál prefiere recibir.

Marta enmudeció y todo su valor quedó reducido a la mínima expresión. Intentó guardar la compostura pero el pavor le hizo temblar como una hoja.

Doyle guardó la navaja con el mismo semblante imperturbable.

—Cuando termines de comer te quitaré el grillete del pie para que puedas darte un buen baño. Si colaboras podrás andar libre por la buhardilla un poco más adelante. Por cierto. —La confianza y la media sonrisa con la que hablaba de su madre desconcertó a la joven—. Hazme caso: a ella le gustaría que comieses bien...

Sanjuán sacó sus gafas de pasta y miró con atención el cheque. Estaba en blanco. Luego sus ojos subieron de nuevo hacia la cara anhelante de Alessandro Marforio.

—¿Y bien? —El empresario se inclinó hacia él en un gesto de impaciencia.

—No entiendo. Como consultor tengo unos honorarios determinados. Creo que ya se lo dije a Mario Conti. De ninguna manera puedo aceptar este tipo de cosas. He venido a Roma a ver si puedo humildemente ayudar. Y quién sabe. A lo mejor mi ayuda no sirve para mucho.

Marforio lo miró como quien mira a un niño pequeño dándole vueltas absurdas al cubo de Rubik.

—Sanjuán, tengo mucho dinero. Es obvio... para mí el dinero no es un problema. El problema es otro. En Roma hay un maniático matando gente, y hay muchas probabilidades de que sea el mismo cabrón que mató a mi hermana. Haré todo lo posible para cogerlo, y si me fuera posible también... —La voz dulce de Marforio se transformó de repente en un sonido más grave y contenido—. Está muy claro que lo mataría con mis propias manos. Las leyes de este país son muy laxas con los asesinos y los violadores. Sanjuán, lo he intentado todo, pero han pasado casi cuatro meses y la policía no tiene ni un leve indicio de lo que le pudo pasar a mi hermana, salvo que un degenerado la apuñaló y la enterró. En suma...

le he preparado una cita mañana por la mañana con el comisario que lleva el caso y el perfilador de la policía. Soy íntimo amigo del *vicecapo* de la policía, Guido Barone, así que no tendrá problema para acceder a cualquier tipo de datos que sean necesarios para que saque sus propias conclusiones. Y el cheque en blanco... —Marforio dudó, sabía que no podía dar la imagen de un mañoso dando órdenes, pero necesitaba obtener resultados como el respirar—. Es para que usted me ofrezca información de primera mano de todo lo que vaya descubriendo. Necesito ser el primero en saberlo.

Sanjuán clavó la mirada durante unos segundos en el oscuro expreso aún sin probar y lanzó un suspiro.

—¿Y así poder atrapar al asesino antes que la policía? —Negó con pesadumbre—. Marforio, entiendo bien su dolor y su desesperación. Me enfrento muy a menudo con esos sentimientos de pérdida debido a mi trabajo, y comprendo que la angustia de no saber, el hecho de que no se avance en la investigación, le estén reconcomiendo. Pero de ahí a utilizarme para una venganza fuera de la ley...

Marforio apretó los dientes y retiró el cheque hacia sí con un leve movimiento de las yemas de los dedos.

Sanjuán se dio cuenta de que aquel hombre no era mal tipo, pero estaba acostumbrado a comprar todo con su dinero. Y a lo que no estaba acostumbrado precisamente era a que alguien le contraviniese en alguno de sus deseos. Así que decidió contemporizar.

—A mí tampoco me importa el dinero, Marforio. Tengo mi trabajo, mis clases, mis libros. Tengo lo suficiente para vivir de una forma desahogada. Estoy aquí por si sirvo de ayuda para atrapar a ese asesino. Por lo poco que he visto, intuyo que mi presencia puede servir de algo, de lo contrario no hubiese venido. No deseo otra cosa que meter entre rejas al asesino de Angélica. Pero no puede pedirme que me convierta en su sabueso, yo no trabajo así —dijo Sanjuán con cortesía pero con decisión.

Marforio lo observó, pensativo. No conocía a nadie que no fuese venal, así que quizá era cuestión de tiempo que aquel criminólogo lo fuese. No se iba a rendir fácilmente, pero había llegado el momento de retirarse. Ya llegaría otra oportunidad. O alguna otra forma de conocer de primera mano la información que pudiese manejar aquel hombre. No se iba a volver atrás, seguiría financiándole la investigación.

Luego bebió un sorbo de café y se forzó a sonreír.

—Lo entiendo, Sanjuán. Tiene usted razón, no le puedo pedir que se salte los protocolos... No hay problema. Lo importante es que podamos coger a ese hombre, y que deje de matar a gente inocente.

Lúa abrió la ventana primero, después, la contraventana de madera. Agradeció el frío intenso y el ruido de la calle: los coches, las obras, las cafeterías, un minúsculo puesto de venta de flores que estaba cerca, donde un joven discutía con la empleada sin demasiada convicción y con amplios gestos de los brazos.

El Hotel Alexandra era acogedor, situado en un edificio histórico en plena via Veneto. En cuanto llegó a la habitación, Lúa se desnudó y se metió en la ducha, que parecía no tener un término medio entre el agua fría y caliente. Al terminar, abrió la maleta y buscó ropa para cambiarse con rapidez. Estaba muerta de hambre. Conti la esperaba abajo para comer, y luego la iba a llevar a los lugares donde se habían encontrado los cuerpos de las víctimas de Il Mostro. Había traído la cámara de Anido. Aunque estuviese muy enamorada de Jordi, Jaime Anido siempre estaba en su corazón, no podía evitarlo, ni quería. A él le hubiese gustado aquella aventura...

SEGUNDA PARTE

PURGATORIUM

Capítulo 47
La confesión

> Entra la noche como un trueno
> por las rompientes de la vida,
> recorre salas de hospitales,
> habitaciones de prostíbulos,
> templos, alcobas, celdas, chozos,
> y en los rincones de la boca
> entra también la noche.
>
> «Versículo del Génesis»,
> JOSÉ MANUEL CABALLERO BONALD

Roma, iglesia del Sagrado Corazón del Sufragio, viernes, 17 de febrero de 2012, 21.00 h

El padre Clemente cerró la puerta de la iglesia. Caminó trabajosamente sobre el suelo de baldosas dibujadas en zigzag y atravesó la nave central plagada de ojivas. Al lado del altar había una puerta de madera. La cruzó y accedió a un pasillo angosto, oscuro, que olía a humedad. Al fin, agotado, se sentó en la vieja mesa de la sacristía y empezó a hacer la caja del día del Museo de las Almas del Purgatorio, que estaba en una estancia justo al lado.

Sus manos deformadas por la artrosis cogían con cuidado las monedas y las amontonaban en pequeñas pilas. Abrió un cajón con llave y sacó una vieja libreta de cubierta negra, donde empezó a apuntar las cifras. Luego procedió con los billetes hasta terminar de contar la recaudación. Había sido una jornada productiva: la visita de un numeroso grupo de filipinos devotos había dejado más de doscientos euros de una tacada, cosa rara en aquellos tiempos de crisis económica y espiritual. El pequeño museo se había puesto de moda tras salir en algunos programas dedicados al misterio y poco a poco el goteo de turistas se hacía más habitual. El dinero del museo, además de para su conservación, lo dedicaba a surtir la organización benéfica que el padre Clemente había fundado para atender a los más necesitados.

Lo metió todo en el cajón de nuevo. Se quitó las gafas de ver y se frotó los ojos, cansados del esfuerzo. La edad no perdonaba: ya eran setenta y ocho años de vida dedicada a los demás, y aquel invierno tan duro no le daba mucha tregua.

Escuchó las campanas que indicaban las nueve de la noche. De manera casi inconsciente miró su reloj. Esperaba a un sacerdote que estaba haciendo un trabajo de investigación sobre los órganos de las iglesias de Roma y se suponía que iba a llegar a partir de esa hora. El padre Clemente se acarició la larga barba blanca con impaciencia: había cientos de órganos en Roma. ¿Qué interés podría tener el padre Bruno, al que aguardaba, en uno recién reparado y rehabilitado? Cierto era que el sonido de la iglesia era prístino como el de una cajita de música, pero él tenía que retirarse a sus aposentos. Estaba escribiendo un libro de teología sobre el pecado y el purgatorio, tenía que ir a ver a las hermanas del convento, luego una cena frugal con un obispo recién llegado de Atenas... Y aquel padre Bruno... ¿no había podido venir antes? Había insistido en acudir a la iglesia cuando él estaba a punto de marcharse. El organista se había ofrecido a dar un concierto benéfico para los pobres de la ONG que él presidía y eso le complació. Así que por lo menos sacaría algo en limpio.

Sonó el timbre con fuerza, interrumpiendo sus reflexiones, y el padre Clemente se levantó. Cuanto antes acabara con el trámite, mejor.

El padre Bruno miró hacia los lados con disimulo. La calle estaba totalmente desierta. Llamó al timbre de la coqueta iglesia neogótica. En el tímpano de la fachada, las almas del purgatorio buscaban con anhelo la salvación a través de un Jesucristo de mármol. Bruno se santiguó y apartó la mirada de las esculturas con rapidez. Se pegó a la puerta para pasar desapercibido a los coches que transitaban a toda velocidad por el barrio Prati.

Unos interminables minutos después, la puerta se abrió. Bruno pudo ver a un hombre mayor, menudo, de larga barba encanecida y semblante beatífico. Los ojos ya vidriosos por la edad lo escrutaron con una intensidad que a Bruno le pareció provenir de una sabiduría arcana. Se presentó.

El anciano le dejó pasar con ademanes lentos.

El padre Bruno dio unos pasos hacia el interior. Las ojivas, altas, el rosetón, las vidrieras de intensos colores complacieron su vista. El viejo cura lo guio hacia el órgano. Como le había dicho el padre Clemente, era bastante moderno. Además, se veía perfectamente tratado. Se acercó y lo acarició con mimo. Luego miró a su alrededor. A pesar de la penumbra, las vidrieras iluminadas convertían el teclado en un ajedrez de teselas de colores. Bruno acarició el teclado con suavidad, sin atreverse a tocarlo. Miró al viejo cura con admiración.

—¡Qué belleza de iglesia, padre! Acostumbrado a los excesos barrocos, la pureza de las formas tiene que resultarle un alivio para el alma. Muchas veces tantas imágenes, tantas hermosas obras de arte, me resultan un impedimento para el verdadero encuentro con el Señor. Y Roma está llena de distracciones para el alma... Gracias a Dios, la música me ayuda a trascender y a elevarme. ¿A usted no?

El padre Clemente lo observó con atención. Aquel cura

tan joven y tan bien parecido sabía de lo que hablaba. La voz era aterciopelada, el tono humilde, tan devoto. Al instante se arrepintió de haber renegado de aquella visita. Le gustaban las nuevas vocaciones, savia nueva para una Iglesia que necesitaba desesperadamente hombres como aquel.

—Yo ya soy muy mayor, padre Bruno. Me he acostumbrado a olvidar la belleza que nos rodea. Estuve muchos años de misionero en Perú, allí no teníamos la oportunidad de disfrutar de la belleza de la soberbia humana, tan solo de la belleza de la Creación...

El padre Bruno asintió lentamente. Luego posó sus manos sobre el teclado y comenzó a tocar a Bach.

—Nunca estuve en el Museo del Purgatorio. Tengo curiosidad, padre... ¿Podría enseñármelo?

Extasiado por la interpretación de Bruno, el padre Clemente asintió. Un hombre que interpretaba a Bach con tanto sentimiento merecía un poco de su interés. Se dirigieron hacia la sacristía, donde el fundador del museo, el difunto padre Jouet, había atesorado todas las pruebas que las desdichadas almas iban dejando en su intento espiritual de comunicarse con el mundo. Cuando llegaron al estrecho recinto, oloroso de polvo añejo y muebles con carcoma, su guardián comenzó a desgranar las joyas ultraterrenas que causaban la admiración de los visitantes: la mano impresa en fuego del hermano de José Stitz, el dedo de la clarisa Maria, desaparecida en pecado por haber deseado la muerte...

Bruno no pudo evitar una ligera sonrisa. El museo estaba lleno de objetos de una ingenuidad casi naif, cuya falsedad se podía observar a kilómetros. «Paparruchas para viejas crédulas y turistas ávidos de alguna emoción», pensó, sin atreverse a decirlo. Pero su expresión le traicionó. El padre Clemente no pudo evitar observar la mueca del organista con cierta sorpresa.

—¿Acaso no creéis en el sentido del purgatorio, padre?

Sus ojos oscuros se clavaron con fuerza en los del viejo cura.

—Creo que el purgatorio está con nosotros en la tierra.

Hay cosas que te acosan, te acompañan durante todos los días y la convierten en un lugar de dolor en vida...

—En efecto, todos tenemos un peso en nuestras almas, pero para eso está la confesión, padre. Para evitar una eternidad de tormentos, para poder estar cerca de Dios...

El padre Clemente observó la frente arrugada de Bruno Barberini, cada vez más extrañado. Parecía sufrir un tormento enorme, doliente.

—¿Os puedo ayudar? —preguntó, inquieto.

Bruno lanzó un gemido ahogado. Se quedó unos segundos en silencio, luego se acercó al anciano y lo agarró por los escuálidos brazos. Era el momento que había temido y, al mismo tiempo, deseado para su vergüenza.

—¿Podría librarme de un gran peso, padre, de un peso que me anula, que me aniquila el alma? No puedo dormir, no puedo comer. No tengo vida. No he podido tener un día de paz desde hace muchos meses...

Su interlocutor se asustó, pero se mantuvo firme. Había pasado por trances mucho peores a lo largo de su vida. Aquel hombre necesitaba consuelo.

Intentó serenarlo con palabras suaves.

—No sé qué os ocurre, padre, pero os ayudaré. Venid al confesionario. Libraos de ese peso que decís que os oprime. Si os reconciliáis con Dios os reconciliaréis con vos también. Recordad la parábola de la oveja perdida... «¿Quién de vosotros que tiene cien ovejas, si pierde una de ellas, no deja las noventa y nueve en el desierto, y va a buscar la que se perdió hasta que la encuentra?» Dios nunca os abandona, padre, nunca...

Bruno se arrodilló en el cojín de color rojo y miró a través de la madera enrejada. Una gota de sudor recorrió su frente y cayó sobre la sotana. El confesor lo bendijo y empezó a hablar con una voz suave, comprensiva, fruto de años de conocimiento del alma humana. Durante un instante las palabras se atravesaron en la garganta de Bruno como una espina afilada. Casi se escuchó hablar desde fuera de su cuerpo, como si no fuese él el propietario de las cosas que decía de forma inaudible.

—Padre, he pecado. He pecado gravemente. Contra Dios. Contra la Iglesia. Contra la vida. Soy un monstruo, una abominación...

Y al decir esto, sintió que una fuerza interior cobraba vida, sin esperanza alguna de que la pudiera dominar. Descubrió, sorprendido, que tampoco deseaba hacerlo.

—Nadie es una abominación a los ojos de Dios, padre Bruno. Nadie. Vuestra alma es limpia, a pesar de lo que creáis. Nada puede ser tan terrible...

La voz susurrante se hizo más grave.

—Sí, padre Clemente. Lo es. Profané todos mis votos, en el suelo sagrado de una iglesia. Profané su cuerpo y su mente. Y luego le arrebaté lo más preciado... primero, le robé la virginidad... y al fin, la vida. —El cuerpo de quien ahora abría su alma ante Dios empezó a temblar, presa de una emoción subyugante.

El anciano escuchaba aquella letanía con preocupación primero, luego con un estremecimiento de miedo.

—¿Qué queréis decir, padre? ¿La vida?

—Vos la conocíais, padre. Sabéis de quién hablo. Ella. Era la tentación con forma de santa. Era una hija de Sodoma vestida con hábito de novicia. Ella me obligó a poseerla...

—¿Quién es ella? ¿Qué queréis decir con que la conocía? —La voz del confesor era un hilo ahogado. Jamás se hubiese esperado aquellas palabras. No era capaz de comprender el alcance de toda aquella insania.

—... yo lo hice, padre. Le rasgué el hábito impuro, besé sus labios rojos, sus senos de nieve, su vientre cálido, palpitante. La profané con mis deseos, la vesania me arrebató, padre Clemente. La tomé por la boca... Ella se había entregado a mí antes. Y luego se negó. Primero me mostró la manzana, como hizo la serpiente. Y luego me despreció, como si ya no fuese una zorra impura y descastada ante los ojos de Dios...

El padre Clemente permanecía en silencio, su pecho a punto de explotar. Empezaba a recordar la confesión de aquella novicia desesperada de amor, la novicia desaparecida, Angélica Marforio. El dolor lo embargaba de tal forma que casi no podía escuchar la voz insidiosa que seguía desgranando su horrible testimonio en el hermoso confesionario neogótico.

—... luego la sujeté por su cabello de oro y descargué sobre ella la ira de la muerte, padre. Ella fue la culpable, ella, hija de Satanás... ¿Puede absolverme, padre Clemente? No estoy arrepentido de haberla tomado entre mis brazos, de haberla mancillado, ultrajado. ¿Su Dios puede perdonarme? ¿Perdonarme por arrebatar lo que Él más quería, una virgen pura a su servicio? —Esto último lo dijo con voz exaltada, como si ya supiera que el Dios de aquella Iglesia ya no le pertenecía, al haberse convertido en un asesino, pero no lo quisiera aceptar.

«Está totalmente loco.» El padre Clemente no pudo más. Se levantó y salió del confesionario. Quería ver la cara de aquel hombre, quería denunciarlo a la policía. Si era un asesino lunático, el secreto de confesión no le vinculaba, pues ¿qué obligación hay de guardar el secreto con alguien que no es capaz de razonar? No podía soportar un segundo más aquella voz enfermiza deslizando ponzoña en su oído. Cuando miró el lugar en el que debía haber estado el organista, se apoyó en la madera del confesionario. No había nadie. Estaba vacío.

Un segundo después, algo se enroscó en su cuello con una fuerza descomunal. Intentó clavar las uñas en la tela para desincrustarlo de su piel, pero la brutalidad del ataque no le dio más opción que emitir sofocados gemidos de asfixia. Su cuerpo era una débil defensa ante la acometida del padre Bruno. Las manos golpeaban el aire, cada vez de forma más débil, las rodillas flaquearon al fin y el cerebro se oscureció con una nube de sangre.

Lo último que alcanzó a escuchar fue un murmullo cerca de su cabeza, un susurro que lo acompañó hasta el más allá...

Pensó, en ese último instante, que si Dios quería llevárselo él lo aceptaría con humildad, pero en el momento de exhalar rogó al Altísimo que protegiera a su amada Roma del hombre que lo estaba matando, un lobo entre corderos.

«Ego te absolvo a peccatis tuis in nomine Patris...» Con el cuerpo vencido a sus pies, Bruno lloró desconsoladamente. Para borrar la pista de su crimen atroz había sucumbido otra vez al placer del asesinato, y se sabía condenado para siempre. ¿Qué sentido tenía pedir a Dios que se apiadara de él?

Capítulo 48
Una furtiva lágrima

Casa a orillas del lago Bracciano, a 40 km de Roma, viernes, 7 de febrero, 16.00 h

Exprime la esponja con fuerza, jugando, y se relaja por vez primera desde el día de su secuestro. Marta de Palacios se pregunta durante unos segundos si aquel hombre tendrá cámaras que la observen allí dentro, pero luego decide no pensar en ello ni un segundo más. Aunquc la bañcra sea antigua, amarilleada por los años y algo desconchada, el agua está caliente, deliciosa, y el gel huele de maravilla, así que se sumerge por completo y luego saca la cabeza entre la espuma, disfrutando de la oportunidad que le ha brindado su secuestrador por primera vez desdc hacc cinco días. Sin grilletes, sin ligaduras, sin mordazas, su cuerpo empieza por fin a respirar un poco de libertad. Se acaricia los brazos y el vientre, enjabonándose. Se deja llevar por la voluptuosidad del instante sin pensar demasiado en su situación.

Marta ha notado la forma que tiene él de mirarla. Siempre es respetuoso al extremo, pero ella cree haber percibido el brillo del deseo, cuando la vigila con sus ojos claros, transparentes, helados como el agua de un lago nórdico. Una idea empieza a abrirse paso en la mente. Una idea descabellada, propia de la inconsciencia que da la claustrofobia de sentirse como un pájaro enjaulado.

Marta se vuelve a sumergir en la bañera, antes de que el agua se enfríe. Las yemas de sus dedos ya se están empezando a arrugar... Esperará un poco más antes de salir. Se está muy a gusto allí dentro.

Roma, puerta de acceso del restaurante Aroma,
17.15 h

Una mujer alta, delgada, de largo cabello castaño y aspecto agradable a pesar del sobrio uniforme azul marino acompañó a Sanjuán hacia un Lexus blanco aparcado en doble fila al lado del restaurante, en el que esperaba un joven con gorra de plato y pantalones inmaculadamente blancos fumando un cigarrillo, apoyado en el vehículo con languidez. Sanjuán lo saludó y se subió a la parte trasera del coche, que con rapidez enfiló la vía de los Foros Imperiales hacia via Cavour.

El empresario le había cedido un iPhone con todos los contactos necesarios para desenvolverse en el mundo policial y un iPad, además de todo el dosier, incluyendo la autopsia de Eleonora, y lo poco que se sabía de la muerte de los novios. Sanjuán se sentía, como poco, abrumado por tantas atenciones, y sobre todo porque en cierto modo se sentía un asalariado al servicio de Marforio, a pesar de que él le había dejado claro que no iba a ser su sabueso particular. Pero era evidente que Marforio no iba a quedarse esperando. De hecho ya le había establecido una agenda: el sábado por la mañana tenía una reunión con Esposito Ranucci, el comisario que estaba a cargo de la investigación de los crímenes de Il Mostro y el de Angélica Marforio y con un criminólogo de la policía italiana que había elaborado un perfil del asesino y estaba muy interesado en conocerle. Sabía por experiencia que su presencia en Roma no iba a ser del agrado de la policía. A nadie le gustaba que se inmiscuyeran en su terreno, y los investigadores eran muy celosos de su trabajo, aunque él tuviese la baza del apoyo incondicional del secretario para la Seguridad, el tal Guido Barone, un amigo íntimo de Marforio, por lo que había podido intuir durante la conversación.

Sanjuán se revolvió en el cómodo asiento del Lexus. En cierto modo se sentía prisionero. Y acababa de llegar. Ni siquiera sabía dónde había decidido que se alojase el empresario. Miró a través de la ventanilla: estaban a la altura de la estación de Termini. Un grupo de gente disfrazada lanzaba confeti y bebía cerveza mientras cantaban a la salida de la estación. Suspiró mientras encendía el iPad. No era demasiado amigo de las nuevas tecnologías, así que cualquier momento era bueno para hacerse con el manejo de aquel dispositivo.

Roma, Policlínico Universitario Agostino Gemelli, sala de autopsias

Maria Magdalena Fiori abrió la bolsa negra que contenía el cuerpo de Stefano. La abrió de un tirón, con rabia. Las lágrimas apuntaban en sus ojos enrojecidos por horas de trabajo. El leve olor a putrefacción invadió sus fosas nasales, provocándole una arcada. Su mentor en la universidad, el gran doctor Giuseppe Massino, les decía siempre que si les era posible, no evitasen el olor del cuerpo. A veces era muy importante a la hora de desentrañar la causa de la muerte.

En la mesa de al lado, reposaba el cadáver de su novia, Paola. Una cruz de costuras en forma de Y recorría su pecho y su abdomen. Había sido torturada y violada a conciencia. Descubrir el extremo sadismo que el asesino había empleado contra aquella joven tan delicada hizo que varias veces, durante la autopsia, las lágrimas asomasen a sus ojos, poco curtidos aún frente la monstruosidad de la que era capaz el ser humano. De todos modos, sus manos no temblaron en ningún momento. Su colega Victoria Giannoni no pudo vislumbrar la tormenta interior que sufrió durante las horas que había durado el proceso que desgranó una a una la escala de sevicias a la que había sido sometida la infortunada joven. Maria recordó un canto de la *Divina comedia*, que se había aprendido en el colegio desde muy niña:

> *... El llanto mismo el lloro no permite,*
> *y la pena que encuentra el ojo lleno,*
> *vuelve hacia atrás, la angustia acrecentando;*
> *pues hacen muro las primeras lágrimas,*
> *y así como viseras cristalinas,*
> *llenan bajo las cejas todo el vaso...*

Mientras su ayudante preparaba las muestras para enviar a los diferentes laboratorios y especialistas, Maria Magdalena se secó furtivamente las lágrimas y se armó de valor para continuar con su trabajo. Por el examen preliminar, sabía que el chico había sufrido lo indecible también antes de morir. Esperaría unos minutos mientras Giannoni se tomaba el café. No sabía cómo podía tener estómago para tomar nada mientras eran testigos de todo aquello. Pensó, con amargura, que el ser humano puede acostumbrarse a cualquier cosa, a cualquier infamia, y que eso era necesario para la supervivencia.

Doyle dio varios golpes en la puerta del baño. No recibió respuesta. Esperó unos segundos y volvió a golpear la madera con fuerza.

Nada.

No pudo evitar un deje de preocupación.

—Voy a entrar —avisó, levantando la voz. Movió el viejo pomo con fuerza, y la puerta se abrió de par en par.

Marta de Palacios estaba totalmente desnuda frente a él, con las manos en la espalda, arqueándola. El cabello húmedo le caía por los hombros. Doyle pudo ver perfectamente la piel perlada de pequeñas gotas que repetían hasta el infinito las luces de las bombillas sobre el espejo, los labios semiabiertos en una expresión de total sensualidad, los pechos pequeños coronados por rosados pezones, apuntando en su dirección. Doyle abrió la boca, perplejo ante la belleza de aquel pequeño cuerpo de bailarina.

Sin embargo, el cuerpo de bailarina se movió a gran velocidad, y Marta lanzó con fuerza el recipiente del champú a la cara de Doyle. Durante una décima de segundo, el hombre se quedó paralizado por la sorpresa.

Marta aprovechó ese tiempo robado a su secuestrador para correr hacia la puerta del baño, y su captor se abalanzó sobre ella al momento. Pero el gel que se había untado por todo el cuerpo la convirtió en una serpiente resbaladiza, y las manos de Doyle fueron incapaces de aferrar a su presa. Marta se desasió con una fuerza inusitada y corrió desnuda, por las escaleras, con el frenesí que daba el ansia de ser libre golpeando su corazón desbocado. Doyle la siguió a toda velocidad, blasfemando en inglés. Aquella cría era una inconsciente, sin duda.

Roma, Hospital de San Giovanni Calibita

Valentina miró por la ventana y vio el Tíber deslizándose a sus pies. Una de las monjitas enfermeras se acababa de marchar tras mirarle una vez más la tensión y tomarle la temperatura. Movió la pierna con impaciencia. Quería salir de allí de una vez y seguir con la búsqueda de Marta. Se encontraba bien, algo magullada, eso sí, y con la cabeza aún turbia como las aguas del río por culpa de lo que le había inoculado aquella mujer diabólica.

Alguien golpeó la puerta y la abrió sin solución de continuidad. Guido Barone, arropado con un largo abrigo gris, su oscuro cabello peinado hacia atrás con profusión de gomina, le llevaba un enorme ramo de flores.

Valentina Negro sonrió. No era muy común que le regalasen flores. La innata coquetería italiana... Su sonrisa se hizo más amplia cuando vio que el *vicecapo* de la policía dejaba encima de la mesilla su documentación y su Glock. Eso era mucho mejor que las flores...

Barone la observó con atención. La inspectora había recuperado el color, y aunque mostraba un moratón en la frente, y el cuello aún tenía las marcas de los dedos de aquel salvaje, su mirada intensa y gris se clavaba en él con viva expresión interrogante. La notó muy recuperada y eso le complació.

La voz grave de Valentina, de contralto, resonó en la blanca habitación.

—Gracias por traerme la pistola y los documentos.

—Habla un italiano bastante fluido, inspectora Negro. Los policías españoles no suelen hablar nuestro idioma tan bien, la felicito.

—Estudié cinco años de italiano hace ya algún tiempo. La falta de práctica hace que no sea mejor... Pero vamos al grano. ¿Cuándo voy a salir de aquí? No estoy precisamente de vacaciones.

Barone señaló la bata de hospital.

—Vístase. Nos vamos ahora mismo. Enzo me ha puesto al día de todo. Tenemos que hablar largo y tendido.

—¿Puedo preguntar quién es usted, y cómo me encontró en ese barco repugnante? ¿Qué ha pasado con el hombre que me atacó? ¿Ha muerto? ¿Y Rajiva? ¿Está detenida?

Barone hizo un gesto huidizo con la mano izquierda.

—Son muchas preguntas para contestarlas ahora mismo, pero esto es lo importante: yo soy Guido Barone, *vicecapo* de la policía de Italia. Dependo del Ministerio del Interior. No sé si sabe lo que ello significa; imagino que sí. Lo demás se lo iré contando más adelante. De todos modos, el asunto del barco... Agradézcaselo a Enzo Ferreti, fue él quien la salvó en realidad.

Marta corrió como una poseída hasta la puerta de la casa y la abrió. Una ráfaga de viento helado la paralizó en un primer momento, luego se armó de valor y saltó fuera, descalza y desnuda. De repente, se dio cuenta de que estaba en el medio de un bosque de pinos. Una torre medieval se veía a lo lejos, y un gran lago. Pero la casa estaba en un lugar perdido en medio de la nada.

En ese momento de vacilación, Doyle la atrapó y la tiró al suelo, sobre la nieve. Marta, paralizada de frío y de miedo, empezó a temblar sin control bajo el cuerpo duro de Patrick Doyle.

Él siseó en su oído con tono amenazador:

—Te dije que si te portabas mal te cortaría una parte del cuerpo. Vete pensando cual prefieres. ¿Una oreja? Será una pena, con lo bonitas que las tienes... Mejor un dedo. Luego se lo mandaré a tu mamá...

Marta empezó a llorar y a suplicar mientras Doyle la arrastraba hacia dentro de la casa. La llevó a la cocina a empellones y cogió un enorme machete de una base de madera para cuchillos que había sobre la encimera. Apoyó la muñeca de la joven sobre el mármol y se la dobló hasta que ella gritó de dolor, retorciéndose.

Marta dejó de revolverse y le clavó sus ojos llenos de desesperación. Intentó pedir perdón, pero no era capaz de articular palabra, su mandíbula temblaba como una hoja al viento. Verla allí, desnuda, vulnerable, casi una niña muerta de miedo logró ablandar el corazón de piedra del sicario. Durante unos segundos el machete de cocina acarició el dedo meñique de la joven.

Lo devolvió a su sitio con un resoplido de fastidio.

—Marta, con suerte saldrás de aquí viva dentro de pocos días. No tientes a la suerte otra vez, o no lo vas a contar, te lo aseguro. Me pagan para devolverte sana y salva, pero no permitiré que me faltes al respeto de nuevo. ¿Entendido? Basta de juegos. —Agarró el cuello de Marta a la altura de la glotis, apretando con dos dedos sin esfuerzo alguno—. Si quieres volver a ver a tu madre.

Marta asintió, sin moverse apenas. Doyle acercó su cara a la de ella y su boca emitió una sonrisa amenazadora. Luego susurró a la altura de su oreja:

—Recuérdalo siempre: si intentas escaparte otra vez, iré a por las dos.

Cuando el Lexus llegó a la piazza Mincio, aminoró la velocidad. Javier Sanjuán miró a su alrededor, asombrado. Los edificios eran diferentes a todo lo que él conocía de Roma hasta aquel momento. Una fuente quimérica coronada con ranas perfectas actuaba de maestro de ceremonias de aquel extraño barrio modernista. El chófer vio su cara de extrañeza a través del retrovisor. Miró hacia atrás y se explicó. Sanjuán entendió a duras penas su italiano cerrado del sur.

—Es el quartiere Coppedè..., ¿no lo conocía? Es una de las joyas arquitectónicas ocultas de Roma, y tenemos muchas, se lo aseguro. El señor Marforio ha comprado parte de los palacios para restaurarlos y convertirlos en «casas de hospedaje», como dice él. La Villini delle Fate será su residencia a partir de ahora, señor. No se preocupe. Desde fuera los palacios parecen poco confortables, algo anticuados, pero le aseguro que las habitaciones son una verdadera maravilla...

Cogió una manzana golden de un frutero de bronce, colmado, y miró por la ventana. Allí abajo estaba la fuente de las ranas. A su alrededor, un círculo de hermosos edificios, y la gente que paseaba con rapidez por la plaza helada, gente que continuaba con su vida diaria a pesar de los crímenes de Il Mostro. Unos chicos disfrazados pasaron justo por debajo de la casa haciendo un gran escándalo. Sanjuán mordisqueó la manzana y pensó en deshacer la maleta antes de ponerse a trabajar con todos los documentos que le había dejado Marforio. Fue hasta el recibidor y la acercó hasta la cama. Cambió de opinión, la desharía más tarde. El empresario le había dicho que en cuanto tuviese alguna información sobre la autopsia de los dos chicos, que se estaba produciendo aquella tarde, se la proporcionaría de inmediato.

Como había dicho el chófer, el apartamento era confortable. En realidad, el aire finisecular y decadente del lugar y la decoración, que parecía simular un palacio etrusco, resultaban muy acogedores. Sanjuán llevó el maletín a un escritorio de madera que parecía una pieza de anticuario y se sentó en la silla de despacho, mucho más moderna, lo abrió y, cuando extrajo todos los documentos, se resignó a pasar otra jornada sumergido en el horror.

Rebeca de Palacios paseaba por el despacho de su casa, retorciéndose las manos. La crispación de su rostro provocaba que su frente amplia, normalmente tersa, se llenase de arrugas profundas. La angustia de no saber nada de su hija desde el día anterior la estaba destrozando.

«He cumplido con todo lo que ese hombre me ha ordenado», se decía una y otra vez, repasando partes del juicio para ver si algo podía haber sido del desagrado de su chantajista. «He cumplido con todo, absolutamente todo. No puede haber pasado nada, por favor... ¿Y Valentina? ¿Por qué no se ha puesto en contacto conmigo aún?»

Rebeca de Palacios, atea convencida, rezó por primera vez desde que dejó el colegio. Cuando sonó el teléfono, se abalanzó sobre él con la oración aún resonando en sus labios.

Patrick Doyle miró la pantalla del ordenador. ¡Al fin! De nuevo recibía señal de las cámaras de la casa de Rebeca de Palacios. La magistrada paseaba por el despacho con aspecto de desesperación. Decidió llamarla.

Notó la voz temblorosa de la jueza y sintió una punzada de deseo.

—He hecho todo lo que me has ordenado. Todo. ¿Cómo está mi hija?

Doyle esperó unos segundos antes de contestar, saboreando el poder que le otorgaba aquella situación.

—Tu hija está viva... por poco. Se ha portado muy mal, Rebeca.

El gemido ahogado de Rebeca sonó como una deliciosa aria de Puccini a los oídos del sicario.

—¿Está bien? ¿Qué ha pasado? ¿Qué le has hecho, hijo de puta?

—Ese lenguaje no es propio de una jueza, Rebeca. —Cada vez que pronunciaba el nombre de la magistrada, Doyle lo acariciaba con la voz—. Por ahora no le ha pasado nada, pero ha intentado escaparse. Eso no ha estado nada bien... Le había dejado revistas, y la había desatado para que estuviese cómoda. Todo eso se ha perdido, Rebeca. Vuelve a estar atada e incómoda. La dejé bañarse... pero visto su comportamiento... Tu hija es un peligro, muy desobediente; quizá no la educaste con rigor, Rebeca, y créeme, en estos casos esto puede ser un grave defecto.

—Por favor, no le hagas nada, trátala bien. Estoy haciendo todo lo que me pides. Por favor... —El sollozo de Rebeca era cada vez más angustioso.

Doyle permaneció un rato en silencio y al final se decidió a hablar. Su voz se oscureció de forma imperceptible.

—Hay una manera de que recupere algún privilegio, Rebeca. Y de que no me apetezca cortarle un dedo y enviártelo por correo.

—¿Qué? —Rebeca se estremeció ante esa amenaza, por un instante se sintió desfallecer.

—Todo depende de ti... —El tono de Doyle se hizo de repente más grave, susurrante.

—¿De mí? ¡Ya he hecho todo lo posible! ¡No pude hacer más, o se hubiera notado demasiado...!

Doyle la interrumpió.

—No se trata del juicio, Rebeca. Se trata de algo distinto... Quisiera profundizar más en nuestra relación... Saber más de ti, comprenderte mejor, ¿me entiendes ahora? El otro día ya iniciamos ese camino, y fue muy agradable... ¿Recuerdas? Dime... ¿qué estarías dispuesta a hacer por tu hija?

Rebeca apretó los dientes. Durante un segundo calibró la pregunta, pero tenía clara la respuesta:

—Haré todo lo que me pidas. Dime lo que quieres que haga.

El sicario paladeó aquellas palabras, pero no era suficiente.

—Pídemelo tú, Rebeca. Quiero escucharlo de tu propia voz.

—Haré lo que quieras, todo lo que me pidas, lo haré.

—¿Todo? Pídemelo... por favor.

La voz entrecortada de Rebeca asintió:

—Sí. Todo. Por favor...

Doyle no pudo evitar un deje de triunfo en su voz.

—Muy bien, Rebeca. Escucha mis instrucciones. Quiero que las cumplas al pie de la letra...

Capítulo 49

La humillación de Rebeca

Roma, convento de las Oblatas de Santa Francesca Romana, via del Teatro di Marcello, viernes, 17 de febrero, 22.30 h

Sor Inmaculada de la Cruz elevó sus ojos al cielo, se limpió las manos enharinadas en el blanco delantal y lanzó un largo suspiro. El suspiro de las grandes ocasiones, una mezcla de hastío y reproche teatral que era muy típico de la superiora. Miró a la joven novicia mientras cogía otro trozo de masa y lo extendía sobre la enorme mesa de la cocina. Los grandes ojos oscuros, suplicantes, de Allegra que contrastaban con su cara seria le recordaron a los de un cachorro que había tenido de pequeña.

—No deberías preocuparte tanto, querida niña. El padre Clemente se habrá retrasado por algún tema del museo. No es un niño pequeño, Allegra. Ya llegará.

—Es muy mayor. ¿Y si le ha pasado algo? ¿Y si se ha caído? Siempre es puntual, y avisa si se va a retrasar. Lo he llamado por teléfono y no contesta. He llamado a la ONG y tampoco saben nada. Es rarísimo... Quiero ir hasta el museo a ver si está aún allí. Tengo un mal presentimiento, hermana.

—¿A estas horas? Estás de broma. Ya sabes que no quiero que salgáis por la noche a la calle en plenos carnavales. Recuérdalo siempre: hay un asesino suelto por ahí. Y mira lo que le pasó a Angélica...

—Ya. Angélica...

Allegra había escondido en lo más profundo de su mente el miedo que la atenazaba desde la muerte de su mejor amiga y decidió seguir así.

—Tiene razón, hermana, salir por la noche es un peligro, pero la iglesia no está lejos... Además, iré con sor Felisa. Las dos juntas. Sor Felisa no se deja arredrar por nada... —Sonrió durante medio segundo recordando el volumen de la enorme monja norteamericana, los fuertes brazos y la voz de corista de góspel—. Y dudo mucho que el asesino se atreva con ella.

Sor Inmaculada asintió mientras amasaba con fuerza. Ella también estaba preocupada por el padre Clemente, aunque no quería decirlo para no alarmar a nadie. Era un anciano venerable, que muchas noches, tras cerrar el Museo de las Almas del Purgatorio, acudía al convento a hablar con las novicias, a darles consejos sabios y a confesarlas. Y de paso a tomar una buena sopa caliente. Y en verdad era raro que tardase tanto...

—Está bien. Id las dos juntas, repito, y no os separéis. Verás como no pasa nada con el padre... —Su sonrisa se heló en la cara arrugada para tranquilizar a la joven.

Sor Felisa se arrebujó en su grueso hábito pardo. El frío era intenso, y la noche, al lado del río, más húmeda que en su cálido barrio. Allegra, vestida totalmente de blanco, tiritaba mientras apuraba a la afroamericana, mucho más voluminosa y menos acostumbrada a andar rápido; todo para llegar cuanto antes a la iglesia del Sagrado Corazón del Sufragio. El templo, hermoso como un blanco relicario, permanecía en penumbra, alumbrado solo por las farolas que alumbraban la orilla del Tíber.

Allegra empujó la verja y se acercó despacio a la puerta lateral, que estaba entreabierta. Miró hacia la monja con semblante preocupado, y abrió el portalón de madera con un chirrido leve de bisagras. Las dos entraron en la penumbra eclesial. El olor a cera e incienso estaba mezclado con algo más extraño, algo ominoso que flotaba en el ambiente. La novicia se detuvo unos instantes, impresionada. Luego avanzó unos pasos hacia el centro de la nave ojival.

El grito desgarrado atravesó el altar y resonó en la perfecta resonancia de la bóveda gótica. Felisa corrió a abrazar a la novicia y a obligarla con fuerza a apartar la mirada del cuerpo inerte del padre Clemente, que se balanceaba, colgado de uno de los tubos del órgano.

Quartiere Coppedè, 23.00 h

Javier Sanjuán escuchó el sonido del correo electrónico del iPad. En unos segundos aparecieron en la pantalla los informes preliminares de la autopsia de Paola y Stefano. Movió la cabeza con estupefacción. Alessandro Marforio parecía estar infiltrado en todas partes. Decidió que los miraría más adelante. Estaba muy concentrado en analizar la muerte de Angélica. Además, tener que traducirlo todo del italiano le costaba; los informes y las noticias estaban plagados de palabras desconocidas para él. Se acordó de Valentina: ella le hubiese podido ayudar a conciencia. ¡Valentina! Sanjuán pensaba en ella mucho más de lo que estaba dispuesto a reconocer. Mejor que no supiera lo que estaba pasando en Roma...

Sanjuán se hizo un café en una Nespresso y dio un paseo por el apartamento para despejarse. Buscó y encontró un cenicero de cobre, avejentado y cubierto de cardenillo. Falso cardenillo. No faltaba detalle decorativo en la Villini delle Fate. Era como estar viviendo en el medio de una película de Visconti.

Se lamentó por no tener su extensa biblioteca a mano: al

concentrarse en las fotos de la escena del crimen de Angélica, le había venido a la mente un caso que hacía algunos años había tenido que investigar en Alicante. El asesinato de una joven a manos de su marido, un hombre de unos treinta y cinco años. La mató en un arrebato, al anunciarle ella que quería el divorcio... Sanjuán se acarició la barbilla y notó como la barba le empezaba a crecer. Aquel hombre la había enterrado en un bosque, aunque no estaba lejos de su domicilio. La había dejado al aire, rodeada de algunas de sus cosas favoritas, su teléfono, un peluche... como un pequeño altar. Miró la hora: eran las once. Aún era buena hora para llamar a Abel, el guardia civil que había llevado la investigación del caso y gran amigo... Necesitaba tener a mano ciertos detalles cuanto antes para comparar.

Rebeca se rascó con nerviosismo los brazos hasta dejar una marca carmesí en la piel morena. Notaba una opresión en el pecho que no la dejaba respirar, como si una enorme piedra de molino hubiese caído sobre ella hasta apoderarse de su alma.

Abrió el cajón de la cómoda buscando lo que aquel hombre le había pedido que se pusiera. Lo encontró sin esforzarse demasiado. Empezaba a atenazar su mente la sensación más angustiosa: «Él» había estado en su casa. Había mirado su ropa interior. Sabía perfectamente lo que tenía. Lo que quería. Sintió náuseas. Un asco infinito se estaba apoderando de todo su ser: su hogar, su intimidad violadas hasta tal punto... Y lo más terrible era darse cuenta de que su hija estaba en manos de aquel degenerado.

«Por Dios, Valentina, por favor...», rogó. La magistrada se desnudó sintiendo el agobio aprisionando su garganta. Luego, con lentitud, se puso el corsé negro de encaje, el tanga y el liguero. Buscó en el armario sus zapatos negros de tacón alto y se dirigió hacia el bar, a coger una botella de vodka Grey Goose y hielo. Luego caminó hacia el ordenador de su despacho sintiendo que sus piernas temblaban a cada paso, vacilante como el condenado cuando se acerca a la guillotina.

Cuando se sentó y conectó la cámara, un abismo se abrió bajo sus pies.

Iglesia del Sagrado Corazón del Sufragio

Graziella Mori se incorporó sobre la barandilla con agilidad para ver desde más cerca el cuerpo del padre Clemente, que seguía balanceándose con suavidad en el aire. Barichiotto, desde abajo, no pudo evitar un grito de aviso que sobresaltó a las dos hermanas. Con todo aquel jaleo de Il Mostro di Roma, los habían sacado de la brigada de estupefacientes por falta de efectivos, y a fe que, en presencia de ese escenario, a Barichiotto aquello no le parecía un destino mejor, aunque fuese momentáneo.

—Ojo, no vayas a caerte, por favor. Hay una altura considerable...

Graziella acercó sus ojos al cuello partido del cura haciendo contorsiones. Sacó su móvil e hizo unas fotos al nudo que ataba la cuerda al tubo del órgano. Vio perfectamente dos surcos marcados alrededor de la piel arrugada del cuello. Tocó el cuerpo: aún estaba caliente, no había pasado mucho tiempo desde su muerte. Calculó un par de horas.

—A ver... —Saltó de nuevo al suelo firme con un impulso y se asomó a la barandilla—. A ver qué dice el forense de esto...

—¿A qué te refieres?

Graziella no contestó. Su instinto policial se había agudizado, contenta por ejercer al fin una tarea de investigación pura y dura. Encendió una linterna y apuntó al suelo sucio de polvo. Allí había, sin duda, señales recientes de arrastramiento. Luego bajó con cuidado por una esquina de las escaleras del coro.

—¿Falta mucho para que lleguen los CSI? Creo que aquí hay algo más que un suicidio... —Miró con fijeza a las dos monjas, que permanecían quietas, heladas aún de la impresión—. ¿Conocíais bien al padre Clemente? ¿Algún motivo para quitarse la vida? ¿Enfermedad?

Allegra negó con expresión agobiada.

—Sí. Yo lo conocía bien. Era mi confesor, superintendente. Y el de algunas novicias... —Sollozó durante unos segundos, pero se recompuso—. Hoy venía al convento... al salir del museo, claro, para cenar con nosotras... nos da lecciones de vida, es... era... un hombre muy sabio, gozaba de una excelente salud y estaba totalmente en contra del suicidio, es pecado mortal... —La joven rompió a llorar con desconsuelo y sor Felisa la abrazó con su gran humanidad, la cubría casi por completo.

—Además —continuó Allegra—, el padre Clemente nunca hubiese dejado el museo abandonado. Era la niña de sus ojos.

—¿El museo? —Barichiotto miró con extrañeza a su alrededor.

Sor Felisa señaló hacia el altar de la iglesia.

—Sí. El Museo de las Almas del Purgatorio. Está en la sacristía. El padre Clemente era el encargado. Estaba muy orgulloso, vienen turistas y devotos de todo el mundo. Al principio no lo conocía nadie, ahora está todos los días lleno de gente.

El policía adoptó la expresión de un sabueso olisqueando un rastro definido.

—¿Cobran por la entrada?

La monja asintió.

—Sí, el padre Clemente destinaba parte de los fondos a su ONG.

—¿Tenéis fuerza suficiente para echar un vistazo conmigo?

—Sí. Yo lo conozco de memoria, señor Barichiotto. ¿Por?

—Allegra, ¿sabrías decir si falta algo importante? ¿Algo que formara parte del museo? ¿Sabes dónde guardaba la recaudación?

—Sí, en un cajón de la mesa, cerrado con llave. He ayudado alguna que otra vez al padre a organizar los archivos, el otro día estuve aquí para traerle unos paños que habíamos bordado para el museo en el convento.

Barichiotto miró a Graziella, que asintió. Luego le hizo un gesto a la novicia y se pusieron en marcha hacia el fondo de la nave.

Patrick Doyle bebió un sorbo del whisky de malta y se sentó a esperar. Las pantallas mostraban la casa de la magistrada en blanco y negro, parpadeando. La señal se había caído durante un buen rato y él solo acertaba a lanzar bufidos de frustración. Al final, dio un golpe a una de las pantallas, como si así pudiera volver a ver las imágenes. Curiosamente, en aquel momento, las pantallas se iluminaron de nuevo.

Rebeca de Palacios apareció de pronto en todo su esplendor, caminando hacia su despacho apenas vestida con el conjunto de lencería que él le había «sugerido», sobre los altos tacones negros de Gucci. Doyle clavó los ojos en la figura curvilínea y morena, en los fuertes glúteos, el cabello castaño, largo y ondulado, figura que se deslizaba con lentitud hacia la blanca pantalla del ordenador. Al momento notó crecer su excitación, al ver a la orgullosa jueza obedeciendo sus órdenes al pie de la letra, vestida como una *geisha* a su placer.

La llamó por teléfono, tratando de disimular su agitación.

—Conecta la cámara, por favor. —La jueza apareció en la pantalla central al momento, con el semblante demudado—. Muy bien, Rebeca. Veo que has seguido mis indicaciones al pie de la letra. Muy bien. Si sigues portándote así de bien, tu hija recuperará todos los privilegios en muy poco tiempo... —La sola mención de su hija provocó una mueca involuntaria en la cara de la jueza, y Doyle notó que era el momento—. Ahora escúchame bien. Quiero que te pintes los labios como si te los pintaras para mí. Con sensualidad. Con lentitud... Usa la barra roja de Chanel que tienes en el baño que está al lado del despacho.

Rebeca obedeció, se levantó y fue al baño a coger la barra de labios. Luego se sentó de nuevo.

—Hazlo, por favor. Píntate los labios... muy bien... me encanta, Rebeca. Mira a la cámara fijamente... Estás preciosa. Ahora escúchame bien. Bájate un poco el corsé y píntate los pezones con la barra... igual que los labios. Muuuy lentamente...

Rebeca enrojeció de ira, durante un segundo su odio relampagueó ante los ojos de Doyle, que pasó su lengua por los labios, poseído por un deseo feroz por aquella mujer. Luego obedeció de nuevo: se bajó el corsé negro y se pintó los pezones, que se endurecieron al contacto con la barra agranatada.

—Mmm, mírate, magistrada. Estás muy hermosa. Me gustaría morderte los pezones, estar lamiéndolos ahora mismo... —La voz de Doyle sonó entrecortada en los auriculares, y Rebeca de Palacios sintió unas ganas enormes de huir de aquella situación repugnante.

—Ahora, haz el favor, Rebeca. Bájate el tanga despacio. Muy despacio. Enséñamelo... Perfecto. Levántate de la silla. Así... Perfecto. Siéntate. Quiero ver cómo te masturbas. Quiero que lo hagas para mí, que te mojes de verdad... Cuanto más excitada estés, mejor tratada estará tu hija, recuerda...

Rebeca apretó los dientes y titubeó. No era capaz de hacerlo. No, no era posible... Aquel tipo era un degenerado, un vicioso. No le podía dar esa satisfacción.

—Recuerda a tu hija atada a una silla de madera, Rebeca... sin poder casi ir al baño o comer... está castigada.

La magistrada, temblando, se llevó la mano a los muslos y empezó a acariciarlos. Luego sus dedos largos alcanzaron la vulva depilada y se introdujeron tímidamente.

—Así, Rebeca. Así. Acaríciate el clítoris, preciosa. Despacio, quiero ver ese dedo dentro de tu vagina, como lo haría yo si estuviese ahí. Así, abre los labios, que yo los vea...

Rebeca obedecía casi sin pensar. Su cuerpo empezaba a excitarse por alguna razón mecánica, y decidió terminar cuanto antes con aquello. Se contoneó y emitió un par de gemidos entrecortados.

Doyle movió la cabeza y protestó.

—Rebeca. Tú eres mucho más ardiente que eso... por favor. Ve a tu mesilla y trae ese juguetito que usas a veces con tu amigo el fiscal...

Para satisfacción de Doyle, la magistrada bebió un trago largo de una copa, y una vez más, volvía a obedecerle. Cuando regresó con el pequeño vibrador en la mano, el sicario notó que su erección se endurecía como jamás le había ocurrido en toda su vida. «Si ella supiera que lo estoy grabando todo...» Doyle se relamió pensando en lo que podría hacer más adelante con aquella grabación.

—El dinero está aquí, en el cajón. No han robado nada. Estaba abierto.

Barichiotto miró la considerable cantidad de euros cuidadosamente apilados y las monedas sin clasificar.

Graziella Mori suspiró. ¿Y si sus sospechas eran falsas y aquel hombre se había suicidado? De todos modos eso lo tendría que decir el forense. Parecía que no había terminado de contar la recaudación, faltaban las monedas. A lo mejor alguien lo interrumpió en medio de la faena. Habría que analizar si tenía agenda, alguna cita... o si una o más personas habían entrado a robar de improviso. Pero no habían visto señales de lucha. Y definitivamente no había nota de suicidio a la vista.

Miró a Allegra, que se había quedado en la puerta, pálida como una muerta. En la pequeña habitación, las piezas coleccionadas, colgadas en la pared amarillenta hacía muchos años por el fundador del museo, el padre Jouet, le daban un aire siniestro a toda la estancia, que olía a viejo y a cerrado.

—¿Notas algo raro, diferente a la última vez que estuviste aquí? Por favor, procura no tocar nada.

Allegra asintió, demudada. Luego señaló a la pared. Había un hueco entre los marcos de las reliquias. Un hueco que había dejado la marca gris de un cuadro en la pared.

—Falta una de las piezas... la de la marca a fuego del dedo de Suor Maria di San Luigi Gonzaga...

El sonido del teléfono los interrumpió. Ada contestó con rapidez y señaló la puerta.

—Son los de la científica. Y la forense está al llegar. Allegra, vámonos de aquí. Tendréis que darme vuestro teléfono para poder contactar con vosotras...; Barichiotto, tenemos que hacer un inventario de lo que hay y de lo que pueda faltar en este sitio.

—Las dos estamos en el monasterio de las Oblatas de Francesca Romana, en la via del Teatro di Marcello...

Barichiotto asintió, con media sonrisa.

—Lo conozco perfectamente. Mi tía abuela profesó allí hace muchos años.

Sor Felisa los apuró:

—¿Nos podemos ir ya? La madre superiora ha de estar muy preocupada por nosotras...

El puñetazo en la puerta del baño sonó como un golpe de mazo. Rajiva se sobresaltó dentro de la enorme bañera de mármol negro. De los negros ojos de Guido Barone salían unos destellos iracundos que ella nunca había visto.

Barone lanzó un paquete a un lado de la bañera con desprecio.

—Quiero ahora mismo todo lo que tengas sobre el secuestro de Marta de Palacios. Hay una fecha límite para encontrarla, y vence el próximo jueves, así que no tenemos un minuto que perder, ¿comprendes? Ahí tienes algo de dinero para amansar al príncipe. Así que sal ahora mismo de la bañera y ponte a trabajar.

Rajiva no estaba acostumbrada a recibir órdenes de nadie. Ni siquiera de su socio. Así que siguió en la bañera, acariciando su brazo lleno de espuma con sensualidad, mientras sonreía de forma meliflua. Barone vio colmada su paciencia con aquel gesto provocador. Se acercó y la sacó a rastras de la bañera con violencia. Ella se revolvió como una fiera, pero

Barone la dominó con determinación sujetándola con fuerza por la muñeca.

—Ahora no llevas puesto ninguno de tus anillos envenenados, ¿eh, zorra? —La soltó con un gesto de desprecio y le acercó un albornoz y una toalla. Ella permaneció en silencio, dominando su rabia.

—Sécate y obedéceme. No estoy para bromas. Lo que has hecho ha sido una soberana estupidez. Estás perdiendo el control, Rajiva. Nos vas a vender a los dos, y no lo voy a consentir. Primero secuestras a la hija de una jueza española. Luego intentas vender como esclava a una inspectora de policía. Estás completamente loca. No quiero tener a toda la Interpol y a la policía de España metiendo las narices en nuestros negocios... —Barone la soltó, y dejó que ella se envolviera en un albornoz; él la miró, más calmado ya—. Piensa, estúpida, ¿cuánto iba a durar tu inmunidad diplomática si salieran a relucir algunas de las cosas que has hecho de un tiempo a esta parte?

La hindú se encogió de hombros mientras empezaba a secarse el pelo con la toalla, con total indiferencia.

—Ella me atacó primero. ¿Qué querías que hiciera? ¿Saludarla y darle un beso? La muy puta se lo merecía por imbécil. Además, si me hubieses dado el dinero en su momento no habría tenido que venderla. ¿Sabes todos los problemas que me han causado esas dos? Además, el príncipe va a querer todo lo que me pagó más una indemnización... No va a aceptar un anticipo. —Rajiva se miró las uñas esmaltadas con despreocupación y le lanzó una sonrisa sibilina y coqueta—. ¿Sabes lo que pienso? Que estás celoso de lo del otro día...

Guido Barone negó con la cabeza al escucharla. Todo lo que le había fascinado de Rajiva estaba desvaneciéndose en el aire. Su salvajismo, su descaro, la perspicacia a la hora de meterse hasta el fondo en los negocios sin la menor sombra de duda o arrepentimiento se estaba volviendo contra ella misma, y, por ende, contra él. Un fallo más y su carrera y su vida podrían dar con los huesos en la cárcel.

¿Cómo podía haber estado tan ciego? La muy ladina siempre tenía la posibilidad de refugiarse en la embajada y huir a su país, pero él...

Su voz sonó fría y amenazadora, lo suficiente como para que Rajiva se apretase el albornoz contra el pecho con la sonrisa convertida en mueca.

—Querida mía, tus problemas me importan un carajo. Con quién te acuestes, lo mismo. Ahora escúchame bien: quiero que durante una temporada desaparezcas de la circulación, hasta que todo esto esté solucionado. ¿Entendido? Bien. Y ahora haz el favor de darme todo lo que tengas sobre el hombre que secuestró a Marta de Palacios en el hotel. No lo voy a repetir otra vez.

Las gotas de sudor de Rebeca cayeron de su frente hasta su pecho, bajando por su piel en un camino sin retorno. El vibrador la estaba excitando de una forma inexplicable para ella. Su cuerpo semidesnudo parecía responder a las órdenes de aquel pervertido mientras su mente rechazaba todo aquel montaje infernal con absoluto rigor espartano. Para su desgracia, su mente estaba perdiendo la partida.

—Ahora quiero que te desnudes por completo, Rebeca... Quiero ver tu maravilloso cuerpo, cómo me lo ofreces mientras te masturbas... Quiero ver tu culo, enséñamelo. Una vez desnuda, siéntate de nuevo y abre las piernas todo lo que puedas. Mete y saca el aparatito con rapidez mientras te estimulas con el dedo... Gime mientras lo haces... Quiero oír y ver cómo te corres para mí...

La magistrada se quitó el liguero, el corsé y las medias dándole la espalda a la cámara, curvándola para ofrecerle todo lo que él pedía. La humillación estaba siendo tan grande que le fallaban las piernas. Luego se sentó y empezó a masturbarse de nuevo. Primero despacio, con delicadeza. Con absoluta vergüenza notó como el flujo la traicionaba de manera evidente. Luego, se dejó llevar hasta el final, cada vez más rápido, hasta terminar en una explosión de gemidos anhelantes entremezclados con lágrimas que rompieron el silencio del despacho.

Doyle permaneció callado unos segundos, dejando que ella se recuperase.

—No ha estado nada mal, magistrada. Nada nada mal. Sabía que eras una mujer muy caliente debajo de esa armadura de hierro... Pero has de saber que tienes que superarte un poco más para que tu hija conserve los privilegios que le voy a otorgar... Escucha con atención. Para mañana quiero que compres un par de juguetes. Toma nota. Luego, por la noche, nos volveremos a ver... que sepas que ya lo estoy deseando...

Rebeca gimió de disgusto cuando escuchó el tono perverso que adoptó Doyle mientras enumeraba con lascivia todo lo que quería de ella para la siguiente sesión.

Cuando colgó, se sirvió otro gran trago de vodka y después se metió en la ducha, llorando desconsoladamente.

Capítulo 50
Insomnio

> [...] Pero mi alma está hendida, y, cuando en sus hastíos,]
> quiere poblar de cantos la frialdad nocturna,
> con frecuencia sucede que su cansada voz
>
> Semeja al estertor de un herido olvidado,
> junto a un lago de sangre, bajo un montón de muertos,]
> que expira, sin moverse, entre esfuerzos inmensos.
>
> Fragmento de «La campana hendida»,
> *Las flores del mal*, CHARLES BAUDELAIRE

Roma, comisaría de San Vitale,
sábado, 18 de febrero de 2012, 4.00 h

Ada Casali intentó no parpadear. Después de días durmiendo a duras penas, se caía de sueño. Sus ojos se cerraban cansados de mirar la pantalla, y si no ponía resistencia, sus párpados decidirían rendirse al sopor por completo. Para espabilarse, tomó un largo sorbo de Coca-Cola *light*, que estaba ya casi sin gas, se colocó un mechón de la media melena detrás de la oreja y continuó analizando las imágenes de la cinta de seguridad de una pequeña empresa de automóviles que estaba relativamente cerca de la puerta del Cementerio Protestante. Il Mostro había tenido en cuenta la ausencia de cámaras por toda aquella zona, pero no contó con la del almacén de Alfa Romeo. No era una cámara demasiado potente y la nitidez brillaba por su ausencia, pero ofrecía una cierta perspectiva de la puerta del camposanto.

El reloj de la pantalla, situado abajo, a la derecha, marcaba las cuatro de la madrugada cuando un furgón blanco se dirigió pausadamente hacia el portalón metálico y se paró justo delante. Ada adelantó su cuerpo, ya totalmente espabilada. Imposible ver la matrícula a simple vista, tendría que hablar con los informáticos para conseguirla. Un hombre se bajó. Llevaba abrigo largo, un gorro cubriéndole la cabeza y algo parecido a una cizalla en la mano, pensó estremecida. Durante unos segundos, Ada lo perdió de vista. Luego, la puerta del cementerio se abrió de par en par.

«Habrá que analizar bien esta cinta, quizá se pueda ver la cara en algún momento...»

El hombre se volvió a meter en la furgoneta y condujo hacia el interior del cementerio. Instantes más tarde, la puerta se cerró de nuevo.

«Hay que tener estómago, hijo de puta», pensó Ada, con los ojos abiertos como platos. «Este tío sabe lo que hace, y sin duda no es la primera vez que lo hace...»

Laura se puso las medias tupidas y el vestido de lana, de un llamativo verde botella, con rapidez. Luego miró a Giovanni Nero, que permanecía tumbado en la cama, ensimismado, ajeno a su presencia, el pecho jadeante por el esfuerzo. La habitación olía aún a sexo, y Laura notó el dolor amargo de sus nalgas al agacharse para calzar las botas de tacón. Esta vez ella no lo había pasado demasiado bien. Nero parecía un poseído, estaba fuera de sí, mucho más que la primera vez que lo hicieron... Cuando llegó para darle las buenas nuevas, él no permitió que Laura abriera la boca. Simplemente la agarró y la llevó a la habitación sin un ápice de ternura.

Laura se sentó en el borde de la cama y se inclinó en dirección a él.

—Giovanni, escúchame. Fray Eusebio está encantado con tu trabajo en San Bonaventura. Dice que eres un gran pintor, de los que no hay en esta época. Ha hablado de ti a toda la curia. Estás empezando a triunfar... Es maravilloso, mira: he recibido otros dos encargos de la Santa Madre Iglesia. Y no solo eso, he conseguido que expongas en la galería más importante de Roma.

Nero se giró y se incorporó levemente. La miró, los ojos de insano color turquesa, casi siempre inexpresivos, refulgiendo de emoción repentina, pero contenida.

—¿De verdad? ¿Dónde? ¿Cuál es la galería? ¿Cómo lo has conseguido?

Laura sonrió. Había conseguido captar su atención al cien por cien, algo que rara vez conseguía, siempre perdido en sus ensoñaciones y en sus recuerdos tortuosos. Eso era lo bueno de esperar al final del polvo para contar las buenas noticias.

—Será en la galería del EUR, la que está en el búnker de Mussolini. Van a hacer una gran exposición sobre el arte más actual, el que se está haciendo ahora mismo en Roma. Necesitaban a alguien especializado en pintura figurativa moderna, y he conseguido meterte a presión en el último momento. Había otro pintor, muy enchufado, pero no tan bueno como tú... —Laura obvió explicar, con toda la intención, que el otro pintor había renunciado a exponer por desencuentros con la comisaria.

Él se encogió de hombros. ¿Qué importaba aquello? Qué sabía ella lo difícil que era romper tabúes y abrirse paso entre la caterva de buitres que dominaban todo el mundo del arte, una criba brutal que solo pasaban los elegidos por algún marchante caprichoso y lleno de poder... Sin embargo, aquella mujer, con sus contactos, era capaz de todo lo que él no había sido capaz de hacer. Sus ojos traslucieron por primera vez un atisbo de admiración hacia ella.

—¿Cuándo está previsto que empiece?

—Se inaugura mañana. Prepara los tres mejores cuadros que tengas en el estudio, los más osados. Les pondremos un precio prohibitivo para empezar. Hay que provocarles, Giovanni. El misterioso pintor Giovanni Nero tiene que romper con los esquemas de los críticos... Si hace falta, haremos unas declaraciones.

Nero la interrumpió.

—No, nada de llamar la atención de los críticos o de la prensa más de lo necesario. Sé lo que pretendes, pero dada mi situación aquí preferiría jugar cualquier otra baza. Invéntate algo para que yo no esté en persona: tengo agorafobia, estoy de viaje por la India... Lo que consideres más conveniente para mantener el misterio.

Laura Cortés lo miró durante unos segundos y se levantó para buscar un pendiente que se le había caído. Se lo colocó. Luego cogió el bolso y se inclinó para besar a Giovanni en la boca.

—Te llamo por la mañana. Recuerda: elige los cuadros más rompedores. Traeré al estudio a la comisaria de la exposición para que les dé el visto bueno antes de llevarlos.

El enorme corcho de la sala de reuniones de la comisaría parecía un retablo de la infamia más abyecta, o eso le parecía a Esposito Ranucci mientras colocaba las fotos de las autopsias de Paola y Stefano, justo debajo de las imágenes que mostraban sus cuerpos expuestos en los diferentes escenarios. Dio unos pasos hacia atrás para tener una vista general de todo el horror que estaba azotando su ciudad durante aquellos días de crudo invierno. En la mesa, los informes preliminares de la autopsia que mostraban el rosario de torturas a las que habían sido sometidos dos jóvenes inocentes, burlados por la muerte. Se preguntó por qué. Por qué tres personas, quizá cuatro, en lo mejor de su vida, habían sido torturadas y asesinadas por aquel salvaje.

Algunas veces no había un porqué. Ranucci sabía que lo

más complejo de aquellos casos era eso, no había una razón determinada. Por lo general no había un vínculo personal entre el asesino y la víctima. Eso convertía las investigaciones en una larga cruzada sin resultados a corto plazo, una cruzada que podía durar años en el peor de los casos. Aquel tipo de individuos podía desaparecer de repente y dominar su compulsión hasta que esta lo dominase de nuevo. Además, él, como investigador, tenía que capturar a aquel hombre, no destripar su mente enferma, pensó. Ya se encargarían los criminólogos de hacer un perfil. Criminólogos. Tenían unos perfiladores fantásticos en la policía italiana. ¿Para qué traer a uno español? Ranucci movió la cabeza, perplejo. Su mujer le decía que toda ayuda era poca para atrapar a Il Mostro, pero su teoría inamovible era que cuanta más gente involucrada participase en una investigación, más embrollo y más datos superfluos tendrían que acabar cribando. En fin. Guido Barone era su jefe supremo, y por desgracia o por suerte, tenía que obedecer sus órdenes. Y a Guido Barone, *vicecapo* de la policía de Roma, le interesaba sobremanera complacer a Alessandro Marforio, el todopoderoso vengador de su infortunada hermana.

* * *

Valentina Negro dejó la maleta sobre la cama del que iba a ser su nuevo hogar y echó un vistazo. Era cómoda, sin demasiado lujo, pero muy agradable. Tenía una cafetera y una pequeña nevera. Barone había dispuesto para ella una habitación en el Hotel Virgilio, muy cerca de su despacho en el palazzo del Viminale. Al día siguiente a primera hora, la esperaba para entregarle toda la información de la que disponía sobre el doble secuestro de Marta y enseñarle el sitio en donde podría trabajar «sin llamar demasiado la atención». Valentina se daba cuenta de que todo aquello apestaba a corrupción, pero había decidido que dejaría para otro momento sus escrúpulos sobre ética y decencia policial. Sin duda, Rajiva tenía algo que ver con Barone, algo perverso, o él no hubiese ido a salvarla de aquella forma tan arriesgada. Barone, el *vicecapo* de la policía de Roma, manchándose las manos, de noche, en un barco de contrabando de mujeres, pudiendo haber mandado a cualquier agente... Todo apuntaba a que estaba pringado hasta el cuello de mierda. Pero eso no era su problema. Aquel hombre la había salvado de una muerte segura, y le estaba agradecida. Su vida no era asunto suyo. Cuando hizo de todo aquello un asunto privado Valentina asumió que iba a tener que nadar entre la podredumbre.

Estaba allí para liberar a Marta, la hija de su amiga, y para liberar a su amiga de un chantaje repugnante. Y la ayuda de Guido Barone, fuese por la razón que fuese, era fundamental para lograr que una parte del cáncer que había traído Pedro Mendiluce a su vida y a la de los suyos fuese erradicado para siempre.

Valentina se dio cuenta de repente de que no se tenía en pie. Necesitaba urgentemente dormir algo y recuperar fuerzas. Y lo más importante, templar bien su mente después de lo que había pasado. Sabía que le iba a pasar factura tarde o temprano, pero en aquel momento no podía pensar en ello.

Antes de sumirse en un profundo sueño, pensó en dónde estaría Enzo Ferreti. Tenía que llamarlo. En el fondo, no era tan cretino como había pensado...

Javier Sanjuán dio una vuelta más en la cama, y movió la almohada, culpándola de su incomodidad. Al día siguiente le esperaba una jornada muy dura y necesitaba dormir un poco. Pero todo lo que había visto le rondaba la mente hasta acosarlo. Cerraba los ojos y las imágenes de los cuerpos de aquellos chicos le apuñalaban el cerebro y no le permitían conciliar el sueño.

Tenía el convencimiento de que era él. Lo intuía con una intensidad que le aceleraba el pulso. Aquellas muertes tenían un autor muy determinado, un autor al que él conocía muy bien. Había visto en las fotos de la escena de los crímenes el sello ineludible del éxtasis y del sufrimiento. Comprendió que solo una persona era capaz de integrar al espectador de sus obras macabras en su propio laberinto infernal, como si fuera absorbido por todo el horror que se clavaba en su alma para no soltarlo jamás.

Sanjuán se incorporó en la cama y notó cómo el miedo y la ira atenazaban su corazón. ¿Es que ese demonio no iba nunca a dejar de rondarle? En la estancia resonaron las graves campanadas de una iglesia cercana que al criminólogo se le antojaron un cántico lúgubre.

Se levantó en medio de la noche, totalmente desvelado, y fue a la cocina a hacerse otro café. Imaginó a Valentina por unos instantes, durmiendo cómodamente en su casa de La Coruña, y sonrió con melancolía.

Capítulo 51
La comisaría

Roma, palazzo del Viminale,
un despacho en el último piso,
sábado, 18 de febrero de 2012, 7.45 h

Las cámaras del hotel mostraban a un hombre cubierto con una capa de carnaval, oscura y larga que escondía un bulto, recorriendo los lujosos pasillos con rapidez y mucha cautela. El bulto era Marta de Palacios. Valentina paró la imagen un momento y llamó a la joven que Guido Barone le había asignado para manejar el programa informático. Patrizia estaba fumando un Camel en la ventana, sin que la desalentara el frío intenso que continuaba haciendo en Roma aquel sábado de carnaval.

—¿Puedes ampliarme esta imagen, por favor? Creo que ahí se le puede ver bien la cara.

Patrizia asintió y tiró el cigarro por la ventana al momento. Luego se situó delante del ordenador y comenzó a teclear con rapidez. La imagen del hombre pronto se hizo mucho más grande, y las facciones de Patrick Doyle se congelaron, algo deformadas por el esfuerzo de correr a la vez que transportaba a la cautiva. Valentina se fijó en el cabello corto y rubio, al modo militar, y en los ojos claros. Las facciones eran angulosas y duras. Parecía un soldado, en el aspecto y en el modo de moverse. Sin duda era un sicario contratado por Mendiluce desde la cárcel. De alguna manera se las arreglaba para seguir moviendo los hilos desde Teixeiro sin ningún problema... Aquel hombre no parecía español. Así que probablemente Mendiluce había utilizado sus contactos fuera para conseguir a alguien capaz de tener la infraestructura necesaria para el secuestro; un hombre profesional y capaz de seguir un rastro, un tipo osado, tanto como para birlar a una secuestrada delante de las narices de Rajiva y sus acólitos. Aquel tipo era demasiado bueno como para pasar desapercibido por completo, tenía que tener una reputación, un contacto seguro desde el que se pudiera llegar a él. Algún punto en común con Pedro Mendiluce, por vago que fuera.

Valentina se dio cuenta de que a partir de aquel momento iba a necesitar ayuda en La Coruña. Alguien que fuese capaz de conseguirle datos sobre Mendiluce, sus llamadas... Suspiró, agobiada. No quería comprometer a Bodelón o a Velasco en aquel asunto tan turbio, pero no iba a tener más remedio.

Patrizia seguía trabajando con las imágenes de la cara de Doyle, transformándolas en fotos de gran nitidez

—¿Puedes guardar todas esas fotos en la carpeta que te dije? Si las puedes imprimir también... —Valentina sonrió y ladeó la cabeza con semblante culpable—. Y si me das un cigarrillo te lo agradecería... Hace casi un año que no fumo, pero dadas las circunstancias, necesito una calada...

La Coruña, comisaría de Lonzas, 8.45 h

El subinspector de la Policía Judicial Fernández Bodelón tamborileó con los dedos en la mesa, impaciente. La llamada de Valentina le había puesto a cien por hora. Ya había recibido varios correos con las fotos del posible secuestrador de la hija de Rebeca de Palacios. Necesitaba contactar cuanto antes con Velasco, que estaba de baja y, seguramente, en su tiempo de rehabilitación. Había que ponerse las pilas sin perder un momento. Era humillante para él y para todos leer los medios locales refiriendo con cierta extrañeza la dulzura con que la magistrada Rebeca de Palacios trataba al supuestamente corrupto Pedro Mendiluce al que se suponía que debería estar juzgando con su habitual dureza. Pero De Palacios no se estaba empleando a fondo: desde boicotear todas las iniciativas del fiscal hasta aceptar la anulación de pruebas recogidas de forma totalmente legal, como las grabaciones que el CNP había realizado con los permisos pertinentes, basándose en oscuros tecnicismos jurídicos, la magistrada actuaba de una forma totalmente ilógica, una actitud muy extraña que tenía sorprendido a todo el mundo. De todos modos, entendía su comportamiento. Él también tenía una hija pequeña, y haría lo que fuera por preservar su vida. Pero si no eran capaces de desactivar el plan de Mendiluce, el empresario se iba a ir de rositas para continuar con su reinado de corrupción en la ciudad. Y eso no podían permitirlo.

La Coruña, Cuatro Caminos, clínica de rehabilitación

Manuel Velasco levantó el brazo con esfuerzo, ayudado por el fisioterapeuta, y emitió un quejido sordo. Hacía poco más de un año que había recibido un tiro en la articulación, y aunque el hombro se le había curado bastante bien, los médicos le habían recomendado operarle para evitar las continuas dislocaciones y ganar fuerza en los tejidos dañados. Se estaba recuperando de forma satisfactoria, y no deseaba otra cosa que volver a su trabajo en la comisaría de Lonzas. No soportaba tanta inacción en su vida, especialmente desde que su marido había vuelto a Girona a trabajar por unos meses. Necesitaba distraerse.

A pesar de todo, daba por bueno aquel disparo. Él y su colega Fernández Bodelón habían salvado a Valentina Negro y a Javier Sanjuán de una muerte segura, y eso era suficiente para aguantar el dolor que el fisio le estaba provocando al mantener el brazo erguido durante un buen rato.

Velasco escuchó la vibración de su móvil dentro de la cazadora y se removió en la camilla. No era la primera vez que sonaba. En cuanto el fisio dio por concluido su trabajo, se abalanzó sobre el teléfono, con real preocupación.

Cuando al fin consiguió contactar con su colega y ponerlo al día de lo ocurrido, Bodelón se preguntó por dónde empezar. Necesitaban saber qué hacía Mendiluce en la cárcel, con quién hablaba, quién iba a visitarlo... Aunque tampoco era muy difícil... Sin duda necesitaban sobre todo controlar a su abogada, Sara Rancaño, una pájara de cuidado, preparada, pero con pocos escrúpulos y aires de mujer fatal. No se podía negar que estaba muy buena... Desde luego, Pedro Mendiluce elegía a sus abogadas con ojo clínico. Más de una vez Bodelón había declarado en juicios en donde estaba la Rancaño, y la tenía calada desde el primer instante. Pensó rápido. Todo tendría que ser bajo manga, y con total discreción, de manera que nadie sospechara absolutamente nada. Buscó la dirección y los teléfonos de la abogada en el ordenador y tomó nota.

Bodelón empezó a hacer memoria y a recopilar datos sobre Pedro Mendiluce que habían salido en la investigación. En aquel momento el empresario estaba bastante solo: las ratas habían abandonado el barco. Además, su antiguo lugarteniente, Sebastián Delgado, había muerto y su mayordomo se había mudado de ciudad. Todo apuntaba una y otra vez a que la Rancaño era la mano ejecutora de Mendiluce fuera de la cárcel. Debía de estar pagándole un pastón, así que sería difícil convencerla sin argumentos de que dejase de ser tan eficiente. Habría que pensar algo más sutil. Algo que pasara más bien inadvertido.

Una llamada perdida de Velasco le puso las pilas. Se levantó de su asiento y bajó a por el coche con celeridad, cruzando los dedos para que la mañana siguiese tan tranquila como lo estaban siendo aquellos días de carnaval.

Roma, comisaría de San Vitale, 10.00 h

Sanjuán agradeció infinitamente la deferencia de Alessandro Marforio de haberle proporcionado un traductor para la reunión en la comisaría, Carlo, al que el chófer recogió camino de la comisaría. Un montón de periodistas y cámaras de televisión esperaban en la puerta, fotografiando la llegada de cualquier vehículo. Mario Conti había avisado a la prensa de la reunión y de la llegada del criminólogo que había ayudado a capturar a un asesino similar en España. Cuando el Lexus traspasó el viejo arco del *palazzo* en la via San Vitale, se sintió impresionado por la belleza monumental del edificio. Respiró profundamente para relajarse. Intuía que aquella reunión no iba a ser nada fácil, en un país extranjero, un puñado de policías que sin duda lo considerarían un intruso, con la mosca detrás de la oreja ya por culpa de la prensa. Carlo, un hombre alto, de mediana edad, pero ya con alguna que otra cana en su cabello largo, le hizo un gesto tranquilizador, como si de alguna forma supiera que la jornada iba a ser dura.

En la puerta de la comisaría ya estaba el comisario Esposito Ranucci. Lo reconoció al momento por haberlo visto en la prensa. De uniforme parecía más joven que en los periódicos, aunque las ojeras y la preocupación hacían mella en su aspecto. A su lado aguardaban otras dos personas uniformadas: una mujer más joven, de brillante melena castaña, menuda y delgada, y un hombre mayor, calvo y grueso, vestido como un *carabiniere* de alto rango. Cuando descendió del vehículo, los policías lo saludaron con una inclinación de cabeza. Ranucci entró en la comisaría sin relajar en ningún momento su semblante agriado, seguido del *carabiniere*. La mujer policía se presentó, y mucho más abierta y agradable, los guio a través del patio hacia unas amplias escaleras de mármol rosado.

—Lo siento. No hay ascensor en esta zona... —La sonrisa de Ada agradó al perfilador, un oasis en medio de aquellas caras adustas que lo rodeaban. Él y Carlo la siguieron por las frías escaleras, gastadas ya por los años de continuo paso.

Lúa aguantó las lágrimas como pudo. La madre de Eleonora se derrumbaba a ojos vistas delante de Mario, que la agarró del brazo. La ayudó a sentarse en la silla de la cocina y le alcanzó un vaso de agua del grifo. La mujer, una señora bien conservada y vestida, con tristes ojos verdes y el pelo negro prematuramente lleno de canas, se disculpó y recuperó la compostura. Pronto les dejó ver otra foto de su hija, esta vez en la playa, en bikini, hermosa, deslumbrante, disfrutando del sol. Lúa había escrito un libro sobre un asesino en serie, el Artista, pero nunca se acostumbraría a la crudeza, a lo terrible del destino que habían sufrido no solo las víctimas, sino también los familiares, sometidos a un tormento eterno.

Mario cogió las fotografías, las guardó y abrazó a la mujer, que volvió a llorar desconsoladamente. Al cabo de un rato salieron de la vivienda, para alivio de Lúa, que se apoyó en la pared del portal durante un segundo para recuperar el ánimo.

El periodista la agarró por el hombro con ternura.

—Vamos a tomar algo, Lúa. Un expreso te vendrá bien. Tenemos tiempo antes de ir a la redacción, desde allí podrás mandar tu artículo. Y luego a la comisaría. Después de la reunión la policía dará una rueda de prensa.

Javier Sanjuán escuchaba con atención los nuevos datos que iban desgranando los policías, preguntaba a Carlo cuando tenía alguna duda, y apuntaba en su Moleskine, con letra pulcra, los datos nuevos, aunque el iPad lo estuviese grabando todo. Los informes forenses indicaban que Paola había muerto por estrangulación manual. Su novio Stefano había sido golpeado con furia en la cabeza con el extremo afilado de algún objeto contundente, una pala quizá. En las heridas había restos de pintura blanca, cemento, polvo de ladrillo. En los dos cuerpos, aunque habían sido lavados, se encontraron trazas de incienso y cera de vela. En el de Paola también había tierra. Paola había sido violada *ante* y *post mortem*. El informe forense apuntaba que habían muerto poco después de que sus amigos los despidiesen tras la cena. Sus estómagos aún tenían restos de alimentos. También señalaba la posibilidad de que el cuerpo de Paola fuera conservado en frío, quizá enterrada en la nieve.

Justo en ese momento, entró un hombre moreno, de ojos oscuros, vestido con un elegante abrigo tan negro como su cabello, que se disculpó en alto por la tardanza. Carlo susurró al oído de Sanjuán mientras lo señalaba.

—El *vicecapo* de la policía y director de la policía criminal, Guido Barone, un cargo nombrado por el propio presidente del Gobierno, un hombre muy poderoso, aunque dicen por ahí que no es trigo limpio...

Sanjuán asintió. Ya había perdido la cuenta de todos los cargos importantes que asistían a aquella reunión. El perfilador de la policía romana, un hombre grueso, de cabello rubio pajizo, barba y áridos ojos azules, tomaba notas también a su lado, de forma casi febril. Sanjuán lo miró de reojo con cierta curiosidad, y luego continuó prestando atención a Ada Casali, que desgranaba los datos de los homicidios con una facilidad casi didáctica. Una mujer atractiva, sin duda, con aquella nariz aguileña y los ojos rebosantes de inteligencia. Bebió un poco de agua y se intentó relajar. Cuando la joven policía empezó a pasar las fotos de las escenas del crimen, el nudo en su garganta se hizo más pesado. Cada imagen, cada palabra que ofrecía aquella policía sobre los asesinatos le hacía caminar por un sendero doloroso que conocía perfectamente. Un sendero tortuoso que como un punzón penetraba, sin duda alguna, en la mente enfermiza y sádica de Christian Morgado, al que Sanjuán solo unos días antes consideraba perdido en una especie de agujero negro tras su huida del hospital, pero que para su espanto había regresado de nuevo con toda su capacidad asesina intacta.

La Coruña, bar Casa de Andalucía

Velasco ofreció la mejor de sus sonrisas. Era un hombre apuesto, culto, de cabello castaño muy cuidado, siempre vestido a la última moda con la ropa más cara que su sueldo podía permitirle. Y sabía cómo camelar a las mujeres con su encanto. Aunque Verónica Freire supiera perfectamente que era gay, estaba encantada de tratar con su compañero de largas pestañas, como le llamaba ella para vacilarle.

—Ya. Manuel, lo que me pides no está nada bien y lo sabes...

Verónica hizo una mueca con sus labios pintados de rosa palo. Era una joven atractiva, y no podía evitar coquetear con Velasco, que seguía el juego sabiendo que tenía la batalla ganada. Aquella chica bromista y teñida de rubio platino era ingeniera informática y siempre se apuntaba a cualquier desafío que se saliera de la rutina y le activara las neuronas.

—Nadie se va a enterar. ¿Tú se lo vas a contar a alguien?

—¡Definitivamente, estás como una cabra! ¡Pues claro que no! ¿Cómo le voy a contar a alguien que quieres que pinche el móvil de la zorra esa y que te saque un listado de todas sus llamadas en los últimos dos meses? No es legal ni ético... —Pestañeó, mientras jugueteaba con la lengua—. Aunque bien mirado, no la soporto —resopló con desprecio—. Es la tipa más prepotente de toda La Coruña. He coincidido con ella alguna vez en el Dux y no me han faltado ganas de tirarle la copa por ese pelo tan planchado... OK, lo haré. Pero dame tiempo.

—Guapa, tiempo es justamente lo que no tengo. Necesito que sea cuanto antes. —Velasco bajó la voz y miró a su alrededor en el bar, estaba lleno de policías, no quería que nadie escuchara la conversación—. Ya te contaré el motivo más adelante..., pero créeme, vale la pena.

—Deja, no quiero saberlo. Me enteraré sin que me lo digas. —Le guiño un ojo—. ¿Qué hora es? —Miró el cronómetro y calculó durante unos segundos—. Lo tendré a las cuatro de la tarde como mucho. Me debes un par de copas, Manuel. Por cierto... ¿Qué tal tu hombro? Si te soy sincera, te veo mucho mejor.

Ada mostró en último lugar las fotos de las cámaras que presentaban al asesino al bajarse de la furgoneta en la puerta del Cementerio Protestante.

—Es una Renault Trafic del 2010. Como esa, en Roma puede haber cientos... Por desgracia, la cámara no fue capaz de captar la matrícula, o las facciones del supuesto asesino. Nuestros informáticos están aún trabajando en las imágenes; de todos modos, todos tendréis una copia. Quiero que estéis atentos a cualquier furgón medianamente sospechoso. Sé que es imposible parar a todas las furgonetas que hay en Roma, pero debemos detener a ese hombre antes de que vuelva a actuar. Y esto es lo único que tenemos...

Ada Casali se sentó, y Federico Borghesi, el perfilador titular de la policía romana se levantó de su asiento y se dirigió a la mesa. Carraspeó para aclarar su garganta y se dirigió a todos los presentes con una voz que Sanjuán juzgó demasiado solemne. Tecleó en el portátil hasta que consiguió fijar la imagen. En la pantalla de la gran sala de reuniones apareció una foto del cuerpo descompuesto de Angélica Marforio, las manos colocadas sobre el pecho, vestida aún con su rasgado hábito de novicia, sucio de tierra y sangre. Sanjuán se removió en la silla, temiendo lo inevitable.

—La primera víctima, Angélica Marforio. Como las demás mujeres, fue violada y asesinada. El asesino muestra una obsesión religiosa que se repite una y otra vez a través de los crímenes. En este caso, eligió a una joven monja para exorcizar sus demonios interiores, y después de apuñalarla en un lugar desconocido, la trasladó a una zona de jardines de Roma para dejarla allí expuesta, colocada como la reliquia de una santa en su urna.

La siguiente foto mostró la imagen de una urna con un esqueleto en su interior, vestido con hábito, la cabeza rodeada de flores.

—Aquí pueden ver que en el convento donde profesaba Angélica hay una imagen icónica muy parecida... —continuó Borghesi.

«Salvo que Angélica Marforio no estaba expuesta, sino perfectamente tapada con una manta y enterrada», pensó Sanjuán, mientras movía la pierna con ansiedad. Los asistentes miraban al perfilador italiano con atención, y Sanjuán intentó seguir escuchándolo con la mente abierta, a la vez que preguntaba a Carlo si algún detalle se le escapaba.

Borghesi mostró la foto del cuerpo de Eleonora, la siguiente víctima por orden cronológico, imitando la estatua de santa Cecilia.

—Este hombre está obsesionado con profanar la santidad y los símbolos cristianos. Como pueden ver, la disposición del cuerpo es semejante a la de una estatua muy famosa que está en la basílica de Santa Cecilia, en el barrio del Trastévere. Una obra de Stefano Maderno que muestra el martirio de la santa... Como Angélica Marforio, esta joven murió apuñalada. El asesino esta vez se sintió mucho más seguro que con Angélica: era su segundo crimen, su *modus operandi* estaba evolucionando, y se atrevió a dejarla en un lugar público al fin. —Volvió hacia el portátil y cambió de imagen, mostrando la del cuerpo de Stefano asaeteado.

—Todos reconocemos aquí a uno de los santos más familiares para los romanos, san Sebastián. He de recalcar que el asesino es un hombre muy osado y de gran fuerza, eso habrá que tenerlo en cuenta, dominar a dos personas es muy complejo... bien. Por lo que ha descubierto la investigación policial, traslada los cuerpos en una furgoneta, una Renault... A Stefano lo trasladó hasta el templo de Esculapio arrastrándolo hasta las columnas. Luego lo ató con cuerdas y le colocó las pertinentes flechas. Es importante señalar que una de las saetas no es un trozo de madera normal, es una flecha del siglo XVIII, más o menos, que quizá haya sido robada de un san Sebastián en una iglesia. En suma, casi todas las saetas que atravesaban el cuerpo de Stefano son trozos de madera tallados supuestamente por el asesino, y colocados post mortem. Todas salvo una, que parece provenir de una talla antigua por la forma y la pintura que la recubre. La autopsia dice que esa flecha también sirvió para torturar a la joven, Paola, ya que su cuerpo estaba traspasado en algunos sitios estratégicos por un objeto punzante. La forma de las heridas parece corresponderse con la citada flecha.

Sanjuán tomó nota del detalle de la saeta. Algunos de los datos que estaban en manos del perfilador eran nuevos para él y aquel era importante. Sin embargo, no estuvo de acuerdo con la idea de que el asesino tuviera que ser muy fuerte: le bastaba con atacar a traición y tener la energía que da la determinación asesina, como bien sabía él.

Borghesi continuó su discurso incidiendo de nuevo en los símbolos religiosos del martirio que parecían obsesionar al criminal, señalando la osadía de trasladar el cuerpo de Paola a través de las lápidas del Cementerio Protestante para dejarlo expuesto en una de las más famosas, la tumba de Emelyn Story.

El perfilador bebió un sorbo de agua y prosiguió, satisfecho del impacto que su análisis causaba en la audiencia.

—Todo esto refleja una capacidad de planificación y una frialdad fuera de lo común. Los demonios interiores del asesino lo llevan una y otra vez a exponerse de una forma arriesgada, es muy probable que esté a punto de cometer un error.

Uno de los policías interrumpió el discurso con una pregunta.

—¿Esa obsesión religiosa puede ser la causa de que esté matando en carnavales?

—Efectivamente. Actúa en carnavales porque el carnaval es la época del vicio, de los pecados y del desenfreno. Así castiga a los que están mancillando la pureza de la Iglesia. —Hizo una pausa dramática y prosiguió—: Yo buscaría a ese asesino en entornos religiosos, incluso en alguna organización católica muy estricta... Es un hombre atormentado porque sus creencias y sus pulsiones entran en un conflicto profundo, necesita castigar a quienes considere pecadores o que produzcan en él ese tipo de sensación...

Federico Borghesi continuó desgranando sus teorías y vinculando los cuatro crímenes durante media hora más. Cuando terminó, los policías murmuraron entre sí mientras apuntaban en sus libretas. Guido Barone miró a Ranucci primero, luego a Sanjuán, y se levantó para dirigirse a los presentes.

—Buenos días, señoras y caballeros. Hoy tenemos el honor de contar con la presencia de un criminólogo español, que nos podrá echar una mano con todo este problema tan inmenso que está asolando la ciudad. Javier Sanjuán ayudó el año pasado a capturar a un asesino en serie en cierto modo muy similar al que está actuando estos días aquí, y se ha prestado con gran generosidad a venir a Roma y darnos su opinión.

La sala quedó en completo silencio. Sanjuán asintió y se dirigió hacia la mesa para colocar el iPad, acompañado por el traductor, que se situó a su lado.

«En plazas más difíciles hemos toreado», se dijo, mientras la imagen del cuerpo flotante de Lidia Naveira, rodeado de flores, perfecta imitación de *Ofelia* de Millais y primera víctima del Artista en La Coruña, apareció ante los asombrados ojos de los policías de Roma.

Capítulo 52

El perfil

Roma, via Baccina, estudio de Giovanni Nero, mediodía del sábado, 18 de febrero de 2012

Yannina Mazzei acercó sus gafas redondas de diseño al enorme lienzo y abrió la boca de forma inconsciente. Parpadeó. Luego se alejó para coger perspectiva. Laura apartó una banqueta de madera manchada de pintura para que la escuálida galerista no tropezase al andar hacia atrás.

—Es buenísimo. Buenísimo. Rompedor. Atrevido. Brutal... —Aplaudió con las manos flacas y blanquísimas, manos de santa, pensaba Laura mientras intentaba esconder su entusiasmo adoptando una actitud seria—. Me encanta este pintor. ¿Dónde ha estado metido todo este tiempo?

—No es de aquí. Sufrió hace unos años un accidente y permaneció hospitalizado durante casi un año. Fue al recuperarse cuando le sobrevino una especie de revelación. Decidió cambiar de nombre y de vida, y decidió también consagrar su vida a la pintura, antes era un simple aficionado... Lo descubrí cuando expuso en una galería de Turín. Y lo convencí de que viniese a Roma.

Esas palabras arrancaron una media sonrisa a Giovanni Nero, que espiaba la perorata en la oscuridad, oculto en la parte trasera del estudio. La galerista escuchaba la fábula de muerte y resurrección con semblante de casi beatitud.

—Ah... ya. Hermosa historia. Me habló muy bien el obispo Domizi, que ha comprado varias obras. Por lo que veo, le da a todo, hasta al arte religioso... Hoy por la tarde vendrán los operarios a llevarse los tres cuadros. La exposición está ya casi montada. Vendréis a la inauguración, ¿verdad, Laura?

Las facciones exangües de Paola, el rubor falso, la boca entreabierta en una mueca de dolor congelado se sucedieron después del impacto del cadáver sumergido de Lidia Naveira. Ranucci movió la cabeza, incrédulo. Sanjuán volvió a mostrar el cuerpo de Lidia, y el parecido incuestionable se hizo evidente entre los murmullos de los policías que se sucedieron a los pocos segundos.

—Como pueden ver, las escenas del crimen son muy parecidas. Muestran la obsesión del asesino por la belleza eternamente paralizada en una obra de arte... —Sanjuán bebió un sorbo de agua y esperó a que Carlo tradujese sus palabras, aunque se daba cuenta de que lo estaban entendiendo a la perfección—. Y ahora las obras de arte originales. —*Ofelia* y *Éxtasis de la beata Ludovica Albertoni* de Bernini se sucedieron en la pantalla de forma alterna—. Bien, en mi opinión, que entiendo pueda ser discutible, ambos asesinatos, el de Lidia Naveira en España hace poco más de un año y el de Paola hace unos días, están cometidos por la misma mano: mismo *modus operandi*, misma firma. También he de señalarles que, según mi criterio, los asesinatos de Eleonora y Stefano son obra del mismo autor.

Los murmullos se incrementaron. La inspectora Ada levantó la mano y la voz para hacerse oír.

—He leído el libro de Lúa Castro, *El Artista*, sé que usted colaboró en la resolución de esos asesinatos en Inglaterra y en España, e hizo el perfil que ayudó a descubrir al asesino. Y yo me pregunto... ¿cómo puede ser el mismo asesino si fue abatido por la policía en La Coruña? El Artista está muerto, señor Sanjuán. ¿Quiere decir que Il Mostro es un *copycat*, un imitador?

Sanjuán movió la cabeza con pesadumbre.

—No, no es un *copycat*. Pero eso lo explicaré después. Para seguir un orden cronológico, empezaré por el perfil del asesino de Angélica Marforio. Angélica, como todos saben, desapareció la tarde-noche del día de difuntos de noviembre pasado. Salió del convento y nunca más se supo. Su cuerpo apareció varios meses después. El informe forense indica que murió por una sola puñalada en el corazón, efectuada con un arma no determinada, un cuchillo curvo, quizá. El estado de esqueletización del cuerpo era avanzado porque la tumba era muy poco profunda; aun así, había partes bien conservadas ya que el cuerpo fue cubierto por una manta para «preservarlo». —Hizo hincapié en el detalle—. Estaba colocado en decúbito supino, las manos cruzadas sobre el pecho con el rosario enredado en ellas, y lo que es importante, vestido con el hábito que apareció rasgado, lo que indica que pudo ser víctima de un ataque sexual. Además, se encontraron pelos púbicos... —Sanjuán señaló la pantalla con un puntero—. De los que por desgracia no se pudo extraer el ADN. Al lado del cuerpo se encontró el misal que siempre la acompañaba. Vemos en las fotos que el cuerpo estaba enterrado de una forma ritual, con respeto. Yo diría que casi con cariño. El informe del entomólogo forense indica que Angélica fue enterrada y luego desenterrada; el pasado otoño fue cálido y había insectos, las pupas y las larvas presentaban diferentes estados de crecimiento. En suma... ¿por qué un asesino entierra un cuerpo a poca profundidad y lo desentierra más adelante? Puede ser un necrófilo, me dirán ustedes. Pero yo tengo otra teoría... Hace unos años ayudé a la Guardia Civil a resolver el asesinato de una mujer que también apareció enterrada en un bosque. Estaba vestida con un traje caro, las joyas puestas, su mejor bolso. La habían estrangulado. El asesino se tomó el trabajo de cambiarla de ropa, coger sus cosas favoritas y darle un entierro digno. ¿Quién haría algo así? Sin duda, un allegado, una persona querida. La mata en un arrebato y luego se arrepiente, o al menos no puede sino sentir un profundo pesar por haberla matado, aunque pensara que lo que hizo era inevitable. Una manera de descargar la terrible culpa es hacer como si nada hubiese pasado. El criminal, en este caso, desea volver atrás en el tiempo, desea que todo siga como siempre. El arrepentimiento o el pesar que lo acongoja son casi instantáneos, así que busca el traje favorito de la víctima, sus joyas más preciadas, el bolso... y la entierra con ellos. El asesino había sido su marido, por cierto. Y, sin duda, el enterramiento de Angélica Marforio presenta unas características similares: ritual, culpa. Cariño. La desentierra para volverla a ver. La tapa con una manta para preservarla del frío de la noche. Le coloca cuidadosamente el rosario y deja el misal para que la acompañe en el más allá. Ninguna de esas características aparece en los escenarios de Eleonora o Paola. —Sanjuán vio sin inmutarse que el rostro rubicundo del perfilador de la Policía Judicial se volvía de un encendido rojo agranatado—. Ni tampoco de Stefano. Mi perfil indica que el asesino de Angélica Marforio es una persona conocida, un allegado, alguien que la amaba.

El comisario Ranucci se secó el sudor de la frente con un pañuelo. Miró a Guido Barone, que asentía con la cabeza, dando la razón al criminólogo de forma inconsciente. Lo que decía el español tenía sentido... Pero lo que decía su perfilador también lo tenía. Desde el primer momento habían investigado el entorno de Angélica y salvo las hermanas del convento no habían encontrado nada... y, por otra parte, Il Mostro di Roma explicaba todo con más sencillez: un solo asesino, cuatro víctimas. Resopló, agobiado, al pensar en lo que diría Marforio al saber todo aquello, si no lo sabía ya. Su departamento no podía soportar más presión. Dejó de pensar al escuchar la voz de Javier Sanjuán, que continuaba con su perfil tras beber otro sorbo del vaso de agua.

—Por otro lado, tenemos a Il Mostro di Roma. En una espiral de terror ha asesinado a tres personas en muy poco tiempo, desarrollando no solo una gran violencia, sino también una «maestría» diabólica a la hora de desvanecerse en el aire. Il Mostro es pulcro, cuidadoso. No deja pelos o semen. Lava los cuerpos, intentando borrar cualquier vestigio de su presencia. La única prueba de su paso han sido las imágenes de su furgoneta que filmó la cámara de seguridad. Y lo que es muy importante, es atrevido. Su grado de atrevimiento llega al punto de secuestrar a una joven en medio de una fiesta de carnaval, meterla en un portal y apuñalarla. —Las fotos de la sangre en el portal llenaron la pantalla—. Para después sacarla de allí y llevarla a un lugar indeterminado para violarla *post mortem*. Es un psicópata sádico y necrófilo. Les he fotocopiado un perfil que realicé hace poco más de un año sobre un asesino que actuaba indistintamente en España e Inglaterra, el Artista. Está sobre la mesa... en español, lo siento. —Sanjuán miró a Ada y continuó—. Ese perfil podría encajar a la perfección con el de Il Mostro di Roma. Y podría encajar, porque mi teoría es que Il Mostro no es otro que Christian Morgado. —Sanjuán avanzó hasta llegar a la fotografía de un hombre rubio, de ojos claros, sonriente, con un aviso de búsqueda de la Interpol en grandes letras oscuras en la parte inferior—. Un peligroso asesino español que huyó del hospital tras matar al policía que lo estaba custodiando, además de a otras dos mujeres, a las que violó y torturó, y luego dispuso en unas escenas del crimen peculiares, tan peculiares como las que «crea» Il Mostro. Escenas que imitan obras de arte, escenas que convierten la muerte en una burla macabra, aunque a los ojos del asesino sean una especie de *perfomance* artísticas, arte postmoderno, un arte nuevo creado por él.

Sanjuán hizo otra pausa, un poco más larga, y se sentó. Se frotó los ojos y continuó.

—Para el Artista el infierno que crea con su arte atroz es la auténtica realidad para él. La vida convencional es un lugar gris, que, me temo, ya no le dice nada. Cuando huyó de España estaba malherido, y creo que la fantasía delirante que le impulsó a cometer los crímenes no habrá hecho sino empeorar en este tiempo. No es que esté loco en un sentido forense; pero su obsesión enfermiza por elevarse por encima de lo mediocre y lo mundano, un mundo que lo rechazó y ridiculizó, le ha llevado a un estado de paroxismo asesino, que sin duda irá a más con el tiempo. Creo que, desgraciadamente, él ha decidido abrir un abismo con la vida y, si es necesario, morirá en él satisfaciendo su narcisismo y su odio. Y eso significa más víctimas.

Ada abrió los ojos como platos.

—Pero el Artista... no entiendo. El Artista está muerto... o eso dicen el libro y la investigación oficial.

La voz de Sanjuán se volvió oscura.

—Ciertos aspectos de la investigación nunca salieron a la luz. Ahora es necesario desvelar una parte, por razones obvias. El Artista no era solo Héctor del Valle, el hombre al que oficialmente se le consideró único responsable de las muertes, de hecho, él confesó antes de morir haber matado a todas las víctimas. Aunque no actuaba solo: como otros psicópatas habían hecho antes, lo hacía «en pareja» con Christian Morgado, una especie de mentor, la cabeza pensante. La razón por la que digo esto hoy aquí es porque creo que Morgado, huido de la justicia, buscado por la Interpol, se ha refugiado en Roma. Por supuesto, imagino que habrá cambiado su aspecto con cirugía. Además, recibió un golpe brutal en la cabeza que lo debe haber desfigurado, o dejado una buena cicatriz en la frente. Señores... Morgado es un asesino sádico hasta límites inimaginables, un violador; la necrofilia es una evolución, un paso más en su búsqueda de emociones, su respuesta a una vida vacía y a un ansia de venganza hacia una sociedad que desprecia profundamente. Un hombre educado, culto, suave, de apariencia agradable, que esconde no un asesino místico obsesionado por la religión, sino un depredador que es capaz de vivir de verdad cuando mata. Esa es su auténtica libertad: él se mofa de la religión, Dios no es sino un símbolo de todo lo que desprecia, la debilidad y el sufrimiento de los seres anodinos, a los que considera solo medios para sus fines. Dense cuenta de que la habilidad con la que Il Mostro ha cometido sus asesinatos, la rapidez, la violencia extrema, no nacen de un día para otro. Es el resultado de una «maestría» perfeccionada a medida que su delirio como «Gran Creador del Arte Criminal» —Sanjuán enfatizó esas palabras— ha ido llevándole a una existencia cada vez más marginal, más aislada del mundo. Busquen en la base de datos de criminales, de delincuentes sexuales... no encontrarán nada parecido. Salvo los crímenes del Artista.

Uno de los policías, un joven de cabello castaño y facciones angulosas lo interrumpió.

—Entonces, no cree que tenga una especial sensibilidad religiosa...

—En absoluto. Morgado se inspira en el arte, recuerde que le apodábamos el Artista. Está burlándose de los romanos y también de la religión católica, por supuesto, que lo impregna todo en esta ciudad. Ha «recreado» tres santos famosos de Roma, dos mártires cristianos, Sebastián y Lucía, y una beata famosa por sus «éxtasis» con el Señor. Como he dicho, Morgado no tiene creencias religiosas, solo cree en sí mismo y en su «Arte». Al igual que hacía en España, maquilla a sus víctimas femeninas, las convierte en muñecas congeladas, las viste como si fuesen maniquíes a su servicio. Quiere sorprender, mostrar al mundo que es el «Supremo Artista», para ello actúa uniendo la profanación última del cuerpo (el sexo y la tortura) con la muerte posterior, para así crear una obra única e irrepetible: el arte de Morgado exige la aniquilación del otro para ser incorporado, devorado por el propio asesino en su «Arte». Y la necrofilia es la burla última a Dios y a la muerte; ni siquiera cuando el alma abandona el cuerpo (en la doctrina cristiana) este se ha librado de su designio, de la razón por la que fue aniquilado: Morgado se ha apropiado de todo, hasta del respeto último que se debe a un cadáver. —Una nueva pausa, tras la que volvió a ponerse las gafas—. Yo creo que está escondido en Roma, y puede que dedicándose de alguna forma a lo que él siempre ha querido: al arte.

Giovanni Nero subió el tercer lienzo a la mesa del estudio y lo embaló cuidadosamente, lo que le llevó un buen rato.

Acto seguido, lo colocó con los otros dos, al lado de la puerta. Notó de pronto que la cabeza le estallaba. Subió por las angostas escaleras de caracol al baño del piso superior y se tomó un analgésico con un vaso de agua del viejo grifo de metal.

—¡Maldita seas, mil veces maldita!

Nero se tocó la cicatriz, que le palpitaba en la frente como la marca de Caín.

Capítulo 53

Decisiones arriesgadas

Roma, comisaría de San Vitale,
sábado, 18 de febrero de 2012, 15.30 h

Sanjuán guardó su iPad y los documentos en el maletín. Él ya había dado su opinión a la policía italiana, y allí terminaba su labor en la comisaría. No hacía falta ser un adivino para darse cuenta de que la policía mantenía un cierto escepticismo sobre sus teorías. Miro su reloj: había quedado con Lúa Castro y Mario para comer. Por la tarde tenía reunión con Alessandro Marforio. No pensaba quedarse mucho más tiempo en Roma. La más que probable presencia de Morgado era motivo suficiente para disuadirlo de prolongar su estancia en la ciudad.

Mientras el comisario Ranucci se despedía para acudir a la rueda de prensa, Ada se escabulló un momento y se acercó al criminólogo, que ya enfilaba el camino de la puerta acompañado del traductor. Sacó del bolso el libro de Lúa Castro y se lo mostró.

—Sé que el comisario parece algo duro de mollera, pero yo estoy totalmente de acuerdo con usted. Así, todo cuadra. Lo que ocurre es que la investigación de Angélica Marforio entró en un callejón sin salida y quizá nosotros estemos buscando una solución demasiado rápida por culpa de su hermano... y además, si nos obsesionáramos con la línea de investigación de Morgado y no es él, compréndalo, sería un riesgo y una pérdida de tiempo... y justamente tiempo es lo que no tenemos, si ese loco anda suelto y dispuesto a matar en cualquier momento.

Sanjuán sonrió. Aquella policía le recordó a Valentina Negro por un momento. Una mujer joven, atractiva, espabilada, con la mirada directa y pura, aún sin contaminar por el sistema.

—Es él. Espero que lo cojan. Es un hombre muy escurridizo. Muy inteligente, pero no me cabe la menor duda de que está perdiendo el control, y eso tienen que utilizarlo a su favor. Contacten con la policía española. Tiene que tener un contacto aquí que lo esté protegiendo. La verdad, pensé que escaparía a Sudamérica o Asia. Jamás imaginé que podía estar tan cerca.

—A veces esconderse delante de las narices de uno es la mejor forma de permanecer oculto, ¿no le parece?

La cara de Lúa Castro era un poema. Se llevó un *ravioli alla panna* a la boca y lo dejó de nuevo en el plato, consternada. Sanjuán la miró fijamente, y asintió con la cabeza.

—Morgado tenía en su caja fuerte un mechón de pelo de Lidia Naveira envuelto en un lazo de terciopelo, Lúa. El mechón que le faltaba cuando encontraron el cuerpo. No, no hay más pruebas... ¿Los cuadros pintados por él? Nadie puede acusar de asesinato por unos cuadros... Lo único que hay es que me lo contó todo cuando lo desenmascaré e intentó matarme. Sería su palabra contra la mía. Recuerda que Del Valle había confesado todos los asesinatos. Y, por otra parte, en realidad, nadie mintió cuando se acusó a Morgado de intento de asesinato por celos. Estaba en coma, y al reponerse, si no hubiera huido, le esperaban varias sentencias muy largas por todo lo que sucedió en la cabaña. Y luego, cuando mató al policía que lo custodiaba y huyó, se emitió una orden internacional de busca y captura... Si te soy sincero, pensé que nunca más volvería a actuar, por la cuenta que le trae. Pero en el fondo yo, como criminólogo, debía saber que los monstruos como él nunca pueden parar. Pueden dejar de cometer sus atrocidades durante un tiempo, pero salvo excepciones, no pueden parar. Y Morgado es un hombre joven, y no podemos olvidar que pudo sufrir daños cerebrales por culpa del golpe que le propinó Valentina, quizá le afectó al lóbulo frontal, el lugar donde podemos controlar nuestras emociones... Si os fijáis, las *performances* son mucho menos exactas que la de *Ofelia*, más libres, más delirantes. Y por primera vez ha incluido a un hombre.

Mario ladeó la cabeza, totalmente fascinado.

—Roma es una ciudad enorme, puede estar escondido en cualquier parte. Pero tiene que vivir de algo, si tiene un coche, capacidad para comprar cosas, para comer, tiene que tener dinero... ¿Era rico?

—Morgado es de buena familia, tenía dinero, en efecto, pero la policía ha vigilado las cuentas de su madre, ha pinchado los teléfonos, y también ha controlado todos sus contactos desde el primer momento sin ningún resultado. Claro que, si tenía dinero negro, nadie podía saberlo... probablemente sí. Yo creo que en el momento en el que entró en coma su madre se puso a «trabajar» por si acaso despertaba. Ahora se ha fabricado una identidad nueva. Pero su ego es enorme... Creo también que puede haber aprovechado esta oportunidad para dedicarse por fin a lo que siempre ha querido, la pintura. Es un pintor muy bueno. Parte de su frustración vital venía del boicot que durante toda su vida le hizo Mendiluce en muchos ámbitos... ¡Ojo!, con eso no quiero disculparlo, sus tendencias aberrantes siempre han estado con él, sin embargo...

—¿Sin embargo? —Lúa continuaba con sus enormes ojos verdes abiertos como platos.

—A lo mejor si hubiese tenido la oportunidad de calmar su ego con reconocimiento, nunca hubiera dado el paso. Su trabajo como profesor de arte le debía de parecer poco para su talento... Por eso ahora creo que para encontrarlo debemos seguir la pista del arte. Sé que en Roma esto es muy difícil, pero de algún modo, si Morgado está capacitado para pintar, intentará obtener un reconocimiento a la altura de su trabajo. Y no solo en el campo del crimen, sino en el de su vanidad, donde se trata únicamente de pintura, y no de «creaciones homicidas». Pero, a ver —suspiró profundamente—, lo importante es que la policía sea capaz de encontrarlo. Y por lo que he visto hoy, no están muy por la labor de seguir la vía fácil. Salvo una policía joven, una inspectora que curiosamente leyó tu libro...

—Ada... una policía fantástica. Fui yo la que le dejé el libro. Cuando le enseñé las fotos de Lidia Naveira se quedó de piedra. —Mario bebió un sorbo de cerveza y apartó el plato de pasta—. ¿Y ahora qué piensa hacer, Sanjuán? Yo no estaría muy tranquilo si es verdad que Morgado anda suelto por aquí...

Sanjuán permaneció unos segundos en completo silencio. Luego se encogió de hombros.

—Tengo una reunión con Alessandro Marforio en un rato. Creo que le voy a decir que me voy a Valencia, no lo sé aún... —Lúa hizo un pequeño gesto de protesta—. Cuando termine con Marforio os contaré. A ver qué decido.

Roma, Marforio Limited, via Condotti, 17.00 h

Alessandro Marforio paseaba en círculos en su enorme despacho acristalado de via Condotti con la mirada clavada en la alfombra persa de suave color gris perla. Su secretario entró con dos pequeñas tazas de café y pastas en una bandeja. Al momento las campanas de la iglesia de la Santísima Trinidad de los Españoles dieron cinco campanadas solemnes, y con ellas aún resonando en los blancos y finísimos muebles de diseño italiano, cruzó el umbral Javier Sanjuán, puntual como un reloj. Marforio lo invitó a sentarse en silencio, con una inclinación de cabeza, y lo escrutó con sus oscuros ojos de color oceánico. Decidió ir directo al asunto, después de servir una taza de café al criminólogo.

—He hablado con Guido Barone, me ha informado del desarrollo de la reunión. También he escuchado su perfil sobre el asesino de mi hermana... ¿Sabe una cosa? Estoy muy contento de que esté usted aquí. Por primera vez alguien ha dicho cosas sensatas. Sé reconocer a un hombre cabal solo con escucharlo, y creo que tiene toda la razón. Su perfil es el más acertado...

El despacho era un lugar minimalista, acogedor, con una luminosidad tenue que invitaba al relax. En una esquina, una estatua de mármol de Diana cazadora ponía el único toque lujoso, y el enorme ventanal impoluto permitía disfrutar de la belleza de la portada de la iglesia de la Santísima Trinidad. Nada de ello le pasó desapercibido a Sanjuán, que dio un sorbo al café, que parecía tan espeso como una taza de chocolate. Al fin le contestó, después de un largo silencio.

—Gracias. Imagino que cualquier teoría que pueda dar algo de luz a la muerte de su hermana le tiene que resultar muy gratificante, dado lo enigmático de todo este asunto. Le voy a dejar mis notas de manera que pueda ayudar a quienquiera que investigue el asesinato...

—¿Se va? —Marforio se inclinó hacia delante en su sillón negro de piel—. No puedo permitirlo. Acaba de llegar y ya ha abierto un camino nuevo en la investigación. Le repito, es la primera vez en mucho tiempo que escucho palabras cabales. No, no le voy a dejar volver, es muy pronto.

—Alessandro... —Sanjuán lo tuteó con intención—. Yo me he limitado a hacer un perfil. En él, según mis conclusiones, hay dos asesinos, y el de tu hermana no se corresponde con los otros crímenes. Nada más. La policía debería separar ambas investigaciones, porque si centran sus pesquisas solo en uno de ellos, perderán al otro. Y además... —Sanjuán titubeó, un poco avergonzado—, con sinceridad, tengo miedo. Hace poco más de un año el hombre que supuestamente ha matado a tres personas intentó hacer lo mismo conmigo.

Le prometo que no fue nada agradable... Todavía tengo pesadillas, me despierto en la noche preso del horror. Le aseguro que estar en la misma ciudad que él no me resulta nada gratificante.

Marforio suspiró sin disimular su impaciencia.

—Entiendo. Veo que está muy seguro de que el asesino es ese tal Morgado. Y además, le odia. No hay problema. Le pondré seguridad privada. Estará totalmente protegido. A salvo. Pero piense que, según usted, Morgado no es el asesino de mi hermana, y yo quiero a ese hombre, Sanjuán.

—Tampoco me agradan las jaulas de oro. Prefiero volver a Valencia.

—En el momento en el que se entere de que está aquí y de que le sigue los pasos a lo peor decide terminar lo que empezó, ¿no se da cuenta? Aquí estará seguro hasta que la policía lo atrape. Pero yo necesito que siga investigando la muerte de mi hermana, ya que la policía no parece tener ni idea de nada. Usted es la persona adecuada para descubrir el camino, lo presiento. El perfil que hizo de él fue brillante, pero todavía no ha investigado a fondo el caso, puede completarlo mucho más, y eso podría ser providencial para que lo capturemos. —A Sanjuán no le pasó desapercibido que capturar al asesino de Angélica era ya una obsesión para Marforio, que no admitía el no como respuesta.

Marforio abrió un cajón y sacó un cheque. Lo rellenó. Doscientos mil euros. Lo colocó con cuidado encima de la carpeta de piel, delante de los ojos asombrados de Sanjuán.

—Se lo pido por favor. Le prometo que estará totalmente seguro. Le necesito. Una semana más. Quince días a lo sumo; después, es libre de irse.

Sanjuán inspiró y procuró disimular la sorpresa. Allí había mucho dinero. Tanto como para pasar una buena temporada bastante desahogado. Por otra parte, la mirada suplicante de Marforio tampoco era fácil de resistir... Pasó un rato largo antes de que contestara:

—Está bien. Me quedaré. —Sanjuán movió imperceptiblemente la cabeza, incrédulo, como si pensara que era un estúpido por ceder ante la tentación de ese dinero mientras compraba un nuevo ticket para «el parque de los horrores»—. Siempre y cuando me garantice seguridad y los medios necesarios... Lo primero que quiero hacer es hablar con las otras compañeras de su hermana, sus amigas. La gente del convento. Ver su habitación, su casa. El entorno de Angélica. Es importante.

—No habrá problema. Esta misma tarde puede empezar. —Cogió el teléfono—. Como comprenderá, soy muy amigo de la madre superiora del convento donde estaba Angélica de noviciado. Sin duda ayuda mucho que haya destinado un montón de dinero a la restauración de las celdas de las monjitas. No pondrá ninguna pega, al revés. Hable también con Allegra. Era íntima de mi hermana. Pobre chica... —La expresión de su rostro, llena de sufrimiento, apenó a Sanjuán todavía más—. Aún no se ha recuperado del trauma que supuso para ella su pérdida. Y así estamos todos, Sanjuán. Con el corazón desgarrado hasta que el asesino esté donde tiene que estar.

Sanjuán se levantó y antes de despedirse, añadió en un tono lo más neutral posible, volviendo al tuteo:

—Alessandro, tú lo has dicho, para que le atrape la policía, no para que caiga en tus manos. Recuerda: no soy el instrumento de tu venganza.

Roma, hotel Rome Cavalieri Waldorf Astoria,
18.00 h

Rajiva esperaba ansiosa en la antecámara de la lujosa suite que el príncipe Nayef ocupaba en el hotel Rome Cavalieri. Su secretario, Abbas, le había dicho que Su Alteza la recibiría cuando terminara de tomar el té. Era obvio, pensó Rajiva, que era un gesto para humillarla, para ponerla en su sitio después de lo sucedido en la subasta: ella era la única responsable de que un rufián se llevara a la joven que iba a gozar de sus favores y de que le dejara a continuación dolorido y, lo que era infinitamente peor, en ridículo delante de todo el mundo. Pero confiaba en su instinto de mujer de mundo, y ella nunca se arredraba cuando venían mal dadas; más bien al contrario, se volvía más dura y audaz.

Al cabo de treinta largos minutos, se abrió por fin la puerta de la suite. Rajiva se levantó del sofá con rapidez, colocándose el sari semitransparente.

—Su Alteza le recibirá ahora, señora —dijo Abbas, haciéndose a un lado y dejando franca la puerta.

Rajiva entró con paso firme y dirigió una mirada panorámica a la amplia suite que destilaba barroquismo. Cuando encontró al príncipe cómodamente instalado en su escritorio, leyendo el Corán, se acercó a la mesa e inclinó levemente la cabeza.

—Príncipe Nayef, gracias por recibirme...

Este siguió mirando el libro sagrado, sin levantar la mirada. Rajiva sabía que nadaba a contracorriente, y esperó que le dirigiera la palabra. El silencio se hizo incómodo durante casi un minuto, que se le hizo eterno.

—Rajiva, qué sorpresa... —Al fin levantó la vista, enseñando unos dientes perfectamente blancos y alineados, pero no la invitó a sentarse—. Supongo que vienes a reembolsarme el dinero adeudado, ¿no es así?

—Príncipe... —Le entregó un sobre con dinero y permaneció callada. Nayef abrió el sobre con sus dedos gordos y sacó los fajos de billetes con aspecto de absoluto desprecio.

—¿Crees que con esta miseria puedes comprar mi perdón? Aquí falta más de la mitad de lo que te pedí...

Rajiva notó el sudor recorrer su pecho. Intentó que su voz sonara firme a pesar del miedo que le apretaba la garganta.

—Ese dinero lo puedo conseguir en unos días... —La ceja del príncipe, fina como la de una mujer, se arqueó—. Pero he pensado en pagarle de otro modo que estoy segura le agradará más, si me permite explicárselo.

Rajiva tenía que ir al grano si quería captar su interés; sabía que no disponía de mucho tiempo, temía a su cólera con fundamento: había visto cómo quedaban algunos que habían osado contrariarle. En realidad, era un farol, pero era lo único que se le había ocurrido para salir de ese atolladero, y había al menos una posibilidad de que el plan funcionara si sabía cómo moverse y disponía de algo de suerte.

—Ya veo... ¿Así que he de esperar... más? —Su semblante se agravó—. ¿Quieres decir, mujer insignificante, que encima de haber sido víctima de un ultraje he de guardar cola en tu banco, como si no bastara el insulto anterior? ¿Y además te atreves a venir a mi presencia, como si yo tuviera interés en alguna otra cosa que pudieras ofrecerme?

«Bien, he de aguantar sus cornadas, qué remedio», pensó la hindú para convencerse y no salir corriendo, «y mostrarme humilde y solícita, solo así la fiera se acercará al bebedero».

—Alteza, tiene toda la razón para enojarse conmigo, pero si no estuviera completamente segura de que lo que le ofrezco le producirá gran satisfacción y una compensación a la altura del agravio recibido, no estaría aquí.

Nayef hizo sonar una hermosa campana de cristal veneciano. De pronto una puerta lateral se abrió y entraron dos gorilas de fuerte tez morena y perilla todavía más oscura, vestidos con trajes yemeníes y un machete amenazante en la faja. Rajiva dio un respingo e instintivamente retrocedió un paso, lo que no pasó inadvertido a Nayef, que empezaba a disfrutar de la situación. A esa puta le iba a dar una lección, de eso no tenía dudas.

—Palabras, palabras, Rajiva. Lo bien cierto es que me debes mucho dinero, y que ahora no puedes pagarme... ¿no es así?

Rajiva se puso en estado de máxima alerta. Confiaba en sus dotes de persuasión y en los servicios ya prestados al príncipe con éxito... Pero ahora advertía, aterrada, que eso de poco le valía.

—Príncipe, le ruego que me escuche... —La meliflua voz salió al fin de su garganta seca—. Su Alteza pagó mucho dinero por una sola noche... —Vio, alarmada, que a una señal del ricachón los guardaespaldas comenzaban a caminar hacia ella—. Yo ahora... —Y levantó la voz presa del miedo instintivo—. ¡Le ofrezco a la joven subastada para siempre!

Los gorilas se detuvieron a otro gesto de Nayef.

—Qué quieres decir, explícate. ¿Tienes en tu poder de nuevo a la joven?

—No, Alteza... todavía no, pero tengo un plan seguro para que Su Alteza disfrute del todo y para siempre de los favores de esa joven virgen española, créame.

—¡Ah! —exclamó decepcionado Nayef—. Un plan... teorías, meras palabras, vienes a hacer perder mi tiempo... ¿No me dirás a estas alturas que la bella española sigue siendo una virgen? —Soltó una carcajada que aterró a la hermosa hindú—. Rajiva, eres una insensata, pero espero que recuerdes para siempre que conmigo no se juega. —Y al acabar de decir esto, a su señal, los gorilas se abalanzaron sobre Rajiva, obligándola a arrodillarse.

—¡Príncipe! —exclamó Rajiva, sintiéndose perdida por completo—. ¡Escúcheme, por favor!

Pero los gorilas no se detuvieron. Uno de ellos la cogió por su largo pelo negro y tiró bruscamente hacia atrás, mientras el otro le sujetaba fuertemente los brazos, inmovilizando sus peligrosas manos donde guardaba los anillos envenenados y, aplicando una de sus poderosas rodillas a la espalda de la mujer, la obligó a doblarse a los pies del príncipe. Nayef entonces se levantó, se acercó a ella y, desde arriba, le hizo una pregunta con voz queda y una sonrisa en la boca que amenazaba como un áspid.

—Dame una razón para que no mande ahora a mis hombres que te violen, como la perra que eres, y te recuerde lo que te pasará si no me devuelves el dinero que te di multiplicado por dos este próximo lunes.

Rajiva sentía su cabeza y su espalda estallar, las lágrimas explotaban en sus ojos de dolor y de rabia, pero aun así sabía que tenía que aguantar y jugar su última baza.

—Príncipe, no solo le voy a dar a la joven para siempre... también le voy a entregar al hombre que le asaltó y le humilló; se lo juro. —Y al decir esto intentó que sus ojos miraran fijamente a los del sátrapa, cuya ira dejó paso a la esperanza. Dudó unos segundos, pero finalmente habló, atusándose el bigote:

—¿Sí? ¿El hombre también? ¿Y cómo lo harás?

Nayef movió un dedo y los gorilas la dejaron abandonada en el suelo, arrodillada y jadeante.

—Barone, el responsable de la policía en Roma, está buscando al hombre que secuestró a la chica. Sé de buena fuente que están muy cerca de descubrir su escondite. La secuestró para hacer chantaje, es un hombre solo, no será difícil de interceptar. ¡Lo cogeré, lo juro, príncipe, tengo un plan! —Rajiva decidió que o ganaba tiempo a voces o aquel loco sería capaz de mandar su violación y ejecución allí mismo.

Nayef la miró unos segundos. Sus ganas de coger a ese hijo de puta eran ya un aliciente al que no podía decir que no, tal y como Rajiva había imaginado, además de su afán, por supuesto, de tener en propiedad a esa descarada española que se le escapó de forma tan inesperada. Al fin, más tranquilo, ordenó que la sentaran frente al escritorio y mandó a su mayordomo que le sirviera un té. Nayef se sentó también y poniendo las manos sobre su regazo, dijo:

—Soy todo oídos, querida, pero si no me convences con tu plan, continuaremos donde lo hemos dejado... ¿entiendes, Rajiva? Mis hombres hace mucho tiempo que no disfrutan de los placeres de una mujer tan hermosa y complaciente como tú.

Roma, Universidad Pontificia, 20.00 h

La especialista en escultura barroca y neoclásica de la Universidad Pontificia cogió la saeta con sumo cuidado. Estaba metida en un plástico protector. Nuzzia Silvioli escrutó a Ada con un deje de algo parecido a una súplica sutil en sus ojos inteligentes. Enseñó sus manos enguantadas.

—¿Puedo sacarla de la bolsa?

Ada asintió. Era crucial saber si aquella flecha era obra de Il Mostro di Roma o la había robado de alguna imagen. Le habían dicho que la doctora Silvioli era una eminencia sobre el tema, y allí estaba, con los dedos cruzados, a la espera del veredicto que la profesora, una mujer gruesa, de mediana edad y pelo corto teñido de rojo, pudiese emitir sobre el asunto. La miró con impaciencia, mientras la doctora analizaba con una gruesa lupa el trozo de madera policromado.

—Necesitaré tiempo para dar una afirmación con garantías, pero sí, podría afirmar provisionalmente que es una saeta original de una estatua de san Sebastián. Y digo san Sebastián porque es el santo asaeteado más común, por supuesto. Esta flecha, agente, ha de tener casi unos doscientos años. Yo diría que es de una figura neoclásica, de un taller de segunda fila, claro está... Necesitaré tiempo, repito, para mirar en mi archivo particular. Si es una saeta de un san Sebastián de esta ciudad, lo tendré catalogado. Tenga en cuenta que es un santo muy popular, habrá muchos. Serán unos cuatrocientos, quizá más... Será cuestión de analizar autores a partir del 1830 más o menos. Por el tipo de pintura, la forma de la talla, la longitud... de 1845 en adelante. Claro que me puedo equivocar, pero...

«¿Cómo demonios puede saber eso solo a partir de una simple flecha?», se preguntó la inspectora con admiración. Decidió ir al grano:

—¿Cuándo podrá saberlo?

—Le mentiría si le pudiese dar un plazo. Mañana, aun siendo domingo, pondré a mis becarios a trabajar conmigo. Eso ha de agilizar mucho el proceso, pero son muchas imágenes por cotejar. —La observó con expresión preocupada—. Sé que es muy urgente. No se preocupe, haremos lo posible por darle la información cuanto antes. Nos puede llevar desde un par de días a una semana.

Ada salió de la universidad con la mente trabajando sin parar. Su cerebro repasaba una y otra vez todas las fotos del enorme corcho de la comisaría: fotos de los cadáveres, de las velas que se habían consumido al lado del cuerpo de Eleonora, la pintura al óleo roja que parecía manar de las saetas de Stefano, la ampliación de los pequeños cristales de incienso, las caras sonrientes y siniestras de los angelotes blancos de yeso...

Llamó a Ranucci para comentarle lo que había averiguado, pero su jefe la mandó a casa a descansar un poco. Llevaba días sin apenas dormir. Le daba vueltas y vueltas también a los dos perfiles que había escuchado por la mañana en la comisaría. Recordó de pronto que en los cuerpos de los novios se habían encontrado minúsculos restos de cemento, pintura industrial, además del óleo de las heridas...

Las estatuas de san Sebastián estaban en iglesias. O en museos, pero los museos solían estar más vigilados. Roma estaba llena de iglesias. ¿Y si el asesino había matado a los dos chicos en una iglesia? ¿Pero... cómo? La hora de la muerte según la forense había sido poco después de su desaparición, sobre las diez de la noche. A esa hora las iglesias estaban cerradas. ¿Quién podía tener la llave de una iglesia? ¿Y si los crímenes eran obra de un cura y tenía la llave? ¿Cómo podía un cura controlar a dos jóvenes, uno de ellos en plenitud de su fuerza y más estando en peligro su vida y la de su amada? ¿Y si habían sido dos autores? ¿Dos curas? Todo era bastante confuso... Sin embargo, el criminólogo español parecía tan seguro de lo que decía...

Ada se dio cuenta de que aquella tormenta de ideas podía ser importante, pero el cansancio y el estrés la estaban aturullando demasiado. Decidió parar. Tenía razón el comisario. Tenía que comer y dormir un poco. Algo de paciencia, hasta que sus compañeros hubieran buscado quién pudo comprar y dónde los angelotes de yeso. Y nota mental: llamar a Mario. Quería ponerse en contacto con Javier Sanjuán cuanto antes.

Capítulo 54
El círculo de Canter

Hiriome con una flecha
enherbolada de amor,
y mi alma quedó hecha
una con su Criador;
Ya yo no quiero otro amor,
pues a mi Dios me he entregado,
y mi Amado es para mí
y yo soy para mi Amado.

Ya toda me entregué,
SANTA TERESA DE JESÚS

Roma, depósito de cadáveres del hospital,
sábado, 18 de febrero de 2012, 21.00 h

La forense Maria Magdalena Fiori asintió con decisión mientras su dedo enguantado señalaba los diferentes surcos que marcaban el cuello del cadáver del padre Clemente y luego abría los ojos apagados, enrojecidos de petequias. El padre yacía en la fría plataforma metálica; su cuerpo atravesado por una aparatoso costurón en forma de Y que le alcanzaba los hombros. La forense lo acababa de sacar de la nevera, y Barichiotto se dio cuenta de que estaba mirando, fascinado, la barba blanca de pope bizantino que caía con suavidad a un lado del cuerpo inerte. Intentó apartar la vista, pero no fue capaz.

«Es como un cristo yacente, pobre cura», pensó. Al momento, la voz y la mano de su compañera clavada en su brazo lo despertaron de la fascinación que siempre ejercía observar la muerte tan de cerca.

—Entonces es cierto que fue un suicidio simulado. Lo sabía. —Graziella Mori parecía a punto de saltar de gozo, y Barichiotto le devolvió un disimulado toque de atención.

—En efecto. Murió por asfixia. Pero no colgado de la horca, falleció concretamente por estrangulación homicida a lazo: fue estrangulado desde atrás, con una tela enrollada en el cuello, un individuo con gran fuerza... Aquí está el surco submentoniano, miren: único, profundo... Parece un tejido fino, ¿verdad? Yo creo que no. Fue estrangulado por un tejido ancho que al apretar estira. Por supuesto, el surco inicial está solapado por la marca *post mortem* que la cuerda hizo mientras el padre estaba colgado, marca que no presenta reacción vital. —El dedo de la forense iba indicando los diferentes surcos *ante* y *post mortem* a los policías, que miraban con atención—. Estas marcas que ven aquí son las propias uñas del padre intentando liberarse del lazo asesino. ¿Quieren que les enseñe la autopsia de las diferentes capas de tejido? —Se dio la vuelta para buscar algo—. Yo... creo que tengo la laringe...

Graziella la interrumpió antes de que la joven llevase a cabo su amenaza.

—Buscamos entonces a un hombre alto, fuerte, el padre Clemente no era bajo, aunque la edad...

—Así es, calcule sobre un metro ochenta o algo más. Pobre anciano. No tuvo ninguna oportunidad, la fuerza aplicada fue brutal. Luego lo colgaron de la horca. Nuestro asesino no tiene mucha conciencia forense que digamos, si creía que así iba a poder disimular su acción.

—Pero sí tuvo fuerza suficiente como para subir al padre

por las escaleras, atarlo al tubo del órgano y luego precipitarlo por el coro, no es cosa fácil...

Graziella miró el cuerpo del cura, y luego a su compañero.

—Se tomó mucho trabajo para robar un simple cuadro que parece una paparrucha, ¿no crees?

Maria Magdalena Fiori carraspeó un momento, para interrumpirla.

—Hay algo más. Algo importante. Extraño, diría yo.

—¿Algo más? —Barichiotto basculó su cuerpo grueso mientras procuraba no apoyarse en la helada plancha de acero. Aquella forense le ponía cada vez más. Era una diosa de hielo capaz de derretir al más pintado con su vocecita dulce de mosquita muerta.

—Ehhh... Bien. Al abrir la bolsa que contenía el cuerpo, me llamó la atención un olor balsámico que provenía del cuerpo. Me tomé la molestia de buscar el origen, ya que, aunque soy muy creyente, el olor de santidad hace muchos años que no se manifiesta... —Sonrió tímidamente ante su propia broma.

—¿Y bien? —Graziella la urgió con impaciencia mal disimulada.

—Se le habían aplicado los santos óleos en los ojos, en la boca, en las orejas, en la nariz, en las manos y en los pies.

La oficial levantó las cejas en señal de sorpresa:

—¿Qué? ¿La extremaunción?

—Sí. Sin duda alguna. La extremaunción.

—¿Pudo ser el mismo padre Clemente, antes de morir?

Lo dudo. Si contamos con que alguien lo mató, además de tomarse la molestia de simular un suicidio, también se preocupó de que su viaje al más allá fuese con un billete directo hacia el cielo... Pero eso no es todo... —La forense se guardaba hasta el final la sorpresa mayor—: Hay una huella dactilar. Parcial, por desgracia.

Barichiotto abrió la boca de una cuarta, perplejo. Aquella chica nueva no dejaba de sorprenderle.

—¿Una huella dactilar en la piel?

—En la piel no, en la uña del dedo gordo del pie. Lo tocó

al ponerle el aceite. Se me ocurrió al darme cuenta de que el asesino podría no haber usado guantes para aplicar el sacramento.

Barrio del EUR, palazzo degli Uffizi

El padre Bruno Barberini se agachó para traspasar la estrecha puerta blindada del búnker y entregó su invitación y su bufanda y abrigo negros a la amable azafata enmascarada que esperaba en el angosto pasillo recubierto de placas de metal. Casi no llegaba a tiempo por culpa de las carrozas de carnaval que colapsaban el tráfico de la ciudad, ya de por sí caótico. Saludó con elegancia a la comisaria de la exposición, Yannina Mazzei, cogiéndole la mano y haciendo el ademán de besarla. Las facciones de Yannina se iluminaron: adoraba al páter organista, culto, amante del arte. Y de una belleza florentina que llamaba la atención, con el pelo del color de la noche, la nariz griega y los ojos castaños, con un iris que variaba del caramelo al avellana más oscuro y que contrastaba con la blancura de la esclerótica. Y contrastaban también con la larga y elegante sotana canónica que constituía su vestimenta habitual. Además, era un músico remarcable. Imposible no adorar a aquel hombre tan refinado. No se perdía ninguno de sus conciertos, por desgracia muy espaciados. Hasta el cardenal favorito del papa había manifestado su agrado tras una misa en el Vaticano por su forma de interpretar a Bach. Ella siempre decía que Bruno era un desperdicio, un hombre tan guapo preso del voto de castidad... pero su fe parecía inquebrantable, a pesar de que ya conocía a alguna feligresa de su iglesia que había intentado seducirlo sin resultado visible.

Bruno rechazó las copas de champán que le ofreció un camarero y cogió una copa de vino blanco. En el búnker, un lugar casi opresivo, oscuro, muy dramático, ya había mucha gente que admiraba los cuadros de la exposición, parloteando animados.

—¡Menudo éxito, Yannina! Has tenido una idea admirable al organizarla en el búnker, resulta un espacio fascinante.

Mazzei sonrió. Su cara de retrato antiguo, algo pasada de bótox para la ocasión, se iluminó al recibir los elogios del cura. Lo agarró de la mano.

—Ven. Hay un par de artistas nuevos que tienes que ver. Espero que tengas la noche generosa, porque estoy convencida de que te va a gustar más de un cuadro.

—Padre Barberini, cuánto tiempo. Desde luego, no se prodiga usted nada en sociedad... —Una mujer de mediana edad, labios rellenos de colágeno y cabello corto, teñido de un negro insultante se acercó al cura y lo abrazó con un atrevimiento que Yannina Mazzei consideró casi obsceno.

—Marina... Sabes lo mucho que te echo de menos en la iglesia... Hace más de medio año que te pongo falta. —La meliflua voz y media sonrisa del sacerdote daban a entender, con un sabio deje de ironía, que sabía perfectamente cómo parar los ataques de sus admiradoras.

La mujer bebió un buen trago de espumoso y le guiñó un ojo con picardía.

—Oh, *carissimo* Bruno. Lo siento tanto... Ya sabes que hace algunos años que perdí la piedad... aunque quizá con un poco de insistencia por su parte pueda llegar a recuperar la fe...

Yannina posó su mano en el brazo del cura con la ligereza de un pájaro mientras fulminaba a aquella atrevida mirando por encima de sus gafas de pasta.

—Bruno, ven. Quiero presentarte a un marchante que tiene un ojo clínico para descubrir nuevos talentos. Ha traído una escultora de Rímini que te va a encantar.

* * *

Laura Cortés saludó con la mano desde una esquina de la sala principal del búnker a Yannina Mazzei. Estaba exultante: Yannina había sido muy generosa cediéndole para la obra de Giovanni Nero uno de los mejores lugares de toda la exposición, que se repartía de forma laberíntica por el angosto espacio ideado por Benito Mussolini bajo el palazzo degli Uffizi. Yannina había apostado por Nero y un par de artistas desconocidos con verdadero ojo empresarial. Llevaba muchos años como galerista y la intuición nunca le había fallado, o eso decía siempre, así que cuando Laura le mostró la obra de su protegido, de inmediato la fichó como revulsivo para romper con la tónica general de la muestra.

Laura buscó con la mirada a Giovanni Nero por enésima vez, el nombre que ambos convinieron que emplearían cuando llegó a Roma. Había sufrido lo indecible para obligarlo a salir de casa. Pero ella consideraba que su presencia en la exposición era fundamental para impulsar su arte, luego podría volver a su escondrijo y desaparecer. Además, el búnker había sido habilitado como un lugar tipo refugio, aprovechando la estructura original, tuberías al aire y conservando los carteles de época, pero todo decorado con una iluminación muy tenue que solo resaltaba las obras expuestas.

Al fin lo encontró, apoyado en la esquina más oscura de uno de los pasillos, con una copa de champán en la mano, alejado de sus cuadros y de los fotógrafos. Nero estaba allí con la condición de hablar solo con la gente indispensable. Y sin duda, o eso creía Laura, Yannina Mazzei era una de esas personas.

Comisaría de San Vitale, 23.00 h

—No hay nada. —Barichiotto dio un golpe con la palma de la mano sobre la mesa, haciendo tambalear el vaso de plástico de café expreso—. La huella no es de nadie que esté en nuestra base de datos.

—Mira en la base de Interpol, a ver si es un delincuente extranjero.

El agente dio otro sorbo al café y procedió a la consulta, con el mismo resultado. Resopló, contrariado.

—Nada de nada. Nuestro amigo está limpio de polvo y paja, por lo visto.

—Da igual. Servirá para pringarlo cuando lo hayamos pillado... —Graziella Mori empezó a pasear en círculos por la sala de ordenadores—. ¿Tú qué piensas de lo que ha dicho tu amiga la forense? ¿Piensas lo mismo que yo?

Barichiotto meditó durante unos segundos, y él mismo pareció sorprenderse de su propia deducción.

—¿Lo de los santos óleos? ¿Tú crees? ¿Un cura? Joder. Es muy fuerte, ¿no? ¿Y para qué querría un cura matar a otro cura? *A priori* no parece tener ningún sentido. ¿Por rivalidad? ¿Por odio?

—Amigo mío, los sacerdotes son humanos, y por tanto están sujetos a las mismas pulsiones que los demás. ¿Para robar ese cuadro? ¿Un sacerdote o un monje fetichista, un coleccionista?

—Con contratar a un ratero... No hacía falta matar al buen hombre, montar todo ese escenario...

Graziella se mordió el labio y asintió, pensativa.

—Tienes razón. Pero muchas veces la gente hace cosas muy extrañas para conseguir lo que quiere. De todos modos el cuadro es lo único que tenemos por ahora. Habrá que seguir por ese camino.

El padre Bruno Barberini iba a beber un sorbo de vino de forma mecánica, pero la mano con la copa se detuvo en el camino al tener ante sí un lienzo que ocupaba el fondo de la estancia principal del búnker. Dio un paso hacia atrás, para poder observarlo con mejor perspectiva.

Una mujer, una monja, vestida con un larguísimo hábito blanco que flotaba en el viento, permanecía atada a un poste con los brazos sujetos hacia atrás. Un corazón espinado parecía bordado con hilo de seda de color rojo intenso a su pecho, a punto de reventar, como escudo de fe inquebrantable. Siete flechas traspasaban el manto por diferentes partes, y finos regueros de sangre empapaban la túnica alba. Su rostro blanco mostraba el rubor provocado sin duda por la cercanía de un ángel alado, desnudo por completo, que llevaba en su mano un arco de fuego cargado ya con otra flecha dorada, incandescente. Dos alas negras, de cuervo, se desplegaban en su espalda, y una media sonrisa perversa adornaba la boca fina, cruel.

El rostro de la monja, de boca y ojos entreabiertos, era de una belleza prerrafaelita. Los labios gruesos, rojos, del mismo color que el corazón bordado en el pecho hacían contraste con la blancura mortecina de la tez. Los ojos grises parecían emitir un brillo sobrenatural, como si la muerte estuviera ganando ya la batalla y la santa, rendida, quisiera entregar su alma a aquel ser alado.

Al fondo del lienzo, un paisaje renacentista, plagado de cipreses y arcos romanos llevaba hacia el mar bravío, donde un blanco faro cuya torre ardía con tonos anaranjados parecía llevar a un barco espectral directo al naufragio en las rocas amenazantes.

Bruno Barberini permaneció durante un tiempo eterno en silencio delante de aquel cuadro, totalmente paralizado. Una voz ronca lo sacó de su ensimismamiento.

—Es hermoso, ¿verdad?

El sacerdote se dio la vuelta y miró al hombre que permanecía apoyado en la pared, observándolo con expresión indefinida. A pesar de las sombras, pudo ver su cabello largo, los ojos oscuros, sin expresión, y una disimulada cicatriz en la frente que el pelo apenas podía tapar. «Sería muy apuesto si la cicatriz y una cierta parálisis facial no afearan en parte el conjunto», pensó, y casi al momento se sintió culpable de haberlo juzgado.

—Es fascinante. Es... no tengo palabras. Es muy hermoso, en efecto. ¿Quién es el autor?

Barberini se acercó al lienzo para mirar la firma, y luego al recuadro blanco de la pared que ponía el título, que dijo en voz alta.

—*Santa Teresa y el ángel del pecado*, de Giovanni Nero. No lo conozco. Giovanni Nero. No es conocido, y sin embargo es muy bueno...

El hombre que permanecía en pie tras él se acercó. Por algún motivo que no acertaba a intuir, aquel sacerdote le pareció digno de su atención.

—Soy el autor. Yo soy Giovanni Nero.

Ada leía en la cama, muy concentrada, el perfil que les había dejado Javier Sanjuán. El criminólogo había tenido el detalle de adjuntar un perfil geográfico de los tres crímenes y la zona donde probablemente el asesino tendría su punto de anclaje. Mordió el bolígrafo y pasó un rotulador fosforescente por el lugar en el que Sanjuán había apuntado que podría o trabajar o vivir, o ambas cosas, Il Mostro di Roma: cerca del Coliseo. En pleno centro de la ciudad. ¿No era muy arriesgado vivir en el centro de Roma? Tendría que tener dinero... Allí los pisos eran prohibitivos. Lo comparó con el otro perfil geográfico, el que incluía a Angélica Marforio. Así, el punto de anclaje variaba hacia el Trastévere... Sin embargo, el perfil del criminólogo español parecía más claro, como si la ruta del asesino fuese exactamente la que debía ser. «Primero se aleja del centro a las catacumbas. Luego sube al norte, a Villa Borghese. Después vuelve a bajar, pero hacia el este...» Ada recordaba la teoría del círculo de David Canter: «Si trazamos una línea recta que una las dos ubicaciones más alejadas correspondientes a una serie de delitos supuestamente obra de un mismo autor, y a continuación dibujamos una circunferencia tomando la recta como diámetro, la vivienda del culpable se hallará dentro del círculo».

Lo comparó de nuevo con el perfil geográfico del perfilador de la policía romana. No le cuadraba, allí había algo forzado. Si seguía su hipótesis de que los cuatro homicidios estaban vinculados y trazaba el diámetro resultante de unir los dos puntos más alejados donde aparecieron los cadáveres, entonces el círculo se convertía en algo gigantesco, abarcando media Roma. Recordó lo que había estudiado en Criminología Forense: «Los asesinos economizan sus desplazamientos, eligen lugares no muy alejados de donde viven para matar...». Aun considerando que las víctimas no habían sido asesinadas en los lugares donde se hallaron los cuerpos, era evidente que el lugar de aparición de Angélica Marforio parecía claramente separado del círculo que abarcaba los otros tres.

Sonó el teléfono. Era Mario. Llegaría en diez minutos. Ada se levantó y fue al baño a peinarse y adecentarse un poco. Estudiando el perfil casi se había olvidado de la visita del periodista. Tenía que ponerla en contacto con Sanjuán lo antes posible. Quería intercambiar impresiones...

—Me alegro de que le guste mi obra. —Nero sonrió como si hacerlo le supusiera un sufrimiento añadido.

El cura movía la cabeza, aún en trance. Le costaba proferir las palabras, era como si aquel cuadro hubiese sido el producto de su mente durante sus pesadillas, cada vez más habituales desde su visita al Sagrado Corazón del Sufragio.

—No me gusta. Me fascina. Creo que representa algo que todos nosotros hemos pensado alguna vez... —Se quedó callado durante unos segundos, reticente a hablar—. En realidad, no he visto nunca nada parecido.

—Continúe. Tengo curiosidad por saber su opinión. La mayoría de la gente que pasa por aquí solo sabe decir estupideces. No entienden nada. Vienen a tomar los canapés y a charlar, pero no saben apreciar el verdadero arte. Por cierto, ¿cómo se llama?

Barberini se presentó. Se daba cuenta de que no podía quitar los ojos del cuadro, era algo superior a él.

—¿Por cuánto lo vende?

—Eso tendrá que hablarlo con mi marchante, Laura Cortés. Ella estará encantada de comentarle precios y ese tipo de cosas que yo no suelo tratar. —Nero se bebió su champán y buscó con la mirada a algún camarero para reponer. Una joven con un antifaz negro paseaba con una bandeja llena de bebidas—. Pero si ya ha terminado su vino, permítame que le ofrezca otra copa.

Cuando volvió con las dos bebidas, Bruno Barberini estaba inclinado, mirando pequeños detalles del cuadro. Nero le acercó la copa de vino y lo miró de arriba abajo con intención.

—Usted es sacerdote. Podría perfectamente considerar este cuadro una blasfemia, o incluso una ofensa. Sé de buena tinta que algún cura se ha sentido ofendido por alguna de mis obras... ¿Qué cree que significa en realidad?

—¿Una ofensa? No, en absoluto, el cuadro es sencillamente perfecto. En la Iglesia hay mucho pacato reprimido... —Bruno inspiró y bebió otro sorbo de vino antes de hablar—. Yo veo la sutil línea entre el amor a Dios y el pecado, lo fácil que resulta confundir una cosa con la otra. Lo difícil que es distinguir el éxtasis místico del éxtasis mundano. A veces estamos sacrificando algo a Dios, en realidad lo único que hacemos es acercarnos al diablo como Fausto, volar como la polilla hacia la llama... Hay quien dice que santa Teresa tomaba el cornezuelo del centeno para alcanzar sus éxtasis místicos, ¿usted qué cree?

—Yo no soy creyente, padre. Solo creo en esta vida, y en el arte y su trascendencia. Hay muchas formas de alcanzar el éxtasis místico, Dios es una de ellas, sin duda. El placer. O el dolor. El dolor de la santa traspasada... Ese quizá sea el éxtasis más trascendente. Por eso santa Teresa habló de una flecha traspasando su corazón, dividiéndola en dos partes... Dios no puede liberarnos del sufrimiento para el que hemos venido a este mundo... Recuerdo las palabras de santa Teresa de Jesús: «Veíale en las manos un dardo de oro largo, y al fin del hierro me parecía tener un poco de fuego. Este me parecía meter por el corazón algunas veces, y que me llegaba a las entrañas. Al sacarle, me parecía las llevaba consigo y me dejaba toda abrasada en amor grande de Dios». El éxtasis, la trascendencia a través del dolor —continuó Nero—. Es ese sufrimiento lo que llevamos todos de la cuna a la tumba, padre. Es la única forma de sentir que estamos vivos...

—Ahora está hablando como lo haría un sacerdote, Nero.

—Con la diferencia de que yo pienso que Dios nunca estará ahí para salvarnos. Jamás. No hay un Dios redentor, padre. Nadie nos perdonará porque el pecado no existe... Nosotros construimos nuestro infierno o nuestro paraíso... pero aquí, ahora, en este instante, mientras vivimos, en esta tierra que pisamos.

Bruno Barberini permaneció un rato en silencio. Su interlocutor hablaba con una determinación que le hizo estremecerse. Luego se ensimismó en la contemplación del cuadro. Al fin volvió a mirar al pintor.

—Ojalá fuera cierto, Nero. Ojalá no hubiese un Dios que llamase a su presencia para juzgar los terribles pecados de los hombres. Soy sacerdote y profundamente creyente, pero... no le voy a negar que, a veces, mi fe se tambalea. —De pronto su semblante perdió la gravedad—. Pero toco a Bach, a Messiaen, a Bruckner... y todo vuelve a cuadrar en mi alma.

—¿Toca? ¿Es usted músico? —preguntó Nero.

—Organista.

—Extraordinario. Yo adoraba la música. Ahora menos... La pintura me absorbe mucho tiempo, y después del accidente de coche, las jaquecas recurrentes también. De todos modos, avíseme un día que toque a Messiaen, padre Barberini. Por cierto, un apellido remarcable. ¿De los famosos Barberini florentinos?

El padre hizo un gesto de asentimiento.

—¿Los de las abejas? Sí, en efecto. Pero sin la fortuna, por desgracia. Perdóneme, tengo curiosidad. ¿De dónde es usted? No es romano... Su acento italiano es muy peculiar.

—Soy medio italiano, medio español. Mi madre era española, me crie en España durante muchos años. De ahí el acento. Estoy aprendiendo su hermosa lengua con mucho esfuerzo.

—¿Español? Ahora me explico lo de santa Teresa. Ella y san Juan de la Cruz son los poetas místicos por excelencia.

Aprendí español solo para poder apreciar el auténtico sentido de sus palabras en su lengua original. Además, hace años estuve visitando iglesias románicas en Castilla...

Laura Cortés se acercó a los dos hombres acompañada de Yannina Mazzei, que no disimuló su curiosidad por el pintor.

—Perdonad que os interrumpa. Ya veo que os conocéis...

Yannina le presentó al padre a Laura Cortés, la marchante y descubridora de Giovanni Nero. Él la saludó con cara de admiración.

—Un pintor magnífico, señora Cortés. ¿Dónde lo tenía escondido? Permítame decirle que estoy interesado en hacerme con este cuadro. Confío en que no me lo ponga demasiado difícil...

Horas después, al cierre del primer día de la exposición, los tres «Giovanni Nero» permanecían expuestos con el cartel de «vendido» colocado a un lado del marco.

Capítulo 55
Mundos imaginarios

La Coruña, comisaría de Lonzas,
domingo, 19 de febrero de 2012, 8.00 h

Velasco se frotó los ojos y respiró hondo. En el listado de llamadas del teléfono de Sara Rancaño que les había conseguido Verónica Freire había unas setecientas llamadas entrantes y quinientas salientes. Tenían que analizar aquel listado cuanto antes. Verónica había tardado un poco más de lo previsto y el tiempo se les echaba encima, a ellos y, lo que era mucho peor, a Marta de Palacios.

Bodelón entró en el despacho con dos vasos de plástico con café. La comisaría estaba casi desierta. Era domingo por la mañana y en el silencio del lugar solo se escuchaban los ladridos nerviosos de los perros que estaban en el patio de la comisaría.

—Joder, menudo montón de llamadas... —Bodelón se sentó delante de un ordenador y cogió el fajo de papeles que le dio su compañero, golpeando los folios contra la mesa para alinearlos bien.

—Esta señorita tiene que ser la conexión entre Pedro Mendiluce y el secuestrador de Marta. Tiene gracia, el todopoderoso Mendiluce... Ahora nadie va a la cárcel a visitarlo.

Las ratas abandonaron el barco... Solo va la Rancaño a alegrarle la vista. No es tonta, la abogada. Sabe que si le libra de la trena, se convertirá en su mano derecha.

—Imaginaba que Mendiluce haría lo posible por librarse. Es un degenerado, un vicioso, la cárcel para él tiene que ser mucho peor que para cualquier otra persona. —Velasco cogió el primer número y buscó en internet—. Manos a la obra. Tenemos que encontrar ese número o números, Bodelón. Yo me encargo de las llamadas entrantes, tú de las salientes. Habrá que fijarse sobre todo en las llamadas al extranjero. Venga. El tiempo apremia.

Roma, convento de las Oblatas de Santa Francesca Romana en Tor de' Specchi, 11.30 h

Javier Sanjuán se acercó a un reclinatorio que había en la fría sala. Una urna guardaba la imagen de la virgen iluminada por un grueso velón. Sobre el cojín ya deshilachado por el tiempo, los huecos ojos de la calavera de santa Francesca Romana lo miraron desde una estampa. El cuerpo, vestido con el hábito de la orden y resguardado en una urna por los siglos de los siglos, le volvió a recordar vagamente a la imagen del cadáver de Angélica en su tumba. La cogió y la guardó en su maletín de cuero.

Se sentó en la dura silla de madera a esperar. A su lado, Carlo, el traductor, movía nerviosamente el pie. El ruido de los ligeros golpes de la suela en el suelo de piedra se acentuaba por el eco monacal de la clausura del convento. A lo lejos se escuchó el repiqueteo de una campana, y el ruido de una puerta al cerrarse con llave.

Los pasos leves se detuvieron, y otra puerta se abrió con llave y un crujido antiguo. Allegra apareció en la reja de la clausura. Detrás de ella, un fresco de la santa arrodillada ante la virgen ponía la única nota de color en la oscura estancia.

Sanjuán se levantó, algo turbado. Nunca había estado en

el interior de un convento de monjas. La saludó con una inclinación de cabeza. La ojerosa, pálida Allegra, vestida con su hábito inmaculado, solo roto por el corazón de Jesús bordado en el pecho, sonrió. Su voz queda y dulce apenas traspasaba la doble reja de hierro que separaba el mundo espiritual del mundo real.

—La madre superiora me ha contado por qué están aquí. Estaré encantada de ayudarles. Pero acerquen las sillas y siéntense. Estoy acostumbrada a tratar con la policía... —Decidió explicarse con la sonrisa eterna en sus labios finos—. Soy novicia, aún no he entrado en clausura, aunque me faltan pocos días. Tengo un poco de experiencia... y más después de lo que ha pasado.

El criminólogo se presentó, impresionado por la paz que emanaba de aquella joven. Con total delicadeza, hizo sus preguntas sobre Angélica Marforio durante media hora, ayudado de Carlo. Al final, después de tomar notas sobre la rutina de Angélica, Sanjuán observó el cansancio de la novicia.

—Te agradezco mucho tu ayuda, Allegra. No quiero importunarte más. Estás cansada.

—No me ha importunado. Yo... yo quiero que cojan a ese hombre. Es horrible. Y además, también está lo del padre Clemente. ¿Se sabe algo? La mujer policía dijo que era un suicidio simulado. Y yo la creo, el padre jamás se suicidaría, jamás. ¿Se sabe algo ya? —La expresión de profundo dolor de Allegra, sus palabras, llamaron la atención de Sanjuán.

—¿El padre Clemente? No, no sabemos nada... —Sanjuán levantó las cejas, sorprendido—. ¿Quién es el padre Clemente? ¿Qué ocurrió?

El sol lucía con fuerza entre las nubes cuando Javier Sanjuán atravesó las gruesas puertas centenarias. El teatro Marcelo se presentó ante su vista en todo su esplendor. Se puso las gafas de sol. El frío seguía siendo muy intenso en Roma, y las previsiones daban nieve otra vez. Pero eso no parecía importar al criminólogo. Su cabeza daba vueltas y vueltas a la extraña muerte del padre Clemente. Aquel cura, según Allegra, había sido el confesor y confidente de Angélica Marforio y de otras monjitas del convento. Y ahora estaba muerto. Había aparecido colgado en la iglesia donde era párroco, y encargado de un museo.

Sanjuán miró el reloj: había quedado con la inspectora Ada para explicarle cosas del perfil de Il Mostro en media hora. Cogió el teléfono para contactar con Alessandro Marforio. Quería que averiguase cuanto antes quién llevaba la investigación de aquel suceso. Podía ser una casualidad, pero la experiencia le decía que aquel tipo de casualidades podían llevar a caminos inesperados.

Trastévere, iglesia de Santa Cecilia, 11.45 h

El comisario Ranucci se quitó el sombrero al entrar en la iglesia de Santa Cecilia en Trastévere. Caminó hacia el centro y se santiguó. Luego se dirigió hacia el altar.

Los monjes cantaban gregoriano mientras algunos fieles se preparaban para la misa. Ranucci se acercó a la pequeña estatua de mármol de santa Cecilia y esperó con paciencia a que un sacerdote filipino terminase sus oraciones.

La belleza de la estatua hacía enmudecer. El comisario recordó el cuerpo de Eleonora, cuya postura imitaba de forma torpe la elegante talla de la piedra. Dos ángeles dorados custodiaban el descanso de la santa de Stefano Maderno. Se decía que Maderno había esculpido el cuerpo a partir del propio cuerpo incorrupto de la santa.

«Los ángeles de escayola de las escenas del crimen imitan los ángeles que rodean las estatuas. Qué horror», pensó Ranucci.

Subió la mirada hacia el mosaico. Jesucristo lo miraba con grandes ojos bizantinos. Cuando se dio cuenta, el cura, dispuesto ya a oficiar su ritual litúrgico, esperaba con la cabeza inclinada a que él se apartase del altar mayor.

Comisaría de Lonzas, 22.00 h

Cuando se dieron cuenta, eran las diez de la noche. Velasco y Bodelón decidieron que después de todo un día de trabajo tenían que cerrar el asunto. Ya no había más tiempo. De todos los números investigados, solo tres les parecieron significativos, y los tres estaban en el extranjero: uno pertenecía a una asesoría financiera ubicada en Londres, Bradley and Company; otro era un teléfono de una tienda de antigüedades en París, y el tercero correspondía a un domicilio de Roma. ¿Sería este último? Marta estaba en Roma, ¿no era así? ¿O el negocio de antigüedades parisino era una tapadera de una organización que se dedicaba al secuestro y la extorsión? Valentina tendría que decidir por sí misma y actuar en consecuencia. Ellos ya habían terminado su labor, por el momento.

Hotel Virgilio

Valentina colgó el teléfono después de hablar con Guido Barone. Al día siguiente iban a investigar en el domicilio de Roma al que había llamado Sara Rancaño. Enzo haría de recadero para disimular y echar una ojeada sin llamar la atención... Enzo. Por lo menos parecía una persona distinta, arrepentido de sus actos. Dispuesto a ayudar.

Se notaba nerviosa y muy muy cansada; el grifo de la bañera de su habitación en el hotel, abierto solo levemente, dejaba un rumor sordo pero reconfortante mientras levantaba abundante espuma. De los tres números que le había dado Velasco como pistas que seguir para el secuestro de Marta, ella solo podía controlar dos, el de Roma y el de Londres, aunque este último tampoco era una cosa segura. Pero tenía claro que el de París estaba fuera de su alcance, ya no tenía más tiempo... Rebeca tenía que emitir la sentencia el jueves 23, si cumplía con la exigencia del secuestrador: «A los seis días de terminar el juicio tendré que hacer pública la sentencia», le había dicho Rebeca. Notó la fuerte presión de la urgencia y el apremio inminente en el estómago. Le quedaban poco más de tres días para encontrar a Marta.

Necesitaba por lo menos un golpe de suerte, uno solo... Cruzó los dedos al marcar el teléfono de Keith Servant, inspector de homicidios de la policía londinense, con el que había trabado amistad a raíz de la investigación de los crímenes del Artista en Inglaterra. Aunque era domingo por la noche, allá era una hora menos, y pensó que la llamada no sería del todo descortés. Cuando contestó una voz masculina, Valentina reconoció de inmediato a su colega y se dispuso a hablar en inglés despacio y claro, el mejor modo de encontrar las palabras adecuadas:

—Keith... ¿Cómo estás? Soy Valentina Negro... la inspectora española, ¿recuerdas? Disculpa que te llame un domingo por la noche. ¿Estás muy ocupado?

—¡Valentina Negro! ¡Qué sorpresa! No hay problema, estaba viendo la televisión un poco. Mi novia está de despedida de soltera con unas amigas, y aquí hace un frío horrible. Se está muy bien en casa, y, además, mañana trabajo por desgracia... —Rio con ganas—. Cuéntame. Me alegro muchísimo de oír tu voz.

—Te lo agradezco de veras... —dijo Valentina, que instintivamente pasó a tener una voz más seria—. Estoy en un apuro, un asunto personal, pero que se relaciona con Pedro Mendiluce, el empresario implicado en la investigación del Artista, ¿recuerdas?

Servant se dio cuenta de la gravedad que transmitía la voz de Valentina.

—Por supuesto. No olvidaré nada de ese caso mientras viva, tenlo por seguro.

—Estoy en Roma, pero la policía italiana no sabe nada de mí ni de mi misión, al menos de forma oficial. Cuento con la ayuda del jefe de la policía de Roma, el *vicecapo* Guido Barone, pero él solo me ayudará de forma extraoficial, cosa que en realidad prefiero, porque no tengo la seguridad de que el tipo que ando buscando aquí en Roma no disponga de información privilegiada dentro de la propia policía, y ese es un riesgo que no puedo correr... ¿entiendes?

—Desde luego. Continúa.

—Tengo el listado de los números del teléfono de la abogada de Mendiluce, Sara Rancaño, de los últimos dos meses. Un número corresponde a una asesoría financiera, Bradley and Company; hay una llamada de Sara a la empresa, el once de enero, y otra de entrante, el trece. Keith, te pido que me ayudes a averiguar si hay algo raro en esa asesoría financiera. No tengo muchos más caminos que recorrer. —Valentina tomó aire para expresar lo que iba a decir a continuación—. La presidenta del tribunal que ha de emitir sentencia en el juicio de Mendiluce ha sido extorsionada por un sicario que no tengo ninguna duda de que trabaja para que esa sentencia le libere de todos los cargos.

—¿Y cómo la extorsiona? —preguntó Servant.

—Ha secuestrado a su hija en Roma, Marta tiene diecinueve años. Y la matará el jueves próximo si su madre, Rebeca de Palacios, no hace pública una sentencia que le declare inocente de todos los cargos.

—Bien... —Servant hizo memoria por unos segundos—. Bradley and Company... No, jamás he oído hablar de esa compañía, Valentina, pero miraré en los archivos, quizá los de la brigada del crimen organizado sepan algo.

Valentina respiró aliviada. Una luz al final del túnel, por pequeña que fuese, era algo a lo que aferrarse.

—Hay algo más. Tengo fotos y una grabación del secuestrador. Dame un correo para mandártelas. Si el secuestrador tiene su conexión en Londres y si, como veo, es un profesional, quizá sepáis algo de él.

—De acuerdo, Valentina, mañana a primera hora me pongo a ello... y espero que al final del día te pueda decir algo... —Keith se dejó llevar por su afecto hacia Valentina y su natural curiosidad y preguntó:

—¿Cómo te va la vida? ¿Qué tal Sanjuán?

—¿Sanjuán? Imagino que bien, como siempre. Con sus

clases... —El tono de Valentina, más seco a su pesar, hizo que Servant se arrepintiese al momento de haber preguntado.

Al cabo de un rato de conversación, Valentina colgó con un sentimiento parecido a la esperanza, algo que no había sentido desde que llegara a Roma. Por lo menos al fin se estaba moviendo, haciendo algo, un leve recorrido hacia una meta que se le antojaba cada vez más imposible de conseguir... Esos pensamientos hicieron que casi como una autómata se desprendiera de su ropa mientras cerraba el grifo de la bañera y metía la mano para comprobar la temperatura. Estaba perfecta. Sus piernas cinceladas se introdujeron en el agua mientras su rostro se relajaba y finalmente sonreía al extenderse por completo en el baño de espuma. Mañana tendría más acción, aunque dudaba del resultado: iría con Enzo y el apoyo de dos hombres de Barone a investigar el domicilio del número de Roma hallado en el listado de Sara Rancaño. Valentina no creía que el secuestrador estuviera ahí, era un tiro al aire. ¿No era demasiado evidente que alguien que realizase un secuestro en Roma viviese allí? ¿Acaso era un delincuente local? Era posible, desde luego, quizá Mendiluce había decidido usar un método directo y sencillo; alguien de la camorra italiana que él conociera, un sicario necesitado de dinero... Pero no, ese tipo antes había estado espiando al tribunal, había estado en La Coruña, no era un mero delincuente sin nada en la azotea... y aquellas fotos... parecía un militar, no un ratero, o un matón sin cerebro.

Pero, aun con sus dudas, Valentina sabía que esa era la mejor opción; si ese teléfono de Roma, aunque fuese indirectamente, estaba relacionado con el secuestro de Marta, ella tendría que actuar.

No quiso seguir pensando. Por lo pronto, estresándose más no iba a solucionar nada. Cogió la esponja y la llenó de gel. Se acordó de nuevo de Javier Sanjuán. Maldito Servant... Claro que el policía inglés... Qué sabía de sus tormentas interiores... No era su culpa. Sabía que Servant y Sanjuán sentían mutua admiración y aprecio.

«Sanjuán. ¿Qué estará haciendo el muy...? Seguro que estará tranquilamente en Jávea, disfrutando de un coctel, allá en la playa», pensó... Valentina lo echaba de menos y lo odiaba a partes iguales. Intentaba siempre anular cualquier tipo de sentimiento por aquel hombre de hielo que le había roto el corazón con sus idas y venidas; pero de una forma inexplicable, en la bañera, se sintió de repente invadida por el deseo. Empezó a acariciarse los senos, buscando sentir algo diferente a la ansiedad y angustia con la que convivía desde que llegó a Roma. Se sintió muy culpable por dejarse llevar, pero necesitaba liberarse de la sensación repugnante que aquel marinero cabrón le había dejado pegada a la piel. Sus manos siguieron acariciando su cuerpo abandonado a la calidez del agua. Durante un tiempo, Valentina Negro olvidó su tortura, su misión, el tormento de la espera, y se sumergió en mundos imaginarios que solo ella era capaz de alcanzar.

Capítulo 56

Busca una iglesia

Roma, una cafetería en la via Quattro Fontane, lunes, 20 de febrero de 2012, 9.15 h

—Guido Barone manda, y nosotros obedecemos, Barichiotto. Si hay que hablar con un criminólogo, se habla. —La oficial Graziella Mori no ocultó un leve deje de ironía en la voz—. Y si ese hombre nos va a ayudar en la investigación, no veo por qué no hablar con él. No seas tozudo. Termina de desayunar, que hemos quedado ya en la comisaría. En diez minutos.

—¿Tozudo? —Barichiotto cortó el cruasán en cuatro trozos casi perfectos—. Con lo bien que estábamos en la brigada antidroga. Desde lo de Il Mostro este trabajo se ha convertido en un caos. Déjame terminar el cruasán con tranquilidad. Hace días que no como de forma adecuada. Solo bocadillos asquerosos y pizza.

Graziella se limpió los restos de café de la comisura de los labios con una servilleta de papel y se levantó de la mesa.

—Venga, un esfuerzo, Barichiotto. Intenta sacar tu mejor español para hablar con él. El criminólogo se llama Javier Sanjuán. Lo he buscado en internet, en España es muy famoso. Imagino que estará aquí por lo de Il Mostro, pero según

Barone quiere vernos por lo del suicidio simulado del padre Clemente. Ya me dirás cómo se ha enterado de la muerte de un cura y qué demonios le puede importar. Yo entiendo lo mismo que tú, es decir, nada... pero bueno, órdenes son órdenes, como acabo de decir. Vamos. Espabílate. No me importa reconocer que tengo mucha curiosidad por hablar con ese hombre.

* * *

Sanjuán esperaba en la esquina de San Vitale con Quattro Fontane, fuera de la comisaría, acompañado del traductor. Pronto observó que se acercaban a él los dos policías, una mujer fibrosa y menuda, con el pelo rapado al uno, ojos de ardilla y ademanes masculinos, y un hombre grueso que le recordó vagamente a Orson Welles, aunque más delgado. La mujer se presentó. Lo había reconocido por las fotos del periódico *Roma 24 Ore* y, además, lo había buscado en internet. Una vez hechas las presentaciones, entraron en la comisaría y subieron a uno de los pisos superiores, donde guardaban el expediente del caso del padre Clemente.

Sanjuán pasó las hojas, leyendo con atención. Desplegó las fotos sobre la mesa. De vez en cuando soltaba un ligero resoplido y señalaba detalles del texto.

—¿Podrían hacerme una copia?

Barichiotto le acercó una carpeta.

—Graziella ya se preocupó de hacer copias a primera hora. Bien. ¿Qué opina, así a vuela pluma?

Sanjuán miró a los dos policías y sonrió ligeramente.

—Primero quiero saber qué opinan ustedes. Son los investigadores. Yo aún tengo que estudiar bien el caso.

Graziella Mori cogió una de las fotos de la autopsia y señaló el cuello.

—OK. Cuando llegamos a la iglesia, creíamos que iba a ser un caso rutinario, un suicidio, pero una vez allí lo extraño de la escena nos llamó la atención. Por lo general es muy raro que los sacerdotes de esa edad se suiciden. Y mucho menos en una iglesia, por razones obvias. Así que, al subir al coro, encontré señales de arrastramiento. Al asesino le hizo falta mucha fuerza para colgarlo de los tubos del órgano. Y luego, la autopsia...

—Ya veo. La forense ha encontrado señales de estrangulación a lazo. Lo mataron y luego quisieron fingir un suicidio... ¿Qué me dicen del robo del cuadro en el museo? —preguntó Sanjuán.

Barichiotto intervino.

—El cuadro es una reliquia muy del estilo de la época victoriana. Se supone que el alma de la hermana Maria, una monja clarisa, vagaba por la celda de otra monja, dispuesta a dejar su impronta en la almohada para contarle que le habían caído veinte años de purgatorio por haber deseado la muerte a destiempo, sin contar con Dios, cosa que por lo visto es pecado. Un dislate, señor Sanjuán. El cuadro era el trozo amarillento de tela quemado por el dedo. Quizá la monjita se estaba fumando un cigarrillo y no tuvo otra forma de justificarse...

Sanjuán sonrió ante la explicación del policía.

—Quién sabe. Tengo un amigo, Iker, en España, al que le encantan estas cosas paranormales... Bien. Una reliquia de una monja pecadora. ¿Qué más?

—Los santos óleos. La extremaunción. No sabemos si el asesino del padre quiso fingir que era un cura. O lo es en realidad. Estamos desconcertados. —Graziella se encogió de hombros y movió la cabeza, confusa—. No se nos ocurre el móvil. ¿Por qué iba un cura a matar por un cuadro?

—Veo que la forense ha sacado una huella parcial de una uña. Manipuló los pies de la víctima sin demasiado cuidado... Eso es importante. No usó guantes. Ha ido dejando pistas... Hoy en día todos los delincuentes ven *CSI*, cuidan hasta lo más mínimo la posibilidad de dejar algún rastro, pero nuestro hombre no ha prestado atención a los detalles. —Sanjuán cavilaba a la vez que veía las imágenes de la escena del crimen—. Bien. ¿Qué más? ¿La recaudación del museo?

—El cajón con el dinero estaba abierto, intacto. No entraron para robar, salvo el cuadro, claro —afirmó Barichiotto.

—Lo que puede significar que el padre conocía a su asesino, o por lo menos confiaba en él, si ni siquiera se molestó en cerrar la caja... ¿Han investigado en su entorno?

La oficial asintió.

—Estamos en ello. Tenía una ONG, nos llevará tiempo, hay mucha gente que suele cooperar, y muchos otros a los que ayudan y que el cura trataba de forma personal.

Sanjuán miró el reloj de pulsera, rebuscó en el bolsillo de su americana y sacó dos tarjetas con su teléfono. Se levantó, se las dio y cogió el expediente.

—De acuerdo, gracias. Estaremos en contacto, no lo duden. En cuanto sepa algo, les informaré. Espero que sea recíproco. Si no les importa, me gustaría ir con ustedes a la iglesia del Sagrado Corazón del Sufragio. —Hizo un leve gesto de excusa con las manos—. Y ahora me tengo que ir. Si me disculpan, tengo una cita en media hora y no quiero llegar tarde.

Una cafetería en el Trastévere, 10.45 h

Patrizia, la informática asignada por Barone para ayudar a Valentina a capturar a Doyle y liberar a Marta miraba nerviosa, tras sus gafas de sol, en la mesa que ocupaba en un pequeño café del Trastévere. Cuando la figura inconfundible de Rajiva entró en el local, tuvo una extraña sensación: por una parte, el alivio de que, si todo salía bien, pronto desaparecerían sus graves problemas económicos; pero, por otra parte, aliarse con una mujer como Rajiva le infundía pavor, y sabía que tratar con ella a espaldas de Barone era traicionarle.

Después de los saludos de rigor, Rajiva fue al grano:

—Patrizia, lo que te pido es tan sencillo como una llamada de teléfono. Cuando sepas dónde está Doyle me lo dices, eso es todo. Eso sí, cuanto antes, porque la información no me sirve si no me da margen para actuar... ¿comprendes?

—Comprendo... Pero si accedo Barone nunca debe enterarse de que esa información ha partido de mí... tienes que prometérmelo, si llegara a saberlo, me echaría a los tiburones, ya le conoces... Sin embargo, he de recordarte que por ahora esa información no la tenemos; todavía no sabemos dónde oculta Doyle a Marta de Palacios.

—Ya lo sé, pero estoy segura de que esa zorra española no cejará en su intento hasta que encuentre a esa cría; y Barone está también muy decidido a ello. Estoy segura de que dispondréis de esa información, y además pronto; sé de buena tinta que el plazo del secuestro vence este jueves. —Su cara se había tensado, como un acto reflejo ante lo que anhelaba conseguir—. En cualquier caso, descuida —continuó—, no le diré nada; simplemente haz esa llamada.

—¿Cuánto estás dispuesta a pagar por esa información?

Via Veneto, 11.30 h

Enzo esperaba nervioso la orden de Valentina Negro para entrar en el portal de via Veneto, 111 y llamar a la puerta ocho. Volvió a repetírselo de nuevo para no confundirse por los nervios. Llevaba embutido el enorme y llamativo chubasquero de Pizza Express, y todavía se estaba preguntando por qué se había metido en ese lío. «Joder, la policía debería tener gente de sobra para hacer este tipo de cosas», protestó para sí. Pero en realidad ninguno de los agentes disponibles daba el perfil de un chaval de reparto; se veía a la legua que eran polizontes, así que no le quedó otra que aceptar la petición de Valentina y comerse el marrón. Por otra parte, y bien a su pesar, Enzo sentía crecer por momentos un profundo sentimiento de culpa, al tiempo que su amor por Marta se hacía más intenso en su ánimo. «Siempre he sido un cobarde», mascullaba entre dientes segundos antes de iniciar su camino, «así que ya va siendo hora de que haga algo diferente a cagarme en los pantalones».

Se recordó que no tenía que hacer gran cosa. Fuera, en un

coche camuflado, estaban a la escucha Valentina Negro y dos agentes de la secreta que Guido Barone había proporcionado. La inspectora había dejado claro que sus pesquisas tenían que estar bajo absoluto secreto, lo que implicaba que los agentes que normalmente se encargarían de un caso así debían quedarse totalmente al margen. Al escuchar la orden, Enzo entró en el patio, amplio y moderno, con un estanque de peces de colores que nadaban con lentitud en un lateral y cuadros abstractos de dudosa calidad en el opuesto. La puerta ocho estaba en el segundo piso, así que se metió en el ascensor y pulsó el botón correspondiente, mientras oía por su micrófono oculto una vez más las instrucciones de lo que tenía que hacer.

Llegó a la puerta, que se encontraba al fondo de un largo pasillo enmoquetado, donde apenas llegaba la luz del sol, y llamó, pasándose la pizza a la mano izquierda. Al cabo de unos segundos abrió una mujer de un llamativo pelo rojo teñido, de unos cincuenta años, vestida con un mandil, sujetando un aspirador en la mano izquierda que emitía un ruido ensordecedor. Enzo dijo algo, pero su voz quedó ahogada por el sonido del aparato. La señora lo apagó al momento y se secó el sudor de la frente con un pañuelo.

—Buenos días, ¿qué desea? —preguntó la mujer.

—Le traigo la pizza. Especial, cuatro quesos, sin anchoas. Y dos Coca-Colas. Si puede firmarme aquí... Son quince euros.

—¿Una pizza? ¿Quién la ha ordenado? —La mujer no hizo ademán de coger el recibo que le tendía Enzo.

—Yo no lo sé, señora... Solo tengo la dirección y la orden de servir esta pizza. —Miró el falso recibo—. ¿No es esto via Veneto, 111, puerta ocho?

—Sí, la dirección es esta... pero no entiendo, aquí no hay nadie desde las ocho de la mañana, y los señores no regresarán hasta las seis de la tarde. ¿Para qué querrán ellos esa pizza? Ha debido ser un error.

Ahora venía lo más difícil, y Enzo respiró profundamente, intentando por todos los medios que su voz sonara creíble.

—Señora... yo no puedo volver a mi trabajo con la pizza sin abonar, tiene que entenderlo. ¡Me la van a hacer pagar a mí! —La mujer seguía con la misma cara de estupefacción que al principio, así que Enzo decidió cambiar de estrategia—. Pero vamos a ver, para comprobarlo, ¿cómo se llaman los señores?

—Es el abogado Massimo Loredana, y su mujer se llama Lucía... ¿La ha encargado uno de ellos?

—Sí... aquí está, en efecto. —Enzo fingía repasar un papel contenido en una carpeta—, Massimo Loredana... ¡Ya lo entiendo! Probablemente la pidió para su despacho, y por algún error el compañero que tomó el encargo se metió en el ordenador y puso la dirección privada, que ya estaría de antes... ¿comprende?

La mujer sonrió, se encogió de hombros y pareció encontrar esa explicación del todo lógica.

—Sí, seguro que es eso...

—Bueno, si me dice la dirección de su despacho me voy para allá pitando, antes de que se enfríe. Así no tengo que volver a llamar a la central y perder tiempo... ¿Es tan amable?

—Claro, no hay problema, espere un momentito. —La mujer revolvió en un cajón del recibidor durante unos segundos y volvió con una tarjeta—. Es en la calle Giulio Cesare, 45. El edificio Mercury, pregunte cuando llegue allá.

—Mil gracias, señora...

Enzo la saludó tocándose la visera de la gorra y se marchó con paso diligente. Hacía ya unos segundos que los agentes de la secreta habían tecleado el nombre de Massimo Loredana en su base de datos, sin resultado alguno. Enzo subió, y el vehículo emprendió su camino hacía el edificio Mercury.

Quartiere Coppedè

Ada señaló un punto en el perfil geográfico que había trazado Javier Sanjuán y su dedo recorrió la línea roja que iba desde las catacumbas de San Sebastián hasta Villa Borghese.

—El perfil de nuestro criminólogo apunta a que el asesino vive al oeste del Trastévere. Pero... claro, si contamos con que las tres víctimas de los carnavales y Angélica no son obra del mismo autor... cosa con la que yo estoy de acuerdo, pero aún no he sido capaz de convencer al comisario... —Ada emitió un leve suspiro de contrariedad—. En suma. Yo le creo, Sanjuán. He estudiado a fondo los cuatro crímenes. Los tres últimos son, inequívocamente, obra del mismo asesino. Y tiene razón: quien mató a la Marforio era alguien que la conocía. Pero a partir de ahí, estamos atascados. Nadie se pone de acuerdo: Ranucci quiere que miremos posibles miembros de la curia, hombres que puedan albergar un fuerte trastorno religioso. Barone está en desacuerdo, y, además, estos días está desaparecido. Marforio presiona para que no se deje lo de su hermana de lado, pero tiene que comprender que hay un loco suelto por ahí que tiene a la ciudad aterrorizada...

Sanjuán dejaba hablar a la inspectora y preguntaba al traductor lo que no entendía bien, mientras Lúa tomaba nota de todo en su agenda. Su jefe esperaba un nuevo artículo para *La Gaceta de Galicia* y que le hubiesen permitido asistir a aquel encuentro resultaba primordial para sus intereses. Estaba claro que Ada Casali quería filtrar lo que se iba a escribir en los medios: con Mario no había problema, por la cuenta que le tenía, pero aquella española parecía una aguililla.

—Fíjate en el perfil geográfico, Ada —razonó Sanjuán—. Y fíjate también en la autopsia de Paola y Stefano. La forense dice que murieron poco después de despedirse de sus amigos, por los restos de sus estómagos. Si tienes en cuenta que tomaron cervezas y cenaron cerca de la piazza Navona, y que en sus cuerpos aparecieron restos de pintura y cemento, además de incienso, y una flecha que pertenece a un san Sebastián...

—¿Una iglesia en obras? En el centro hay muchas iglesias, Sanjuán. Roma es la capital del cristianismo, tenemos una en cada barrio, incluso más. Por otra parte, las iglesias no suelen estar abiertas por la noche en invierno, salvo alguna excepción...

Sanjuán hizo un gesto de negación.

—No todas estarán en obras. Tienes que acotar la búsqueda a la triangulación de la última señal de los teléfonos de los dos chicos. Ya sé que en Roma hay muchas iglesias... Escucha, Ada. —La miró directamente a los ojos—. Conozco a Christian Morgado. Los tres asesinatos llevan su firma. Lo desenmascaré en España después de varios errores en mi perfil original. No volveré a cometer el mismo error, y si puedo colaborar para que lo atrapen, seré el hombre más feliz de la tierra, aunque Dios sabe que me aterra solo pensar en él. Esos dos hombres que me siguen a todas partes son la señal de lo seguro que estoy de que es él. Entiendo que tengas dudas, tú y todos los de homicidios. Busca una iglesia en obras. Busca un san Sebastián. Morgado utilizó por alguna razón esa saeta. Quizá para rematar su obra de arte, no lo sé. No todas las iglesias tienen imágenes de san Sebastián, imagino...

—Tengo a todo un Departamento de Arte de la Universidad acotando la búsqueda, Sanjuán. En unos días se han comprometido a dar una serie aproximada de iglesias. Ojalá tengas razón. —Volvió a mirar el perfil y su dedo recorrió el centro histórico de Roma—. Y ojalá Ranucci sea capaz de entrar en razón de una vez.

Regina llamó tímidamente a la puerta del salón y entreabrió la puerta. El hombre que ella conocía como Giovanni Nero estaba reposando en una *chaise longue*, cambiando los canales de la televisión con desgana. La mujer titubeó, cortada: Nero estaba desnudo de cintura para arriba, cubierto solo por un amplio pantalón de pijama. Cuando él la vio, le hizo un gesto con la mano para que pasara.

Regina posó la bandeja con el desayuno en una mesita que había al lado de donde estaba Nero y le entregó los periódicos del día. El pintor ni la miró, musitó un «gracias» apenas audible. La criada se apresuró a entrar en la habitación de Nero para cambiar la cama y poner algo de orden.

Un cuarto de hora más tarde, Regina salió de la habitación, cargando con las sábanas. Giovanni Nero se había incorporado y miraba la pantalla con una expresión extraña que a la siciliana le pareció incluso tenebrosa. Se quedó allí parada. Le había subido el volumen. Parecía hipnotizado, los ojos clavados en la enorme televisión, que mostraba un reportaje sobre los crímenes de Il Mostro di Roma. Una policía uniformada de melena castaña, atractiva, acompañaba a un hombre delgado, de gafas de pasta redondas, abrigado con un Armani azul marino. El hombre llevaba un maletín de piel. Los dos entraban en la comisaría de San Vitale rodeados de fotógrafos y seguidos por otros policías. Imágenes de una rueda de prensa en la que los investigadores tenían un protagonismo especial. Flashes de escenas del crimen tapadas por la policía. Fotos sonrientes de las tres víctimas. Una imagen ampliada de un hombre delgado, que fue acompañada de un extraño sonido proveniente de la garganta de Giovanni Nero.

«Profesor de Criminología en la Universidad de Valencia, España. Ayudó a capturar a un peligroso asesino en serie que mató a cinco personas en La Coruña y en Londres...» Las manos de Nero se crisparon con fuerza, y fue en ese momento cuando Regina no dudó en apurar su silenciosa huida de la habitación.

Cuando escuchó detrás de la puerta un gemido prolongado y aterrador, corrió hacia la cocina y cerró la puerta, con el corazón golpeándole con fuerza el pecho.

Capítulo 57

Abogados y angelotes

> Just call me Lucifer
> Cause I'm in need of some restraint
> So if you meet me
> Have some courtesy
> Have some sympathy, and some taste.
>
> *Sympathy for the Devil*,
> THE ROLLING STONES

Roma, edificio Mercury,
lunes, 20 de febrero de 2012, 12.00 h

Massimo Loredana resultó formar parte del bufete de abogados Loredana & Fortunato, según rezaba una de las placas de alpaca del amplio *hall* decorado con estucos, mármoles y bustos al estilo clásico del edificio Mercury, placa que detallaba los dos nombres titulares en caracteres enormes y los de tres abogados asociados, en letra más pequeña.

El plan era arriesgado, pero el tiempo apremiaba y no podían desperdiciarlo con tácticas de vigilancia, siempre inciertas en su duración y resultado. Si Loredana estaba de algún modo implicado en el secuestro de Marta, tendrían que averiguarlo al momento, y actuar en consecuencia. Valentina contuvo sus nervios: si juzgaba mal la situación, ella perdería su ventaja y Marta estaría en apuros más graves de los que dominaban su vida en la actualidad. Así que cruzó los dedos y subió con dos de los agentes que Guido había puesto bajo sus órdenes. Una clienta que salió de una correduría de seguros que había justo al lado vio a una mujer cubierta por un gorro de lana negro, una cazadora negra, vaqueros ajustados y gruesas botas de piel, acompañada de dos hombres vestidos con trajes grises de corte italiano que llevaban sus abrigos colgando del brazo.

Valentina y sus acompañantes cruzaron las pesadas puertas de cristal donde estaba inscrito en letras rojas el nombre del bufete; en una sala amplia había ocho mesas diáfanas, donde hombres y mujeres jóvenes, con edades entre los veinte y los treinta años, hablaban por teléfono, consultaban expedientes o tecleaban en el ordenador. Al fondo de la sala, Valentina divisó una puerta cerrada que llevaba a un despacho amplio, todo acristalado, pero sin que se pudiera ver a su ocupante. Con paso decidido llamó a la puerta y entró con los dos agentes. Una secretaria rubicunda, en la antesala del despacho de Massimo Loredana, le sonrió y, aunque extrañada, no dejó de formular la pregunta correspondiente:

—¿Qué desean? ¿Tienen cita? —A Valentina la joven le recordó de inmediato a la protagonista de *El diario de Bridget Jones*, cuyo nombre no recordaba en aquel momento.

—Queremos ver al señor Loredana, por favor, es importante. —Valentina hizo un gesto y uno de los hombres enseñó su placa de inspector de policía.

—Somos de la división de delitos financieros.

Antolina, la secretaria, puso cara de estupor.

—No, no se alarme, es trabajo de rutina, solo queremos que el señor Loredana nos proporcione cierta información, eso es todo. ¿Puede comentarle que tenemos prisa y que necesitamos verle ahora mismo? —Valentina adoptó un tono de exigencia para que la joven cogiese el teléfono al momento. A los pocos segundos se levantó y abrió la puerta que comunicaba con el despacho de su jefe.

Como había entrevisto Valentina al entrar, el despacho tenía amplias paredes de cristal, salvo una, la que comunicaba con el resto de la planta. Plantas exóticas salpicaban el lugar, estratégicamente dispuestas entre estanterías de metal y madera. Había diplomas por doquier, y marcos con fotos de gente que a la inspectora le parecieron personajes públicos importantes. También había una amplia mesa redonda de reuniones, cerca de un mueble bar y una pequeña barra de cocina junto a dos taburetes altos.

—Soy la inspectora Valentina Negro, de la policía española, y estos son los agentes Montelli y Doria —dijo, estrechándole la mano—. ¿Puede concedernos unos minutos?

Massimo Loredana hizo un análisis rápido de la situación. Admiró en un instante la belleza seria de la española casi de forma inconsciente y a la vez detectó la cara rocosa de los policías. Se puso en guardia. ¿Qué querían de él los agentes de delitos financieros? ¿No le había dicho su asesor financiero que todo estaba bien atado?

—Señor Loredana, no voy a robarle mucho tiempo. Solo queremos información de un caso que estamos siguiendo en España... —El abogado la invitó a sentarse—. Permítame que le haga un par de preguntas... ¿Conoce a una colega suya en España, de La Coruña en concreto, que se llama Sara Rancaño?

—Eh... ¿Sara Rancaño...? —El titubeo no le pasó desapercibido a Valentina—. Pues ahora mismo no la recuerdo... tengo negocios con diferentes bufetes de España, ya me comprende, derechos de patentes, contratos... Ahora mismo no recuerdo todos, lo siento.

—Ya, entiendo... Quizá le pueda ayudar a recordar si ve una foto de ella.

Valentina enseñó los dientes en un amago de sonrisa y deslizó por la mesa una foto en la que se veía perfectamente a la Rancaño, esbelta y orgullosa entrando en el juicio de Mendiluce. Una foto de apenas unos días antes.

—Guapa mujer, sin duda. —Loredana estudió la foto durante un rato e hizo lo que pudo para dar la impresión de que era la primera vez que la veía, aligerando un poco la situación—. Pero no, la verdad, oficial, no sé quién es... lo siento, pero no me suena.

Los dedos de Valentina tamborilearon sobre la mesa, impacientes.

—Está bien. Entonces... me gustaría que me explicara por qué tenemos una llamada realizada por la abogada Rancaño a su domicilio el veintiséis de enero de este año... tal y como consta en el registro de las llamadas de su teléfono... —La inspectora volvió a sonreír, intentando contener su creciente ira—. Concretamente a las ocho y veintidós de la tarde. Duró exactamente treinta minutos.

—¿Eh...? ¿Está segura de eso...? No, no puede ser. No recuerdo esa llamada... La cogería mi esposa...

—¿Y tampoco recuerda la que hizo usted al día siguiente, lo que parece a todas luces que es la devolución de la llamada anterior? Para ser una equivocación congeniaron ustedes muy bien...

Valentina había ido ahí a jugarse el todo por el todo, así que decidió poner toda la carne en el asador. Sin duda, una relación con la Rancaño solo podía tener tres finalidades: una, un asunto sucio, un chanchullo para defraudar o engañar a alguna institución; otra, una relación sexual a escondidas, algo que no debía conocer la mujer de Loredana, y la tercera, por supuesto, que Loredana formara parte del operativo del secuestro de Marta de Palacios. No se iba a marchar de allí sin conocer cuál era la respuesta correcta. Impaciente, decidió apretarle más las tuercas. Su voz adoptó un tono duro.

—No me joda, Loredana. La Rancaño no es trigo limpio y lo sabemos todos... Hace tiempo que la venimos siguiendo, y está metida en una operación de blanqueo de dinero de diferentes empresas europeas que lavarían el dinero del narcotráfico proveniente de Galicia y otros lugares... Y nos preguntamos si su empresa es una de las que están metidas en el fregado hasta el cuello, lo que causaría un importante disgusto a todos los que estamos aquí. —Señaló las fotografías—. Incluidos sus clientes tan famosos... Así que, usted decide, colabora por las buenas o por las malas.

Los policías, que habían permanecido de pie, escoltando a Valentina, hicieron ademanes perceptibles de avanzar unos centímetros, nerviosos, como si solo esperaran una orden de aquella mujer de furia contenida para abalanzarse sobre él y esposarlo. Pero Loredana pareció reponerse, y dijo con aire altanero, mientras sus ojos verdosos brillaban de desprecio:

—Agente, conozco bien cuáles son las leyes, por razones obvias, y qué pueden ustedes exigirme, si se diera tal circunstancia... Y lo que está claro es que no tengo por qué dar explicaciones de mis llamadas privadas. —Loredana había entendido muy bien que los policías no habían escuchado las llamadas, los muy capullos tan solo tenían el registro de que se habían producido; es decir, que sus teléfonos no estaban pinchados, de lo contrario ya se lo habrían puesto delante de sus narices—. Así que si me disculpan... —Hizo un gesto liviano y casi aburrido mientras cogía unos papeles—. Señores, hoy estoy muy atareado...

Valentina respiró profundamente y le clavó la mirada gris. No era su problema si aquel cretino no quería colaborar. Así que decidió pasar al plan B. Se levantó, se acercó con rapidez y, súbitamente, cogió de la corbata al abogado. De un tirón lo levantó de su asiento y lo acercó hacia sí, a pocos centímetros de su cara, mientras los dos agentes se distribuían: uno iba hacia la puerta de entrada del despacho, bloqueándola, el otro se situó detrás del abogado.

—Inspectora, no «agente». Escúcheme bien, abogado Loredana. —Valentina marcaba las palabras despacio, con claro tono de amenaza—. No puedo perder más el tiempo con sus estupideces: Sara Rancaño está metida en un marrón muy gordo... Un asunto de extorsión, secuestro, y quizá de asesinato, si no logramos impedirlo. Si usted sabe algo de esto o está implicado de algún modo es su oportunidad de que el futuro no se le ponga muy feo, créame... Me importa un comino que sea abogado, o lo que haga o deje de hacer en sus chanchullos... Solo quiero una cosa: saber sus negocios con la Rancaño. Si no me interesa, le dejaré en paz. Si se niega a hablar, voy a hacer que Hacienda le mire hasta la cómoda donde guarda su ropa interior, créame, y seguro que encontraremos algo... ¿verdad? También miraremos a qué se dedica su esposa, por supuesto.

Loredana se asustó; tenía cosas que callar, por supuesto, ¿quién no las tenía? Pero si salía a la luz pública su bufete caería en un profundo abismo, porque nadie con pasta abundante desearía guardarla en un sitio fisgoneado por la poli y marcado por los tribunales.

—¡Joder, inspectora! —Loredana se volvió a sentar, con el moreno rostro congestionado de miedo, una vez que la mujer le soltó del lazo de la corbata—. ¡Está bien! No nos desmadremos... no es tan importante, y no tengo que ver una mierda con esos negocios de extorsión de los que me habla... En fin... —El abogado suspiró profundamente—. Es un asunto personal, ¿comprende? Conocí a Sara hace dos años, en una reunión de abogados financieros en Milán... y, bueno, ya sabe, congeniamos... Es muy hermosa. Yo desde entonces estoy loco por ella, pero la muy zorra me tiene a sus pies, juega conmigo... He propuesto encuentros en diferentes lugares, pero siempre anda muy atareada... Sabe cómo son esas mujeres, ¿no, inspectora? Te dan y te quitan hasta volverte loco... Por favor, no se lo digan a mi mujer, yo la quiero...

Valentina asintió, aunque no estaba segura de cómo eran «esas mujeres», y si eran muy diferentes a como eran «esos hombres». —Y Sanjuán se le cruzó fugazmente en la imaginación—. Pero se estaba impacientando... Marta estaba en algún lugar de Roma, ¡había que darse prisa, por amor de Dios! Decidió aflojar un poco.

—Loredana, no estoy aquí para oír su tierna historia de amor. Eso no me importa. Ahora, dígame: ¿qué tratos tiene con Sara Rancaño y cuál fue el propósito de esas dos llamadas? Si colabora su mujer continuará su vida feliz a su lado sin más problema...

El moreno de esquí de Loredana volvió a teñir su piel cuidada.

—Está bien... Pero antes de seguir prométame que esto no va a tener consecuencias. Yo colaboro, y usted me deja tranquilo, ¿de acuerdo?

—No le prometo nada, pero si sus actos no tienen relación directa con el caso que nos lleva aquí, le repito que no habrá ningún problema y le dejaré en paz. ¡Y ahora hable de una vez!

—Me dijo que esperaba recibir una buena suma de dinero a finales de este mes, por un trabajo muy productivo en el que estaba metida ahora... Una «transacción internacional», la llamó... y quería saber si yo tenía forma de hacer ese dinero... «opaco», porque lo recibiría desde Londres... Ella no quería que fuera detectado por el fisco en España... —El abogado pareció avergonzado durante un segundo, luego emitió una risita—. Y bueno, inspectora... esa es mi especialidad, no sé si me quiere entender...

Centro de Roma, Ditta G. Poggi, artículos de bellas artes

Esposito Ranucci entró en Ditta G. Poggi, la histórica tienda de artículos de bellas artes que había al lado de la iglesia del Gesù. En la mano llevaba una serie de fotografías de los angelotes sonrientes de escayola que el asesino había colocado como siniestro adorno en las escenas del crimen de Eleonora y Paola. Era la última tienda que había en el centro de la ciudad. Si allí no encontraba nada, tendrían que empezar a buscar en grandes almacenes, y esa búsqueda se convertiría en algo mucho más complejo. Se dirigió hacia una señora mayor, de unos setenta años, vestida de forma algo extravagante, con una chaqueta de pana de color naranja y un turbante a juego. Una vez a su altura, Ranucci sacó la placa y se la mostró durante unos segundos. La mujer arrugó su frente al ver la insignia y se quitó las gafas. Luego miró al comisario con ojos algo velados por la edad.

—Comisario, encantada de ayudarle. Me llamo Maria. ¿Qué le trae por aquí?

Ranucci dejó las fotos sobre el cristal.

—Necesito saber si algún hombre ha comprado varios de estos ángeles de escayola en los últimos meses. O semanas. Como vea usted.

La mujer cogió las fotos. Se volvió a colocar las gafas y las acercó a su cara. Negó con la cabeza.

—No. Ningún hombre ha comprado este tipo de figuras. Vamos, que yo recuerde. Y tengo buena memoria... Espere un momento. Voy a revisar los ficheros. Llevo cuenta de todo lo que sale y entra para hacer los pedidos.

La mujer se perdió dentro de la tienda y Ranucci la escuchó abrir y cerrar cajones durante unos instantes.

Cuando salió llevaba un papel en la mano, que entregó al policía.

—Yo tenía razón. Ningún hombre ha comprado angelotes. Pero sí una mujer. No hace mucho... Por lo que pone aquí, ha venido dos veces este año. Se llevó dos figuras en cada ocasión.

Ranucci asintió, extrañado, mientras miraba la factura.

—Dos veces... ¿sabe el nombre de la mujer? ¿Su aspecto?

—Era una chica normal y corriente, más bien baja. No era fea, pero tampoco una belleza espectacular. Buen tipo, cabello largo crespo, sujeto con una trenza... vestida de negro. Acento siciliano, bastante marcado. A mí me pareció una chica de pueblo, algo anticuada, quizá. Me fijé en ella por el acento, la verdad.

—¿Dijo para qué los quería?

—No dijo nada, apenas habló, la típica mujer cerrada del sur. Recuerdo que pagó en efectivo, el otro día teníamos problemas con el datáfono.

Ranucci le entregó una tarjeta a la dueña de la tienda. Aquella mujer podía ser una pista, pero podía no significar nada también.

—Avíseme, por favor, si vuelve por aquí. Es importante. Muy importante.

Cuando Valentina y los agentes salieron del despacho, la ansiedad no había disminuido, pero al menos el cabo suelto de Roma parecía fijado. Loredana, deseoso de obtener los favores de la Rancaño, había sido elegido para lavar el dinero que recibiría sin duda la abogada por su trabajo sucio en el secuestro de Marta, pero estaba claro para la inspectora que aquel no tenía nada que ver con el propio secuestro, ni siquiera sabía de dónde iba a sacar Sara Rancaño ese dinero. Una buena comisión y un fin de semana ardiente bastarían para convencer al italiano de que tenía que hacerle ese servicio a la sibilina abogada, pensó Valentina. Estaba convencida de que el operativo no había partido de Roma, y eso era importante.

En todo caso, la inspectora había acojonado al italiano con sumo placer, diciéndole que si volvía a hablar con Rancaño debía actuar como si él no hubiera tenido ese encuentro con ellos, porque si algo le pasaba a la persona que estaba en peligro —le había susurrado muy seriamente Valentina— iban a crujirle hasta el último hueso. Y su mujer iba a enterarse de cosas reales y de alguna inventada con algún detalle muy sabroso. Le avisó de que procederían al momento a pinchar sus dos móviles y el fijo de su casa para asegurarse.

Valentina se despidió con una amenaza:

—¿Es creyente? Rece lo que sepa para que no le pase nada a la persona que estamos buscando... Si esto sucede y tenemos una mínima sospecha de que usted, de un modo u otro, ha delatado nuestra presencia hoy, estará acabado. Recuérdelo.

Minutos más tarde intentó consolarse, mientras se dirigían en coche al ministerio, donde la esperaba Guido Barone. Había empezado a nevar otra vez. Un grupo de niños con disfraces salía de un colegio con sus profesoras, jugando con los finos copos que caían del cielo.

«Nos queda Londres. Rajiva dijo que el tipo tenía un acento ligeramente australiano... ¡Dios mío... échame una mano... Londres tiene que funcionar...!», dijo, a modo de oración, en la antesala del despacho del *vicecapo* de la policía. Porque si Londres resultaba ser un callejón sin salida, Pedro Mendiluce estaría libre en tres días, y quizá Marta acabara al fin asesinada... Porque, ¿qué captor se ve en la obligación de ser fiel a sus compromisos?

Cuando entró en el despacho de Barone, la mirada cálida y confiada del italiano logró tranquilizarla. Se sentó para informarle sobre lo que habían averiguado, pero en ese mismo instante lo llamaron por teléfono. Valentina empezó a oír una conversación con un tal Marforio sobre Il Mostro, pero, sumida en sus cavilaciones, no prestó atención.

Redacción de Roma 24 Ore

Lúa Castro cogió un listado de galerías de arte y suspiró, mirando a Mario, que agitaba en el aire un fajo de papeles, sentado sobre la mesa en la redacción.

—¿No eres una periodista de investigación, Lúa? Pues aquí tienes material de sobra para investigar.

—No me esperaba que hubiese tantas galerías. Lo de las iglesias ya lo tengo más asumido. Tendremos que hacer cuadrantes... Con lo caótica que es esta ciudad, y lo caótica que puedo llegar a ser yo, esto, a la mínima, puede convertirse en un desastre —bromeó, recordando su visita a Roma hacía ya algunos años—. La primera vez que estuve aquí me perdí varias veces. Suerte que ahora el móvil lleva un buen navegador. Bien. Lo de las galerías es una lotería. A saber si ese hombre expone, si lo hace, con qué nombre... Sanjuán vio un cuadro suyo, dice que es un pintor excepcional. Claro que Morgado estaba a punto de matarlo cuando se lo enseñó, no sé hasta qué punto pudo apreciar la calidad de la pincelada...

Mario reprimió una carcajada.

—Tiene que ser bastante bueno entonces, para haberse fijado en esas circunstancias, ¿no? —Metió los papeles en una carpeta y se levantó—. En realidad estamos todos dando palos de ciego. Así que por algún lado hay que empezar. Manos a la obra. Por lo menos, sabemos quién es, solo falta encontrarlo, escondido en una ciudad de casi tres millones de habitantes... Eso sí, Lúa. Te conozco. Si lo ves, llama inmediatamente a Ada. —Su voz perdió la jovialidad anterior—. Ni se te ocurra hacer nada sola. Tú mejor que nadie sabes que es un hombre muy peligroso.

Lúa se estremeció. Acababa de recordar que el Artista le había enviado un anónimo cuando ella estaba cubriendo el caso en *La Gaceta de Galicia*. Un anónimo que ella intentaba olvidar, pero que en el fondo de su alma estaba grabado a fuego: «Lúa... ¿te gustaría bailar conmigo a la luz de la luna llena?».

Estudio de Giovanni Nero, 19.00 h

Giovanni Nero miraba por la ventana del salón. Anochecía. Los copos de nieve pugnaban infructuosamente por cuajar en el suelo adoquinado, en el techo de los escasos vehículos que aparcaban en la calle estrecha, en los asientos de las pequeñas Vespas.

No había sido una tarde productiva. Los pinceles no habían volado por el lienzo como en los días anteriores. En el fondo sabía que aquel momento iba a llegar. El momento en el que Javier Sanjuán se enterase de su presencia en Roma. Sin embargo, tan pronto... eso sí le había cogido por sorpresa. Alguien le había avisado, sin duda. Pero... ¿quién? Había leído en los periódicos que estaba colaborando con la policía para la resolución del caso de Il Mostro.

Il Mostro. Le gustaba el nombre. Lo comparaban con el Monstruo de Florencia. Solo que aquel hombre desconocido había matado a dieciséis personas. Y él pensaba tomárselo con más calma. No tenía la más mínima intención de que lo descubrieran ahora que había empezado a tener una vida plena.

Sabía que lo mejor que podría hacer era esconderse. Pero la presencia del criminólogo en Roma lo había estimulado. Era carnaval, época de desenfreno. ¿Por qué no salir a dar una vuelta al frío de la noche?

Il Mostro fue a la habitación y cogió su disfraz del armario. Le quedaban tan solo dos noches para su baile de máscaras.

Hotel Virgilio

Valentina Negro se lanzó literalmente hasta donde estaba el iPhone. Estaba esperando desde hacía varias horas la llamada de Keith Servant. Ese tiempo lo había pasado dando unas palabras de consuelo a su amiga Rebeca, en la línea segura que habían convenido. Intentó no desmoronarse al escuchar las lágrimas amargas de la magistrada, que parecía al borde de la desesperación. «Has de tener fe», le había dicho Valentina... «Estamos en ello, me ayuda el mismísimo jefe de la policía... No pierdas la esperanza... Todavía queda tiempo, ya verás... Ahora estamos siguiendo una línea nueva de investigación... un posible contacto en Londres...»

Rebeca escuchaba con el alma encogida. No creyó oportuno decirle nada de los «trabajos extra» que le estaba encargando Doyle... de la ordalía por la que la obligaba a pasar para que su hija no viera aumentados sus dolores del cautiverio con un trato más severo... que se había prostituido por amor a su hija, y que estaba pensando seriamente en que quizá no iba a resistir tanto miedo y angustia, sobre todo cuando estaba redactando una sentencia que le producía un profundo asco.

Valentina colgó con el alma llena de pesadumbre, muy preocupada por su amiga. Inspiró, intentando relajarse, pero no fue capaz. Estaba agotada, inmersa en una situación extrema. Pronto, su desesperación sacó a relucir su espíritu de policía, las razones por las que había decidido convertirse en una servidora pública. No se trataba solo de proteger a la hija de su amiga, sino también de luchar por que aquel degenerado de Mendiluce, acostumbrado a hacer de sus deseos ley, a maltratar a las mujeres y tratarlas como simple mercancía, no saliese impune de sus delitos.

Ese espíritu volvió a presidir su ánimo cuando recibió la llamada de Keith Servant. Después de unos rápidos saludos, el inglés entró en materia:

—Valentina, tengo buenas y malas noticias...

La inspectora notó un vuelco en el corazón.

—Vamos por orden, Keith, primero las buenas y luego las malas...

—Las buenas son que hemos identificado al tipo de la foto, es un sicario de lujo, un *fixer*, ¿me entiendes?, un tipo que se encarga de arreglar situaciones comprometidas haciendo lo que sea, y eso incluye secuestrar, robar o asesinar... y no necesariamente en ese orden.

Valentina se estremeció. No se enfrentaban a un delincuente cualquiera. Pero era algo que había sospechado desde el principio. Un tipo que se atrevía a secuestrar a una secuestrada... Nunca había visto nada parecido.

—Entiendo, Keith. Continúa, por favor.

—OK. Creemos que está implicado en un asesinato cometido este mismo año, un sujeto que fue envenenado antes de coger el avión en Heathrow pero que murió en pleno vuelo... De hecho dos cámaras de seguridad captaron una figura cuya complexión y algunos rasgos faciales encajan con el vídeo y las fotos del hombre que me enviaste, que se hace llamar Patrick Doyle.

—¿Hay alguna noticia «buena» más? —preguntó entre esperanzada y angustiada Valentina.

—Sí, todavía queda algo más, por fortuna. He trabajado estrechamente con la brigada del crimen organizado, y me han dicho que tienen razones para pensar que una inglesa de abuelos gallegos, Dolores Wells, pudo estar detrás de ese asesinato. Al investigar a quién beneficiaba esa muerte, concluyeron que la Wells pudo abortar una fusión empresarial que iba a costarle más de veinte millones de libras... Los de crimen organizado creen que al fallecido se le sustrajo también un *pen drive* con información vital para ciertos movimientos especulativos del mercado... En fin, la Wells es un objetivo claro de la brigada desde hace más de cinco años, pero nadie la ha podido pillar con las manos en la masa.

—¿Y bien? ¿Esto adónde nos lleva? —preguntó impaciente Valentina.

—Estas son las noticias malas, Valentina. No sabemos dónde está Patrick Doyle, y no tenemos más prueba de que Dolores haya organizado el secuestro de Marta que esas dos llamadas que tienes registradas entre Sara Rancaño y ella. Así que dudo mucho que Dolores Wells nos quiera decir voluntariamente, si realmente es ella quien está detrás de todo esto, dónde están Doyle y la niña.

—Pero Keith... Tiene que haber algo que podamos hacer, ¿no? He hablado hace unas horas con el jefe de la policía de Roma, Guido Barone, y lo tiene todo preparado para que mañana a primera hora podamos estar en Londres. ¡Por Dios, Keith, tenemos que hacer algo! ¡Estoy convencida de que la tal Dolores Wells ha organizado todo...! ¡Es el único vínculo que tenemos!

—Ya, Valentina, es probable, pero piensa que no tenemos ninguna prueba... —dijo Servant con tono comprensivo pero realista.

—Sí, es cierto, pero... piensa. La Wells es de origen gallego, ¿no? ¿Quién si no podría ser el contacto del mañoso más jodidamente importante de Galicia como es Pedro Mendiluce...? ¿A quién si no iba este a pedir ayuda mediante Sara Rancaño...?

—Lo entiendo, Valentina, pero incluso así, nosotros estamos atados de pies y manos... ¡No podemos ir y arrestarla por haber hablado con una abogada en España!

Valentina guardó silencio unos segundos largos. Al fin

dijo con voz más tranquila, pero que a Servant le pareció todo un desafío:

—Muchas gracias por tu ayuda, Keith. Pero nos vamos a Londres. ¿Podrías venir mañana tú o alguno de los tuyos a recogernos a Heathrow a las diez de la mañana? Creo que le debemos una visita de cortesía a doña Dolores Wells.

Capítulo 58

La iglesia de Santa María de la Oración y de la Muerte

Roma, iglesia del Sagrado Corazón del Sufragio, lunes, 20 de febrero de 2012, 09.30 h

Barichiotto miró con curiosidad a los dos armarios con gafas de sol que se quedaron fuera, en la puerta, custodiando como esfinges la entrada de la iglesia. Aquel criminólogo español era una caja de sorpresas. Primero un traductor. Ahora llevaba guardaespaldas... se encogió de hombros y lo siguió, mientras Graziella los guiaba hasta el museo, que permanecía cerrado desde la muerte del padre Clemente.

Javier Sanjuán admiró la belleza de joyero de la nave neogótica. Las vidrieras apuntadas con imágenes de santos dejaban pasar los rayos del sol de la mañana, pintando los bancos de madera con reflejos multicolores. Avanzó unos metros y se dio la vuelta. Un enorme ventanal con un rosetón luminoso como un pavo real contrastaba con los tubos de acero del órgano, donde fue colgado el cuerpo del sacerdote. Sanjuán llamó a los policías y a Carlo, que ya estaban a la altura de la sacristía.

—¿Podemos subir al coro? Me gustaría ver el lugar desde donde colgaron al padre.

Barichiotto subió con él y le indicó dónde había aparecido el cadáver, y por dónde lo habían colgado. Sanjuán sacó el iPhone y fotografió el coro y también el órgano. Luego se dirigieron hacia el museo.

—Nosotros creemos que se citó con alguien en la iglesia antes de ir al convento a reunirse con las monjitas. A partir de las ocho de la tarde se cierra el museo, por lo visto era una costumbre muy arraigada del padre cerrar las puertas, hacer la caja y marcharse.

—¿El padre no llevaba una agenda, un registro de citas o algo parecido? Para robar el cuadro no hacía falta matarlo. En realidad vinieron a por él, ¿no les parece? Todo ese montaje con el cura colgado del órgano...

Graziella Mori se rascó la cabeza con perplejidad.

—Hemos registrado todo, incluido agendas, cajones, papeles, etc. Nada. ¿Y si fue un conocido, un feligrés de la iglesia? ¿Alguien con quien el padre tenía alguna deuda pendiente? ¿Los de la ONG que dirigía? Por lo que hemos investigado, nadie parecía odiar al padre, al revés. Era un hombre profundamente apreciado por todos los que lo trataban. Un santo.

—¿Un feligrés? Quizá, aunque los santos óleos indican que puede haber sido otro sacerdote... Un sacerdote que se sintió culpable por lo que estaba haciendo... Bien. ¿Hay algo de valor en esta iglesia además del museo? —preguntó Sanjuán.

Barichiotto pensó unos segundos.

—No. No hay nada especial. Bueno, también es famosa por el órgano donde apareció el padre colgado. Ha sido restaurado hace poco tiempo, es relativamente moderno, pero he leído que por lo visto es un prodigio de sonoridad... yo no entiendo de órganos. A mí me parece de lo más normal. Nada comparable a otras iglesias de Roma...

Sanjuán se dio la vuelta para mirar el coro.

—El órgano... claro. Puede ser. —De pronto su mente se activó a más velocidad—. ¿Alguien ha sacado huellas de las teclas del órgano? ¿Esta iglesia tiene un organista oficial o se contratan para las misas? ¿Hay sacerdotes organistas?

Graziella chiscó la lengua. No se les había ocurrido. La verdad era que sacar huellas en un sitio público era una pesadilla, no había con quién cotejarlas... La oficial cogió su radio y llamó a la comisaría.

—Traedme a los de huellas al Sagrado Corazón del Sufragio, por favor. Estamos en la zona del Rione Prati. Sí. Es urgente. Gracias.

Comisaría de San Vitale, 15.14 h

Graziella imprimió dos copias del archivo que Sanjuán le había enviado a su correo personal. El criminólogo había tenido el detalle de hacer traducir el perfil del asesino del padre al italiano, y ella lo agradeció infinitamente. Llamó a su compañero, que estaba escribiendo un informe en el ordenador y le dio una de las copias que acababa de grapar.

Barichiotto comenzó a leerlo en alto. Miró a Graziella con perplejidad durante unos momentos, luego continuó:

—«Un sacerdote, joven, de veinticinco a treinta y cinco años. Blanco. De complexión atlética, más de un metro ochenta...».

—¿Un cura? Menudo marrón. Como si no hubiese curas en esta ciudad. Por no hablar del Vaticano. Por cierto. ¿No te extraña que este criminólogo se ocupe de un caso tan nimio? Aquí tiene que haber algo detrás, o si no, no me lo explico...

El móvil de la oficial los interrumpió. Graziella contestó, haciéndole gestos a Barichiotto: «Son los de huellas». Habló durante unos minutos. Luego colgó y dio un golpe en la mesa.

—Eran los de huellas. La parcial encontrada en el dedo gordo del padre... coincide con una de las huellas que sacaron del órgano. ¿Qué te parece? —dijo, abriendo los ojos llenos de sorpresa.

Barichiotto la miró, con la cabeza ligeramente ladeada y los papeles en la mano.

—Me parece que el tal Sanjuán tiene razón. El perfil dice

que busquemos a un sacerdote refinado, coleccionista de arte y organista. Si este perfil es ajustado, nos reducirá mucho la búsqueda, hasta límites asumibles. Ahora falta saber quién nos va a dar la información de los organistas de Roma que además sean curas.

Graziella se sentó delante del ordenador y tecleó con rapidez.

—San Google, amigo mío. San Google puede darnos muchos nombres...

Un buen rato después, un listado de más de cien nombres apareció ante sus ojos. Graziella se pasó la mano por el cabello recién cortado al uno y resopló.

—Nunca pensé que en Roma hubiese tantos organistas...

Regina limpiaba la cocina italiana con la televisión puesta. Se estaba arrodillando sobre una toalla para rascar la carbonilla del horno de leña con una espátula; cuando comenzaron las noticias. La joven se apartó de un soplido un mechón de su espeso cabello y se incorporó para ver mejor la pantalla.

Un hombre mayor, de semblante serio, adusto, vestido de uniforme, hablaba de los crímenes de Il Mostro di Roma. Regina dejó la espátula sobre la encimera. Luego, la periodista de la televisión, que estaba de pie, justo delante de la comisaría, comenzó a hablar de los detalles que se habían filtrado a la prensa. La mujer subió el volumen del aparato con el mando.

«Los cuerpos de las mujeres habían sido violados *post mortem*... torturados y golpeados... dispuestos como un ritual religioso que incluía angelotes de escayola...»

Regina se apoyó en la mesa rústica de madera de roble. Luego se sentó en una silla, con el corazón palpitando a toda prisa. Se llevó la mano a la garganta y procuró calmarse. No, no podía ser. Recordó la sangre de la camisa, justo el día después de aparecer aquella chica apuñalada.

Hizo un esfuerzo y recuperó algo la compostura. Aún le quedaba mucho trabajo por hacer. Para eso le pagaban, y muy bien... Y lo que acababa de escuchar en realidad podía no significar nada.

Puente del Aventino, 15.30 h

Lúa Castro miró su listado de galerías de arte y buscó en el navegador del móvil la siguiente. Tenía que cruzar hasta el Trastévere, no estaba lejos de donde se encontraba, el Aventino. Por lo menos había salido el sol al fin y la temperatura ya no era propia del Ártico. Inició su camino mientras pensaba que aquella búsqueda le parecía un poco absurda. ¿Quién les aseguraba que el Artista estaba en Roma? Incluso, cierto, podía estar en Roma, ya que los asesinatos parecían obra suya, sin duda... pero dedicarse a cualquier otra cosa que no fuese el arte. O dedicarse al arte y no exponer, por la cuenta que le tenía, a lo mejor lo vendía todo de manera privada... todas estas cavilaciones llevaban a Lúa a plantearse una y otra vez la búsqueda de cuadros por los cientos de galerías que había en Roma. Y encima, a intentar comunicarse en su italiano chapucero con los y las galeristas, muchos de ellos, seres que parecían estar en una dimensión diferente a los demás humanos.

Lúa Castro resopló y cruzó el ponte Palatino. Mientras admiraba las vistas de la orilla del río, con el viejo ponte Rotto y su único arco de agua, pensó que su trabajo le apasionaba, pero a veces sentía un miedo profundo a lo que pudiera encontrar, como si la muerte y la vida carecieran de importancia en una ciudad levantada sobre los cadáveres de todo tipo de ambiciones, locuras y asesinatos, y ella no fuera sino un parpadeo en esa cadena infinita de destrucción.

Convento de las Oblatas de Santa Francesca Romana en Tor de' Specchi, 17.00 h

Sanjuán se bajó del Lexus procurando no resbalar en los adoquines. La nieve no había acabado de cuajar del todo y el suelo se había convertido en una enfangada pista de hielo. Aquella tarde había decidido prescindir del traductor, se las iba arreglando con el italiano poco a poco. Además, quería hablar con Allegra con cierta intimidad, sin intermediarios y sin rejas por medio. Los dos guardaespaldas lo seguían a distancia prudencial.

Alessandro Marforio había tenido la amabilidad de llamar al convento y hablar con la superiora para dejar todo preparando ante la visita del criminólogo. Sanjuán entró y avisó a la portera. Al momento, una campana sonó en algún lugar del interior. Allegra apareció al poco tiempo, la mirada baja y las manos entrelazadas, acompañada por la madre superiora. La monja, una mujer alta e imponente, de barbilla ancha y nariz chata, lo evaluó con aspecto serio y se acercó a Sanjuán, clavándole la mirada eclesial.

—Ya he hablado con Alessandro Marforio, parece que usted es un hombre de confianza. Cuídemela, *signore* Sanjuán. Esta joven es uno de nuestros más preciados tesoros. Nuestro pequeño gorrión tomará los hábitos dentro de muy poco. —Sonrió con dulzura—. Ya no hay casi vocaciones, que una romana decida entrar en un lugar como este es un milagro.

Sanjuán asintió, intentando adoptar una expresión de absoluta seriedad y confianza para convencer a la madre de su honorabilidad intachable.

—No se preocupe, madre. Allegra está totalmente segura conmigo. Estaremos poco tiempo fuera. Y siempre nos puede llamar por teléfono...

Allegra se arrebujó en la capa a pesar de que en el coche no hacía frío. Sanjuán la miró por el espejo retrovisor. Era cierto lo que decía la monja, la joven parecía un pajarillo aterido.

—Dime, Allegra, ¿dónde solíais ir Angélica y tú antes de entrar como novicias? ¿Restaurantes? ¿Cafeterías? ¿Algún sitio en especial?

Allegra lo miró con una sonrisa en sus ojos avellana.

—Si piensa que estábamos todo el día rezando, se equivoca. Salíamos como las demás jóvenes. Nos gustaban los chicos. Solíamos ir al café Greco, nos encantaba.

Sanjuán hizo una seña al chófer.

—Nos vamos al café Greco, entonces. A mí también me parece la cafetería más hermosa de toda Roma.

—Me encanta este lugar. Cada vez que viajo a Roma intento venir a tomar un café aquí.

Sanjuán miró los cuadros pintorescos y los espejos venecianos colgados en la pared. Era como estar en medio de una galería de arte. El camarero displicente apareció al fin con un café para Sanjuán y un té de menta y tarta de manzana para Allegra. Dejó que la joven disfrutara del dulce antes de comenzar a preguntarle por su rutina con Angélica Marforio.

—Entiendo que ya te lo habrán preguntado muchas veces, Allegra... Ha pasado algún tiempo, a lo mejor hay cosas que en aquel momento no recordabas, y que ahora pueden salir a la luz.

Allegra asintió mientras terminaba la tarta y se quitaba las migas del hábito blanco con un gesto.

—Puede preguntarme lo que quiera. Yo era muy amiga de Angélica, íntimas. Pero ella siempre tenía un lugar de sombras, no solo para mí... para todos. Era muy suya. Una Marforio, con mucho carácter... Me entiende, ¿verdad?

Sanjuán asintió.

—Además de contigo... ¿con quién solía salir?

—Con nadie más. Se iba sola a rezar, a ver iglesias. Estaba fascinada con la iglesia. Dios me perdone, pero a veces pensaba que lo que tenía Angélica no era vocación cristiana, sino fascinación estética. Como si al ser tan rica hubiese buscado algo diferente para rebelarse... No sé explicarlo, en realidad, era una sensación, nunca hablamos de ello...

—Tú fuiste quien descubrió al padre Clemente en la iglesia del Sagrado Corazón... Angélica le conocía también, ¿no?

—¡Claro! También era su confesor, como el de casi todas

las hermanas... Él la adoraba. Cuando venía al convento pasaban tiempo hablando.

—¿El padre Clemente era el confesor de Angélica? Es curioso... —Sanjuán tomó notas en su agenda y continuó—. ¿Nunca te habló de algún hombre, de algún chico que le gustara?

—No, jamás. Era una chica muy exigente, muy exclusiva. Algunas hermanas la odiaban por su altanería, pero ella era muy buena persona, tierna, detallista... Lo que pasaba era que mucha gente no le perdonaba que fuera una Marforio, ya sabe, una elegida por su condición social. Pero no, no recuerdo que me hablase jamás de ningún hombre en especial, la verdad. Un día, bromeando, me dijo que había sacerdotes muy apuestos en el Vaticano. Pero yo creo que quería escandalizarme... Aunque es verdad, los hay. Todas hablamos de ello en privado. — Allegra soltó una risa cantarina y picara.

—¿No recuerdas si iba a alguna iglesia en especial a misa, a rezar...?

Allegra se quedó unos segundos pensando.

—Creo que más de una vez me habló de una iglesia, sí. La iglesia de Santa María de la Oración y de la Muerte. A mí no me gusta demasiado ese lugar. Es tétrico.

—¿Oración y Muerte? ¿Está dedicada a los muertos?

—Sí, a los que morían en el Tíber hace muchos años. Tiene una cripta subterránea que resulta... ¿cómo decirlo? Aterradora. Llena de esqueletos y guadañas...

—¿Por qué iría Angélica a una iglesia tan macabra?

Allegra pensó durante un momento, luego recordó:

—Iba a escuchar música. Una vez me dijo que había conciertos de órgano muy a menudo... misas cantadas, todo eso le encantaba.

—¿Está muy lejos esa iglesia?

—En coche estará a unos cinco minutos... andando, a unos veinte, ¿por?

Cuando llegaron a la portada de la iglesia, en la elegante via Giulia, ya era noche cerrada. La fachada estaba apenas iluminada por una farola que alumbraba de forma muy pobre debajo de un puente oscuro. Desde la cima de la pilastra, una calavera de piedra, desdentada, alada y coronada de laureles miró a Javier Sanjuán con los ojos huecos. En el medio del tímpano de la puerta, el reloj de arena parecía avisar a los visitantes de Santa María de la Oración y de la Muerte de la fugacidad del tiempo. La puerta lateral estaba abierta, y del interior surgió el sonido apagado de un órgano. Los dos entraron, y Allegra se persignó mientras hacía una genuflexión. La imponente belleza barroca de la iglesia se acentuaba por su pequeño tamaño, y por la luminosidad de los blancos mármoles que adornaban las columnas y el suelo gastado de los años.

Un cura estaba dando misa en el altar, y contados feligreses, algunos vestidos de negro, escuchaban la homilía con atención. A ratos se oía un sollozo apagado.

Allegra murmuró al oído del criminólogo mientras lo agarraba del brazo para que se detuviese.

—Chist. Es un funeral. Quedémonos detrás.

Media hora después, los asistentes empezaron a desfilar en pequeños grupos. Sanjuán estuvo atento a ver si bajaba alguien del coro, donde estaba situado el órgano, pero no vio a nadie. Cogió a Allegra del brazo y se acercaron al oficiante, un hombre de mediana edad, con una calva brillante, rodeada de cabello blanco que hacía de tonsura natural. Esperaron mientras se despedía de los familiares. Se presentó y le preguntó si era posible visitar la iglesia. El cura se disculpó.

—Yo tengo un viático en quince minutos, hermana. Pregúntele al organista. Bruno es un enamorado de esta iglesia, se la enseñará sin problema. Ahí está. Espere un momento...

Bruno Barberini cerró una pequeña puerta cerca de la entrada. Se iba a marchar cuando el cura apuró hacia él y lo detuvo. Señaló hacia donde estaban Allegra y Sanjuán y le explicó que querían ver la iglesia y la cripta. Barberini asintió y después de intercambiar unas palabras, se despidieron.

Sanjuán observó al sacerdote, un hombre joven, alto, moreno, vestido con un sobrio traje talar y ademanes pausados. Pero el sacerdote, al acercarse, no lo vio a él. Parecía fascinado por la presencia de Allegra. Le clavó la mirada, primero en el corazón de Jesús que lucía bordado en el pecho, luego en el rostro de la novicia, que palideció y enrojeció sucesivamente ante la presencia del cura. En un segundo se recompuso y sonrió, devolviendo la tranquilidad a sus facciones atractivas. A Sanjuán le recordó a un galán pasado de moda, uno de aquellos curas que gustaban de seducciones y cortejos, el tipo de hombre que atrae a las señoras que ven los culebrones de la tarde en la televisión.

—Me ha dicho el padre Antonello que quieren ver la iglesia y la cripta. No hay problema, estaré encantado, aunque no sea hora de visita.

Sanjuán miró a Allegra, que sonreía con turbación. La novicia los presentó, apuntando que Sanjuán era español y no se desenvolvía demasiado bien en italiano.

—¿Español? —sonrió, encantado—. Yo hablo perfectamente español. En el seminario había muchos españoles, me llevaba muy bien con ellos. Pero vengan conmigo, vamos a la cripta. Aviso, es un lugar tenebroso, no es apto para espíritus sensibles...

El sacerdote los guio a través de la sacristía por un pasillo iluminado por tenues luces amarillentas, mientras explicaba la historia de aquella iglesia, que había sido cementerio de los pobres y desesperados que aparecían flotando en el Tíber. Pronto llegaron a una puerta. Bruno sacó unas llaves del bolsillo y la abrió. Los tres bajaron por una escalera angosta que los llevó hacia la cripta encalada y desconchada por siglos de humedad proveniente del cercano río.

Sanjuán bajó las escaleras con lentitud. Aquel lugar era extraño, tétrico. Las lámparas estaban construidas con huesos humanos. Las calaveras, apiladas en estanterías, tenían nombres grabados en la frente. Los candelabros de bronce alumbraban los ojos vacíos dando una sensación lúgubre de terror. Vio cómo Allegra se estremecía y se abrigaba con la capa blanca.

Una vez abajo, Sanjuán se dirigió a Bruno Barberini.

—¿Le importa si saco alguna foto? Este lugar es muy interesante. Soy estudioso de este tipo de cosas... —Se quedó un segundo callado, luego prosiguió—. Y la verdad, nunca había visto nada igual.

—Si le gustan este tipo de «cosas» le recomiendo que visite la cripta de los Capuchinos. Si esta le parece terrorífica, no le quiero ni contar la de la iglesia de Santa María de la Concepción. Por supuesto, saque, saque fotos. No hay ningún problema.

Sanjuán se acercó al fondo de la cripta, donde una vidriera de color verdoso mostraba una cruz en mandorla. Allí había una especie de altar flanqueado por cirios y pequeñas velas cuya cera había salpicado el suelo ajedrezado en blanco y negro. En la pared, dos esqueletos con guadañas llenas de herrumbre hacían las veces de luminaria. Sacó su iPhone y fotografió la cripta desde distintos ángulos.

Aprovechando el instante en el que Sanjuán estaba fotografiando la cripta, Bruno Barberini se acercó a Allegra, escrutándola de nuevo con aquella mirada extraña.

Miró directamente al pecho de Allegra, en donde el corazón de Jesús se elevaba con la respiración. Se acercó a ella hasta casi rozarla, parecía obsesionado.

—Eres novicia en el convento de las Oblatas de Santa Francesca Romana, ¿verdad?

—Sí.

La joven bajó la cara, turbada ante la mirada del cura que iba de su pecho a sus ojos sin ningún disimulo. Era un hombre muy apuesto, no podía negarlo, hacía mucho tiempo que un hombre tan atractivo no la miraba así. Y aquella voz de tono reposado, voz acostumbrada a enamorar desde el púlpito...

—Me encanta ese convento, Allegra. Los frescos que hay en el oratorio son maravillosos, especialmente el que refleja el infierno... Lo conozco porque fui mucho por allí hace tiempo, pero tú debes de ser nueva, nunca te había visto... Es hermoso que haya nuevas vocaciones de jóvenes italianas. —Acercó su mano a la barbilla de Allegra, que retrocedió unos milímetros, sin poder evitar que él la tocara—. Has escogido un monasterio muy bello para pasar allí la vida retirada.

La joven novicia lo miró con el mismo aspecto del cordero místico en un cuadro barroco.

—Entré hace algunos meses, padre. Tomaré los hábitos muy pronto.

—¿Estás segura de lo que haces? Eres una joven muy bella, pareces inteligente, espabilada. Quedarte toda la vida entre los muros de un convento, ofrecida a Cristo... ¿No crees que es muy pronto?

Bruno le cogió la mano en un gesto que quería ser paternal, pero que a Allegra le volvió a subir los colores. A su pesar le ardían las mejillas. No entendía muy bien lo que le estaba ocurriendo: hacía mucho tiempo que sus entrañas estaban dormidas, era como si algo se revolviese y luchase por salir de una manera soterrada ante aquella mirada intensa.

—Sí, lo estoy, padre. Hace mucho tiempo que noto la llamada de Dios como una luz que me guía por la vida.

—¿Y tu familia? ¿No están preocupados por ti?

Allegra negó, con aspecto orgulloso.

—Mis padres son creyentes, hay gran tradición de curas y monjas en mi familia, están muy contentos.

—¡Cómo me congratula escuchar eso, Allegra! —La mano seguía apretando, el pulgar acariciaba la suave piel de la novicia con delicadeza una y otra vez. Allegra logró subir la cara y mirar directamente a los ojos al sacerdote, que parecía transfigurado. Los dos se quedaron unos segundos en silencio. Al cabo de un momento, se revolvió, algo incómoda.

—Padre, se me está haciendo tarde, la madre superiora estará preocupada... —Liberó su mano y buscó a Sanjuán con la mirada.

Barberini los acompañó a la puerta de la iglesia. Su mirada siguió a Allegra hasta que ella y Sanjuán se alejaron caminando por la vía alfombrada de *sampietrini*.

Capítulo 59
La guadaña

¿Habéis visto entre las sombras unas luces
azuladas]
que persiguen a lo largo de las calles solitarias?
Es que se miran en la noche las pupilas
de los lívidos fantasmas.

La ronda de los fantasmas, EMILIO CARRERE

Londres, aeropuerto de Heathrow,
martes, 21 de febrero de 2012, 10.12 h

Valentina y Guido Barone caminaban con paso raudo por la terminal de llegadas de Heathrow cuando un hombre joven, pelirrojo, la rubicunda cara llena de pecas, un rostro inequívocamente inglés pero afable, se acercó a Valentina desde la derecha, un movimiento que la inspectora ya había percibido, pues se había parado en la cinta e intentaba bajarse sin sufrir percance.

—¡Valentina! ¡Qué placer me da volver a verte... qué guapa estás, has adelgazado! —Keith Servant le apretó la mano de forma muy calurosa, y la acercó para sí a modo de medio abrazo.

—Keith Servant, el mismo que viste y calza... —Su cara y su sonrisa mostraban agradecimiento y también la esperanza de que, una vez más, ese hombre podría ayudarla con el caso con el que ella se sentía más inerme que nunca.

—Keith, te presento al *vicecapo* de la policía italiana, el señor Guido Barone...

—Encantado... —dijo Barone, con un inglés adecuado pero con mucho acento italiano. Barone se dio cuenta de que entre los dos había una relación no solo de amistad sino de mutua admiración, y supo al instante que si el policía inglés podía hacer algo que estuviera en su mano, lo haría sin duda alguna. No obstante, Barone no pudo sino preguntarse si Keith Servant podría haber escuchado algo acerca de sus manejos en Roma... En fin, decidió no pensar en eso, era un riesgo que siempre iba a acompañarle y el mantra que asumió mientras mantuviera su cargo, prefería concentrarse en lo que le había llevado ahí aquella fría mañana de febrero.

El viaje hacia la comisaría central pasó entre explicaciones de una y otra parte. Valentina entró en detalles acerca de sus pesquisas, y Servant les dijo que Patrick Doyle era, casi con total seguridad, el profesional que Dolores Wells había escogido para encargarse del secuestro de Marta de Palacios, porque la limpieza de la extorsión, en suma todo el *modus operandi* que ahora Valentina estaba relatando, llevaba a un tipo como Doyle: rápido, discreto y letal. Un exmilitar que había cambiado de identidad y de vida, pero que al final no había podido pasar todo lo desapercibido que hubiese querido.

Servant había convocado una reunión en Scotland Yard con dos de los inspectores de la brigada de crimen organizado, buenos conocedores de las actividades de Dolores Wells. Una vez entraron en la sala, que tenía una mesa ovalada con una ventana a una zona de oficinas, Keith hizo las presentaciones y se dispuso a servir cafés.

—Bien, quieren saber cómo llegar a Dolores Wells... —dijo Gregory Campbell, un policía con pinta de contable, delgado y con escaso pelo, pero de cuyos ojos emanaba una aguda inteligencia—. Ahora mismo ella está limpia. Si, como Keith nos sugirió, el secuestro de la hija de la magistrada es obra suya, habrá hecho lo necesario para que el rastro no la alcance, desde luego.

—Así es —terció Servant—. Tal y como te dije, Valentina, el asesinato que grabamos con las cámaras, obra de Doyle, es seguro que fue otro encargo de Dolores, pero no está acreditada ninguna conexión entre ellos...

—A menos que cojamos a Doyle y hagamos que confiese —interrumpió Barone, que como jefe de policía estaba acostumbrado a mandar—. Miren, si ese tipo está en Roma quiero apresarlo, y luego no se apuren... Ya nos encargaremos de que diga lo que sea necesario... y más. —Todos permanecieron en silencio, y de pronto Barone dio se cuenta de que había sido muy explícito—. Quiero decir, con métodos legales, por supuesto...

—Sí, es obvio que tanto a ustedes como a nosotros nos interesa pillar a Doyle. Sospechamos que en el Reino Unido puede ser responsable de al menos dos asesinatos más, quizá también ordenados por Dolores Wells, o quizá no, porque estos sicarios trabajan para quien los contrate y pague puntualmente —dijo Paul Briscol, más joven, atlético, lleno de energía, pelo castaño abundante y una fina barba—. Pero ese es el problema básico: Dolores Wells no va a vender a Doyle... ni hablar, ella le encarga un trabajo, y no va a contarnos nada a nosotros, como es lógico... De otra forma ya la habríamos cazado.

—Exacto, Valentina, ahí estamos atascados —dijo Servant, mirando fijamente a la española—. Ayer me diste a entender que estabas decidida a seguir una línea de acción... Estamos deseosos de escucharte.

Valentina aspiró y se dispuso a contar lo que sin duda sería una última bala para liberar a Marta antes de que Rebeca de Palacios se viera obligada a dejar en libertad a Pedro Mendiluce.

Roma, comisaría de San Vitale, 11.30 h

Emilio Torrisi, el informático forense, tecleaba con rapidez, sus dedos volaban como los de un pianista en un concierto. Cada rato se rascaba con fuerza de forma inconsciente el brazo. Sanjuán se dio cuenta de que padecía psoriasis o alguna enfermedad similar. A su lado, Ada movía la pierna con nerviosismo. En la pantalla del ordenador apareció la foto de la guadaña que había en la cripta. Luego, la reconstrucción informática de los huesos de la cavidad torácica de Angélica. Al cabo de unos segundos, Emilio chasqueó los dedos y miró, orgulloso como un padre, a la inspectora.

—Miren: la herida de Angélica Marforio. El arma entró con fuerza por el esternón y dejó una impronta en el cartílago costal antes de cortar la aorta y penetrar en el corazón. Según la trayectoria de la fractura de los huesos puede coincidir perfectamente con la guadaña. Puede coincidir... yo diría que tenemos un *match*, cien por cien. Me he pasado meses buscando armas que pudieran hacer ese giro extraño y no se me habría ocurrido nunca una guadaña de pequeño tamaño. Herida inciso-punzante con una trayectoria curva, miren, se ajusta perfectamente. Ahora solo falta coger la guadaña y analizarla. En la herida de la joven había restos de herrumbre... —observó a Sanjuán, que permanecía en un discreto segundo plano—. ¿Cómo la encontró?

Sanjuán sonrió como el Gato de Cheshire.

—Si le digo la verdad, ha sido todo un cúmulo de casualidades. Si ayer no hubiese habido un funeral en la iglesia, no estaríamos hoy aquí.

Ada cogió la radio y llamó al comisario Ranucci. Había que ir cuanto antes a analizar la cripta de la iglesia.

Londres, la Isla de los Perros, rascacielos en Canary Wharf, 13.00 h

La asesoría financiera Bradley and Company ocupaba la planta superior de un moderno edificio de cristal y acero en

Canada Square. Desde aquel lugar la vista tenía que ser soberbia, pensó Valentina, al tiempo que reflexionaba sobre los lugares elegantes donde pueden cobijarse el crimen y la extorsión. Keith, Valentina y Barone habían anunciado su visita una hora antes. Dolores Wells receló, pero como mujer de negocios había accedido, comprendiendo que no sería prudente rechazar una entrevista propiciada por Scotland Yard, ya que una de sus máximas favoritas era «conocer lo que piensa tu enemigo es una gran ventaja para no dejarte sorprender por él». Y era algo que llevaba a cabo religiosamente.

Al llegar a la cuadragésima cuarta planta, donde estaba la asesoría financiera, Keith Servant comprobó que el único acceso estaba franqueado por una amable secretaria y un hombre que permanecía de pie, en un rincón, sin duda un guardaespaldas. Esa recepción daba a un breve distribuidor que se abría en forma de T: a la derecha se vislumbraba una sala mediana con varios ejecutivos en diferentes cubículos; a la izquierda había un despacho, de nuevo franqueado por un hombre corpulento que, al llegar la comitiva, les abrió la puerta mientras su rostro no movía un solo músculo.

—Adelante, por favor —dijo una sonriente Dolores Wells, enfundada en un traje de chaqueta y pantalón gris marengo, moderno pero de exquisito corte, que encajaba perfectamente con una mujer de unos cincuenta y cinco años pero de figura enjuta y con ademanes amables, suavemente maquillada y con las uñas pintadas de rosa. Los ojos castaños brillaban con inteligencia. Se tocó la media melena de mechas castañas con un gesto que quiso ser sofisticado.

—Gracias por atendernos, señora Wells —respondió Servant, quien introdujo a sus acompañantes brevemente.

—¿Así que es española? —afirmó más que preguntó Dolores, dirigiéndose a Valentina—. Deducirá por mi nombre que tengo familia allí... uno de mis abuelos era de Galicia, y en cuanto puedo me escapo para allá, lo que últimamente no he podido hacer, por desgracia...

—Sí, lo sabíamos, desde luego... Pero no es eso lo que nos

trae aquí —dijo la inspectora, dando a entender que la habían investigado, y que la visita tenía un propósito diferente al de la mera charla social.

—Claro, por supuesto... —replicó, sonriendo, la mujer—. Entiendo, señores, que quieren algo de mí, ¿no es así? Scotland Yard, la policía de Roma y una inspectora española reunidos para verme... Les aseguro que estoy muy sorprendida y, más aún, asombrada... ¿Qué pueden querer tres policías de una asesora de finanzas?

—Señora Wells —dijo decidida Valentina—, no tenemos tiempo que perder, ni hace ninguna falta que demos rodeos inútiles. Usted sabe algo que nosotros necesitamos saber.

—Hemos averiguado —la relevó Servant— que un conocido suyo, un tal Doyle, está en Roma actualmente, y que ha secuestrado a la hija de una magistrada para obligarla a declarar inocente a un empresario corrupto de La Coruña que acaba de ser juzgado, Pedro Mendiluce.

—Y, como es lógico, el tal Doyle —continuó Valentina—, matará a esa niña, Marta se llama, si su madre no se las arregla para dictar el veredicto de inocencia. ¿No le parece todo esto muy lamentable? —Terminó con ironía la inspectora—. Secuestrar a una cría, chantajear... A mí me da asco.

—Ciertamente, da asco, sí —contestó Dolores sin inmutarse—, pero sigo sin comprender qué tiene eso que ver conmigo... dice que ese Doyle es conocido mío, lo cual es un error.

—Señora Wells —volvió a tomar la palabra Servant, sonriendo ligeramente—, tenemos razones para sospechar que usted conoce bien al señor Doyle, aunque es verdad que no podemos demostrarlo, y que, además, ha tenido tratos con Pedro Mendiluce.

—Tenemos dos llamadas registradas entre su oficina y Sara Rancaño, la abogada de Mendiluce, así que ahórrese las mentiras de rigor —dijo Valentina, que estaba, a su pesar, cediendo a su irritación; le producía repugnancia el crimen que se vestía de diseño y buenas costumbres, escondiendo su hedor entre negocios aparentemente respetables.

—Bien, si han venido a acusarme sin fundamento, será mejor que terminemos aquí nuestro encuentro —dijo con semblante grave Dolores, pero sin mover ninguna facción de su cuidado cutis.

—Escúcheme bien —prosiguió la inspectora—, Rancaño es la voz de Mendiluce fuera de la cárcel. Sabemos que ella la llamó a usted, y semanas después Marta es secuestrada. ¿Quiere de verdad seguir metida en este fregado?

Dolores Wells seguía sin inmutarse. Sus ojos vivaces parecían procesar toda la información, en espera de que su cerebro ágil le indicara qué hacer. Barone no había dicho nada, pero su tez se había acalorado, como si todo aquello le produjera una gran turbación. «¡Esa puta va a arruinar mi negocio!», pensó, sumamente preocupado porque aquello pudiera tener consecuencias nefastas sobre su fortuna.

—Vamos, Dolores —dijo Servant, que había pasado al tuteo inopinadamente—, no se meta en algo que a usted le puede estallar en la cara. ¿Qué le debe a Mendiluce? ¿Por qué le hace este favor?

La empresaria seguía sin hablar, así que Valentina apretó más.

—Suponemos que Mendiluce tendrá algo que ofrecerle a cambio, o quizá la ha amenazado con irse de la lengua... ¿Me equivoco? Si esa niña muere, con o sin veredicto de culpabilidad para Mendiluce, créame que no la voy a dejar vivir, señora Wells, me tomaré personalmente la molestia de investigar todos sus trapos sucios en España, y yo no soy una buena enemiga, téngalo presente.

Entonces Wells se levantó, encendió un fino puro sin molestarse en pedir permiso, y dijo:

—Bien, supongamos, y es solo eso: una suposición, que sé algo de ese caso... ¿Qué gano yo con darles la información que me solicitan?

—Sara Rancaño debe de tener documentos que la comprometan a usted... Mendiluce no puede maniobrar desde la cárcel, ¿no es así? Usted no haría algo así por dinero, luego se trata de un chantaje... La ha amenazado con implicarla en sus negocios de tráfico de mujeres... Tiene información que la compromete, ¿me equivoco?

Wells no dijo nada, así que Valentina continuó:

—Destruiremos las pruebas que tenga la Rancaño, anularemos esa amenaza. Usted se verá libre de Mendiluce y no tendrá sobre su conciencia lo que le suceda a Marta de Palacios. Díganos dónde está Doyle y mañana mismo esas pruebas desaparecerán. Esto es un juego sucio, así que jugaremos todos a él.

—¿Cómo puedo tener esa seguridad?

—Solo puedo prometerlo, no hay tiempo para más; el jueves vence el plazo. Considérelo un pacto de honor. Nosotros también nos tenemos que fiar de usted: si nos miente, ya no tendremos tiempo para reaccionar.

Wells daba largas caladas, y paseaba lentamente por detrás de su escritorio, perdiendo su mirada en el fastuoso Támesis. Pasaron unos segundos.

—No puedo hacer lo que me piden, lo siento —dijo suspirando—. Olvidan un detalle: Patrick Doyle. Si yo supiera su paradero y lo traicionara, y ustedes no lo atraparan... bien, digamos que no me sentiría muy segura. Doyle es alguien muy peligroso, se lo aseguro. Y si eso sucediera, ya no estaría a salvo en ninguna parte. No —sentenció—; no quiero vivir el resto de mis días con el temor de ver aparecer a Doyle como un fantasma.

—¿Dónde está Barone? —preguntó Servant, que había reparado en su ausencia al llegar al coche en el aparcamiento.

—Me ha dicho que tenía cosas que hacer, Keith, que nos vería en el aeropuerto.

—Siento que no funcionara, Valentina, estuvimos cerca, pero a Wells le faltó al fin el valor. Como todos los de su especie, saben ordenar matar pero se cuidan mucho de preservar su pellejo.

—Es cierto, Keith, estuvimos muy cerca... —El semblante demudado de Valentina indicaba una honda frustración, mezclada con algo más profundo. Keith se dio cuenta de que no quería hablar, y respetó sus deseos.

Roma, iglesia de Santa María de la Oración y de la Muerte, 13.00 h

Uno de los miembros de la confraternización de la Buena Muerte, encargados del cuidado de la iglesia desde su fundación, les abrió la puerta, que a aquellas horas estaba cerrada, y los acompañó con el semblante consternado hasta la puerta de la cripta. Ada, Ranucci y Sanjuán bajaron primero, luego dos policías de la científica con sus maletines.

Ada se acercó al fondo de la cripta, en el que un esqueleto acompañaba a la guadaña, apoyada en la pared al lado de una especie de altar lleno de calaveras. A la inspectora aquel lugar le recordaba un poco al tren del terror de las ferias donde iba de niña. Se puso los guantes de látex y la cogió con cuidado.

—Está limpia. La hoja está reluciente, y sin embargo, el resto está lleno de porquería... la han repasado bien. Y no hace mucho tiempo.

Uno de los policías de la científica se acercó con su maletín y cogió el arma. Salpicó la hoja y el mango con el reactivo Bluestar. Luego roció el suelo de parte de la capilla. Se dirigió al hombre que los había guiado hasta allí.

—Necesito que apague la luz, por favor.

Minutos después la guadaña resplandecía en la oscuridad con minúsculas gotas azules, y el suelo se había convertido en una extraña Vía Láctea de color turquesa.

Cuando encendieron la luz, Sanjuán se dio cuenta de que la cara de Esposito Ranucci era todo un poema.

Capítulo 60

Veneno

Londres, aparcamiento de Bradley and Company,
martes, 21 de febrero de 2012, 18.00 h

Dolores Wells salió del ascensor que llevaba al aparcamiento del edificio escoltada por sus dos hombres; buscó la imagen cotidiana de Frank, el responsable del aparcamiento, para decirle adiós, pero su caseta parecía vacía. Pensó que habría acudido al aseo, o que estaría dando vueltas haciendo su trabajo, y se encaminó con paso decidido a su BMW. Pero al acercarse se extrañó de que John, su chófer, no saliera del coche para abrirle la puerta. Su cerebro le gritó ¡alarma!, sacudiéndola del trayecto rutinario, pero ya era demasiado tarde: sus escoltas yacían en el suelo, inermes. Alcanzó a ver dos dardos en el cuello de uno de ellos. Sin darle tiempo a gritar, Dolores vio a varios metros la figura estática y severa de Guido Barone, mientras dos hombres le tapaban la boca, la cogían por los brazos y la arrastraban al coche, obligándola a meterse en la parte de atrás. Barone subió al asiento del copiloto, y uno de sus hombres se sentó a su lado. El otro estaba ocultando los cuerpos de los escoltas detrás de unas columnas.

—Escúchame, Dolores. Nadie puede venir a mi ciudad y

dedicarse a secuestrar niñas. —El *vicecapo* de la policía contenía a duras penas su furia—. No has querido atender a razones... bien. Es posible que a partir de ahora entiendas lo grave que es todo esto.

Wells estaba aterrorizada, pero decidió que no iba a quedarse callada.

—¡Está loco, Barone! Si algo me pasa mis socios lo van a buscar, y eso no le va a gustar.

—No me digas... —Barone adoptó un tono melifluo y algo cínico—. ¿Van a enfrentarse conmigo para vengarte? ¿No crees que es un riesgo muy elevado para los negocios que lleváis entre manos? No, decidirán olvidarse de todo y pasar página. Además, no soy fácil de acobardar, tenlo presente... Te recuerdo que soy la segunda autoridad policial de Italia. Puedo hacer muchas cosas, muchas. Casi todas las que me dé la gana.

Barone le enseñó una jeringuilla llena de un líquido rojo, espeso, y la colocó con intención a la altura de sus ojos.

—Esto es veneno. Me lo proporcionó una amiga, gran entendida en estas cosas. Me aseguró que es instantáneo, pero esos segundos... son de un sufrimiento horrible. No, no temas, tus guardaespaldas solo están inconscientes... Pero esto es diferente. Paraliza la respiración. Mueres, y te das perfecta cuenta, querida, de cómo se te escapa la vida. Ahora... —Acercó la aguja hipodérmica a los ojos de Wells—. Dime dónde está Doyle y vivirás, y, además, mantendré el trato que te hizo la inspectora. Pero es tu última oportunidad.

Dolores permaneció en silencio, aterrada. Barone continuó, esta vez sonriendo.

—¿Qué prefieres, vivir con miedo a Doyle, si logra escapar, o no vivir en absoluto?

Barone hablaba con pausa, pero sus manos bajaron la jeringuilla al cuello de la empresaria, ofrecido a la fuerza por un gesto brusco de uno de los agentes.

Aeropuerto de Heathrow, 20.00 h

—Ahí está Barone —dijo Valentina, al tiempo que reconocía a los dos sujetos que le seguían a distancia y que pasaron de largo.

—Valentina, lamento que tu estancia aquí no diera frutos, pero las posibilidades estaban en nuestra contra. —Barone se acercó y Keith le saludó con un gesto.

—Has hecho lo posible, Keith, y no puedo pedirte más. ¿Qué tal tus negocios, Barone? —preguntó Valentina cambiando su mirada a la expectación más ansiosa.

Barone le guiñó un ojo de forma casi imperceptible.

—Todo bien, Valentina, solo he visitado a un antiguo amigo, recordando viejos tiempos...

—Keith, te llamaré en unos días, contándote todo lo que haya pasado —dijo Valentina.

La inspectora le agarró de la mano con fuerza y le estampó un beso en la mejilla. Keith agradeció ese gesto con una sonrisa sincera, y vio cómo ella y Barone se dirigían a la sala de embarque, preguntándose qué podrían hacer para encontrar a Marta de Palacios.

Capítulo 61

Planes secretos

Roma, hotel Rome Cavalieri Waldorf Astoria,
martes, 21 de febrero de 2012, 13.15 h

Rajiva le estaba ya cogiendo el gusto a aquello. Vestida con un *body* negro semitransparente que le cubría todo el cuerpo, salvo partes estratégicas, y calzada con unas botas negras de terciopelo, tacón de doce centímetros vertiginoso y de metal, azotaba con una fusta a una prostituta amordazada, vestida de colegiala inglesa, delante de los ojos libidinosos del príncipe Nayef, que esperaba a su vez el turno de azotes.

Había descubierto que la mejor forma de contentar al sátrapa era convertirse en su aliada sexual. Y había descubierto también que lo que el príncipe le había propuesto le resultaba muy agradable: «torturar» a una joven reclutada en una casa de lenocinio «especial». Luego tendría que follárselos a los dos, pero puestos en materia, poco importaba. Había llegado la hora de experimentar nuevas cosas. La chica era muy atractiva, con la blusa abierta a la altura de unos pechos a todas luces falsos, el cabello rojo furioso y los labios sensualmente abiertos por la mordaza. Rajiva le había bajado las bragas blancas y apartado la falda de tablas que apenas le tapaba el culo. La chica gemía de dolor a cada fustazo, con los ojos llenos de lágrimas, de una forma muy creíble. Demasiado creíble.

—¿No te estaré dando con mucha fuerza, muñeca?

La india redobló sus fustazos en las nalgas con más severidad, para disgusto de la chica y gozo del príncipe, que palmoteaba sus dedos gordos con deleite al ver la piel enrojecer cada vez de forma más intensa.

Poner en su sitio a Rajiva había sido una idea muy buena, pensó el millonario saudí. Aquella mujer podía ser una perfecta aliada en la cama, ardiente y sabia como las antiguas meretrices romanas. Y abierta a todo lo que él le proponía, no como sus mujeres que le tenían mortalmente aburrido.

Mientras Rajiva seguía azotando a la desdichada, decidió follársela otra vez. Estaba a punto de estallar, así que ideó que mientras la penetraba obligaría a la india a lamer el coño de la prostituta. Quería ver hasta dónde era capaz de llegar... Si iba a dejar Roma para escaparse con él a los Emiratos Árabes, y eso le había prometido, además de conseguirle a la pequeña bailarina española, tenía que probarla en todos los aspectos...

Rajiva le había asegurado por activa y por pasiva que tenía un plan para encontrar a la chica, y de tanto insistir, él acabó por creerla. Con sus artes amatorias, la hermosa india era muy convincente... El plan, aunque arriesgado, le había sonado muy cabal. Pronto Marta sería suya. Ya estaba haciendo los preparativos para volver a Dubái y abandonar Italia por una buena temporada. Siempre podía reanudar sus negocios de trata en España. Allí, en Marbella, podía pasar muy desapercibido.

* * *

Esposito Ranucci besó a su mujer en la boca. Ella frunció el ceño.

—¡Dios! Te huele el aliento, cariño. —Mirella le dio un bocadillo envuelto en papel de plata que constaba de una hamburguesa casera con vegetales y queso—. ¿Has desayunado? Ayer no cenaste. Me temo que comerías una pizza por ahí... Ya sabes lo que puede pasar con tu úlcera si no comes a tus horas. Espera. Te voy a preparar un vaso de leche templada, estoy segura de que llevas ya tus cuatro cafés y nada más en el estómago.

Ranucci negó con un gesto, pero su cuerpo necesitaba algo de descanso. Se dejó caer en una silla de la cocina.

—No tengo tiempo de tomar leche. Creo que hemos encontrado al asesino de Angélica Marforio. Bueno, «hemos». Ha sido gracias al criminólogo español. No sé cómo demonios ha llegado hasta un cura. Qué cabrito... Tengo que reconocer que me siento un poco humillado.

—¿Un cura? ¿Ves? Te lo dije. —La mujer elevó un poco la voz, satisfecha—. Te dije que era alguien del entorno de la chica. Eres un tozudo, Esposito. Que buscaras por ahí. Y te vas a tomar la leche mientras me cuentas la historia, tienes que recuperar fuerzas.

Mirella metió la leche en el microondas y buscó unas galletas en la alacena. Luego se sentó. Ranucci seguía muy enamorado de ella a pesar del paso del tiempo. Mantenía aquella simpática cara de duende desde los diecisiete años, cuando la conoció, aunque ahora con alguna que otra «línea de expresión», como solía decir. Y por lo visto, la misma intuición, que él siempre se empeñaba en no aceptar.

—¿Entonces Il Mostro no es el asesino de Angélica? —El retintín de Mirella hizo que Ranucci esbozara una mueca triste.

—Eso no lo sabemos. Puede que sí, pero si hago caso de las teorías del tal Sanjuán Il Mostro es un asesino serial que ya actuó antes en España, nada que ver con la muerte de la Marforio.

—Hazle caso al criminólogo y a tu mujer. —Mirella soltó una carcajada mientras iba al microondas por la leche y se la servía a su agotado marido—. Si Marforio lo trajo de España, es porque tenía algo que decir, no creo que quiera gastar su dinero en balde. Te empeñaste en hacerle caso al psicólogo de la comisaría, si ya conoces como es... No puedes confiar en él, lo enchufó Barone porque está casado con su hermana.

Ranucci bebió un sorbo. Estaba hirviendo. Sopló para enfriarla y se forzó a beber un trago largo.

—Cariño, tienes razón. Soy un cabezota... —Miró el reloj de pulsera—. Pero me tengo que ir. Hemos convocado una reunión con los investigadores del crimen del padre Clemente. Sanjuán dice que lo mató el mismo que mató a Angélica. El padre Clemente era su confesor. El presunto asesino es un cura muy joven. Habrá que hacer algo para meterlo para dentro. Es un tema muy delicado. Vive en el Vaticano. Es organista, de buena familia. Ni más ni menos que un Barberini venido a menos. —Esposito suspiró.

—¿Vive en el Vaticano? ¿Residente? Eso ya es harina de otro costal. Vas a necesitar mucho tacto. Es normal que habiendo tantos curas en Roma alguno termine convirtiéndose en un asesino. Estoy deseosa de saber más detalles. Pero no descuides la búsqueda de Il Mostro, querido. No es el mismo... no te lo quiero volver a recordar.

Ranucci sonrió, vencido. Terminó la taza, se levantó, cogió el abrigo y el bocadillo y la besó en la mejilla.

Mientras aún la tenía abrazada, susurró:

—Me vas a estar torturando mucho tiempo por esto, ¿no?

Roma, quartiere Coppedè, 16.00 h

Sanjuán colgó, dejando a Alessandro Marforio contrariado. No le había dicho casi nada sobre sus progresos con el asesinato de su hermana. El criminólogo sabía que en el momento en que el nombre de Bruno Barberini saliese de sus labios la suerte del sacerdote estaba echada. Él lo sabía, y los de la judicial también, así que había puesto a Ranucci sobre aviso. Cualquier filtración dificultaría el trabajo de la policía y de la justicia. Tenían que ser muy cautos, aunque, a decir verdad, tenía sus dudas. Estaba convencido de que en cualquier momento se produciría la filtración y Marforio tendría en su poder el nombre que él, por el momento, se negaba a proporcionarle.

Miró por la ventana de su celda de oro. En la puerta seguían los guardaespaldas que, por turnos, vigilaban el apartamento. Por suerte ya le quedaba poco tiempo en Roma. Una vez que el asesino de Angélica estuviera bajo custodia, él partiría de nuevo a Valencia, a su rutina y a sus clases. No quería estar más tiempo allí, en la misma ciudad que escondía al hombre que había intentado asesinarle. Él no podía hacer más: les había dado su nombre, su perfil. Ya se había puesto una vez en peligro para descubrirlo. No pensaba repetir la hazaña de nuevo. Meditar sobre todo aquello lo deprimía, y lo que era peor, siempre lo llevaba a pensar en lo que intentaba sacar de su mente: Valentina Negro. Sanjuán se tenía por una persona práctica, sabía que su relación con ella no podía ser (y menos ahora, que Morgado había reaparecido, o eso parecía), así que procuraba no torturarse demasiado con algo que lo hacía infeliz a su pesar. Pero continuamente la tenía en su cabeza desde su llegada a Roma; se imaginaba cómo podría ser pasear del brazo con ella mientras la historia de las viejas calles y el ruido inacabable de la ciudad los atrapaban para ocultarlos de la realidad.

Sanjuán sacó un cigarro y abrió la ventana. Un desfile de carrozas y caballos entró por el arco de via Tagliamento, con sonido de trompetas y tambores. Se apoyó en el alféizar y decidió dejar vagar su cabeza sin pensar mucho más.

Comisaría de San Vitale, 17.30 h

Barichiotto sacó todas las fotos de la escena del crimen del padre Clemente mientras su compañera explicaba con detalle el hallazgo de la huella en el dedo del pie del cuerpo del cura. Graziella enseñó una de las huellas encontradas en las teclas del órgano de la iglesia de Santa María de la Oración y de la Muerte y las cotejó con las del órgano del Sagrado Corazón del Sufragio.

—Son las mismas. Lo tenemos. Es él.

El comisario Ranucci negó con la cabeza.

—Hay que tener mucho cuidado. El problema es que lo único que une los dos casos por ahora es esa huella, y es parcial. Hay que esperar a que saquen el ADN de la sangre de la cripta, si se puede, y ver si coincide con el de Angélica Marforio, o cualquier abogado espabilado nos lo podría tirar abajo en un segundo. Necesitamos más. Bruno Barberini vive en el Vaticano. No nos va a ser fácil obtener una orden de registro, necesitamos estar totalmente seguros antes de obrar. Si mató a Angélica Marforio y también al padre Clemente, cosa que tiene su lógica si era su confesor... tenemos que hacerlo confesar nosotros, de alguna forma sutil. Y no se me ocurre cómo. Los curas son resbaladizos como nutrias. Y si ha matado a dos personas, habrá tomado sus precauciones y estará en guardia.

Ada intervino.

—No es muy espabilado. Va dejando pruebas por donde va. Por lo visto es un hombre atractivo, tiene éxito con las feligresas, y un magnífico instrumentista. Seguro que Ángela se enamoró de él cuando iba a misa a la iglesia de la Oración. Hemos estado tan ocupados y ciegos con Il Mostro que nos pasó desapercibido el organista... ¿Quién iba a pensar que un cura...?

Ada se dirigió a Sanjuán, que permanecía sentado, en silencio, con los brazos cruzados. No había llevado al traductor y necesitaba de toda su concentración para entender a los policías.

—No es la primera vez que un cura viola y asesina a una joven de su parroquia —dijo lacónicamente Sanjuán—. En 1960, en Texas, el padre John Feit intentó violar a una adolescente en la misma iglesia donde ambos estaban rezando, y pocos días después violó y asesinó a Irene Garza, una feligresa de veintiséis años a la que pidió que acompañara a la rectoría para confesarla... La golpeó fuertemente en la cabeza, la violó mientras estaba en coma, y finalmente la asfixió. Era Sábado Santo. Apareció al día siguiente en un río. Nunca fue juzgado por esos crímenes, a pesar de todas las pruebas existentes... Eran otros tiempos.

Nadie dijo nada, pasaron unos segundos, y Sanjuán continuó.

—Otro problema añadido es Alessandro Marforio. Para decirlo en dos palabras: creo que en cuanto le ponga la mano encima al asesino de su hermana, lo matará. Y él no se va a andar con chiquitas como ustedes. Ya hay un nombre, y en el momento en el que ese nombre salga a la luz...

Ranucci se pasó la mano por los cabellos intentando pensar en cómo manejar mejor todo el complejo asunto que tenía delante. Vale, Marforio podía querer su propia justicia, pero no podía olvidar un segundo que Il Mostro seguía suelto. Y la ciudad quería resultados: los ciudadanos aterrorizados se sublevaban por la tardanza policial en atraparlo. Ni siquiera tenían un sospechoso al que culpar, a menos que el cura fuese también el asesino de Eleonora y los novios. Esa idea todavía no le había abandonado. Sí, claro, su esposa, tan intuitiva, y los perfiles de Sanjuán tenían sentido, pero no dejaba de tener la esperanza de que el cura fuera también el asesino de las otras víctimas. Mataría dos pájaros de un tiro.

—Hablaré con el jefe de la Gendarmería Vaticana y con el juez único. A ver si nos permiten hacer un registro de las estancias donde vive nuestro amigo. Lo dudo mucho... todos sabemos el secretismo vaticano en torno a sus residentes.

—¿Y si lo detenemos y lo interrogamos? —Ada se apartó el mechón rebelde de pelo castaño de los ojos, mientras soltaba la bomba con un tono ingenuo—. Al salir de misa, por ejemplo. Lo podemos coger de sorpresa. Podemos decirle que tenemos huellas. Pruebas. Forzarlo a confesar.

—¿Y si eso solo sirve para ponerlo sobre aviso? Si es un hombre fuerte no se derrumbará —objetó Ranucci.

Sanjuán movió la cabeza. Sus pensamientos estaban fijos en Alessandro Marforio, pero también en el sospechoso; para él, un asesino suelto siempre es un peligro potencial.

—Es mejor que lo detengan y lo metan en algún sitio seguro antes de que pueda ocurrir otra desgracia más.

Capítulo 62

La máscara del demonio

> (Et Satan conduit le bal)
> A ti, arcángel bellísimo, infractor
> del sórdido orden celestial de Él,
> del ser que dice que es, a ti, Luzbel,
> que mereciste ser el vencedor.
>
> *Nieve negra*, José Alcalá-Zamora

Roma, via Baccina, estudio de Giovanni Nero,
martes de carnaval, 21 de febrero de 2012, 23.30 h

Il Mostro se ajusta la careta blanca que solo deja ver sus labios, que sonríen al espejo con una mueca tragicómica, y una perilla puntiaguda, pintada con acierto sobre el hoyuelo de su barbilla. Luego se pone la capa sobre el traje oscuro y, tras alisarla con las manos enguantadas de blanco, coge un bastón y un sombrero de copa y sale de su estudio en via Baccina a disfrutar de la última noche del carnaval romano.

Il Mostro sabe que es necesario desaparecer. Se ha expuesto demasiado y eso puede acabar en una sentencia de cárcel o algo peor. Encerrado años y años en la cárcel de Rebibbia para luego ser extraditado a España... No debería arriesgar su seguridad, por primera vez su arte es reconocido, y puede vivir de la pintura. En el fondo sabe que su pintura y el éxito están ligados de manera indisoluble al demonio interior. Ahora ya no puede culpar a los demás de su fracaso, está claro como el agua que en su naturaleza la creatividad bebe directamente de ese demonio que vive dentro de su alma, y lo arrastra hacia el abismo. No puede ser simple azar que justo en ese momento sus cuadros hayan alcanzado un culmen de creatividad. Javier Sanjuán había dicho una vez que los asesinos en serie perseveraban en vivir de acuerdo a su naturaleza esencial. Quizá tenía razón y el demonio era su naturaleza esencial, su necesidad de expresión no era solamente en el lienzo, sino también en la vida, cambiar el orden establecido, la realidad. Ser un dios.

Él no siempre había sido así: años malgastados, humillado, arrastrándose en una vida convencional, rodeado de gente estúpida, vacua. Dejándose pisotear una y otra vez. Ahora es distinto, pero a cambio ha de pagar un precio muy alto: a pesar del éxito, o mejor, por culpa del mismo, es necesario permanecer oculto, desaparecer de nuevo. Sus cuadros son esclarecedores, Javier Sanjuán puede verlos, sacar conclusiones... Seguir el rastro inequívoco hacia Laura Cortés.

Tiene que desaparecer una temporada. Imagina a su marchante inventando mentiras estúpidas para contentar a viejas ricachonas: «Giovanni Nero, el pintor misterioso, está de viaje por Marruecos buscando inspiración». Tiene bastante dinero como para mantenerse durante un tiempo con un perfil muy bajo, y también un lugar donde esconderse sin llamar la atención.

Pero esa noche el demonio le corroe por dentro. Está harto de la soledad, del aislamiento, el escondrijo. Siempre se esconde, antes a la luz del día, ahora en una cueva. Es martes de carnaval, el último día de la fiesta. Su verdadero yo, que diría Sanjuán, lo posee, lo incita, lo obliga a salir a divertirse, a encontrar inspiración en la Roma pagana. Es el último día del pecado, y Satán tiene que conducir el baile.

Piazza Navona, 23.30 h

Valentina se vio de nuevo envuelta en una marea de mascaritas que cantaban y bailaban en una de las estrechas callejuelas que llevaban a piazza Navona. A duras penas se apartó cuando uno de los jóvenes enmascarados y vestido con traje de época intentó bailar con ella una especie de minué. No estaba para bromas, aunque aquella algarabía resultase muy animada para los otros viandantes. Había quedado con Enzo en la famosa plaza para pedirle que le prestase el coche durante unos días; por algún motivo pensó que lo podría necesitar, y se sentía mejor pudiéndose mover a su antojo.

Estaba agotada. Hacía poco que habían llegado de Londres, y si bien su misión resultó satisfactoria, la preocupación atenazaba cada célula de su cuerpo como una pesadilla interminable. Hasta que Marta no estuviese segura junto a ella, no podría descansar. Mientras caminaba, pensó en Barone. Un hombre interesante, inteligente, arrojado. No podía negar que le resultaba atractivo. Era una pena que fuese tan corrupto. Valentina no era capaz de entender lo que podía haber llevado a Guido a enfangarse tanto con Rajiva, con el riesgo de perderlo todo. Arriesgar su estatus, su poder, dinero... meterse hasta el cuello en negocios turbios, como la trata de blancas. No era lógico. Se encogió de hombros. Se repetía una y otra vez que no era asunto suyo, y, además, la había salvado de un destino incierto. Notó como el cansancio insistía en bajar el ritmo de sus piernas. Mañana había quedado con Patrizia, la informática de Barone, y luego con el propio Barone para estudiar el lugar exacto donde se ubicaba el escondite de Doyle y luego diseñar el plan del asalto.

Aquel paseo, sin embargo, la estaba ayudando a despejarse. Por un momento dejó sus problemas aparte. La ciudad estaba en plena ebullición, los restos de nieve se mezclaban con confeti, gigantescos reyes y reinas caminaban con zancos por la via del Corso, y a cada paso un puesto con fritanga alegraba el olfato de los paseantes de todas las edades, disfrazados o no.

«En el fondo esto no es tan distinto al carnaval de La Coruña», pensó Valentina, mientras veía a tres niños con enormes globos, disfrazados de abeja, corriendo mientras lanzaban gritos de excitación alrededor de las piernas de sus padres. Echó de menos de repente a sus amigos y a su familia. Su hermano Freddy solía siempre caracterizarse muy bien, había ganado premios en los concursos de Monte Alto. El muy payaso...

Valentina llegó hasta la piazza Navona, y allí, la belleza sobrecogedora de la plaza la obligó a detenerse un instante. La fuente de Neptuno estaba iluminada y rodeada de turistas. Montones de puestos de pintores que hacían caricaturas, un teatrillo de guiñoles, con niños emocionados que palmoteaban al ver a Polichinela. Más puestos de dulces de carnaval, gente que venía de la piazza del Popolo de ver las alegorías, disfrazados perfectamente de arlequines, colombinas... Todo el mundo quería disfrutar el carnaval romano apurando las últimas horas de diversión.

Avanzó hacia la fuente de los cuatro ríos y pronto vio a Enzo que la saludaba con la mano, apoyado en el borde de mármol. Se levantó y fue hacia ella con una expresión tímida, intentando no tropezar con una niña disfrazada de hada con un gorro pirata robado a otro niño que la perseguía gritando.

—Buenas noches, Valentina... —La besó en las mejillas—. ¡*Cazzo*, tienes una cara de cansada horrible! ¿Has cenado ya?

Valentina negó con la cabeza, con aspecto derrotado. Su estómago pedía comida, pero su cerebro la rechazaba.

—Ven. Vamos. Es carnaval. Hay una pizzería en la plaza que está abierta y el dueño es amigo mío... venga. Una pizza entre los dos. Te vendrá bien.

Il Mostro se desliza por las callejuelas estrechas del Trastévere sintiéndose libre. A ratos algún grupo de gente disfrazada eleva la voz. Cree escuchar en su delirio viejos cánticos tabernarios que provienen de las *osterie* llenas de turistas. Mira hacia lo alto, hacia las mansardas de las típicas viviendas del barrio, la ropa tendida en las ventanas, y se cree por un momento un alma atormentada, el ángel caído, transportado en el tiempo al siglo XVII. Sigue caminando. Sale de la via dei Fienaroli y se dirige hacia la iglesia de los Santos Mártires.

Lee la inscripción que hay en uno de los pilares de la portada: MARTYRIUM. Luego continúa vagando por las calles del Trastévere hasta que llega a la imponente plaza que cobija la iglesia de San Francesco a Ripa. Está cerrada a cal y canto, no puede entrar a ver una de sus obras de arte favoritas. El *Éxtasis de la beata Ludovica Albertoni* está ahí dentro, retorcida como una serpiente mientras recibe la gloria divina. Como sus víctimas, retorcidas en un baldaquino interminable de dolor y placer. Sus ojos escrutan detrás de la máscara a las mujeres que pasan cerca de él, pero ninguna le parece merecedora de su especial atención.

Il Mostro sigue su camino, a paso vivo, cruza el ponte Fabricio y se dirige hacia el foro, evitando de forma disimulada patrullas de *carabinieri* apostados a la orilla del río. Cuando llega, al cabo de un rato, reina la más absoluta tranquilidad. Durante unos instantes, se para. El cielo está despejado, y el aire frío se nota a pesar de la gruesa capa. No hay luna. La oscuridad es completa salvo las luces que iluminan el templo de Hércules. De pronto, los fuegos artificiales llenan el cielo romano con un estruendo multicolor.

Il Mostro, con un teatral movimiento de capa, continúa su viaje nocturno rumbo al Coliseo.

Valentina tomó otro sorbo de Chianti y, al fin, sonrió. Enzo tenía razón, le hacían falta comida y un buen vino para recuperarse. La compañía era divertida, y el chico, ansioso por agradar durante toda la cena, no había parado de hablar de temas intrascendentes para distraerla. Enzo había bebido bastante y los ojos le chispeaban cada vez que miraba a la inspectora. Su belleza le resultaba hipnótica ahora que la tenía tan cerca. Hasta ese momento no se había fijado en los ojos grises y los pómulos de tártara, y aquella piel de color marmóreo que parecía no haber visto el sol en años. Si no fuera una mujer tan seria...

Valentina lo estaba pasando bien por vez primera desde que había llegado a Roma. Ahora entendía lo que Marta había visto en Enzo al principio: un joven divertido y ocurrente, capaz de hacer reír, con dinero para moverse por Roma sin problema. Un poco *latin lover*. Sin embargo ya era hora de retirarse, mañana tendrían que preparar el operativo de la liberación de Marta y necesitaba dormir para estar bien despejada. Miró la copa y la apuró. Luego sonrió con expresión culpable.

—Me tengo que ir, Enzo, lo siento. Estoy pasando una noche muy agradable, pero el día ha sido muy intenso y mañana también va a ser un día muy largo.

Enzo hizo un gesto de comprensión y se levantó para pagar.

—Bien, nos vamos. Cojamos un taxi, he dejado el coche en San Juan de Letrán, muy cerca de mi casa.

Cogió el abrigo de Valentina y se lo puso con caballerosidad. Luego, ambos salieron al frío de la última noche de carnaval.

La majestuosidad de San Juan de Letrán llama siempre la atención de Il Mostro. Le gusta esa plaza porque la leyenda dice que el fantasma de Salomé vaga en la noche de San Juan buscando la cabeza del bautista. Él también quiere la cabeza del bautista, piensa, sonriendo con saña bajo la máscara.

Es casi la una y media de la madrugada. Va a emprender camino a sus aposentos, está cansado de vagar, la máscara le molesta. Ya no queda nadie divirtiéndose por la calle, las máscaras se han retirado con la llegada del Miércoles de Ceniza. Cruza hacia la via Merulana cuando una pareja le llama la atención. Acaban de bajar de un taxi. Ella es de estatura media, con una melena larga y negra que acaricia los hombros del abrigo. Él, más joven, está vestido con un plumífero azulón, pantalones chinos y bufanda. Il Mostro, atormentado por la duda, se esconde en un portal para verlos mejor. Los dos suben por la calle, charlando animadamente. Cuando pasan por su lado, el joven ríe.

Il Mostro nota como su corazón se acelera hasta salirse del pecho. Ha visto los ojos grises de la mujer, su rostro patricio, grave. La ha reconocido. Su respiración se acelera.

Ella es, sin duda, Valentina Negro.

Sale del portal y los sigue en la oscuridad. Llegan hasta un Alfa Romeo negro y él le da las llaves del coche. Cuando se despiden, el chico moreno parece ir a besar a la mujer en los labios... ¿O es la mejilla? Il Mostro no lo sabe bien, desde donde está no puede apreciarlo.

Ella se va en el coche, y el hombre espera unos segundos hasta que la ha perdido de vista. Luego sigue caminando, calle arriba, hasta llegar al número 210.

Il Mostro camina tras él, silencioso como un gato callejero escondido entre las ruinas de Roma.

Enzo abrió la puerta del portal y se notó algo mareado. Se había bebido él solo una botella de Chianti, y definitivamente, le había subido mucho. Tenía que moderarse con aquel vino. Se detuvo un momento para buscar las llaves de su casa. El portal daba a un patio interior lleno de viviendas. Escuchó que alguien cerraba la puerta tras él, pero no le dio importancia.

Cruzó el patio y traspasó la arcada que llevaba a su edificio, subiendo las escaleras de mármol. Cuando llegó al quinto, metió la llave en la cerradura.

Súbitamente, obedeciendo al instinto, notó una presencia tras él. Se dio la vuelta, asustado, pero algo duro y contundente le golpeó en la cabeza. Enzo estuvo a punto de perder el conocimiento, pero una fuerza extraña lo impulsó a recomponerse al momento, y logró reaccionar a pesar del tremendo dolor que sentía. Lanzó un puñetazo que pareció dar en la cara de su atacante, que soltó un grito de rabia.

Intentó abrir la puerta de su casa con rapidez, pero no era

capaz de asir la llave, se le escapaba de entre los dedos. Enzo se dio cuenta de que los dedos resbalaban a causa de la sangre que manaba de su cabeza. Su atacante lo agarró por el cuello desde atrás, intentando sofocarlo, pero él lo golpeó de nuevo con un fuerte codazo y consiguió zafarse unos segundos, los suficientes como parar lograr abrir la puerta y entrar en la casa. Pero el hombre dio una patada y consiguió empujar a ambos, a la puerta y a Enzo, que cayó de espaldas sobre la alfombra del recibidor. La sombra cerró y se lanzó sobre el caído, que rodó sobre sí mismo y se levantó con agilidad. Enzo se lanzó contra aquel desconocido y lo derribó. Luego escapó corriendo hacia la cocina.

«¡Los cuchillos de la cocina!», pensó con desesperación. Oyó pasos tras él, que lo alcanzaban sin remisión, pero él corrió más y llegó hasta la encimera con la suficiente rapidez para empuñar un gran cuchillo que estaba dentro de un soporte de madera y lanzar el brazo contra aquel hombre cubierto con una capa negra. La capa era muy gruesa y paró casi todo el filo del cuchillo, aunque el agresor soltó un gruñido de dolor.

Enzo volvió a lanzar el brazo, pero un bastón pesado impactó contra su muñeca con saña e hizo que el cuchillo cayese al suelo. Se lanzó a por él, pero ya era tarde: el bastón impactó de nuevo contra su cabeza, y el joven se desplomó con un grito ahogado. Intentó darse la vuelta, pero el cuchillo penetró con su afilado filo de acero en el medio de su espalda, atravesando el plumífero, la ropa, y luego, su columna vertebral. Sus piernas y brazos perdieron paulatinamente su fuerza, sus ojos se nublaban, el cuchillo entraba en su carne una y otra vez, inexorable, como el martillo de un dios vengador.

Enzo se dejó ir. Vio una luz brillante, cegadora, que lo acogía suavemente cuando ya su cuerpo dejaba de pertenecerle. Pensó en Marta, y se preguntó si su muerte limpiaría su alma. Cerró los ojos y expiró.

Il Mostro se ha curado la herida del brazo con las vendas que hay en el botiquín del baño. Mira con desprecio el cuerpo inerte de Enzo, que se desangra en la cocina. Le ha quitado la ropa y la ha metido en una bolsa de basura. Nota que su ritmo cardíaco ha recuperado el compás, y su ansia de lobo ha cedido hasta ser sustituida por algo distinto, mucho más calmado. Su mente ha empezado a crear.

Ve una fuente con uvas, manzanas, melocotones, una pera. Tiene una idea, sabe que ha llegado el momento de dejar paso al Artista, de mostrar su genio al mundo. Busca en la alacena hasta que encuentra hojas de laurel. En el salón hay varias macetas con frondosas plantas. Y en el dormitorio, sábanas y colchas de diferentes colores y texturas.

Il Mostro sabe que tiene que darse prisa. Es peligroso permanecer allí.

Pero su arte nace de él como el arroyo que emana de las profundidades de la roca. No necesitará demasiado tiempo para conformar una *performance*, una obra viva. «Viva», se recreó en esa idea con ironía, pero así las llamaba Javier Sanjuán.

TERCERA PARTE

INFERNUM

Capítulo 63
Vértigo

> Luego alzó la vista y Nathanael, que se hallaba inclinado sobre la balaustrada, le divisó al punto, le reconoció y, gritando de un modo salvaje: «¡ah, bellos ojos..., bellos ojos!», saltó al vacío.
>
> *El hombre de la arena*, E. T. A. HOFFMANN

Roma,
miércoles, 22 de febrero de 2012, 9.00 h

Rajiva se puso al teléfono y escuchó:

—Acaban de salir. La española y dos tipos, que deben ser agentes de Barone.

—De acuerdo, seguidles. Yo me pongo en camino ahora.

Rajiva estaba exultante. ¡El farol con el que había salvado su vida ante Nayef ya se estaba haciendo realidad! La vigilancia permanente que había establecido de los movimientos de Valentina había dado resultado. Después del viaje a Londres de Valentina y Barone, y muy próximo ya el día del vencimiento del secuestro, esa salida de la inspectora era muy prometedora. El dinero que le había costado la información que le había suministrado Patrizia había sido la mejor inversión de su vida.

Los tres hombres que el príncipe Nayef había puesto bajo las órdenes de Rajiva siguieron discretamente al todoterreno negro que conducía uno de los policías de Barone. El otro estaba detrás, y Valentina ocupaba el lugar del copiloto.

—Según hemos visto esta mañana el mapa de Google tardaremos más o menos una hora en llegar, no está lejos pero sí en un sitio muy tranquilo —dijo Valentina mientras volvía a repasar una hoja que le había dado Patrizia donde figuraba la vista área del lugar, cerca del lago Bracciano. Según explicó Dolores Wells, se trataba de una casa rústica, un sitio tranquilo pero no aislado del mundo, lo ideal para que quien viva en él pase desapercibido.

Valentina quería hacer un reconocimiento *in situ* del lugar donde estaba la casa; no iba a correr ningún riesgo; contaban con un día para planificar bien el operativo del asalto. Rebeca de Palacios iba a leer la sentencia al día siguiente, a las nueve de la mañana. Hasta esa hora tenían margen, era cuestión de planificar bien las cosas y tener los nervios templados.

Había dormido poco, inquieta, a pesar de que su salida nocturna con Enzo la había relajado, y él... rio al recordarlo: había bebido un poco más de la cuenta. Tuvo que reconocerlo, el chaval acabó por caerle simpático, y aunque se repetía que su acción vendiendo a Marta había sido imperdonable, no dejaba de comprender en parte que su miedo a morir le hubiese impulsado al abismo. «Quién sabe de lo que somos capaces cuando creemos que no tenemos otra escapatoria, aunque si solo fuera un poco más valiente, algo menos atolondrado...» En fin, qué importancia tenía ya eso, pensó Valentina, mientras el coche se dirigía a la casa del lago. Ahora había llegado el momento crucial, y no podía fallar.

Comisaría de San Vitale

Ranucci colgó el teléfono con violencia.

—*Porca troia. Cazzo!* Esta gente del Vaticano está de broma, ¿no?

Ada se sobresaltó y casi dejó caer el café del vaso de plástico sobre el expediente de Angélica Marforio.

—¿Qué ocurre, comisario?

—Por lo visto, Barberini es un protegido del cardenal Petruzza, y, además, no podemos entrar en los aposentos vaticanos sin la orden del juez único, que curiosamente está de baja por enfermedad.

—Nada nuevo, jefe. Ya sabe cómo funciona la Iglesia. Como una caja fuerte que encierra otra caja fuerte más pequeña y así sucesivamente. De todos modos, yo tengo mis contactos...

Ranucci se inclinó hacia ella, sorprendido:

—¿Tus contactos?

—Es muy simple. —Ada soltó una risa cómica—. Tengo un amigo que trabaja en el teléfono de información 060608. Ahí saben todo lo que ocurre en la ciudad, incluidas las misas y sus horarios. Hasta el cura que las da. Ha de saber que hay señoras que tienen sus favoritos... —Y volvió a sonreír—. Barberini oficia hoy a las seis de la tarde en Trinità dei Monti. En plaza de España. Misa cantada. Van a acudir muchas feligresas... Es un cura con mucho predicamento. Y no se prodiga demasiado, así que lo tendremos localizado en Roma durante un buen rato.

El coche con los lacayos del príncipe Nayef, un Mercedes C 63 AMG azul oscuro se mantenía a una distancia prudencial, y a cien metros de este conducía Rajiva un Infiniti, que ya los había alcanzado. La hindú había urdido un plan: anticiparse a Barone y a la zorra española; quería tomarse una cumplida revancha de los dos, al tiempo que se aseguraba un futuro prometedor en Dubái con su nuevo protector. Ya estaba harta de aguantar a su pusilánime marido, y estaba segura de que él no haría ningún esfuerzo por averiguar su nuevo paradero. Desde hacía tiempo su matrimonio era solo una fachada para los actos sociales; Rajiva se limitaba a hacer de mujer del embajador y a permitirle un polvo de vez en cuando, tras el cual él se quedaba invariablemente dormido. No, la vida en Roma ya no le ofrecía alicientes, era el momento justo para ahuecar el ala, y se felicitó porque pronto iba a tener la oportunidad de sentir el dulce placer de la venganza.

Casa a orillas del lago Bracciano, 10.10 h

Marta había terminado hacía una hora su desayuno con desgana. Ya no tenía fuerzas para luchar. Doyle la había dejado moverse a su antojo en la buhardilla, según le dijo porque su madre se había portado bien. Sintió un escalofrío familiar: ¿qué podría estar haciendo su madre a dos mil kilómetros de distancia para satisfacerle? ¿Qué significaba que su madre «se había portado bien»? Su mente juvenil solo atisbaba la respuesta; la imagen de ella ofreciéndose como una puta a la lascivia de su captor no estaba entre las posibilidades de su imaginación. Pensaba más bien que su madre estaba cumpliendo las órdenes, que no había ido a la policía... Nada sabía de Pedro Mendiluce, de cómo Rebeca de Palacios había tergiversado el juicio para que el veredicto de inocencia no resultara grotesco e infundado. Decidió que pronto llegaría un rescate, y que saldría de allí, a menos que...

Oyó abrirse el pesado cerrojo de la puerta, añadido por Doyle a la cerradura original. Marta se puso junto a la pared opuesta, como el australiano le había indicado que hiciera cada vez que oyera abrirse la puerta.

—Bueno, Marta, veo que te has comido todo el desayuno... Así me gusta. Pronto esto se habrá acabado, y volverás junto a tu madre —dijo, en un tono que Marta juzgaba esperanzador. Pero ella tenía una pregunta que hacerle:

—¿Está seguro de esto?

—¿Qué quieres decir? —preguntó Doyle, mientras recogía la bandeja del desayuno.

—Quiero decir que he visto su cara, sé quién es usted. ¿Me tengo que creer que me dejará con vida para que le pueda describir a la policía?

Doyle sonrió.

—Veo que eres una chica lista... No te preocupes por eso; la policía ya tiene mi foto en sus bases de datos. Cuando llevas bastante tiempo en mi oficio es imposible evitar que en un momento u otro una cámara o un testigo te identifique; el problema fundamental es que te atrapen y que puedan probar que yo he hecho algo, digamos, ilegal... ¿Comprendes?

—Justamente de eso le hablo —dijo Marta—. Yo podría decir que usted me secuestró, y eso le supondría la cárcel, ¿no es así?

—Sí... es cierto... Pero no lo harás, créeme —dijo Doyle, todavía sonriente pero hablando con mayor gravedad.

—¿Por qué no? —preguntó desafiante.

—Porque tu madre sabe que si tú o ella denunciáis que has pasado conmigo estas *vacaciones*... ninguna de las dos volverá a estar a salvo. Y ahora también lo sabes tú. Así que escúchame bien: no seas una niña imbécil. ¿Quieres vivir angustiada el resto de tu vida sabiendo que en cualquier momento tú y tu madre podríais recibir mi visita? Os aseguro que no os gustaría...

Marta no vio alejarse a Doyle ni escuchó cerrarse la puerta. Simplemente se sentó en la cama y se abrazó, de pronto invadida por un intenso frío, como si la humedad del lago próximo hubiera impregnado súbitamente toda la estancia.

—Debe ser esa casa de ahí... —dijo Valentina, mirando una casa de dos pisos y techo abuhardillado color ocre, con un jardín discreto que terminaba en unos muros de altura media y aproximadamente a cien metros al norte de un anuncio de Campari que, sobre lo alto de una estructura metálica, se elevaba sobre la carretera que conducía al lago.

—En cuanto puedas gira a la izquierda, para tomar esta carretera secundaria; conduce normal, ni demasiado rápido ni demasiado lento —ordenó Valentina.

El vehículo giró a la izquierda trescientos metros después, y tomó la carretera secundaria que pasaba por el frente de una casa, a una distancia prudencial. Pero era una maniobra segura, de vez en cuando circulaban coches y algún camión; era un camino de uso frecuente, aunque sin que el tráfico fuera denso en absoluto. Además, el estado del firme no permitía alegrías con la velocidad, así que el agente de Barone condujo a poco más de sesenta kilómetros por hora, mientras que el otro policía tomaba fotos reclinado sobre el asiento de atrás.

Concentrados en su tarea de reconocimiento, los ocupantes del todoterreno no podían saber que un coche se había detenido en el arcén de la carretera principal, trescientos metros atrás, mientras que un Mercedes los seguía por el mismo camino. Rajiva estaba mirando a través de unos prismáticos potentes y pudo apreciar claramente que esa casa junto al lago era la que un policía de Barone estaba fotografiando.

Valentina estaba ya imaginando cuáles iban a ser sus mejores opciones para liberar con éxito a Marta. Había visto tres ventanas en la parte delantera de la casa, dos en el piso de arriba y una, protegida tras una gruesa verja, en la planta baja; así como otra pequeña en la buhardilla. Había una puerta central, y confiaba en que hubiera también una puerta trasera, lo que parecía probable considerando que el jardín circundaba la casa. Dio orden al conductor para que abandonara el camino y tomara la carretera principal que regresaba a Roma, de esa forma podría ver el otro lateral de la casa y su parte trasera; no quería detenerse; estaba segura de que Doyle estaba pendiente de escudriñar todo coche que se parara en un radio cercano.

Valentina se puso a observar con los prismáticos cuando el vehículo alcanzó la carretera en dirección contraria y dejó atrás la casa del lago. En efecto, había una puerta trasera cubierta también protegida por rejas de hierro. Pensó rápidamente en un plan. Ahora se trataba de reunirse con Barone y prepararlo todo para el asalto. En su ensimismamiento no vio que un Mercedes oscuro los adelantaba.

Roma, centro ciudad, 12.45 h

Tachó con una imprecación otra de las galerías de la lista. Lúa miró sus pies cansados y pensó en buscar una zapatería para comprar unas botas más cómodas. Para descansar entró en un café con wifi a recuperar fuerzas con un desayuno y a mandar algún correo. Luego le tocaba explorar la nueva galería que habían creado en el búnker antiaéreo de Benito Mussolini. Era en el barrio del EUR, y aún le tocaba fisgar en otras dos galerías de camino al famoso barrio. Buscó en internet la línea del metro para llegar.

Mientras tomaba un *cappuccino* y un cruasán Lúa vio en la televisión los fuegos artificiales barrocos de la noche anterior. «Gracias a Dios el carnaval ha terminado», musitó entre dientes. Odiaba el carnaval. Las máscaras la ponían muy nerviosa. Y toda la ciudad se colapsaba por desfiles de caballos, carrozas, señores de época y brasileñas bailando samba a cada paso.

Cuando terminó, salió al frío de la calle. Al fin había salido el sol, la temperatura era helada aún, pero soportable, no había ni una nube en el cielo y todo invitaba a un buen paseo por la Ciudad Eterna. Lúa se preguntó cómo le iría a Sanjuán. Tenía que llamarlo, a ver si estaba aprovechando el tiempo mejor que ella...

La Coruña, La Zapateira, 13.00 h

Rebeca de Palacios estaba sentada en el gabinete de su casa, esforzándose por leer los documentos del sumario de Mendiluce. Esa tarde, a las cinco, había quedado en la Audiencia con sus compañeros de tribunal para tomar una decisión acerca de Pedro Mendiluce. Sabía que Márquez no iba a plantearle problemas; le había visto la expresión durante los días de la vista e intuía que él estaba en la misma situación que ella. Era lógico: Doyle sabía que la votación tenía que ser al menos de dos a uno a favor de declarar inocente a Mendiluce, así que comprendió que Márquez, un miembro del Opus con tendencias homosexuales inconfesables, era el blanco perfecto para otro chantaje.

Estaba claro que el tercer miembro del tribunal, Luisa Bolaños, iba a poner objeciones; sus comentarios durante el juicio, aunque discretos, incluían un interrogante acerca del proceder que ella había seguido durante su curso. Recordaba su mirada escrutadora cada vez que ella acudía en auxilio de Sara Rancaño, su perplejidad ante muchas de sus decisiones. ¡Dios mío, cuántas veces ella hubiera deseado poder hacer justo lo contrario de lo que tuvo que hacer, con cuánta ira hacia sí misma desvió la mirada del empresario mañoso para no ver sus ojos de triunfo!

La magistrada tenía los puños cerrados; una vez más sus emociones taponaban su cerebro... No, eso era algo que no podía permitirse. Tenía que seguir adelante. Se había degradado ante la lascivia de un degenerado; estaba a punto de claudicar de sus convicciones más profundas declarando inocente a un hombre que se reía de la justicia una y otra vez, a un corruptor de chicas jóvenes y de la propia sociedad mediante el soborno y las amenazas a cargos públicos. Todo eso tenía un propósito: salvar la vida de Marta. Y aunque sabía que ella nunca iba a perdonarse lo que estaba a punto de hacer, su corazón no le dejaba actuar de otra forma: nada era más importante que salvar a su hija. «Nada», se repitió otra vez... Y volvió sobre los papeles, dispuesta a escribir la parte final de la sentencia, el fallo, donde se declaraba a Pedro Mendiluce inocente de todos los cargos.

Roma, via Genova, 14.00 h

Valentina removía la comida del plato que tenía delante, no podía comer. Sentada en un restaurante que estaba justo al lado del palazzo del Viminale, su estómago se negaba a tomar alimento alguno. Era algo que le sucedía con frecuencia: en vísperas de algo importante su cuerpo se ponía en tensión, como si necesitara desde ese momento toda su concentración para la acción posterior. No obstante la inspectora se obligó a meterse varios trozos de lasaña en la boca; sabía que necesitaba estar fuerte, y con ayuda de un poco de agua estaba consiguiendo tragar algo de alimento.

Se había reunido con Barone para diseñar el plan del asalto. El *vicecapo* de la policía se lo había dejado claro, y ella estaba de acuerdo: no podía ser una acción oficial. Él tenía intereses que proteger; la secuestrada había sido raptada inicialmente por alguien que trabajaba secretamente a su cargo, así que su culo corría peligro si el caso llegaba a destaparse. Por su parte Valentina estaba actuando todo el tiempo de forma privada; no estaba allí en una misión oficial; todo había sido desde el principio algo clandestino, y así debería serlo en su conclusión.

—¿Cuántos hombres vas a necesitar? —preguntó Barone, quien no hacía ascos a un solomillo jugoso con guarnición abundante de verduras y patatas fritas, porque no perdía el apetito nunca, como si su cerebro y su estómago formaran parte de dos personas diferentes.

—Solo necesito los dos hombres que ya me has dado. Me gustan; son buenos, rápidos, obedecen sin rechistar. Me fío de ellos —dijo Valentina con seguridad—. Es un espacio limitado, más gente podría suponer un problema si el asunto se pone feo y hay disparos... No quiero que una bala perdida nos ponga en aprietos.

—¿Solo Bernardo y Francesco? —Barone levantó las cejas, sorprendido, luego pensó unos segundos—. Está bien... Como quieras. Pero recuerda que también me va mucho a mí en este envite. Estaré aguardando en un perímetro más alejado con otros dos agentes de confianza. La niña debe ser liberada y llevada a España. Tengo tu palabra de que no habrá denuncia alguna. Este es el trato, recuerda: yo te ayudo y tú olvidas todo el asunto.

Valentina le clavó la mirada y sonrió con un aire indefinible.

—Descuida, Barone. Recuerdo mis promesas.

—Perfecto —siguió Barone—. Tengo ya dos billetes para España para el viernes. Os hubiera enviado a casa el mismo día, pero supongo que sería todo muy prematuro, mejor que descanséis mañana, una vez haya pasado todo. En un hotel discreto hay una habitación reservada para ti y Marta para la noche del jueves.

Valentina negó mientras cortaba otro trozo de pasta.

—Imagino que Marta querrá dormir en su casa, hablar con su amiga. No te preocupes por nosotras, nos las arreglaremos.

Engulló un poco más de lasaña, y de pronto sintió la necesidad de hacerle una pregunta. Reflexionó un rato y luego se lanzó, su necesidad de comprender fue superior a su discreción.

—Guido, dime... Me gustaría preguntarte por qué te metes en estos negocios... Ya sé, sé que no es asunto mío, pero... en fin, ¿para qué necesitas a Rajiva y todo este negocio asqueroso? Quiero decir que eres un hombre con poder, tienes dinero, una posición privilegiada... La verdad, no puedo comprenderlo... —Había algo de zozobra en ese comentario, pero también el inequívoco tono de una acusación.

Barone no se esperaba la pregunta. Se puso en guardia: le gustaba aquella española, su inteligencia y su coraje, pero eso no la autorizaba a meterse en su vida. No obstante, comprendió por qué tenía curiosidad: era un espíritu íntegro, pensó, una mujer que todavía cree en los Reyes Magos, un alma cándida, en suma, así que decidió ser breve en la respuesta y no muy específico.

—Valentina, yo en realidad no hago nada extraño... Aquí hay mucha gente que disfruta con jóvenes que están dispuestas a todo por llevar una vida de lujo... Yo solo me limito a que las cosas se hagan de forma ordenada, ¿comprendes? A que no haya violencia, a que nadie salga malparado... Yo no he autorizado nunca un secuestro —mintió sin inmutarse—; eso ha sido cosa de Rajiva, pero eso se terminó, tenlo por seguro. En cuanto se acabe todo esto le voy a dar una buena patada en el culo. Bueno. Técnicamente se la he dado ya.

Como Valentina no decía nada, y le miraba con sus ojos grises profundos y graves, Guido Barone se vio obligado a continuar.

—Esto es Italia, Valentina. Aquí la gente disfruta con el amor... y yo procuro no decepcionarlos... —Sonrió con su propia ocurrencia y luego mudó el gesto, dando por terminada esa parte de la conversación. Pasados unos segundos más, y viendo que la joven no decía ni palabra, añadió—: Bien, dejemos esto. Háblame de tu plan, quiero saberlo todo al detalle.

Roma, barrio del EUR, 16.00 h

Lúa Castro sintió una punzada de hambre en su estómago al ver a la salida del metro un puesto ambulante de pizzas, pero decidió postergar la comida a la visita a la galería. Caminó con presteza hasta el palazzo degli Uffizi y buscó la entrada a la exposición, que estaba señalizada con grandes carteles.

Una vez abajo, una azafata le abrió la puerta del búnker. Era muy temprano y no había casi nadie viendo las obras de arte. Sonaba una música tecno que, unida a la oscuridad del lugar, le recordaron a Lúa un *after*. La periodista recorrió las salas buscando casi al azar algún cuadro que pudiese pertenecer al Artista. A pesar de haber cambiado de calzado le seguían doliendo los pies, y solo quería descansar. Esquivó con pericia una instalación en la que cuatro perros disecados y colgados del techo parecían formar parte de un tiovivo. «Repugnante», pensó, e hizo una mueca mientras tomaba una nota mental para protestar sobre aquel tipo de barbaridades en su crónica diaria para *La Gaceta de Galicia*.

Ya casi había perdido la esperanza de encontrar algo en el búnker cuando, en la sala principal, al lado de un enorme hueco —una obra que ya se habían llevado, sin duda—, Lúa vio un lienzo de tamaño medio, horizontal, iluminado desde arriba con una lámpara halógena. Se quedó atrapada delante del cuadro, como una esfinge, sin casi atreverse a respirar.

Una mujer con el cabello recogido en un moño rubio y un traje chaqueta ajustado gris perla parecía salir de una puerta entreabierta en el dormitorio de un motel. Del óleo manaba una especie de neblina verde muy tenue que otorgaba a la pintura un tinte fantasmagórico muy marcado, que a Lúa le pareció familiar. La mujer miraba con las dos cuencas de los ojos totalmente vacías. De las cuencas manaba sangre roja que caía en gruesas gotas sobre el traje gris, y corrían por él, rodeando el cuerpo en finas espirales hasta convertirse en pequeños insectos. Detrás de la mujer, había una pared con un cuadro barato en donde se podía ver un ramo de flores. Sobre la colcha, coronas de flores, hojas y candelas encendidas al lado de la palma del martirio.

Lúa se estremeció: la mujer ciega, sin duda un retrato muy logrado de la actriz Kim Novak, adelantaba al espectador del cuadro sus dos ojos azules en una especie de cáliz dorado. Los dos ojos aparecían en primer plano, y dentro de ellos, espirales infinitas querían hipnotizar al desdichado que tuviese la desgracia de quedar prendado de aquel cuadro, atrapándolo hasta el fondo de la esencia maligna.

Un enorme cartel colgado de la parte superior rezaba VENDIDO.

Lúa se acercó a la leyenda que había en un recuadro de la izquierda. El cuadro se titulaba *Santa Lucía* y estaba valorado en la friolera de treinta mil euros, suma que alguien había pagado, por lo visto. El pintor se llamaba Giovanni Nero, y para contactar con él había que llamar a su marchante, Laura Cortés. Fotografió el cuadro varias veces sin que la vieran y tomó nota de los nombres y el teléfono.

Cuando Lúa Castro salió a la luz del sol, al frío de Roma, sintió una opresión en el pecho mezclada con el alivio de estar fuera de aquel lugar siniestro. ¡Kim Novak, la protagonista de *Vértigo*, de Alfred Hitchcock! Lúa sabía mejor que nadie que el Artista había recreado en uno de sus crímenes en La Coruña *Frenesí*, también del director inglés. Ya no sentía apetito, tan solo unas ganas enormes de huir de aquel barrio y volver al centro de la ciudad.

Capítulo 64

La hija de Satán

Roma, Universidad Pontificia,
Facultad de Historia del Arte,
miércoles, 22 de febrero de 2012, 17.10 h

Uno de los becarios, un joven prematuramente calvo, enjuto y sudoroso por la prisa, se acercó a Nuzzia con cierta reverencia.

—*Professora*, he encontrado el san Sebastián.

Nuzzia Silvioli lo miró por encima de las gafas y alzó las cejas finas, repasadas de marrón claro.

—No lo dudo, Cesarini, pero cálmese. Siéntese y cálmese. ¿Quiere un café?

El becario negó y le enseñó la foto de un san Sebastián al que le faltaba una de las saetas clavadas en la pierna.

—La iglesia de San Bonaventura, en el foro. Es una figura neoclásica, tenía razón. Del taller florentino de los Zelioli.

—Ven. Sígueme.

La profesora Silvioli levantó su grueso cuerpo de la silla y fue a buscar un volumen polvoriento en la biblioteca de su despacho. Buscó hasta encontrar una foto en blanco y negro del san Sebastián.

—En efecto, puede ser ese... muy acertado. Gracias, Cesarini. Has hecho un buen trabajo. Lo tendré en cuenta...

Minutos después Nuzzia llamó a Ada, pero el teléfono estaba comunicando.

«Está bien. Llamaré más tarde», se resignó, mirando la pantalla.

Una cafetería en la zona del gueto

Lúa Castro miró su Campari, como hablándole. Estaba muy excitada, hasta tal punto que le temblaba todo el cuerpo. Podía tener en su mano la exclusiva más importante de su vida. Si Giovanni Nero era el Artista y ella lo descubría, podría aspirar a todo. Pero...

Si iba a la policía en ese momento la perdería. Si contactaba con Sanjuán, lo mismo. Si se lo decía a Mario... Mario se la iba a comer con patatas, Roma era su territorio. Respiró profundamente y decidió con rapidez: echaría un ojo. Iría a hablar con la marchante, para ver quién era ese tal Giovanni Nero. Sin arriesgarse demasiado. Porque... ¿quién le aseguraba que aquel hombre era Morgado, como decía Sanjuán? Podía ser una simple casualidad. Había muchos pintores en el mundo que pintaban de forma parecida, sin duda... y en realidad, nadie sabía cómo pintaba el Artista...

Miró la dirección del despacho de la marchante. Cuando terminase el Campari, iría a hacerle una visita.

Convento de las Oblatas de Santa Francesca Romana, 17.20 h

La madre superiora entró en la cocina, donde Allegra estaba con las manos enharinadas y un delantal, ayudando a la cocinera en su trabajo habitual de hacer masa de pasteles.

—Tienes visita, Allegra. ¿No has escuchado la campana?

—No esperaba a nadie, la verdad. ¿Quién es?

—Es un sacerdote. El padre Bruno Barberini. Ya vino una vez por aquí, el año pasado. Es organista. Dice que quiere que asistas esta tarde a la misa cantada de Trinità dei Monti en la plaza de España... No sabía que lo conocías, Allegra. Es uno de los curas más solicitados de la ciudad...

Allegra enrojeció de emoción.

—La verdad, no sé qué decir, hermana. Ya he asistido a misa esta mañana...

La superiora la agarró por los hombros, sonriendo.

—Ve con él, Allegra. Pronto tomarás los hábitos y no tendrás tantas oportunidades de salir a la calle... Pero haz el favor de volver pronto. Recuerda lo de Il Mostro...

Iglesia de Trinità dei Monti, plaza de España,
18.00 h

Esposito Ranucci estaba ya dentro de la iglesia de Trinità dei Monti. Vio a Ada en los bancos del otro lado, y a la superintendente Graziella Mori y su inseparable Barichiotto más adelante. Las campanas comenzaron a llamar a misa. El templo poco a poco se iba llenando de gente, entre la cual había muchos turistas que estaban visitando la plaza de España, varias monjas, algún cura extranjero y los fieles habituales. Pero también había personas poco asiduas al templo: varios policías, todos de paisano, tomando posiciones. Ranucci había decidido dejarle oficiar la misa para luego ir hasta la sacristía, y allí proceder a la detención.

De pronto, sonó el teléfono de la inspectora. Ada contestó y habló durante unos minutos. Luego se acercó a Ranucci, poniéndose a su lado en el banco, y le habló al oído.

—La profesora Silvioli ha encontrado el san Sebastián al que le falta la flecha. En la iglesia de San Bonaventura, en pleno Foro. Me voy para allá urgentemente. He llamado al sargento Giovanielli para que me sustituya aquí, si te parece bien, jefe.

—Bien. Llámame con lo que tengas. —Ranucci lamentó

no tenerla con él en ese momento ya que tenía plena confianza en ella, pero se resignó.

El padre Bruno Barberini dio la bendición a los feligreses y el público empezó a salir de la iglesia en silencio. Ranucci hizo un gesto a los policías de que esperasen un poco más y remoloneasen como si fuesen turistas visitando la iglesia. No quería montar un escándalo en medio del templo y tener al día siguiente encima a toda la curia protestando por la falta de respeto de la policía. Tenía suficiente con Il Mostro di Roma para soportar más presión. El sacerdote habló unos segundos con una de las monjas del primer banco y ambos fueron hacia la sacristía.

Ranucci dio un par de vueltas por la iglesia. Se acercó a la girola que rodeaba el altar mayor para tener la sacristía controlada. Al contrario que el resto de la iglesia, iluminada y muy clara, la girola estaba sumida en la oscuridad. Caminó con disimulo hasta la gruesa puerta de madera. Estaba cerrada a cal y canto.

Al cabo de un rato, Ranucci miró el reloj. Llevaban allí dentro más de un cuarto de hora. Estaba empezando a impacientarse. Miró a sus hombres: estaban apostados cerca de él.

Bruno Barberini no pudo más. El recuerdo de Angélica revivía en aquella joven pura y de alma limpia, con el hábito blanco y el corazón rojo en el pecho. Miró sus ojos y vio los ojos de Angélica, la misma candidez y orgullo. Miró sus labios y creyó entender en ellos una invitación al cielo del que él había sido expulsado.

La novicia repasó su rosario, cada vez más incómoda ante el rostro que se transformaba delante de ella, algo que nunca había visto hasta ese momento y que le empezó a inquietar.

—Padre, me tengo que ir. Es tarde. Estarán preocupadas por mí.

—No te preocupes, yo te llevo al convento. Tienes el permiso de la madre superiora, conmigo estás totalmente segura... —Mientras hablaba, pasó su brazo por el hombro de la joven, y la otra mano empezó a acariciar una de las mejillas con suavidad. Allegra reculó pero Barberini la tenía muy bien sujeta. Cuando la mano del cura bajó hacia el pecho de la novicia, Allegra gritó sin poder contenerse.

Con rapidez, el sacerdote puso la mano en la boca para sofocar sus gritos y empezó a quitarle el hábito con toda la fuerza de la que era capaz. Ella se rebeló con desesperación, aterrada. La subió a la mesa de madera de castaño que llevaba allí varios siglos y sus manos entraron en el santuario sagrado en donde nadie había estado jamás.

El grito sofocado de una mujer dentro de la sacristía no pasó desapercibido a Ranucci, quien tenía todos sus sentidos afilados. El comisario puso la oreja en la puerta ya sin ningún disimulo. Volvió a escuchar ruido y otro grito. Hizo un gesto a Barichiotto, que estaba detrás de un grueso pilar.

—Vamos a entrar. Ahí pasa algo extraño.

Todo el operativo se acercó a la puerta intentando no llamar la atención. Graziella Mori sacó la pistola e intentó abrir la puerta, que estaba cerrada a cal y canto. Hizo un gesto de negación hacia los demás con la cabeza. Luego, le quitó el seguro a la Beretta y disparó a la cerradura.

La gente en la iglesia empezó a gritar. Barichiotto le dio una patada a la puerta y entraron dentro de la sacristía. El cura estaba encima de la joven, intentando violarla, las manos en el cuello, única manera de someter la resistencia numantina de la novicia. En cuanto los vio, Bruno Barberini comprendió que estaba perdido. Agarró a Allegra por el cuello y sacó una daga del bolsillo de su sotana.

—No se acerquen o la mataré.

—Suéltela, Barberini. Déjela ir. Es solo una niña —dijo en tono conciliador Ranucci.

—¿Una niña? Ella me ha provocado con sus malas artes...

—Apretó el filo contra el cuello con más fuerza—. Es una hija de Satán. Una zorra lasciva.

Barichiotto y Graziella entraron, apuntándolo con sus pistolas.

—Ni un paso más o la mato aquí mismo. Delante de ustedes. Ahora, quiero que salgan de aquí despacio, uno a uno. ¡Vamos! —los urgió, excitado por el miedo y la desesperación.

Los policías obedecieron. El sacerdote obligó a Allegra a caminar delante de él como escudo. Salieron a la girola, y Barberini siguió agarrando a la joven con la daga en el cuello. Empezó a caminar hacia atrás, hacia otra puerta que había un poco más al fondo de la iglesia. El cura la abrió y a la vez clavó la daga con fuerza en el pecho de la novicia, que gritó de dolor y miedo antes de caer al suelo. Los policías se abalanzaron sobre la joven para socorrerla, y Bruno Barberini aprovechó la confusión para cerrar la puerta con fuerza. Una llave dio la vuelta en la cerradura.

Ranucci intentó tapar la herida, que sangraba profusamente, primero con las manos, luego con su chaqueta mientras gritaba:

—¡Llamad a una ambulancia, rápido! —El rostro pálido de Allegra lo asustó todavía más—. ¡Joder, daos prisa!

Graziella Mori disparó de nuevo a la cerradura mientras su compañero pedía refuerzos y ayuda médica. Entró en la estancia, que parecía una especie de desván. La corriente de aire helado que acarició su cabello le indicó que Bruno Barberini acababa de escapar.

Gueto romano, galería de Laura Cortés

Laura Cortés sonrió, encantadora, a la española que la miraba con enormes ojos verdes y se explicó con gracia.

—Giovanni Nero no concede entrevistas, señorita. Ya sé que es el pintor de moda en este momento, pero es imposible hablar con él. Además, no está en Roma. Se ha ido unos días a Grecia, al monte Atos. Es profundamente creyente.

—Entiendo. Me pregunto si sería posible entonces ver algún cuadro más. Su obra me ha conmovido. La exposición del EUR... es una maravilla. Conozco gente que pagaría mucho dinero por esos cuadros.

—Los del EUR están todos vendidos. Lo siento. Entiéndalo, señorita... ¿Malena García me ha dicho? —Lúa asintió—. Nero no quiere, en este momento, más publicidad. Me ha pedido que proteja sus deseos de desaparecer por unas semanas. Más adelante quizá...

Lúa salió del despacho de Laura Cortés plenamente convencida de que aquella mujer estaba mintiendo descaradamente.

«El monte Atos —movió la cabeza con incredulidad—, menuda historia increíble para viejas beatas.»

Lúa se apostó cerca del portal hasta verla salir. La marchante repiqueteó los tacones de los carísimos zapatos en los *sampietrini* y se dirigió hacia el centro del gueto. La periodista la siguió hasta que Laura Cortés cogió su coche y se perdió entre el tráfico caótico de la ciudad.

Lúa desistió de seguirla. En su bolsillo podía tener la clave para encontrar a aquel esquivo pintor.

Trastévere, 19.10 h

Bernardo Donatello subió a pie los dos pisos hasta su casa, donde vivía con su madre y su hermana Sofia, de quince años. Tenía unas horas antes de incorporarse al operativo de la casa del lago, y quería aprovecharlas para descansar. Cuando entró en el apartamento colgó el abrigo, y dejó su pistola, como siempre hacía, en un altillo del armario del vestíbulo.

—Mamá, ya estoy aquí...

De pronto se detuvo al entrar en el salón: le costó un par de segundos comprender que algo no iba bien. Su madre estaba sentada en el sillón con estampado de flores marrones, mirándole con ojos llenos de temor. Notó el tacto frío de un cañón de pistola en su cuello.

—Tranquilo, amigo —dijo quedo una voz en inglés con inequívoco acento árabe—. Siéntate junto a tu madre.

Bernardo aspiró profundamente y obedeció. Enseguida preguntó:

—¿Quién es usted? ¿Qué quiere? ¿Sabe que soy policía?

—No malgastes palabras. Tenga. —Le tendió un teléfono móvil—. Es para ti.

Bernardo cogió el teléfono:

—Sí, ¿quién es?

—Hola Bernardo, soy Rajiva. Tranquilo, no tiene por qué pasar nada malo, te lo prometo. Tu hermana está conmigo, y se encuentra perfectamente. Lo único que necesito de ti es saber una cosa, y luego ese hombre se irá. Y mañana por la mañana pasas a recoger a tu hermana sana y salva en la dirección que te voy a dar, ¿comprendes?

—Rajiva, si le haces algo a Sofia...

—No pierdas el tiempo con amenazas. Solo quiero que me digas a qué hora es el operativo del asalto a la casa del lago. Es todo. Tú luego sigues con tus instrucciones, aunque claro está, sin decir nada a nadie de esta pequeña conversación. Nadie tiene por qué enterarse. Entiendes, ¿verdad? Claro que entiendes. Por la cuenta que te trae...

Capítulo 65

Aqua Virgo

Roma, Hotel Alexandra, via Veneto,
miércoles, 22 de febrero de 2012, 20.25 h

CLASES DE PINTURA AL ÓLEO
PINTOR PROFESIONAL. G. NERO
ESTUDIO EN VIA BACCINA, 16

Lúa tomó nota de la tarjeta que había «cogido prestada» del despacho de la galería de Laura Cortés y Ribera. Luego cogió su teléfono y buscó la dirección en el mapa. Un barrio pintoresco en la zona del Quirinal, muy cerca del Coliseo.

Las dudas volvieron a su mente. ¿Qué hacer? Lo más sensato era avisar a la policía. Pero su curiosidad la venció, y el deseo de tener una exclusiva fantástica. Una vez que la información está en manos de la policía, ella ya no la puede controlar. Cogió el abrigo, la bufanda y los guantes y salió del hotel en busca de un taxi.

«Solo miraré la calle, el estudio, un pequeño vistazo y luego llamaré a Sanjuán», se prometió, mientras el taxi la llevaba hacia la zona de los Foros Imperiales.

Plaza de España, iglesia de Trinità dei Monti

Graziella Mori corrió hacia la puerta abierta, y la cruzó a toda velocidad. Llegó a un desván lleno de imágenes religiosas cubiertas de sábanas, candelabros y viejos muebles. Una de las ventanas estaba abierta, por allí había escapado el sacerdote. Llamó a gritos a sus compañeros. Cuando llegaron, Mori ya había saltado a su vez por la ventana. La agente cayó de rodillas a un patio interior, y vio correr a Barberini hacia el fondo. Lo siguió, constatando contrariada que el cura estaba en muy buena forma. Pasos detrás de ella le dieron a entender que sus colegas estaban ya casi a su altura.

—¡Por allí, por dentro de las arcadas! —Mori señaló el lugar de huida sin dejar de correr. Cuando alcanzaron el fondo del patio, Barberini ya había salido por una puerta trasera hacia el exterior.

Usó la radio para hablar con su jefe.

—Comisario, está escapando por el parque.

—Bien. Vamos a cortarle el paso por detrás. Ya he pedido refuerzos —contestó Ranucci.

Bruno Barberini corría como jamás en su vida, atravesando el jardín que estaba justo al lado de la iglesia con la desesperación marcada en su rostro. Lo habían descubierto. Sabían lo de Angélica Marforio, quizá también lo del padre Clemente. Era un maldito, un paria. Lo excomulgarían. Lo expulsarían de la Iglesia, acabaría en la cárcel. No podía permitirlo, tenía que huir. Huir de la vergüenza. Miró hacia atrás y vio a una policía joven que se le acercaba con la pistola en la mano, gritándole que parara. Pero él no podía parar, tenía que seguir adelante. Barberini saltó la verja y salió a la carretera justo antes de llegar a la villa Médici. Dos coches de los *carabinieri* hicieron sonar sus sirenas, cortándole el paso. La mujer policía había saltado la verja con gran agilidad, estaba a pocos metros de él y, tras ella, otros dos. Estaba perdido.

Barberini vio a un hombre vestido con mono de trabajo que fumaba apoyado en el muro, al lado de una puerta de metal abierta. No vio otra opción: lo golpeó con fuerza, tirándolo al suelo, y se abalanzó hacia el hueco que aquella puerta le ofrecía como única vía de escape.

Via Baccina, 20.30 h

Lúa caminó despacio. No había un alma en aquella callejuela estrecha. Cuando llegó al número dieciséis se paró. Era un edificio de tres plantas lleno de hiedra, muy antiguo, de color terracota. En la planta baja había un portal viejo y justo al lado un pequeño estudio. Había luz dentro, pero las persianas estaban bajadas. La periodista intentó mirar a través de ellas, pero no fue capaz de atisbar nada en el interior.

Decidió esperar a ver si salía o entraba alguien. Se apostó en la oscuridad, sentada en las escaleras de cemento de un mercado que había cerca. Hacía mucho frío, pero se aprestó a soportarlo con resignación. Golpeó sus guantes contra las pantorrillas para que no se le helaran las manos y se dedicó a esperar.

Graziella cruzó la puerta a toda velocidad y de repente se dio cuenta de que daba a una especie de abismo acaracolado, un *maelstrom* desconocido en pleno centro de Roma. Saltó hacia atrás, antes de caer en el agujero, pero se volvió a asomar tras el susto: el padre bajaba unas escaleras infinitas que parecían descender hasta el mismísimo inframundo.

Una mano la agarró por el hombro: era el operario, harto de aquella invasión de sus dominios. Carlo se agarraba con fuerza la muñeca dolorida, mientras gritaba.

—Usted no puede entrar aquí. ¡Nadie puede entrar aquí sin permiso municipal!

La policía se revolvió con una imprecación.

—¡Policía Judicial, joder! Dígame, rápido. ¿Este sitio a dónde va? ¿Qué coño es esto?

—Es el Aqua Virgo, señora. El acueducto que lleva el agua

a la Fontana di Trevi, lleva funcionando mil años... Está usted en la famosa Chiocciola del Pincio...

Mori lo dejó con la palabra en la boca y se precipitó hacia las empinadas escaleras de la época romana. Tras ella, Barichiotto. Otros dos hombres se quedaron en la puerta, paralizados.

El operario gritó, alarmado:

—¡Tengan mucho cuidado, el agua está helada y puede llegar hasta la cintura... o peor! ¿No ven que ha nevado mucho y estamos en la época del deshielo?

La única respuesta se la devolvió el eco.

Ada llegó a la puerta del convento de San Bonaventura y llamó a un grueso timbre, amarillento por el uso y los años. Se oyó en el interior. Al cabo de un rato, abrió la puerta un hombre mayor, grueso, vestido con el hábito franciscano.

—¿Qué deseaba? —La voz clara del monje le recordó a su infancia, cuando aún iba a misa y escuchaba los cantos gregorianos en Santa María en Trastévere.

Ada le enseñó la placa.

—Soy la inspectora Ada Casali, de homicidios. Necesitaba información... No es nada grave, pero estoy investigando un caso que tiene que ver con el robo de obras de arte... Me gustaría ver la iglesia, si no tiene inconveniente.

Fray Lorenzino miró a la inspectora y a la placa, y asintió.

—Pase, agente. La casa de Dios está abierta a todos. El único problema es el olor a pintura. Estamos en obras, los pintores acaban de terminar su trabajo y huele aún muy intensamente. De hecho el único fraile que está en la congregación soy yo, los demás no vienen hasta el sábado; llevamos un par de semanas fuera.

Ada se puso en guardia de inmediato. Una iglesia en obras. En los cuerpos habían aparecido restos de cemento y ladrillo. Recordó que Sanjuán había hablado de una iglesia en obras... Siguió al fraile a través del convento, por un pasillo blanco con cristos colgados de la pared, jarrones con flores frescas y oscuros cuadros del Barroco con poco valor. Al poco llegaron a la puerta que comunicaba el convento con el templo. El hombre abrió con una enorme llave de hierro y encendió las luces. Los bancos de la iglesia estaban cubiertos por plásticos, pero todo lucía nuevo y resplandeciente, recién pintado y pulido. El olor a pintura aún era muy intenso, pero se podía aguantar. Ada caminó hasta el centro de la nave, examinando todo.

El san Sebastián estaba en una urna, en un lateral de la iglesia. Era una imagen extraña, miraba al espectador con una expresión picara que rozaba la burla, pensó Ada, mientras sus ojos recorrían el cuerpo atado y torturado del santo. En la pierna había un pequeño agujero.

Ada se dirigió a fray Lorenzino.

—Falta una de las flechas. ¿Sabe desde cuándo?

El monje se pasó la mano por la tonsura, perplejo.

—No tengo ni idea, es la primera vez que lo veo. La última vez que estuve aquí, estaba en su sitio. A ver si los obreros al pintar... Pero es extraño, habrían dicho algo...

Ada siguió mirando la nave del templo. Luego le preguntaría al fraile quiénes habían estado en aquella iglesia, obreros, empresas, todo. Avanzó hasta el pequeño ábside que había al lado del altar. Santa Clara la miraba desde arriba, vestida con el hábito de la orden. Una guirnalda de flores adornaba su frente. Era un rostro bello, de altos pómulos y ojos grises, profundos. El cuadro se completaba con un ramo de lirios que caían desde su brazo izquierdo, y la custodia con la hostia consagrada sujeta con la mano derecha. Rodeaba la figura de la santa un marco de flores entre las que pudo reconocer rosas, violetas, nomeolvides, margaritas y pensamientos. Algo se abrió paso en la mente de la inspectora, algo que había leído en el libro de Lúa Castro. Le sacó varias fotos. Luego, buscó la firma. Al final, encontró una G y una N escondidas en la hostia de la custodia.

—¿Quién ha pintado este cuadro? —preguntó.

—No tengo ni la menor idea. Estos días he estado fuera, como le dije. Durante las obras solo estuvo fray Eusebio, y no todo el tiempo, pero él sabe cómo fueron las obras y quién estuvo por aquí. Yo no puedo ayudarla.

—¿Cómo podría contactar con él?

—¿Fray Eusebio? Está de ejercicios espirituales. Le daré el teléfono de la casa de recogimiento, allí podrá contactar con él. Pero le aviso: a estas horas nadie le va a contestar al teléfono.

—Tienen jardines y huerto detrás. ¿Podría verlos?

El comisario llegó jadeando cuando todos sus hombres ya habían bajado la escalera de caracol. El operario estaba casi taquicárdico, llamando a sus superiores por teléfono. Ranucci le enseñó la placa y lo obligó a colgar el teléfono y a calmarse.

—Tranquilícese. Necesito información. ¿Este sitio tiene salidas? ¿Dónde están?

—Tiene salidas, tiene. Ojo, diga a sus hombres que tengan mucho cuidado. El acueducto tiene solo tres quilómetros, pero puede ser muy traicionero. Y pronto se acaba la cobertura... Lo digo por experiencia.

—¿Dónde termina?

—En la via del Nazareno. Muy cerca de la Fontana di Trevi. Es el acueducto que surte a piazza Navona y Trevi. Ahí hay una cámara que es la que regula la distribución del agua.

—Muy bien. ¿Qué más? —Ranucci dominaba a duras penas su impaciencia.

—El acueducto es agua mansa, pero en esta época, después de tanta nieve, puede ser peligroso. Por eso estaba yo aquí, para chequear el nivel por si hay que desaguar. A veces las bombas de achique fallan.

—¿Me está diciendo que mis hombres corren peligro?

—En principio no, pero avíseles, han de tener mucho cuidado. Además, es fácil perderse. Y pueden sufrir una hipotermia, el agua está muy fría.

El vaho salía de la boca de Lúa y se dio cuenta de que aquella espera no tenía mucho sentido sin un café. Podía ser muy larga e infructuosa, así que decidió desentumecer las piernas y tomar un tentempié hasta que se cansara de estar allí. Por ahora, era lo único que se le ocurría. Ver si salía o entraba alguien.

Sus pasos rompieron el silencio de la noche. No se dio cuenta de que alguien la miraba por una de las ventanas de la vieja casa.

El agua congelada paralizaba las piernas de Bruno Barberini. La sotana mojada le impedía caminar, así que se la quitó, desabrochando los botones con las manos ateridas de frío. Avanzaba por el túnel en la oscuridad, sin rumbo fijo, buscando una salida. Pero no la encontraba. El agua le llegaba ya por encima de las rodillas, y parecía ir subiendo. Se apuró al escuchar voces detrás de él, voces que parecían muy cercanas.

A unos metros, Graziella iba apuntando con su pistola y su linterna que alumbraba las paredes que rezumaban humedad. Había finas estalactitas que colgaban del techo y rozaban la cabeza de Barichiotto, que, sorprendentemente, se movía mejor en aguas profundas que en la superficie. Sonó la estática de la radio, escucharon la voz del comisario Ranucci avisándolos de posibles crecidas del agua: «Hemos llamado a dos equipos de buceo, hagan lo que puedan, pero me gustaría que saliesen de ahí ahora mismo».

Barichiotto dijo, castañeteando los dientes:

—Fantástico. Lo que nos faltaba. Esto termina en la Fontana di Trevi, saldremos flotando delante de todos los turistas. Démonos prisa.

Graziella se puso en guardia y apuntó a una sombra en el agua. Se relajó.

—Mira, es la sotana del cura. Se la ha quitado para andar mejor. Tiene que estar muy cerca, vamos a por él. —La joven empezó a andar con decisión, intentaba correr, pero el agua le llegaba ya por los muslos. Se estaba helando. En un recodo de la acequia, vio a Barberini, que luchaba por subir a pulso a una especie de cisterna de la época romana a la que habían dotado de unas escaleras metálicas muy empinadas.

—¡Alto, policía! ¡Alto!

Bruno la miró durante una fracción de segundo y siguió subiendo, aferrado a los escalones de metal con manos y pies, con desesperación. Graziella se aprestaba a subir, cuando escuchó un extraño ruido.

Barichiotto corrió hacia ella, la agarró y se sujetó a la escalera a tiempo de evitar que una ola de agua helada se los llevara a los dos por delante. Cuando la ola pasó, Graziella cogió aire y apretó el brazo de su compañero, aliviada. Miró hacia arriba: el cura había desaparecido. Y la radio, enmudecida, parecía muerta.

—Vamos, joder. ¡Se va a escapar!

Bruno subió las escaleras hasta una especie de cámara de ladrillo, mucho más moderna, donde había llaves de paso del agua, tuberías y maquinaria, que olía a agua estancada. Buscó una salida. Una puerta de hierro semiabierta le ofreció una esperanza de escapar. La intentó abrir, parecía atascada. El sacerdote se lanzó con el hombro contra el metal, pero no tenía ya demasiadas fuerzas. Al fin consiguió traspasarla. Daba a otra cámara todavía más moderna, con una puerta cerrada a cal y canto y escaleras de hierro que subían hacia la reja de una alcantarilla. La reja estaba abierta, y desde abajo se podían ver unas columnas en ruinas, cipreses y el cielo estrellado.

Cuando Bruno se disponía a subir, notó algo metálico y acerado en su sien. Escuchó una voz, tan acerada como la pistola que lo dejó paralizado de terror.

—Queda detenido por el intento de asesinato de Allegra Oldano. Y por el asesinato del padre Clemente Neri. Ni se le ocurra moverse. No tendría ningún reparo en usar mi arma, Bruno Barberini... —El comisario Esposito Ranucci dominó con un esfuerzo tremendo sus ansias de matarlo allí mismo.

Capítulo 66

El tercer hombre

Roma, Hotel Virgilio,
miércoles, 22 de febrero de 2012, 22.00 h

Valentina había repasado muchas veces el plan de asalto con Bernardo y Francesco. Tenían una línea de acción básica, y luego ciertas variantes en función de cómo se desarrollara el operativo. No estaba cansada, pero sí agobiada por los acontecimientos próximos. Notaba que la adrenalina estaba ya activando su cuerpo, pero se obligó a tomar un baño y relajarse. Tenía que dormir al menos algunas horas. Había cenado un poco de pasta y vino blanco en la pizzería que había al lado del hotel, sola. No quería la compañía de nadie en esos momentos.

Una hora antes había llamado a Rebeca: quería que supiera que tenía una oportunidad. No la había llamado antes porque no quería que sufriera pensando cuánto tiempo quedaba para iniciar el operativo de la liberación de Marta. Le había preguntado insistentemente «saldrá bien, ¿verdad?», y ella le había contestado que sí, que todo iba a salir estupendamente. No obstante, cuando ella insistió, con voz todavía más apremiante «por favor, Valentina, júrame que Marta no va a sufrir ningún daño», la inspectora tuvo que tragar saliva para darle ese juramento, llevada por un sentimiento de piedad. ¿Quién sabe en realidad cómo podrían desenvolverse las cosas? Doyle era un asesino profesional, no un delincuente de medio pelo. Al principio había pensado en no llamarla, pero lo juzgó muy cruel... Tuvo que sopesar entre darle esas esperanzas y el riesgo de que si Doyle la llamaba esa noche, notara algo extraño, un brillo en los ojos quizá inusual, un temor o un destello de luz interior iluminado por el ansia de tener pronto a su hija entre sus brazos. Pero al final cedió al sentimiento de la amistad, porque también sabía que Rebeca era una mujer dura y que, sabiendo lo que se jugaba, no iba a dejar ningún resquicio para que Doyle sospechara.

¿Había cometido un error llevando solo a dos agentes? No tenía la seguridad, maldita sea. Pero su plan consistía en mostrarse ante Doyle, en negociar, mientras que uno de los dos alcanzaba la buhardilla. Sabía que Marta estaría ahí... ¿Lo sabía? No, pero tendría que basarse en su experiencia e instinto. Su estrategia era arriesgada, pero no quería entrar en esa casa pegando tiros... Doyle, si se veía acorralado, podría tomar a Marta como rehén, y eso aumentaba exponencialmente las probabilidades de que ella sufriera una herida grave o que incluso pudiera morir, tanto a manos de su propio captor como por un disparo desgraciado. No, esa línea de acción no la convencía. Confiaba en que Doyle comprendiera que la mejor solución era dejar a la niña y marcharse; dadas las circunstancias ya no podía aspirar a retener a Marta. Con ella no podría huir lejos.

Se puso el albornoz, abrió un botellín de Ballantine's de la nevera de la habitación, le añadió agua y conectó la televisión, sentada en la cama. La RAI 1 estaba emitiendo un concurso de baile con famosos, pero no era el tipo de programa que la pudiese distraer en aquel momento. Los otros canales tampoco la sedujeron, aunque tras mucho buscar, se detuvo finalmente en el canal clásico, donde emitían *El tercer hombre*, la película de Carol Reed, con Joseph Cotten en el papel del escritor norteamericano de novelas baratas del Oeste, Holly Martins, que llega a la Viena de posguerra porque su amigo Harry Lime, siempre un triunfador, le había ofrecido trabajo; Alida Valli y Orson Welles. A Valentina la banda sonora —la cítara de Anton Karas— le encantaba desde niña, y a pesar de que toda la película desprendía un profundo aire de derrota, era una de sus favoritas. Recordaba en particular una parte del diálogo entre Cotten y la Valli, cuando el americano le preguntaba si podía tener esperanzas de que ella le amara algún día, y aquella, todavía enamorada de Harry, al que creía muerto, le contestaba que si tuviera que describirlo, si tuviera que decir si era alto o bajo, o el color de su cabello, no podría. Era la forma de rechazo más dura que Valentina había escuchado nunca, y siempre la recordaba, en particular porque el tal Harry, al que ella había amado con tanta intensidad, era un perfecto canalla.

Valentina recordó haber comentado esta película más de una vez con Sanjuán, que también la tenía entre sus predilectas. Hablaron del amor y sus fracasos, de la esperanza que se clava en el alma y se niega a desaparecer, sin que importe que haya un millón de razones para renunciar a ella cuanto antes y a quien se amaba. ¿Por qué se llega a amar a un canalla? Valentina recordó que cuando Alida Valli amaba a Harry, ella todavía no sabía que era un asesino, un sujeto ruin que adulteraba la penicilina para enriquecerse, sin que le supusiera el menor reparo dejar mujeres encinta gestando niños deformes. Pero cuando lo supo, tampoco dejó de amarle, y no podía perdonar al escritor haberlo entregado a las autoridades. «Has hecho que maten a un hombre odioso, detestable, es cierto, pero yo le amaba, y eso no te lo voy a perdonar nunca», ese era el mensaje de la Valli alejándose del cementerio, pasando de largo sin mover su rostro un centímetro hacia la figura de Cotten, que esperaba un mínimo gesto de ella, quizá un titubeo, un paso más corto, algo en suma que le indultara de la amargura que había invadido todo su ser.

Pero la hermosa Alida Valli seguía inexorable su camino sin mirar hacia los lados, así como Valentina había seguido el suyo hasta aquella noche, víspera de uno de los días más importantes de toda su vida.

De pronto la asaltó un temor irrefrenable a fracasar, a ser testigo de la muerte de una niña, o incluso a morir ella misma. Valentina Negro se bebió el whisky de un trago y cogió otro botellín del mueble bar. Al instante se sintió ridícula. Dudas. Para eso se había hecho policía, pensó. Quizá seguía siendo una ingenua después de todo, pero lo que le salía de dentro en realidad era aquello. Hacer que el mundo cuadrara en cierto modo, que la gente decente tuviese más oportunidades para continuar con su vida, sin más sobresaltos que los que el destino quisiera depararles. Recordó a sus compañeros, que habían perdido la vida hacía muy pocos días en la playa del Orzán, intentando salvar la vida de un estudiante sin miedo al mar bravo y asesino. Aquella era la verdadera misión de un policía, y por actos como aquel, merecía la pena seguir adelante. Decidió dejar de pensar, la suerte ya estaba echada desde el día en que había cogido aquel avión para ayudar a su amiga. El sopor empezó a invadirla. Esperó hasta su escena favorita: la aparición del gato en los pies de Harry Lime, justo antes de que el rostro misterioso de Orson Welles se iluminara para Cotten gracias a la aparición súbita de una franja de luz en la oscuridad de un portal vienes. Al cabo de un rato se le cerraron los ojos. Luego, apagó la televisión y trató de dormir.

Casa a orillas del lago Bracciano

Patrick Doyle llamó por teléfono a Rebeca de Palacios. Ya no había tiempo para juegos... ahora llegaban las horas decisivas. Solo quería saber si tenía la sentencia lista. «Sí, la tengo», dijo una Rebeca que no traslucía ninguna emoción. Doyle pidió que se la leyera. Bien, perfecto: en unas horas Pedro Mendiluce sería un hombre libre, él cobraría la mitad pendiente de sus honorarios y estaría fuera del país... Aunque tenía que reconocer que en su mente había algo que le decía que no era del todo verdad que quería acabar con todo esto... Rebeca le había llegado hondo, como nunca antes una mujer. Intentó ser amable, aunque se daba cuenta de que no tenía demasiado sentido.

—Rebeca, duerme tranquila, mañana, a las nueve y media de la mañana, media hora después de que el gabinete de prensa entregue el veredicto exculpatorio y yo lo lea en internet, tu hija será de nuevo libre para volar hacia ti...

—Sí, estoy segura, Patrick. —Doyle le había rogado que le llamara por su nombre de pila durante sus momentos íntimos, y Rebeca, por instinto, había accedido en la esperanza remota de que ese trato personal fuera en beneficio de su hija—. Mañana todo habrá acabado.

—Recuerda que jamás debes hablar de esto; se lo he explicado a tu hija también... Si no cumples con esta condición un día volveré, y entonces ya no podrás hacer nada por ella. Tenlo presente.

—Sí, lo sé muy bien. —Un escalofrió la sacudió de arriba abajo—. Solo quiero volver a tener a Marta junto a mí, que todo esto termine para siempre.

—Muy bien Rebeca, entonces hasta mañana. Estaremos en contacto.

Doyle colgó y se dispuso a echar un vistazo a Marta. Luego tomaría una copa y miraría por los monitores que escaneaban el exterior de la casa hasta que tuviera sueño. Finalmente se acostó. La vida tendría que seguir después de Rebeca de Palacios, se dijo.

Via del Nazareno, 23.15 h

La aparición de Barichiotto y Mori, los dos temblequeantes e hipotérmicos en la salida de la acequia en via del Nazareno, llenó de alivio el alma de Ranucci, que se disponía a llevar a la comisaría a un Bruno Barberini esposado, tapado con una manta para que entrase en calor. Sin embargo, su teléfono empezó a sonar nada más salir a la calle. Era Barone.

—¿Dónde estaba metido, Ranucci? Hace un buen rato que intento contactar con usted. Le necesito. Acaba de aparecer un cuerpo en via Merulana. Es un hombre, pero por desgracia ha ocurrido lo peor... Me refiero a que puede ser obra de Il Mostro. Por cierto, enhorabuena por lo del cura. Lo tenía usted muy en secreto... ¿Está seguro de que es el asesino de Angélica Marforio?

—Ha sido todo muy precipitado... —contestó Ranucci con tono de excusa—. Y tampoco queríamos cantar victoria antes de tiempo. Lo manteníamos todo en secreto por ser un sacerdote, jefe. Pero no estamos seguros de nada aún, lo iba a llevar a la comisaría a interrogarlo. No he podido contestar antes, lo siento. Estaba dentro de la acequia Vergine, no tenía cobertura.

—De acuerdo, Ranucci. Deje al sacerdote. Il Mostro es prioritario en este momento, ya lo interrogará más adelante.

—Lo que usted mande, señor. —Ranucci, a pesar de su carácter fuerte, había aprendido a manejar a sus sucesivos jefes con eficacia funcionarial—. Ahora mismo voy para allá.

Ranucci no guardó el teléfono. Llamo a Ada de inmediato. Había que ir a via Merulana sin perder un minuto. Dejó al cura custodiado por varios policías con la instrucción de llevarlo a la comisaría y dejarlo allí hasta nueva orden.

Ada estaba analizando la fuente del huerto. Aquellas manchas podrían perfectamente ser restos de gotas de sangre. Había estado merodeando por el cementerio de los religiosos, donde descubrió una tumba con tierra removida. Estaba tapada con tablas, y dentro había plásticos de obra, también con pequeños restos de sangre. Aquello le parecía cada vez más sospechoso. Iba a llamar al comisario para que viniesen los de la científica cuando sonó su teléfono. Era Ranucci avisándola de que había que ir de inmediato a via Merulana.

Había un cuerpo en un domicilio que podía ser una víctima más de Il Mostro di Roma. Un hombre.

Ada avisó al monje de su marcha, y le pidió que no tocase absolutamente nada hasta que volviera. Cogió su coche y condujo a toda velocidad con la sirena ululando hasta la via Merulana, que no estaba muy lejos de allí.

Aparcó sobre la acera y sacó su placa para acceder al edificio. Subió las escaleras hasta el piso de Enzo Ferreti. Ranucci acababa de llegar también, y uno de los de la científica alzó la cinta policial para que entraran en el piso.

Cuando llegaron a la cocina, retrocedieron. Ranucci se tapó la boca con su pañuelo. Ada se dio la vuelta y se apoyó en el quicio de la puerta, tratando infructuosamente de dominar las náuseas.

Lúa se estaba quedando adormilada, la cabeza apoyada en la pared de cemento. Ya se había tomado dos cafés, y empezaba a claudicar. Hacía mucho frío, y aunque estaba abrigada, estar allí quieta pasaba factura. De repente, escuchó un ruido. Vio que se abría la puerta del estudio. Se incorporó. Una mujer de baja estatura salió con bolsas de basura y se dirigió calle abajo. La periodista se levantó y miró hacia los lados. Luego, sin pensar, cruzó hasta alcanzar la puerta. Se aseguró de que en el interior no hubiese nadie, y entró.

Hotel Virgilio,
jueves, 23 de febrero, 2.00 h

Valentina volvió a darse la vuelta en la cama, pero poco después desistió y encendió la luz: las dos de la madrugada. Notó su corazón palpitando sin control.

Se levantó y se preparó un café bien cargado. Decidió que no tenía sentido permanecer allí. Estaba muy inquieta. ¿Qué estaría haciendo Doyle? ¿Se habría podido escabullir de algún modo? La idea de que, por alguna razón, él hubiera decidido cambiar de ubicación, o incluso librarse de Marta la última noche la atormentaba. Sabía que era una idea absurda, pero no se la quitaba de la cabeza.

El operativo estaba previsto para las cinco de la mañana. Los dos hombres de Barone pasarían a recogerla a las tres y media; el propio Barone les seguiría con más hombres como apoyo más lejano, tal y como le había dicho.

Valentina miró por la ventana. La noche era fría y estrellada. Pensó que lo mejor que podía hacer era adelantarse; quería estar allá, comprobando que todo estaba en orden, simplemente porque eso la haría sentirse mejor. Cogería el coche de Enzo; decidió que por el camino enviaría un mensaje a Barone y a sus dos policías para decir dónde se encontraba.

Via Baccina, estudio de Giovanni Nero, 2.30 h

Lúa, escondida detrás de una cortina, escuchó cerrarse la puerta. La mujer limpiaba el estudio y recogía los pinceles y demás útiles. Fue a un baño, dedujo la periodista, porque oyó el ruido de la grifería y del fregoteo. Luego la cisterna. Al cabo de un rato no demasiado largo, se abrió una puerta al fondo de la habitación y los pasos desaparecieron dentro del edificio.

Salió de su escondrijo tras esperar unos instantes. El estudio estaba vacío. Lamentó no haber llevado una linterna. Sus ojos, ya acostumbrados a la oscuridad, volaron por la habitación para intentar captar algo que pudiese considerar «sospechoso». Allí no había nada extraño. Unos bocetos de marinas, manos, ojos... eran buenos, pero no excepcionales. Sin duda dibujados por algún alumno. Siguió mirando, mientras caminaba lentamente. Fue a la parte de atrás del estudio, una estancia estrecha que olía a recién pintada, donde se apilaban los lienzos contra la pared.

Lúa Castro cogió uno de los lienzos y le dio la vuelta. La oscuridad no le permitió ver nada, así que caminó con él en alto hasta que algún rayo de luz de las farolas de la calle iluminó la pintura.

Las manos le temblaron, pero consiguió dominarse. Los ojos desesperados de Eleonora la miraban desde lo alto de una pira. Estaba atada y vestida con un traje blanco de pureza, las llamas empezaban a devorarla y, más abajo, demonios bailaban a su alrededor. Cerca de sus labios había un crucifijo de metal que alguien le acercaba para que lo besase.

Lúa no pudo ver más. Un golpe brutal en la cabeza la lanzó al abismo de los sueños más dolientes.

Capítulo 67
El asalto

Casa a orillas del lago Bracciano,
jueves, 23 de febrero de 2012, 3.00 h

Rajiva y tres esbirros de Nayef estaban ya en posición. Ella y uno de los hombres entrarían por delante; los otros dos por la puerta de atrás, ayudados por mazos de hierro para derribar cerraduras y puertas. La noche cerca del lago Bracciano era muy fría y húmeda, y el vaho de sus bocas dejaba estelas clandestinas moviéndose con rapidez, mientras trepaban el muro que circundaba la casa.

Doyle se despertó de inmediato: el dispositivo del muro que controlaba la alarma mediante infrarrojos se encendió y emitió un pitido penetrante. Dormía vestido con ropa de camuflaje, así que solo tuvo que ponerse las botas y una cazadora: el asalto provenía por delante y por detrás. Hijos de puta. ¿Como lo habían localizado? ¿Dolores había cantado? Soltando una imprecación cogió su pistola Magnum y se apostó guardando la escalera, justo al comienzo de la parte franca del piso que conducía a la planta baja: el único modo de llegar arriba pasaba por ahí, así que les daría un buen recibimiento. No encendió las luces generales; solo una pequeña luz de emergencia que alumbraba la parte del piso de abajo cercana a la entrada.

Pronto oyó cómo reventaban la puerta delantera y, al hacerlo, sonó otra alarma interior aguda, pero no escandalosa. Doyle no quería que las alarmas llamaran la atención a cien kilómetros a la redonda, así que eran sigilosas pero efectivas. En cuanto vio a una figura correr hacia el interior abrió fuego. Se oyó un «¡Ugh!» ahogado y una imprecación en árabe, pero tuvo que retirarse porque su acompañante abrió fuego hacia donde él estaba.

—¡Ríndete y te dejaré vivir, Doyle!

Doyle reconoció a Rajiva. ¡Esa puta le había encontrado! Era increíble... ¿Cómo lo había logrado? ¡También sabía su nombre! Tenía que reconocer que aquella zorra era muy buena.

—¿Eres tú, Rajiva? Qué alegría volver a verte... Sube aquí, si quieres verme la cara... yo estoy deseando ver la tuya reventada. —El australiano sabía que tenía ventaja por ahora, pero no si el asunto se alargaba, aunque ya pensaría algo sobre la marcha; él era muy bueno en eso.

—¡Que te jodan! —Y volvió a abrir fuego, mientras escapaba del ángulo de tiro de Doyle, penetrando más en la casa.

De pronto el sicario supo que algo iba mal. No había escuchado sonar la alarma de la puerta trasera. ¿No habían entrado también por atrás? ¿Por qué solo estaba Rajiva ahí dentro? Oyó un ruido de cristales rotos... y a Marta profiriendo un grito agudo. ¡En la buhardilla! ¡Joder, habían subido a la buhardilla por el exterior!

Doyle corrió por la escalera hacia la buhardilla. ¡Ya estarían dentro! ¿Qué hacer? Si se quedaba quieto y guardaba la posición quizá se fueran después de apresar a la niña. Donde él estaba podía mantener a raya a Rajiva, si decidía subir al primer piso, y a los atacantes de la buhardilla, si es que querían bajar hasta donde él estaba. Sí... pero ¿Rajiva se iba a marchar sin vengarse de él? Por lo que averiguó en la subasta, era una mujer que no olvidaba una afrenta como la que le hizo. No, pensó rápido, Rajiva también lo quería a él.

Decidió jugársela a una carta: si tomaba el control de la buhardilla Rajiva habría fracasado, y probablemente tendría que retirarse. Estaba sola abajo; tenía la seguridad de que había abatido al tipo con el que había irrumpido en la casa. Por otra parte, Marta era para ella un premio goloso, no la iba a poner en peligro innecesariamente, así que confió en tener algo de suerte y aspiró hondo.

Dio una enorme patada a la puerta y se arrojó al interior rodando, en una exhalación. Un hombre retenía a Marta, delante de él, apuntando a su sien con una pistola; el otro estaba a su derecha, detrás de la puerta, tal y como él había pensado. Lo vio, o mejor, lo presintió: pero antes de que el esbirro de Nayef pudiera apuntarle una segunda vez, Doyle le metió tres balazos mientras el disparo de su enemigo pasó junto a su cuello.

—¡Hijo de puta! —gritó el otro hombre, mientras le apuntaba y se aprestaba a disparar.

El teléfono sobresaltó a Javier Sanjuán. Miró el reloj, eran las tres de la madrugada. Contestó con la voz dormida. Era Ada.

—Siento mucho despertarle a estas horas... Creemos que Il Mostro ha vuelto a actuar, Sanjuán. Es todo muy extraño. La víctima es un hombre. Estamos en la escena del crimen, esperando a la forense. Nos gustaría saber... bueno, entiendo que no son horas ni usted tiene ninguna obligación...

Sanjuán se despertó por completo al escuchar la voz llena de urgencia de la inspectora

—Entiendo... Quieren que vaya, ¿no? —Se restregó los ojos para despertarse, le parecía estar viviendo una pesadilla ya experimentada tiempo antes. Suspiró—. Está bien. Iré. Denme tiempo para despejarme, ducharme, todo eso.

—Tenemos para toda la noche, Sanjuán. Gracias. Por cierto, Ranucci está muy contento con su trabajo. Han cogido a Bruno Barberini a pesar de que intentó huir. Si no fuera por usted, jamás lo hubiésemos...

El criminólogo la interrumpió.

—Gracias, Ada, pero lo cierto es que tuvimos mucha suerte.

Ada sonrió.

—Yo no llamaría suerte a lo que usted hizo, Sanjuán.

Javier Sanjuán colgó el teléfono, se levantó y se metió en la ducha. Luego se prepararía un café. Decidió no pensar demasiado, o de ninguna forma acudiría a aquel infierno.

Valentina supo de inmediato que algo no iba bien: un Mercedes negro estaba aparcado en un recodo del camino, y la luz de la buhardilla estaba encendida.

—¡Mierda! —exclamó. Desenfundó su Glock, bien sujeta en la pistolera oculta bajo su cazadora, y salió rauda del coche; dos cuerdas con sendos ganchos colgaban del muro, y se aupó en una de ellas con agilidad, dando gracias por sus años de entrenamiento. Mientras trepaba escuchó varias detonaciones. «Dios mío, ¡protege a Marta!», pensó.

Marta comprendió en un instante que aquellos tipos no estaban ahí para salvarla. Eran hombres de la hindú que la había subastado, así que instintivamente hizo gala de su elasticidad corporal. De una forma sorprendente dio un codazo hacia atrás y se escurrió a un lado: el hombre lanzó un grito y se encogió. Un segundo después, el cuerpo del esbirro se expandió hacia arriba al recibir el impacto de dos balazos de la Magnum de Doyle.

—¡Marta, obedéceme! ¡Escóndete debajo de la cama, ya, ahora! —La buhardilla era tan pequeña que era el único lugar donde podía ocultarse.

Pero ese segundo le resultó muy caro al australiano: escuchó una detonación y enseguida su hombro derecho comenzó a arder.

—¡Quieto, hijo de puta! —Rajiva estaba en el umbral, con la pistola en su mano derecha, y el punto de mira en la cabeza de Doyle—. Si te mueves eres hombre muerto.

Rajiva vio los dos cuerpos de sus acompañantes. Dedujo con toda simplicidad que Marta estaba debajo de la cama. Pero quería verla.

—Marta, sé que estás ahí. Sal, guapa, no te va a pasar nada

—dijo, con voz pausada pero llena de tensión—. Te vienes conmigo, tranquila, este cabrón ya no te va a hacer sufrir más, ¿verdad, Doyle?

Marta estaba callada, del todo inmóvil, como si ese lugar pudiera ser un refugio seguro.

—Está bien, si no quieres salir pegaré fuego a toda la casa, así que pronto te veré correr como una rata por el suelo helado. En el caso de que logres escapar...

Doyle estaba arrodillado, con el hombro maltrecho, sopesando la posibilidad de lanzarse a por la pistola, que yacía dos metros a su derecha. Era eso lo que quería Rajiva. Se dio cuenta de que la hindú podría haberlo matado, pero estaba disfrutando de la situación. Sin embargo, sabía que en cuanto viera a Marta viva lo mataría como a un perro y se la llevaría. Intentó una argucia a la desesperada. Señaló la escalera de aluminio que bajaba de la ventana de la buhardilla al suelo.

—Marta no está aquí, ¿no te das cuenta? Ha huido por la escalera que usaron tus hombres, Rajiva... ¡Te la he vuelto a jugar, zorra de mierda! —le espetó Doyle.

La duda se instaló un segundo en el cerebro de Rajiva. ¿Podría ser verdad eso? No lo creía, pero de pronto entendió que lo mejor sería acabar con Doyle y averiguarlo.

—Adiós, Doyle. Me gustaría pasar más tiempo contigo. Y tienes cojones. Aunque no los suficientes. —Apuntó a la frente amplia del australiano, que seguía apretando el hombro para cortar la hemorragia—. Por lo que me hiciste en la subasta... —Su dedo y su rostro se tensaron en torno al gatillo.

—Tranquila, Rajiva, baja el arma y date la vuelta muy lentamente. Quiero ver tus manos. —La voz de Valentina, calmada pero firme, la sorprendió como ninguna otra cosa en el mundo podría hacerlo—. El cañón de la inspectora apuntaba a su nuca, hasta posarse en ella. Rajiva obedeció al notar el frío metal en la piel y bajó su SIG Sauer.

Valentina se apartó unos pasos. Miró a Doyle, que seguía tirado en el suelo, con cara de dolor, y se dirigió a Rajiva, esta vez con voz apremiante.

—Ahora tira el arma al suelo. ¡Venga, obedece!

Rajiva no había ido hasta aquella casa para recibir órdenes de otra mujer. Todo su ser se reveló contra la voz de aquella zorra española.

—¡Noooooo! —gritó llena de odio la hindú, que se jugó todo a una carta y golpeó la cabeza de Valentina con las cachas de su arma, girándose a una velocidad que la inspectora no sabía que estaba al alcance de un ser humano. Valentina no tuvo tiempo de reaccionar. El golpe fue pleno, a su sien derecha. Retrocedió, tambaleándose hasta apoyarse en la pared un segundo y quedar de rodillas, aunque sin soltar la pistola.

Rajiva se aprestó a ejecutar a la inspectora de un tiro en la cabeza. Estaba exultante, notó el poder de la pistola en su mano, el poder de matar en un momento a aquellos que osaban importunarla. El poder de apretar el gatillo cuando ella quisiera.

De pronto, sus piernas le fallaron. Era como si hubiesen quitado el suelo bajo sus pies. Sintió un hierro helado, indoloro, que le atravesaba la columna, y supo en ese instante que estaba muerta, que aquel cabrón la había matado.

Doyle apretó los dientes, exhausto, y soltó un gruñido de victoria al ver caer a Rajiva con su cuchillo de monte clavado hasta la empuñadura en las vértebras costales. Aguantó el terrible dolor de su hombro como pudo. Sopesó los daños. La articulación parecía destrozada, y la pérdida de sangre estaba debilitándolo. La desconocida estaba recuperándose, se levantaba con gran dificultad y fijaba la vista en él con una mirada obsesiva. Doyle pensó muy rápido: se dio cuenta de que el encargo de Dolores Wells había fracasado. No solo la puta de la hindú había llegado hasta él, sino que alguien del entorno de Rebeca también lo había conseguido. Había que abortar la misión, no había otra salida.

Pero su reflexión duró poco. Escuchó el ruido de coches que se acercaban a la casa y se dio cuenta de que estaba en un apuro muy serio. Doyle se levantó y atravesó la puerta a toda velocidad, pero la pierna de Valentina, disparada en una patada brutal, truncó su huida haciéndolo trastabillar y luego caer en el rellano. Doyle se desplomó sobre el hombro herido, y el dolor fue tan intenso que permaneció en el suelo durante unos instantes, intentando coger aire.

Valentina se incorporó y apuntó con la Glock a la sien del sicario.

—Patrick Doyle, maldito cabrón.

Doyle miró a aquella mujer que lo dominaba a duras penas. Los dos estaban heridos y faltos de resuello. Vio sus ojos grises mirarlo con un resplandor de furia, el cañón de la pistola amenazando su frente, y se preparó para morir.

Los gritos de los hombres de Guido Barone despertaron a Valentina de su trance. Miró a Doyle. Estaba rendido a sus pies. Hizo un gesto con su barbilla y retiró el cañón de la cabeza del sicario. Su expresión suplicante fue más poderosa que el arma.

—¿Dónde está Marta?

Doyle comprendió de repente que aquella mujer lo único que quería era a su cautiva. Hizo un gesto hacia la habitación. Valentina analizó sus prioridades. Luego, despreocupándose de la suerte de Doyle, corrió hacia la habitación donde suponía que estaba Marta escondida.

Marta salió de debajo de la cama. Al verla, un sollozo recorrió su cuerpo e hizo que Valentina no pudiese reprimir las lágrimas. Aun así, cubrió la puerta unos instantes antes de que Marta se abalanzara sobre ella.

—Valentina. Tía Valentina...

—Estás a salvo. Marta, cálmate. Estás a salvo... —Valentina Negro notó las lágrimas correr por sus mejillas, mojando el pelo de Marta, que la abrazaba con tanta fuerza que podía notar cada uno de sus dedos clavados en su cintura.

Ranucci se acercó a Sanjuán, que acababa de bajar de un vehículo de la Policía Judicial.

—Hemos cogido a Barberini. Tenía usted razón. Ha intentado matar a una novicia del mismo convento de Angélica Marforio.

—¿Novicia? ¿A Allegra? ¿Ha sufrido algún daño? —preguntó alarmado.

—Está en el hospital, aún no sabemos nada. La apuñaló para ganar tiempo en su huida. La iba a violar, pero lo cogimos a tiempo... —Esposito Ranucci hizo una pausa, luego continuó—. Siento mucho haberlo molestado, imagino que estaba durmiendo...

El criminólogo asintió.

—No se preocupe. Estaré dispuesto a ayudarles en lo que pueda. ¿Qué ha ocurrido?

—Una vecina vio la puerta de la casa de Enzo Ferreti abierta y entró a ver qué pasaba. Lo encontró muerto en la cocina. Creemos que es obra de Il Mostro di Roma. Ahora verá por qué. Pero tenemos dudas: Ferreti ha sido detenido varias veces por menudeo, tráfico de drogas, aunque siempre se ha librado. No sabemos si es un ajuste de cuentas... No entra en el perfil de víctima de Il Mostro. Aunque ahora, a saber. Ya no sabría qué decir...

Javier Sanjuán se armó de valor y entró en el portal de via Merulana. Al subir las antiguas escaleras de madera, la opresión en su cerebro se hizo más y más enorme. Si el crimen era obra del Artista, le esperaban unos momentos muy duros allí arriba.

Doyle no desaprovechó la oportunidad. Se había dado cuenta de que aquella mujer le había dejado marchar. Bajó con rapidez a la planta primera, entró en su habitación y cogió un bolso de mano donde tenía lo necesario para huir, después de ponerse una toalla encima del hombro herido y por debajo de la cazadora. Salió por la puerta de atrás esquivando un balazo y el dolor de su hombro, y corrió como una exhalación hacia una trampilla que había en la parte trasera del jardín. La abrió, bajó las escaleras de metal y recorrió un túnel de metro y medio de altura que lo llevaba hasta el lago, cien metros pasada la carretera principal. Era uno de los atributos más interesantes de esa casa, un túnel construido en tiempos de la Segunda Guerra Mundial por partisanos italianos para escapar de un posible raid de los alemanes. Se apuró, jadeando hacia su salvación; una lancha lo esperaba, oculta en un cobertizo cerrado con llave, que guardaba en su interior barcas inservibles y útiles de pesca.

Los policías escucharon el motor de un barco cruzar el lago, pero no lograron ver nada en la oscuridad. Barone salió de la cabaña con Valentina Negro y Marta de Palacios abrazadas. Luego los policías entraron en la casa y la barrieron de nuevo con sus armas y linternas, pero no encontraron nada, salvo los cuerpos inertes de los asaltantes y de Rajiva.

Barone se dirigió un momento a Valentina, casi hablando más para sí, ya que veía el estado de conmoción de la inspectora:

—¿Cómo sabía Rajiva el paradero de Doyle?

—No sé, Barone... ahora no puedo pensar con claridad, pero tendrá que averiguarlo, porque casi nos matan a todos —dijo, muy fatigada.

Llegaron a Roma una hora después. Valentina ya había llamado a Rebeca de Palacios. La magistrada se hincó de rodillas y lloró en silencio largo tiempo cuando escuchó la voz de su hija.

Valentina Negro acarició la melena de Marta, que la seguía abrazando mientras Barone conducía hacia el hospital.

Capítulo 68
Bago

> Y si es veneno, y si he de encontrar en él
> la amargura de la muerte, es que habré hallado
> en el veneno la felicidad, el placer, el gozo, la plenitud;]
> ¡dadme, dadme de beber!
>
> «Báquico», CONSTANTINO CAVAFIS

Roma, Hotel Virgilio,
jueves, 23 de febrero de 2012, 7.00 h

Valentina se miró en el espejo del baño del hotel. El golpe en la frente se le había hinchado y tenía un aparatoso color rojo, pero el dolor no era demasiado intenso. Le habían dado unos analgésicos y uno de los médicos insistió en hacerle un TAC. En cuanto terminó las pruebas, salió del hospital. Lo que quería era ir al hotel, ducharse, hacer la maleta, devolverle el coche a Enzo y comentarle que Marta ya estaba sana y salva. Y dormir un poco, quizá.

Marta estaba ingresada, en observación. La dejó profundamente dormida, le habían administrado unos sedantes para que descansara bien.

Tomó una ducha larga y cálida, que sirvió para relajarla. Miró el reloj: eran las siete de la mañana. Estaba demasiado nerviosa aún, la adrenalina corría por sus venas y la felicidad la mantenía eufórica. Decidió llevarle el coche a Enzo y dejarlo aparcado en la via Merulana. Se tomaría un expreso y daría un buen paseo por Roma. Se lo tenía merecido.

Bajó a la calle. Había amanecido y el sol la deslumbró. Valentina cogió el Alfa Romeo de Enzo y condujo hasta la plaza del Esquilmo. Pasó por Santa María la Mayor. Luego enfiló la via Merulana. Había muy poco tráfico aún. Justo antes de llegar al portal de Enzo notó el despliegue policial. Había mucha gente apelotonada frente a un cordón de seguridad, periodistas, coches con las sirenas encendidas, y un furgón muy parecido al que tenían los de la científica española. Aminoró la velocidad, extrañada. De pronto, un *carabiniere* salió a la calle y le dio el alto. Valentina bajó la ventanilla. El policía, un hombre moreno y muy delgado, miró la matrícula y se asomó.

—Baje del coche, por favor.

—¿Qué es lo que pasa?

—Le repito que salga del coche.

Valentina bajó del Alfa Romeo y rebuscó en su bolso. Sacó la placa y se la plantó en las narices al policía. El hombre levantó las cejas, visiblemente sorprendido.

—Ahora, por favor, dígame qué está ocurriendo. El coche no es mío, es de un hombre llamado Enzo Ferreti.

—Sígame. Será mejor que hable directamente con el comisario.

El *carabiniere* le abrió paso entre el gentío reunido frente al portal. Valentina se dio cuenta de que del portal interior donde estaba ubicado el apartamento de Enzo salían policías vestidos con trajes de papel. Un hombre alto, trajeado, de constitución fuerte y cejas pobladas hacía ademanes y daba órdenes. A su lado, una policía más joven, de media melena castaña, hablaba con un hombre delgado y pulcro, vestido con un abrigo azul marino y unos pantalones vaqueros. Un hombre que Valentina conocía muy bien.

Era Javier Sanjuán.

El *carabiniere* avisó a Ranucci, que miró hacia una Valentina boquiabierta, paralizada por la sorpresa. Sanjuán se giró para ver qué ocurría. El pasmo y la preocupación más absoluta se instauraron en sus facciones. Se acercó a ella y la cogió de los brazos.

—Valentina, ¿qué demonios estás haciendo aquí? ¿Qué te ha pasado en la frente?

Ranucci enarcó una ceja, extrañado.

—¿Se conocen?

—Por supuesto, somos... grandes amigos. —Sanjuán casi se atragantó al decirlo—. Valentina, te presento al comisario Esposito Ranucci. Es el encargado de la investigación de Il Mostro di Roma.

—¿Il Mostro? ¿Qué está ocurriendo? —Valentina escrutó la cara de Sanjuán, que empalidecía por momentos.

Ranucci estaba cada vez más perplejo.

—¿Conoce a Enzo Ferreti? ¿Es amigo suyo? ¿Por qué tiene usted su coche?

—Es una larga historia, puede hablar con su jefe, Guido Barone. —Al escuchar el nombre del *vicecapo*, Ranucci enarcó una ceja—. Enzo Ferreti es amigo mío, sí. Es el novio de la hija de una gran amiga... No lo conozco mucho, llevo poco más de una semana en Roma. He estado ocupada en un caso.

—Valentina. Es importante. —Sanjuán continuaba agarrándola por los brazos—. ¿Cuándo fue la última vez que viste a Enzo?

—El martes por la noche. No, el miércoles de madrugada. Cenamos juntos. Me dejó el coche. —Valentina miró la cara circunspecta de todos los presentes y comprendió al fin—. Le ha pasado algo, ¿verdad? ¿Está muerto?

Ada se acercó a Ranucci. Había reconocido a Valentina por las fotos del libro de Lúa Castro.

—Comisario, es la inspectora Negro. Es la que descubrió al Artista, el asesino español del que nos habló Sanjuán.

El comisario la miró, evaluándola, y le hizo un gesto.

—No es usted impresionable, espero. Suba conmigo.

Lúa se despertó. Al principio no sabía dónde estaba, ni por qué le dolía tanto la cabeza. Estaba tirada en una especie de esterilla, en el suelo de piedra. Se dio cuenta de que algo iba muy mal cuando notó sus muñecas atravesadas por ligaduras, sus tobillos, su cuello. Su boca sellada por cinta americana. Todo estaba oscuro a su alrededor, olía a humedad. Hacía mucho frío.

Se debatió durante un momento, pero las manos estaban unidas al cuello por una fuerte ligadura: si se movía se ahogaría.

Recordó su libro sobre el Artista, su *modus operandi*.

Lúa Castro se puso a llorar en silencio. Había cometido un grave error al no avisar a la policía. Ahora nadie sabía que estaba allí. Intentó aflojar sus ligaduras, pero le resultó imposible. Al cabo de un rato dejó de moverse e intentó respirar profundamente para tranquilizarse. Haciendo más tonterías no iba a salir viva...

Valentina se apoyó en la puerta de la cocina. Las piernas le flaquearon al ver de nuevo la pesadilla repetirse ante sus ojos.

El cadáver desangrado de Enzo estaba sujeto a una silla, sentado a la mesa como si fuese a comer, solo cubierto por una sábana blanca que le cruzaba un hombro, al modo romano. En su cabeza había una corona de hojas y uvas negras. La mano de Enzo, adelantada, sujetaba la base de una copa llena de vino tinto. Al lado de la copa, un decantador también lleno de vino y un cesto a rebosar de uvas, melocotones y peras conformaba un bodegón de bella factura. Valentina reconoció al momento el cuadro. Lo había visto hacía algún tiempo en Florencia, en la Galería Uffizi.

En los azulejos de la cocina habían escrito con la sangre de Enzo un mensaje:

MARTYRIUM

—¿Qué le parece? —Ranucci se puso detrás de ella, expectante.

Valentina contestó con voz neutra.

—Es flaco. Caravaggio. Le fascina Caravaggio, era uno de sus pintores favoritos, «el pintor más famoso de Roma», solía decir. Hijo de puta. Seguro que me vio con él la otra noche. Está en Roma. ¡Joder! Ha matado a más gente, ¿verdad? —Su cara se desencajó al decir esto.

—A tres personas más, que sepamos —contestó Ranucci.

—¿Por eso estás aquí, no, Sanjuán? —dijo mirando al criminólogo—. Sí... Il Mostro... —Repitió el nombre al tiempo que buscaba en su memoria—. Escuché a Barone hablar de Il Mostro. Y algo en televisión, pero no le di importancia. Tenía que haberlo sabido, que iba a volver...

—Valentina, no se torture, no es culpa suya —dijo Ranucci.

Valentina salió de la habitación donde yacía el cadáver de Enzo. Ranucci y Sanjuán la siguieron.

—Ha matado a Enzo por mi culpa, comisario. Christian Morgado es un psicópata. Yo fui su novia durante casi medio año. —Suspiró—. Pensé que, al escapar, habría huido para siempre... lo deseaba en realidad, pero nunca estuve segura del todo. Pobre Enzo, no merecía esto.

Sanjuán se acercó a Valentina, la tomó suavemente del antebrazo y la sacó de allí.

* * *

Mario estaba en el portal de Enzo, detrás del perímetro policial. Llamó a Lúa Castro para avisarla del nuevo crimen de Il Mostro. El teléfono estaba apagado o fuera de cobertura.

«Qué extraño. Siempre lo tiene encendido, aunque esté

durmiendo», pensó. Insistió dos veces más, pero seguía igual. «Se habrá quedado sin batería. La llamaré después. O mejor iré a buscarla al hotel.»

Ciudad del Vaticano, un bloque de apartamentos en via Aurelia

El arzobispo Antonello Geri, un hombre alto y algo grueso hizo la señal de la cruz y después se frotó las manos, ansioso. Graziella Mori lo miro de arriba abajo con severidad y volvió a ponerle la orden judicial delante de los ojos.

—El juez único ha autorizado el registro de las estancias del padre Bruno Barberini. Está detenido en la comisaría. Tenemos que entrar, Ilustrísima.

Antonello asintió. Le daba miedo aquella mujer de pelo rapado y aspecto militar. Más que su desaliñado compañero, que parecía estar recién salido de un hogar de acogida. Cogió las llaves y abrió. Los dos policías y el arzobispo entraron, acompañados de otros dos miembros de la judicial. Al llegar al salón, Barichiotto se quedó quieto, y le hizo una seña a su compañera. Un cuadro lleno de dramatismo ocupaba parte de la pared, una monja atravesada por flechas.

—¿Qué te parece?

Graziella asintió varias veces mientras sus ojos recorrían todo el cuadro, detalle a detalle.

Uno de los policías que estaba en el registro se acercó y señaló al lienzo:

—*Cazzo!* El otro día un criminólogo español dijo que Il Mostro podía ser un pintor. Si Il Mostro fuera pintor, sin duda pintaría algo así, os lo aseguro. Estuve en la escena del crimen de Stefano. Era algo similar, en cierto modo...

Barichiotto pensó rápido. «¿Y si el padre es Il Mostro?»

—Joder. Vamos a avisar al comisario. Tiene que ver este cuadro.

—Primero vamos a ver quién lo firma, ¿no?

Graziella puso un poco de orden.

—Comprobad si hay útiles de pintura en el apartamento... este hombre llevaba una vida controlada, si fuese pintor habría más cuadros... —Se acercó a la parte inferior del cuadro. Allí no estaba la firma. Siguió buscando. Al fin encontró una G y una N en las velas del barco.

—¿G y N? Parecen las iniciales del pintor, no concuerdan con Bruno Barberini, pero hay que investigar esto. Hay que encontrar a un pintor cuyas iniciales sean esas y que pinte cuadros como escenas de un crimen.

Sanjuán miró fijamente a Valentina. Estaba más delgada, muy pálida. El golpe de la frente destacaba cada vez más. Se habían puesto al día en un café que había muy cerca de la casa de Enzo. Sanjuán le explicó por qué estaba en Roma y la presencia de Lúa Castro. Miró a la joven con ternura: le había contado todo lo ocurrido con Mendiluce y Marta de Palacios. No le extrañaba que pareciese un alma en pena después de todo por lo que había pasado.

La inspectora bebió un sorbo de *cappuccino*. Estaba desolada.

—Ha muerto por mi culpa, Sanjuán.

—Sabes que no es por tu culpa, Valentina. Deja de mortificarte. Sin duda Morgado está en una fase de descontrol absoluto. Algo debe de haber ocurrido en su vida para que su violencia se haya desatado de una forma tan exagerada.

—Ya. No puedo evitarlo, Javier. No puedo evitarlo... Christian... hay que hacer que pare. Me siento responsable y lo sabes. Está obsesionado. No parará nunca.

Los interrumpió el teléfono de Sanjuán. Era Graziella Mori.

—Sanjuán, tiene que ver esto. Estoy en el apartamento del padre Bruno Barberini, en el Vaticano. Le mando la fotografía. Es un cuadro. ¿Qué opina? A ver si es verdad que Il Mostro y Barberini son la misma persona...

En la pantalla del iPhone apareció el cuadro de santa Teresa atravesada por las flechas de un ángel. Sanjuán cogió aire, y se lo enseñó a Valentina.

Valentina miró con atención la fotografía. Luego su piel ya muy blanca palideció aún más. Le hizo señas al criminólogo para poder ver el cuadro.

—Graziella, ¿es posible que podamos ir ahora mismo al Vaticano? Es muy importante.

—¿No ha dormido en el hotel?

Mario volvió a preguntar, extrañado.

—Pues es raro, me hubiese avisado... —se contestó a sí mismo.

El recepcionista, a su vez, insistió en su respuesta:

—No. No ha dormido. De hecho la camarera acaba de entrar en la habitación y está vacía, la cama sin tocar, tal y como la dejó ella ayer.

Salió a la calle y volvió a intentar contactar con Lúa sin resultado alguno. Decidió esperar un poco. No era cuestión de actuar con ella como si fuera una niña pequeña.

Capítulo 69
El interrogatorio

No es la belleza femenina lo que me llena de tal entusiasmo, lo que reverencio es la destreza del pintor, es la divinidad lo que admiro.

El monje, MATTHEW G. LEWIS

Roma, comisaría de San Vitale,
jueves, 23 de febrero de 2012, 10.00 h

Un ojeroso Guido Barone observó a Bruno Barberini a través del enorme espejo que daba a la sala de interrogatorios. El sacerdote estaba esposado y cabizbajo, como ido. Parecía rezar, a ratos movía los labios, sin hacer caso a los intentos del joven y rubio psicólogo de la comisaría, que intentaba penetrar en la mente del asesino sin demasiado éxito. A su lado, Ranucci, que necesitaba un descanso a ojos vistas, movía la cabeza en señal de frustración.

—No ha dicho nada de Angélica Marforio. Ni lo dirá, a este paso. Lo podemos acusar del asesinato del padre Clemente y del intento de violación y asesinato de la novicia, pero es crucial que suelte lo de Marforio. En el Vaticano están furiosos. Dicen que era lo único que les faltaba después de todos los escándalos... —Barone se apoyó con las dos manos en el grueso cristal, como intentando desde allí convencer al cura de que confesase—. En suma, hay que acabar con este tema cuanto antes. Il Mostro sigue actuando a placer, Ranucci. Lo quiero volcado en este caso, comisario. Esta ciudad no puede vivir pendiente de la voluntad de ese asesino. —Lo miró con rostro grave.

Ranucci asintió en silencio. Había interrogado también él a Barberini, pero tampoco había conseguido ningún resultado. Luego miró a su jefe y a la sala de interrogatorios.

—Creo que sé quién puede hacerlo cantar, Barone. El caso es que quiera hacerlo...

Estancias vaticanas, 10.30 h

Sanjuán sacó varias fotografías del cuadro. Valentina miraba el lienzo de soslayo, casi sin querer. El rostro de santa Teresa de Jesús se parecía tanto al suyo que los policías de la científica y de la judicial se habían quedado boquiabiertos cuando la vieron entrar.

—Está profundamente enfermo, Valentina.

Sanjuán no sabía qué decir. La realidad era que el cuadro era perturbador. Tan perturbador que el propio Barberini había tenido que comprarlo, arrastrado por la insania que despedía.

Ella suspiró con desgarro.

—Tenía que haberlo matado aquel día en la cabaña, Javier...

Graziella Mori se acercó llevando en sus manos enguantadas un montón de partituras.

—Ni rastro de pintura, dibujos, óleos o nada parecido. Partituras y más partituras. Pero sí hay algo que le gustará ver, Sanjuán. Vengan conmigo.

Fueron al dormitorio del sacerdote. Había una cama, una mesilla, un armario, un crucifijo en el cabecero. Graziella abrió el armario: dentro, detrás de abrigos negros, sotanas y un par de *clergyman*, había un cuadro. Era el cuadro robado en el Museo de las Almas del Purgatorio.

Sonó el móvil de Javier Sanjuán. Era Marforio. Le rogaba que fuese a la comisaría de San Vitale. Le quedaba por hacer un último trabajo...

Comisaría de San Vitale, 12.15 h

Sanjuán entró en la sala de interrogatorios, respiró hondo, se quitó el abrigo, lo dejó sobre la mesa y se sentó. La sala era pequeña, con muebles de metal, paredes de color gris y una ventana en lo alto que daba a un pasillo. Una cámara de circuito cerrado registraba lo que sucedía en el interior.

Bruno lo miró fugazmente alzando la cabeza de las manos que la recogían con los codos apoyados en la mesa, como si estuviera orando. Había sido interrogado duramente por Esposito Ranucci y por el psicólogo de la policía, pero apenas había abierto la boca. Solo acertaba a repetir que «se ponía en manos de Dios». Luego volvió a bajar la cabeza.

—Padre Bruno, supongo que me recuerda, nos vimos en su iglesia el otro día... —dijo Sanjuán en español, casi un minuto después de sentarse enfrente del sacerdote.

Bruno lo escrutó durante unos segundos, y luego asintió, sin decir palabra.

Sanjuán se dio cuenta de que iba a tener que hacer todo el trabajo. El sacerdote estaba en un estado profundo de ensimismamiento; todo su mundo se había venido abajo, y su mente intentaba minimizar daños reduciendo los estímulos del exterior, pero también los recuerdos dolorosos del interior, que eran los más lacerantes.

—Padre, yo no soy policía, como creo que ya sabe, solo soy aquí un consultor externo, pero tengo mucho interés en hablar con usted... En realidad necesito su ayuda —remarcó estas últimas palabras.

Unos segundos, y nada todavía.

—Sé que la policía tiene graves cargos contra usted, y que tiene motivos para estar abatido. Yo no soy quién para juzgarle; ignoro qué pasó en su cabeza cuando estuvo a solas con Allegra... quizá haya alguna explicación razonable, no lo sé, pero de esto estoy convencido —Sanjuán lo miró fijamente a los ojos—: usted no es un psicópata, un asesino desalmado, no es tampoco un violador degenerado... Por el contrario, creo que sigue siendo un hombre de Dios, lo que ha hecho no le ha despojado de esa cualidad todavía... Y yo he venido aquí para buscar la ayuda de este hombre, en suma, del Bruno sacerdote, del que ama a los demás de forma pura, del que interpreta a Bach en el nombre de Dios.

Pasaron otros segundos interminables, pero al fin se oyó la voz del padre Bruno en esa deprimente estancia:

—Sanjuán, sí, le recuerdo..., vino con Allegra... —Sonrió a continuación—. ¿De veras quiere que le ayude? Ahora estoy acabado. —Su rictus era de profunda amargura—. Encerrado... Toda mi vida, mi música, mi ministerio... Todo ha terminado. ¿Qué pensará el Vaticano cuando sepan que estoy preso? ¡Y usted pide mi ayuda!

—Sí, padre. Porque yo sé distinguir a un asesino, a un pervertido, de un hombre que lucha por no sucumbir, por defender aquello que más cree. Y pienso que usted se ha visto obligado a hacer cosas terribles, pero para defender su fe...

—¿Usted ha pensado esto? ¿Qué quiere decir? —Bruno estaba desconfiado y extrañado a un tiempo.

—Padre... yo conozco a las chicas como Allegra. Entiéndame... son jóvenes deslumbrantes, puras, pero hay algo en ellas que realmente resulta muy perturbador... —El criminólogo vio que tenía toda la atención del sacerdote—. No digo que ellas tengan la culpa, desde luego, pero a veces es como si no supiéramos muy bien qué es lo que realmente nos están diciendo...

—Sí, Sanjuán, es cierto. Nos dicen cosas. —El padre tenía un brillo de lucidez en sus ojos y por primera vez parecía querer expresar cosas que eran importantes para él—. Pero, con la mirada nos dicen otras... Sabe, Sanjuán, hay veces que las palabras y los ojos pueden expresar sentimientos muy diversos a la vez, opuestos incluso...

Sanjuán vio el camino.

—Así es... Usted como sacerdote ama a sus fieles, pero... ¿Dónde están los límites de ese amor? Usted vio algo en Allegra que le incitaba a amarla, algo que solo ella podía encender en usted... Lo que vio en ella lo conmocionó, estoy seguro...

Bruno Barberini escuchaba como si oyera por fin sus propios sentimientos. ¡Alguien podía comprender realmente todo su tormento interior!

—Sí... Así es, Sanjuán. Usted no vio el rubor de sus mejillas cuando la miraba, no percibió su respiración alzando su pecho al estar próximos... Ella me enviaba un mensaje secreto, pero que yo entendí muy bien... ¡No bastaba con que la atendiera espiritualmente! ¿No lo ve, Sanjuán? Ella me pedía algo más, algo que yo no podía darle, que *no debía* darle... pero... ¡Dios mío! —Se tapó los ojos con sus manos mientras exhaló un gemido.

Sanjuán evaluó la situación con rapidez, y no pudo evitar sentir repulsión por las palabras que iba a tener que pronunciar.

—Lo entiendo. Usted es solo un hombre, un sacerdote que lucha contra sus propios demonios para poder ayudar a que los demás venzan los suyos. Pero hay veces que ciertas chicas creen sentir la llamada de Dios, aunque de pronto vacilan y se ufanan por querer tener lo que no deberían pedir, que casi sin darse cuenta nos seducen... y es algo terrible, porque esos gestos, esa seducción resulta mucho más fuerte porque provienen del interior de su pureza...

Sanjuán dejó un tiempo para que sus palabras fueran asimiladas por el sacerdote, para que en su mente alienada sonaran las claves de su insania, y luego le preguntó:

—¿Qué le pedía Allegra, padre?

—¡Oh... sí...! Ella decía servir en el rebaño de Dios, vestía blanca pureza, pero comprendí que en su interior Satanás no estaba vencido. —Su cara reflejaba ira—. ¡Ese modo de mirarme! ¡Esos ojos aparentando rubor pero tentándome!

—Entiendo... usted amaba de verdad a Allegra, ¿no es así? La amaba en su plenitud... quiero decir. Usted quería salvarla, ¿estoy en lo cierto?

—¡Sí! Si ella quería sentir el placer de la carne, ¿no era yo el más indicado puesto que la comprendía y al tiempo podría luego perdonarla? ¿No era yo el más indicado para poseerla y que entendiera que solo yo podía entrar en su ser y alejarla de la fornicación como un vicio mortal que la hubiera descarriado para siempre? —Jadeaba, y se vio obligado a parar unos segundos—. Sanjuán, si solo me hubiera abierto su cuerpo a mí, yo la hubiera protegido, la hubiera guiado por el Espíritu... Y Dios nos hubiera perdonado a ambos. —Su voz se quebró por el llanto.

Sanjuán comprendía al sacerdote. La desesperación de que el objeto amado te niegue el don de la dicha. Pero en su caso solo su insania había sido la causante de haber tomado el temblor de una chica inexperta ante su presencia como un deseo de ser violada y asesinada.

Pasados unos segundos, Sanjuán siguió con su plan.

—Tranquilícese, padre. Allegra vivirá, y estoy segura de que ella le perdonará. Pero hay otra cosa que me preocupa, y por eso le dije que necesitaba que me ayudara.

Bruno le miró con aire inquisitivo.

—Como sabe —siguió el criminólogo—, en Roma está actuando un asesino en serie... Lo habrá leído en la prensa o visto en la televisión. Le llaman Il Mostro di Roma. Quiero enseñarle algo.

Sanjuán sacó de su portafolio las impactantes imágenes de los cuerpos de Paola, Stefano y Eleonora. Las fue colocando una a una ante los ojos atónitos del sacerdote.

—Sí... —balbuceó—, he oído hablar de Il Mostro, ¿quién no? Pero ¿qué tiene que ver esto conmigo?

Sanjuán miró fijamente a los ojos de Bruno.

—La cuestión es que la policía piensa que hay muchos motivos religiosos en estos crímenes... Fíjese: Stefano, así se llamaba este chico, es claramente san Sebastián; esta de aquí —señalando ahora a Eleonora— es santa Cecilia, la representación de Maderno... y en cuanto a Paola —la señaló a continuación—, creo que es una representación del *Éxtasis de la beata Ludovica Albertoni*...

Bruno estaba fascinado contemplando las fotos, pero al mismo tiempo en su interior vivía las representaciones de esas personas santas como una profanación.

—¿Y bien...? —preguntó el padre.

—Bueno, el comisario Ranucci cree que usted es Il Mostro —dijo secamente Sanjuán.

—¡¿Qué...?! —Sus ojos casi se salieron de las órbitas—. ¡Eso es absurdo! ¡Esas muertes son una abominación! —Como Sanjuán se mantuvo callado, continuó—. ¿No lo ve? ¿Estas muertes son obscenas, una burla a Dios!

—Le creo, padre, yo sé que usted ama a Dios y aborrece al diablo... Y sé que en su interior odia lo que le hizo a Allegra... Pero la policía suma dos y dos: esos cadáveres tienen mensajes religiosos, y usted es un sacerdote... y está lo de Allegra para incriminarle... Sinceramente, creo que le van a acusar de estos tres homicidios.

—¡No! —exclamó el sacerdote, indignado—. Yo no maté a esas personas... ¿No lo ve?

—Sí, lo veo, y yo le creo. ¡Quien las mató odia a Cristo y a todo lo que representa! Usted le ama, y amaba a Allegra, quería purificarla y protegerla poseyéndola, dándole el óleo de su propio ser... lo sé...

Bruno asentía con la cabeza, su mirada rogando el beneplácito del criminólogo, sus manos temblando levemente, entrelazadas. Sanjuán dejó pasar otros segundos, y se levantó. Sacó otras dos fotos, rodeó la mesa, se puso al lado del cura, sentado en el borde de la mesa, muy próximo, y se las puso delante:

—La policía cree que Angélica Marforio fue la primera víctima de Il Mostro... pero yo no lo creo. Porque quien la mató la quiso, quien la mató lloró su pérdida, y solo quería salvarla de sí misma... —Otros segundos en silencio; Bruno mirando hipnotizado la dulce cara de Angélica en una fotografía de antes de tomar los hábitos que le había dejado Marforio—. Usted no es Il Mostro, padre, pero Angélica no merece descansar como una de sus víctimas... Ella no es una burla a Dios, ¿verdad, padre? —Sanjuán acercó su rostro al de Bruno—. Ella es una prueba de su amor... ¿No es así? ¡Ahora hablo con Bruno, el hombre de Dios! ¡¡Ahora invoco en usted la misericordia infinita de Cristo y le pido que salve a Angélica de la ignominia de ser una víctima de Il Mostro!!

Bruno Barberini se puso a llorar mientras se ponía la foto de Angélica en su regazo.

—¡No, Dios mío! Angélica no fue víctima de Il Mostro...

—¿Y quién fue, padre? —Sanjuán lo tenía al alcance de los dedos.

—Yo... no, no, no lo sé...

Con rapidez, Sanjuán volvió a su asiento y sacó del portafolio una reproducción en color del cuadro que Barberini tenía en el salón de su apartamento. Era evidente que ese cuadro despedía el aura de la propia Angélica: esa dulzura en su rostro, esa santa Teresa de Jesús pintada por Nero con un hábito muy parecido al que llevaba Angélica... aunque en el cuadro figuraba el horror del martirio al que estaba siendo sometida. Se la mostró a Bruno.

—¡Mire este cuadro! ¿Por qué lo compró usted? ¡Dígame! ¿A quién le recordaba! ¡Vamos, hable!

Bruno permanecía mudo, su pecho desbocado, los labios temblando, sus ojos revelando la locura de su alma atormentada...

—Pida que Dios le perdone, padre... ¡usted compró este cuadro a Il Mostro! ¿No sabía que Il Mostro pintaba, verdad? ¡Este hombre ha ultrajado lo que usted más amaba! —Sanjuán estaba como ido, sumado a la locura de Barberini—. ¡Maldita sea! ¿Acaso no la mató usted porque la amaba, y quería redimirla del deseo impuro que la corroía? ¿Quiere que sea una puta más, víctima de un sádico?

—¡No!... ¡Angélica no! —Una breve pausa y el pecho

que estalla—. ¡Sí, yo la maté para salvarla...! ¡Sé que Dios me perdonará! ¡Había caído en las garras de Satán...! ¡Me tentó y luego quiso que viviera sin tenerla...! ¡Se me ofreció, yo le di todo mi amor y luego se río de mi...! —Empezó a llorar—. Dijo que acabaría con mi carrera... ¡Dios mío, perdóname! —Y hundió la cabeza entre sus manos.

Sanjuán se sentó, agotado. Miró a la cámara con intención. Sabía que Marforio y los demás lo estaban observando a través del circuito cerrado desde el despacho del comisario.

—Y ahora, dígame, padre. Es muy importante. ¿Cómo se llama el pintor a quien usted le compró el cuadro, y dónde lo compró?

Capítulo 70

Teoría y práctica

Roma, comisaría de San Vitale,
jueves, 23 de febrero de 2012, 16.00 h

El móvil de Ranucci sonó una vez más. Estaban en la sala de reuniones. El equipo encargado de encontrar a Il Mostro di Roma ya tenía un nombre: Giovanni Nero. El informático estaba buscando todo lo referente a aquel pintor y, efectivamente, había expuesto en el búnker del EUR. El comisario había mandado a dos policías a la exposición a ver si quedaba alguno de los cuadros de Nero por vender. El nombre de Laura Cortés salió a relucir. Ada iría con Valentina a interrogarla. La inspectora española tenía la intuición de que aquella Laura Cortés era una vieja amiga de la madre de Morgado, un nombre que alguna vez había salido en las investigaciones posteriores a la huida de La Coruña.

Ranucci se apartó unos metros para contestar el teléfono. El número le era totalmente desconocido.

—¿*Commissario* Ranucci? Soy Maria. Sí, la dueña de la tienda de arte y decoración Ditta Poggi, al lado del Gesù. ¿Recuerda que me dijo el lunes pasado que si alguien venía a comprar algún angelote de escayola le avisase? Pues hoy ha venido otra vez la misma mujer. Una mujer de acento siciliano, baja, joven. No dijo nada, pagó en efectivo...

—¿Qué compró exactamente? —La voz de Ranucci traslucía la preocupación intensa que empezaba a sentir.

—Dos angelotes como los anteriores y un cupido. También de escayola. Le pregunté para qué los quería. Me dijo que no eran para ella, eran un encargo.

—Bien. Ahora mando a alguien por ahí. Muchas gracias, Maria. Ha sido de mucha ayuda.

Ranucci colgó. Un presentimiento le atenazó el corazón.

—Escuchen. Es muy importante que encontremos dónde vive Giovanni Nero cuanto antes. Si no me equivoco, otra persona está en peligro. Pónganse todos ahora mismo a trabajar.

Sanjuán estaba agotado. Necesitaba comer algo y dormir un poco. Había llegado a sus aposentos del quartiere Coppedè cuando lo llamó Mario Conti.

—¿Sabe algo de Lúa Castro?

Sanjuán se paró en las escaleras.

—No sé nada de ella desde ayer. Me llamó a ver si avanzaba en la investigación, cómo estaba, poco más. ¿Por?

—No contesta al teléfono, está apagado o fuera de cobertura. No ha dormido en su habitación del hotel. Estoy muy preocupado.

—Extraño, ¿no? ¿Qué iba a hacer ayer Lúa, lo sabes? A lo mejor salió de Roma...

—Lo último que supe de ella es que iba a ir al EUR a ver una exposición de pintura.

Sanjuán se quedó totalmente paralizado. Decidió volver a la comisaría.

—Hay que avisar rápidamente a Ranucci, Mario. No quiero alarmarte, pero me temo que Lúa puede estar en grave peligro.

Una mano agarró a Lúa Castro con fuerza y le dio la vuelta. La agarró por debajo de las axilas y la arrastró por el suelo, en la oscuridad. Ella intentó revolverse, pero era imposible. Luego, el hombre le quitó la soga que unía el cuello con las manos y la sentó en una silla. La silla era la única parte de la estancia en el que alumbraba un punto de luz, como si fuera el foco de un teatro. De un tirón le quitó la cinta americana de la boca.

Lúa bebió con avidez el agua que el hombre le ofrecía de una botella. Luego se atrevió a mirarlo. Él permaneció de pie, delante de ella, a plena luz, sosteniéndole la mirada, en la boca un rictus burlón.

Iba vestido con un mono lleno de pintura. El pelo largo y negro echado hacia atrás. Christian Morgado la miraba con los ojos azules como el océano glacial. Aunque su rostro había cambiado mucho, sin duda producto de la cirugía, aquellos ojos no se podían cambiar: eran los que miraban desde las fotos de la policía en todas las comisarías de España. Y Lúa los conocía muy bien.

—Lúa Castro. La intrépida reportera... —Morgado acercó una silla y se sentó justo delante de ella. Su cicatriz palpitaba en la frente, o eso le pareció a la aterrorizada periodista—. Muy bueno tu libro sobre el Artista. Con algunas inexactitudes, como estás pudiendo comprobar por ti misma. Lo he leído con mucho interés. Veo que Javier Sanjuán te asesoró muy bien. Pero no lo suficientemente bien...

Lúa permaneció en silencio. Pero ella era una superviviente nata: con rapidez pensó que tenía que hablar. Era necesario, se le tenía que ocurrir algo, ganar tiempo. El pavor atenazaba su garganta y los temblores hacían que los dientes le castañetearan sin tregua.

—Bien. Veo que has enmudecido. No importa, dentro de un rato gritarás. —Salió de la luz y volvió al momento con una tableta en las manos—. Pero mientras tanto, saciaré tu curiosidad de periodista. Si no te importa, llevo mucho tiempo deseando contarle a alguien mis últimas creaciones. Qué mejor espectadora para ello que una verdadera especialista en Il Mostro di Roma... —Encendió el aparato y una fotografía del cuerpo de Eleonora apareció ante los ojos abiertos de pánico de Lúa—. Te voy a explicar cómo funciona esto, querida. Cómo el Artista llega a crear a través del dolor y del placer. —Sus ojos tenían el brillo de la insania—. Primero la teoría, Lúa Castro. Luego, la práctica...

Galería de arte de Laura Cortés, 17.30 h

Valentina se estaba mareando. Había descansado un poco en su hotel al regresar del lago Bracciano, pero aún no estaba repuesta. Tomó el último sorbo de café y tiró el vaso a una papelera antes de entrar en el despacho de Laura Cortés. Ella y Ada abrieron la puerta y pasaron sin llamar.

Laura estaba hablando por teléfono, gesticulando. Cuando vio a las dos mujeres, colgó y se levantó de inmediato con semblante enfadado, que cambió al momento al ver la placa de la Policía Judicial de Ada Casali.

Valentina la instó a sentarse. Luego la miró con fijeza, con la dureza que solo podían emanar de sus profundos ojos grises.

—Queremos la dirección de Giovanni Nero. Ahora mismo. Mejor dicho, de Christian Morgado. Se acabaron los juegos, Laura. Morgado es el responsable de cuatro asesinatos en Roma. Tememos que haya secuestrado a otra mujer. Puede que en este momento la esté violando y asesinando, o la haya matado ya.

Laura Cortés abrió la boca, estupefacta.

—Yo... Giovanni está fuera de la ciudad. No sé de qué me hablan. Están cometiendo un grave error.

Ada sacó las fotos de las escenas del crimen y las dejó delante de Laura, que apartó la mirada de inmediato.

Valentina habló entre dientes, cada vez más apremiante, amenazadora.

—¡Mire esas fotos! Le suenan, ¿verdad? Son iguales que los cuadros de su protegido. Es usted amiga de Ana Salazar,

¿verdad, Laura? ¿Qué favores le debe? ¿Le paga para que esconda al cabrón de su hijo?

—¡Dios mío!

Fue lo único que Laura Cortés acertó a contestar. Miró las fotografías. Aguantó como pudo las ganas de llorar. Tuvo que sentarse, porque las piernas se negaron a sostenerla. Su tez perfecta, estirada por los tratamientos de belleza, enrojeció. Bajó la mirada y buscó sobre la mesa una tarjeta de color marfil. Se la dio a Valentina.

—Via Baccina. El estudio está en via Baccina. Suele estar allí pintando hasta el anochecer...

Ada salió del despacho y llamó a Ranucci:

—Lo tenemos. Con suerte está en su estudio. En via Baccina, número 16. ¡Hay que mandar un operativo de inmediato! Nosotras estamos cerca, vamos para allá. Si está Lúa Castro habrá que tener mucho cuidado...

Ada colgó antes de que Ranucci pudiese decir nada y luego llamó por la radio.

—Necesitamos una patrulla, ¡urgente! Tenemos una persona detenida, se la tienen que llevar ahora mismo a la comisaría.

Ada volvió a entrar, se dirigió directamente a la marchante.

—Lo siento, Laura. Queda detenida por encubrimiento de asesinato.

Regina bajó las escaleras del caserón con paso leve, como una gata silenciosa. Llevaba un buen rato sentada en la cocina, sin hacer nada. No quería que él la oyera merodear. Después de llevarle los angelotes le había prohibido terminantemente bajar al estudio. Nadie podía molestarle, estaba creando.

Pero Regina había visto sus ojos, su expresión. No era el mismo. Y los ángeles... La señora de la tienda le había preguntado para qué eran. Y ella no había sabido contestarle.

Miró a través de la cerradura. El estudio parecía vacío. Abrió la puerta y entró con mucho cuidado. Regina sabía que en la parte de atrás del estudio, escondida debajo de un baúl, había una trampilla que llevaba al sótano del edificio. Siempre estaba cerrada. A lo mejor estaba allí... No sabía por qué quería verlo, pero en su interior sentía esa necesidad. Regina lo amaba, y ese sentimiento le impelía a saber de él, aunque en muchos sentidos su presencia la inquietaba profundamente.

Ranucci salió de San Vitale, puso la sirena y se dirigió a toda velocidad hacia via Baccina. Ada iba de camino hacia el estudio de Nero, con Valentina Negro. No tenían tiempo de planificar nada. Solo cruzar los dedos y rezar para que Il Mostro no tuviese a Lúa Castro prisionera. Ranucci llamó a todas las unidades y apretó el acelerador sin pensar en nada más.

Capítulo 71
Il Mostro

> Y mordida del pecado
> dejaré tu boca, y un
> sabor de sangre en tus labios.
>
> «Nigromancia»,
> RAMÓN MARÍA DEL VALLE-INCLÁN

Roma, via Baccina, estudio de Giovanni Nero, jueves, 23 de febrero de 2012, 18.00 h

Lúa no podía soportar más aquel horror. «Bailarás para mí a la luz de la luna, ¿recuerdas, Lúa?» Morgado reía mientras le enseñaba las fotos y los vídeos que había tomado de sus víctimas, del proceso de conversión, de embellecimiento de los cuerpos. En aquel momento le parecía mentira que aquella mente hubiese alguna vez contenido algo de cordura. Tanta como para haber sido un profesor de arte. No tenía lágrimas ya. Solo esperaba que el Artista empezara con ella su ritual de abominación.

Christian la miró con intensidad. Estaba hundida, derrotada. Lista para él. Notó cómo el deseo empezaba a surgir del interior de su oscuridad. Los ojos verdes de Lúa reflejaban el terror más absoluto. Y eso era la antesala de su placer.

Se levantó de la silla y desapareció del campo de visión de la periodista. Escuchó ruidos detrás de ella. Cuando apareció llevaba un afilado bisturí en la mano enguantada. Se aproximó, la sonrisa beatífica petrificada en el rostro.

Lúa empezó a gritar con desesperación. Morgado volvió a sujetar la cuerda de su cuello a sus manos para inmovilizarla y cortarle la respiración. Luego le cortó el jersey gris que llevaba puesto, desnudándola, tomándose su tiempo. Luego, las tiras del sujetador, que cayó al suelo. Su mano acarició los pechos de Lúa, primero muy suavemente, luego, pellizcando con fuerza los pezones.

Morgado se agachó y la besó en la boca, ahogándola, mientras sus manos seguían pellizcando con una fuerza descomunal. Lúa intentó debatirse, pero la cuerda se enroscó en su cuello como una serpiente. Se sintió morir. Sin querer, rezó una oración, mientras notaba la lengua de Il Mostro acariciar con lascivia el interior de su boca, asfixiándola.

Regina escuchó un grito desgarrado. Vio la trampilla. Estaba abierta. Las antiguas escaleras de piedra pertenecían a un edificio anterior, de la época renacentista, pero eso ella no lo sabía. Se armó de valor y bajó muy despacio.

Cuando vio a Giovanni Nero cortar la blanca piel del pecho de Lúa ella gritó también, un grito todavía más fuerte que el de ella.

Morgado miró hacia atrás, estupefacto. Reconoció a Regina, que empezó a subir las escaleras, aterrorizada. Cogió un cuchillo y la siguió sin pensar más, dejando a Lúa atada en la silla. Se ocuparía de ella después. Regina lo había visto. Aquella puta lo había visto. No podía escapar.

Regina llegó al estudio sin resuello, notaba el aliento de Il Mostro en su nuca. Intentó cerrar la trampilla pero él ya la había alcanzado. La agarró de un tobillo. La mujer consiguió zafarse, y le tiró una banqueta para intentar ganar tiempo.

Morgado la esquivó y siguió corriendo hacia ella sin detenerse. Se tiró encima de Regina, inmovilizándola, y de un tajo le cortó el cuello. La sangre salpicó la cara de Il Mostro, y él cayó completamente sobre ella, cubriéndola como un amante al hacer el amor con su amada. Notar el olor de la sangre de aquella mujer, el líquido espeso correr por su cuello le llenó de paz. Era el perfecto prefacio para el destino de Lúa Castro.

Ada abrió la puerta del estudio de un tiro. Le dio una patada a la puerta y entró. Vio a Morgado cubierto de sangre al lado de un cuerpo inerte y alzó su pistola. Antes de que le diera el alto, Morgado, ya en guardia, se levantó con rapidez y desapareció por las escaleras que comunicaban el estudio con el interior de la casa.

—¡Joder! ¡Mierda!

Ada miró a la mujer degollada. Tenía los ojos abiertos, sin expresión, ya no se podía hacer nada por ella. Corrió hacia las escaleras, persiguiéndolo, mientras Valentina entraba dentro del estudio. Iba a seguir a Ada, pero un grito la detuvo. Se paró y pudo escuchar un grito con eco. Vio una trampilla abierta y unas escaleras.

Valentina bajó las escaleras, apuntado con la pistola y alumbrando a la vez con la linterna. Vio al momento a Lúa, atada a la silla, iluminada por un foco de luz. En décimas de segundo estuvo a su lado. Cortó la cuerda del cuello con un cuchillo que llevaba en una funda en la pierna. Luego la soltó por completo.

—¿Estás bien?

Lúa lloraba a lágrima viva. Logró articular unas palabras.

—¿Qué coño haces en Roma, Valentina Negro...?

—Vamos, salgamos de aquí. ¿Puedes andar?

Ada lo buscaba en aquel lugar de horror con sumo cuidado. Aquella casa parecía un laberinto. Las habitaciones se comunicaban unas con otras con puertas y paneles, o eso le parecía a ella, ya que todas las ventanas estaban cerradas y las persianas bajadas. No había ni un poco de claridad. Iba tanteando las paredes para encender las luces. Todo estaba en silencio hasta que escuchó a lo lejos, en el piso de abajo, la voz de Ranucci.

—Ada, ¿estás ahí?

En ese momento, Morgado salió de detrás de una cortina y la agarró por detrás. Le puso el cuchillo en el cuello y le habló al oído.

—Chist. Cállate. No contestes. Quieta o te corto el cuello como hice con Regina. Me encanta ver como la sangre recorre el cuerpo de una mujer... es muy hermoso ver el color rojo recorrer el cuerpo blanco y mórbido... —Subió la voz—. Eres la policía, la puta que estaba con Javier Sanjuán, ¿verdad? En la tele sales muy guapa.

Una voz grave, muy cercana, cortó el aire en perfecto castellano.

—La puta que estaba con Javier Sanjuán soy yo, Christian. No lo olvides.

La voz de Valentina hizo que Morgado vacilara. Ada aprovechó el instante para revolverse y darle un golpe en la muñeca que le hizo tirar el cuchillo. Él se lo devolvió, empujándola de forma brutal, y corrió de nuevo por un largo pasillo envuelto en la oscuridad mientras Ada caía contra el suelo. Se oyó el horrible crac de su brazo al romperse y la inspectora gritó al notar el profundo dolor de su cúbito y radio partidos.

A lo lejos, Valentina Negro escuchó el ruido de una puerta al abrirse y pasos en una escalera. Luego, el silencio. Valentina buscó con desesperación la salida por la que había escapado Morgado, alumbrando con su linterna todas las habitaciones. No había nadie. Pronto se le unieron Ranucci y otros tres policías más.

Cuando al fin encontraron la escalera que iba al ático, Morgado había desaparecido. Una trampilla abierta en el tejado dejaba ver las estrellas del limpio cielo de Roma. Valentina subió por ella con agilidad, pero solo alcanzó a ver desde allí la grandeza del foro y los antiguos tejados y cúpulas de la Ciudad Eterna.

Capítulo 72

Despedidas

Roma, via Castelfidardo,
viernes, 24 de febrero de 2012, 8.30 h

Rebeca de Palacios abrazó con fuerza a Valentina mientras Marta llevaba las maletas y la mochila hasta la puerta de su casa.

—Gracias, Valentina. Nunca podré agradecerte como corresponde lo que has hecho por mí.

Le acarició la sien magullada por el golpe del arma de Rajiva y sus ojos se llenaron de lágrimas. Marta las miró, sonriendo con timidez. Se iba con su madre a pasar unos días, pero no había accedido a dejar la carrera ni a abandonar Roma a pesar de los ruegos de Rebeca: «Eso sería como renunciar a mis proyectos, y no quiero hacerlo», le había contestado. Valentina pensó cuánto compartía Marta el coraje de su madre.

Valentina se encogió de hombros, visiblemente turbada.

—No hay de qué, Rebeca. Espero que ahora Mendiluce pague por todos sus delitos.

—Eso, desde luego —dijo con determinación Rebeca—. Nada más me llamaste diciéndome que Marta estaba fuera de peligro hablé con mis compañeros de tribunal; les dije que pensaba que la sentencia, donde exculpaba a Mendiluce, no estaba madura, que los argumentos de Luisa Bolaños tenían mucho peso y que deberíamos volver a tener una reunión para seguir deliberando cuando regresara. No habrá ningún problema. Luisa Bolaños había hecho un voto particular. Fuimos Márquez y yo quienes forzamos el veredicto de inocencia. En la nueva deliberación te aseguro que las cosas serán diferentes. —Y el fuego de su ira volvió por un instante a sus ojos.

Marta miró su reloj y avisó a su madre.

—Está el coche en la puerta, mamá. Perdemos el avión...

Marta miró a su salvadora y sonrió. Aún estaba bajo los efectos del *shock* de todo lo ocurrido, y lo de Enzo la había dejado todavía más noqueada. Quería descansar unos días, y olvidar todo aquel horror. Abrazó y besó a Valentina, y luego hizo lo mismo con su amiga Candela. Cogió su mochila y se la puso a la espalda. Abrió la puerta y sacó al rellano todo el equipaje.

Valentina salió y llamó al ascensor, que tenía un aspecto bastante siniestro.

—Bueno... nos vemos en unos días, Rebeca. Te llamo cuando llegue a La Coruña. Cuídate. Os lleva uno de los hombres de Barone al aeropuerto de Fiumicino, tranquilas.

Valentina tocó con su mano el cristal del ascensor y Marta hizo lo mismo desde dentro. Las vio descender y reprimió las ganas de llorar de alivio. Candela la miraba con admiración desde la puerta de la casa.

—¿Quieres un cacao con leche, Valentina?

Valentina suspiró y se metió en la casa.

—Mejor un café, Candela. Te lo agradezco. Tengo que salir para la comisaría, en un rato me vienen a buscar. Hazme un favor: cuando vuelva Marta, vigílala. Te voy a dejar mi teléfono: como salga con algún tipo guapo pero indeseable... me llamas. Prometo hacer un hueco.

Candela rio a carcajada limpia mientras buscaba el bote de café en la alacena.

La Coruña, cárcel de Teixeiro, 9.45 h

Sara Rancaño entró al locutorio donde lo esperaba con un ataque de ansiedad Pedro Mendiluce. Reflejando su estado de ánimo, su habitual vestido de diseño había sido sustituido por unos sencillos vaqueros y un jersey grueso, cubierto por una cazadora.

Se alarmó al ver el rostro de su cliente. Su cara estaba desencajada. Se notaba que no había dormido.

—¿Qué ha pasado, Sara? ¿No estaba previsto que la sentencia se hiciera pública ayer? —le espetó sin darle casi tiempo a que cogiera el teléfono.

—En efecto, Pedro... Estábamos todos citados a las nueve de la mañana, pero nos avisaron media hora antes para decirnos que había habido una equivocación, y que la sentencia todavía no estaba lista.

Los ojos de Mendiluce estaban desorbitados.

—Pero ¿cómo es posible? ¡El plazo de esa zorra vencía ayer a las nueve! Entonces, ¿ha sacrificado a su hija? ¡No puede ser...!

Sara negó con la cabeza.

—No, Pedro. Ayer, al saber la noticia de que no iba a dictarse la sentencia, llamé inmediatamente a Dolores Wells; ella no se puso, sino su secretario. Me dijo que la operación había sido abortada, que lo sentía, y me colgó.

—¡Hija de puta! —Su cara parecía a punto de estallar por la congestión—, pero ¿por qué? ¿Qué razón te dio? —Como Sara se encogió de hombros, lo siguiente lo vomitó—: Entonces, ¡ya sabes lo que tenemos que hacer! ¡La voy a crucificar!

—No, Pedro, hemos de olvidamos de esto. Cuando regresé por la tarde a mi casa la caja fuerte había sido forzada... y los documentos que me confiaste, habían desaparecido. —Sara estaba pasando los peores momentos de su vida; y daba gracias al cielo de que ambos estuvieran separados por el cristal del locutorio.

Pedro Mendiluce iba a decir algo, pero lo pensó mejor...

Estuvo casi un minuto con la mirada perdida. Luego se levantó. La miró fijamente durante unos segundos y, sin decir nada más, desapareció por donde había llegado.

Roma, hospital Nuovo Regina Margherita,
11.00 h

Lúa Castro tecleaba en un ordenador que le había dejado Mario Conti. Estaba sentada en la cama del hospital. Había estado en las garras del mismísimo Il Mostro di Roma. Su pánico, su dolor, la angustia de saberse al borde de una muerte atroz, habían dejado paso a la excitación, a la euforia más absurda. El artículo que estaba escribiendo, sin duda, la iba a catapultar a la fama y al ascenso más rutilante en *La Gaceta de Galicia*.

Lúa prefirió no pensar en las consecuencias. Si aquel hombre volvía a por ella, estaría perdida. Valentina la había prevenido con severidad y recomendado que se alejara de aquel asunto. Sin embargo, tenía al alcance de su mano la excelencia periodística. Valentina era policía, no entendía la trascendencia de lo que le había ocurrido en realidad.

Jordi se había empeñado en ir a buscarla y protegerla, y eso le pareció bien. Mientras su novio llegaba a Fiumicino, ella no pensaba perder el tiempo. Iba a pergeñar el reportaje de su vida. *Una noche en las garras de Il Mostro*.

Comisaría de San Vitale, 11.10 h.

Alessandro Marforio le dio la mano a Sanjuán con fuerza, casi estrujándola, al tiempo que lo apartaba unos metros del resto de los acompañantes, para asegurarse de hablar en privado con él. Había acudido a la comisaría a despedirse del criminólogo. Marforio se iba unos días a relajarse con su esposa y luego a la Semana de la Moda de Tokio, así que era su única oportunidad de agradecerle los servicios prestados.

—Gracias, Sanjuán. —En sus ojos el brillo de la pena insondable y la gratitud más profunda—. No soy hombre de muchas palabras, lo siento. Estaré en deuda con usted el resto de mi vida. Por lo menos el crimen de Angélica no quedará impune. Mi niña ha encontrado al fin la justicia, y ahora podrá descansar en paz. Y, además, ha librado usted a la ciudad de un asesino disfrazado de piadoso organista...

—De nada, Marforio. Ha sido un placer trabajar con usted. Pero recuerde que hemos sido un equipo aquí; yo solo he dado un empujón.

—Sí... pero quería decirle algo... Creo que se lo merece. Cuando le pedí que me ayudara en la captura del asesino de Angélica solo quería que lo encontraran para mi venganza, ¿entiende? Quería matarlo con mis propias manos. —Los ojos rezumaron de nuevo ira—. Usted tenía razón en sus temores. —Sonrió—. Pero ya vio que al final no lo hice.

—Sí, Alessandro, yo tenía ese temor muy presente todo el rato, créame —contestó Sanjuán—. Y fue un alivio comprobar que se mantuvo dentro de la ley. ¿Qué fue lo que finalmente le hizo cambiar de planes?

—Es difícil de explicar. —Ahora su expresión se dulcificó—. Pero fue mi niña, Angélica. Pensé que mancillaría el recuerdo de su bondad y de sus creencias si me tomaba la venganza que todo mi ser me exigía; pensé que ella no estaría feliz en el cielo si yo sacrificaba a su asesino... en fin. —Unas lágrimas atisbaron sus ojos—. Sanjuán, no lo maté por ella.

Sanjuán asintió, le estrechó el brazo en señal de reconocimiento y lo dejó. Luego se dirigió a Esposito Ranucci, que le dio un abrazo. Detrás estaban Valentina y Guido Barone, que acababan de llegar a la comisaría.

—Muchas gracias, Sanjuán. Espero que volvamos a vernos en otras circunstancias —dijo Ranucci.

Sanjuán asintió.

—Es una pena que no hayan podido capturar aún a Il Mostro. De todos modos, le han despojado de su tapadera en Roma. Eso es importante, ahora está al descubierto. Si me permiten un consejo, Morgado seguirá pintando. Si no lo capturan, lo hará en cuanto encuentre un lugar en donde asentarse. Y hay mucha gente en el mundo que va a pagar un dineral por un cuadro suyo. La obra de un asesino. Vigilen eso... Es un hombre muy astuto y, como han visto, muy escurridizo. En La Coruña se escapó del hospital matando al guardia que lo custodiaba y vistiéndose con su ropa. La policía cree que su madre, una mujer bastante acaudalada, lo ayudó a escapar, pero no tienen pruebas... Morgado no es nada tonto, estoy convencido de que siempre tiene planes alternativos de huida. Pasaportes, cuentas corrientes...

—Lo extraño es que nadie lo haya reconocido durante todo este tiempo... —Ranucci tenía en su mano el cartel arrugado que anunciaba su búsqueda por la Interpol—. Lúa lo vio muy de cerca y dice que su rostro es distinto, tiene una parte de la cara paralizada, y la cicatriz de la frente es bastante llamativa... —Se quedó absorto por unos segundos como si quisiera grabar a fuego cada registro de ese rostro—. Tenemos a Laura Cortés detenida. Ya la han interrogado pero insiste en que no tenía ni la más remota idea. Era un hombre cortés, educado, culto y suave.

Valentina suspiró al escuchar aquellos adjetivos que ella misma le había puesto a Morgado hacía ya tiempo, cuando durante unos meses se entregó a él. Apretó los puños: lo había tenido otra vez al alcance de su mano. Y lo había vuelto a dejar escapar. Pero se recompuso enseguida:

—Se ha hecho la cirugía. A saber dónde. En Brasil, o en Turquía, quizá. Christian está enloquecido. Lo malo es que volverá a pintar, y volverá a matar también... Su arte se retroalimenta.

Guido Barone los avisó.

—Es hora de marchar. Si quieren llegar a tiempo para coger el avión de Madrid, habrá que apurarse.

Valentina se acercó un momento a Barone y, tomándolo del brazo, se separó unos metros del resto.

—Barone, ¿qué averiguó sobre la filtración del paradero de Doyle y Marta?

Barone frunció el ceño levemente:

—Fue Patrizia, necesitaba dinero de manera apremiante porque su novio tenía fuertes deudas en el banco y le iban a desahuciar...

Valentina lo miró directamente a los ojos, y suspiró.

—Bueno, no seas demasiado dura con ella. Al fin y al cabo todo salió bien.

—Sí, pero pudo salir muy mal... No te preocupes por eso; de este tema me ocupo yo.

Antes de salir, Sanjuán se dirigió a Ranucci:

—Despídase de mi parte de Ada. Y de Mori y Barichiotto. Tiene unos policías muy buenos a su cargo, comisario...

Roma, aeropuerto de Fiumicino, 13.30 h

En el trayecto al aeropuerto Valentina llamó a Keith Servant para darle la buena noticia de la liberación de Marta, y agradecerle una vez más la ayuda prestada, que había sido decisiva. La inspectora le mintió: le dijo que Dolores Wells había cambiado de opinión y que al día siguiente había llamado a Barone y le había revelado el escondite de Doyle. Ella, por su parte, había cumplido su parte del trato, y Mendiluce desde el día anterior ya no tenía medios para chantajear a Dolores. Keith le dijo que siempre era un placer volver a verla, y que esperaba que la próxima vez fuera por otros motivos... Valentina ya le había relatado a Sanjuán la razón de su presencia en Roma con todo detalle, y el criminólogo estuvo de acuerdo en que no era necesario que Keith supiera la razón auténtica del cambio de parecer de Dolores Wells. Al fin y al cabo, eso era lo de menos, y no fue sino un acto más de guerra sucia en un caso que nunca respiró el aire fresco de la legalidad.

Ya en el aeropuerto, Sanjuán ultimaba un café expreso mientras Valentina se despedía de Guido Barone. El *vicecapo* la besó en las mejillas y la abrazó con fuerza.

—Espero volver a verla, Valentina. Ha sido un placer conocerla. Cuando quiera... Está invitada. Y yo encantado de recibirla, por supuesto.

Valentina enrojeció y lo agarró de la mano.

—Sin su ayuda jamás hubiese podido rescatar a Marta. Pero hágase un favor, Barone, y deje esos negocios que se trae entre manos.

Barone rio y la volvió a abrazar.

—Descuide. A partir de ahora tendré más cuidado. Tiene razón, inspectora. Pero hay ciertas cosas sobre las que es mejor pasar página. Olvidar. Por cierto, siento lo de Enzo. El entierro será la semana que viene.

Valentina movió la cabeza, apesadumbrada.

—No voy a poder acudir. Pobre Enzo. No puedo dejar de pensar que ha muerto solo porque una noche cenamos juntos.

—Usted no tiene la culpa de los actos de los demás, no se torture. —Barone miró el reloj. Ya era la hora de partir—. Le espera su amigo. Venga. Van a perder el avión... —Buscó en su abrigo y sacó un pequeño paquete envuelto en papel de regalo.

—Esto es para usted, Valentina. Un pequeño presente. Un recuerdo de la ciudad de Roma. Así sé que se acordará siempre de mí...

Madrid, aeropuerto de Barajas, 16.00 h

Sanjuán agarró a Valentina del brazo. Estaba muy contento, exultante.

—Es viernes, Valentina. Tienes dos días. El domingo por la noche hay un vuelo a La Coruña. Nos quedamos en Madrid, ¿qué te parece? Tengo un amigo que es profesor en la Universidad Camilo José Cela... Su mujer tiene un restaurante. Cocina casera. De chuparse los dedos. Podemos ir a la ópera, si te parece.

Valentina Negro miró a Sanjuán y movió la cabeza. Estaba agotada. El lunes empezaría a trabajar. Le dolía la frente todavía por el golpe. Y sin embargo, allí estaba Javier Sanjuán, con su habitual alegría, propia de los grandes momentos. Inexplicable, se dijo.

Suspiró. De repente, se vio asintiendo y sonriendo, sin capacidad de reaccionar.

Epílogo

Primera parte
Suspiria

> Buscaste ansiosa con tus ojos mártires,
> mis torvos ojos que anegó el espanto.
> Oh, no mires mis ojos; hay un vértigo dormido
> en sus tinieblas: hay relámpagos
> de fiebre en sus honduras misteriosas...
>
> «A Histeria», LEOPOLDO LUGONES

Ciudad de México, una clínica ilegal de cirugía estética, jueves, 22 de marzo de 2012

El dolor era insoportable, y ya habían pasado cinco días. Se tocó la cara, llena de vendas. Hizo un gesto a la enfermera, que acudió al momento y colocó en el gotero una bolsa con analgesia. El opiáceo se deslizó suavemente en sus venas y lo consiguió calmar al fin.

La cirujana, una mexicana joven, baja y muy escuálida, elegante como una grulla, entró al cabo de un rato, mostrando sus dientes perfectos y blancos. Llevaba en sus manos un espejo.

—Le vamos a quitar las vendas poco a poco. Así verá el resultado de la operación.

Él se incorporó de la cama y se sentó. La enfermera inició el proceso de liberarlo de las vendas con sumo cuidado. Cuando terminó, las tiró en un contenedor que había justo al lado.

La cirujana elevó el espejo a la altura de la cara.

Christian Morgado sonrió, y su nuevo rostro respondió a la perfección al movimiento, a pesar de estar aún ennegrecido e hinchado. Se tocó la nariz, los pómulos, la frente. La cicatriz seguía allí. Pero no importaba. Era su marca de Caín.

Alicante, Jávea,
miércoles, 31 de octubre de 2012

Valentina se dio la vuelta en la tumbona. El sol le quemó los hombros pálidos, y ella agradeció la caricia de los rayos cerrando los ojos y dejando a un lado su tableta. Se relajó. Había aceptado la invitación de Javier Sanjuán para pasar el puente de Todos los Santos en su apartamento de Jávea, y tenía que reconocer que había sido un acierto. En La Coruña llovía a cántaros y el frío empezaba a golpear inclemente, pero allí hacía un maravilloso día de verano. Veintidós grados, le había dicho Sanjuán hacía una hora, cuando bajaron a la playa de la bahía.

—Te vas a quemar, Valentina. —Sanjuán le tocó el hombro, que ardía—. Luego vendrán las protestas. Ponte algo por encima. ¿Te has echado crema?

Valentina lo miró con los ojos entrecerrados de pereza y sonrió, mientras se acariciaba la piel enrojecida.

—Ya. Tienes razón. Mi madre decía que el sol cuando está muy alto es peor... Acércame la chaqueta, por favor.

Sanjuán miró el reloj.

—Mejor nos vamos ya. He quedado para comer con mis amigos Pepe y Eva en La Trastienda. Mejor ir con tiempo, así nos tomamos unas cañas antes en el puerto.

Valentina se levantó y se desperezó. Miró hacia el mar, azul turquesa, calmado, invitante. Agarró a Sanjuán de la mano y tiró de él para que se levantase.

—Un último baño. Mañana por la noche volveré al frío y a la humedad de La Coruña, ¿no te das cuenta? ¡Es mi último baño en el mar hasta el año que viene! ¡Vamos, Javier!

Sanjuán accedió, aunque se acababa de bañar hacía muy poco. ¿Cómo resistirse a aquella sonrisa llena de pasión?

El hombre mayor se acercó a Sanjuán, que estaba apurando el último sorbo de la caña y lo saludó. Vestía como un profesor de universidad americana: chaqueta de *tweed*, pajarita de colores, pantalón de pana. No era un hombre muy alto, parecía incluso algo encogido por la edad. Tenía un leve acento extranjero, pero hablaba un castellano claro y conciso. Su cara arrugada se iluminó al verlo.

—Señor Sanjuán. Un placer verle otra vez por aquí...

Sanjuán le dio la mano.

—¿Qué tal, señor... Van Allen? Era Van Allen, ¿verdad? —El hombre asintió—. ¿Cómo van sus investigaciones? Mira, Valentina. Os presento: El profesor Van Allen es un criminólogo holandés. Está en Jávea haciendo una investigación sobre un crimen múltiple que se produjo hace cincuenta años en la casa que está justo detrás de nosotros, villa Marina. —Sanjuán se giró y mostró a Valentina el viejo y descuidado caserón que, imponente, se elevaba en la suave colina que vigilaba el puerto de Jávea—. ¿Te puedes creer que yo no sabía que allí se había cometido ese crimen? Lo descubrió él. A mediados de los años cincuenta lo compró una familia holandesa, pero la cosa terminó en tragedia. El padre mató a la madre y a uno de sus dos hijos en un arrebato de locura. Decía que el diablo los había poseído... Pero el misterio sigue porque el hijo sobreviviente despareció. Nunca más se supo.

El profesor intervino.

—Eran de mi familia, a decir verdad. Por eso lo supe... Se mantuvo muy en secreto en aquellos tiempos, el hombre había venido de Holanda a hacer un trabajo para el Ejército del

Aire, la familia era amiga de altos cargos del régimen... Al descubrir todo, me he venido para aquí a pasar unos meses. Alquilé la casa en septiembre, y tengo que decirles que encierra la historia de Jávea. Las paredes rezuman misterio, se lo aseguro.

—Suena muy interesante, Javier.

Valentina bebió un sorbo de su vino tinto. Estaba radiante con su vestido de corte provenzal y las bailarinas a juego con la chaqueta roja, que llevaba para protegerse del aire acondicionado de los locales. El criminólogo se dio cuenta de que Van Allen la miraba fijamente. Era lógico: el sol había acentuado aún más la belleza de Valentina Negro, quitándole la palidez habitual y dándole un color dorado particular.

Sanjuán asintió:

—En efecto. Lo es. Muy interesante. Tengo mucha curiosidad por el caso.

—Entonces les mostraré todo el dosier —dijo Van Allen visiblemente complacido—. Estaré encantado de ofrecerles mi hospitalidad. Vengan esta noche a cenar a mi casa e intentaremos resolver el enigma del niño desaparecido... —El profesor sonrió, pero mostraba en su rostro que estaba emocionado por discutir todo eso con Sanjuán—. ¿A las nueve les viene bien? No admitiré una negativa...

Sanjuán miró a Valentina, que asintió.

—Hoy no teníamos ningún plan para la noche... mañana volvemos a Valencia, pero con tal de no trasnochar demasiado, no habrá problema. Bien, de acuerdo, allí estaremos.

—A las nueve, no lo olviden. Hoy será una noche perfecta para hablar de crímenes... Es la noche de difuntos. Seguro que algún ánima pasea por la casa en busca de descanso para su gran desazón.

La Trastienda, Jávea

José Martínez, jefe de la Policía Local de Denia, miró a Sanjuán con extrañeza.

—¿En villa Marina? ¿Un crimen? No tenía ni la más remota idea.

—Ya ves. Parece ser que ocurrió hace cincuenta años, pero que fue ocultado por las relaciones del homicida con autoridades importantes del régimen de Franco. Esta noche nos ha invitado a cenar. A ver qué nos cuenta. Parece el típico profesor universitario de película americana.

Valentina intervino, mientras luchaba con el tenedor para coger unos tallarines con gambas.

—A mí me parece un poco siniestro, el «prrofesorr» Van Allen —dijo, marcando las erres en un gesto cómico—. O Van Allen, como se llame. Pero bueno, lo que cuenta es muy interesante. Lo del niño desaparecido, me recuerda un poco al niño de Somosierra. Un caso para tu amigo Iker Jiménez... —se dirigió divertida a Sanjuán.

—No te creas, si la cosa resulta ser tan buena como la pinta el profesor, se lo comentaré a Iker.

Sanjuán picó un trozo de secreto ibérico, que le supo a gloria; La Trastienda era su restaurante favorito de Jávea. Juan Planelles, el dueño del local, llenó de nuevo la copa de un vino tinto de su excelente bodega.

La mujer de José, Eva, una joven morena de ojos marrones profundos, que todavía estaba más guapa después de la reciente maternidad, movió la cabeza, negando.

—Ya os gustaría en Jávea tener algún crimen remarcable. Por favor, ese profesor lo que busca es publicidad. Quiere que Sanjuán lo saque en su programa de televisión, verás como todo es un cuento chino.

—Claro, como en Denia teníais encarcelado al Monstruo de Grbavica... Menudo nivel. —José entró al trapo al momento, con la sonrisa entre los labios. La rivalidad entre Jávea y Denia estaba al día entre la pareja, y era motivo habitual de piques cariñosos pero cargados de ironía.

Eva insistió, picada.

—Ya buscaré yo a esa familia holandesa y los crímenes abominables de la mansión. Veréis cómo el profesor os está tomando el pelo. Sois unos ingenuos.

—Por lo pronto nos ha invitado a cenar esta noche. —Valentina rio, contenta. Le hacía gracia todo aquel asunto del profesor Van Allen.

—¿A cenar? A saber qué os pone. Comida congelada, o queso holandés... —Juan levantó la vista y vio a dos turistas esperando a ser sentados en las mesas—. Os dejo, tengo gente... ya me diréis cómo acaba esto.

Génova, cementerio de Staglieno,
cuarenta días antes

Christian Morgado caminó entre las tumbas. De la piedra eterna salían mujeres aladas, semidesnudas, cubiertas tan solo con túnicas muy finas de mármol que lo miraban con ojos muertos, pero con gestos de deseo. Un ángel blanco lo observaba desde lo alto con los brazos cruzados, sin duda murmurando a su paso algún anatema. Una mujer arrodillada, vestida solamente con una diadema, hablaba con una calavera, preguntándole que había más allá de sus ojos vacíos.

La galería era inmensa, pero Morgado sabía dónde tenía que esperar. Había quedado con Laura Cortés delante de la mujer que bailaba con la muerte ciega, intentando escapar de sus garras. Era una de las tumbas más famosas del cementerio.

Ella llegó al rato, con el sempiterno repiquetear de tacones en el suelo de mármol. Llevaba un sombrero con un velo negro que le tapaba el rostro, y un vestido también negro que la hacía parecer una viuda en pleno duelo.

—Has venido.

La voz de Morgado sonó extraña en el eco de la bóveda. Se quitó las gafas de sol.

Laura lo miró. Estaba todavía más cambiado, su rostro había perdido el atractivo de antaño y era solo una máscara desfigurada por la cirugía. Pero sus ojos azules conservaban el fulgor insano de siempre. Acarició su rostro furtivamente. Luego rebuscó en el bolso y le dio un sobre.

—Aquí tienes el dinero. Son noventa mil euros, Christian. Yo me he quedado con la comisión, por supuesto... Tu admirador quiere más. Dice que te pagará lo que quieras por el siguiente, siempre y cuando haya fotografías y una grabación que muestren lo que el cuadro representa. Como esta última vez.

Morgado movió la cabeza, como transido. Se guardó el dinero en el maletín, y aprovechó para sacar un dibujo a carboncillo en A4.

—Ya estoy terminando el próximo cuadro, Laura... —Se lo enseñó, con una sonrisa sardónica pintada en su rostro falso—. Dile que antes de fin de año lo tendrá. Contactaré contigo por el medio de siempre.

Laura Cortes miró el dibujo y se estremeció. Lo cogió con la mano enguantada y se lo guardó en el bolso.

—Adiós, Christian. Nos veremos aquí. Muy pronto.

Morgado miró a la mujer marcharse con paso rápido y firme. Luego cogió su maletín y sacó una cámara de fotos. Aquel lugar siempre lo llenaba de inspiración.

Jávea,
31 de octubre, 20.30 h

Valentina se colocó unos pendientes de perlas engarzados en oro. Luego, una fina pulsera dorada en la muñeca y un anillo como único adorno para su mano. Llevaba un vestido azul claro, corto, que marcaba su figura y unas sandalias de cuero marrón, a juego con el bolso. Buscó en su maleta una chaqueta que le hiciera juego y una *pashmina* para el fresco de la noche.

Sanjuán la esperaba en la puerta de su apartamento, dispuesto ya a salir. Iban justos de hora si querían ir andando y disfrutar de la noche. Cuando salió, se dio cuenta de que la espera había valido la pena. Valentina era una mujer hermosa, pero acostumbrado a verla con el uniforme, o vestida con vaqueros y botas, tenía que reconocer que las contadas ocasiones en las que se arreglaba, lo dejaba siempre boquiabierto.

—No sé qué va a decir el profesor Van Allen de tu vestido, Valentina. Ahora que lo pienso lo más probable es que se quede mudo... —Valentina le sonrió como respuesta a su cumplido.

Ambos caminaron de la mano por la avenida del Mediterráneo. La imponente belleza de la bahía de Jávea aquella noche resaltaba por la luz de la luna llena, que rielaba en las aguas mansas y negras. Valentina se sentía feliz por primera vez en mucho tiempo, y su rostro iluminado lo daba a entender sin ambages. No quería disimular. Estaba enamorada de Javier Sanjuán desde el primer día en que lo conoció, y él estaba más dispuesto que nunca a comprometerse de verdad. Dos personas que se querían y que después de muchas tormentas se encuentran, porque están destinados a amarse. Todo esto pensaba Valentina mientras aspiraba profundamente la brisa del mar y sujetaba la mano de Sanjuán con fuerza.

—Por cierto, estuve hablando con Lúa Castro. —Sanjuán recordó de repente que la periodista lo había llamado unos días antes.

—¿Lúa? ¿Qué quería? ¿Te contó lo de su nuevo libro?

—De verdad, esa chica es una inconsciente. Lo quiere titular *Una noche en las garras de Il Mostro...* —Sanjuán movía la cabeza, incrédulo—. Quiere que la ayude otra vez. ¿No descansará nunca?

—Va a triunfar con el libro, ya lo verás. Ya lo hizo con *El Artista*. El otro día fue a entrevistar a Mendiluce a Teixeiro, para preguntarle cuál iba a ser su nueva estrategia una vez condenado a doce años de cárcel. Con un par...

—No me lo puedo creer, imagínate la cara de Mendiluce. De todos modos, Lúa está muy buena. —Sanjuán recibió un buen codazo de Valentina—. Así que le debió de alegrar el día. Mira, ya hemos llegado, es ahí arriba, el caserón. —Lo señaló mientras subían por la Caleta.

—Es preciosa, pero le falta una buena mano de pintura, ¿no? Menuda mansión se gasta el profesor...

La verja estaba entornada, y Sanjuán la abrió sin dificultad. Valentina entró en el jardín del caserón, que era enorme y rodeaba toda la casa. El césped había crecido. Al fondo, la piscina, cubierta de algas y agua verdosa, necesitaba una limpieza urgente. Había varias palmeras, algarrobos, algún pino y varios cipreses que hacían de seto. Unas tumbonas abandonadas y rotas, de color blanco, se amontonaban en una esquina del jardín.

Valentina miró al edificio. Villa Marina era un caserón alto, de dos pisos y un torreón, tejado a dos aguas y un porche, el típico caserón de verano de principios del siglo XX para el retiro estival de la burguesía valenciana. Llamaron al timbre, que sonó con una especie de chirrido vetusto a lo lejos.

Unos pasos se acercaron y el profesor Van Allen les abrió la puerta, sonriendo. Llevaba una chaqueta negra de terciopelo y una pajarita de lunares blancos y negros.

—Pasen, por favor. Está usted preciosa, Valentina —dijo, abriendo los ojos de admiración mientras Sanjuán le miraba divertido y orgulloso—. He preparado la mesa en el salón, adelante, entren...

Valentina y Sanjuán atravesaron varias habitaciones de la planta baja. Valentina se fijó en que estaban en estado de total abandono. Los muebles, cubiertos de fundas, parecían llenos de polvo. El techo, con telarañas ya deshechas que colgaban y se enredaban en la cara, necesitaba una limpieza a fondo. Era extraño, pensó la inspectora, que si aquel hombre llevaba allí desde hacía un mes, no hubiese adecentado algo el caserón. Las escaleras de madera llevaban hacia los pisos superiores, envueltos en la más profunda oscuridad.

Al fin llegaron al gran salón principal, que conservaba los muebles originales de los años cincuenta en buen estado. Se sentaron en la mesa de madera rústica, cerca de la chimenea. En unas bandejas pudieron ver una buena selección de quesos, patés, panes y otras viandas. El profesor rebuscó un momento en un añoso aparador de madera y cristal y trajo una botella de vino tinto y dos copas.

—Espero que les guste el vino. Es un Ribera del Duero muy bueno, me lo regaló un amigo. Prueben estos quesos. Son asturianos, no holandeses —dijo riéndose de su propia broma.

Se lo dio a probar primero a Sanjuán, que dio el visto bueno. Estaba delicioso. Luego se lo sirvió a Valentina, que también lo probó.

—Disculpen que yo no beba vino. No me sienta bien, tengo una úlcera que siempre me lo recuerda. Por desgracia me he de conformar con un poco de agua fresca del pozo, aunque, eso sí, tenemos un pozo en la finca que da un agua muy buena...

—¿Y bien? ¿Cuándo nos va a enseñar ese suculento dosier acerca de ese enigmático crimen? —preguntó Sanjuán.

—¡Oh, el dosier, es cierto!, enseguida, querido amigo.

En cuanto acaben su copa nos iremos al estudio y podrán verlo con todo detalle. Pero no voy a ser tan grosero como para aprovecharme de sus conocimientos sin haberles antes obsequiado un poco.

Sanjuán lo escuchaba hablar, pero, de repente, se dio cuenta de que no entendía nada de lo que estaba diciendo aquel hombre. Notó un sopor extraño, al principio difuso, luego más y más espeso, hasta que la voz sonó como si él estuviese sumergido bajo el agua, como un zumbido. Atinó a ver la cabeza de Valentina reclinándose sobre la mesa, como a cámara lenta.

«El vino», pensó. Y no hubo nada más.

Segunda parte
Sacrificium

> Hagamos gozo del martirio y luto,
> lo perverso y lo místico convierte
> Sexo capaz de Amor tan absoluto.
>
> «Perversidad mística», JOSÉ ALCALÁ-ZAMORA

Una figura oscura, enorme, se había sentado sobre su pecho. No podía respirar. Javier Sanjuán se debatía con fuerza para liberarse de la angustia, pero la figura se diluyó sobre él y se metió en su boca, su nariz, sus ojos, asfixiándolo. Se despertó, envuelto en pánico. Pero la pesadilla seguía igual. Aunque intentaba respirar, no era capaz de hacerlo.

«Alguien nos ha drogado», pensó, la cabeza aún adormilada por el somnífero. Espabiló con rapidez gracias a la adrenalina que recorría su cuerpo. Miró hacia abajo: estaba amordazado, un trozo de cinta americana sellaba sus labios, de pie, atado a una columna de mármol, en el fondo de una estancia no demasiado amplia, sin duda el torreón de la casa. La escena estaba iluminada por la luz lunar, que entraba por las vidrieras de colores de un ventanal, algunas rotas por el paso del tiempo, y por candelabros encendidos que ofrecían un ambiente sofocante de olor a cera consumida.

Buscó a Valentina con la mirada. Estaba frente a él, incorporada en una especie de lecho de sábanas de color negro. Velas encendidas iluminaban su cara, que parecía exageradamente maquillada. Alrededor del cuerpo había, además de velas, un rosario de camelias y rosas blancas, rosas y rojas. Estaba vestida con un largo camisón rosa muy pálido, semitransparente, terminado en encajes. El largo cabello negro le caía por los hombros hasta los senos, que asomaban entre los pliegues de seda. La cabeza le caía de lado, como si estuviera muerta. Sanjuán sintió un dolor punzante al verla así y pensar por un momento que había fallecido... Pero respiraba. El pecho subía y bajaba rítmicamente al compás de la respiración. Una cámara estaba grabando toda la escena.

Las sospechas empezaron a surgir en su mente a los pocos segundos. Aquel profesor... sin duda, era un farsante. Pero... ¿por qué los había secuestrado? Sanjuán, aún noqueado por los efectos de la droga, no era capaz de pensar más allá.

Una voz conocida despejó todas sus dudas.

—Javier Sanjuán... Siempre Sanjuán —dijo suspirando, entre fastidiado pero abiertamente complacido—. Tenía muchas ganas de verte. Ha pasado mucho tiempo desde la última vez...

Christian Morgado se puso delante de Sanjuán. Estaba casi irreconocible, el rostro extrañamente parecido al de un muerto en vida. El golpe recibido en su captura de La Coruña y la cirugía reincidente habían acabado con el rostro original, del que solo quedaban retazos, sombras. Vestía una camisa y un pantalón gris oscuro, y unas botas. Pero los ojos y la voz seguían igual que la última vez que lo había visto, en la cabaña de Liáns.

—¿Cómo has podido ser tan ingenuo, Javier? —lo tuteó con intención—. ¿Cómo has podido creerte la patraña del profesor Van Allen? Pero... cómo no. Estás enamorado, ¿verdad? —Señaló a Valentina, que seguía sumida en el sopor, como la bella durmiente—. Y querías lucirte ante tu novia... El amor vuelve vulnerables a los hombres, Sanjuán, tú lo sabes mejor que nadie. Por eso me atrapaste en La Coruña, por el amor a Valentina. Y por eso te he atrapado hoy aquí... —Sonrió con amargura—. Mírala. Es muy hermosa. Con ese camisón... me he permitido maquillarla, pintarle las areolas de los senos, para que luzcan rojos como la sangre. Así cuando los beba me parecerá estar chupando la sangre de una virgen...

Morgado hablaba como si comenzara a experimentar un trance en una fantasía que le hubiera estado alimentando durante meses. Se acercó al cuerpo inerte de Valentina y lo empezó a acariciar, recorriendo con el dorso de su mano sus mejillas y luego apenas rozando sus senos desnudos. Ella pareció emitir un gemido apagado. Pero no hizo nada por rechazarlo.

—Es una diosa, Sanjuán. Obsérvala bien. —La mano empezó a acariciar el pubis, cubierto por unas pequeñas bragas de encaje, bordadas con rosas minúsculas. Valentina volvió a gemir, esta vez más fuerte. Sus labios pintados de rojo se abrieron, y la lengua asomó durante un segundo, mientras ella parecía estremecerse. Morgado subió la otra mano y acarició delicadamente sus labios, para luego pellizcarlos suavemente hasta hacerlos emerger de su letargo.

—Y ahora es mía —continuó—, por esta noche va a ser mía, Sanjuán. Quiero que mires cómo se entrega a mis caricias. Cómo se retuerce delante de tus ojos en un éxtasis sin fin...

La mano de Morgado abrió el camisón, dejando entrever todo el cuerpo, que se arqueó mientras los dedos jugaban por fuera de las bragas, entrando y saliendo con sensualidad. Valentina gimió de nuevo, esta vez mucho más fuerte, y sus manos recorrieron el cuerpo de Morgado, levantándole la camisa para acariciarle el vientre. Parecía estar ella también en trance, pero mucho más profundo. Él la besó en la boca con intensidad, mientras los dedos seguían dentro de ella, cada vez más atrevidos. Valentina se incorporó, y luego se arrodilló ante Morgado, mirándolo a los ojos. Empezó a desabrocharle el cinturón.

Sanjuán se removió en la columna con todas sus fuerzas, pero estaba muy bien sujeto. No podía hablar, pero sus ojos mostraban el mayor dolor. Impotente, tenía que ver a Valentina entregada a la lascivia de una mente asesina. Miró hacia la puerta: allí estaba el falso profesor Van Allen, mirando la escena y sonriendo con crueldad. Las gotas de sudor comenzaron a caer por su frente hasta los ojos. Los cerró con fuerza, intentando escapar de aquella pesadilla. Sabía que algunas drogas podían anular la voluntad de cualquier persona, la escopolamina o el éter, pero tener que asistir a aquel espectáculo perverso era una tortura insoportable para él.

—Dime, Sanjuán ¿has amado a Valentina como se merece durante este tiempo, o la has dejado de lado mientras te ocupabas de tus asuntos banales? —Morgado quería llegar a un terreno personal porque no le bastaba solo con amenazar la vida del criminólogo, quería humillarlo y decirle a la cara lo que pensaba de él.

Sanjuán no podía contestar, solo hablar por los ojos y los

gemidos, pero decidió centrarse en las opciones que le quedaban. Pronto llegó a la conclusión de que no tenía ninguna, y sintió que lo que le quedaba por vivir ya no valía la pena.

—¿No te parece muy extraño que el alquiler de la casa no esté a nombre del profesor Van Allen?

Eva había pasado la tarde indagando. Los últimos propietarios habían sido unos empresarios que la habían alquilado al cambiarse de zona. Una agencia se encargaba del alquiler, y uno de los empleados era amigo de ella, así que había accedido a ir a la oficina en día festivo para buscar en los archivos a nombre de quién estaba. Le debía un favor, y Eva sabía ser persuasiva cuando se lo proponía.

—No tiene por qué... bueno, no sé —dijo José—. El profesor dijo que la casa pertenecía a sus familiares, algo así. No recuerdo.

—Aquí figura que la persona que ha alquilado la casa es una tal Ana Salazar. ¿No te suena de algo?

José miró a Eva durante unos segundos, haciendo memoria. Recordó el nombre de la madre del Artista. Luego, se levantó y agarró a su mujer con fuerza.

—Nos vamos para allá ahora mismo. ¡Y coge la pistola!

Morgado, absolutamente enloquecido, retiró el camisón de Valentina hacia atrás, casi por completo, dejando su cuerpo a su total merced y retiró despacio la última prenda hasta los muslos. Ella se movía, suspiraba, sentía solo la voluptuosidad de su cuerpo liberado, buscando la mano que la acariciaba. Christian Morgado se tendió sobre ella. A su lado, comprendió una vez más por qué desde que la amara por vez primera solo había vivido para ese momento. Sí, ella le había desfigurado; sí, ella le había detenido y había rechazado el mundo que él le daba; sí, ella había preferido todo eso antes que permitir que Sanjuán muriera... Todo eso era verdad, y era el infierno de su alma tener que odiar y venerar a un tiempo a esa mujer.

Il Mostro di Roma, sin embargo, no dejaba nunca de acompañarle, como una maldición que exigiera su tributo en sangre y en arte. Y ahora se trataba también de vengarse definitivamente de Sanjuán, de castigarlo por haberle robado a Valentina, por perseguirle una y otra vez.

Morgado se abandonó a su pasión insana: arañó con sus cuidadas uñas los senos de Valentina con deseo irrefrenable, dejando marcas rojas en la blanca piel. Ella gritó de dolor, pero él la agarró del pelo y expuso su cuello para morderlo. Luego, se abrió paso hasta penetrarla. Ella crispó las manos en su espalda y selló la boca de Morgado en un beso sin final.

El éxtasis de los amantes llegó a la vez que las lágrimas de Javier Sanjuán se mezclaban con las gotas de sudor que caían por su frente. Morgado jadeaba, sus ojos clavados en la cara delirante de Valentina, que seguía sumida en una especie de estupor.

Al poco se levantó del lecho que compartía con su amante, con un gesto de triunfo, y encaró a Sanjuán con la cara desencajada.

—Tu novia te ha traicionado, Javier. La has visto, ¿no? ¿O has cometido el error de cerrar los ojos? No importa, te lo explicaré para que lo entiendas mejor: se ha entregado a mí ante tus propios ojos. Como una verdadera ramera, hizo todo lo que yo le pedí... ¿No escuchabas sus gemidos de éxtasis? ¡Es mi diosa y mi ramera!, ¡¿entiendes, Sanjuán?! ¡Es todo lo que yo quiera que sea! ¡Y me pertenece! —Se acercó al criminólogo, que permanecía con la cabeza baja, casi en estado de *shock*. Morgado lo agarró del pelo y le levantó la cabeza. Su aspiración estaba agitada; su pulso disparado; pero en su insania se impuso de nuevo la mente práctica, y se obligó a serenarse. Le dijo con los ojos dilatados de un fulgor demoníaco—: Pero mi obra no termina aquí, Sanjuán, y lo sabes.

Sanjuán, entre el terror y el dolor, conservaba la claridad de lo que le dictaba su puro instinto. Comprendió que lo que había temido y predicho cuando examinaba los crímenes de Il Mostro era una plena evidencia. Morgado ya vivía más tiempo en su mundo demente que en la realidad. Derrotado ante una sociedad hostil que se negó a reconocerle como maestro y luego repudiado por Valentina, que rechazó su amor y lo entregó a otro, había decidido vivir seguro en su delirio asesino. Un delirio que avanzaba porque aún era capaz de ocuparse de asuntos prácticos, de planear cómo vivir... y cómo matar.

—A Valentina le gusta mucho la ópera... —continuó Morgado—. Hoy la he vestido de Lucia di Lammermoor. La noble escocesa que enloquece y apuñala a su novio en el lecho de la noche de bodas. ¿Qué te parece? Ya me cansé de santos y santas y sus éxtasis divinos. Ahora será mejor trabajar sobre algo más mundano, más banal. Un drama romántico, al fin y al cabo, es lo que nos ha unido aquí a todos. Lo único es que ella no va a ser quien te dé muerte, querido amigo. Voy a matarte yo. Pero cuando Valentina despierte, pensará que ha sido ella la culpable. ¿Qué te parece? Es cruel, lo sé... no importa. Después de entregarse a mí como una furcia, su destino es morir, como el de una heroína mancillada. Crearé una *performance* inolvidable. ¿Sabes cuánto dinero me van a pagar por cortarte el cuello, Sanjuán?

«¿Dinero?», pensó Sanjuán. Qué ironía: él había aceptado dinero de Alessandro Marforio para seguir investigando los crímenes del sacerdote, quien le llevó a la madriguera de Morgado. ¡Y ahora Morgado iba a sacar dinero de toda esa orgía de sangre! Había sido un completo estúpido; su vanidad y el dinero fácil le habían puesto otra vez en sus manos. Estaba humillado y una vez más derrotado ante aquel loco.

Morgado se separó de Sanjuán y fue hasta el fondo de la habitación. Allí había un lienzo velado por una tela roja. Lo descubrió.

—¿Ves? Tú no lo entiendes. No ves más allá de tus crímenes, tus tablas, tus estadísticas. Pero Valentina lo entenderá. —Señaló a la figura femenina del lienzo—. Lucia enloquece, con el camisón ensangrentado, entra en agonía por amor... Tú no sabes lo que es el amor, Sanjuán, solo el deseo de un instante. Yo sé lo que es. Yo amo a Valentina sobre todas las cosas. Mi alma es el alma de Valentina, ¡y así será por siempre!

Sanjuán vio el lienzo y, estremecido, reconoció de inmediato la insania, la locura del Artista. Valentina lo apuñalaba a él en el corazón, en el castillo de Ravenswood, vestida con una leve túnica, los ojos vueltos al cielo, enloquecida.

Valentina, que hasta ese momento había permanecido totalmente quieta, volvió a gemir en su delirio. Se levantó con ademanes lentos, pesados, sensuales, como una lunática vampira en busca de su presa. Sonrió. Morgado se acercó a ella y la volvió a besar con pasión de amante. La mano de la inspectora acarició la cara de Sanjuán con gesto casi indiferente, mientras soltaba una risa ahogada.

—Mírala, Sanjuán. —Sus manos volvieron a acariciar los senos pesados de Valentina delante del criminólogo—. Es mía. Solo con tocarla, con acariciarla, se entrega ante quien la ama de verdad. —Súbitamente su rostro se demudó—. Pero creo que ya has visto bastante. Es la hora de morir. Quiero que mueras mientras ves como Valentina gime mientras la hago llegar al éxtasis delante de ti.

Morgado sacó un cuchillo fino, afilado, de dentro de una funda que tenía en el bolsillo del pantalón.

El filo apareció a la luz de la noche estrellada, que entraba por las rendijas de una brecha en la cristalera de colores por la que podía verse la luna llena. Valentina rio de nuevo, y se abrazó a Morgado, quien acercó el cuchillo al cuello de Sanjuán, que intentó apartarse sin éxito.

El brillo del acero reflejó la luna en los ojos grises de Valentina Negro, que acercó su mano a la cara de Morgado para acariciarlo, mientras miraba los ojos de Sanjuán. El cuchillo rozó la piel y se clavó, haciendo salir una gota de sangre.

—Ha llegado tu hora, Sanjuán —dijo Morgado, y el criminólogo se preparó para morir al ver la decisión asesina en los ojos azules. En su último pensamiento se preguntó si Valentina al fin pudo darse cuenta de cómo había llegado a amarla, y si ella misma sobreviviría a su final. ¿Le perdonaría la vida Morgado en un último vaivén de su mente enloquecida? ¿Le había anunciado que mataría a Valentina solo para aumentar la crueldad de su propio final? «¡Dios mío, sálvala!», fue su último pensamiento mientras clavó sus ojos por última vez en Valentina.

Valentina miró distraídamente de nuevo a Sanjuán y se quedó un segundo inmóvil: lo que vio, su mirada desesperada y al tiempo llena de amor, activó algo en su interior. Entre los pliegues de su cerebro drogado, un deseo de su voluntad tomó forma, nacido de lo más genuino de su espíritu. Sin que en realidad comprendiera lo que iba a hacer pero llevada a ejecutarlo por una fuerza que la dominaba, casi inconsciente, su dedo pulgar se movió hacia el anular. Un pequeño dispositivo accionó una aguja invisible del extraño anillo de oro que adornaba su mano derecha. Una décima de segundo antes de que el cuchillo horadara el cuello de Sanjuán, la pequeña aguja se clavó en la piel del cuello de Christian Morgado, atravesándola, penetrando en la carne, en las venas.

Un ardor siniestro, una punzada. Morgado bajó el cuchillo. Miró a Valentina. Durante unos segundos, vio algo parecido al odio que anidaba en los ojos grises. «¿Cómo es posible?», se preguntó. Luego, el ardor, el dolor, el sufrimiento se apoderaron de su mente. El complicado engranaje del anillo de Rajiva, el regalo que Guido Barone le había entregado en el aeropuerto, escondió la fina aguja como por arte de magia y todo volvió a su estado original. Cayó al suelo de madera, retorciéndose. Sus manos se crisparon sobre su cuello, su cara se contrajo en un espasmo brutal. Era como si lava ardiente recorriera su cuerpo. El dolor insoportable dio paso a contracciones y temblores que casi le partieron los dientes. Aún tuvo un segundo de lucidez para señalar a Valentina con la mano, como queriendo alcanzarla o señalar su última traición.

Instantes después, murió.

El falso profesor Van Allen dejó de vigilar la puerta de la entrada y se asomó otra vez a la estancia. Quería ver cómo se desarrollaba la *performance*, tenía curiosidad morbosa. Había seguido a Javier Sanjuán durante unos meses con el encargo de vigilar sus pasos en Valencia y en Jávea, esperando a que un día hiciese su aparición Valentina Negro. Le habían pagado un dineral por su vigilancia y su silencio. Y por llevar luego la grabación de lo ocurrido y un cuadro a Suiza. Pero lo que estaba ocurriendo en aquella habitación superaba sus expectativas con creces.

Abrió la puerta unos centímetros y miró: lo que vio lo dejó atónito.

Morgado yacía en el suelo, los ojos abiertos, el cuerpo retorcido en un espasmo de agonía. La mujer intentaba cortar las ataduras de Sanjuán con un cuchillo. No contaba con aquello. Dudó unos instantes, después, entró en la habitación y sacó un pequeño revólver del bolsillo.

José empujó la puerta oxidada de la verja que delimitaba la propiedad y miró a Eva. Recorrieron con rapidez los cien metros de bosque que conformaban el jardín privado de la casona hasta la entrada, pisando pinocha y hojas muertas. La bahía de Jávea, colina abajo, sellaba como testigo mudo y eterno la angustia que atenazaba a los policías.

Mientras se aproximaban al porche vieron una luz reflejarse en la planta baja, y otra más débil en lo alto que daba un aspecto fantasmagórico al torreón, como si de pronto la vieja casona se hubiera erigido, orgullosa, sobre las cenizas de su propio pasado de esplendor y quisiera emitir un último estertor de su antigua grandeza. La puerta de la casa estaba cerrada. Eva preguntó:

—¿Qué hacemos?

—Lo más lógico, ¿no? Llamar al timbre... —dijo José—. Pero estemos preparados para lo que surja.

José llamó, y Eva se puso a un lado, fuera del campo de visión, su mano en la pistola que descansaba en su cartuchera abierta.

Valentina notaba cómo su cabeza iba y venía en un extraño carrusel de luz y oscuridad, de imágenes fragmentadas que trataban de recomponerse. Sanjuán se quitó la mordaza con la mano que ya había conseguido liberar a una titubeante y drogada Valentina, que se abrazaba a él para no caer al suelo.

El falso doctor Van Allen entró en la habitación apuntándolos con un revólver.

Valentina lo vio y levantó el cuchillo, en una amenaza que al detective privado le pareció patética.

Van Allen avanzó unos pasos con el arma levantada. Dudó entre disparar o no. Sus dudas se disiparon cuando el timbre de la puerta atronó la casa. Con celeridad, sacó la cámara del trípode, cogió el cuadro y corrió escaleras abajo.

José y Eva lo vieron salir por la puerta trasera y correr como un loco hacia el portón de entrada de la finca. Segundos después, el ruido de un coche al arrancar y un chirrido de ruedas.

Se miraron, llenos de preocupación.

—¡Rápido, saca la pistola y vamos dentro! José dio una patada fuerte en la puerta a la altura de la cerradura, y los viejos goznes, corroídos por el óxido, cedieron con estrépito.

Berna, Suiza, mansión a orillas del río Aar,
una semana después

El hombre abrió la galería tecleando un número en el dispositivo de la puerta blindada. Entró. Llevaba un cuadro enmarcado aferrado entre sus manos. Avanzó hasta el fondo de la sala, donde ya había un espacio reservado para su nueva adquisición.

Mientras caminaba sobre la alfombra persa del siglo XVII, se recreó en los cuadros que había adquirido antes de la desafortunada muerte de aquel pintor español. Su favorito era el de la santa Teresa asaeteada por un ángel de alas negras. Lo había conseguido sobornando a un *vicecapo* de la policía italiana, Guido Barone, ya que estaba bajo custodia policial por haber pertenecido a un cura acusado de un doble asesinato. Había siete cuadros más, cuatro de ellos con sus correspondientes grabaciones o fotografías que acompañaban la obra. Las *performances*, como las había llamado el autor.

El hombre colgó el cuadro que reflejaba a Lucia di Lammermoor en la escena de la locura, apuñalando a un hombre. Ella parecía gozar intensamente, los ojos transidos, vueltos al cielo. La mujer estaba semidesnuda, un pecho asomaba entre los pliegues de su camisón, la expresión totalmente alucinada. Aun así, la belleza de la protagonista destacaba sobre todo lo demás.

La grabación estaba en su caja fuerte, a buen recaudo con las otras. Había sido la mejor representación de todas. La había visto una y otra vez. Aquella casa antigua, el hombre atado a la columna, forzado a ver la violación de su pareja... el autor era un genio. Era una pena que aquel pintor hubiese muerto en circunstancias tan aciagas... pero había que reconocer que aquel final era el digno colofón a su carrera. Y a manos de una diosa como aquella...

El hombre cogió de encima de la mesa un maletín de cuero oloroso y suave. Lo abrió y sacó un sobre de gran tamaño. Lo vació. Sobre la madera de caoba isabelina se deslizaron dos fotografías tamaño A1. Las separó y colocó con cuidado hasta que quedaron perfectamente alineadas. Durante unos instantes, los ojos se tornaron febriles mientras recorrían las instantáneas que mostraban a Valentina Negro: una con el uniforme policial, en el día de los Ángeles Custodios; la otra en un día de playa, en bikini, la torre de Hércules al fondo, mientras la joven sonreía. Parecía estar llena de felicidad.

Sus dedos acariciaron la última imagen, recorriendo su cara, su cuerpo, con delectación, con lentitud exasperante.

Luego las volvió a meter dentro del sobre. No quería colmarse demasiado. Era consciente de que muy pronto iba a necesitar mucho más.

Agradecimientos

De Vicente Garrido:

A Eva Gadea Palonés, Eloïssa Vidal Pastor y José Martínez Espasa por la ayuda en la recreación visual de la casona de Jávea villa Marina.

A Tomás Montesinos Aracil, actual propietario de la villa, por las facilidades dadas para documentamos sobre ella y permitir que la mencionemos en la novela.

A Carlos Climent, magistrado, por sus sabios consejos acerca de la trama judicial que aparece en la novela.

A José Martínez Espasa, por su entusiasmo en difundir *Crímenes exquisitos*.

Al Ayuntamiento de Jávea, que siempre acoge con el mayor interés las presentaciones de mis libros.

De Nieves Abarca:

A María Teresa Cadenas, gran asesora en temas policiales.

A Carlos y Álvaro, asesores a su vez en temas de malta y lúpulo.

A Cristina Azpilcueta, que con su atenta lectura aportó un par de detalles fundamentales en la trama.

A Bea Abelairas, por su entusiasmo desde el primer día (tenemos que repetir lo de los Campari en el gueto hebraico de Roma).

A Pablo Portabales, por su amabilidad.

A Mercedes Molist, por su apoyo.

A Mery Conchado, directora de la Biblioteca del Fórum Metropolitano de La Coruña.

Al equipo de especialistas y enfermeras del Centro Oncológico de La Coruña en el Hospital Materno Infantil.

A Cristina y a Begoña, dos grandes luchadoras.

Y como siempre, al coautor de esta novela, Vicente Garrido, por su paciencia infinita.

www.planetadelibros.com.mx